suhrkamp taschenbuch 1250

Silvio Blatter wurde 1946 in Bremgarten (Schweiz) geboren. Er ist dort aufgewachsen und hat sich zum Lehrer ausbilden lassen. Er erteilte Unterricht an verschiedenen Schulen, war längere Zeit als Maschinenarbeiter in der Metall- und Kunststoffindustrie tätig. Dann folgten ein Germanistikstudium in Zürich und die Ausbildung zum Funkregisseur bei Radio Zürich. Er lebt heute in Zürich. Silvio Blatter wurde 1974 mit dem Conrad-Ferdinand-Meyer-Preis ausgezeichnet. Veröffentlichungen: *Brände kommen unerwartet.* Prosa, 1968; *Eine Wohnung im Erdgeschoß.* Prosa, 1970; *Schaltfehler.* Erzählungen, 1972; *Mary Long.* Roman, 1973; *Genormte Tage, verschüttete Zeit.* Eine Erzählung, 1976; *Zunehmendes Heimweh.* Roman, 1978; *Love Me Tender.* Eine Erzählung, 1980; *Die Schneefalle.* Roman, 1981; *Kein schöner Land.* Roman, 1983.

Kein schöner Land erzählt von einer Heimat und ihren Menschen. Es wird erzählt von ihren Sorgen und Einsichten, von ihrer Sehnsucht, von Erinnerungen und Hoffnungen, von Gesprächen und vom Nachdenken, von einer Suche nach Geborgenheit, in der sich alle treffen, vom Wunsch zu fliehen und vom Wunsch zu bleiben. *Kein schöner Land* macht deutlich, wie aufwendig, anspruchslos, vielfältig, beziehungsreich, wie aussichtslos und verheißungsvoll unser Leben ist, das wir, den Gesetzmäßigkeiten der Zeit und den Ereignisfolgen des Alltäglichen unterworfen, leben, zur Aufmerksamkeit verpflichtet und zum Widerstand berufen, wenn bedroht wird, was für uns Anlaß ist zu hoffen.

Was inmitten der Schweiz spielt, könnte Ereignis sein – anders und ähnlich – in jeder Landschaft. Es mag uns geläufig sein, was Heimat bedeutet – haltlos aber wird Heimat, wenn sie nicht mehr gibt, was uns zuallererst nur die Menschen geben können, auf die wir angewiesen bleiben: Rückhalt.

Silvio Blatter
Kein schöner Land

Roman

Suhrkamp

Die Fakten und Vorgänge, die Hans Villiger für seine Vorträge »Zwischen den Kriegen« aufbereitet, sind nicht aus der Luft gegriffen. Der Autor fand sie in dem Buch von Willy Gautschi, Geschichte des Kantons Aargau 1803–1953, Band III.

Umschlagbild: Tempera von Mona Blatter

suhrkamp taschenbuch 1250
Erste Auflage 1986

Druck: Ebner Ulm
Printed in Germany
Umschlag nach Entwürfen von Willy Fleckhaus und Rolf Staudt

2 3 4 5 6 – 91 90 89 88

FÜR

MONA UND LISA

Heuernte

I

Es war, als ob die Landschaft warten müßte, vorsommerlich heiß war es, still – und nichts geschah

im Freiamt, Ende Mai

seit Tagen hielt das gute Wetter an, Schwalben, hochfliegende Schwalben verbürgten es, und Katrin, die mit dem Rad über Land fuhr, sah sie als kleine schwarze Sicheln am Himmel ziehen. Kein Wind, der wehte, alles stand reglos. Nur die Schwalben kamen manchmal näher, entfernten sich wieder, schön war ihr Spiel in diesem hellen Tag. Und es leuchtete das Gelb des Rapsfeldes, das sich längs des Wegs erstreckte, dahinter das dunkle Grün des Waldes, und kein Mensch war unterwegs, weit und breit kein Mensch außer Katrin auf dem Rad, dem roten Fahrrad, dessen Chromteile glänzten...

Auf der asphaltierten Straße täuschte die flimmernde Luft Wasserlachen vor, wo nichts lag als Hitze, und einer, der barfuß gegangen wäre, hätte Spuren hinterlassen, Zehenabdrücke im aufgeweichten Belag. Doch heute ging niemand mehr barfuß, selbst die Kinder, die Frisbee spielten auf dem schattigen Platz beim Schulhaus, trugen Turnschuhe, weiße Turnschuhe, und die grellfarbenen Plastikscheiben segelten lautlos von Hand zu Hand, Flugbahnen beschreibend vor den Platanen, und manchmal ratschte eine Frisbeescheibe ins Laub, manchmal schieferte eine über den Boden und blieb abseits liegen, rot, blau...
Das erste Heu konnte eingebracht werden.
Es hatte zwar in den ersten Märztagen stark geregnet, noch einmal war ein Frost eingebrochen, hatte in den Obstplantagen Schäden angerichtet und im Rebberg der Gemeinde auch. An den Bachläufen waren die Triebe der

Nußbäume erfroren, und man hatte die warmen Kleider wieder hervorholen müssen. Aber heute konnte das erste Heu eingebracht werden – darum war Katrin unterwegs. Sie hatte einem Bauern versprochen, ihm bei der Arbeit zu helfen, hatte die Stadt Bremgarten bereits hinter sich gelassen. Im Talgrund sah sie den Fluß, das aufglimmernde Wasser, es war, als wälze die Reuß flüssiges Blei dem Meere zu. Und so ohne Eile dahinfahrend, zufrieden mit dem Tag, kam Katrin ein Satz aus einem Buch in den Sinn, das Pablo ihr geschenkt hatte:

Schön wie ein Wunder lag die Sonne auf der Welt.

Das Buch erzählte die Lebensgeschichte eines Malers, der die Welt am liebsten so betrachtete: den Körper vornübergeneigt, den Kopf zwischen den Beinen.
In waldreicher Umgebung, verteilt auf zwei Terrassen, zwischen den sanften Höckern des Wagenrains und den steilen Abhängen des Hasenbergs, in der Biegung des Flusses ... hätte dieser Maler, wenn er noch leben würde, die Stadt Bremgarten gesehen. Sie war gebaut worden, wo die Reußschleife am engsten ist, auf einen Buckel die kompakte Oberstadt mit dem ›Schlößli‹, in die vom Fluß begrenzte Auebene die lockerer gefügte Unterstadt.
Hier war Katrin aufgewachsen.

Am Fuß des Mutschellenpasses zweigte ein Weg von der Straße ab, steinig und steil. Katrin mußte bald aus dem Sattel steigen und das Rad schieben. Als sie einige Zeit bergauf gegangen war, geriet sie ins Schwitzen, und als sie einhielt, um zu verschnaufen, spürte sie den Schweiß aus den Achselhöhlen herabrinnen, etwas kühler als die Haut. Katrin schaute auf die Stadt hinunter, auf den Fluß, die im überflutenden Sonnenlicht lagen, im Sonnenlicht des Mittags, und für einen Augenblick glaubte sie, in der Ferne auf dem Zifferblatt der Stadtkirche den

Glanz der großen Zeiger zu sehen, golden, und die Zeit stand doch still, wie der Bussard stillstand über Katrin in der Luft.

Abgesehen von der mittelalterlichen Anlage, bot die Stadt einen merkwürdig zerrissenen Anblick, zahllose neue Bauten und die zersiedelte Au bildeten das aus dem Boden gestampfte ›moderne‹ Bremgarten, alles stand eng und verquer, und es tat Katrin weh, es zu betrachten... Nach dem Bogen, den sie um die Stadt zog, krümmte sich die Reuß scharf nach Norden und formte ein Knie, das vom Chesselwald bedeckt war. Im Wald fiel eine Rodung auf. Dort war früher die offene Abfallgrube gewesen, immer hatte ein Feuer geschwelt, Kinder hatten noch brauchbare Sachen gesucht, Altmetall, Aluminium, mit dem Auto war man vorgefahren, um ein kaputtes Sofa in die Grube zu kippen, Schwärme von Insekten waren dagewesen, Mücken, Fliegen, und ein Verwesungsgeruch, fingernd in den Wald hinein.

Katrin wischte mit der Hand über die Stirn, schmeckte mit der Zunge den Schweiß auf der Oberlippe. Sie schaute noch einmal auf den Fluß, als sie in einen zum Hang verlaufenden Feldweg einbog und wieder fahren konnte. Der Fluß war immer da, immer schon dagewesen, und manchmal meinte Katrin, ihre Liebe habe damit zu tun: in welche Richtung sie als Kind auch gelaufen war, der Weg hatte nach einiger Zeit an den Fluß geführt... Die schimmernde Gischt und ein paar weiße Schaumkronen deuteten an, daß die Reuß dahinströmte, ja, mit ihrem Fließen hatte sie die Landschaft geschaffen, geprägt, und wenn alles andere gebaut worden war, verkörperte der Fluß das Bleibende, seine Wasser nahm Katrin als Zeichen für das, was vorüberzieht und nicht wiederkommt. Der Fluß erneuerte sich fortwährend, dies war sein Geheimnis.

Katrin war eine Frau von vierunddreißig Jahren. Sie trug einen dünnen Wickelrock mit feinem Blumenmuster und eine verwaschene Bluse, die einmal rot gewesen war.

Nach dem anstrengenden Aufstieg fuhr Katrin fast gemächlich auf dem schmalen Pfad; der Schatten lief neben ihr her, verdunkelte Gras, Steine, den Boden für eine Sekunde. Den Gedanken hing sie nach, und das Licht stürzte herab aus dem Himmel; als eine Last lag die Hitze auf den Feldern. Fast versonnen fuhr Katrin, bis sie von einem schrillen Ruf aufgeschreckt wurde. Seltsames Geschrei von Vögeln drang aus einem gepflegten Garten, wo im noch dürftigen Laubwerk eines Nußbaums zwei Ara-Papageien herumturnten. Mit gestutzten Flügeln hüpften sie auf einen abgestorbenen Ast, zankend, vergnügt, einer war blaugelb, der andere rotweiß im Gefieder – prächtig zwischen den helleren Blättern des Baums.
Das Fahrrad holperte über den Weg; und als würde ihr der Klang von weit her zugeweht, hörte Katrin eine Fabriksirene. Dies erinnerte sie für einen Moment an ihren Bruder René, der in der Auebene, nah an der Reuß eine Firma für Zäune und Drahtwerk betrieb – ein Bruder, mit dem sie im Grund nicht mehr viel verband.
Nah fühlte sie sich Pablo, dem Mann, in dessen Haus sie nun wohnte. Er malte Landschaftsbilder und er besaß einen großen schwarzen Hund, einen Neufundländer, den sie gern hatte, den sie auf den ersten Blick mochte wie seinen Herrn. Der Hund hatte auf dem Platz vor dem Haus gelegen, als Katrin zum ersten Mal gekommen war, um Wohnung und Töpferwerkstatt zu besichtigen. Der Hund hatte sich erhoben und war auf sie zugetrottet, bedächtig, lief etwas schräg, wie Hunde es tun, und sie hatte sich nicht gefürchtet vor dem mächtigen, zottigen Tier. Sie hatte ihm die Hand hingehalten, und er leckte sie mit seiner warmen Zunge. Erst nach der freundschaftlichen Annäherung hatte sie auch den Mann entdeckt, der im Gras unter dem Kirschbaum saß, lesend. Sie war auf Pablo zugegangen, stand vor ihm, den Hund wie einen treuen Begleiter an der Seite, so nah, daß sie die Berührung des Tieres spürte.

Aus der Fernc, vom Waffenplatz her, der jenseits der Reuß, in Nachbarschaft der Fohlenweide, im sanft gewellten Gelände zwischen Wiesland und Wald lag, hörte sie Schüsse, platzende Schüsse von Sturmgewehren, begleitet von monotonen Serien aus einem Maschinengewehr; eine Gummiwand schien den Hall der schnellen Salven und Punktfeuer zu schlucken, die aufsässig ein weiteres, die Stille verletzendes Geräusch untermalten, den laufenden Motor eines Traktors, sein gleichförmig tiefes Surren, das einschläfernd wirken konnte, an einem derart heißen flirrenden Tag, der einem Behutsamkeit abforderte, langsame Bewegung. Die Straße verlief etwas flacher, war weniger mit Steinen besetzt, rechter Hand stand Futtermais, gut im Wuchs, kaum vom Pilz befallen, linker Hand und reußwärts senkte sich die abgemähte Wiese beinah sanft als langgezogenes, helleres Rechteck hinab, auf dem ein grauer Traktor mit einem angekoppelten Kreiselschwader, der die Mahden schichtete, hin und her fuhr. Vereinzelte Obstbäume auf beiden Seiten des Wegs bildeten eine verschattete Gasse. Apfel, Birne. Kirschbäume trugen schon fingerbeerengroße Früchte, versteckt im dunkleren Laub.

Katrin sah den Traktor, sah den Bauern auf dem Traktor sitzen. Das am frühen Morgen geschnittene Gras war trocken, junges Heu. Fuhr der Traktor hin, häufte sich die Mahd rechts, fuhr er her, entstand die Mahd auf der linken Seite, gleichmäßig und gerade. Der Bauer, er war ein schon alter Mann, hatte Katrin bemerkt. Er hielt vor der nächsten Wende am Rand der Wiese an, stieg vom Traktor. Auf dem schmalen Streifen zwischen einem Rapsfeld und der Heuwiese, wo Birnbäume eine Linie markierten, wartete er auf sie. Am vordersten der Bäume, nah bei der Straße, hing ein Rechen. Darunter stand ein Korb mit Kaffee und Brot. Katrin lehnte das Rad gegen den Stamm, löste die Verschnürung des Wikkelrocks, zog ihn aus und legte ihn über den Sattel des

Rads, stand da in weißen Shorts, hatte braune, von der Sonne gebräunte Beine; und braungebrannt waren die Arme des Bauern, der ein blaues Hemd trug, die Ärmel aufgekrempelt hatte. Gegerbt, so kamen Katrin die Arme vor, von einem tiefen Braun, fast violett. Wie das zerfurchte Gesicht, das auch die Stoppeln von einem dreitägigen Bart hatte. Eine Mütze aus Leinen bedeckte das Kopfhaar, sah ziemlich schäbig aus im gleißenden Licht. Der Bauer war groß und mager, ein knochiger Mann, eher schmal in den Schultern. Die Arbeitshose hielt er mit einem weichen Kälberstrick zusammen. Sie war ihm zu kurz. So fielen die Militärschuhe, die er zu jeder Jahreszeit anhatte, besonders auf. Sie erweckten den Anschein, als befinde sich sein Schwerpunkt direkt über dem Erdboden.
Katrin reichte ihm knapp bis zur Schulter. Sie hatte ein Kopftuch umgebunden, das vor der Sonne schützen und die langen dunklen Haare zusammenhalten sollte. Die schimmerten rötlich, wo das Tuch sie nicht verbarg, zeigten das besondere Rot der Kastanien, die gerade aus der Schale geplatzt, frisch sind und glänzen.
Katrin hob den Rechen vom Baum herunter, der Bauer stieg wieder auf den Traktor. Den Motor hatte er laufen lassen; bläuliche Abgasschwaden flimmerten in der Luft und bildeten Inseln, auch hier oben ging kein Wind. Der Bauer fuhr eine neue Mahd, Katrin begann hinter ihm herzugehen. Mit dem Rechen sammelte sie zurückgebliebene Halme und kleine Heubüschel auf, streifte den vollen Rechen in der Mahd ab. Es war eine gleichförmige Arbeit, und die Sonne stach, es war eine Arbeit, bei der sie mechanisch ging und sammelte und abstreifte und ging und die Hitze spürte, eine den ganzen Körper durchdringende Glut. Die Bewegungen waren so selbstverständlich wie der Himmel selbstverständlich war, die Luft, das Heu. Die Gedanken schwärmten aus, es störten nur hin und wieder Bremsen oder Mücken, die ihr hartnäckig folgten, angelockt vom Körpergeruch, vom

Schweiß, den sie nach jeder Kehre mit dem Handrücken von der Stirn wischte, damit er nicht in die Augen geraten und in den Augen brennen konnte. Sinnestäuschungen war sie ausgeliefert, so mit dem Rechen in der Hitze gehend, umhüllt vom betäubenden Duft des jungen Heus, in den sich auch der giftigsüße Dunst der Abgase mischte – erregt vom Blut, das heftig und warm durch die Adern pulste. Und mit einem Mal vermochte Katrin ein Jagdflugzeug, das tief über den Mutschellen einkurvte, nicht mehr von den spielenden Schwalben zu unterscheiden; erst als die Maschine im Sturzflug auf sie niederschoß, merkte Katrin, daß es doch nur ein Vogel war, während der Jäger steil hoch übers Reußtal wegzog, eine weiße Spur hinter sich herziehend, die als verwehte Fahne noch lang im Himmelsblau zurückblieb, nachdem das Geräusch sich donnerartig ausgerollt und verzogen hatte. Katrin blieb stehen. Der Motorenlärm war verstummt, der Traktor stand im Schatten unter einem Birnbaum. Der Bauer half mit, den Raum zwischen den Mahden sauberzumachen, die Wiesenstraße, die mehr als doppelt so breit war wie ein Rechen, so daß man dreimal hin und her gehen mußte, um die ganze Breite aufzuräumen, damit kein Halm liegenblieb, kein Heu verlorenging.

Katrin lehnte den Rechen gegen die Mahd, sprang über Heuhaufen, ging zum Rapsfeld hinauf, machte ein paar Schritte in den Raps hinein, er reichte ihr bis zur Brust. Sie kauerte sich nieder. Man sah sie nicht mehr, man sah vielleicht ein Stück des Kopftuchs. Doch bald erhob sie sich wieder, tauchte auf, stand da: eine junge schöne Frau in dem weiten gelben Feld. Sie lief zurück an die Arbeit. Der Bauer ging nicht so schnell wie sie, ging langsamer, gleichmäßiger, ging den Schritt, den seine Schuhe ihm abverlangten, diesen immergleichen bedächtigen Gang.

Die Arbeit war vorläufig beendet. Hätte man das Heu übers ganze Feld verteilt der Hitze überlassen, hätte es,

der Sonne ausgesetzt, verbrennen und verderben können. Nun lag es Mahd für Mahd aufgeschichtet, dazwischen war das abgemähte saubere, hier noch hellgrüne, dort schon leicht gelbbraune, stopplige Feld, in dem man einzelne grautrockene Maulwurfshügel erkannte, Löcher und weitverzweigte Gänge von Mäusen; eine Katze aber sah Katrin nicht, obwohl eine Katze hier ein gutes Leben gehabt hätte.
Das Heu sollte eine Stunde liegen, meinte der Bauer. Dann sei es luftiges, gutes Heu, das man getrost einbringen dürfe. Sie setzten sich unter den Birnbaum ins Gras. Katrin hatte den Rock angezogen, denn das kurze Gras stach in die Beine. Der Bauer goß Kaffee in Gläser, es war ein starker, lauwarmer Kaffee, dem er Milch und Schnaps beigemischt hatte. Das lösche den Durst am besten. Von den neumodischen Mineralwassern mit exotischen Namen hielt er nichts, die waren ihm zu süß. Meine Frau, sagte er, meine verstorbene Frau hat am liebsten Vivi Kola getrunken. Er finde das scheußlich. Katrin antwortete nichts, denn der Bauer erwähnte dies jedes Jahr, und sie hatte es sich abgewöhnt, ihm darauf Antwort zu geben. Sie hatte die Bäuerin auch gekannt, war dabeigewesen, als die Frau nach dem Heuen dick und schwitzend unter dem Birnbaum hockte; wie eine Henne saß sie in den weiten langen Röcken, die Beine gegrätscht und von sich gestreckt, als würden diese müden Knochen nicht ihr gehören, die Flasche Vivi Kola im Schoß, Schluck für Schluck nehmend, als sei es ein verbotener Genuß, übergroße Lust, beinah schon Sünde wider den Herrn, der gefordert hatte, im Schweiße seines Angesichts solle der Mensch ...
Katrin liebte diesen Kaffee. Brot nahm sie nicht. Brot aß der Bauer, umfaßte mit der linken Hand den Laib, schnitt mit der rechten das Brot vor der Brust: die Hände funktionierten wie Arbeitsgeräte.
Im Schatten kühlte der erhitzte Körper rasch ab. Es war schön zu warten, bis das Heu ganz trocken war. Der

›Kaffee mit Religion‹, so wurde das mit Apfelschnaps angereicherte Getränk im schwarzen Land, dem katholischen Freiamt, auch genannt, tat seine Wirkung. Der Kopf wurde leicht, frei, und die Glieder wurden schwer. Katrin wähnte sich in der Schwebe, in Trance, alles spielte so traumtänzerisch zusammen, obwohl es einen auch ängstigen wollte, daß die Gegenstände vergrößert erschienen und alle Dinge näherrückten. Die Sonne, ja die unausweichliche Sonne war nicht ohne Einfluß geblieben. Katrin legte sich auf den Rücken, sah in die Krone des Baums, sah durch die Blätter hindurch in den Himmel und irgendwo am Ende des Himmels sah sie sich selbst ... Unter diesem Birnbaum hatte sie gelegen, vor ein paar Tagen, auf dem Rücken, die Beine angewinkelt, die Arme unter dem Kopf verschränkt, im schon knöchelhohen Gras, und sie war eingeschlafen ... Der Bauer kaute Brot. Jedesmal, wenn er schluckte, bewegte sich der Adamsapfel, als sitze unter faltiger Reptilienhaut ein kleines Tier gefangen. Der Bauer besaß nur noch wenig Land und kaum mehr Vieh. Mit der neuen Zonenplanung war ein Teil seines Besitzes Bauland geworden. Er hatte die Wiesen und Äcker verkauft. Viel Land für viel Geld. Auf das Drängen seines Sohnes hin, der Mitte dreißig war, dem Feldarbeit nie Freude bereitet, der keine Hand für Tiere hatte. Der Junge wollte verkaufen, und der Alte willigte ein nach dem Tod seiner Frau. Er behielt die Heuwiese, ein Feld mit Futtermais, vier Kühe, ein Schwein, ein Dutzend Obstbäume: was er allein bewirtschaften konnte. Den Rest hatte er versilbert. Sein Sohn arbeitete im Drahtwerk, das René Villiger gehörte, Katrins ältestem Bruder. Dem Bauern war das egal. Er hatte sich seit geraumer Zeit mit dem Niedergang abgefunden, trotz seines Geldes. Aber was ist schon Geld?, hatte er Katrin gefragt. Auch der Junge besaß Geld, und trotzdem war es ihm langweilig; so trottete er Tag für Tag ins Drahtwerk; das bot geregelte Arbeitszeit, festen Lohn und Ferien. Bei Gelegenheit und eher ungern half er dem Vater, hackte Holz, trug heißes Wasser beim Kalben, half Futtermais silieren. Er hatte sich ein Haus erbaut im Obstgarten hinter dem Gehöft. Einen Bungalow. Weiße Mauern, dunkelgrünes Ziegeldach, Sitzplatz, Kamin. Einen Rasen hatte er angelegt um den Bungalow herum, einen Zaun um den Rasenplatz errichtet. Zwergobstbäume hatte er gepflanzt. Seltsam wirkten die, zwischen den alten Apfelbäumen, von denen einige hatten gefällt werden müssen, damit das Haus den ganzen Tag über besonnt war. Einen Volvo hatte er gekauft und fuhr ein schweres Motorrad. An freien Wochenenden reiste er zu den Moto-Cross-Rennen. Als Fan. Gelegentlich kurvte er selbst im Obstgarten herum. Und an schönen Sonntagen, an denen man früher Heu eingebracht hatte, saß der Junge mit einer Flasche Bier vor dem Fernseher, schaute am liebsten Grand-Prix-Rennen der Formel I, so laut, daß der Lärm der Motoren Haus und Garten erfüllte.

Die Frau des Jungen kaufte die Eier im Supermarkt. Im Hof stand der Hühnerstall leer. Die Bäuerin hatte die Hühner versorgt, bis sie starb. Danach wurden sie verkauft. Ein Leben lang habe sie Hühner gehalten, sagte der Bauer, er selber verstehe nichts davon. Wenn er redete, unterschied er immer häufiger die Zeit. Vor ihrem Tod, sagte er. Nach ihrem Tod, sagte er. Das waren in der Tat ganz unterschiedliche Leben. Das eine gewesen; das andere wohl bald auch schon vorbei. Eine alte Zeit und eine neue Zeit, ein Erinnern und ein Vergessen hatte er, ohne noch Erwartungen zu hegen.

Willst du Bauer sein zwischen Baustellen und Wohnblocks?

Er hatte geschwiegen.

Also verkauf.

Nachdem sie aufgewacht war, vor ein paar Tagen unter dem Birnbaum, war sie auf die Wiese hinausgegangen, hatte einen Sommerstrauß gepflückt. Margeriten, Butterblumen, Wiesenknöpfe, Steinnelken, Wiesensalbei, Storchenschnabel, Kornblumen. Katrin liebte die Wiese, holte hier jedes Jahr den ersten Strauß und war dem Bauern dankbar, daß er das Feld nicht überdüngte, wie andere es taten, auf deren Wiesen nur noch Butterblumen gediehen, überhandnahmen, und andere Blumen keine Lebensbedingungen mehr fanden, die sie zum Blühen gebracht hätten. In ihrer Töpferwerkstatt hatte sie die Blumen in eine Vase gestellt.

An der Butterblume mag ich das Weiche, hatte sie zu Pablo gesagt; Farbe, Blatt, Stiel, alles ist weich. Der Stengel des Wiesenknopfs ist härter und leicht behaart. Die Steinnelke ist feiner, zart die altrosa Blüte, fiederartig ihre Blätter. Die Wiesensalbei ist üppiger als die anderen, sinnlicher. Schön sind sie alle. Dir müßte man Feuermohn schenken, aber der läßt sich nicht nach Hause tragen.

Pablo stand da, die Hände in den Taschen seiner abgewetzten Manchesterjacke, den Kopf etwas schräg haltend, die Schultern hochgezogen, so wie er häufig stand, wenn er aufmerksam war und zuhörte. Dies schätzte sie besonders an ihm. Er konnte zuhören. Er nahm sich Zeit für den andern, er nahm ihn ernst. Sie wurde mutiger in seiner Anwesenheit. Die Blumen hatte sie neu geordnet in der Vase, er nahm eine Steinnelke heraus; dabei berührten sich ihre Hände. Farbtupfer, rote, blaue, hatte er an den Fingern, Farbreste, gelb und grün, in der Behaarung des Handrückens. Ja, Katrin mochte Pablo, manchmal hätte sie sich mehr gewünscht als nur die flüchtige Berührung der Hände ... Das Heu sei jetzt gut, sagte der Bauer. Er sagte es eher für sich, jedoch so laut, daß Katrin es hörte. Als sie aufstand, war er schon damit beschäftigt, den Ladewagen an den Traktor zu koppeln.

Das Aufladen ging zügig voran. Die Greifer der Maschine beförderten das Heu auf den Wagen. Katrin folgte dem Gefährt mit dem Rechen. Die Hitze hatte etwas nachgelassen. Ein paar Wolken, sehr hohe Wolken, unschlüssig in dieser Übermacht von Blau. Die Sonne schien schräg über den Wagenrain herüber und hatte nicht mehr die Kraft, alles zu lähmen. Man glaubte sich ihr gewachsen, meinte dem Licht standhalten zu können, wenn man die Augen zukniff und mit der Hand noch einen Schirm darüber bildete; man war nicht mehr so ausgesetzt, fühlte sich nicht mehr so als ein Geschöpf und träge... Nach verrichteter Arbeit schüttelte der Bauer Heublumen aus seiner Mütze, streifte das Hemd über den Kopf, reinigte es von Halmen und Staub, bevor er sich damit den Schweiß vom Leib wischte. Mit entblößtem Oberkörper stand er da. Milchweiß war die Haut von Brust und Rücken, und die wettergegerbten Arme und der Kopf schienen gar nicht zu ihm zu gehören.

Im Verkehr des späten Nachmittags fuhr Katrin nach Hause, müde, unruhig, geriet manchmal zu nah an den Straßenrand. Wenn Lastwagen sie überholten, war es am schlimmsten.

Sie könnte wohl an keinem anderen Ort leben als hier, dachte sie. Im Freiamt. Wo sie geboren und aufgewachsen war. Sie wollte auch hier leben, obwohl es Zeiten gab, da ihr das nicht genügte, ihr als nicht ausreichend erschien. Doch die Mobilität des Menschen kam ihr verdächtig vor, die Versetzbarkeit war ein Trug. Katrin konnte nicht an einem beliebigen Ort wohnen, nicht einfach irgendwo sein. Dafür nahm sie ihr Leben viel zu ernst.

Man hat nur eine Heimat, und in der sind schon viele Welten verloren.

Zu Hause hatte sie Gefäße im Brennofen. Am frühen Morgen war die Brennzeit abgelaufen, jetzt würden die Schalen wohl bald ausgekühlt sein, und sie konnte die Tür öffnen. Schalen, halbrunde Teeschalen hatte sie geformt und sie kornblumenblau bemalt mit einer lasierenden Glasur, durch die auch die Farbe des Tons dringen sollte. Am Straßenrand lag eine überfahrene Katze, und obwohl Katrin der blutgefärbten Stelle hatte ausweichen wollen, blieb am Vorderrad ein Streifen Rot kleben, schien bei jeder Umdrehung neu auf, bis er sich allmählich wieder verlor. Katrin war seit vier Jahren geschieden – seit vier Wochen wohnte sie in Pablos Haus. Vielleicht hatte er einen Risotto gekocht, er machte den besten Risotto überhaupt, und hin und wieder aßen sie zusammen.

Sie fuhr auf den Platz vor dem Haus. Der schwarze Hund, der wohl das Knirschen des Kieses gehört hatte, lief ihr entgegen; und als Katrin bemerkte, daß auch Pablo in der Tür stand und sie erwartete, wurde sie froh. Doch die Freude währte nicht lange. Gleich fiel ihr Pablos Unsicherheit auf, in seinem Gesicht war sie ablesbar. Oder an seinen Bewegungen. Wie er sie begrüßte; wie er ihr das Rad abnahm, was er noch nie getan hatte; wie er sie fast hastig hineinzog ins Haus.

2

Flip hing am Walkman wie am Tropf, als es geschah, er hatte den Kopf voller Musik und den Körper auch. Er fuhr schnell, viel zu schnell
und plötzlich war die Kurve da und schoß auf ihn zu...

Flip stand im Graben, seit zwei Stunden im Arbeitsgraben, einem nüchternen Betonschacht, wo es kühl war und düster. Eine Stablampe mit langem Kabel gab Licht, er hatte sie an die vordere Radachse gehängt. Im Reparaturgraben stand er und hatte den Boden eines Ford Capri über sich. Es roch nach Motorenöl, Schmierfett, Benzin und schwarzem Gummi. Der Boden war rutschig, und es schien ratsam, feste Schuhe zu tragen. Doch Flip hatte immer blaue Basketballschuhe an den Füßen. Auf einer kleinen Lache Wasser schillerte farbig eine Haut aus Öl. Dunkle Flecken überzogen die Wände.

Flip stand im Graben, hatte Spritzer auf dem Overall, auf der Haut; er schmierte die Radaufhängung, hatte einen Ölwechsel bereits vorgenommen. Flip hing am Walkman, das stimmt, er war diesem Gerät verfallen. Es steckte in der Brusttasche des Overalls, und wie von der Konserve Blut in die Vene floß, trieb Musik in seinen Kopf, tropfte, pulste; manchmal war es ein Strömen, manchmal ein Hämmern, und plötzlich wurde der Walkman selbst ein Organ in seinem System, eine dritte Niere, die mit Notspülungen den Dreck aus ihm herauswusch, damit der Alltag überhaupt zu bestehen war.

Eine Sucht. Ein Abhängiger sei er, sagte Flip, ausgeliefert – hingegeben der Möglichkeit, mit einem Druck auf die ON-Taste die Welt auszuschließen. Die ganze äußere Welt, die ihn, genau besehen, fortwährend zwang, etwas zu tun, das er nicht tun wollte, sich an einem Ort aufzuhalten, der ihm verhaßt war, unter Menschen zu leben, die ihn nicht verstanden...

Oder stellt sich jemand das Leben so vor: im Betongraben unter einem Ford Capri? Die Konserve war notwendig, der Walkman ein Lebensretter. Einfach so am Meer, am unendlich weiten Meer unter einem unendlich blauen Himmel im Sand liegen, den nackten Körper im weichen heißen Sand, das wäre auch ohne Walkman auszuhalten. Aber mit der Musik wäre es noch schöner. Der Tag war öd – langweilig überhaupt waren die Tage, und die falsche Stille der Werkstatt, in der über Mittag wenig Betrieb herrschte, da Flip allein arbeitete, wäre ohne Musik unerträglich gewesen. Ein Hammerschlag auf Blech machte um diese Zeit die Werkstatt unendlich groß; der Walkman wischte die Fremdgeräusche weg.
Es roch stark nach Motorenöl. Die Garage begann an heißen Tagen nach Motorenöl zu riechen, als würde eine Ölquelle erschlossen. Er mochte das, im Prinzip. Er mochte den Geruch von Öl auch am Körper. Nur Öl in den Haaren haßte er, aber gerade da kam es hin, machte die Haare fettig und stumpf.
Flip war neunzehn.
Er lernte Automechaniker. Warum, hätte er nicht zu sagen gewußt, nicht mehr. Heute schon gar nicht. Vielleicht auch deshalb, weil er den Geruch von Benzin liebte. Eine Zeitlang hatte er ein Riechfläschchen bei sich getragen und tagsüber immer wieder Benzin geschnüffelt. Das war schön gewesen, es hatte einen abfahren lassen wie nun die Musik, berauscht hatte es ihn und schwindlig gemacht, aber manchmal war er davon auch ganz ruhig geworden. Und das war auch eine Sucht gewesen.
Nicht die Gerüche, weder Fett noch Öl, nicht einmal die Arbeit selbst blähten den Tag so endlos auf: es war die Aussichtslosigkeit.
Der Boden des Ford Capri war teilweise von Rost zerfressen, unter dem Sitz des Fahrers hätte Flip das spröde Blech mit dem Schraubenzieher glatt durchstechen können. Der Besitzer war ein dickleibiger Stammkunde; der

Reifen vorne links, stärker abgenutzt als die anderen, gab Hinweis, wie schwer der Fahrer war.
Automechaniker. Flip hatte den Beruf gewählt. Das heißt, er wäre lieber Motorradmechaniker geworden, hatte allerdings keine Lehrstelle gefunden. Aber später, vielleicht würde er sich später noch umschulen lassen. Später – das war ein schwieriges Wort für ihn. Eine Hoffnung und ein Loch. Später würde er einmal dieses und jenes oder... das Bodenlose tat sich hinter dem ›später‹ auf. Aber vielleicht war die ›Zukunft‹ ein Zündmechanismus, mit dem das Festgefahrene zur Explosion gebracht werden konnte, das Eingefrorene. Bei einer berühmten Marke, bei Honda zum Beispiel Rennmechaniker sein, das wäre eine runde Sache, etwas, worauf man sich freuen könnte. Und es war ein Traum. Flip würde in ein paar Monaten die Lehrzeit abschließen, im nächsten Jahr die Rekrutenschule hinter sich bringen – und dann abhauen nach Japan zu Honda oder Suzuki.
Automechaniker, das letzte war das nicht. Hier zu bleiben, das wäre das letzte. Flip konnte sich nicht vorstellen, nach der Prüfung seine Tage weiterhin in dieser Werkstatt zu verbringen. Und Bremgarten? Es war zwar nichts los in dem schwarzen Kaff. Jeder kannte jeden, es gab keine Geheimnisse; und tausend Gerüchte. Aber mies, mies war das Kaff nicht. Und wenn es gelänge – oder war es doch eine Falle, und er hatte den Fuß schon im Eisen. Es entsprach trotzdem nicht seinem Geschmack, Sommer und Winter Kupplungen zu ersetzen, vermurkste Kurbelwellen in Ordnung zu bringen, die Wagen fremder Leute in Schuß zu halten, die nicht einmal fähig waren, die Gänge richtig einzulegen. Überhaupt kein Gefühl für Motor und Maschine hatten diese Typen. Es gab Mechaniker berühmter Rennfahrer, die nahmen nachts das besonders empfindliche Nockenwellenlager mit in ihr Bett. Die montierten einen Satz Kerzen im Schlaf. Die verstanden ein Getriebe, waren fähig, auf den Wagen zu hören. Und man brauchte ein feines

Gehör, um den Motor zu verstehen. Ein Motor kann leiden, kann verrecken, ein Motor kann aber auch jubeln. Man muß die Maschine lieben – dann gibt sie alles, gibt ihr Letztes: Einfühlungsvermögen, das war der Punkt, der entscheidende Faktor. Der Dicke aber, der den Ford Capri besaß, war bestenfalls Durchschnitt, und der durchschnittliche Autofahrer hatte von seinem Wagen allerhöchstens begriffen, wie die Scheibenwischer funktionierten.

Flip kletterte aus dem Graben, wischte die Hände an Putzfäden einigermaßen sauber, holte aus dem Automaten eine Packung Milch und verließ die Werkstatt. Er stellte sich neben das offene Tor an die Sonne, deren Licht von den teilweise blinden Scheiben aufgeschluckt wurde, lehnte, noch blinzelnd, an der warmen Mauer, das rechte Knie angewinkelt, die Schuhe an die Wand gestützt. An der Zapfsäule, die mit Münzen bedient werden mußte, tankte einer. Volvo 244 GLE, grün-metalisé. Über dem Einfüllstutzen das flirrende Gemisch von Luft und Benzin, und als der Mann, Vertretertyp mit Krawatte, etwas von dem Benzin überlaufen ließ, war sofort dieser besondere Geruch da, der Geruch von Supershell, das auf heißem Blech in der Sonne verdampft. Flip schlürfte Milch, hielt die angenehm kühle Packung mit beiden Händen, beobachtete den Fremden, wie er den Wagen startete, anrollte und die Kupplung kommen ließ. Brutal. Man müßte das Viergang-Synchrongetriebe verbieten, dachte Flip, dann wären alle Verkehrsprobleme gelöst. Die meisten Fahrer wären gar nicht fähig, nach dem Drehzahlmesser zu schalten. Überall würden Motoren zusammenbrechen, Autowracks stehen, der Pannenstreifen wäre ein Friedhof toter Maschinen, und er, Flip, würde sich mit einem Abschleppservice eine goldene Nase verdienen. Mit dem Geld einen Rennstall sponsern, Isle of Man, Assen.

Eine Frau fuhr auf dem Rad vorbei, auf einem roten Rad und hatte auch rötliches Haar; kein Mädchen – eine Frau,

vielleicht nicht mehr ganz jung, dachte er, aber noch jung genug, was seine Phantasien nur förderte.
Es war ein Uhr gewesen. Kaum Verkehr. Die Rote war Flip schon ein paarmal aufgefallen. Im ›Rößli‹ flipperte sie ab und zu. Auf dem Reußfest hatte sie ausgelassen getanzt. Mit verschiedenen Männern. Sie war die Schwester von Villiger, dem Inhaber des Drahtwerks. Bei ihm arbeitete Flips Vater. Wenn der Alte überhaupt arbeitsfähig war. Seit sich Flip erinnern konnte, hatte der Vater getrunken... Töpferin soll sie sein, wußte Flip, geschieden. Sie war häufig mit dem Rad unterwegs, gelegentlich in weißen Shorts, sie hatte sonnenbraune Beine. Es waren Beine, die hätte man im PENTHOUSE abbilden müssen. Und noch mehr von ihr.
Diese Frau und eine starke Honda. Er war jetzt auf beides scharf wie auf etwas, das man haben will im Sinn von Besitz. Und haben könnte, wenn man nur wollte. Es war ein Inbegriff. Flip schaute ihr nach. Die Musik in seinem Kopf spielte Steig-ihr-nach. Doch Flip blieb stehen. Die Musik in seinem Körper stachelte ihn an – und hielt ihn fest.
Flip war großgewachsen und eher mager. Der Overall, den er trug, war schon alt und ausgebeult, und verschmutzt war er auch. Flip hatte schwarze Haare, kurz geschnitten, und einen Schnauz. Der bedeckte die breite Oberlippe dicht und war an den Enden ziemlich lang. Manchmal zwirbelte Flip mit Daumen und Zeigefinger eines der Enden herum. Er war im Grund ein schüchterner Mensch. Das merkte, wer seinen Blick zu fassen versuchte. Flip schaute zu Boden.
Am Tropf war er allem nicht so direkt ausgesetzt. Die Musik baute Tonwände, hinter denen Flip sich verschanzte. Er hatte schmale Hände mit kräftigen Fingern, knochige Handgelenke. Man schätzte ihn älter als er war; dies fand er gut, es hatte ihm bisher nur Vorteile gebracht.
Er konnte die Rote nicht mehr sehen, nicht mehr den

glänzenden Haarschopf, den gebeugten Rücken, die schmale Taille, nicht mehr das herzförmige Gesäß und die gebräunten Waden über den Pedalen.
Er trank die restliche Milch, stopfte den Halm beinah unwillig in die Verpackung, zerknüllte sie, warf sie in den Container und ging an die Arbeit zurück.

Der Nachmittag zog sich dahin, Nachmittage im Sommer wollten kein Ende nehmen, ihr Motor drehte im Leerlauf. Man steckte aus Langeweile Pfefferminzdrops ins Gesicht und hatte wenigstens die Empfindung von Kühle im Mund.
Ein Kollege schweißte ein Bodenblech ein, und das Schweißlicht gleißte heller als das Licht der Sonne. Flip hatte die Arbeit am Ford Capri beendet, der Wagen parkte gewaschen auf dem Platz vor der Werkstatt, darunter, im gefährlichen Schatten, lag die getigerte Katze des Chefs.

Er überlasse dem Stift (Lehrling) die Testfahrten gelegentlich, sagte der Chef, das gehöre zur Ausbildung.

Der Chef hatte den Wagen kontrolliert; da war nichts zu beanstanden gewesen. Er hatte Flip auf die Testfahrt geschickt. Nichts sei da außergewöhnlich gewesen. Flip hatte eine Plastikfolie über den Sitz gelegt und war losgefahren.

Er fuhr schnell, bestimmt zu schnell, er hatte Kopf und Körper voller Musik; und ASIA, seine Lieblingsgruppe, bestimmte den Rhythmus der Fahrt; rechts und links öffnete sich die Landschaft, ein vorabendliches Freiamt, und war schön. Der Motor lief gleichmäßig und gut, Flip spürte die weichen regelmäßigen Vibrationen. Der Himmel war blau und wirkte durch die getönten Scheiben noch intensiver als sonst. Stahlblau war der Himmel vielleicht. Eine zu Boden gefallene, mit grünem Karosse-

rielack getränkte Wolke, das war der Wald. Die Straße führte mit einer engen Kurve in den Wald hinein – bog nach einer langen Geraden ebenso plötzlich aus dem Wald hinaus, und Flip, gewohnt, sie im Traum zu nehmen, fuhr sie auch als Träumer, dachte gar, der Traum habe sie erfunden, ergab sich dem raschen Wechsel vom Hellen ins Dunkle, auf der Geraden war sein Denken die Musik gewesen, der laufende Motor, da schoß die Kurve auf ihn zu, Schatten, er war schon drin, plötzlich die lichtüberflutete Fahrbahn, eine Baumlücke im Wald, der Drummer der ASIA brach aus, wirbelte auf Flips Trommelfell ein Solo, und ebenso plötzlich tauchte der andere auf, ein beiger Audi raste in die Kurve, geriet dem Schlagzeuger wie ein verirrtes UFO vor die Trommeln
ein Einbruch war das
ein Überfall, und Flip merkte, daß er selbst auf der linken Straßenseite fuhr, im Reflex riß er den Ford Capri zurück, glich aus mit dem Steuer, war wieder voll da, rechts, konzentriert, fuhr mit dem Ford Capri geradeaus jetzt weiter, ohne den beigen Audi berührt, gestreift zu haben. Nichts, nichts war geschehen. Nur der andere hatte wohl ausweichen wollen, wer weiß das, hatte vielleicht auch nicht aufgepaßt, er brachte sein Auto nicht mehr unter Kontrolle, schnellte über die Kurve hinaus, stürzte die Böschung hinunter, schlug gegen einen Baum. Flip sah das im Rückspiegel. Oder er fühlte es, mit einem Mal waren die Bilder eines Geschehens, das er nicht gesehen hatte, ganz innen, grell, scharf, schmerzhaft; er hatte noch immer den Kopf voller Musik, Musik hinab bis in die Fußspitzen – da war es, als risse das Band.

Flip bremste, hielt an, stieg aus, nahm den Kopfhörer ab, stand etwas verstört wieder da – auf dem Boden. Er begann zu rennen, stoppte bald den sinnlosen Lauf, ging langsam zur Kurve zurück. In seinem Kopf hatte etwas ›Unfall‹ registriert, und das hatte mit ihm zu tun, ihn ging das an, es bildete die Wirklichkeit diesseits der Musik. Er steckte die Hände in die Taschen, und es war ihm für Augenblicke, als befinde er sich auf der falschen Seite.

Es war still, es war Nachmittag und still. Kein Verkehr, nichts; als wäre alles Einbildung, eine Schrecksekunde gewesen, ausgelöst von der Rockmusik: war da jemand mit metallbeschlagenen Schuhen eine Marmorstiege hinabgelaufen, und der Hall der Schritte war so rasch weggesackt, wie Sternschnuppen am nächtlichen Sommerhimmel verglühen – hatten sich nur alle Dinge der Welt für einmal auf den Kopf gestellt?
Flip stand da, am Ausgang der Kurve, sah unten einen Wagen liegen, den beigen Audi, die Türen aufgerissen, die Kühlerhaube zerdrückt; auf dem Dach stand der Wagen, und neben dem Wagen lag ein Mann mit verrenkten Gliedern.
Der Mann war tot.

3

Man rief den Krankenwagen in solchen Fällen, die Polizei, und manche holten auch einen Priester.
Der Verunglückte hieß René Villiger. Er trug einen sos-Ausweis bei sich, in dem rot unterstrichen vermerkt war: Wünscht bei Unfall kath. Priester...
Villiger war zwar tot, soll auf der Stelle tot gewesen sein; aber man kann auch Tote mit den Sterbesakramenten versehen.

Francis Fischer war Priester. Er saß in seinem Studierzimmer, hatte ein mit der Hand abgeschriebenes Gedicht vor sich liegen, das er liebte, dessen eindringliche Verse ihn vor allem in letzter Zeit stark beschäftigten und mitnahmen. Er hätte auch im Freien sitzen können, am roten Blechtisch unter dem Kastanienbaum, im Garten, der wucherte, da er ihn nicht pflegte. Es gab Leute, die ärgerten sich deswegen, andere lachten und fanden das schön. Kerbel wuchs, Sauerampfer und Mohn. Es gediehen wildes Korn und Kamille. Einmal im Jahr nahm Fischer die Sense und mähte den Garten ab. Wenn die Mahd trocken war, zündete er den Haufen an. Und vom Feuer, das er entfachte, stieg Qualm auf hinter der Mauer, und man hätte denken können, ein Eingeschlossener gebe Notzeichen. Der Mauer entlang wuchs dickes Brombeergestrüpp, auf Ziegeln sonnten Blindschleichen. Die Katzen der Nachbarschaft liebten den Garten, doch Fischer zog am Nachmittag sein Studierzimmer vor. Er hatte hellrotes Haar, war weißhäutig und voller Sommersprossen; so litt er bald an der Sonne.

Hälfte des Lebens

Das Gedicht Hölderlins setzte ihm zu. Bilder und Verse warfen Schatten auf seinen Alltag, auf sein sechsunddreißigstes Lebensjahr. Hin und wieder, wenn er die Frühmesse zu lesen hatte, überkam ihn eine elende Mühsal, und er stand vor dem Altar, der Gemeinde zugewandt, hielt die Hostie in der Hand. Und er aß den Leib Christi. Trank dessen Blut. Das Irreale hinter dem Vorgang konnte die Vernunft zum Entgleisen bringen, dachte er, hatte gelesen, das Leben ernähre sich vom Tod; nur in der Eucharistie ernähre sich das Leben vom Leben. Er wünschte sich manchmal, so überzeugt und gläubig zu sein wie die Kirchgänger, die zur Frühmesse kamen. Zumindest wirkten sie auf ihn, als ob sie gläubig wären. Es waren meist Frauen. Er gab ihnen die Hostie in die Hand, das Weiß deckte Herzlinie, Kopflinie, es deckte die Lebenslinie ab. Sie hatten so saubere Hände. Und ab und zu schaute ihm eine Frau in die Augen, er vermochte den Blick nie ganz zu deuten – seltsam, wenn er sie schon als Mädchen gekannt hatte.

Nun hatte sie einen Mann, einen Freund, ging tanzen, küßte, liebte. Er berührte fast zärtlich ihre Hand, roch ihr Haar, sah ihre Augen. Eine junge Frau. Und bei welcher anderen Gelegenheit wäre er einer Frau so nah gekommen wie bei der Kommunion. Die er ausnützte. Er fand dann, alles sei so verletzlich. Die Hand, die Haut. Der Leib, den Leib des Herrn empfangend. Zum Verzehr. Es fiel ihm oft schwer, Frauen die Kommunion zu geben; er fühlte dabei, daß er ein Mann war, unabänderlich. Eher bedenkenlos reichte er Männern die Hostie. Das war fast ein Güteraustausch, wenn er an bestimmte Namen dachte. Es gab da keine Probleme, unkompliziert war es, den Männern die Kommunion zu erteilen, und vielleicht war sie deshalb für ihn zu einem Ritus ohne Inhalt und Sinn verkommen. Oder verfälscht worden. Man hielt sich an die Spielregeln, man setzte ein Einverständnis voraus, das für Fischer am Ende keine Grundlage mehr hatte, man genügte der Konvention. (Aber wehe dem, der sich vom Herrn nährt und keine offenen Augen hat, um IHN zu entdecken...)

So gab er den Männern teilnahmslos die Hostie in die Hand, und nie suchte einer von ihnen seinen Blick; aber was lag in den Blicken und Augen der Frauen, was war das für ein Schimmer, den er nicht zu beschreiben wagte. Fischer hatte schon einmal in Erwägung gezogen, ungeweihte Oblaten in die Hände der Männer zu legen...
In der Frühmesse fiel ihm sein Amt oft schwer, wenn er in der fast leeren Kirche stand und Gebete zu sprechen hatte, deren Worte, kaum waren sie ihm über die Lippen gekommen, wie Bleiklötze zu Boden fielen. Dumpf schlugen sie auf den Fliesen auf, als hätte Watte sie aufgenommen, und dabei war doch die große Kirche für einen Nachhall geradezu geschaffen. Ja, ohne Echo schien ihm zu bleiben, was er sprach, dachte, unternahm. Ein paar Alte und die Schwestern vom Josephsheim waren jeden Tag anwesend. Kaum Männer, wenige junge Frauen, Jugendliche eigentlich nie. Den Blicken der Schwestern war Fischer ohnehin nicht gewachsen. Die Augen gesenkt, gab er ihnen die Hostie. Eine ältere Frau bestand darauf, den Leib des Herrn täglich von der Hand des Priesters in den Mund gelegt zu bekommen. Sie war beharrlich, wollte die Kommunion wie vor dem Konzil empfangen, öffnete die Hände nicht, sondern behielt sie in Betstellung vor der Brust. Es war ein Ansinnen, und Fischer vermied es, mit den Fingern ihre Lippen zu berühren.
Und er, Francis Fischer, aß jeden Tag den Leib des Herrn, das Brot, das er selbst in Fleisch verwandelt hatte; es war gelegentlich ein kannibalisches Gefühl, sich so das ›ewige Leben‹ einzuverleiben, und er fragte sich, warum es denn nicht möglich sein sollte, Brot Brot sein zu lassen.

Hälfte des Lebens

Es war still im Haus, es war still in der Unterstadt, wo das Haus stand, nah bei der Kirche, deren Turmschatten

an sonnigen Tagen durch seinen Garten wanderte und hinüberglitt über die Mauer in den gepflegten Garten des Stadtpfarrers. Den Stadtpfarrer hätte Fischer wohl sehen können in diesem Moment, aber er wollte ihn nicht sehen, ließ sich deshalb nicht blicken am Fenster.
Es war früher Nachmittag, der Stadtpfarrer schritt im Garten auf und ab, er ging dort seiner Gesundheit zuliebe. Viel zu dick war er und hatte unter seinem Körpergewicht zu leiden. Es plagte ihn ein zu hoher Blutdruck, das auch. Wenn er bei den Prozessionen im Meßgewand einherging und die schwere Monstranz trug, in der das Sanktissimum so weiß leuchtete, daß ihm bei dem Geflimmer fast schwarz wurde vor den Augen, dann schwitzte er wie ein Märtyrer, den man quälte für den Glauben; ja, als Stadtpfarrer an Prozessionstagen hatte er einen persönlichen Kreuzweg abzuschreiten.
Francis Fischer mochte den Stadtpfarrer nicht, hatte ihn niemals leiden können. Und wenn sich der Stadtpfarrer von der Tortur, wie er das nannte, wieder erholt hatte, stimmte ihn die überwundene Schwäche, seine Fleischesschwäche, versöhnlich gegen sich selbst, und er fand bald Trost, liebte er doch Rotwein sehr und schmackhaftes Essen und einen Coup Dänemark. Den servierte ihm seine Haushälterin an lauen Sommerabenden sogar im Garten, wo er gern saß, ohne an die Zukunft zu denken
ohne zu rechnen
ohne zu sparen
als ein Sohn
des Herrn über alle Ernten der Welt.
Stille im Haus; Francis Fischer war gern allein in der Stille. Doch es war zu still, und er saß zu oft allein.
Das Haus war alt, gepflegt, es gehörte der Kirchengemeinde. Von dem großzügigen, weiß getünchten Flur aus führte eine Treppe in die oberen Stockwerke. Sie war mit einem roten Teppich belegt. Der Handlauf des hölzernen Geländers war glatt, abgewetzt, von Handschweiß fast schwarz geworden. Die Stäbe gedrechselt – Handwerk

für die Ewigkeit geschaffen. Das Licht fiel durch zwei große Fenster in den Flur. Ein Kruzifix gab es an der Wand, ein Kreuz aus dunkler Eiche, an dem der Heiland hing mit viel zu langem Oberkörper und zu kurzen Beinen. Die Nägel in Händen und Füßen waren echte Nägel, handgeschmiedet aus Eisen. Viele der Zimmer waren brusthoch getäfelt mit einem hellen Holz, in das farbige Hölzer eingelegt waren.

Jedesmal, wenn Francis Fischer ins Haus trat, hatte er das Gefühl, ein gutes Haus zu betreten – und er hatte ein schlechtes Gewissen. Er fand, das Haus sei zu groß für ihn, auch zu bürgerlich solide, und er fragte sich manchmal, ob es gerecht sei, allein darin zu wohnen. Doch alle Gedanken, die sich mit Armut und Gerechtigkeit beschäftigten, führten Fischer nur weiter in die Verzweiflung hinein...

(Du bist der Vater – der Hilfsbedürftigen, der Unterdrückten, der Recht- und Stimmlosen. Aber vergiß nicht – die Armen an Liebe, an Träumen, die Armen an Glaube und Hoffnung...)

War Gerechtigkeit überhaupt ein christliches Gebot? Ein christliches Anliegen, fußte nicht gerade die Schrift auch auf der Ungerechtigkeit, die man Fügung nannte? Gab sie nicht die Anweisung, Ungerechtes zu erdulden – verurteilte Neid, Stolz, Habsucht und pries die Demut. Dienen. –

Francis Fischer wohnte seit sieben Jahren hier, seit sieben Jahren war er Pfarrhelfer in Bremgarten, und manchmal meinte er, schweigen zu müssen, weil er keine frohe Botschaft (mehr) zu verkünden habe. –

Das Haus hatte zwölf Zimmer, die meisten davon waren unbenutzt, hohe, schöne Räume mit Stuck an den Dekken. Francis Fischer bewohnte nur den ersten Stock. Er hatte drei Zimmer und die Küche samt Möbeln von seinem Vorgänger übernommen, zwar dunkle, aber taugliche Möbel, die ein Schreiner vor siebzig Jahren angefertigt hatte, alle gearbeitet aus massivem Holz. In der

Küche hielt er sich selten auf, er verköstigte sich schnell aus dem Kühlschrank, kochte eine Suppe auf, wenn er es leid war, auswärts zu essen.
Nur wenn Lea kochte, erfüllten Wohlgerüche das Haus. So empfand er es jedenfalls. Gestern hatte sie Kuchen gebacken. Hatte einen Guß aus Zucker, Eiern und Quark gemacht, während er den Teig ausrollte und die Apfelstücke schnitt. Hatte auf einem zweiten Blech einen Käsekuchen vorbereitet mit geriebenem Emmentaler, Zwiebeln und Rahm. Ja, lachend hatten sie geweint beim Zwiebelhacken, und er war dann in den Keller gegangen, einen Wein zu holen. Sie hatten zusammen gegessen, den Wein getrunken, Santenay...
Lea war eine junge Frau, sie betreute die Pfarrbibliothek, die sich in den Räumen im Erdgeschoß befand. Zweimal jede Woche und auch am Sonntag war Buchausgabe. Eine Haushälterin beschäftigte Fischer nicht, regelmäßig kam eine Hilfe, eine Frau aus der Nachbarschaft, räumte auf, nahm die Wäsche mit, hielt alles in Ordnung.
Fischer hatte sich eingelebt, eingewöhnt. Zynisch hatte er einmal zum Stadtpfarrer gesagt, er, Fischer, führe das Wohlleben eines ländlichen Pfarrhelfers... (und vertraut mir eure Leiden an, Glückliche und Unglückliche, Heilige und Sünder, Junge und Alte, Gläubige und Ungläubige). Die Satten und die Hungernden, Stoff für manche Predigt wäre das, hatte er zum Stadtpfarrer gesagt.
Francis Fischer war aufgewachsen in Eggenwil, einer kleinen, im Schwemmland der Reuß gelegenen Gemeinde. Der Fluß war dort noch ungezähmt, wild, die Erde war schwarz und gut. Geboren als zweiter Sohn eines Bauern. Einen Weidling hatten sie in der Scheune bereit, der Fluß konnte den Talgrund überschwemmen. Fischer hatte in Eggenwil die Schule besucht; sein Bruder bewirtschaftete den elterlichen Hof, was nicht leicht war.
Der Betrieb warf zu wenig ab. Man hat zum Sterben zuviel und zum Leben reicht es nicht aus, sagte der Bruder, man serbelt dahin. Hör auf, empörte er sich,

Subventionen. Bauer will ich sein, nicht Almosenempfänger.
Francis war Priester geworden.
Verkaufen und auswandern sollte man, erklärte der Bruder. Neusiedeln in Kanada, eine SWISS-FARM aufbauen... dort könne man mit dem Traktor drei Tage geradeaus fahren, meinte der Bruder, und man fahre immer noch auf dem eigenen Land. Priester war Francis Fischer geworden, weil es der Wunsch der Mutter gewesen war, ein Wunsch wie ein Felsblock im Ackerland. Der hatte ihr Denken besetzt und war abends noch bestärkt worden mit Gebeten zur Muttergottes. Francis hatte gar keine andere Wahl gehabt, er hatte den Wunsch eingelöst. Sozusagen programmiert habe ihn die Mutter, dachte er. Berufen sei er, hatte sie selbst gesagt.
Man mochte Francis Fischer, bestimmt war er beliebt bei den Jungen. Er spielte in den Räumen der ›Jungwacht‹ Tischtennis, und keiner fand ein Rezept, seine Topspinschläge zu parieren. Er war noch jung (einigermaßen, dachte er), und manchmal fragte er sich

ABER WO BLEIBT DAS LEBEN

Hölderlins Gedicht befaßte sich mit dem Leben, teilte es in zwei Hälften – und Fischer stand dazwischen. Eingangsverse und erste Strophe verklärten den Sommer und seine Fülle, den Reichtum, das Üppige der Farben, Wärme und Fruchtbarkeit. Worte brachten Sinnlichkeit und Lebensfreude zur Darstellung. Sinnlich war die Sommerfarbe der Birnen, warmes volles Gelb, gespeicherte Glut. Das Geheimnis des Sommers war seine Unausschöpfbarkeit, unausschöpflich die erste Hälfte des Lebens.
›Heilignüchtern‹ nannte Hölderlin das Wasser des Sees und aus so erhaben stolzer Sicht wurde ihm der Kopf des Schwans zum ›Haupt‹.
In der zweiten Strophe kippte das Gedicht um.

Weh mir, wo nehm' ich, wenn
Es Winter ist, die Blumen, und wo
Den Sonnenschein,

Und es endete in dem harten Bild, das so unausweichlich wie einprägsam war, das die Winterkälte einschloß, das Alter, den Tod.

Sprachlos und kalt, im Winde
Klirren die Fahnen.

Francis Fischer liebte dieses Gedicht nicht nur, es hatte ihn richtiggehend erschüttert, als er es zum ersten Mal las. Das Gedicht beschrieb nicht die Lebensmitte, in der er nun stand. Es teilte das Leben in zwei Hälften, in eine sommerliche und eine winterliche Hälfte, und er vegetierte auf der Winterseite, er döste in einer kalten Höhle dahin, zwar geschützt, aber mit reduzierten Körperfunktionen. Doch irgendwie mußte es das Licht geschafft haben, in seine Höhle zu dringen, die Sonne hatte seinen Körper berührt, er war erwacht. Geweckt hatte sie ihn aus dem Winterschlaf, und er war aus der Höhle in den Tag gekrochen. Er fand, viel verpaßt zu haben, uneinholbar. Auch an die Schrift dachte er, die von verbotenen Früchten spricht. Er fühlte sich schwach, er spürte den Mangel an Erfahrungen. Und stets von neuem unterlag er dem ›leibhaftigen‹ Körper, dem ›Fleisch‹, das ›schwach‹ war... ›und der Geist oft unwillig‹, wenn er die Verse Hölderlins las, das Gedicht Zeile für Zeile in sich aufnahm; ›trunken von Küssen‹, dieser Gefühlsrausch erfaßte ihn wieder, Wünsche löste das Gedicht aus. Und nachts fuhr er aus Träumen hoch, war erregt, lag im Angstschweiß, fühlte eine Not.

Im Sommer ging er schwimmen in der Reuß, stieg beim Hexenturm über das flache steinige Ufer ins Wasser. Flußabwärts glitt er, ohne Kraftanstrengung. Rechts und links die stillen Ufer, von Bäumen bestanden, mit Büschen bestückt, dazwischen hellgrünes Weidland, eine Böschung mit lichtem Gehölz. In Ufernähe floß das Wasser gemächlich, blieb gar stehen, bewegte sich rückwärts; Haselnußsträucher neigten sich ins Wasser hinab, abgebrochene Zweige schwammen im Fluß, Nüsse, noch im Blätterkelch, trieben davon. An besonders heißen Tagen schmolzen Wasser und Luft zusammen, bildeten vor der Brücke zum Militär-Camp ein blaues Grün, erschienen hinter der Brücke als dunkles Blau, waren unter der Brücke schwarz. Es gab Untiefen im Flußbett, man berührte mit den Zehen die Kiesel am Boden; auf vereinzelten Sandbänken, knapp unter der Oberfläche des Wassers, konnte man aufstehen, mitten in der Reuß reichte einem das Wasser nur bis über die Knie. Bis zum reißenden, ›Stutz‹ genannten Wehr, wo abends Wildwasserfahrer trainierten, wagte sich Fischer, hatte sich vorgenommen, einmal über das Wehr zu hechten, in die gefährlichen Wirbel, die Wellen, doch bislang den Mut nicht gefaßt. Angler am Ufer, Spaziergänger, Paare auf Bänken, Kinder im Fluß, rufend und lachend, auf aufgepumpten Autorad-Schläuchen, und Francis tauchte nach einem Kiesel, holte ihn ans Licht. Grüner, von Algen überzogener Stein, glatt und schlüpfrig. An Land wusch er ihn sauber, rieb ihn trocken mit Sand. Sandreste hafteten auf dem Stein, der den Farbglanz verlor an der Sonne und die Wärme aufnahm und wieder abgab an die kalte Hand. An den Pfarrhelfer in der Badehose hatte man sich gewöhnt, erstaunlich rasch, auch der Stadtpfarrer, der jetzt wohl seine Zeitung las – oder LEPRASOL RETARD schluckte, sein verordnetes Medikament gegen Hypertonie, und dazu Wein trank, was der Wirkung des blutdrucksenkenden Mittels in die Quere kam, ihm schadete und ihn noch dicker machte, als er ohnehin war. Francis verabscheute die Schwammleibigkeit, die viele Geistliche Herren zur Schau stellten als persönliches Kreuz oder Kainszeichen. Ein ungesundes Aussehen

prägte sie, als wären sie verstopft, andauernd verstopft, als brächte ihnen einzig ein Zäpfchen endlich Erlösung. (Auch mit dem Kreuz hatte Fischer Mühe, dem Christus am Kreuz. Viele sind gekreuzigt worden, starben und sterben noch schlimmere Tode. Für Francis bildete das Kreuz längst nicht mehr den Mittelpunkt: ihn faszinierte die Auferstehung.)
Es waren die Jugendlichen in der Gemeinde gewesen, die es normal fanden, stinknormal, wie sie sagten, einen Pfarrhelfer, der baden geht in der Reuß. Ein Schulmädchen hatte ihn in der Badehose gezeichnet und für den Haarschopf und die Hose dieselbe Farbe genommen, ein leuchtendes Orange. Das hatte ihn doch ein wenig irritiert, er kaufte sich im folgenden Sommer eine neue, blaue Badehose, die er immer noch benützte, kobaltblaue Shorts mit eingenähtem Slip.
Er war ein guter Schwimmer, breitknochig gebaut, auch breit in der Hüfte; er hatte kaum Körperhaar und bekam eher dreimal den Sonnenbrand, als daß seine helle Haut Braun annahm.

Hätte er auch mit Lea schwimmen gehen dürfen?
Francis stellte sich vor, neben Lea im Gras zu liegen, sich wärmen zu lassen von der Sonne. Den Rücken rieb er Lea ein mit Sonnencreme. Seine Hand auf ihrer Haut stellte er sich vor, die Haut streichelnd, massierend, das Sonnenöl verteilte er fast zärtlich. Würde sie das überhaupt zulassen?

Der Nachmittag war vorgerückt. Die Sonne schien durchs Fenster in sein Studierzimmer. Eine Lichtbahn, in der Staubpartikel flirrten, führte zum Schreibtisch, begann am Tisch hochzuklettern, sie würde die Tischkante bald erreichen und nach einer halben Stunde auch das Blatt mit dem Gedicht berühren, es teilen in Schatten und Weiß, überfluten, ganz zuschütten mit Sonne, seine Hände wärmen, und bliebe er, Francis, sitzen, plötzlich

den Bauch sich ertasten, die Brust anfassen mit heißem Strahl.
Das Telefon klingelte, es störte seine Gedanken, und er stand auf. Eine fremde Stimme berichtete von einem Unfall am oberen Ausgang des Wohlerwaldes, bat ihn zu kommen.

Er stand vor der Bahre mit dem Toten, den weißgekleidete Sanitäter mit einer Decke verhüllt hatten. Francis Fischer hatte eine einfache Stola umgelegt, trug sie über dem grauen Manchesteranzug, den er oft anhatte. Er sprach ein kurzes Gebet. Um dem Toten die Sterbesakramente zu spenden, mußte er die Hülle, eine dünne Plastikfolie, etwas zurückziehen. Das Gesicht war unverstellt. Die Augen halb geschlossen. Fischer schloß sie ganz. Das war einfach, es gehörte dazu. Mit dem rechten Zeigefinger schob er das obere Lid hinunter, mit dem Daumen das untere nach oben. Die Haut war noch warm, die Totenstarre noch nicht eingetreten. Mit dem geweihten Öl machte er das Kreuz auf die Stirn des Toten, zog die Folie dann wieder über das Gesicht.

– Er war nicht angeschnallt.
– Hat wohl die Kurve unterschätzt.
– So wie es aussieht, hatte er selber schuld.
– Außer dem Lehrling hat es keiner gesehen.
– Nicht der erste in dieser verdammten Kurve.
– Das Licht, der Lichtwechsel, plötzlich ist man in der Kurve drin und über die Kurve hinaus und tot.

4

Hinter der geriffelten Scheibe, die in die weißgestrichene Haustür eingesetzt war, erkannte sie als dunklen und an den Rändern verschwommenen Umriß die Gestalt eines Mannes. Sie hatte eben die Gartenschürze abgelegt und war dabei, die Gartenschuhe auszuziehen, als geläutet wurde. In den Strümpfen stand sie im Gang und spürte, wie kühl die Bodenplatten waren; eigentlich hatte sie niemanden erwartet, obwohl es die Zeit war, um die ihr Mann manchmal nach Hause kam von Aarau, nach Debatten im Parlament.
Als sie den Pfarrhelfer ins Haus bat, waren die feuchten Abdrücke, die ihre Füße auf den Steinplatten hinterlassen hatten, schon wieder abgetrocknet; so warm war es noch. Barbara hatte den Nachmittag im Garten verbracht, Unkraut gejätet, Stauden aufgebunden, gearbeitet. Mit zwei Korbflaschen, die sie im Regenfaß gefüllt hatte, war sie ins Haus hineingegangen, sie wollte die Zimmerpflanzen gießen. Neben der Tür standen die Korbflaschen, feine Bläschen bildeten sich im lauen Wasser, schön im grünen Glas. Barbara begleitete den Pfarrhelfer in die Stube, wies auf die Polstersitzgruppe.
Setzen Sie sich.
Und Fischer setzte sich, umständlich, fast scheu, er fühlte sich unbehaglich, das Leder war so weich, nachgebend, wollte ihn umschmiegen – während alles an ihm fest zusammengefügt zu sein schien, beinah hart, und das paßte so gar nicht zusammen.
Was möchten Sie trinken?
Barbara Villiger öffnete in der Wohnwand eine Mahagonitür, die Hausbar; in rot gedämpftem Neonlicht standen die Spirituosen auf einer Spiegelplatte, Spiegelglas war der Hintergrund. Einen Cognac, einen Rémy Martin würde sie Fischer anbieten, den schlug er gewiß nicht aus.
Mein Mann, René, fing sie zu sprechen an, wollte sagen,

er sei noch nicht zu Hause, hielt aber erschrocken inne, lehnte sich gegen die Wohnwand, die schwarze Flasche in der einen, den herausgezogenen Korken in der anderen Hand.

René, ist etwas mit René?

Barbara Villiger war achtunddreißig Jahre alt, eine mittelgroße, eher stattliche Frau. Gutaussehend, hieß es, obwohl Jo, ihre Tochter, ganz anderer Meinung war. Unmöglich, diese Hausfrauen-Dauerwelle, sagte Jo immer wieder, schüttelte den Kopf.

Ihr Mann ist tot.

Das war schnell ausgesprochen. Fast unbeabsichtigt laut hatte Fischer es gesagt, saß unbeweglich, steif auf dem vorderen Rand des Sitzelements, die hilflosen, ja viel zu großen Hände um das Knie gelegt.

Tot.

Nicht leichthin hatte er es ausgesprochen, aber ohne Umschweife, und es war noch gar nicht bei ihr angekommen; es bildete keine Wirklichkeit ab über das Wort hinaus. Vorerst schien sich hinter diesem ›Ihr Mann ist tot‹ alles, was sie mit René erlebt hatte, zu entziehen und zu verflüchtigen. Zugleich aber lag es wie ausgebreitet vor ihr. Bilder kamen ihr in den Sinn, Szenen, die Hochzeit, ein Kind unterwegs... Barbara und René hatten jung geheiratet, heiraten müssen.

Ich hätte es nicht gewagt, trotzdem ein weißes Kleid zu tragen, hatte Barbara einmal zu Jo gesagt und hinzugefügt:

Heute würde eine Frau auch hochschwanger im weißen Kleid heiraten...

Wenn man überhaupt noch heiraten würde, wegen eines Kindes, hatte Jo gesagt, das ist doch kein Grund mehr.

Besonders am Anfang war es schlimm gewesen, damals vor achtzehn Jahren, die Blicke auf den allmählich sich rundenden Bauch...

Höchstens Standesamt, hatte Jo erklärt.

Das Gewesene schien sich zu vergegenwärtigen, alles

Vergangene lag frei, von weit zurück stürzten die Erinnerungen auf Barbara zu, begannen sie zu bedrängen, schmerzten...
Wozu eine kirchliche Trauung? Was soll das – Sakrament der Ehe, hatte Jo gesagt.

Barbara blieb ruhig, sie schien so vernünftig zu sein, was Francis Fischer erleichterte, obwohl er dem nicht ganz traute. Ihre Vernunft erdrückt sie, dachte er. Du bist jetzt ganz allein, dachte sie. Allein. Und sie sah sich auf einem endlos weiten Feld ... rings um sie herum war alles leer, verlassenes Land – eine Zurückgebliebene war sie und bei aller Anstrengung keinen Schritt konnte sie tun, was sie erschöpfte und vollends entmutigte...
Fischer war gekommen, ihr den Verlust des Mannes mitzuteilen; ohne Schnörkel hatte er das getan, hatte das Schmerzliche ausgesprochen, war nicht rührselig dabei. Er hatte wohl bemerkt, als er sich den Satz zurechtlegte und bevor er ihn ganz anders sagte, endlich loswerden konnte, daß sie bereits alles wußte. Sie hatte es mit einem Mal erahnt, in dem erhellenden Augenblick vor dem Absturz. Und noch immer lehnte sie ruhig an der Wohnwand; oder formte der Schock bloß eine Fassung, in der alles in Fluß geraten war; und noch immer, dachte sie, sitzt Fischer ohne Cognac da. Sie gab ihm ein Glas, goß Rémy Martin ein. Wie sicher einen die Gewohnheit machte, trotz allem, dachte sie. Auch ihr eigenes Glas füllte sie bis zur Markierung, genau bis zum Strich. Sie nahm einen Schluck, würgte, sie war Cognac nicht gewöhnt; und als wäre damit alles wieder zurechtzurükken, nahm sie einen Apfel aus der Früchteschale, biß hinein, begann hastig zu essen, sie hörte, wie es knackte und krachte im Kopf, als fände dort ein Aufruhr statt, der Aufstand aller Gedanken gegen den Tod, gegen die Todesnachricht.
Ein Unfall mit dem Auto, sagte Fischer.
Am Nachmittag hatte sie im Garten gearbeitet. Sie liebte

ihren Garten, hätte ihn zuerst erwähnt, wäre sie gefragt worden, was ihr wichtig sei und lieb. Doch wer erkundigte sich schon nach solchen Dingen. René bestimmt nicht. Vielleicht Josua, ihr Bruder, der in Zürich wohnte... ja, am Abend, wenn sie allein zu Hause war, telefonierte sie gern mit Josua, und dann sprachen sie auch über den Garten.

Am Nachmittag hatte sie die ersten Erdbeeren gepflückt und die Ernte als Lohn für die gute Pflege genommen. Die Stöcke waren mit Holzwolle unterlegt, die Erde war gelockert und frei von Unkraut; am Abend würde sie noch gießen, wenn die Sonne nicht mehr so heillos brannte. Zwischen die Beete hatte sie Joghurtgläser eingegraben und mit Bier gefüllt. Der Geruch lockte die Schnecken an, die dann im Bier ertranken. René liebte Erdbeeren, mochte sie besonders gern in Rotwein eingelegt und mit Zucker überstreut.

Im Garten hatte sie gearbeitet, sich auf der Bank im Schatten ausgeruht. Es war schön gewesen, alles hatte zusammengestimmt, fugenlos, die Welt ruhte, es gab keinen Anfang und kein Ende. Sie hatte den Duft frischen Heus gerochen, von der Wiese her, hinter dem Garten. Und die Geräusche vernommen, weiche Schläge vom Drahtwerk, dumpfes Brummen. René hatte das Unternehmen aufgebaut. VILLIGER, ZÄUNE & DRAHTWERK. Und weit herum zu Ansehen gebracht. Er war ein honoriger Mann, geachtet, Mitglied der Christlichen Volkspartei, Großrat... gewesen.

Er ist schrecklich konservativ, schimpfte Jo.

Das haut bestimmt hin, hatte René gesagt. Damals waren sie kaum ein halbes Jahr verheiratet, und Jo war schon auf der Welt: Ich mache mich selbständig. Schau dich um ... ländliche Gegend ... Gärten ... Zäune ... hier wird Land bewirtschaftet, die Bauern benötigen Drahtgeflecht, jede Wiese muß umzäunt sein, jeder Garten braucht einen Hag. Das sei der erste Schritt, sagte er, aber er habe auch die Autobahn-Baupläne der Regierung

eingehend studiert: Was da auf uns zukommt – das ist die Zukunft, er geriet fast ins Schwärmen... Tausende von Laufmetern Zaun müssen da rechts und links der Fahrbahn gezogen werden.
Damals, erzählte er später, hat der Staat die Aufträge vergeben, man konnte mit dem Aushub beginnen.
Das muß ein Anblick gewesen sein, gräßlich. Jo war ihm oft ins Wort gefallen, wenn er von den Anfangsjahren redete.
Nun sind die Wälder geteilt, die Wiesen zerschnitten, die Autobahn durchquert das fruchtbarste Land: und sie ist schwerer zu überwinden als ein Fluß.
Und als die ersten Teilstücke im Kanton Aargau eingeweiht worden waren, gehörte René Villiger zu den geladenen Gästen, denn rechts und links der Autobahn
dieser Betonschlange, sagte Jo, stritt sich mit dem Vater, während sie, Barbara, schwieg oder zu schlichten versuchte, säumten Villiger-Zäune die Fahrbahn, erstreckten sich Tausende von Laufmetern Villiger-Drahtgeflecht, eine spezielle, von René entwickelte Maschenart: sein erstes Patent. Und in einem Abstand von drei Metern waren Villiger-Zaunpflöcke aus Stahl aufgestellt worden – in die Erde eingelassen nach einer besonderen Methode: sein zweites Patent, und gesichert.
Alle drei Meter steht ein Villiger-Zaunpflock
alle drei Meter
alle drei Meter steht ein Villiger-Zaunpflock
alle drei Meter
Hör auf, bitte hör auf, Jo, hatte Barbara sich eingemischt, die Hand auf Jos Arm gelegt. Blöde Gans, hatte René gesagt, nicht laut, aber wütend.
Und jetzt war er tot.
Und alle drei Meter steht ein Villiger-Zaunpflock
alle drei Meter
alle drei Meter. Noch einmal, und die Hand rutscht mir aus, hatte René gesagt und Jo war aus der Küche gelaufen, empört.

Ich habe ihn in die Leichenhalle überführen lassen, sagte der Pfarrhelfer.
Sie nickte. Früher hatte man die Toten zu Hause aufbewahrt. Ihren Vater drei Tage. Sie hatten ein Bett in die Stube getragen, den Tisch in ein anderes Zimmer gestellt. Ein weißes Laken über das Bett gezogen. Die Leichenwäscherin hatte den Toten gewaschen und der Mutter geholfen, ihm das Totenhemd anzuziehen. Sie hatten den Leichnam auf das Bett gelegt, am Kopfende zwei Kerzen angezündet, dem Toten den Rosenkranz um die Hände gewunden. Das schwarze Mal auf seiner Stirn sah aus wie ein verkrustetes Einschußloch. Am zweiten Tag hatte der Tote nochmals Wasser gelassen; über Nacht war ihm der Bart nachgewachsen. Der Tote stank. Leichengeruch und die Düfte von Kerzenwachs und Weihrauch durchzogen das Haus. So auffällig wie in seinem Tod war der Vater im Leben nie gewesen, so aufdringlich präsent. Es schien so, als hätte er sich erst im Tod seinen endgültigen Platz erkämpft...
Barbara Villiger war froh, René nicht im Haus zu haben, was hätte sie auch mit dem Leichnam anfangen sollen?
Die Nachbarn waren gekommen, Verwandte, man hatte kondoliert und den Toten angeschaut. Er lag, die Wangen eingefallen, als hätte man ihm das Gebiß weggenommen, auf dem blumengeschmückten Bett. Und Barbara war ins Schlafzimmer der Eltern gegangen. Im Schrank, in der untersten Schublade, lag nur noch ein Totenhemd. Heimlich war sie als Kind in das Zimmer geschlichen, hatte die sauber gefalteten, mit Stickereien verzierten Hemden herausgenommen, zaghaft befühlt. Nachts hatte sie davon geträumt, mußte sich in Träumen gegen eine fremde Gestalt zur Wehr setzen: die wollte ihr ein Totenhemd über den Kopf streifen...
Am Morgen vor der Beerdigung war der Schreiner und Sargmacher mit dem Lehrling gekommen. Sie hatten Hobelspäne auf den Boden des Sargs gestreut, der schwarze Deckel lehnte gegen die Wand. Über die Späne

hatte Mutter ein Leintuch gebreitet, schämte sich dann noch Jahre, es war ein geflicktes gewesen. Die Männer hievten den Leichnam vom Bett in den Sarg (wie seltsam ein Bett aussieht, wie verlassen und fleckig, auf dem ein Toter gelegen hat). Und als er so eingebettet war in den Sarg, auf dem weißen Laken, im weißen Hemd, das Gesicht weiß, die Füße weiß, hatte Barbara gedacht, wie eine offene weiße Wunde sehe der Sarg aus, hatte Blumen noch hineingestreut, Nelkenköpfe, deren Duft sich vermischte mit dem Totengeruch. Siebzehn war sie gewesen, damals, und schon setzten die Männer den Deckel auf, klaubten Schrauben aus dem Hosensack. Barbara hatte sich ins Freie, in den Garten begeben, hatte im Garten fast haltlos geweint. Das Weiß war also nicht nur das Zeichen der Bräute, es war auch das Zeichen des Todes, vielleicht trug man in der Trauerzeit Schwarz, um das bedrückende Totenweiß zu verdrängen, Gedanken an den kalten Schweiß, wachsweiß auf der Leiche...

Die Mutter hatte zwei Hocker mit dunkelrotem Stoff drapiert und vor das Haus getragen. Der Schreiner und der Lehrling trugen den Sarg aus dem Haus, stellten ihn auf zwei Hocker. Daneben brannte Vaters Taufkerze. Nochmals waren Nachbarn gekommen, Leute aus dem Dorf, hatten durch das gläserne Schiebefenster auf den Toten gestarrt, legten Kränze ab, Blumengebinde...

Und als der Sarg, der Totenbaum, in der Erde war und der Vater im Grab, als der Tisch wieder dort stand, wo Totenbett und Sarg ihm den Platz für drei Tage streitig gemacht hatten, da war die Stube auf einmal nicht mehr bewohnbar. Barbara hatte es nicht über sich gebracht, auf den Tisch ein frisches Brot zu legen, eine Schüssel mit Himbeeren hinzustellen. Es war ihr unmöglich gewesen, es blieb auch der Mutter unmöglich. Sie hatten von dem Tag an nur noch in der Küche gegessen, der Tote war in der Stube allgegenwärtig geblieben. Nicht der Vater, dieser zeitlebens schmächtige, nörgelnde Vater in seiner Schwäche. Der Tod, der Leichnam. Die Erinnerung an

Leichnam und Tod. Der plötzliche unüberwindbare Ekel davor, eine Abscheu vor Kerzen und Urin, vor Blumen und Fäulnis ... vor den Gerüchen.
Wenn Josua nicht gewesen wäre. Wenn er nicht gekommen wäre und alles geregelt hätte. Man mußte Josua auch jetzt benachrichtigen, den verläßlichen Bruder. Barbara wußte, daß sie auf ihn würde zählen können, und das erleichterte sie.
Sie begann zu weinen.
Man mußte Josua anrufen.
Sie weinte nicht sehr laut, es war eher ein Schneuzen und Suchen nach dem Taschentuch, das sie dann umständlich ins Gesicht preßte. Ein Abwischen von Tränen war es, die einfach aus ihr herauskollerten und tropften wie Fremdkörper.
Rufen Sie Josua an, bitte.
Sie war froh, daß der Pfarrhelfer bisher geschwiegen hatte. Nun stand er auf, nickte freundlich, fragte nach der Nummer, ging zum Telefon. Sie war dankbar, ließ er sie nicht allein. Allein in dieser Stube – die ein Wohnzimmer war, sechzig Quadratmeter. Massive Mahagonischrankwand, mit Regalen, Anbauelementen, einem Fach für den Farbfernseher, Bar und einer Nische, in der Bibel, Exodus und Archipel Gulag I neben zwei Silvabüchern (Brutvögel Europas) einander Halt gebend standen. Ein Wohnzimmer mit indirekter Beleuchtung, einem großflächigen Panoramafenster in den Garten hinaus, Barbaras Bauerngarten, der zum Haus gar nicht paßte. Liefe der resedagrüne Teppich aus dem Raum ins Freie hinaus, träfe er nicht auf einen ihm ebenbürtigen englischen Rasen; Beete mit frischer, umbrochener Erde, Bohnenstauden hielten ihn auf. Die Stube war in der Form eines rechten Winkels gebaut, das Zentrum bildete ein massiges, steinernes Kaminfeuer, in der Eßnische stand ein geschliffener Mahagonitisch mit passenden roten Stühlen, den Hauptraum hielt die Polstergarnitur besetzt, diese kalbslederne Liegelandschaft; Sitzgarten, in

den sich das Gesäß einließ wie eine Tulpenzwiebel in weiches Erdreich, gruppiert um einen Clubtisch, dessen Platte aus demselben Granit gehauen war wie die Umrandung des Kamins.
Am Tisch saß Barbara und weinte, während der Pfarrhelfer mit Josua telefonierte, eine noch nicht vierzigjährige Frau, die sich immer älter gefühlt hatte, als sie war, und häufig, wie ihr schien, grundlos niedergeschlagen ...
Du kommst mir manchmal uralt vor, hatte Jo einmal gesagt. ... eine besonders im Herbst zur Schwermut neigende Frau, wenn die Nebelschwaden den Tag verdüsterten und alles schwer machten, als wären nasse graue Tücher über der Landschaft ausgelegt worden. Und im Winter, sobald der Garten brachlag, die Beerensträucher kahle Stauden waren, unter denen Rotkehlchen vergeblich Schutz vor Regen und Kälte suchten. Anfälle von Melancholie lähmten sie, wenn im April nochmals Schnee fiel und alles zudeckte, das sprossende Grün. Sie nahm dann Medikamente, schon am Morgen Librium, sie schluckte Tabletten gegen Migräne, kam sich fremd vor, gottsjämmerlich verlassen in der bisher vertraut gewesenen Umgebung. Im Sitzen spürte sie ihren Leib schwer, viel zu schwer, als müßte er sie erdrücken mit seiner Last.
Sie schneuzte sich. Der Pfarrhelfer hatte sich zu ihr an den Tisch gesetzt. Er sagte, daß Josua komme, und wollte ihr das Glas wieder mit Cognac füllen, was sie abwehrte; schenkte sich selbst ein, nahm einen Schluck.
Ihr Mann hat nicht leiden müssen.
Zum Sterben aber, dachte sie, war er noch viel zu jung.
Sie sprach es nicht aus, dachte an ihn bereits wie an einen Fremden, über den man beiläufig eine Bemerkung macht.
Er wäre vierzig geworden im September.
Renés Geburtstag und die ersten Brombeeren, die beiden Ereignisse waren jeweils zusammengefallen.
Barbara Villiger hatte sich wieder gefaßt, so am Tisch sitzend, die Arme aufgestützt, in einem blauen Rock,

ohne Schuhe, sah sie aus wie viele Frauen auf dem Land in ihrem Alter, etwas füllig um die Hüften; vielleicht war sie nie ein Mädchen, nie eine wirklich junge Frau gewesen, dachte sie, dafür müßte man eine leichtere Kindheit gehabt haben. Manchmal kam es ihr vor, als sei ihre Kindheit eine lange Straße gewesen, vollgestopft mit Verkehrsschildern und Verbotstafeln, und Josua war dies wohl zum Verhängnis geworden. Die schwarze Mauer, gegen die er anrannte, an der er den Kopf wundgestoßen hatte, bis er merkte, daß sie zu umgehen war. Noch mit zwanzig hatte Josua keinem Mädchen nachgeschaut, und es stellte sich heraus, daß junge Männer ihm lieber waren.
Schuld
Sühne
Verdammnis, du spinnst wohl, Mutter, hatte Jo einmal gesagt, als sie im Garten auf der Bank Bohnen abfädelten, veraltet, dieses katholische Zeug, vorbei ist das. Jo war bald achtzehn, sie sagte, was ihr nicht paßte, und Barbara war der Meinung, ihrer Tochter nicht im Weg, nicht vor dem Glück zu stehen. Jo war selbstbewußt, fraß nicht alles in sich hinein; sie führte heftige Auseinandersetzungen mit dem Vater, der für sie, wie er es selbst ausdrückte, nur der Buhmann war. Gewesen war, dachte Barbara. Es war einmal so, wiederholte sie für sich, als sei es dann leichter zu ertragen, es ist nun vorbei. Es gehörte zu dem einsehbaren Teil des Lebens, an den man sich bereits erinnerte. Ja, am Nachmittag im Garten, als es so still war und schön
vielleicht in der Todesstunde ihres Mannes
war sie eine Zeitlang eine glückliche Frau gewesen. Sie war durch den Garten gegangen; die Bohnen gediehen; sie hatte sich zu den Salaten gebückt, ihre Köpfe waren so fest und gaben nicht gleich nach, wenn man sie anfaßte. Überhaupt liebte sie es, ihre Pflanzen in die Hände zu nehmen, die Knollen, Wurzeln, Früchte zu berühren. Es war schön, die Haut einer Tomate zu fühlen, ihre Rundung zu umschließen, mit den Fingern über die rauhe

Haut einer Gurke zu reiben, eine Birne zu pflücken, es war schön, die Hände voller Zwetschgen zu haben. Und was gab es Weicheres in den Händen zu halten als frisch geerntete Himbeeren. Nichts. Oder höchstens ein junges Kätzchen, dessen Augen noch geschlossen sind nach der Geburt.

Ohne Schmerzen. Ein Tod ohne Schmerzen. Wer weiß das schon, was es bedeutet – zu sterben. In der Sterbenssekunde ballte sich aller Schmerz zusammen, der ganze Lebensschmerz explodierte in einem einzigen Augenblick: und das ist der Tod?

Er ist nicht verstümmelt. Sie können ihn anschauen. Ich werde Sie dann begleiten.

Barbara Villiger wollte ihren toten Mann nicht sehen. Nicht jetzt. Sie fürchtete, sie würde ihn nicht erkennen. Er wäre nichts als ein Toter gewesen. Kalt. Aufgebahrt an einem kalten Ort. Fremd. In der befremdlichen Leichenhalle... Vielleicht gar im selben Raum mit einem anderen Leichnam. Sarg neben Sarg. Und in diesem da – liegt Ihr Mann, müßte der Pfarrhelfer sagen. Josua würde für sie hingehen, würde ihr das abnehmen. Was sie nun als Schmerz empfand, hatte mit einer Leiche nichts zu schaffen – und die Leiche hatte mit René nichts gemein. Barbara Villiger glaubte an ein Leben nach dem Tod, glaubte an ein fernes Land, glaubte an ein Reich, in das man eingeht ... wo alle gleich sein würden in ihrer Körperlosigkeit – so wie auf dieser Welt manchmal alle gleich waren in ihrer Seelenlosigkeit. Leicht und frei war man dort, befreit. Erlösung war jetzt mehr als ein Wort für sie. Trost. Aufgebahrt lag nur der Körper, die leblose starre Hülle. Totengestalt. Stoffliche Reste, die man in die Erde bettete, damit sie Erde wurden. Im Garten nahm sie wie selbstverständlich einen Klumpen Erde auf, zerkrümelte ihn, ließ die Erde fallen. So geschah das. Einfach. Am Morgen war René noch ihr Mann gewesen, hatte am Tisch gesessen. Sie hatte ihm ein Frühstück zubereitet wie jeden Tag, zwei Spiegeleier mit Schinken,

ein Glas Orangensaft, und er hatte den braunen Anzug getragen, die blaue Krawatte mit dem roten Muster, die sie ihm geschenkt hatte. Ein Politiker, der wegfährt zur Sitzung, frisch rasiert, die Haare gewaschen. Er hatte sie geküßt, auf beide Wangen, mit trockenen Lippen, und unter der Tür hatte sie ihm Haarschuppen vom Anzug gewischt.
Er war weggefahren und nicht mehr zurückgekommen.

5

Auf dem Schreibtisch, dem massiven Möbel aus hellem Buchenholz, einem alten Büromodell, stand seine Schreibmaschine, die graue OLIVETTI DORA, lagen Papiere, die Schere, eine Tube Klebstoff und ein paar Pfeifen, verstreut Tabakkrümel und Asche. Vom Schreibtisch aus sah er, Hans Villiger, durch das geöffnete Fenster über die abfallenden Gärten zur Reuß hinunter, deren Rauschen man hörte, den ganzen Tag.
... Von der Möglichkeit, mißliebige Personen durch zugetragene, sogenannt vertrauliche Meldungen und Nachrichten zu denunzieren, auszuschalten, formulierte er, macht man bedenkenlos Gebrauch.
Er hielt mit Schreiben inne.
Man? Selbsternannte Staatsschützer, ergänzte er, säen Mißtrauen, setzen Verdächtigungen in Umlauf, führen Bestrafungsaktionen durch.
Er rauchte Pfeife (MAC BAREN MIXTURE), obwohl es umständlich war, beim Schreiben Pfeife zu rauchen, hatte die rote Bruyère mit dem halbhohen Kopf und dem langen Mundstück gestopft, die Maria Cohen ihm geschenkt hatte. Der Tabak brannte gleichmäßig und schmeckte.
Bürgerwehr und Vaterländische Vereinigung, begann er wieder zu tippen, entwickeln sich zum Hauptinstrument eines von rechts geführten Kampfes. Sie pflegen eine Art geistige Landesverteidigung mit verfassungsmäßig anfechtbaren Mitteln und Methoden, die im wesentlichen darin bestehen, gegen alles Front zu machen, was von links oder vermeintlich von links kommt.
Er zog das Blatt aus der Schreibmaschine, schob sie beiseite, verschaffte sich Platz, begann zu lesen und von Hand zu korrigieren. Nach einer Weile legte er die Seite in das Fach, in dem sich das Manuskript befand. Er nahm drei weiße Karteikarten aus der Schublade, legte sie auf

die haselnußbraune Schreibtischfläche; sie waren beschrieben mit seiner kleinen engen Schrift:

- In Regensdorf werden Demonstranten, die sich vor dem Gefängnis gegen Isolationshaft aussprechen, von Bauern mit Jauche bespritzt.
- In Zürich formieren sich Bürgerwehren. Mit Eisenstangen und Stahlruten gehen sie gegen ›mißliebige‹ Jugendliche vor.
- In Basel prügeln Schlägertrupps Jugendliche (mißliebige) spitalreif. Die anwesende Polizei greift nicht ein.

Er dachte darüber nach, wie die Notizen am besten in seine historische Arbeit einzufügen wären.

GESCHICHTE – GEGENWART, und wie bringe ich sie zusammen, hatte Hans Villiger in sein Notizbuch geschrieben.

Er nahm einen Ordner mit Fotokopien von alten Dokumenten aus dem Schreibtisch und suchte ein Blatt heraus.
Später Nachmittag.
Eine Kanne mit Tee stand auf dem Tisch, eine hellgrüne Kanne, die Katrin getöpfert und gebrannt hatte, mit dazugehörenden, ebenso hellgrünen Tassen. Es müsse das zarte Grün des ersten Grases im Frühjahr sein, hatte Katrin gesagt. Er arbeitete allein in der nachmittäglichen Stille, hatte die inzwischen erloschene Pfeife wieder angezündet, studierte Dokumente, las von ›zweifelhaften ausländischen Elementen‹, denen man vorwarf, sie hätten ›eine Bewegung geschürt‹, die auf den ›gewaltsamen Umsturz alles Bestehenden‹ hinarbeite, was, so sah (beschwor) es der Landammann damals, ›Verwirrung und unter Umständen schweres Leid über unser Land zu bringen‹ geeignet sei. Er saß vertieft in seine Arbeit
lesen
schreiben

ließ die Pfeife erneut ausgehen, der Tee auf dem Schreibtisch war kalt und bitter geworden, als Katrin kam – mit dem roten Fahrrad war sie gekommen, um ihm die Todesnachricht zu bringen.
Dies machte das Schreiben mühsam und kompliziert: nachdem er die Dokumente gesichtet und aufgearbeitet hatte, mußte er sie umsetzen in eine ›Erzählung‹, ja, weil dabei auch die Pfeife immer wieder ausging und der Schreibtisch übersät gewesen war mit angebrannten Streichhölzern, hatte ihm Maria ein Pfeifenfeuerzeug gekauft
René ist tödlich verunglückt
nur in der erzählerischen Rekonstruktion schien ihm seine Geschichtsarbeit Sinn zu bekommen. René? Er wollte diesen René, den Satz über seinen Tod, nicht an sich herankommen lassen, etwas in ihm wehrte sich, sträubte sich dagegen, und doch fanden die Wörter eine durchlässige Stelle; man hat die Kindheit zusammen verbracht, man ist im selben Bett gezeugt und geboren worden, man hat am selben Tisch gegessen, man hat zusammen das Zimmer geteilt, ja, und am Ende ist der Bruder doch ein Fremder gewesen. Trotzdem traf die Todesnachricht, sie löste Gedanken und Bilder aus, die sich mit den Geschehnissen vermischten, mit denen sich Hans Villiger eben noch befaßt hatte. So wie es auch jedesmal einer Umstellung bedurfte ... in seiner erschriebenen Welt fiel ein Regen, während doch, wie jetzt, draußen die Sonne schien, alles hell war, leuchtend beinah
aber in seinem Kopf diesig verhangen, Nebel, tropfender Wald.

Hans Villiger war Lehrer. Er hatte eine längere Zeit in Amsterdam verbracht, zusammen mit Maria Cohen, einer Holländerin. Er war zurückgekehrt. Maria hatte sich lange nicht dazu entschließen können nachzureisen, im Freiamt zu leben. Nun wohnten sie an der Antoni-

gasse in Bremgarten und hatten eine zweijährige Tochter, sie hieß Lina.
Hans Villiger hatte schulfrei. Nach dem Mittagessen war er reußabwärts gewandert, bis auf die Höhe von Eggenwil, wo sich die Gemüsefelder einer Gärtnerei erstreckten. Er hatte sich auf einen Stein gesetzt, von dem aus man die Füße ins Wasser baumeln lassen konnte. In der Flußmitte lagerte eine breite Kiesbank, zu der hinaus ein Fischer gewatet war. Das andere Ufer wurde vom Cheselwald bedeckt. Hans Villiger hatte sich so gesetzt, daß die Sonne seinen Rücken wärmte. Es war eine ihm liebe Angewohnheit, vor der Arbeit am Schreibtisch einen Spaziergang zu unternehmen, immer der Reuß entlang. Er beschäftigte sich mit historischen Untersuchungen, hatte sich vorgenommen, an der Volkshochschule Vorträge zu halten; er wollte sich vor allem mit HEIMAT befassen und hatte ein Konzept mit dem Arbeitstitel ZWISCHEN DEN KRIEGEN ausgearbeitet. Gerade weil es auf geschichtlichen Ereignissen fußte, schien es ihm auch dafür zu taugen, ein gegenwärtig herrschendes ›Klima‹ zu beschreiben. Die Gegenwart von der Geschichte aus begreifen, stand in seinem Notizbuch, und:
Warum sind so viele heimatlos, entwurzelt?
Man besinnt sich auf Verlorenes, hatte er notiert. Auf dem Stein saß er, schrieb: Auch über die Arroganz derer nachdenken, die nur noch hoffnungslos sind und kaltschnäuzig.
Du kannst ja auswandern, hatte René gesagt.
Aber Hans Villiger war einer, der den Wunsch hatte zu bleiben.
Mit Maria und Lina wohnte er in einem alten Haus. Zu günstiger Miete. Von der geräumigen Wohnung aus ging der Blick auf die Reuß, auf Fällbaum und Holzbrücke. Tag und Nacht hörte man den Fluß. Das Casino sah man, das Josephsheim, den Wald dahinter. Und über den grünschwarzen Wipfeln lag am Abend, nachdem die Sonne untergegangen war, das Licht wie der sanfte

Widerschein einer Feuersbrunst. Wenn Hans Villiger mit Lina zuschaute, wie die Sonne versank, meinte sie, die Sonne gehe schlafen, sie habe ihr Bett im Wald, und einmal hatte das Mädchen darauf bestanden, ein Kissen für sie dorthin zu tragen.
Die Todesnachricht hatte Hans Villiger auf Gedanken über das eigene Sterben gebracht, es war ein Zwang. Der Tod des Bruders, auch wenn es ein Unfall gewesen war, bewies die alltägliche Möglichkeit Sterben. Gerade weil es ein Unfall gewesen ist, dachte Hans Villiger. Zufällig konnte man ausscheiden aus einem Programm, das man nie ganz durchschaut hatte, dem man vorschnell vertraute, bis es einen ausspuckte. Der Tod, das war der jederzeit mögliche Betriebsunfall ... Totalschaden.

Hans Villiger hatte den Bruder immer als Gegensatz zu sich empfunden. Wie er lebte – was er dachte und unternahm. Er hatte sich nie in den gradlinigen Mann einfühlen können. Der war so praktisch gewesen: ein Bruder ohne Zweifel, der wußte, was richtig war und was falsch, während Hans sich als Grübler sah und Mühe hatte mit fast allem, auch Angst, sich festzufahren, Angst vor dem Stillstand – dem Normalfall. Nächtelang brütete er über einem Problem. Scheinproblem, hätte René dazu gesagt und gelacht; ja, ganze Nächte verbrachte er brütend, bis ›aus dem Ei‹, wie er selbst scherzhaft und ironisch sagte, Ratlosigkeit schlüpfte und er weder ein noch aus wußte bei sich selbst, die erkaltete Pfeife in der Hand.

Der Reuß entlang war er spazierengegangen, das liebte er; das Gehen setzte die Gedanken in Gang – in Fluß, und die Bewegung des Wassers, das monotone Fließen, es verlieh ihm Ruhe, gar Kraft. Wer am Fluß aufgewachsen sei, hatte er Maria zu erklären versucht, komme vom Fluß nicht mehr los, falls er ihn verstehe, falls er die ›Stimmen des Wassers‹ zu deuten vermöge, was mit Gedankenschärfe nichts zu tun habe, aber geschärfte

Sinne erfordere... Auch Maria liebte die Reuß, sagte, der Fluß sei unerbittlich und weich – als sanft empfinde sie ihn, als rasend, als schnell und gemächlich zugleich. Wenn sie am Fluß spazierenging, kam es ihr vor, als besitze er alle Eigenschaften gleichzeitig. Und alle waren sie fließend. Man muß es den Eltern mitteilen, hatte Katrin gesagt.
Ich werde hingehen und es ihnen sagen.
Auf einem Stein am Flußufer hatte er gesessen, die Füße bis zu den Knöcheln im Wasser, das noch zu kalt war für ein Bad, und er dachte nach. Er hatte es sich in den Kopf gesetzt, mit seiner Arbeit ›Zwischen den Kriegen‹ nicht nur zu zeigen, wie es damals zugegangen war im Freiamt, im Kanton Aargau, sondern auch darzustellen, wie eine ›Denkungsart‹, deren Parolen wieder vermehrt Anhänger fanden, ihren Anfang genommen – und wohin sie geführt hatte, letztlich, und auch, daß die Art und Weise, wie der Staat heute mit unzufriedenen Bürgern umzuspringen pflegte, keineswegs neu war, sondern bodenständige Tradition hatte... Im Nachlaß einer Tante, deren Vater als Füsilier im Ersten Weltkrieg Grenzdienst geleistet hatte und der noch zur ›Belagerung von Zürich‹ einberufen worden war, hatte er Briefe und Materialien gefunden, die er für seine Studie verwenden konnte.
Seit wann, hatte er in sein Notizbuch geschrieben, formieren sich Bürgerwehren, die oft mit dem Wissen, geduldet und unterstützt von Behörden und Polizei, glauben das Recht zu haben, auf eigene Faust für ›Ruhe und Ordnung‹ zu sorgen, wenn der Staat einmal nicht seine Gewalt ausfahren läßt.
Mit dem Brotpreis, hatte er überlegt, ist damals die Wut der Arbeiterschaft gestiegen – mit den Mieten steigt heute die Wut, und die Ohnmächtigen gehen auf die Straße.

Du riechst nach Heu.
So hatte er Katrin begrüßt, hatte sie küssen wollen.
René ist tödlich verunglückt.

So hatte sie ihn von 1918 in die Gegenwart zurückgeholt ... sie schreckte ihn aus seiner Geschichte auf, wie Stöberhunde Brutvögel aus dem schutzgewährenden Schilf jagen, sagte

Schädelbruch

während er sich in Gedanken noch im Wald von Compiègne befand, beim Waffenstillstand zwischen der Entente und Deutschland, in den er sich hineingedacht hatte, um zu schreiben ... gleichzeitig beginnt in der Schweiz der Landesgeneralstreik, die Arbeiter wissen nicht, wie sie Kartoffeln kaufen sollen, die Milch bezahlen für ihre Kinder ... Baden, 1918

Autounfall

regnerisches Wetter, vor dem Werk von Brown, Boveri & Cie versammeln sich ungeachtet der vorbeireitenden Dragoner viele Arbeiter, deren Redner die Forderungen des Streikkomitees verliest, bevor man aufbricht zum Demonstrationszug durch die Stadt.

Das zur Abschreckung der Arbeiterschaft, um Ruhe und Ordnung zu erhalten und notfalls herzustellen, aufgebotene Militär rückt aus, als die Nachricht eintrifft, von Zürich her seien weitere Arbeiter unterwegs, um die Demonstranten zu unterstützen und die Streikposten zu verstärken. Der Dragonerzug nimmt einen Mann fest und locht ihn ein, der dem Militär zugerufen hat: ›Wenn ihr Cheibe nu würded verrecke‹ ...

Zur gleichen Zeit findet sich auf dem Bahnhofplatz eine weit größere Zahl von Leuten zusammen: die bürgerliche Protestkundgebung gegen den Streik der Arbeiter, ›gegen die auf den Umsturz unserer staatlichen Ordnung gerichteten Umtriebe ausländischer und schweizerischer Revolutionäre‹, wie die Redner, Rechtsanwälte und ein BBC-Ingenieur verkünden. Dann stellen sie den Anwesenden die rhetorische Frage, ob man denn bereit sei, ›die Freiheit unseres lieben Vaterlandes zu schützen, und wäre es auch mit Gut und Blut‹. Und die Menge antwortet laut: ›Ja, das wämmer.‹

Inzwischen rücken die Zürcher Genossen an und werden in Baden vom Militär abgefangen. Auf Weisung der Regierung werden sie festgenommen und zusammen mit einhundert Sozialdemokraten und Gewerkschaftern in den Tanzsaal des roten Turms gesperrt. Zwanzig weitere ›Revolutionäre‹ steckt man in die Sebastianskapelle. Militärische Truppen, mehrere hundert Mann, besetzen Baden. Die bürgerliche Bevölkerung soll sie mit Jubel empfangen haben, sagt der Kommandant. Zur Kavallerie stößt eine mit einem MG verstärkte Abteilung Füsiliere; auch eine Landsturmkompanie (Freiämter) ist im Einsatz. Die Polizei verhört die Gefangenen, sucht auch nach Waffen. Man findet und beschlagnahmt: zwei Schläuche, ein Kabel, einen Totschläger (Schlagring). Als die Arbeiter aus der Gefangenschaft entlassen werden, läßt der Staat Suppe austeilen. Trotz des Hungers verweigern die meisten die angebotene Nahrung.
Die Regierung hat im Kanton Aargau 3000-4000 Mann (Ordnungstruppen) gegen die Arbeiter aufgeboten, der Streik ist ergebnislos abgebrochen worden.

Am Nachmittag an der Reuß hatte sich Hans Villiger Notizen gemacht, zu Hause übertrug er sie auf Karteikarten. Er hatte versucht, den Verlauf der Badener Demonstration in erzählende Sätze zu bringen... Brot haben die Arbeiter gefordert, eine menschenwürdige Arbeit, gegen Kriegsgewinnler haben sie protestiert, und etwas in ihm hatte sich gesträubt, als Katrin mit der Nachricht vom Tod gekommen war.
Komm, ich mach' uns einen Tee.
Maria und das Kind waren nicht zu Hause. Er saß mit Katrin in der Küche, trank Tee, beschäftigte sich mit der Pfeife, zündete sie immer wieder an. Katrin blieb ruhig. Er wußte nicht viel zu sagen, war betroffen wie sie. Er hatte ihren Satz, dieses ›tödlich verunglückt‹ als Angriff empfunden. Aber es gelang ihm nicht, ihn abzuwehren. Er war hilflos und stumm mit der Nachricht.

Erregt war Katrin angekommen, noch außer Atem von der raschen Fahrt, so daß sich ihre Brust hob und senkte, mit jedem Atemzug, erhitzt war sie gewesen. Sie ist voller Leben, hatte er gedacht, voller Lebenslust und redet vom Tod. Er hatte sie küssen wollen, hatte keinen Hauch von Schmerz empfunden, sondern den Heuduft eingeatmet, den Geruch von Luft, Sonne, Gras, und der Tod paßte gar nicht hinein in das Bild.

Etwas zusammengekrümmt saß Katrin in der Küche, hatte sich eine Zigarette angezündet, saß da, vielleicht brauchte sie Trost. Und er, Hans, war immer noch empfindungslos, kühl.

Mutter wird zusammenbrechen.

Katrin berichtete den Hergang des Unfalls, Hans stocherte in der Pfeife herum, zündete das Feuerzeug an, strich mit der Flamme bedächtig über den Pfeifenkopf.

Sag doch etwas.

Er blies Rauch aus und schwieg.

Am Nachmittag waren seine Füße im Reußwasser ganz kalt geworden, hatten sich angefühlt wie Eisblöcke, als er die Socken wieder anzog, die Schuhe band. Es war ein merkwürdiger Schauer gewesen, die kalten Füße in den noch körperwarmen Schuhen zu spüren. Auf dem Heimweg hatte er an eine Hausbesetzung denken müssen, deren Anfang und Ende er in seine Vorträge über die Bürgerwehren einbeziehen wollte.

Nimmst du Rum in den Tee?

Katrin nickte, er holte die Flasche aus seinem Zimmer.

Danke.

In Wohlen hatten Jugendliche und ein alter Mann, der deswegen das Altersheim verließ, ein leerstehendes Haus besetzt. Zwei der Besetzer waren Hans Villigers Schüler gewesen; der Greis, David Goldfarb, war jüdischer Abstammung und ein Bekannter Marias. Hans Villiger war an einem Abend nach der Schule hingefahren, um mit den beiden Schülern zu sprechen.

Das Haus ist bewohnbar, sagten sie.

Ein Wunschhaus. Geräumige hohe Zimmer, zwar flekkige Tapeten, sie hingen zum Teil von den Wänden. Solche Häuser hatte man, vor gar nicht langer Zeit, bedenkenlos an Fremdarbeiter vermietet, – bettenweise. Nun hatten sich die Jungen eingerichtet, Lampen angeschlossen, die Wasserleitungen repariert, Matratzen auf den Boden gelegt, Topfpflanzen in die Räume getragen, überall Topfpflanzen. Inschriften und runenartige Bilder waren an die Wände gesprayt. Aus einem Fenster hing eine Fahne: Autonomes Jugendzentrum. Der Besitzer klagte zwar auf Hausfriedensbruch, bestand jedoch nicht auf polizeilicher Räumung, obwohl ihm, dem Bauunternehmer, unbegreiflich war, daß Menschen in so einer Bruchbude wohnen wollten. Er meinte, ›die‹ könnten da nichts kaputtmachen, er reiße das Haus ohnehin ab, wenn das neue Projekt baureif sei. Anzeige erstatte er nur aus versicherungstechnischen Gründen. Um nicht der Dumme zu sein, falls die Bude zusammenkrache.
Die Besetzer hatten das Haus am Montag belegt, am Samstag darauf war in Wohlen, im ›Bären‹, eine Hochzeitsgesellschaft zusammengekommen. Warmer Nachmittag, ein junges Paar. Der Bräutigam, ein Turner und Schütze, hatte seine Kollegen eingeladen. Eine fröhliche Gesellschaft saß da beieinander; lauter nette Menschen. Nach der gediegenen Feier in der Kirche, mit einem Trompeter auf der Empore und mit Sportskameraden, die Spalier standen, erschien es ihnen offenbar als besonders unangebracht und störend, daß Arbeitsscheue, Schmutzfinken, Chaoten sich erdreisteten, in ihrer Gemeinde ein Haus besetzt zu halten: das ›hinterletzte Pack‹. Der Gedanke, Unruhe und Ausschreitungen, ja Gesetzüberschreitungen, die andernorts grassierten, würden nun auch im Freiamt Einzug halten, war ihnen nicht nur verhaßt – er war ihnen körperlich unerträglich, als würde ihr Fell gebürstet wider den Strich.
Der Hochzeitswein war den jungen Männern bei der Hitze wohl etwas in den Kopf gestiegen, und im Prinzip

waren sie auch stets für einen Streich zu haben, för ä suberi Sach ... und wo wird man heutzutage überschüssige Kraft denn noch los? AUTONOMIE STATT AUTOMANIE hatte doch jemand in der Nacht an eine saubere Hauswand geschrieben: und wer so etwas hinsprayt, der knickt auch Autoantennen ab, sammelt Mercedessterne, zersticht die Reifen geparkter Wagen – besetzt Häuser. Sie hatten geredet, Nationalturner, sich ereifert, Kranzschützen. Es würde wohl ihre Sache sein, Seilzieher, für Ruhe und Ordnung zu sorgen, Handwerker. Sie hatten wohl beschlossen, die Besetzer aus dem Haus zu werfen, die Anarchisten, und die Ruhestörer zur Ordnung zu zwingen, wenn schon die Polizei nicht einschritt. Sie hatten sich auf den Weg gemacht, Eisenleger, Schreiner: der Bräutigam und Gefolge, ließen die Braut, die Freundinnen im ›Bären‹ zurück bei Kaffee und parfait mocca... rammten die Tür des besetzten Hauses mit einem Balken, obwohl die gar nicht verschlossen war. Zu diskutieren hatte es nichts gegeben – nicht mit dem ›Abschaum‹, nicht mit Umstürzlern. Sie hatten die ausgelegten Matratzen des Packs gepackt und aus dem Fenster geworfen, sie hatten nach den Besetzern gegriffen, und zwar nicht zimperlich. Das waren doch verweichlichte Kinder, schlappe Halbwüchsige, zu feige, sich zu wehren. Die reagierten ja nur verblüfft und mit Angst. Die Hochzeitsgesellschaft hatte die lichtscheuen Brüder an die frische Luft gesetzt, das Haus geräumt. Kurzer Einsatz, ZACKZACK, wie ein im Militärdienst geübter Häuserkampf, und die Ordnung war wieder hergestellt, die Chaoten standen an der Sonne im Chaos ihrer Habseligkeiten, dem lausigen Plunder, der ohnehin Abfall war und stank und in die Abfallgrube gehörte und mit Benzin übergossen werden sollte. Nur Goldfarb, der greise Jude, habe gewettert, die Arme verworfen, mit dem Stock gefuchtelt, hatte sich Hans Villiger auf dem Heimweg erinnert, als die Füße beim Gehen sich erwärmten, Maria hatte es ihm erzählt, die es von Goldfarb wußte.

Bürgerwehr.
Der Pfarrhelfer hat es Barbara gesagt. Katrin brachte ihn aus seinen Gedanken zurück – Hans Villiger ging in der Küche hin und her, blieb am Fenster stehen, schaute auf die Reuß hinunter, wandte sich dann Katrin zu, die rauchend am Tisch saß, sagte: Und Jo.
Er ging zu seiner Schwester, legte beide Hände auf ihre Schultern, und da er plötzlich nicht wußte, ob er sie trösten wollte oder sich stützen mußte, begann er wieder auf und ab zu gehen.
Du machst mich nervös, Hans.

Die Arbeiterschaft proklamiert den Generalstreik, hatte er nach dem Spaziergang geschrieben, auf der Seite des Bürgertums löst das Streikvorhaben PATRIOTISCHE Begeisterung aus. Es bilden sich Bürgerwehren, auch in Wohlen, im ›Sternen‹, haben sich mehr als 200 Männer versammelt, Bürger und Bauern, um die in ihren Augen revolutionären Bestrebungen zu bekämpfen. Er hatte in der Dokumentenmappe eine angestrichene Stelle gesucht, sich kalten Tee eingeschenkt und geärgert über die paar Tropfen, die dabei das Manuskript benetzten. Er sei schusselig, pflegte Maria bei Gelegenheit zu sagen...
Auf eine entsprechende Anfrage, hatte er geschrieben, hat der Bundesrat verlauten lassen: ›Gegen Bildung von Bürgerwehren nichts einzuwenden. Im Gegenteil ist jede Maßnahme, die die Aufrechterhaltung von Ordnung und Sicherheit schützt, willkommen.‹ Die Antwort des Bundesrates wird als ein Freibrief zur Selbsthilfe aufgefaßt, überall kommt es zum Aufruf, ›sich unverzüglich gemeindeweise zusammenzuschließen zum Wohle des gefährdeten Vaterlandes‹, und der Wortführer Bircher erklärt, die Bürgerwehren würden in Verbindung mit dem Bauernbund aufgebaut, man wolle ›eventuell auch bewaffnet eingreifen‹, falls das Militär zur Aufrechterhaltung der Ordnung nicht mehr ausreiche.
Zwei Tage nach Abbruch des Landesstreiks schließen

sich die Bürgerwehren zur ›Aargauischen Vaterländischen Vereinigung‹ zusammen und melden schon 1919 einen Bestand von 15000 Mann, hatte Hans Villiger geschrieben, sie gründen auch eine schweizerische Dachorganisation, den ›Vaterländischen Verband‹: Präsident beider ›Vereine‹ ist der Arzt und Offizier Eugen Bircher. Wie Pilze schießen die Sektionen aus dem Boden, hatte Hans Villiger notiert. Er hatte darüber auch mit seinem Bruder einmal gesprochen, bei einem Nachtessen. Sie waren Gäste der Eltern gewesen und hatten einander Dorschfilet und Salzkartoffeln gründlich verdorben. Die Bürgerwehrler haben ein Exposé zu Händen der Polizeidirektion verfaßt, hatte Hans gesagt; aus Gründen der Geheimhaltung jedoch haben sie auf gedruckte Statuten verzichtet.
Was gab es denn da geheimzuhalten, hatte René gefragt, und seine Stimme verriet schon Mißmut und Ungeduld.
Zum Beispiel die Zusammenarbeit mit der Polizei, hatte Hans wohl um eine Spur zu aggressiv Antwort gegeben.
Und? sagte René.

Am Nachmittag hatte Hans Villiger die Arbeit einmal unterbrochen und nach Geräuschen im Haus gehorcht. Maria und Lina waren noch nicht zurück von Spaziergang und Einkauf.
Aus der Kartei hatte er eine Karte genommen, und als er sie las, kam ihm wieder das fatale Nachtessen in den Sinn. Er hatte dem Bruder den Text, den er nun als Fußnote verwenden wollte, vorgelesen: Die Bürgerwehr der Vaterländischen Vereinigung organisiert sich zum Schutz der bestehenden Rechtsordnung ... unterstützt Zivil- und Militärbehörden im Fall gewalttätiger Umtriebe ... ist politisch, religiös und wirtschaftlich neutral.
Und? hatte René wieder gesagt, mit selbstverständlicher Überlegenheit, die Hans zur Weißglut brachte.
Was ist denn dabei neutral, hatte er gefragt, gereizt und böse, während René sich nochmals Soße nahm zum Fisch

und der Mutter ein Kompliment machte: Die Hollandaise ist prima...
Hans hatte sich ereifert, jedesmal war es Hans, der sich in Eifer redete: Die Vaterländische Vereinigung hat den Antrag gestellt, sich bewaffnen zu dürfen.
Und was hat die Regierung dazu gesagt?
Gewehre können im Zeughaus bezogen werden, und Hans hatte hinzugefügt, zitiert: ›Die Abgabe geschieht in Partien zu zwanzig Stück, in Kisten verpackt.‹
Mit Munition? fragte René gelassen nach.
Ja, mit Munition.
Gut so.
Beamte und Lehrer haben bei der Bürgerwehr agiert, Kaufleute und Handwerksmeister, und die Kommandanten, hatte Hans Villiger nun provozierend dem Bruder ins Gesicht gesagt, sind fast durchweg Offiziere und höhere Unteroffiziere oder Gemeinderäte gewesen – wie du.
Und?
So war ihr letztes Gespräch verlaufen.

...die Bürgerwehren, hatte Hans Villiger geschrieben, ersuchen den Schweizerischen Handels- und Industrieverein um Geldmittel, und die Begründung zitiert... ›die von einer eventuellen Revolution am meisten betroffenen Berufe – Handel/Industrie/Banken – müssen in erster Linie die Mittel zur Verfügung stellen.‹
Das für die Kommunistenhetze und die Verteufelung der Linken notwendige Geld, hatte er geschrieben, und...
Die Führer der Vaterländischen Vereinigung sind ins Ausland gereist, sie haben in München Straßenkämpfe beobachtet und in Berlin die Novemberunruhen, sie haben die dort angewandten Abwehrmaßregeln ›studiert‹... Hans Villiger stockte, er konnte sich nicht entscheiden, ob er den handschriftlichen Vermerk, sie seien mit behördlichen Empfehlungsschreiben versehen gewesen, in das Manuskript einbauen sollte... Er verwarf den Satz.

Man hat in Bürgerwehrkreisen eine Tageszeitung projektiert, hatte er zu René gesagt und zitiert, ›man würde es begrüßen, wenn einmal ein großzügiges Blatt eingerichtet wird, das alle Anständigen sammelt.‹
Dagegen ist doch nichts einzuwenden; bist du neuerdings gegen die Meinungs- und Pressefreiheit? hatte René gesagt, einen Schluck Weißwein genommen, den Mund abgewischt.
Warum läßt du dich von ihm derart provozieren, hatte Maria gesagt, der haut dich bloß in die Pfanne. Und nun dieser Tod, das war die vielleicht größte Herausforderung. Ein Schock war es, ja, Katrins Mitteilung hatte Hans Villiger schockiert – und doch unberührt gelassen.

So ein Blatt wäre auch heute notwendig, hatte René gesagt. Und Hans: Du hast ja das Aargauer Tagblatt.

Katrin war gekommen, er hatte gehört, wie jemand im Treppenhaus die Stufen mit schnellen Schritten nahm, denn die Rückwand seines Arbeitszimmers grenzte an den Gang.
Mit dem ausgedehnten innenpolitischen Nachrichtendienst hatte er sich befaßt, den die Vaterländischen aufgezogen hatten ... um unaufgefordert die Bundesanwaltschaft mit Meldungen über den ›inneren Feind‹ zu beliefern, hatte geschrieben
während Katrin die Stufen im Flug zu nehmen schien
... noch 1939 werden neue Weisungen für den geheimen Beobachter- und Meldedienst erlassen, der sich als ›Naturschutzbewegung‹ getarnt hat und seine Vertrauensleute verpflichtet, ›staatsgefährliche Vorkommnisse und als solche verdächtige Erscheinungen‹ umgehend zu melden.
Da war Katrin in die Wohnung getreten; Maria ließ die Tür immer offenstehen, sie haßte verriegelte Häuser.

Man hat die Linke denunziert, hatte er zu René gesagt,

aber den Nationalsozialismus hat man wohlwollend gewähren lassen. Er hatte sich damals vom Tisch erhoben, war weggegangen vor dem Dessert, er ließ Mutter und Familie allein mit Schokoladenpudding und Butterbirnen, und Katrin und Maria hatten sich krampfhaft bemüht, den Vorfall zu überspielen.

Die Anfänge 1918 hatte er sich vorgestellt, den Wald von Compiègne, und einen regnerischen Tag in Baden; Streikende auf der Straße hatte er sich vorgestellt und versucht, die Ereignisse aufzuschreiben. Eine weitere Fußnote wollte er anbringen, spannte ein neues Blatt ein, tippte den Ausspruch eines führenden Bürgerwehrlers... ›Es soll (auch) der Kampf aufgenommen werden gegen die sogenannten rosenroten Bürgerlichen. Diese sind gefährlicher als die ganz Roten. Es gibt nur eine Einstellung zum Vaterland. Diese muß klar sein, ein Zwischending gibt es nicht. Entweder man ist vaterlandstreu, oder man ist es nicht.‹ Er schob die Maschine beiseite, stopfte die Pfeifc, versuchte, sich die Szene von 1918 zu vergegenwärtigen, sie mit den Fronten von heute zu vergleichen: der patriotische Lack war ab – um die Verteidigung des vollen Kühlschranks ging es heute. Ein schweizerisches Proletariat gab es nicht mehr, an seine Stelle waren die vielen Fremdarbeiter getreten, und die waren politisch rechtlos und stumm, duckmäuserisch und verängstigt. Wenn sich heute Bürgerwehrler zusammenfanden (kleine Angestellte, Arbeiter, so schien es ihm), war der ›innere Feind‹ jugendlich, jung, ausländisch, fremd, achtete Eigentum nicht, war ›gewalttätig‹, unzufrieden (im Paradies), und die Polizei faßte ihn mit ›Samthandschuhen‹ an, da mußte man ja zur Selbsthilfe schreiten (law and order); daran hatte er gedacht und sich auch das verregnete Baden von damals vorgestellt, als Katrin vor ihm stand, im verrauchten Zimmer, vor dem überlagerten Tisch
mit ihr der Duft des frischen Heus

und er war aufgestanden, hatte die Pfeife aus der Hand gelegt, war auf Katrin zugegangen.
Du riechst nach Heu.
René ist tödlich verunglückt.
Schädelbruch.
Unfähig war er, die Gedanken von seiner Arbeit abzuziehen, unfähig, sie auf einen anderen Gegenstand, den Tod, zu beordern.
Ein selbstverschuldeter Unfall.
Komm, ich mach' uns einen Tee.
Tee hatten sie getrunken in der Küche, und er war noch immer nicht ganz aufgetaucht aus seiner Manuskriptwelt, vielleicht um sich zu schützen vor der Nachricht, davor, sie zu akzeptieren...
Was war geschehen
Rum hatte er
auf und ab
und die Hände auf Katrins Schultern gelegt, stand er da.
Du machst mich nervös.
Katrin stand auf. Sie wirkte ganz gefaßt, beinah auffällig ruhig; oder war es nur Lähmung, ein Ausgeschaltetsein der Gefühle, der Sinne.
Du wirst doch gehen und es den Eltern sagen?
Hans Villiger klopfte die Pfeife aus, wusch sich die Hände mit kaltem Wasser...
Ja, ich gehe, du kannst mich ein Stück weit begleiten.
Sie gingen nebeneinander, noch immer war es hell, aber von der Sonne sah man nichts mehr. Es war etwas kühler geworden. Von den Mauern und Hauswänden strahlte jedoch noch immer die Tageswärme, die Holz und Stein gespeichert hielten. Die Luft war unbewegt. Und ein Schwarm von Schwalben, hoch um den Spittelturm jagend, als sie über den Schulhausplatz gingen, wo vor dem großen Steinkreuz mit dem moosbedeckten Christus Kinder Himmel und Hölle spielten, wo alte Leute unter den ausladenden Kastanienbäumen und Platanen auf Bänken saßen, wo Jugendliche mit ihren Fahrrädern und

Mopeds vor dem Kiosk standen, Eis aßen, Coca Cola tranken, rauchten, lachten...
bunte grelle Kleider
und dunkle die Alten
Fahrräder und Mopeds
und Gehstöcke, angelehnt an Bänke
während auf der Straße der Verkehr lärmte.
Katrin schob das Fahrrad. Hans Villiger ging schweigend neben ihr, die Hände in den Taschen, die Pfeife im Mund.

6

Dieser stumme Mann.
Emma Villiger lebte seit Jahrzehnten mit einem stummen Mann, hatte es jedoch nach der silbernen Hochzeit aufgegeben, die Jahre zu zählen oder im Kopf präsent zu halten; es war nicht nur eine Leistung, so lange verheiratet zu sein, ja manchmal bedeutete es ein bitteres Verdienst.
Mann und Kinder – sie hatte für sie gelebt, glaubte, alles für die Familie getan zu haben und nichts für sich selbst, hatte sich aufgeopfert, bis zum plötzlichen Vorwurfs-Hagel; Eigenliebe soll es gewesen sein, purer Egoismus.
Das ist nicht wahr, sagte sie, seufzte.
Du hast uns Kinder auffressen wollen, sagte Katrin: dir wieder einverleiben.
Ich habe auf vieles verzichtet, antwortete sie. Verzicht sei auch eine Schwäche, mußte sie sich sagen lassen von Katrin: ich will nicht mehr länger dein Lebensinhalt sein, es überfordert mich.
Wenn die Liebe der Mutter zur Last wird, wenn die Kinder sich dagegen, wie gegen eine Erpressung, zur Wehr setzen, sich ablösen und weggehen.
Die schwierigsten Auseinandersetzungen hatte Emma Villiger mit Katrin, der jüngsten. Am besten verstand sie René. Hans liebte sie vielleicht am meisten, obwohl sie sich diesen Gedanken verboten hätte, darauf beharrend, alle ihre Kinder in gleicher Weise, unterschiedslos zu lieben; und überdies verstand sie kaum mehr, was Hans dachte, wie er lebte, fremd kam es ihr vor.
Das, was sie, Emma, nun einundsechzig, als Familie zu bezeichnen pflegte, existierte nicht mehr. Aus den Fugen. Aufgeflogen. Und in der zurückgebliebenen Wohnung, dem verlassenen Nest, saß sie mit diesem Stummen, der ihr Mann war. Dem unbeweglichen Fossil im Rollstuhl, von dem sie nicht wußte, was es dachte,

was es fühlte, nicht im geringsten wußte sie das. Doch wußte sie es von sich selbst?

Wußte er es von ihr?

Hatten sie es jemals voneinander auch nur erahnt?

Ausdruckslos, das war es. Sein Gesicht hatte nie Gefühlsregungen verraten, weder Freude noch Schmerz drückte es aus. War immer Gestein gewesen, allmählich verwitternd und so stetig, daß man es kaum bemerkte. Und einmal, an einem Morgen im vergangenen Herbst, als er hätte aufstehen und zur Arbeit gehen müssen, blieb er einfach liegen mit unbewegtem, leerem Gesicht, in dem nur die Augen hätten etwas aussagen können; aber die, wiederum, waren viel zu dunkel. Emma hatte seinen Blick nie lange aushalten können. Den Blick, den sie gesucht hatte. Und nie suchte sein Blick den ihren. In seinen Augen waren Herzlichkeit und Wärme am schlechtesten getarnt, und man ahnte: es wäre möglich; aber dann verengten sich seine Pupillen wieder so sehr, als müßten sie verhindern, daß jemand Einlaß fand in verborgene Gärten, mit Blicken in ihn hinein. Ihn von innen zu sprengen, seine Fesseln zu sprengen, das Verhaltene, das ihn gefangen hielt, als berge er den Kerker in sich, einen Lebenskerker. Und er lag da, an dem Morgen nach einer Föhnnacht, hatte dagelegen, gestreift vom Schlag, getroffen, reglos, stumm. Wie immer im Grund – ohne deutbaren Ausdruck und die Stirn gerunzelt, aber unfähig, sich zu bewegen, unfähig, sich zu erheben, unfähig zu sprechen. Über Nacht die Sprache verloren – ein Stummer geworden. Als hätte sich eine über Jahre hin angestrebte, erarbeitete, erwünschte oder auch nur vorgetäuschte Daseinsform plötzlich erfüllt. Mit der Unerbittlichkeit des Schlaganfalls. Und das jahrelang geübte Schweigen und die zerstörerische Schweigsamkeit waren nur Vorspiel gewesen, Vorstufe zum Stummsein. Die Krankheit, Zwischenhalt vor der letzten Kraftanstrengung – dem Sterben. Diesem Großaufwand, in dem sich das Leben verzehrte bis zum Tod.

Dazu wäre sie, Emma, noch unfähig, obwohl sie sich gelegentlich wünschte, tot zu sein, und wiederholt angedroht hatte, Selbstmord zu begehen. So lange, bis Katrin einmal ganz trocken und ohne eine Gemütsbewegung ihr ins Gesicht gesagt hatte: So mach es doch!
Er, der Stumme, machte es ratenweise. Er war kein Mann der entschlossenen Tat. Vielleicht war er sich darüber nicht einmal ganz im klaren: aber er zog das durch. Manchmal meinte Emma, er wolle sie damit bestrafen.
Die häßliche Aufforderung der Tochter hatte sie schokkiert. Aber vielleicht war nicht einmal diese Regung echt und ehrlich gewesen; insgeheim hatte sich in den Schmerz auch das Gefühl, entlarvt worden zu sein, gedrängt.
Echt – ehrlich.
Du verstellst dich, sagte Katrin, du merkst es nicht einmal mehr selbst: Deine Masken.
Was war überhaupt echt und ehrlich an ihr? Sie konnte darüber kaum nachdenken, da war eine Hemmung. Ein Ablöschen. Etwas verhinderte die Gedanken, wenn man, so wie sie, es andauernd allen recht machen wollte. Um geliebt zu werden. Das war es ja. Sie kämpfte darum, sie war süchtig nach Liebe, süchtig danach, von allen geliebt zu werden. Und das warf sie dem Stummen besonders vor: er habe sie zuwenig geliebt. Er hatte Liebe nie ausdrücken können. Sie war eine Frau, die Liebesbeweise verlangte, sie geradezu forderte. Aufdringlich, sagte Katrin. Sie sei darauf angewiesen, sagte Emma selbst. Und alle liebte, alle liebte sie; es war ihre Tagesbeschäftigung, alle zu lieben, und ihr ›liebt mich doch‹ glich einem täglichen Aufschrei. Ihre Liebe versicherte sie mit Geschenken und Aufmerksamkeiten, mit Hingabe. Doch die Hingabe verlangte ein Pfand: Gegenliebe. Sie war ein Heischen nach Anerkennung. Darum war man ihren Bedürfnissen nicht gewachsen, und keines der Kinder konnte ihr geben, was sie so sehr vermißte und gebraucht hätte. Ihre Forderungen blieben allerdings

unausgesprochen. Sie ließ das ungestillte Verlangen nur durchblicken. Den andern, die andern fühlen. Und es erdrückte alles. Ihre Liebe war eine Falle, die schnappte bei der geringsten Erwiderung zu. Ihre Liebe kannte kein Erbarmen, erbarmungslos versuchte sie Besitz zu ergreifen.
Ich rufe dich nicht mehr an, sagte Katrin, am Telefon fängst du jedesmal an zu weinen.
Weinen bedeutete ein Kampfmittel. Gegen ihre Tränen blieben alle machtlos. So war sie in der Schwäche am stärksten. Und vielleicht hatten die Tränen dem Mann die Sprache genommen, ihre stumm machende Gewalt. Ihre Unversiegbarkeit hatte ihm die Sprache versiegen lassen. Ein Mann, der zusehen muß, immer neu, wie seine Frau weint, fühlt sich bald ins Unrecht gesetzt. Und zu sagen dazu gab es nichts. So konnte Schweigsamkeit angelegt worden sein wie ein Schwelbrand. Sein Aufflammen war die Stummheit. Er fühlte sich schuldig, hätte mit Wut reagieren müssen, oder mit Zorn. Doch dazu war er nie fähig gewesen, dieser Mann im Rollstuhl. Er hatte nie geflucht, nie geschimpft, nie mit der Faust auf den Tisch gehauen oder losgepoltert, er hatte sich allerdings auch nie vor Lachen geschüttelt, hatte nie vor Freude getanzt.
Er ist ein Langweiler, klagte Emma Villiger.
Er hat immer nur geredet, wenn er mußte: und jetzt redet er gar nicht mehr. Er hat sich immer nur bewegt, wenn er mußte: und jetzt bewegt er sich gar nicht mehr.
Dafür bist du ein wandelnder Vorwurf, spottete Katrin.
Die Mutter (dachte Katrin) hatte immer alle gezwungen, das zu tun, was sie wollte, sie erpreßt, nach ihren Wünschen zu handeln, und zwar so sanft, ja mit dem Terror der Sanftmütigen, daß Katrin es lange nicht bemerkte. Doch der Stumme hatte es gefühlt, aber er besaß wohl nie eine Sprache. Und wenn er nur wenigstens einen Körper gehabt hätte, sagte Emma. Aber er hatte auch keinen Körper.
Du hättest dich scheiden lassen können, sagte Katrin.

Und ihr Kinder?
Laß uns endlich aus dem Spiel.
Emma Villiger war eine noch gutaussehende Frau. Manchmal dachte sie daran, den Stummen zu verlassen. Aus Rache. Sie kleidete sich modisch, kaufte Röcke, Blusen, Hosen in Boutiquen. Sie trug gern elegante Hüte, hatte eine Vorliebe für Karminrot, ihr Haar war stets nach der neuesten Mode geschnitten, jetzt hatte sie eine helle Strähne eingefärbt. Mit café corretto und italienischem Gebäck konnte man sie glücklich machen. Sie ging auf hohen Absätzen. Du hast noch immer gute Beine, sagte Katrin. Emma Villiger war schlank, trug Größe 36; fast mager war sie. Benutzte Kosmetika, pflegte sich jeden Tag ausgiebig und gern. Körperpflege als Liebesersatz, dachte Katrin. Du riechst aber gut, sagte Hans. Emma legte Wert auf ihr Äußeres, betonte es, stand insgeheim vor dem Spiegel, drehte sich. Nein, nackt würde sie nicht vor den Spiegel treten. Sie fuhr ein Auto, einen knallgelben Renault, der viel zu schnell war für sie. Du brichst dir beim Anfahren noch einmal das Genick, spottete Katrin, wenn du die Kupplung so springen läßt. Emma Villiger arbeitete halbtags in einer Bäckerei; man schätzte sie im Geschäft, besonders die Lehrlinge und Lehrtöchter mochten sie gern. Sie betätigte sich noch immer im Mütterverein, hütete an freien Samstagen Babys, strickte für den ›Dritte Welt Bazar‹ der Kirchgemeinde ... zumindest an die Ärmsten durfte sie hemmungslos Gefühle und Liebe verschwenden.
Sie war stets auf den Beinen, meist unterwegs, traf sich mit Freundinnen im Café, verbrachte warme Sommernachmittage in der Badeanstalt. Und die Ferien verbrachte sie seit Jahren mit KUONI in Portugal.
Obgleich nicht besonders kräftig, war Emma Villiger doch vital. Ausdauernd und unverwüstlich, dachte Katrin. Wenn Emma von Portugal heimkehrte, hatte sie eine grünbraune, leicht aufgerauhte Eidechsenhaut. – Jeden Winter meinte sie, an Sonnenmangel sterben zu

müssen, und bat flehentlich, man möge sie nicht in ein kühles kaltes Erdengrab legen.
Bitte tut das nicht, versprecht es mir.
Feuerbestattung, so ein monströses Wort, hatte Katrin gesagt, und Hans beschwichtigte: Wir werden dich kremieren lassen, ja.
Emma Villiger fürchtete, nein haßte Nebel. Den Herbstnebel, der die Stadt düster machte, verhüllte. Die Landschaft, den Fluß und die Wälder wob er ein in sein feuchtes Grau, den Kokon, der so unfreundlich war und naß und kalt. Sie klagte, allmählich würden ihre Handgelenke versteifen, litt unter Rückenschmerzen, weinte, beschimpfte Nebel und Nebeltage, Bremgarten, das Nebelkaff, das Freiamt, dieses Nebeltal, und den Fluß, die gräßliche Nebelschlange. Ja, der Nebel hielt die Sonne fern, und wenn Wärme und Licht anfingen, durch den Nebelbrei zu drücken, bekam sie Kopfschmerzen.
Sonnenmangel bedeutete Liebesmangel. Die vernebelte Welt zeigte aufdringlich, was ihr fehlte. Ihrer Sonne wäre sie am liebsten nachgereist, immer der Sonne hinterher. Sonne bedeutete Zärtlichkeit. Sonnenwärme auf der Haut spüren: die Sonne hatte warme Hände – und sie, Emma Villiger, klein, dünn, beinah zierlich, benötigte diese warmen Hände, um überhaupt leben, überleben zu können.
Im Winter hat das Leben keinen Sinn, sagte sie.
Sobald die Sonne scheint, bin ich ein anderer Mensch.

Wenn sie mit dem Stummen im Wohnzimmer vor dem Fernseher saß, dann war das auch wie ein Winter. Die Wohnung eine Winterstube. Ohne Kinder. Der Fernseher mit seinem kalten Licht nichts als ein Spiegel für die Öde im eigenen Herzen.
Ein eher langweiliges Vorabendprogramm lief ab, das einem ein Abschweifen leichtmachte: Sie mochte Ratespiele nicht, hegte eine entsprechende Abneigung gegen Kreuzworträtsel, die der Stumme früher gelöst hatte,

aber seither waren Jahre, Jahrzehnte verstrichen, und noch alle Fragen dieselben und ungelöst. Sie hing eigenen Gedanken nach, trank einen Campari mit Eis, nahm Salzgebäck; sie hatte den heißen Nachmittag in der Badeanstalt verbracht, die angezogenen Beine mit den Armen umschlingend, hatte sie dagesessen: ein Körper, der Wärme auftanken muß, bevor er sich dehnt und öffnen kann; ausgestreckt auf dem weichen Badetuch war sie liegengeblieben, stundenlang, die Augen geschlossen; zwischen Schlaf und Halbschlaf wechselten die Bilder Farbe und Gestalt, alle waren sie warm und erfüllt, und nach Hause hatte sie sich nur begeben, um dem Stummen das Essen zu bringen und ihn aufs WC zu führen. Sie erwähnte es nicht, aber sie war wegen ihm nach Hause gegangen, obwohl die Sonne noch am Himmel stand und das Badetuch, auf dem sie lag, von heißem Licht überflutet wurde. Sie hatte ihn nicht im Stich gelassen, hatte ihm Früchtekuchen aus der Bäckerei gebracht und Milchkaffee für ihn zubereitet. Ihm geholfen, sich von diesem stumpfen Harndrang zu befreien, der ihn geplagt hatte seit vier Uhr.

Im Fernsehen sauste jetzt ein weißer Wirbelwind durch eine Küche, daß es nur so blitzte. Wahrscheinlich war der Stumme eingeschlafen. Emma räusperte sich. Sie saß mit untergeschlagenen Beinen auf dem Sofa, bequem, die Pantoffeln hatte sie abgestreift, sie lagen auf dem Teppich. Die Nägel der Zehen hatte sie frisch angemalt, dunkelrot. Und dunkelbraun waren die Beine; weiß und rauh an den Kniescheiben, die Haare hatte sie abrasiert.

Er schlief häufig ein vor dem Fernseher. Er fühlte sich rasch müde, erschöpfte sich in kleinen Anstrengungen, verspürte die lähmende Wirkung der Medikamente, die ihn dämpften und einschläferten, manchmal auch angenehm einlullten. Er schob dann den Rollstuhl auf den Balkon, hörte Radiomusik, dämmerte ein wenig dahin, döste, trank auch immer wieder Calvados, obwohl ihm der Arzt das verboten hatte, rauchte Camel Filter, eine

nach der anderen, hustete fürchterlich, und wenn Emma heimkam, war die Wohnung voller Rauch und stank.
Sie pflegte ihn nicht einfach ungern. Aber auch nie gern. Es war ihr Last und Pflicht, und sie war froh, daß die Gemeindehelferin zweimal in der Woche kam; sie hätte den Stummen nicht allein ins Bad setzen können.
Er ist schuldig, dachte sie; er hätte ihr das nicht antun dürfen. Nicht nach alldem, was er ihr schon ein Leben lang angetan hatte. So kurz vor der Pensionierung, sagte sie. Und die Invalidenrente war nicht so hoch bemessen, daß sie ihre Arbeit aufgeben konnte. Ja, der Stumme war schuldig.
Der Stumme war nicht vollständig gelähmt, doch schwer behindert. Er konnte ins WC rollen, sich auf die Schüssel setzen, aber dann nicht mehr allein aufstehen. Manchmal, wenn sie sich verspätet hatte, saß er schon dort, mit heruntergelassener Hose, auf ihre Hilfe wartend. Die Annahme, er nehme die Krankheit gelassen hin, sei falsch, behauptete Katrin. Er nahm sie nur hin. Vielleicht ergeben. Ja, er hatte sich ergeben. Schon früh. Und wenn er auf dem WC wartete, dort nicht einmal Zigaretten hatte, wäre sie froh gewesen, wenn er etwas gesagt hätte, sich erregt, geäußert, wenn er protestiert hätte. Doch er sagte nichts. Er war ein Mensch ohne Widerstand. Aber seine Augen. Sie vermied den Blick. Sie hätte aber auch jetzt nicht sagen dürfen, er sei böse gewesen, dieser Blick, wütend, aggressiv, er war nicht einmal streng. Er blickte nur dunkel – und ihr eigenes schlechtes Gewissen, die Ratlosigkeit meldeten sich am stärksten, wenn sie zu sehen meinte, sein Blick sei auch ein wenig traurig... Traurigkeit drücke er aus. Und ob er wirklich stumm war?
Nicht einmal dessen war sie sich ganz sicher.
Und hin und wieder überkam sie eine ihr unheimliche Gier. Dann sehnte sie sich nach einer nie erlebten stürmischen Umarmung: und sie errichtete eine Blockade gegen sich selbst.

Manchmal zuckte sein Mund so, als ob er gerade etwas hätte sagen wollen, sich aber im Augenblick daran erinnerte, daß er stumm war – oder zu sein sich entschlossen hatte.
Nase, Mund, Lippen, Zunge, reglos; stumm mit einer Entschlossenheit so fest wie Gestein, das man nicht aufbrechen kann.
Jetzt schlief er vor dem Fernseher, den Kopf leicht zur Seite geneigt, mit geschlossenem Mund und gerunzelter Stirn, den blauen Widerschein des TV auf dem Gesicht, der die Gräben und Furchen nur noch vertiefte. Die Fernbedienung lag auf seinen Beinen, und die Knie hielt er so nah aneinandergedrückt, wie sie es sonst nur bei Frauen sah. Er hatte Calvados getrunken, ganz bestimmt, was er allerdings nicht zugeben würde – und sie brachte es nicht über sich, nicht übers Herz, hatte sie zu Katrin gesagt, die schlimme Flasche so hoch aufs Büffet zu stellen, daß sie ihm unerreichbar blieb. Nie würde er sein Trinken zugeben, nicht einmal, wenn sie den Beweis erbrächte.
Laß ihm doch den Calvados, sagte Katrin.
Warum soll er nicht trinken?
Sein Zustand, sagte Emma, mir bringt das Arbeit.

Liebst du ihn?

Er liebt mich auch nicht, sagte Emma Villiger.
Sie liebte alle – nur nicht diesen Mann. Und mit ihm mußte sie ihr Leben führen. Aushalten Tag für Tag.
Wenn ich nicht zu feige wäre, dachte sie, würde ich weggehen. Auch jetzt. Keiner kann mich zwingen, ihn zu pflegen.
Sie hatte vergessen, ihm Camel Filter zu bringen.
Vielleicht hatte er deshalb den Kaffee über sein frisches Hemd geschüttet. Oder wegen des Calvados. Oder vielleicht trank er Calvados, um den Mut aufzubringen, den Kaffee auf das saubere Hemd zu verschütten.

Die Eltern saßen vor dem Fernseher, als Hans Villiger kam. Es lief das tägliche Sportbulletin, und Emma hatte den Stummen geweckt, damit er es nicht verpasse, er war früher ein aktiver Sportler gewesen. Radrennfahrer.
Die Mutter war gleich aufgestanden, freute sich, sie holte in der Küche ein Glas, brachte Hans Campari mit Eis, und er nahm das Glas, obwohl er Campari nicht mochte; Campari war ihm zu süß, und zuviel Rot zeigte auch das Fernsehbild, Tennisspieler schlugen den Ball hin und her, und der ohnehin rote Sandplatz erschien in süßer, ja campariroter Färbung, vitriolgrün flimmerten die weißen Linien des Feldes, und mit derselben Zurückhaltung in der Stimme, die sich der Kommentator auferlegte, sagte Hans Villiger, René ist verunglückt ... tödlich.

Ja, René war tot, und Emma Villiger begann einfach zu heulen, und ihr Sohn nahm ihre Hand und hielt sie fest, und sie lehnte sich an ihn, umarmte ihn, schluchzte, und er nahm sie in die Arme, mußte die Pfeife auf den Stubentisch legen, fühlte diese alt gewordene, etwas ausgemergelte Mutter, diese Frau, die kleinen weichen Brüste spürte er und am Hals die warmen Tränen so naß, und um den Hals die Arme sehnig, mager, etwas nach Chlor von der Badeanstalt roch sie, nach Deodorant und Haut, und ihr Lippenrot löste sich auf und blieb haften an seinem Halsausschnitt.

Der Stumme verhielt sich still, verharrte, nichts veränderte den Ausdruck in seinem Gesicht, als hätte er kein Recht auf Trauer, Unglück und Schmerz.

7

Letztes Jahrhundert, sagte er und redete von sich. Geboren anno achtzehnhundertneunundneunzig. Er trug gedruckte Visitenkarten bei sich, die allerdings Schaden gelitten hatten in der abgewetzten Brieftasche, wo sie seit ewig lagen. Knittrig waren sie geworden, hatten umgebogene Ecken, Eselsohren, sahen gelblich aus, vergilbt:

DAVID GOLDFARB

PFERDEHÄNDLER

BREMGARTEN

Er war Pferdehändler gewesen, und vor die Berufsbezeichnung hatte er von Hand ein ›Alt‹ geschrieben mit königsblauer Tinte und für den Fall, was selten mehr vorkam, daß er sie jemandem vorzeigte.

Man hatte Goldfarb die Brille zerschlagen.

Die Jungmänner und Häuserstürmer von Wohlen hatten ihm die Brille von der Nase geschlagen, als er sich wehrte mit dem Stock. Rechts und links hatten sie ihn an den Schultern gepackt, dann drehte ihm einer den Arm auf den Rücken, und dabei war die Brille zu Boden gefallen – und weil der Boden aus Stein war, ja obwohl er kein besonders gutes Gehör mehr besaß, erinnerte er sich an das Knirschgeräusch, das entsteht, wenn auf Steinboden Glas zertreten wird.

Er hatte am folgenden Tag mit einem Freund gesprochen und Anklage erhoben, mit Heymann, dem Anwalt, seinem einzigen Duzfreund seit Jahrzehnten. Nur die Jugendlichen im Wohlener Haus hatten ihm auch ›du‹ gesagt, Opa und du.

Oder war auch Heymann kein Freund mehr?

Goldfarb hockte in seinem Zimmer am Fenster. Es war ein kleines Zimmer im Altersheim, mit Blick in den Garten. Doch was ereignet sich schon in einem Garten? Im Garten eines Altersheims gehen ein paar alte Frauen hin und her, gestützt auf den Stock: die Schwergewichte

sitzen auf den Bänken, ruhig und still, steinalte Schildkröten, denen Moos wächst auf dem Panzerrücken. Und das schlimmste waren die Sonntage. Wenn Söhne und Töchter vorfuhren. Und die Enkel. Vorfuhren in lackglänzenden Autos. Mit Blumen und Schokolade. Und mit diesen gräßlichen Pudeln, die aus dem Auto sprangen, kläffend, ›Gassi gingen‹, die Bäume bepinkelten. Goldfarb haßte Pudel. Er wäre imstand, hatte er einmal im Speisesaal am Sonntag beim Nachtessen gesagt, einem Pudel den Hals umzudrehen, und Frau Berner war aufgestanden, hatte ihr Besteck demonstrativ auf den Teller gelegt und mit steifem Rücken den Speiseraum verlassen. Die anderen Groß- und Urgroßmütter, mit denen zusammenzuleben er gezwungen war, hatten ihn ein paar Tage geschnitten.
Goldfarb war jetzt 82. Man hatte ihn entmündigt. Seine Söhne hatten ihn entmündigen lassen, und Heymann war es nicht gelungen, dies zu verhindern.
Seine Söhne, diese Lümmel und Spießer. Beide schon lange selbst Großväter – altersheimreif. Mit versteinerten Gedanken in Gehirnen, die sich aufzuweichen begannen. Trottel waren sie, von Alterstorheit befallen, arterienverkalkt. Und hatten es fertiggebracht, ihn zu entmündigen und in ein enges Altersheim zu stecken.
Goldfarb schlug mit dem Stock auf den Boden, nahm die Brille ab, eine vernickelte Brille mit runden Gläsern, eines so groß, daß er es mit dem Kreis Daumen-Zeigefinger umschließen konnte. Er drückte an den Bügeln herum. Besonders der linke schmerzte ihn hinter dem Ohr. Die Haut hatte sich gerötet, war aufgescheuert, das war unangenehm, aber bei jeder neuen Brille so; und er hatte sich eine neue Brille machen lassen müssen. Die Bürgerwehrler hatten ihm die alte von der Nase geschlagen. Die genau gleiche Brille hatte er sich wieder anfertigen lassen, beim Optiker an der Marktgasse, dessen Vater er schon kannte. Das haben Sie schon ein paarmal erzählt, David, hatte Frau Berner gesagt. Deshalb war er

auf sein Zimmer gegangen, obwohl es im Aufenthaltsraum kühler war, bei der offenen Tür, die zur Reuß hinaus in den Garten führte, zu den schattenspendenden Bäumen. Eine abscheuliche alte Dame. Allein ihr ›David‹ versetzte ihn in Wut.
Sie hatten ihm die Brille von der Nase geschlagen, einfach so, und mit den Schuhen die Gläser zertreten. Wie das schmerzte in den Ohren. Aber die Söhne hatten die teure Brille bezahlen müssen, weil Goldfarb entmündigt war, und das hatte ihm Genugtuung verschafft, ein Gestell aus purem Gold hätte er eigentlich wählen sollen.
Söhne, die den Vater entmündigen lassen – sind keine Söhne. Das ist vielleicht die Rache Gottes, dachte Goldfarb mithin. Er war konvertiert. Vom Judentum zum Katholizismus. Seiner katholischen Frau zuliebe, einer Freiämterin. Und dies war bestimmt ein Fehler gewesen, jüdische Söhne hätten ihren Vater nicht entmündigen lassen.
Gut, er hatte einen Scheck über 10000 Franken tatsächlich zu leichtfertig ausgestellt, diesem armen Hund von Menschen, einem Handlungsreisenden, ohne Vorsichtsmaßnahme in die Hand gegeben, dem Mann, der ihm sein Leid klagte: seit kurzem als Vertreter einer Nahrungsmittelfirma auf eigene Rechnung unterwegs. Und fährt den Wagen zu Schrott. Ist seinem Totalschaden unverletzt entstiegen. Sitzt nun im ›Bären‹, um sich zu besaufen...

Auto kaputt – Existenz kaputt!

Du hast ihm den Scheck einfach ausgehändigt, fragte der jüngere Sohn, böse.
Im ›Bären‹?
Er hat mir Zins und Rückzahlung versprochen.
Aber du hast vergessen, schimpfte der Sohn, den sauberen Typ nach seinem Namen zu fragen.
(Dies allerdings stimmte...)

Du wirst alt.
Nein, ein jüdischer Sohn hätte so etwas nicht ausgesprochen. Aber dieser frömmelnde Sohn und Bankangestellte, der einen katholischen Vornamen trug und der Kirchenpflege angehörte in Buttwil – den er nicht nach der Tradition hatte erziehen lassen von einer jüdischen Mutter. Das war Sünde gewesen ... in der Tat Sünde, unverzeihlich. – Wenigstens war er selbst, Goldfarb, einer Stimme folgend, die sich gemeldet hatte, als er Musik hörte, Schubert, mitten im Schubert drin setzte das Motiv für zwei Takte aus und die Stimme – ja darauf war er wieder aus der katholischen Kirche ausgetreten.
Die hatten ihm den Arm auf den Rücken gedreht, als wäre er ein, ein... er fand das treffende Wort nicht. Und dabei war die Brille zu Boden gefallen.
Ausgerissen. Bereits dreimal war er aus dem Altersheim ausgerissen. Man zwang ihn ja, hier zu leben. Dreimal hatte er den Koffer gepackt, war abgehauen. Mitten in der Nacht. Vor Morgengrauen über alle Berge – wie ein Indianer. Etwas Wäsche hatte er mitgenommen und ein sorgfältig zusammengefaltetes Damenkleid. Mit weitem Ausschnitt. Und den Blasentee; zwei drei Bücher, eine Tonbandkassette, Fotos. Die Jacke hatte er angezogen, den Stock genommen, den Hut aufgesetzt, nicht einmal das Licht ausgelöscht. Er war gegangen, zu Fuß. Im Bund seiner Hose eingenäht, hatte er ein Geheimfach mit Reißverschluß, von Jo, der jungen Pflegerin eingepaßt, gehalten in reiner Seide, und darin hütete, hortete er siebenunddreißigtausend Franken in ungebrauchten Banknoten, siebenunddreißig violette Tausender, die er noch abgehoben hatte vor der Entmündigung. Kopfgeld, dachte er, von dem seine Söhne nichts ahnten, im Handstreich gerettet.

Nach dem Mittagessen war er in den ›Sternen‹ gegangen, saß auf der von Weinreben umrankten Terrasse, von der aus der Blick ausschweifte auf Kirche und Unterstadt, er sah in Francis Fischers Garten; das wuchernde Unkraut, Kamille und Mohn gefielen ihm ... und im angrenzenden Garten, jenseits der Mauer, spazierte der Stadtpfarrer, der ihn nicht mehr grüßte seit seinem Kirchenaustritt.

Der rechte Arm, sagte er im ›Sternen‹, das Schultergelenk tut immer noch weh.

Eine neue Brille habe ich anfertigen lassen müssen, redete er fort, und die Serviertochter nickte, brachte ihm ein Glas heißes Wasser, ein Teeglas. Ins heiße Wasser gab er Blasentee. Abgepackt in Portionen trug er Blasentee bei sich, dies war sein Lieblingsgetränk. Es griff zwar die Magenschleimhäute an; aber er habe einen Pferdemagen, sagte Goldfarb, und alles andere schmecke so fad. Ich bin jetzt zweiundachtzig, sagte er, und mit der Prostata habe ich keine, aber auch gar keine Probleme. Er blies die schwimmenden Blüten an den Rand des Glases und tauchte die Lippen ins heiße Wasser – ins heißeste Wasser konnte er sie tauchen, als wären sie Leder, empfindungslos.

Man hatte sich daran gewöhnt, Goldfarb bestellte nur Wasser, heißes Wasser im Teeglas. Die Wirte hatten sich damit abgefunden, an Goldfarb war nichts zu verdienen. Eine Schrulle, sagten sie. Die Serviertochter winkte lachend ab, wenn er für das Wasser Geld auf den Tisch legte.

– Ein alter Mann.

– Ein Kauz.

– Nicht mehr ganz richtig im Kopf.

– Aber harmlos.

Manchmal setzte sich die Serviertochter zu ihm, am Nachmittag, wenn nicht viel Betrieb war, selbst die Fliegen festgesaugt auf demselben Zuckerfleck auf der Nußgipfelglocke verharrten. Er war gesprächig, unterhaltsam, gab der Serviertochter Geld und forderte sie auf, ihre Lieblingsschlager zu spielen. Meine liebste Musik wäre die Unvollendete, sagte er, aber...

Von Schubert, sagte die Serviertochter, stand auf und drückte an der Musikbox Songs von Joe Dolce und Peter Maffay, begann die Melodien mit den Stars zu summen. Und wissen Sie, fragte er, sobald sie wieder neben ihm saß, wissen Sie, wie es tönt, wie es sich anhört, wenn man sich mitanhören muß, wie einer mit den Schuhen auf Steinboden Glas zertritt?

Er war bald aufgebrochen, bedächtig, langsam; er hatte den Weg den Bogen hinunter genommen und so vermieden, daß er die Kirchentreppe hinabsteigen mußte. Er haßte Treppenstufen, den Abgrund vor jedem nächsten Schritt. Und unterwegs, beim Gemüsehändler, hatte er eine grüne Wassermelone mitgenommen, ohne nur an Bezahlung zu denken. Die Frucht lockte so frech an der Sonne, eine runde Verführung. Und dem Ladenmädchen, das aus dem Geschäft gelaufen kam, drohte er nur mit dem Stock. Sollten die doch ins Heim telefonieren und sich beschweren, den Fehlbetrag von seinen Söhnen fordern: er war ja entmündigt...

Das haben Sie auch schon anders erzählt, David.

Goldfarb saß im Zimmer, an diesem heißen Nachmittag gegen drei Uhr. In dieser Mittagshitze war Jesus gestorben, und auch er fühlte Herzbeschwerden, ein Stechen in der Brust, ja ein Gewitter brächte Erlösung, doch der Himmel war blau in blau. Er hatte etwas Froschähnliches, David Goldfarb, einen ziemlichen Bauch, trug immer ein weißes Hemd und Weste, hatte eine amerikanische Krawatte umgebunden. Und die Krawattennadel, mit einem rubinroten Stein, war so golden wie die massive Uhrkette: doch die Taschenuhr hatte er vor einem Jahr verschenkt. Auf dem großen Pfingstmarkt hatte er sie verschenkt, einer Wahrsagerin, die ihm erklärte, aus seinen Handlinien lese sie, er habe einst eine große Liebe...und Wasser sehe sie, viel Wasser, den Ozean, Amerika, doch die Geliebte, da erkenne sie nur mehr einen dunklen Fleck. Und schwarze, guttuchene Hosen trug er, Hosen, die sein Geheimnis bargen. Er ging leicht schleppend, aber er benützte den Stock nicht deswegen. Der Stock war Requisit und Gestikuliergerät. Er schlug damit auf die Bänke an der Reuß, drohte, verscheuchte, er schlug damit auf den Fußboden im Zimmer, demonstrierte, provozierte. Es war ein Protestier-, Droh- und Da-bin-ich-noch-Stock; gleichzeitig auch Maß für die Distanz, welche Goldfarb eingehalten wissen wollte zwischen der allgemeinen Welt und seiner eigenen Haut.

Ja, manchmal hockte er am Fenster, die Augen zum Himmelsblau erhoben, unter den Augen dicke Tränensäcke von grünbläulicher Färbung, ein Frosch, so kam er sich vor, dem der Traum vom Fliegen zum Wahn geworden war, fehlprogrammiert.

Er vergaß ihn auch nirgends, seinen Stock. Im Gegensatz zu dem schwarzen Judenhut, den er erst seit neuem wieder trug. Als wäre etwas gutzumachen. Doch Mitglied der jüdischen Gemeinde war er nicht mehr geworden. Er fand, der Hut stehe ihm gut ins Gesicht. Das stimmte ja auch. Und der Hut war praktisch bei Regen, Kälte, bei Schneefall; der Hut schützte vor der schleichenden Nässe vernebelter Tage – schützte die Kopfhaut, die, ohne Haar, empfindlich auf Sonne reagierte; aber gerade bei Sonnenschein war der Hut auch zu schwer und ungeeignet, obwohl wiederum nach hutlosem Gehen ein Sonnenbrand auf der Glatze ganz erbärmlichen Juckreiz hervorrief, auch begann sich als Folge davon die Haut allmählich zu schälen.

Er saß am Fenster, den Stock zwischen den Beinen; er hätte jetzt gern die Unvollendete abgespielt. Nur so, am Nachmittag, bei dieser Stille. Sein schwaches Gehör. Es zwang ihn, die Lautstärke aufzudrehen, bis er auch die leisen Stellen, die ›piano‹-Passagen hören konnte, die er liebte und immer weniger gut hören konnte und vielleicht deshalb immer heftiger zu lieben begann. Der Hörverlust wäre ein Liebesentzug gewesen. Ja, hörte er diese leisen Klangstellen nicht mehr, so waren sie für ihn endgültig verloren. Er war nicht fähig, sich Melodie und Tonfolgen, die Instrumente nur zu denken, sie still, tonlos in der Vorstellung zu erleben. Er schaffte das nicht. Aber wenn er den Verstärker genügend laut einstellte, um die zarten, ja zärtlichen ›piano‹-Passagen zu hören, rauschte das Orchester bei ›forte‹ entsprechend bestialisch auf und davon, und seine Nachbarn rundum klopften mit ihren Stöcken tyrannisch auf den Fußboden, an die Wände. Man hatte im Heim keine Ohren für Goldfarbs Schubert. Doch, er wollte die Unvollendete jetzt hören, auch an diesem in der Hitze erstarrten Nachmittag, der den Eindruck erweckte, als habe man Stadt und Land und Himmel in glasklaren Polyester gegossen. Goldfarb stand auf, das war schon ein Verstoß gegen die Hitze, er spürte gleich den aufflackernden Herzschlag, legte die Platte auf, drückte die Starttaste, drehte den Volumeknopf auf, um gerade die dunkel und gemächlich einsetzenden leisen Bässe zu hören, dann die lebendigeren, den Takt vorgebenden Geigen, in die eine Klarinette eine Weise spielte, die ihn an den Gesang eines Rotkehlchens denken ließ, bevor das Orchester mit einstimmte, aufbrach und jener lange Hornton, Warnung vor der bevorstehenden Klangexplosion, ertönte, der das tänzerische Motiv ankündigte. Und das Zimmer war erfüllt von tosender Musik, und Goldfarb fühlte sich glücklich ... glücklich bis zur Wiederholung des Motivs, bei der er in Trauer fiel und Wehmut, da er jedesmal an seine Marilyn denken mußte, unwillkürlich...

Wegen der Sache mit dem Scheck hatte man ihn ausgelacht und gehänselt. Die Söhne sprachen von beginnender Senilität. Die Schwachköpfe.

Man müßte dich bevormunden lassen.

Meinten sie, als er die goldene Uhr verschenkt und sich beim Optiker eine elektronische Computeruhr mit aufleuchtenden Ziffern gekauft hatte. Mit Ziffern in einem

Fensterchen; so klein, daß er sie mit bloßem Auge nicht ablesen konnte. Eine Sport- und Tauchuhr mit Chronometer. Er hatte dazu eine Lupe erstanden und die Lupe an die Uhrkette gehängt. Wenn er nach der Zeit sehen wollte, zog er die Lupe aus der Westentasche, hielt sie über das Zifferfensterchen und wußte dann ganz genau, wie spät es war.

Du bist verrückt geworden, wieder kindisch.

Doch erst wegen der neuerlichen Marilyn-Geschichte hatten seine Söhne die Entmündigung eingeleitet, und durchgesetzt. Ja, den Vater gedemütigt mit einer starrköpfigen Uneinsichtigkeit, nein Brutalität, zu der nur verknöcherte, böse alte Leute fähig sind. So hatte Goldfarb das Jo erklärt.

Und vielleicht war nicht einmal mehr Heymann ein Freund.

Die Jugendlichen in Wohlen hatten ihn selbstverständlich akzeptiert und aufgenommen, ihm, weil er nur mühsam Treppen stieg und Treppenstufen haßte, ein Zimmer im Erdgeschoß überlassen. Sie hatten ihm eine Stereoanlage aufgebaut. Für die Unvollendete. Wie ein Gewitter fegte sie durch Haus und Garten, erschütterte alles und alle mit ihren Ausbrüchen, die dann wiederum Zärtlichkeiten, Tonliebkosungen waren, bevor die Musik erneut aufbegehrte, diese Schubertmusik ... und immer wieder die Klarinette.

Das Rotkehlchen, sagte Goldfarb, singt von allen Vögeln am schönsten; Sidney Bechet hätte den Klarinettenpart spielen müssen, das wäre ein Hit geworden.

Einsam blutige Spitze, sagte ein Mädchen, hockte im Schneidersitz vor ihm, ganz umhüllt von einem purpurnen Tuch.

Die Brille, wissen Sie, die Druckstelle hinter dem Ohr, hatte Goldfarb zu der Serviertochter im ›Sternen‹ gesagt und Tee geschlürft, die Brille ist neu, denn neulich; und er offerierte ihr einen café crème.

Opa hatten die Jungen ihn gerufen. Und du gesagt.
Goldfarb ist ein lässiger Name. (Einsam blutige Spitze.)
Marilyn hat mich Dave genannt.
Bist du Jude, hatten die Jungen gefragt.
Nicht mehr ganz, das heißt, also Jude, das müßt ihr schon wissen. Der Hut ist Klasse, sagte ein Mädchen. Sie hatte die Haare kurzgeschnitten und in Streifen, gelb und violett, gefärbt. Mein Vater hat mich mit einem Zebra gemacht, sagte sie, bäh, setzte sich den Hut auf; allen gefiel das.
Ich habe Fehler gemacht, sagte er, nun rächt sich der Gott der Juden, er hat mich mit Hundesöhnen bestraft.
Stinknormale Spießer?
Ja.
Und Macker?
Er drückte einem Jungen einen Hunderter in die Hand und schickte ihn damit in die Pferdemetzgerei. Hüftstücke solle er holen.
Anschleppen, sagte der Junge, okay.
Die braten wir im Garten, sammelt Holz.
Doch die Jugendlichen hatten gegrinst. Holz sammeln? Man war ja nicht bei den Pfadfindern. Sie zerhackten eine alte Kommode, fachten ein Feuer an. Und sie brieten im abendlichen Garten Pferdefleisch. Ein Duft, leicht süßlich, von Fett und Blut und Salz und Rauch verbreitete sich. Aus dem offenen Fenster ertönte die Unvollendete, schickte rebellische Klänge in die hereinbrechende Nacht.
Es klopfte an der Tür, das war bestimmt Jo; vorgeschickt von der ›Besatzung‹, dachte Goldfarb. Die Alten wußten genau, daß er Jo nie beschimpfte oder bedrohte mit dem Stock.

Jo lehnte sich an den Tisch, verschränkte die Arme vor der Brust, zuckte mit den Achseln, machte mit dem Kopf eine Bewegung zum Plattenspieler.
Hausordnung.

Sie schaute Goldfarb an.
Er blickte aus dem Fenster, auf die Steintreppe hinter dem Garten, welche die Oberstadt mit der Unterstadt verband und auf halber Höhe am Altersheim vorbeiführte. Auf den Stufen, die er von seinem Platz aus sehen konnte, glimmerten einzelne Stellen auf im körnigen Granit. Hinter Jo lag die Wassermelone auf dem Tisch, zum Anfassen schön. Würde jemand die Melone mit dem Messer anstechen, müßte die Schale von selbst noch weiter aufplatzen, so gespannt war die glattgrüne Oberfläche, so groß war wohl der Druck im Inneren der Frucht.
Süßes rotes Fruchtfleisch und dunkelbraune Kerne.
Die Melone würde tropfen, wenn man sie aß.
Und die Musik, wieder die Klarinette, voller Wehmut, voller Aufruhr, Schmerz, Zorn. Wurde ruhiger, immer ruhiger, versöhnlich sanft, klang aus; und dann sagte Jo: Ich stelle jetzt den Plattenspieler ab.
Goldfarb schwieg.
Einsam blutige Mafia.
Man hatte ihn entmündigt wegen Marilyn. Er war abgehauen und nach Amerika geflogen, als er gelesen hatte, in New York werde ein von Marilyn Monroe getragenes Abendkleid und ein Büstenhalter versteigert. Er hatte ein Taxi nach Kloten genommen, von dort aus eine Maschine der Swissair. Kleid und BH Marilyns hatte er für ein paar lumpige Dollar ersteigert, wie er sagte. Dreitausendachthundertsiebzig, schrien die empörten Söhne. Ersteigert habe er sie und nach dem Hammerschlag überreicht bekommen, sagte Goldfarb, in Anwesenheit der Presse; und nach dem Bildbericht in der Zeitung hatten ihn die Söhne entmündigen lassen.
Blutige Schweine, sagte das Mädchen mit dem Zebralook.
Die waren eifersüchtig, sagte die Serviertochter im ›Sternen‹.

Die Bekleidungsstücke hingen in seinem Schrank. Sie riechen immer noch ein wenig nach Marilyn, hatte Goldfarb einmal zu Jo gesagt und ihr die Sachen gezeigt. Jo hatte das Abendkleid anprobieren wollen.
Johanna, hatte sich Goldfarb entsetzt.
Es wäre unmöglich gewesen, sie hatte nicht die entsprechende Figur, war viel zu langgewachsen, schlaksig, zwar ein hübsches junges Mädchen, und die Oberweite hätte ohnehin nicht gepaßt. Jo war etwas breit in der Hüfte, hatte halblanges, dunkelblondes Haar und schöne Augen. Und viel zu große Füße.
Im Schrank hing das dunkelrote Kleid, und im Kleid der schwarze BH; Goldfarb hatte einen Träger am Bügel festgemacht.
Er hatte diesen ›Herzensbesitz‹ auch nach Wohlen ins besetzte Haus mitgenommen (ich werde ihn mitnehmen ins Grab) – und die siebenunddreißig Tausender. Eingenäht. Papier wärmt, dachte er manchmal. Papier schützt, isoliert. Ein wenig drückten die Scheine ihm auf die Blase, wenn er am Tisch saß und sich vornüberneigte...
Er war Pferdehändler gewesen, hatte das Freiamt mit Importen aus Polen und Dänemark bedient. Für Polenhengste allerdings, pflegte er zu sagen, sei die Gegend ein schlechter Boden. Die Hengste hätten zuviel Feuer im Blut. Den Bauern steige das Blut zu schnell in den Kopf: Zusammengespannt gibt das die Katastrophe.
Goldfarb war auf seinen Einkaufsreisen weit herumgekommen. Er hatte sich als Pferdehändler auch einen guten Namen gemacht, über das Freiamt hinaus, und entsprechend verdient. Zu seinen besten Zeiten besaß er zwei Ställe und eine Koppel in der Auebene, wo er die Pferde frei laufen ließ. Und Goldfarb hatte Marilyn Monroe gekannt. Geliebt hatte er sie. In Mamaroneck soll es gewesen sein, sie hätten zusammen ein Weekend verlebt. In Mamaroneck, USA.
Sie nannte mich Dave.
Neunzehnhundertfünfzig sei es gewesen, sie habe gerade

THE FIREBALL gedreht, den Film, in dem ein Junge aus dem Waisenhaus wegläuft, einen Job bekommt in einer Bohnenfabrik und ein berühmter Rollschuhläufer wird. Einsame Spitze.
Ein Rollschuhchampion, dessen Freundin Marilyn eine Zeitlang ist, im Film.
David, das haben Sie auch schon anders erzählt.
Es war neunzehnfünfzig, doch; er war nach Amerika geflogen mit vielen Dollar, um Marilyn seine Liebe zu gestehen. Einen ganzen Blumenladen habe er leergekauft und die Blumen mit einem Bus liefern lassen; die Visitenkarte habe er beigelegt und von Hand habe er unter den Namen geschrieben I LOVE YOU, bin bereit, für Sie barfuß Death Valley zu durchqueren und Sie dabei auf den Armen zu tragen, YOURS DAVE. Mit seiner steilen, etwas krakeligen Schrift und mit königsblauer Tinte hatte er das geschrieben. Und die Telefonnummer seines Hotels angegeben. Und dreimal habe er den Blumenladen leerkaufen und den Bus bestellen und den Text auf eine neue Visitenkarte schreiben müssen. Dann hat sie angerufen.
Damals war er Witwer, seit vier Jahren Witwer. Einundfünfzig Jahre alt ...
In der Innentasche seines Koffers bewahrte er eine Fotografie von ihr auf, zwei Briefe, und auf einer Stereokassette war ihre Stimme festgehalten: RIVER OF NO RETURN.
Das Weekend in Mamaroneck, sagte Goldfarb zu Jo – und die Unvollendete ...
Marilyn war eine phantastische Frau.
Wenn sie nur diesen Miller, den Schriftsteller, nie kennengelernt hätte. Das Zimmer, in dem wir schliefen, hatte dunkle, bräunliche Tapeten, ›aubergine‹ würde man heute sagen, und Marilyn trank am liebsten Orangensaft. Dave, sagte sie, oh Dave. Aubergine, fragte Jo.
Goldfarb hatte die Hosen hochgekrempelt, und Jo löste ihm die Verbände. Er litt an offenen Beinen, ULCERA CRURIS, seit er fünfundsiebzig war, hatte er ein bösartiges Loch auf beiden Seiten, neben dem Schienbein, eine

Handbreit unter dem Knie. Jo wusch die Wunde aus, trug Zinksalbe auf, verband neu. Die Salbe linderte, kühlte, der Juckreiz ließ nach. Ein Schmerz war es nicht, meistens auch kaum eine Gehbehinderung. Aber es konnte tierisch jucken.
Man könne damit leben, sagte er. Mit 82 habe man so etwas in Kauf zu nehmen. Es sei nicht schlimm. Ja, Tomatensaft trank Marilyn am liebsten.
Orangensaft, dachte ich, sagte Jo.
Auf dem Markt habe er frische Orangen für sie gekauft, sagte Goldfarb, und eine Fruchtpresse. Im Hotelzimmer habe er die Orangen ausgepreßt und den Saft in ein Glas gegeben. – Sie lag auf dem Bett, einem großen runden Bett mit einer hellblauen Samtdecke.
Seidendecke?
Genau so lag sie, sagte Goldfarb, wie man es im Film CLASH BY NIGHT sieht, die Arme, nein, den rechten bloßen Oberarm über die rechte Gesichtshälfte gelegt. So lag sie da und trank Orangensaft und sagte: Oh Dave. Sie machen die Leute verrückt mit Ihrem Schubert.
Goldfarb grinste, schlug mit dem Stock auf den Boden. Unzurechnungsfähig, sagte er: Ich kann Ihnen das Schriftstück zeigen. Wissen Sie, fuhr er fort, Verrückte haben eine andere Einstellung zur Lautstärke. Sie ist der Stellvertreter für den inneren Aufschrei, zu dem sie selbst unfähig sind.
Wie paßt die neue Brille?
Man gewöhnt sich, sagte Goldfarb. Hier, hinter dem Ohr. Die alte, wissen Sie, Jo, aus dem Gesicht zu Boden. Und dieses Knirschgeräusch – Stein, Glas, Schuh.
Man hatte ihn im besetzten Haus bei den Jungen lassen müssen, eine volle Woche. Er wäre nicht freiwillig ins Altersheim zurückgekehrt. Erst als das Haus gestürmt, geräumt war, ließ er sich ›abtransportieren‹, wie er sagte.
Ein Mädchen hatte zu ihm gesagt, seine Haut sehe aus wie zerknittertes Silberpapier, das jemand wieder habe glattstreichen wollen.

Ich war früher ein stattlicher Mann.
Er hatte mit dem Stock auf den Boden geklopft. Silberpapier, hatte das Mädchen gesagt, könne man nicht mehr glattstreichen. Das Mädchen war fünfzehn, klein und schmächtig, hatte langes dünnes farbloses Haar und noch keine Brüste. Es trug wadenlange dunkle Hosen, ein rotweißgestreiftes T-Shirt und gelbe Socken. Es glich einem hungrigen Clown, sagte Goldfarb. Da klopfte jemand leise an die Tür, machte sie einen Spalt breit auf. Jo wurde gerufen, Jo solle gleich kommen, der Heimleiter warte auf sie im Büro, sagte eine Stimme, und als Jo ging, schenkte Goldfarb ihr die Wassermelone.
Er hatte damals dem Silberpapiermädchen eine Fotografie gezeigt, von sich und Marilyn.
So haben Sie früher ausgesehen? Das sind wirklich Sie?
Einsam blutige Spitze.

Beim Nachtessen hörte Goldfarb vom Tod René Villigers, und Jo tat ihm leid. Man beredete den Unfall bei Hackfleisch und Eiernudeln, und als Dessert wurde ein gelber fester Pudding serviert, süß, mit Himbeersirup übergossen, abscheulich.

8

Es war Abend geworden, es dunkelte ein, und ein würziger Duft lag über den abgeräumten Wiesen, das Heu war eingebracht, doch der Heuduft nach der Ernte machte für Jo den Sommerabend erst aus, den Abend nach einem heißen Tag – Abend nach einem vorsommerlichen Tag im Freiamt, wenn die Erde langsam abkühlte. Jo ging versonnen, es war eine Zeit, da lebten hier keine Menschen, Jo ging nachdenklich, breite weiche Täler erstreckten sich überallhin, schön standen die Wälder im Wuchs, Nußbäume beschatteten Haine, auf den Wiesen Fliederbüsche, Jo hatte es nicht mehr ausgehalten zu Hause.
Und es hatte eine Zeit gegeben, da war hier Meer – weites blaues Meer unter weitem blauem Himmel.
Quer über das Feld hinter Mutters Garten ging Jo, wo es nach Erde roch, Gras und Heu. Grillen zirpten. Jo wollte an die Reuß, hatte Jeans und einen Pullover angezogen, ging in Turnschuhen über das harte, stoppelige Gras, hielt den Kopf gesenkt. Es gab eine Zeit, da herrschten hier Kälte und Eis. Geröll schüttete die Täler auf, Gletscher durchzogen das Land. Der Boden war spärlich bewachsen, lichte Steppe, karge Tundra. Und keine Menschen.
Eigentlich war es nur dicht über dem Boden dunkel; das Dunkel jedenfalls reichte Jo nicht über den Kopf, schaute sie hoch, so sah sie, daß der Himmel noch hell erschien, bläulich, und der Mond besaß keine Leuchtkraft, als hätte er an diesem Abend nichts zu sagen.
Jo war nicht besonders traurig.
Am Wegrand lagen entrindete Bäume, Stämme, über die sie kletterte zum Reußufer hinab. Sie ging den schmalen, von Büschen bestandenen Pfad am Fluß entlang. Im Dunkeln war der Weg nicht leicht zu begehen. Und sie hatte keine Hand frei, sich abzustützen oder festzuhalten, etwa am Ast einer Weide, wenn sie über Wurzelwerk

stieg. Sie trug Goldfarbs Wassermelone, hielt sie mit beiden Händen fest, trug sie vor dem Bauch wie ein Kind. In der Nähe des einzigen am Fluß stehenden Hauses setzte sie sich ans Ufer. Sie hörte das Wasser über das Wehr fallen. Zum Haus gehörte eine Hundezucht, doch keiner der Hunde hatte ihr Kommen bemerkt. Im angebauten Schuppen war ein Taubenschlag untergebracht, manchmal hörte Jo einen Vogel gurren. Oder das Rascheln, wenn eine Taube aufflog im Schlaf.
Über den Bäumen und Büschen am gegenüberliegenden Ufer sah sie den Heitersberg. Ein dunkler, harter Rükken, bewaldet, fast schwarz.
Es hatte eine Zeit gegeben, da lebte hier ein Mammut.

Träume.

Jo ritt auf dem Mammut. Das Tier ging leicht und langsam, man spürte auf dem hohen Rücken kaum eine Erschütterung, auf weichen Füßen schritt es dahin, setzte sich allmählich in Trab und trabte durch die Nacht, Jo auf dem Rücken. Und es gab keine Menschen. Und die Stoßzähne des Mammuts glichen im Mondlicht der fahlen ... waren Sicheln aus Mondgestein.
Jo hatte keine andere Wahl gehabt, als davonzulaufen, fort aus dem elenden Trauerhaus, wo sich ratlose Verwandte einfanden, wo Freunde der Mutter das Beileid aussprachen, wo der Parteipräsident und ein Vorstandsmitglied verlegen herumstanden, mit Gesichtern, als sei die Welt untergegangen.
– Mitten aus dem Leben.
– Unfaßbar.
– Er war doch so...
Und die versteinerte Mutter. Saß auf dem Sofa und ließ das alles über sich ergehen. Dabei war es nicht einmal tröstlich. Es verhinderte die Trauer – war Trauerrummel. Nein, niedergeschlagen war Jo nicht, nur entsetzlich müde.

Man hatte sie von der Arbeit weggerufen.
Dieser Schubert, hatte Goldfarb gesagt. Sogar in Dur tönt er wehmütiger als alle anderen in Moll. Und mit dem Stock hatte er auf die Melone gezeigt, als Jo gerufen wurde:
Nimm sie mit.
In ihrer freien Zeit nach dem Mittagessen hatte Jo Pablo besucht und ihn gefragt, ob er ihr nicht ein Zimmer vermiete, ob noch ein Zimmer frei sei in seinem Haus, und Pablo hatte ihr ein Bild gezeigt. Im Atelier hatte er gearbeitet. An einem Sommerbild. Er malte es nach einem Gemälde von Pieter Bruegel

HEUERNTE

Schau, hatte Pablo gesagt, die Menschen wandern diagonal ins Bild und erschließen so den Raum. Jäh bricht der Vordergrund ab. Dörfer, Gehöfte schmiegen sich in die hügelige Landschaft. Bizarre Felsen ragen in den blauen Himmel. Ein Bauer dengelt die Sense. Drei Frauen mit Rechen gehen ins Heu. Auf einem Schlitten zieht ein Pferd Feldfrüchte dem Hof zu. Bauersleute tragen Körbe auf den Köpfen, die Köpfe sind verdeckt von der Last. Im Tal ist die Heuernte in Gang. Die Farbigkeit spielt von grün, gelb und braun, im Vordergrund, in die silbrig graublauen Töne in der Ferne. Luftiges Gewölk findet Entsprechung in dem fiedrigen, durchsichtigen Laub eines rechts am Bildrand in den Himmel ragenden Baumes.
Jo gefiel das Bild.
Pablo hatte die Pferde durch einen gelben Traktor ersetzt, aus dem Weg eine Autostraße gemacht, der Schlitten mit den Feldfrüchten war auf seinem Gemälde ein Lastwagen geworden. Er hatte die Frauen anders gekleidet, der Zeit entsprechend. Aus den Hügeln, die Felsen aussparend, hatte er die Züge des Wagenrains und des Lindenbergs modelliert, den Baum stehenlassen.

Häuser und Dörfer hatte er umgewandelt, den Bruegel malerisch ins Freiamt übersetzt.
Ich hätte ein Zimmer.
Zusammengerollt neben der Tür hatte sein Neufundländer geschlafen, ein sanftes großes Tier, die rote Zunge im Kies.

Jo war aus dem Haus geflohen, dem Haus, das so protzig wirkte und bis zu den Bildern an den Wänden bewies, was René Villiger war. Gewesen war, dachte Jo: ein Neureicher.
Alle Reichen, hatte der Vater einmal gesagt, sind zuerst neureich gewesen.
Stacheldraht
Stacheldraht. Hör auf, Jo, bitte.

Du kannst schon morgen einziehen.

Josua war gekommen, er würde der Mutter beistehen. Mit seinem silbrig lackierten Peugeot war er vorgefahren und hatte einen Koffer ausgeladen, so groß, als wollte Josua für immer bleiben. Jo war aus dem Haus gelaufen, während Josua nun der Mutter half, die Kondolenzbesucher empfing, den Gästen Wein einschenkte. Er ersetzte den Hausherrn, wendig, wieselig, dieser immer etwas nervöse Josua, der stark schwitzte und darum stets nach ARDEN FOR MEN duftete, am liebsten Hawaiihemden anhatte zu hellen Hosen, der am Arm ein goldenes Kettchen trug mit seinem Sternzeichen, Josua, den keiner so recht mochte, außer Mutter, obwohl er der hilfsbereiteste und gütigste Mensch war. Aber halt schwul. Und Katrin kochte Kaffee, Hans rauchte die unvermeidliche Pfeife. Und sie, Jo, hätte am liebsten losgeheult, nicht einmal wegen des Vaters. Das ganze Haus, diese Gesellschaft war so bemitleidenswert. Und das alles empfand sie als besonders absurd, weil die Hauptperson, der Tote, fehlte, der tote Vater lag in der Leichenhalle, aufgebahrt.

Und dort war es dunkel und kalt, wenn auch eine Kerze brannte, und bestimmt das Ewige Licht.
Dein Vater ist verunglückt
Als sie dasaß an der Reuß, die Melone im Schoß, als wäre der Mond, der nun von einem Baum verdeckt wurde, vom Himmel gefallen, spürte sie mit einem Mal eine Erschütterung in sich.
Tödlich.
Und sie begann sich zu fürchten, wenn sie an das dachte, was jetzt alles bevorstand. Ohne Josua, ohne den quirligen Josua wäre es gar nicht durchzustehen. Sie wäre am liebsten ganz weggelaufen, nachts weggeritten auf dem Rücken des Mammuts. Und die Welt wäre wieder menschenlos gewesen, die Stadt verschwunden, die Häuser, Gehöfte, Straßen, Verkehr. Alles, was sie nicht liebte, verschwunden. Weggewünscht. Vorweltliche Zeit, und Jo auf dem Mammut, das so behutsam ging, damit es nichts verletzte, weder Pflanze noch Tier zerstörte mit seinem Körpergewicht, seiner Kraft, und sie, Jo, säße auf seinem Rücken, geborgen in der zottigen Mähne.
Mit dem Taschenmesser, das der Vater ihr einmal von einer Geschäftsreise heimgebracht hatte, schnitt sie die Melone auf. Sie mochte das Messer, es war nur klein, besaß jedoch elfenbeinerne Seiten. Die Klinge drang nicht tief in die Frucht, die größer war als ein Kopf, so groß wie jetzt der Mond.
Man hatte die Überreste eines Mammuts ausgegraben, vor Jahren, am Lindenberg oberhalb von Muri, bei einem ›Rüti‹ genannten Bauernhof, Knochen von einem ELEPHAS PRIMIGENIUS. In Herden, vielleicht zwanzig Tiere, sollen sie im Freiamt gelebt haben. Zwischen den Eiszeiten. In den wärmeren Phasen. Schwere, mächtige Tiere, weit stärker als Elefanten. Mit riesigen Stoßzähnen. Sie hatten hier gelebt, waren gewandert auf weiten Steppen und der Tundra, vorgestoßen in waldreichere Gebiete. Und mit dem letzten Elephas primigenius, ihrem Mammut, auf der Höhe seines Rückens, wollte Jo mitgewan-

dert sein bis zu den arktischen Eisgürteln Sibiriens, wo die Tiere eine letzte Zuflucht gefunden hatten, zuletzt ihr Dasein fristeten.
Und kein Mensch lebte im Freiamt.
Die Melone war saftig und süß.
Und in der Leichenhalle der Vater.
Er war nun tot, dieser Vater, und ihr im Tod auf eine seltsame Weise nah. Als Lebender war er Jo fremd gewesen, fremd erschienen. Unnahbar.
Stacheldraht.
Jo hatte es nicht leicht mit einem Vater, der Stacheldraht produzierte und lieferte an die Armee, für Geländeverbauungen, an die Polizei, für Abschrankungen, ungefährlich aussehende Stacheldraht-Spiralen, an denen man sich gefährlich verletzte. Gegen Stacheldraht-Mauern rannte man vergeblich an. Gegen Stacheldraht war man machtlos.
Es zwingt dich ja niemand zu demonstrieren.
Ich hasse Stacheldraht.
Dein Herz ist umwickelt mit Stacheldraht.
Wegen der verfluchten Villiger-Zäune kann man nirgends mehr hin, nirgendwo mehr geradeaus.
Jeder Spießer errichtet um seine paar Quadratmeter einen Zaun. Und bei dir klingelt die Kasse. Und du, hatte der Vater geantwortet, zurückhaltend, hast bisher ganz schön mitprofitiert von meinen Geschäften, von meiner Kasse.
Jo sah, wie sehr er sich beherrschte, sah die zur Faust geballte Hand, und vielleicht nur, weil er diese Faust nicht auf den Tisch schlug, bekam er einen roten Kopf und Schweißtropfen auf der Stirn.
Mach doch die Krawatte locker.
Nun begann er loszuschreien, beim Nachtessen am Küchentisch, und jedesmal, wenn er mit dem Bauch gegen den Tisch stieß, klingelte das Kaffeegeschirr. Es hatte Apfelkuchen gegeben, damals, und Milchkaffee, Jo erinnerte sich genau, und René Villiger hatte seiner Toch-

ter klargemacht, unter wessen Tisch sie ihre Beine und wessen Brot...
Du bist mich bald einmal los, hatte sie gedroht, ich suche mir auswärts ein Zimmer.

Du kannst schon morgen einziehen, hatte Pablo gesagt. Aber jetzt, nach dem Tod des Vaters, ob sie Mutter alleinlassen durfte?

Er hatte Armee und Polizei beliefert, dieser Vater. Und Jo war gegen das Militär. Für den Frieden war sie. Jo hatte in Zürich demonstriert, war von der Polizei mit vielen anderen in einen Innenhof gedrängt worden, hatte gesehen, ohnmächtig mitansehen müssen, wie die Polizei Stacheldraht ausrollte, um die Gefangenen zurückzuhalten. Einen Korridor aus Stacheldraht hatten die Männer gebaut, Polizeigrenadiere in blauen Overalls, mit Helmen und Gasmasken, mit Gewehren ausgerüstet. Blaue Monster, rief eine junge Frau. Einzeln hatten die Gefangenen durch den Korridor, durch die Stacheldrahtschleuse gehen müssen. Polizisten hatten ihre Namen notiert, Fotos von ihnen gemacht. Bei der Prozedur, die sich stundenlang hinzog, war ein Mädchen ausgeflippt. Ein ausnehmend schönes, großgewachsenes Mädchen mit langen blonden Haaren, das neben Jo stand, war losgerannt, als wollte es als Kamikaze den Zaun durchbrechen. Da hob einer der Blauuniformierten das Gewehr. Gummigeschosse. Tränengas. Das Mädchen, ins Auge getroffen, schrie, versuchte sich mit den Händen zu schützen, verschmierte dabei das Blut im Gesicht. Und dann sah Jo nichts mehr. Tränen hatte sie in den Augen, ätzende Tränen, die alles zudeckten. Das Gas brannte auch auf der Haut; es verursachte Atemnot, plötzlich auch Brechreiz, und erzeugte eine fürchterliche Beklemmung
Angst, Angst.
Blaue Monster, fragte der Vater, regte sich auf.

Man kann die Typen ja nicht unterscheiden, die verstekken sich hinter ihren Masken, sagte Jo wütend.
Jedem, der bestellte und bezahlte, lieferte der Vater Stacheldraht und Drahtgeflecht. Hatte er geliefert. Wofür die Ware gebraucht wurde oder gegen wen und was, war diesem Vater vollständig egal gewesen; das war nicht sein Bier.
Stacheldraht ist ein neutrales Produkt, sagte er, es ist nicht meine Sache, über die Verwendung nachzudenken. Darin steckte für ihn kein Problem. Und wenn das Baugelände eines Atomkraftwerks mit Stacheldraht abgesichert wurde, so war ihm das recht, und ein fertig erstelltes Atomkraftwerk würde man ohnehin zuerst mit Villiger-Maschendraht EINFRIEDEN, und dann mit Villiger-Stacheldraht schützen.
Jo war gegen Atomkraftwerke, hatte Angst vor ihnen. In Angstträumen ritt sie auf dem Mammut davon. Das löste, es erlöste. Auf dem Mammut würde sie nach der großen Atomkatastrophe wegreiten in die Antarktis, ins ewige Eis. Nach Jahrtausenden fände man irgendwo in einer meterdicken Eisscholle den unverwesten Kadaver ihres Mammuts, und neben dem Mammut den unverwesten Leichnam eines jungen Mädchens; man könnte sogar die Melone noch essen. Sie schmeckte gut, vom abgeschnittenen Stück, das sie aß, tropfte der Saft auf den Boden
und in der Leichenhalle lag der tote Vater

der sich damals für den Bau der Halle stark gemacht hatte in der Gemeindeversammlung. Als ›ein dringliches Projekt im Konzept der Infrastruktur‹ hatte er sie bezeichnet. Neben Supermarkt, Freizeitanlagen und Schwimmbad brauchte man eben noch eine Leichenhalle

in der er nun lag, vielleicht schon in Verwesung begriffen.
Vor den Wahlen in das kantonale Parlament hatte Jo

Flugblätter verteilt für eine Partei, die er nicht leiden konnte. Da hatte er sie zum letzten Mal geschlagen. Noch in der Erinnerung spürte sie den Schmerz, die Demütigung, die Wut. Und den Zorn. Es war ein kurzes Brennen gewesen nach dem Schlag, ein Erstaunen und ein Brennen, und dann Kälte.
Jo sah den Mond wieder. Er leuchtete etwas stärker, erschien heller am Himmel. Schärfer umrissen lag der Heitersberg unter dem herabfallenden Licht; Silhouette der Wald, es war inzwischen ganz dunkel geworden. Im Taubenschlag regte sich kein Vogel mehr.
In weiter Entfernung ein paar Sterne. Jo versuchte sich den Ort im Kosmos vorzustellen, an dem sie sich in Wirklichkeit befanden. Wie weit entfernt von ihrem Schein? So bildete sich für Jo ein zweiter Sternenhimmel. Und welcher, dachte sie, war nun wirklicher, aus welchem würde das Mammut kommen.
Der Mond hatte einen rotgelben Hof.
Jo aß die süße Melone, hörte das Geräusch des Flusses, und ganz weich, so sanft war die Luft, sommerlich und frisch zugleich. Jo begann zu weinen; Tränen fielen in die offene Melone, sickerten ein, salzig in die süße Frucht.
Tot war er, in der Leichenhalle. Vielleicht, dachte sie, sind es die unerfüllten Sehnsüchte, die den Menschen in den Tod treiben
oder die uneingestandenen.

Jetzt müßte das Mammut kommen.

Das Mammut kam immer nur nachts, und es war schwarz, damit man es nicht sehen konnte.

Der düstere Tag

I

Barbara Villiger hatte nur wenig und unruhig geschlafen; sie fühlte sich ausgelaugt und schwer. Sie hatte nun drei Nächte allein in dem Zimmer verbracht, und es kam ihr bereits zu groß vor, und fremd. Fremd das zweite Bett, die glattgezogene Decke darauf, so unbenutzt. Dabei hatte sich nichts an dem Schlafzimmer verändert, und sie hätte auch denken können, René sei einfach für drei Nächte weggeblieben, was gelegentlich vorkam, wenn er unterwegs war in Geschäften.
Es hatte geregnet, heftig geregnet die ganze Nacht, und nach vorsommerlich warmen Tagen begann der Juni mit einem Kälteeinbruch.
Unter dem Kopfkissen lag zusammengefaltet sein Pyjama. Barbara war versucht, die Decke wegzuziehen, das Bett aufzudecken. Die Leintücher hätten nach René gerochen, bestimmt, und der getragene Pyjama. Sie hätte wohl auch Spuren entdeckt, Härchen, Hautschuppen, kleine Blutflecken, er hatte sich im Schlaf manchmal gekratzt, Sperma, verklebte Stellen, wo der Stoff anzufühlen war, als sei er gestärkt. Barbara berührte das Bett nicht, sie suchte sich zu sammeln für diesen düsteren Tag. Man würde ihren Mann zu Grabe tragen, und sie hatte als Witwe hinter dem Sarg zu gehen; allein die Vorstellung war grauenhaft.

Ob es denn pietätvoll sei und zumutbar, in einem von zwanzig Familien bewohnten Block eine Leiche drei Tage aufzubewahren, hatte René vor der Gemeinde gefragt. Was denn ein Leichenzug durch die Stadt heute anderes sei als eine Behinderung des Verkehrs? Und votiert für die Leichenhalle. Am dritten Tag damals vor Jahren war die Stube ein Blumenzimmer gewesen. Ein scharfer Geruch schwelte darin, unter Firnis schien alles zu treiben, auch die Leiche, unter einer Haut, die jeder-

zeit hätte aufbrechen können. So hatte sich Barbara tropischen Urwald vorgestellt, dunkles wächsernes Grün, leuchtende Blumen voller Gift gegen das Leben, verlockend zwar, doch wer sie berührte, war mit dem Tod infiziert.
Nach drei Nächten im Eheschlafzimmer kam Barbara sich verlassen vor, alleingelassen und abgeschnitten von der Welt, von einem Leben, Familienleben, an das sie keine Fragen gestellt hatte. Dagewesen bist du, dachte sie, einfach so – selbstverständlich für Mann und Tochter. Und plötzlich meinte sie, René hätte ihr diesen Tod nicht antun dürfen.

Man sterbe im Spital, man sterbe im Altersheim, hatte René zur Gemeinde gesagt, und der Weg nach Hause sei nur ein Umweg zum Grab. Oder man stirbt auf der Straße, dachte Barbara. Sie wollte aufstehen, früh, vor den anderen; es gab noch Vorbereitungen zu treffen, Gäste würden kommen, Großratskollegen, Geschäftsfreunde, Bekannte. Sie würde die Besucher ins Wohnzimmer bitten, in dem kein Zeichen auf den Tod hinwies; sie würde Käsehäppchen anbieten und kühlen Weißwein, und viele Männer mit Trauerflor am Revers und schwarzgekleidete Frauen würden eher verlegen herumstehen, über den Toten reden, über die Politik der Christlichen Volkspartei und den Gang der Geschäfte, verhalten im Ton, mit sparsamer Gestik, und all das würde einer Anteilnahme ähneln, Trauer.
Barbara wollte die Eingangshalle mit einem Blumenstrauß schmücken, in die Bodenvase dunkle Iris stellen und langstielige Rosen. Eine Schale würde sie bereitstellen für Kondolenzkarten und Spenden für Heilige Messen. Und in die allgemeine Verlegenheit hinein würde die Totenglocke zu läuten beginnen, Josua würde ermahnen, es sei jetzt Zeit, man müsse nun aufbrechen, die Totenglocke, die immer läutete, wenn jemand zu Grabe gebracht wurde, unter die Erde. Auf einen Schemel hatte

ihre Mutter ein gläsernes Weihwassergefäß gestellt, daneben lag ein Thujazweig. Nachbarn und Verwandte waren in die Stube getreten, nahmen den Thujazweig, tauchten ihn in das geweihte Wasser, besprengten den Leichnam.
Die ganze Nacht dieser Regen, der sich eingelassen hatte in Gedanken und Dinge. Barbara hatte ihn auf die Blätter des Kirschbaums im Garten schlagen hören und sich bei dem steten Prasseln in den Schlaf geweint. Schlafend, unter dem den Körper nachzeichnenden Leintuch, hatte sie ebenso dagelegen, die Hände vor der Brust gefaltet, wie René in der Leichenhalle. Als sie erwachte, hörte sie durch das weiche Rauschen des Regens hindurch das heftig tosende Rauschen des Flusses. Die Wassermassen der Reuß stürzten über das Wehr. TOTENBAUM hatte ihre Mutter den Sarg genannt, und dann war der Leichenwagen gekommen, man hatte den Totenbaum aufgeladen, die Kränze an den Wagen gehängt. Das mit einem schwarzen Umhang bedeckte Pferd zog an, Barbara hatte noch das Knirschen der großen, mit Eisenreifen beschlagenen Räder und die süßliche Ausdünstung der Pferdeäpfel (Roßbölle) in Erinnerung, den Dorfweg zum Gottesacker. Sie hatte René geliebt, selbstverständlich, nie stürmisch. Er hatte ihr seine Liebe nie erklärt, und sie hatte ihn nicht als Geliebten gesehen, war seine Frau gewesen, verläßlich, treu, mit kleinen Gesten Zuneigung ausdrükkend. Und als sie nun spürte, daß cin heftiges Verlangen nach einer Umarmung sie fast schmerzhaft befiel, als hätte sich ihr Sehnen jahrelang gestaut, legte sie beide Hände auf ihr Gesicht, spürte, daß sie wärmer waren als das Gesicht. Zusammengekrümmt hatte sie im Bett gelegen, hatte die Hände an ihrem Körper gewärmt, und stand auf. Särge in Blocks, Särge in genormten Stuben, bestimmt brauche es die Leichenhalle, hatte Jo gesagt und den Vater ausgelacht, Wohnwand und Sarg, Kamin und Sarg, und wohin mit dem Fernseher, wenn ein Toter in der Stube aufgebahrt liegt.

Dallas und der tote Großvater.
Oder soll man den Bildschirm mit einem schwarzen Tuch verhängen, so wie früher den Spiegel?
Am Schrank hing ein schwarzes Kleid, und sie stand vor dem Bett, barfuß, im schwarzen Unterrock. Es regte sich Widerstand in ihr. Gegen dieses Kleid. Als müßte sie in schwarze Häute schlüpfen. Schwarze Wäsche, schwarze Strümpfe, schwarzes Kleid und schwarze Schuhe. Zum Glück hatte der Hut einen Schleier. Nach der Ansprache des Pfarrers würde man den Sarg ins Grab senken, und sie hatte vor das schwarze Loch zu treten, sie würde die erste Schaufel Erde hinabwerfen müssen.
Barbara ging ins Badezimmer, wusch das Gesicht mit kaltem Wasser, betrachtete es im Spiegel, die helle Haut, künstlich wirkend und blaß im Neonlicht. Sie hatte graue Augen, denen man nicht ansah, daß sie viel geweint hatten in den vergangenen Nächten, überhaupt viel geweint. Und plötzlich dachte sie, ihr Mund sei zu schmal, die Nase zu kurz, ihre Lippen seien zu dünn, blutleer und weißlich. Vor ein paar Jahren war der Mund schön gewesen, mit vollen Lippen. Der Hals gefiel ihr, er war schlank. Ja, das Gesicht schien aufgedunsen und war wohl auch etwas zu fett. Darum die dünnen Lippen, dachte sie; ihren Hals aber fand sie schön, schön auch die runden Schultern und den Ansatz der Brüste.

Ist achtunddreißig ein Alter?

Man trug ihren Mann zu Grabe – doch eine alte Frau war sie nicht. Aber Jo hatte recht, die Frisur war unmöglich.
Du bist eitel, dachte sie mit einem Mal, so vor dem Spiegel stehend, im schwarzen Unterrock, und diese empfundene Eitelkeit war neu für sie. Einen Augenblick fühlte sie sich froh, und dann gleich verstimmt. Ja, es war unpassend, jetzt. Doch abnehmen würde sie. Im Gesicht. Und um die Hüften war sie tatsächlich zu füllig.

Wieder im Schlafzimmer, zog sie das schwarze Kleid an. Drei Monate würde sie Schwarz tragen. Das war sie René (der Gemeinde) schuldig. Und einer Eingebung folgend, hängte sie ihr liebstes Sommerkleid an den Schrank. Anfang September würde sie es anziehen, und diese Gewißheit war ihr ein wirklicher Trost.

Es war noch still im Haus. Jo schlief. Josua schlief. Sie hörte nichts von ihnen. Im Wohnzimmer öffnete sie die Fenster. Dann zog sie die Gummistiefel an und ging in den Garten hinaus. Nasse, schwere Erde blieb an den Sohlen kleben. Es hatte zu regnen aufgehört, doch der Himmel war mit Wolken verhangen und dunkel. Dunkelbraun (fast schwarz) war die durchnäßte Erde. Auf den Plastikfolien, die sie über die Tomaten gelegt hatte, reihten sich Tropfenschnüre. Aus dem Kirschbaum rieselte Wasser zu Boden. Unter den Johannisbeersträuchern eine Amsel, das Gefieder aufgeplustert. Vor einem Fliederbusch blieb Barbara stehen. Sie zog weißen und violetten Flieder, schnitt jedoch davon keine Zweige ab. Flieder ist keine Totenblume. Im Regen duftete der violette Strauch besonders stark. Und leuchtete. Sie wollte auch ein Grabsträußchen zusammenstellen, entschloß sich, Röschen zu nehmen und Margeriten, sie kurz zu schneiden und zusammenzubinden. Früher hatte sie ihr Haar lang und offen getragen, hatte sich Haare ausgezupft und mit ihnen das erste Sträußchen für René zusammengebunden. Das war ein Zeichen für Treue gewesen. Einen Moment lang dachte sie daran, auch das letzte Sträußchen wieder mit ihrem Haar zusammenzubinden. Doch gleich kam ihr der Einfall befremdlich vor, und sie verwarf den Gedanken, konnte nicht einem Toten Treue geloben. Treue hatte mit dem Leben zu tun, mit dem Lebendigen. Nicht mit einer sterblichen Hülle: ja, so war ihr der Leichnam vorgekommen, als sie ihn betrachtete, mit Josua und dem Pfarrhelfer, in der Leichenhalle. Ein Abschiedssträußchen würde sie René ins Grab geben, Rosen und Margeriten, die er liebte, geliebt

hatte, sie hinabfallen lassen auf den Sarg, nach der ersten Schaufel nasser Erde –
die erste Schaufel Erde, das nahm sie als Pflicht, die Blumen danach sah sie als Abschied.
Sie schnitt die Rosen mit dem Messer ab, in den halboffenen Kelchen hatte sich Regenwasser gesammelt, sie pflückte Margeriten, und mit Bast band sie das Sträußchen zusammen.

Auch wenn es naß war und frisch, hielt sie sich lieber im Garten auf als im Haus, und sie glaubte, dieses Haus wohl nie besonders gemocht zu haben, es war sein Haus gewesen, sie hatte es für ihn in Ordnung gehalten, und jetzt, wo er fehlte, fand sie es schon unpassend und protzig. Ja, das Haus könnte sie aufgeben. Aber der Garten. Das Regenfaß war wieder voll bis zum Rand, auf Mauern und Steinen blühten Moose und Hauswurz. Schnecken machten sich an die Erdbeeren heran. Barbara begann, sie abzulesen. Im Garten wurde sie ruhig. Ihr Garten lebte. Sie zerrieb ein abgefallenes Bohnenblatt zwischen den Händen und atmete den starken Duft ein. Erst jetzt fiel ihr die Stille auf. Die Geräusche von Renés Drahtwerk fehlten. Sanft setzte ein neuer Regen ein, beinah zärtlich fielen Tropfen auf ihr Gesicht.
Als Barbara mit den Blumen ins Haus kam, duftete es nach frischem Kaffee. Josua war aufgestanden und hatte das Frühstück zubereitet, saß, die Beine übereinandergeschlagen, in der Küche, rauchte, wartete auf sie. Barbara küßte ihn auf die Wangen, spürte die glatte Haut.
Du riechst gut.
Noch bevor sie sich setzte, ordnete sie die Blumen für den Hausflur, stellte das Grabsträußchen in ein Glas mit Wasser. Mit der frischen Luft war auch die Morgenfeuchte ins Wohnzimmer gedrungen.

Etwas in ihr brach auf. Heftig und plötzlich. Etwas, das bisher fest gewesen war, Stein. Sie wehrte sich gegen ein aufsteigendes Weinen, ein Weinen, das ohne Tränen nur das Gesicht verzerren, den Körper schütteln wollte. Vielleicht hatte sie in den vergangenen Nächten zu viele Medikamente eingenommen. Und so im Hausgang stehend, umgeben von weißen Mauern, sah sie sich trotz der Blumen in einen dunklen Traum hineingleiten, ja, sie war aus dem Garten gekommen und nun auf einmal in einem düsteren Traumgelände. Aber dann, als sie sich zu Josua an den Tisch setzte, fand sie zurück, einzelne Sonnenstrahlen, so erschien es ihr, versuchten durch das Düstere zu brechen, und obwohl es kalt war, erahnte sie auch Wärme, warmes Licht.

Nimmst du Kaffee?

Barbara trank, langsam. Josua hatte ihr viel geholfen, die erforderlichen Gänge für sie erledigt, das Begräbnis vorbereitet, die Todesanzeige aufgegeben, während sie mit einem steinernen dumpfen Schmerz, in einer Ferne, wo sie allen unerreichbar erschien, zu Hause saß – bis sie heute morgen erwacht war, so als sei sie bereit, Abschied zu nehmen, Abschied von einem Mann und von einem Leben.

2

Bei jedem Begräbnis ging ein Junge dem Sarg voraus; er trug das hölzerne Kreuz mit dem Namen des Verstorbenen.

Daniel würde das Kreuz tragen, langsam vor den Männern mit dem Sarg, die über den bekiesten Friedhofsweg gingen, angestrengt atmend unter ihrer Last.
Er hatte Milch aufgesetzt, wartete. Er saß am Küchentisch, allein. Das Licht brannte, denn die Küche war dunkel, hatte nur ein kleines Fenster in den Hof. Flip war bereits zur Arbeit gegangen, auf dem Tisch standen ein Glas und eine Packung Milch, im Aschenbecher waren zerdrückte Zigarettenstummel. Daniel saß in der Turnhose am Tisch, trug eine blaue Trainingsjacke mit dem Wappen des FC, barfuß war er, hatte lange schlanke Beine, fror. Der steinerne Küchenboden war kalt, überhaupt war es kalt, ein unfreundlicher Tag. Es roch schlecht in der Küche, Vater hatte Bier stehenlassen, auf dem Herd stand ungedeckt die Bratpfanne mit einem Rest Mais und verkrusteter Sauce. Der Vater schlief noch; im Drahtwerk wurde heute nicht gearbeitet. Auch die Mutter würde noch schlafen. Falls sie nach Hause gekommen war. In letzter Zeit blieb sie manchmal fort über Nacht. Mutter servierte im ›Hirschen‹. Nach der Schule, am späten Nachmittag, war Daniel hin und wieder zu ihr gegangen und hatte am Flipper Rekorde gebrochen. Aus dem ›Einarmigen Banditen‹, dem habsüchtigen Kasten, holte er die Einsätze so geschickt wieder heraus, daß einmal ein Gast lobend gesagt hatte: Der Kleine ist ein Profi.
Doch am liebsten war er bei Lea. Sie wohnte im selben Haus, und wenn er heimkam und wußte, daß die Wohnung öd war und leer, verlassen, stieg er gar nicht erst die Treppen hoch, sondern klingelte bei Lea. Sie strich ihm

Butterbrote und half ihm bei den Französischaufgaben. Am Anfang sah seine Mutter die Besuche bei Lea nicht so gern, später aber hatte sie nichts mehr dagegen, nichts mehr gegen Daniels große Freundin, wie sie sagte. Sie fand es auch besser, wenn er nicht so oft im ›Hirschen‹ war. Im ›Hirschen‹ spendierten ihm die Gäste Coca Cola und Paprika-Chips, besonders die Männer, zu denen sich die Mutter mit einem Kaffee-Luz an den Tisch setzte. Und während Daniel flipperte, hatten die Männer ihre Hände unter dem Tisch, das war ihm schon aufgefallen, und wenn er zurückkam zur Mutter, hatten sie ihre Hände wieder auf dem Tisch, waren beschäftigt mit dem Kaffeeglas, mit Zigaretten, nahmen noch einmal einen Franken aus dem Portemonnaie, und Daniel setzte ihn wieder um in leuchtende surrende Ziffern, Zahlen:

FREISPIEL

TILT

Der Vater ging nie in den ›Hirschen‹. Der ›Hirschen‹ sei ein Sauladen, sagte er. Er versoff sein Geld lieber im ›Löwen‹. Die Milch war warm geworden. Daniel stand auf, nahm sie vom Herd. Er hatte inzwischen drei Löffel Ovomaltine in eine große Tasse gegeben, dazu kam die Milch, bis auf einen Rest, den schüttete er in einen Teller Cornflakes, vermischte den Brei mit einem Vanille-Pudding.

Im März war Daniel zwölf geworden.

In der Rückrunde würde er bei den C-Junioren spielen. Er wollte später Profi-Fußballer werden, vielleicht einmal im Ausland kicken, in der Bundesliga wie Botteron. Er war es gewohnt, allein aufzustehen, allein in der Küche zu essen. Er kochte auch selbst. Am besten schmeckte ihm ein Fischfilet GOURMET: das schob man für eine halbe Stunde in den vorgeheizten Backofen, riß dann die Alufolie auf, streute etwas Salz und Pfeffer darüber, träufelte Zitrone darauf – fertig. Und dazu trank er einen Yogi-Drink HIMBO, den fand er super.

Der Kühlschrank summte, die Glühbirne gab ein spärliches gelbes Licht, vom Hinterhof hörte er den Regen und das Gurgeln des Wassers im Abflußrohr. Es roch wirklich schlecht in der Küche, nach Schimmel, alles war verschmutzt, klebte und sah schäbig aus. Verkommen. Daniel wäre am liebsten zu Lea in den untersten Stock gegangen. Aber sie arbeitete am Morgen. Es war ihm langweilig – aber im Bett wäre es noch langweiliger gewesen. Er schlief im engen Durchgang zwischen Küche und Wohnzimmer, was am Abend nur Nachteile hatte. Dafür gehörte tagsüber das Wohnzimmer mit dem Fernseher ihm ganz allein. Zu Weihnachten hatte Mutter einen Videopac-Computer gekauft, den G 7000, und ein paar Kassetten. Seither glotzte Roby XL2, Daniels Spielroboter, nur noch blöd von der Kommode herunter – er war nicht mehr gefragt. Daniel hatte vor dem Frühstück ›Las Vegas‹ gespielt, und ›Laser-Krieg‹. Das machte Spaß, obwohl es mit einer neuen Fernsehkiste noch besser wäre. Die Geräusche tönten ganz echt, eine Digital-Anzeige gab Zeiten, Punkte und Spielstand an, mit der alphanumerischen Tastatur ließen sich alle Daten abrufen.

Die Schule fiel aus: zwei Stunden Deutsch und eine Geschichtslektion bei Hans Villiger. Französisch ausgenommen, war Daniel nicht schlecht in der Schule. In Mathematik sogar gut. Am liebsten hatte er Turnen, Ballspiele – in der D-Juniorenmannschaft des FC spielte er im Sturm, er war schnell, wendig, ein starker Dribbler. Der Trainer hatte ihm das Buch ›Rummenigges beste Tricks‹ ausgeliehen; jeder Bewegungsablauf war in einer Bilderfolge dargestellt, man konnte die Tricks üben.

Aus Langeweile trank er noch ein CAPRI SUN. Er würde das Kreuz tragen.

Die Beschäftigung verdankte er Lea. Der Pfarrhelfer hatte ihn einmal nach der Religionsstunde gefragt, ob er nicht Zeit und Lust hätte, bei Begräbnissen hin und wieder das Kreuz zu tragen. Daniel hatte eingewilligt, ohne zu zögern, und wenn es sich mit der Schule vereinbaren ließ, trug er das Namenskreuz vor dem Sarg. Ein prima Job. In der Leichenhalle schlüpfte er in ein weißes Chorhemd, der Sigrist legte ihm einen schwarzen, ärmellosen Umhang darüber, erklärte ihm, in welchem Feld, in welcher Reihe das Grab sei, und es konnte losgehen. Der Pfarrhelfer bezahlte ihm für jeden Gang fünf Franken, und meistens steckte ihm auch einer der Angehörigen Geld zu. Die Trauer machte die Leute großzügig, sie verloren für eine halbe Stunde die Beziehung zu Geld, sie klopften ihm auf die Schultern, was er zwar haßte, wischten die Tränen aus dem Gesicht, öffneten das Portemonnaie und gaben, als hätten sie etwas wiedergutzumachen oder abzugelten. So um die zwanzig Franken waren für ihn jedesmal drin. Und wenn der Stundenplan ihn begünstigte, wenn im Frühjahr und im Herbst das unstete, zwischen Kälte und Hitze schwankende Wetter und auch der warme Föhn den Leuten beim Sterben halfen, hatte Daniel Hochkonjunktur.

Mit etwas Glück würden die Einnahmen des heutigen Tages (bei der Reputation des Toten) ausreichen, eine oder zwei neue Cassetten zu kaufen; ›Chinesische Logik‹ und ›Star War‹ wünschte er sich schon lange.

Auf dem Küchentisch lag die aufgeschlagene Zeitung, aus der Flip Lebenslauf und Foto des Verstorbenen herausgeschnitten hatte. Nichts kann er mitnehmen, hatte der Vater gesagt, nahm eine Flasche Bier aus dem Kühlschrank, machte sie auf:

Gott hab ihn selig. Prost.

Flip war verstört. Seit dem Unfall war Flip verstört und unruhig, richtiggehend nervös.

Daniel hatte die Ovomaltine getrunken, die Cornflakes gegessen. Er räumte den Tisch ab, leerte den Aschenbecher, goß das Bier aus, deckte die Speisereste zu.

Er wollte noch ein wenig lesen. Lea hatte ihm aus der Bibliothek ›WINNETOU I‹ gebracht. Er war jetzt bei der

Stelle, wo Nscho-Tschi, die Schwester Winnetous, Old Shatterhand pflegt, dem beim Messerkampf die Klinge des Gegners von unten die Zunge durchstochen hat ... zum Glück war sie bei dem zum Herzen gezielten Stoß an der Tabaksdose, die Shatterhand in der Brusttasche trug, abgeglitten. Nscho-Tschi gefiel Daniel, auch Lea fand er schön, und Nastassja Kinski, überhaupt mochte er Frauen, nur mit den Mädchen seiner Klasse wußte er nicht viel anzufangen, Gänse, das waren Gänse, außer Vera, vielleicht.

Winnetou weiterlesen, oder PENTHOUSE.

Fußball und Computerspiele liebte er leidenschaftlich, aber Daniel hatte auch ein Problem. Er hatte noch nie eine nackte Frau gesehen. Abgebildet schon, Nacktfotos hingen ja überall aus, und er las PENTHOUSE, das sein Bruder kaufte. Flip heftete das ›Mädchen des Monats‹ an die Wand über dem Bett, neben die Poster mit Motorrädern. Doch bei den PENTHOUSE-Mädchen sah man an der entscheidenden Stelle nichts, und auch in der Schule hatte sich der Bio-Lehrer um die Anschaulichkeit herumgedrückt und ein lächerliches Zeichen, ein (♀) dafür an die Wandtafel geschrieben. Frauen mit entblößten Brüsten hatte er gesehen, mehr als genug, ›oben ohne‹ in der Badeanstalt. Auch was das Fernsehen gelegentlich anbot, verpaßte er nicht. Und die Mutter hatte er gesehen, flüchtig im Badezimmer. Sie hatte ihn weggeschickt. Ihre Brüste, das Schamhaar. Daniel war froh, bei ihr nicht mehr gesehen zu haben. Und das braune, schwarze, blonde Haargekrause, das Schamhaar in PENTHOUSE, an der bestimmten Stelle, wo auch PENTHOUSE alles verschwimmen ließ. Es gab für Daniel kein anschauliches Wort dafür, keines, das als Beschreibung seine Neugier befriedigt hätte. Was Männer und Frauen bei Gelegenheit miteinander ›trieben‹, darüber gab es Witze und Geschichten, es war ihm einigermaßen klar. Man konnte sich das gut vorstellen. Das eigene Glied wurde ja auch steif jeden Tag, und es war angenehm, es in der Hand zu

halten und zu reiben, bis Samen kam; er konnte sich gut ausmalen, wie es sein müßte, das Glied in einer Frau hin und her zu bewegen. Geschlechtsverkehr nannte man das, was Mann und Frau zusammen machten, und es gab auch andere Wörter und Ausdrücke dafür. Und man sah es in Filmen und in Illustrierten und in Herrenmagazinen; aber auch immer nur so, daß man die Hauptsache nicht sah. Es ging zwar immer nur darum, doch es lag eine Decke darüber, die Bilder waren angeschnitten. Gesichter sah man, und man hörte die Erwachsenen dabei stöhnen, schreien sogar. Und es gab Kinder davon, und man konnte Kinder verhüten. Oder ungewollte Kinder abtreiben. Daniel hatte auch schon so einen Gummi in den Händen gehabt, den Männer dabei überziehen. Die Mutter nahm jeden Tag die Pille. Und alles stand in einem Zusammenhang mit dem Blut, der Monatsblutung, die Mutter vor ihm nicht verbarg. Sie krümmte sich zusammen im Bett, er mußte ihr in der Apotheke CONTRA-SCHMERZ holen, und Damenbinden im Supermarkt. Die Binden schob sie zwischen die Beine, er hatte die mit dunklem Blut verschmierten im Abfall gesehen. Da wußte er genau Bescheid. Nein, eigentlich wußte ja niemand genau Bescheid, der Vorgang schien unberechenbar zu bleiben. Darum all die Mittel und Methoden, oder der Trick mit dem eingeklemmten Apfel zwischen den Knien der Frau, der als sicher galt. Doch wie (♀) aussah, wußte er nicht, auf jeden Fall nicht genau genug. Man mußte das vielleicht auch gar nicht wissen, man konnte auch sonst mit einer Frau schlafen, und im Dunkeln würde es ohnehin nicht so wichtig sein.
Aber er würde das in Erfahrung bringen.
Er wollte es sehen.

Es hatte zu regnen aufgehört. Daniel legte PENTHOUSE beiseite, zog Trainingshosen, Socken und Turnschuhe an. Er nahm den Lederball, der neben dem Bett in einer Kiste lag, und ging die Treppe hinunter zum Ausgang in den Hinterhof. Der Platz war naß, Kies glänzte, und an den kiesfreien Stellen war der Erdboden aufgeweicht.

Im Hinterhof hatte der Vater einen Schuppen für seine Kaninchen gebaut. Er hatte bis vor einem Jahr Blauburgunder gehalten, die Zucht dann aufgegeben, weil er sich bei einer Prämierung betrogen glaubte. Nun standen die Ställe leer; Flip hatte sich im Schuppen eine Werkstatt eingerichtet, verbrachte seine Freizeit tüftelnd über zerlegten Motoren, fuhr selbst ein Motorrad, eine TRIAL, führte gegen Bezahlung Reparaturen aus und hatte trotzdem immer zuwenig Geld. Daniel hatte ihm auch schon aushelfen müssen. Im Schuppen hatten sie früher geraucht. Doch Daniel rauchte nicht mehr, ein Fußballprofi kann sich das nicht erlauben; da aß er lieber ein MARS. Im Schuppen hatte der Vater Kaninchen geschlachtet, aus der Tür ragten noch immer die beiden langen Nägel, an die er die Kaninchen gehängt hatte. Das ratschende Geräusch hatte Daniel noch im Ohr, ein Reißen, wenn die Köpfe, die kantigen Köpfe der Nägel, zwischen Laufsehne und Fußknochen durchs dünne Fell stachen.

Und dann hing das Kaninchen an der Tür, die Augen gebrochen, kopfunten, das Blut tropfte aus Nase und Hals in den Eimer. Mit ein paar Schnitten löste Vater das Fell, zog es dem Tier vom Leib, nur über den Hinterläufen ließ er den Pelz eine Handbreite stehen. Er schnitt den Bauch auf, achtsam, um den Darm nicht zu verletzen, schöpfte die Eingeweide mit den Händen heraus und warf sie zum Blut in den Eimer. Das Blut, wenn Kaninchen geboren wurden, wenn eines nach dem anderen, nackt und in einer Hülle, blind und rosa aus dem Geschlecht der Häsin gestoßen wurde ... flutschte; wenn man sie in die Hand nahm und tötete gleich nach der Geburt, weil der Wurf zu groß war ... zu Boden warf man sie.

(Die sind augenblicklich tot.)

Zu Boden hatte Daniel sie geworfen und danach geweint,

und der Vater legte die Kadaver in den Eimer, ein süßer Geruch von Blut, Verwesung, Tierkot lockte die Fliegen, war in die Träume gedrungen, in denen die Tiere wieder lebten, herumliefen als kleine Blauburgunder mit glänzendem blaugrauem Fell; sie hoppelten herum, wuchsen heran, wurden groß und schwer, bevor sie einen weiteren Tod zu erleiden hatten. Schlachtreif waren sie geworden, und der Vater schlug ihnen das Stahlrohr hinter die Ohren, machte sie an den Läufen fest an der Tür, weidete sie aus und legte sie in die Tiefkühltruhe, den kalten Stall, wo sie eine Zeitlang blieben, bevor sie auferstanden: als Festbraten. Der Vater bereitete sie in brauner, dicker Weinsauce zu und aß die Bäckchen, die besten Stücke, selbst.
Die Felle wurden auf ein Brett gespannt und auf dem oberen Boden des Schuppens zum Trocknen aufgestellt und später von einer Kindergärtnerin abgeholt, die damit Kaninchen nähte, Fellkaninchen, und sie verkaufte am Bazar für die Dritte Welt, herzige Spieltiere, die alle Kinder gern mochten, weil sie so weich waren, kuschelig und echt, und an der Schuppentür, an den Nägeln befestigt, hing jetzt eine Zielscheibe für Dartpfeile. Man erkannte darunter noch die Blutspuren und Flecken, als hätte jemand einen Farbbeutel gegen die Tür geworfen; schwarz hatte sich das Blut nach dem Eintrocknen verfärbt.
Daniel setzte den Ball auf den rechten Fuß, hob ihn etwas an, stand nur auf dem linken Bein, breitete die Arme aus, hüpfte auf dem Standbein, schlug den Ball in die Luft, ließ ihn abtropfen auf den Spann, spielte sich den Ball vom rechten auf den linken Fuß und hin und her, bis er zu Boden kollerte.
Vor dem Schuppen hockte eine Katze. Daniel visierte sie an, trat den Ball nach dem Tier, verfehlte nur knapp. Mit hochgestrecktem Schwanz rannte sie weg. An der Tür des Schuppens prallte der Ball ab, wo er aufgeschlagen hatte, war ein Fleck zu sehen, naß und rund, eins zu null.

Daniel ging näher heran, hob den Ball auf die Fußspitze, kickte ihn wieder, Außenrist, gegen die Tür, darauf aus, sie über dem Schloß zu treffen, erwischte die Klinke, und die Tür sprang auf. Daniel war verblüfft. Noch nie hatte Flip vergessen, den Schuppen abzuschließen. Daniel nahm den zurückprallenden Ball in die Hände, das Leder war glitschnaß. Er ging zur Tür. Im Schuppen saß Flip, hockte auf einer Kiste, hielt einen Schraubenschlüssel in der Hand, hatte eine Zigarette im Mund, vielmehr klebte sie an seiner Oberlippe dicht unter dem Schnauz. Die Bude war voller Qualm.

Was ist mit dir los, machst du blau?

3

Josua stand im Wohnzimmer und hörte die Totenglocke einsetzen, vernahm den Klang, der in die gedämpften Unterhaltungen einfiel wie die Stimme eines ungebetenen Gastes, der beharrlich dieselben Worte wiederholt, bis alle nur noch auf ihn achten. Josua verspürte Erleichterung. Hell und aufdringlich laut ertönte die Glocke, und er glaubte, darin auch ein freches Triumphieren zu erkennen, was ihm allerdings kleinlich erschien, eingedenk der Winzigkeit Leben vor dem Tod. Josua war froh, daß es endlich soweit war.
Es ist jetzt Zeit.
Er bewegte sich zwischen den Gästen hin und her, öffnete das Fenster, machte auf die Totenglocke aufmerksam, er versuchte sich Gehör zu verschaffen, wiederholte seine Aufforderung etwas scheu, man kann ja die Leute nicht anschreien, als bestimmte eine Angst vor den Anwesenden seinen Ton.
Wir müssen jetzt gehen.
In seiner seltsamen Rolle, halb Hausherr, halb Kellner, die ihm unangenehm war, befremdlich, begann er zu schwitzen. Er fühlte sich unsicher unter vielen Menschen, er tupfte mit dem Taschentuch Schweiß aus dem Gesicht, es störten ihn die nassen Flecken unter den Achselhöhlen, die er auf dem WC bekämpft hatte mit einem Deodorant. Manchmal fühlte er sich als ein unförmig nasser Koloß in Kleidern, gefangen in seinem elenden Körper voll ungestillter Sehnsüchte, dem nichts blieb als diese penetrante Schwitzsucht als Ersatz. Oder Notwehr gegen die eigenen Wünsche. Ja, meist hielt er seine Augen gesenkt, da sie immer wieder die Augen schöner Männer suchten, suchen wollten, sich dem Blickaustausch nie gewachsen zeigten und deshalb genötigt waren, verstohlen und heimlich abzuweiden, was sich ihnen, bei mehr Offenheit und anderen Voraussetzun-

gen, als Lustwiese angeboten hätte. Josua hatte es sich angewöhnt, eine Brille mit getönten Gläsern zu tragen, die ihm jedoch ein blasiertes Aussehen gab, wobei seine Art zu gehen den Eindruck nur noch verstärkte. Also wie er die Füße aufsetzt, mit den Fußballen zuerst, hatte Jo gesagt, er stapft wie ein Storch in Ballettschuhen. Er wirkt total schwul.

Und? hatte Barbara gefragt.

Nichts, meinte Jo; sie wolle nur sagen, man erkenne es gleich. So verriet jede seiner Bewegungen ganz ungewollt (und unnötig) eine Veranlagung, die er zu überspielen versuchte; und die Vertuschungsmanöver wiederum durchschaute er als Verrat an sich selbst. Darum führte Josua ein unselig gequältes Leben als Verratener und Verräter zugleich, er war ein unglücklicher Mann und Mensch, wie er einmal zu Barbara gesagt hatte: Er könne nicht dazu stehen, noch nicht: Noch immer nicht.

Was im katholischen Parteilager Rang und Namen hatte (ein Brett vor dem Kopf, spottete Jo), war anwesend. Und Josua stellte es sich als Hölle auf Erden vor, wieder unter diesen Leuten leben zu müssen. Höllisch, obwohl er seiner Schwester angeboten hatte, die technische Leitung des Drahtwerks zu übernehmen, also nach Bremgarten zu kommen, um hier ein neues Leben zu wagen, zu riskieren, in dem zwar sauberen und lieblichen, aber auch muffigen Bremgarten, das die Vorteile einer ländlichen kleinen Stadt mit sämtlichen Nachteilen eines großen Dorfes vereinigte. Gerade die Damen und Herren, die im Wohnzimmer nun traurige Gestalt machten, während die Totenglocke unausgesetzt läutete, Damen und Herren, deren Kondolenzen Barbara entgegennahm, die steif und aufrecht neben dem granitenen Kamin stand, Hände drückend, hilflose Sätze sich anhörend, es fiel einem ja nichts ein bei so einer Gelegenheit, Verlegenheit, gerade die katholischen Stadtprominenzen würden sich erinnern an Josuas Fall. Für solche Vorfälle besaß

man ein phantastisches Gedächtnis, dachte er, oder in zwanzig Jahren hatte sich eine Legende gebildet. Er hatte wegziehen müssen, es war ihm nichts anderes übriggeblieben. ›Schwarze‹ waren es vor allem gewesen, die mit dem Finger auf ihn zeigten.
(Kreuziget ihn.)
Doch, doch: so hatte Josua es empfunden, so war es ihm eingefahren, eine giftige Substanz, die man direkt in die Vene spritzt. Dabei war er im Grunde harmlos gewesen, Josuas ›Skandal‹, die Geschichte mit dem Jungen im Kino. Im Kino war es passiert, als die Bilder vorbeiflimmerten wie Traumbilder im Schlaf. Eine Hand. Wo man eine Hand hinlegen darf, und wo nicht. Das war bereits alles gewesen. Und der Junge führte sich auf, als habe Josua ihn vergewaltigen wollen.
(Schwule Sau.)
Im schwarzen Land geht das nicht. Im katholischen Freiamt weiß man, wohin Hände gehören, im Städtchen Bremgarten, wo der Stadtpfarrer, wo der Stadtrat...
Josua errötete.

Es ist jetzt Zeit, wir müssen gehen.

Und als hätten sie auf das Zeichen gewartet, verließen die Gäste das Wohnzimmer. Man hörte kaum die Schritte auf dem weichen Teppich. Wortlos nahm ein Zug Dunkelgekleideter aus dem Trauerhaus heraus seinen Weg, wobei Josua die Rolle des sanften Treibers spielte, mit zaghaften Gebärden deutete er an, was zu tun war, und im Zimmer blieben die Gläser zurück, ein Tablett mit Käsehäppchen, Salzgebäck – eine eigenartige Stille, eine Stille, die Trauerhäusern eigen ist, und dieser seltsame Duft, so empfand es der geruchsempfindliche Josua, den nur katholische Politiker verströmen.
Im Hausflur wartete er neben der mit Kondolenzkarten gefüllten Schale, betrachtete die schwarzumrandeten und mit dem Kreuz versehenen Briefumschläge. Teures

Papier, verschlossen, als würden sie ein Geheimnis bergen, eine Mitteilung, die unbedingte Verschwiegenheit erforderte. Vielleicht empfahl es sich tatsächlich, an einem Begräbnistag den Tod zu verschweigen, zu verachten. Sonst packte einen die Angst davor, daß der Mensch sterblich ist, Menschen sterben müssen. Was soll man nachdenken über einen Pfeil, der abgeschossen ist ... von dem man weiß, er trifft?
Im ersten Stock rauschte die Spülung. Ein Nachzügler hastete die Treppe hinunter, als hätte er in der Toilette etwas Unanständiges hinter sich gebracht und dabei den Abgang verpaßt: den Aufbruch der Trauergemeinde zum Hauptereignis des Tages, dem Begräbnis eines Großrats und Drahtwerkbesitzers.
Im Wohnzimmer, beim Kamin, stand Barbara, inmitten der Unordnung, die man hinterlassen hatte, am Tisch saß Jo. Beide schwiegen, während draußen auf dem Vorplatz die Motoren startender Autos lärmten, und die Wagen versuchten aneinander vorbei zu manövrieren, als hätte die Totenglocke Unruhe in eine sonst friedsame Herde getragen. Josua ging zu seiner Schwester, berührte sie am Arm.
Komm, Barbara.
Er begleitete sie aus dem Wohnzimmer, schlafwandlerisch folgte sie ihm, nahm seinen Arm. Eine schwarzgekleidete Frau. Setzte in der Garderobe den Hut auf, Josua half ihr in den Mantel. Und plötzlich, als sei sie aus einem Traum erwacht, nahm sie den Hut wieder ab, gab ihn dem verblüfften Josua in die Hände, lief die Treppe hoch zum Badezimmer, suchte den dunkelroten Lippenstift, den Jo ihr einmal geschenkt, den sie jedoch nie benutzt hatte. Und als müßte sie sich selbst vor dem Spiegel ihres Mundes versichern – daß er sprechen und lachen konnte, daß er wirklich Mund sei (und auch küssen könnte), schminkte sie sich die Lippen rot, mit festen Strichen dunkelrot.
Dann verließ sie, am Arm von Josua, das Haus.

Der Weg zur Leichenhalle war nur kurz, trotzdem legte man ihn im Auto zurück, eine lackglänzende Kolonne bewegte sich dem Friedhof zu, die letzten Fahrzeuge standen noch mit laufenden Motoren, fuhren behutsam an und das Geräusch entstand, ein sattes dumpfes Knirschen, das hörbar wird, wenn breite Autoreifen über Kies rollen und der Boden unter dem Kies aufgeweicht ist.
Jo ging schräg über den Platz auf das Auto von Hans Villiger zu, der auf sie wartete.
Neben Barbara gehend hatte Josua das Gefühl, Teil eines Paares zu sein, was ihm nicht unangenehm schien, und als er mit seiner Schwester auf dem Hintersitz saß, legte er den Arm um ihre Schulter. Er spürte, wie sich Barbara in den Arm lehnte, wie sich ihr runder Rücken einkuschelte, verhalten Zärtlichkeit ausdrückend, die er mit einem leichten Druck der Armbeuge erwiderte, und er dachte, daß das, was nun ablaufen würde, mit Barbara nichts mehr zu tun hatte. Sie war nur noch gezwungen, in einem Stück mitzuspielen, das sich ein Unbekannter ausgeheckt hatte, und sie spielte ihren Part, weil sie einen Vertrag abgeschlossen hatte, diesen Bis-daß-der-Tod-euch-scheidet-Vertrag, dessen letzten Passus sie heute morgen erfüllte.
Er selbst, Josua, war nur ein Statist.

Auf einen Schlag – zehn Uhr, Josua hatte auf die Uhr geschaut, hatte die Totenglocke eingesetzt und war gleich ganz da gewesen, ein alles dominierendes Geläute zwischen Himmel und Erde, denn der Kirchturm war hoch, der Himmel hing heute mit schweren Wolken nur knapp über dem Kreuz auf der Spitze, und auf der dampfenden Erde lagerte die Nässe einer vergangenen Regennacht. Monoton läutete die Totenglocke. Geduldig, dachte Josua, bestimmt, während Hans Villiger das Auto parkte in der Nähe der Kirche, dicht beim Friedhof. Als Josua ausstieg, fielen ihm die Schwalben auf, tieffliegende

Schwalben. Als müßten sie unter den Klängen der Totenglocke wegtauchen. So nah über dem Boden flogen sie, daß sich ihre weißen Bäuche im nassen Glanz des Kopfsteinpflasters spiegelten. Es herrschte an diesem vorsommerlich kühlen Morgen ein Januarlicht, das immer wieder grell durch Wolkenlücken brach, den Konturen eine Schärfe gab, wie oft im Winter, und ihnen die Milde nahm, das Weiche und Fließende, die Wärme des Sommerlichts.

Sie gingen zu Fuß zur Leichenhalle. Hans Villiger stützte seine Mutter. Jo hielt den Kopf gesenkt und zwang sich, die Hände nicht in die Manteltaschen zu stecken, obwohl sie dort am besten aufgehoben wären. Barbara hatte eine Hand, verkrampft zur Faust, in Josuas Armbeuge geschoben. Jeder mied den Blick des anderen. Die Witwe, die Mutter, dachte Jo, ein jämmerliches Bild, und auch die Tochter. Versteinerte Klageweiber, so kam ihr das vor, und es paßte ihr nicht. Auf dem gedeckten Vorplatz der Leichenhalle stand der aufgebahrte Sarg. Ein Schiebefenster erlaubte den Blick auf das Antlitz des Toten, auf diese Maske mit geschlossenen Augen. Eine Pagode von Blumen war um den Sarg herum errichtet worden, an Gestellen hing eine Vielzahl von Kränzen. In einer Schlange zogen die Trauergäste still und langsam am Sarg vorbei, um noch einen Blick auf den Toten zu werfen, man verweilte für ein paar Herzschläge, dachte ein Gebet oder auch nichts, man bekreuzigte sich und machte dem nächsten Platz. Es hatte sich eine unüberschaubare Anzahl Menschen eingefunden. Es war ruhig, man hörte nur das Schlurfen von Schritten auf den Steinplatten der Vorhalle. Josua hätte die Leiche am liebsten nicht mehr angeschaut, auch Barbara wäre im Grund dankbar gewesen, hätte man ihr diesen letzten Anblick erspart. Doch beide wußten sie genau, daß ein Verzicht registriert worden wäre, ein Verstoß gegen Sitte und Brauch. Als sie zusammen den Vorplatz betraten, wichen die Wartenden zur Seite, es bildete sich eine Gasse, durch die sie gehen mußten – hin zum Sarg. Josua senkte den Blick, schloß die Augen, er schlug das Kreuz, trat zurück vom Sarg, zog Barbara mit sich fort, und die Kolonne, die innegehalten hatte und ihnen Vortritt gewährt, setzte sich erneut in Bewegung, stockte nochmals, als Hans Villiger kam, die Mutter am Arm, Jo, Katrin, die Gasse schloß sich wieder, und die Versammelten zogen weiter am Aufgebahrten vorbei ... vielleicht, dachte Emma Villiger, hat sich, gänzlich unbemerkt, Jesus Christus unter sie gemischt, und er erweckte den Toten, ihren Sohn, wieder zum Leben.

Etwas abseits hielt sich der Stadtpfarrer auf, rechts und links von einem Ministranten flankiert. Barbara ging auf die Gruppe zu, gab dem Pfarrer die Hand. Er nickte, gab sich anteilnehmend; auch Josua wurde mit einer leichten Verneigung begrüßt. Aber während der Blick des Pfarrers seine Augen suchte, sah Josua den Jungen, der das Kreuz trug. Daniel stand außerhalb des gedeckten Vorplatzes auf dem Kies, und ein Streifen Sonne fiel auf sein Gesicht. Die Wolken haben eine Lücke aufgetan, dachte Josua, und das Licht war durchgeschlüpft, um das schwarze Haar des Jungen mit dem Kreuz zum Glänzen zu bringen. Für einen Augenblick nur, dann war der Himmel wieder dunkel.

Auf eine kleine Handbewegung des Pfarrers hin traten sechs ganz in Schwarz gekleidete Männer zum Sarg, von dem die Wartenden inzwischen Abstand genommen hatten; einer der Männer schloß das Schiebefensterchen zu, dann faßten sie an, hoben den Sarg von der Aufbahrung herunter, was das Zeichen für den Jungen mit dem Kreuz bedeutete ... der Junge setzte den Trauerzug in Gang, begann, das Namenskreuz hochhaltend, langsam vorauszugehen – ihm schlossen sich der Pfarrer und die zwei Ministranten an, beide schwangen ein Weihrauchfaß, und Weihrauchduft erfüllte die Luft; dem Stadtpfarrer folgten die Sargträger mit ihren schwarzen Handschuhen, den Körper wegen der schweren Last etwas seitlich abgeknickt, mit der freien Hand den Ausgleich schaffend: und hinter dem Sarg sah Josua mit einem Mal sich selbst gehen, Barbara am Arm, und Hans Villiger bemerkte er neben sich, mit Jo, die verschlossen wirkte und streng, und die Mutter des Verstorbenen, Emma Villiger, die sich bei Hans eingehängt hatte, und Katrin, den Rollstuhl mit dem reglosen Stummen vorwärtsschiebend... und die unübersehbare Menge, Frauen und Männer, auch Kinder, die meisten dunkel-, ja schwarzgekleidet, formierten einen langen Zug, der schweigend vorwärtsschritt, um unter dem finsteren Himmel dem toten Mann seiner Schwester das letzte Geleit zu geben.

Sie kamen vorbei an Gräbern und brachliegenden Feldern, vorbei am mächtigen Steinkreuz, in Schwaden wohlriechenden Weihrauchs gingen sie, und unter vielen Schuhen wurde Kies in die nasse Erde getreten; betäubt ging Josua, bis der Zug vor einem aufgeworfenen Hügel zum Stehen kam. Dort hatte der Pfarrer Halt gemacht, dort hatten die Sargträger den Sarg abgesetzt, in den Erdhügel hatte der Junge das Namenskreuz gesteckt: neben dem Hügel befand sich die frisch ausgehobene Grube, das Grab Renés, wo der Friedhofsgärtner und sein Gehilfe auf Arbeit warteten. Josua blieb stehen, in einem gemessenen Abstand war er stehengeblieben, spürte Barbaras Arm, drückte ihn ein wenig, spürte Regentropfen auf sein Gesicht fallen, sah, daß auch die anderen Angehörigen sich in einem Halbkreis um die Grabstelle gruppierten, um Sarg und Priester herum; und Josua registrierte es ganz körperlich, wie sich hinter ihm die Anzahl der Leute vergrößerte, wie sie näherkamen und dann stehenblieben, Reihe um Reihe eine dichte Mauer bildend, einen undurchdringlichen Ring aus Menschenleibern in schwarzen Kleidern, und er verfluchte den Regen, der jetzt heftig eingesetzt hatte, man hörte Schirme aufspringen, hörte den Regen auf das gespannte Tuch schlagen, auch über den Kopf des Pfarrers hielt ein Mann einen Schirm, ja die unzähligen Schirme glichen

einem einzigen Schutzdach über den Menschen, einem verbindenden Schutz gegen Sterbensangst und Regen und Tod: nur der Junge mit dem Kreuz, der Junge, der das Namenskreuz getragen hatte, blieb ungeschützt stehen, und Josua sah neben sich die Mutter des Toten, die immer wieder von zähen Weinkrämpfen geschüttelt wurde, sich anklammerte am Arm von Hans Villiger, dem verbliebenen Sohn, dem vom Schirmdach herunter Wasser in den Kragen tropfte, der ein verbissenes Gesicht machte wie Jo, die schlaksige Jo in ihren schwarzen Cordhosen und dem weiten langen, um sie herumschlotternden Mantel, an dem sich der Trauerflor vollsog mit Wasser, und er sah hinter dem schwarzen Schleier die roten Lippen, den dunkelrot geschminkten Mund seiner Schwester, während der Stadtpfarrer ein Gebetbuch aufschlug und mit einer Stimme, die im Regen erstarb, den Herrn anrief, den Herrn, der es verpaßt hatte, den Toten, dachte Emma Villiger, rechtzeitig wieder ins Leben zurückzurufen, und weder das bessere Schicksal der Schwestern des Lazarus noch das gütigere des Jaïrus, dem er die Tochter auferweckt hatte, nahm sie als Trost, untröstlich wie sie war, ja ungetröstet hatte sie zu bleiben ... und es goß so erbärmlich, Josua merkte, wie auch ihm das Regenwasser vom Schirm in den Kragen rieselte, aber seine Vorstellungskraft erlaubte es ihm, zu dem im Sturzregen stehenden Jungen hinzugehen, ihn an der Hand zu nehmen: komm ... doch der Kreuzträger merkte es nicht, und die Worte, die Josua murmelte, waren Teil des Gebetes ... der Pfarrer forderte das Gebet von allen für den Heimgegangenen, alle sprachen es nach, und es war so, als würden die Worte in Grund und Boden versinken bei diesem strömenden Regen.
Und dann senkten die Männer den Sarg in die Grube, langsam, vorsichtig, das Gestänge der Vorrichtung rasselte, und Josua bemerkte, daß Barbara den kleinen Abschiedsstrauß vergessen hatte, Barbara, die sich von seinem Arm löste und zum Pfarrer hinüberging, der sie

zu sich herangewinkt hatte, ja, eine spatenähnliche Schaufel hielt sie in der Hand, stach damit in den Erdhügel, lud Erde auf, schüttete sie ins Grab. Vergessen hatte Barbara das Sträußchen, Rosen und Margeriten, und die Schollen schlugen auf den Sarg; etwas vornübergebeugt sah sie eine Wasserlache unter dem Totenbaum schimmern, braunes Wasser mit Regenringen, und zu Hause lag das Sträußchen im Badezimmer neben dem dunkelroten Lippenstift.

4

Der Stadtpfarrer las die Totenmesse.
In der vordersten Reihe der überfüllten Kirche knieten die Angehörigen, hinter ihnen die näheren Bekannten und Freunde. Im Altarraum stand ein mit schwarzem Tuch zugedeckter Katafalk, auch das Kreuz über dem Altar war mit einem schwarzen Tuch verhüllt. Im schwarzen Gewand las der Stadtpfarrer die Totenmesse, assistiert von den beiden Ministranten, die auch in der Kirche mit Weihrauch nicht sparten. Jemand spielte die Orgel. In der hohen Kuppel hing frei über Altar und Katafalk rot schimmernd das Ewige Licht.
Schwermütig klang die Orgel, feierlich ... das rührte einen an, Katrin war schon lange nicht mehr in der Kirche gewesen. Auf der harten hölzernen Bank schmerzten die Knie, es gelang Katrin kaum, sich zu konzentrieren, Andacht aufzubringen, so glitt das, was der Pfarrer sagte, an ihr ab, und erst, als auf der Empore, begleitet von der Orgel, eine Frau ›O Haupt voll Blut und Wunden‹ mit einer kräftigen, etwas kehligen Stimme zu singen begann, war es, als würde in ihr etwas erschüttert – eine Stimmung wurde erzeugt, daß Katrin erneut schwankte zwischen Trauer und Ungeduld, unschlüssig war.

Nach der Totenmesse, die sie eher bedrückt als befreit hatte, lehnte Katrin es ab, mit dem Auto zur ›Reußbrücke‹ zu fahren, wo sich die Geladenen zum Leichenmahl trafen. Sie ging lieber ein paar Schritte zu Fuß, brauchte Zeit für sich, Zeit, um die Kleider und den Kopf auszulüften. Draußen hatte ein böiger Wind den Regen abgelöst, verschob die dunklen Wolkenfelder; so fiel bald ein scharfes helles, bald ein düsteres stumpfes Licht in den Speisesaal des Restaurants ›Reußbrücke‹, wo sich die Trauergäste an hufeisenförmig angeordneten, mit damastenen Tüchern bedeckten, blumengeschmückten Tischen versammelt hatten, bereits im Gespräch, so daß kaum jemand Katrins Kommen bemerkte. Sie sah die feinen Porzellangedecke und das Silberbesteck, sah Pfeffermühlen und Brötchen, sah weiße Butterstücke zwischen duftenden Mimosen, blauen Stiefmütterchen auf der Tafel, die eigentlich, dachte sie, eine Festtafel war. Maria Cohen hatte einen Platz für sie freigehalten.

Hors d'œuvre

Auf hellgrünen Tellern trugen die Kellner und Serviertöchter dünngeschnittenes und mit Gürkchen garniertes Bündnerfleisch auf. Katrin war hungrig, hatte kein Frühstück genommen. Sie brach ein Brötchen auf, strich Butter hinein, legte Bündnerfleisch dazu, wollte hineinbeißen, während ein Kellner ihr Glas mit rotem Landwein füllte, und bemerkte plötzlich schräg gegenüber Robert, ihren geschiedenen Mann, der sie schon länger beobachtet haben mußte, wartend auf ein Zeichen, einen begrüßenden Blick. Sie hatte ihn seit einigen Wochen nicht mehr gesehen, gar nicht gewußt, daß er zur Beerdigung gekommen und zum Mahl eingeladen worden war. Nun saß er am Tisch, und hätten beide nur den Arm ausgestreckt, sie hätten einander berühren können. So nah, und wiederum so weit von ihr entfernt saß er, der große stille Mann mit dem dunklen Bart und dem dichten Haar, Robert, der nun ebenfalls ein Brötchen brach und aß. Er nickte ihr zu, sie lächelte zurück. Es tat jedesmal ein bißchen weh, freute sie aber auch, wenn sie ihn traf, zufällig. Katrin hatte ihn verlassen, damals, hatte sich von ihm getrennt. Es war ganz schnell gegangen. Sie hätte es selbst nicht für möglich gehalten, und schon war es vorbei gewesen. Aber noch lange nicht ausgestanden. Sechs Jahre Ehe, die Trennung, geschieden. Man hatte sechs Jahre Bett und Tisch geteilt, nun saß man sich beim Leichenmahl des Bruders und Schwagers schräg gegen-

über. Es kam Katrin eigenartig vor, nicht neben Robert zu sitzen, aber es hätte sie auch gestört, den Platz an seiner Seite einzunehmen, als wären sie noch ein Paar. Trotzdem hätte sie sich gern zu ihm gesetzt – und er wäre vielleicht gern zu ihr gekommen. Aber dieser Umstand war ja ein wichtiger Grund geworden: sie hatte stets auf ihn zugehen müssen; er hatte geschwiegen, gewartet, ihr die Initiative in allem überlassen. Jetzt saß er da und aß, jede seiner Bewegungen schien ihr vertraut, und doch war er ein Fremder geworden. Die Jahre trennen Menschen voneinander, dachte Katrin, vier Jahre waren sie nun geschieden. Und was änderte sich nicht in so langer Zeit: das Bild, das man sich vom anderen gemacht hatte, leider, es erwies sich nun endgültig als falsch, obwohl man noch immer, und sei es auch nur im vermeintlichen Kennen, Bestätigungen dafür suchte ... und fand.
Gibst du mir die Pfeffermühle, sagte Maria Cohen. Danke.
Die Stimmen der Gäste waren lauter, klangen nicht mehr so verhalten und gedämpft wie beim morgendlichen Empfang, alles war leichter, man gab sich freier. Es hatte den Anschein, die stundenlang geübte Zurückhaltung suche sich Ausgleich und Ausweg, und beim Bestreichen von Brötchen mit Butter, beim Zusammenrollen von zartem Bündnerfleisch gerieten die Hände, die Finger auf einmal in eine fast hektische Bewegungslust, hantierten auf der Tafel, nutzten das hors d'œuvre, um die Spannung, diesen Trauerzwang abzureagieren. Auch Katrin war erleichtert. Nichts, fand sie, wäre schlimmer als ein Mahl, bei dem keiner ein Wort wagte und alle nur auf das elende Klappern von Geschirr und Besteck achteten, gebannt. Und doch fühlte sie sich fehl am Platz, es war ihr unwohl. Mit Robert hatte das nichts zu tun. Der aß schweigend und trank und überließ es wohl den Tischnachbarn, die Unterhaltung anzubahnen. Und bestimmt, dachte Katrin, standen unter dem Tisch seine großen, viel zu breiten Füße leicht einwärts gerichtet, wie

immer in der für ihn typischen Stellung oder Abwehrhaltung, dem sichtbaren Zeichen seiner inneren Distanz, die auch sie so selten und am Ende überhaupt nicht mehr hatte durchbrechen können. Manchmal dachte sie, mit einem Anflug von Spott, dieser Mann sei ein riesiges Schalentier, fortwährend im Panzer verborgen – aus Scheu, verletzt, aus Angst, herausgefordert zu werden.

Darf ich deine Gürkchen haben, fragte Maria Cohen.

Nimm sie, mir sind sie zu scharf.

Verkleidet kam Katrin sich vor, verkleidet unter lauter Schauspielern. Sie trug ein Kleid, hochgeschlossen, das sie zusammen mit Strumpfhosen in der Waschmaschine schwarz gefärbt hatte für den heutigen Tag. Der Kragen beengte sie. Zugeschnürt, zugeknöpft kam sie sich vor, und hatte doch am liebsten großzügige Ausschnitte. In ein ihr widersprechendes Verhalten hatte der Tag sie gedrängt, der Umstand. Sie hätte sich gern dagegen gewehrt, und wäre es mit einem lauten Schrei. Das Kleid war ein Zeichen dafür, wie beschränkt und zurückgestutzt alles war: Aufbruch und Ausbrechen als unmöglich erklärt. Ja, es war ihr zumute, als taste der Tod des Bruders ihre eigene Lebenslust an, stelle sie in Frage; jeder Erwartung sprach er Hohn, verspottete sie, bewies, daß sich Leben immer am Abgrund bewegt. Dabei hatte sie gerade erst damit anfangen wollen. Pablo, Katrin dachte an Pablo und verspürte Wärme, merkte, wie sie errötete, blickte sich um, sah Robert den Teller beiseite schieben, wobei er Francis Fischer, der neben ihm saß, anstieß; Fischer lachte, sagte etwas, das sie nicht verstand. Katrin wandte den Blick ab. Um Robert nicht in die Augen schauen zu müssen. In seinen Augen meinte sie immer Vorwurfsvolles zu sehen. Katrin bemerkte, daß Jo ihre Vorspeise überhaupt nicht angerührt hatte. Aber Barbara, die ihr fremd gebliebene Schwägerin, hatte davon gegessen. Barbaras Lippenrot, dachte Katrin, ähnelt dem Rot des Bündnerfleisches; sie blickte Josua ins

Gesicht, fühlte sich ihm gewachsen, dem empfindlichen Mann, seinem Blick, den er verbarg hinter den dunklen Gläsern einer Hornbrille, die viel zu derb war für sein Gesicht; er spielte mit der Serviette, sein großer Ring mit dem grünen Stein fing manchmal Licht, glänzte, und manchmal war er eine matte Fläche. Maria Cohen hatte Bündnerfleisch und Gürkchen gegessen, sie neigte sich zu Katrin herüber, seitwärts, so berührten sich die Schultern der beiden Frauen. Katrin atmete den Duft von Marias Parfüm ein, den Geruch ihres Haars, während Kellner und Serviertöchter die Teller wegräumten und

Suppe

herbeitrugen, ein schönes, tassenartiges Gefäß, in dem die Suppe serviert wurde, eine Bouillon mit Einlagen, dampfende Brühe, goldfarben, auf der feines Grünzeug und einzelne Fettaugen schwammen und Sternchen, Teigwarensternchen, die Francis Fischer gern aß. Er lehnte sich etwas in den Stuhl zurück, flüchtig streifte ihn der Arm der Serviertochter, die ihm die Suppe brachte, ihm und Robert, der neben ihm saß und schwieg, aber immer wieder, das fiel Francis Fischer auf, hinüberblickte zu Katrin, seiner geschiedenen Frau. Sie sah auch wirklich gut aus, hatte das kastanienrote Haar aufgesteckt und zu einem Knoten gebunden.

Fischer tauchte den Löffel in die Tasse, berührte die Suppe mit dem Mund; zu heiß, er rührte ein wenig um, wartete. Man hatte ihn als den Überbringer der Todesnachricht zum Leichenmahl gebeten, und auch als Vertreter des Pfarrers, der sich nicht wohl fühlte nach der Totenmesse, sich entschuldigt hatte und nach Hause gegangen war.

Das Löffeln der Essenden, ab und zu ein Schlürfen. Francis beobachtete die ersten Schweißtropfen auf den Gesichtern seiner Tischnachbarn, spürte den Schweiß auf seiner Stirn. Es war draußen kühl, aber im Speisesaal

warm, und die Wärme wurde von der heißen Suppe noch verstärkt.
Francis Fischer schaute zu Barbara hin, die ihre Suppe aß, Löffel um Löffel absolvierte sie eine Pflichtübung. Ihre geschminkten Lippen fielen ihm auf. Er sah das gern, Lippenrot. Manchmal benützte auch Lea einen Lippenstift, ein bräunlich abgetöntes Rot trug sie auf, und er mochte das, es gefiel ihm. Francis Fischer schaute sich um – war umgeben von Frauen. Ihre Gesichter, und in den Gesichtern die Augen. Umherschweifende Blicke, dunkle Pupillen, schimmerndes Weiß. Frauenaugen – Frauenhaar. Und die Männer waren aus Holz, Stahl, Glas.
Plötzlich wurde Fischer von einer unbändigen Essenslust überfallen; von einer Gier nach Wärme auch, als sei er unterkühlt. Es war eine Begierde, die im Magen, im Bauch ihren Ursprung hatte und verströmte in den ganzen Körper. Francis Fischer dachte, er sei ausgezehrt und kalt im Vergleich zu den Frauen. Sie schienen so gelöst, voller Lebensfreude, waren wohl fähig zu spüren mit allen Sinnen, zu geben und zu nehmen. Er dachte an Lea. Es sah schön aus, wenn sie einen Teig machte mit den Händen und die dünnflüssige Masse von ihren Fingern tropfte, wenn Lea lachte, fröhlich war. Es schien ihm, Frauen falle es leichter, sich gehen zu lassen. Sie hatten eine bessere Beziehung zu den flüssigen Elementen. Sie konnten weinen, sich ausweinen, er konnte das nicht. Er sah die Frauen essen, dachte an die Heilige Kommunion, bei der er farblose Nahrung reichte in Form geschmackloser weißer Hostien, kaum Nährwert, keine Nährwärme. Und in die Anschauung der anwesenden Frauen vertieft, fiel ihm ein, irgendwo gelesen zu haben, die Menschen hätten in der Vorzeit ihren Körper mit Farben bemalt, lange bevor sie daran dachten, ihn mit Kleidern zu verhüllen. Und an seinen Körper dachte er, an die Abtötungsversuche... die Körperfeindlichkeit bewies nichts anderes als die lächerliche, die dumme, ja verbre-

cherische Haltung seiner Oberen, sie war das Hirngespinst, die Kopfgeburt unsinnlicher Männer mit vertrockneten Geschlechtsteilen, Männer, die weder essen konnten noch weinen, weder träumen noch lieben.
Wenn er zuschaute, wie Lea ein Essen vorbereitete, wie sie ein Buch in die Hand nahm, mit Menschen umging, sich bewegte, wie sie sprach, so beneidete er sie. Wieviel an Möglichkeiten, an Zärtlichkeitsmöglichkeiten vorhanden war, sie deutete es an. Sie ging ohne Vorurteil und leicht an eine neue Sache heran; sie faßte an, berührte, fühlte, roch, schmeckte, weil sie sich auf den Körper verließ, und die Sinne. Es gab Momente, in denen befiel ihn eine Angst vor ihrer Sinnlichkeit, als sei diese eine Naturkatastrophe, die ihn allein vernichten – oder befreien konnte. Angst vor seinem Körper hatte er, der gefangenbleiben sollte in einem Käfig. Francis hatte als Priester dem päpstlichen Gesetz zu gehorchen, das forderte ein ›todesähnliches Leben‹ von ihm. Ein Leben ohne Leib. Doch hatte nicht einst Maria Magdalena Jesu die Füße gewaschen und mit ihrem langen Haar getrocknet, mit weichem Frauenhaar. Sie hatte sich vor ihm niedergelassen, um seine Füße zu liebkosen ... und er, Francis, würde gern die Füße von Lea liebkosen, und der Abdruck des Mundes auf den Füßen Jesu war Maria Magdalenas Zauber gewesen: er machte ihn immun gegen die Schmerzen der Wundmale. Doch warum hatte Jesus das Geheimnis nie verraten; oder hatte er es preisgegeben, aber in der Überlieferung wurde es unterschlagen? Mit ihrem Haar hatte Maria Magdalena Jesu die Füße getrocknet, vielleicht war es kastanienfarben wie das Haar von Katrin.
Oder schwarz, Lea hatte schwarzes Haar. Francis Fischer, der Pfarrhelfer, wünschte sich, ihr Haar zu berühren, ihr Haar zu streicheln; Angst hatte er. Allein der Gedanke an Liebkosungen versetzte ihn in Panik. Er war besessen von Berührungsangst. Er war gefangengesetzt. Die Gefühle ummauert. Eine Mauer um den Käfig

herum, und in seinem Arbeitszimmer ging er auf und ab; er hielt sich selbst in Haft, obwohl etwas in ihm auch sprungbereit schien. Oder war alles hoffnungslos, verloren ... Francis Fischer fühlte sich hingezogen zu Lea. Liebe. Aber darf man das entscheidende Wort einfach aussprechen ... Einmal würde er Leas Hände halten. Er sah die errichteten Mauern als seine Mauern von Jericho. Jericho war gefallen. Francis Fischer war seine eigene Festung, aber er hatte auch die Posaunen. Er würde das Gemäuer zum Einsturz bringen, mit allem brechen und das Wort wagen.

(Ich liebe dich: i ha di gern.)

Es war zum Verrücktwerden; es war ein Erleiden.

In seinen Gedanken verlieh er dem Wunsch die Gestalt eines Entschlusses

während er die letzten Löffel der Bouillon einnahm als ›gute Medizin‹, und feststellte, wie viele Löffel auf dem Grund der Tasse anlangten, darüber kratzten, bemerkte, daß Kellner und Serviertöchter begonnen hatten, die Suppentassen abzutragen, sie trugen sie hinaus, und der Chef de service betrat den Speisesaal, um die silbernen Terrinen, die auf einem Wagen standen, abzudecken, die Schüsseln und Platten vorzuzeigen:

Braten vom Rind und vom Schwein
Pommes croquettes
Gedünstete Tomaten
Grüner Salat

Emma Villiger war nicht hungrig. Sie saß stumm neben dem Stummen, ließ es einfach geschehen, als ein Kellner ihr die Fleischstücke auf den Teller legte, einige Croquetten dazugab, sie saß da, als würde sie allein vor dem Fernseher sitzen, in dem ein so himmelschreiend trauriger Film lief, daß man weinen mußte, obwohl er weit weg vom eigenen Leben spielte.

Sie hatte Kinder geboren, aufgezogen, und daß Kinder

auch sterben können, einem wegsterben: das war das schlimmste. Schlimmer als der eigene Tod.
Ihre Gedanken schweiften umher, ziellos, verhedderten sich in allen möglichen Netzen, und alle Bilder, die sich einstellten, hatten mit René zu tun, dem toten Sohn. Sie gab sich nicht einmal Mühe, Gedanken und Bilder in eine Ordnung zu bringen. Zu oft hatte sie sich schon mit dem Anordnen von Gedanken und Erinnerungen aufgehalten, ohne am Ende davon überzeugt zu sein, die gefundene, die erfundene Reihenfolge ergebe die wahre Chronologie, einen genügenden Sinn.
Sie saß beim Leichenmahl, ihr Leib saß beim Leichenmahl – und Renés Leichnam lag im Grab.
Tot: Materie, Staub, Erde. Und in Gedanken fand sie ihn, sagte Bub, dachte Bub, was ist los mit dir, sah ihn in der Uniform des Hauptmanns einer Freiämter Kompanie und sah ihn im Anzug, den er trug anläßlich seiner Ersten Heiligen Kommunion; ihr Vater war Schneider gewesen, hatte den Anzug angefertigt, die Hose zu lang vermessen, und sie selbst hatte René die Haare geschnitten, hatte ihm die Haare viel zu kurz geschoren, es war ein jämmerlicher Anblick gewesen, so erbärmlich nach Armeleutekind sah René aus, daß sie beschlossen hatte, ihn erst im folgenden Jahr, mit dem nächsten Jahrgang zum Fotografen zu schicken; im Jahr darauf hatten Hose und Haarschnitt gepaßt. Und Emma sah René als jungen Mann, sah Barbara, seine Freundin, die er zu Hause vorstellte: ein schlankes, etwas scheues Mädchen von schönem Wuchs; etwas groß die Brüste, hatte sie gedacht, aber bestimmt ein anständiges Mädchen, aus einfachem Haus. Abgebildet in der ›Bremgarter Zeitung‹ sah Emma ihren Sohn, er hatte den Villiger-Maschendraht patentieren lassen, war plötzlich eingestiegen in das Geschäft Autobahn ... Villiger-Zäune, kilometerweit die Autobahn säumend, sie freute sich jedesmal, wenn sie zwischen Lenzburg und Aarau die Autobahn benutzte, stets etwas zu sorglos und schnell fahrend, als wäre der Maschen-

zaun Fangnetz für sie, ein Schutz des Sohnes für die Mutter errichtet. Und jetzt war er tot.
Man hatte ihr Braten vom Rind auf den Teller gelegt, und Braten vom Schwein, dazu diese Croquetten, viel zu dunkel fritiert, und gedünstete Tomaten. Gedünstete Tomaten mochte sie gern, die hatte René als Kind auch mit Vorliebe gegessen, sie hatte sie für ihn auf dem Blech im Backofen zubereitet, am Schluß ein Stück Käse darauf gelegt, ja, gedünstete Tomaten mit geschmolzenem Käse hatte René immer gegessen, dieser Sohn, der sonst ein ›Heikler‹ war mit dem Essen. Als Säugling hatte er Milch und Milchprodukte nicht vertragen, alles erbrochen, mit Hautausschlägen reagiert, sie hatte alle Nöte gehabt, ihn ausreichend zu ernähren, hatte ihn wegen einer chronischen Brustentzündung nicht lange stillen dürfen, weinend hatte sie ihre Fieber-Milch abgepumpt und weggeschüttet. In ihrem Elend hatte sie einmal versucht, der Katze die unnütze Milch zu geben, doch sogar die Katze, ein heller Tiger mit weißem Abzeichen auf der Brust, verschmähte die Muttermilch. Wochenlang quälten den Kleinen der aufgeblähte Bauch und zehrender Durchfall, es war zum Verzweifeln gewesen. Kohle hatte sie ihm eingegeben, vom Arzt verschriebene Kohle, doch die Behandlung nützte nichts, einen schwarz verschmierten Mund hatte René als einziges sichtbares Ergebnis, und er weinte.
War ihr der Stumme eine Hilfe gewesen?
Nein, er war es nicht. Nie war er ihr Unterstützung gewesen; er hatte die Stirn gerunzelt, sich nicht geäußert.
Alois, hatte sie gerufen, mitten in der Nacht: Alois, das Kind kommt. Er war kaum zu wecken gewesen, ein damals schon eigensinnig wortkarger Mann. Sie hatte sich aufgesetzt, Nässe zwischen den Beinen, das Licht angemacht. Ihr Nachthemd triefte, klatschnaß das Leintuch vom Fruchtwasser, sie saß in einer geruchlosen Lache, die einsickerte in die Matratze. Neben ihr, verschlafen, Alois, während sie Schmerzen hatte, unter den

aufwallenden Wehen litt und fast durchdrehte vor Angst und Hilflosigkeit, wußte und doch kaum begriff, was ihr geschah. Er war dann aufgestanden, hatte die Hebamme benachrichtigt. Zu Fuß mußte er hingehen, sie besaßen noch kein Telefon. Zurückgekehrt, legte er sich nochmals hin, bis fünf Uhr. Um fünf, die Hebamme hatte sich noch nicht eingefunden, scheuchte ihn der Wecker, ein gräßliches Ding, das so entsetzlich war, so schrill sein mußte, aus dem Schlaf. Jeden Morgen brauchte er einen Schock – um den Tag zu beginnen. Emma hatte in den Wehen gelegen, mit dem reißenden Schmerz, der ihren Unterleib aufsprengen wollte; nicht einmal einen Tee hatte Alois ihr ans Bett gebracht, verließ das Haus, fuhr mit der Bahn zur Arbeit – verrichtete eine Arbeit, die schlecht bezahlt war, so daß sie sich gezwungen sah, regelmäßig mitzuverdienen, als Serviertochter, Putzfrau, als Gestellauffüllerin; weggegangen war er, hatte sie flüchtig auf die Wange geküßt mit seinem feuchten Mund, ohne ein Wort der Aufmunterung zu sagen, stumm... Hätte er dir Tee gebracht, hättest du ihn nicht genommen, sagte Katrin, nahm den Vater in Schutz.
Man soll in den Wehen nichts trinken, hatte die Mutter gesagt. Siehst du! sagte Katrin.
Trotzdem hätte er mir Tee machen können.
...stumm zur Arbeit gefahren, und als das Kind geboren wurde, ihr erstes Kind, war sie allein mit der Hebamme, die laut ins Zimmer getreten war, geschäftig und geschwätzig, die Ärmel aufgekrempelt hatte sie, daß es einem Angst einjagen konnte, lachend faßte sie ihr an die weichen Innenseiten der Schenkel, schob ihr die Beine auseinander, sagte, ziehen Sie die Knie an, sie maß den Muttermund, sagte, das dauert noch eine Weile. Finster war es gewesen, schwarz wie in einem Kuhbauch, in dieser schrecklichen Geburtsnacht. Doch als das Kind endlich geboren war, schien auch die Sonne ins Zimmer, war ein milder, frühherbstlicher Tag.
Emma zerschnitt eine Tomate, versuchte sie, aß, schnitt

ein Stück Rinderbraten ab, versuchte, aß. Die Küche der ›Reußbrücke‹ genoß einen guten Ruf, schon damals, sie erinnerte sich, während Kellner und Serviertochter einzelnen Gästen bereits ein zweites Gedeck vorsetzten; vor bald vierzig Jahren hatten sie das Taufmahl für René hier gehalten, ein festliches Essen, das ihr Schwiegervater spendierte, dem sie den ersten Enkel, einen Stammhalter geboren hatte. Rahmschnitzel und Nüdeli hatten sie gegessen, und gedünstete Tomaten... Alois, wortkarg im Gegensatz zum jovialen Vater, hatte mit gutem Appetit gegessen, Tellerservice, ›Supplement‹ hatte er verlangt... Alois, sie schaute zum neben ihr sitzenden Stummen, Hans hatte den Stuhl weggestellt und den Rollstuhl an den Tisch gefahren; Alois wartete darauf, daß ihm Emma das Fleisch in Stücke schnitt, hatte mit der Gabel die Croquetten zermanscht, kaute bedächtig. Sie zerschnitt ihm den Braten in mundgerechte Bissen, so wie sie früher den Kindern das Fleisch zerteilt hatte. Der Stumme aß, er aß langsam und stetig. Das Essen war für ihn eine Aktion. Er genoß es anscheinend, denn nichts vermochte diesem Menschen den Appetit zu schmälern. Die Serviertochter füllte ihm das Glas mit Wein. Der Stumme trank schneller als er aß, fast behend, in zeitlupenartiger Hast. Wie ein Süchtiger, der befürchtet, man lasse ihn verdursten.

Er trinkt mit der Hingabe und Inbrunst eines Kamels, hatte Emma einmal zu Katrin gesagt: Vor dem Gang in die Wüste läßt es sich auf die Knie nieder und säuft sich ausdauernd voll. Vielleicht war Emma wegen seiner Ellenbogen auf diesen Vergleich gekommen. Mit beiden Händen faßte der Stumme das Glas, streckte beim Trinken die spitzen Ellenbogen waagrecht über Teller und Tisch.

Man trank zum Essen einen roten Macôn.

Wenn er ihn nur nicht verschüttet, dachte Emma, schaute besorgt, wer neben ihm saß. Sie beugte sich hinüber und steckte dem Stummen die weiße Serviette in den Kragen.

Das haßte er; das Tuch bedeckte Brust und Krawatte, bauschte sich unterm Kinn.
Er fühlt sich doch wie ein Kind mit dem Eßlatz, hatte Katrin zu Emma gesagt.
Zu Hause ließ er sich das nicht gefallen, runzelte die Stirn, wehrte sich, zerrte das Tuch heraus und warf es zu Boden.
Rundum wurde ausgiebig gegessen, getrunken. Der Wein war vortrefflich. Der Braten war gar, war gut, mußte Emma zugeben; faserig und fein das Rindfleisch; glatt und saftig die Stücke vom Schwein, ohne den Beigeschmack, den minderwertiges Schweinefleisch manchmal annimmt. Delikat die Saucen, mit Pilzen, verfeinert mit Rahm.
Etwas laut, dachte Emma; es war etwas laut geworden im Speisesaal. Einzelne Gäste lachten, legten die Verlegenheit ab, man prostete einander zu. Ihre Schwiegertochter, die Witwe, hatte ein blasses Gesicht und, stellte Emma mit Verwunderung fest, die Lippen rot geschminkt. Ja, rundum wurde gegessen, getrunken, geredet – und auch sie selbst, Emma, hatte bereits den Teller leer, die Hälfte des Weins getrunken: ungeachtet des Umstands, der alle hier zusammenführte. Sie verspürte ein Würgen im Hals, einen Druck auf den Magen, sah durch Tränen, auf einmal hatte sie Tränen in den Augen, sah Hans, den jüngeren Sohn, Katrin, die Tochter, Robert, den geschiedenen Mann Katrins, verschwommen, sah alles verschwommen, hörte neben sich den Stummen kauen und dachte, daß das, was einst ihre Familie gewesen war, sich nur noch gelegentlich traf, zusammenfand zu einem Begräbnis, einer Taufe, einer Hochzeit. Zusammengezwungen wurde. Zum Leichenmahl. Nein, ihre Familie gab es nicht mehr, dies war nur ein verbliebener Rest, Täuschung, zufällige Gemeinschaft für ein paar Stunden. Und dunkel war es im Speisesaal. Emma schneuzte sich, wischte Tränen aus den Augen. So dunkel war es geworden, daß der Chef de service alle Lampen hatte anzünden

müssen. Emma schluchzte auf, preßte die Hände auf den Bauch. Alle diese gelben Lampen über den Tischen und an den Wänden. Sie würgte das aufsteigende Weinen ab. Eine Finsternis herrschte draußen, als sei Mitternacht in den Tag eingebrochen. Das gelb gefilterte Lampenlicht tauchte den Speisesaal in warmen Schein. Hans, es war Hans, der sie zu trösten versuchte. Emma spürte seine Hände auf den Schultern. Wärme täuschte das Licht vor. Glanz beinah, als sitze hier eine Festgesellschaft zusammen, als habe sich hier das Leben verbündet gegen den Tod, als sei ein Leichenmahl die beste Gelegenheit, es dem Sichelmann zu zeigen.

Kellner und Serviertöchter begannen die Gedecke abzutragen, leere Weinflaschen, füllten nochmals die Gläser auf.

Diesem fürchterlichen Knochenheiri, dachte Emma, mit der lebendigen Faust drohen. Es ging ihr wieder etwas besser. Sie schaute Hans an, nötigte sich ein Lächeln ab. Und andere lachten doch wirklich. Hemmungslos. Maria Cohen hatte zu kichern begonnen, so als hätte sich in ihr ein Stau gelöst; es kollerte dieses Lachen nur so aus ihr heraus, glucksend, auch wenn sie es mit beiden, vor den Mund gehaltenen Händen zu verhindern suchte; es schüttelte sie.

Es schüttelte auch Jo, als hätte sich die Gemütsbewegung auf Jo übertragen. – Jo und Maria, dachte Emma Villiger: Hühner. Sie war erbost.

Inzwischen schickten sich Kellner und Serviertöchter an, das Dessert aufzutragen, während die Holländerin, so wurde Maria Cohen von Emma insgeheim genannt, diese vitale junge blonde Holländerin, mit der ihr Sohn ein Kind hatte, lachte und lachte.

Monte Bianco in fiamme

Sie konnte sich nicht beherrschen, es war unmöglich, wie sie sich benahm, bis Jo, ebenfalls die Hände aufs Gesicht gelegt, loszuheulen begann. Josua trommelte mit den Fingern auf den Tisch, sichtlich nervös. Barbara schaute abwesend auf den Teller vor sich. Unten am Tisch zündete ein Fremder, Emma hatte ihn noch nie gesehen, eine dicke Zigarre an, blies stinkenden Rauch über den Tisch. Überall leckten blaue Flammen an dem Monte Bianco, züngelten auf den Tellern, die Serviertöchter und Kellner hatten erwärmten Maraschino über die in Schokolade verpackten Glacekegel gegossen und ihn angezündet. Der Likör verbrannte, der Schokoladenüberzug schmolz, die Glaces tauten ab, und eifrig löffelten die Gäste die Sauce über die schwindenden Kegel. Eine Serviertochter half dem Stummen. Der hatte nun schon, fand Emma, seinen stieren Blick. Neben seinem Dessert einen Calvados. Wer hatte ihm den Calvados bestellt?

Maria Cohen hatte zuviel getrunken. Sie liebte roten Macôn, hatte ihm zugesprochen bei diesem Leichenmahl, das manche Leute noch verklemmter machte, als sie es schon waren, hier im Freiamt... Die Sinnlichkeit saß in den Leuten gefangen, dachte sie, wie ein Feuersalamander in einem dunklen Loch. Gar nicht Marias Geschmack. Doch nach wessen Geschmack ist schon ein Leichenmahl. Es lag ja nahe, daß der Anlaß, warum man sich den Bauch auf Rechnung eines Mannes vollschlug (dem das allerdings nicht mehr weh tat), verdrängt wurde, verdrängt werden mußte. Und etwas zu verdrängen war nun einmal nicht Marias Stärke. Absurd kam ihr alles vor, lachhaft und lächerlich. Auch der Wein, ja, roter Macôn...

Jetzt war sie still.

Als sei der Anfall überstanden.

Maria hatte René kaum gekannt. Er war der Brude
Freundes/Mannes gewesen, gut. Wer genau hinsch
hatte das gesehen. Die Verwandtschaft der beiden
weder zu verleugnen noch zu verkennen: Stimme, Mu
ihr Lachen, ihre Bewegungen ... René war korpulent

geworden in den letzten Jahren (richtig dick, sagte Jo). René war in den zwei Jahren, die Maria in Bremgarten wohnte, unnahbar geblieben, abweisend. Ein Vertreter des Menschenschlages, der sie zwang, selbst am Wohnort eine Fremde zu bleiben, Ausländerin im schwarzen Freiamt.

›Die Holländerin.‹

Nicht nur Emma, mit der sie ebenfalls Schwierigkeiten hatte, nannte sie so. Die Holländerin. Das sagten viele, oder sie dachten es. Es war nicht leicht für Maria, in einem ›Kaff‹ zu leben. In einer Kleinstadt mit wunderhübschen Fassaden, klinisch renoviert. Schwierig war es für eine junge Frau, die, in Amsterdam aufgewachsen, gern fröhlich war, zu Späßen aufgelegt, sich ausgerechnet in einen Schweizer, einen Ausländer aus dem Freiamt, hatte verlieben müssen...

Darum war ihr der Tod Renés nicht besonders nahegegangen.

René war ihr, dachte sie, als er noch lebte, dafür zu wenig nahe- und entgegengekommen. Keinen Schritt. Der Geschäftsmann und Großrat, der viel zu alt wirkte, humorlos. Jedenfalls war es Maria unvorstellbar, daß er über sich hätte lachen können. Als sie vorhin hatte herauslachen müssen, als das Glucksen ihr entschlüpfte, war dies vielleicht unpassend gewesen. Man hatte es als unangemessen empfunden. Wieder einmal hatte ihr Benehmen nicht den Vorstellungen entsprochen, die man hier hatte; aber Maria störte sich nicht daran. All diese Stumpenraucher ringsum, deren Steingesichter immer gleich aussahen, ob sie an einer Hochzeit oder an einem Leichenmahl teilnahmen, und die nun ein gelegentliches Gelächter auch nicht mehr unterdrückten... Aber weil sie zementierte Herzen haben, dachte Maria, klingt ihr Lachen wie das Rasseln einer Betonmischmaschine. Nun hatte sie sich den Mund doch verbrannt an dem blöden, vom Maraschino und den Flammen heißgewordenen Silberlöffel.

Wir Amsterdamer, pflegte sie bei Gelegenheit zu sagen, sind nicht so sauertöpfische Menschen. Gesellig, das war ein Wort, das sie häufig gebrauchte. Es drückte einen Mangel aus, den sie hier empfand, wenn es so mühselig war, mit den Leuten in Kontakt zu kommen. Fast wehmütig dachte sie dann an Amsterdam, sah sich in der Prinzengracht mit dem Rad unterwegs ... Platanen, Hausboote mit Bepflanzungen auf Deck, Cafés, Winkeltjes, die Tabak, Tee, Kaffee in der Auslage hatten. Eine Katze zwischen den Waren zusammengerollt. Ein Hündchen im Schaufenster neben Hunden aus Porzellan, das Spiegelbild der Häuser in den Grachten ... die unzähligen Fietser, die durch die Stadt radelten. An den Grachten entlang war Maria gefahren, Hans Villiger auf dem Gepäckträger. Stieg die gepflasterte Straße an, sprang er ab und lief ein paar Schritte neben ihr her, bis die Straße nach der Brücke wieder ebenaus führte und er mitreiten konnte ... Autos, blockiert in einer schmalen Gasse, nahmen das Warten geduldig in Kauf. Ein Lieferwagen versperrte die Straße. Männer luden einen Kühlschrank aus, zogen ihn mit einem Seil in ein oberes Stockwerk hoch, dirigiert von einer Frau, die aus dem Fenster lehnend Anweisungen und Scherzworte zu den Männern hinunterrief, und darauf den Kühlschrank so behutsam in Empfang nahm, als schlösse sie ein sperriges Kind in die Arme. – Blumen, Pflanzen, beinah hinter jedem Fenster ein Garten; in ein Café, in ein altes Bruincafé wünschte sich Maria Cohen, Freunde treffen, plaudern, an der Theke stehen und ein Bierchen trinken, eine Zigarette...
Zwitserland.
In Bremgarten hatte der Stadtpolizist sie angehalten. Er hatte sie aufgefordert, vom Rad zu steigen. Verbotene Fahrrichtung. Der Typ, hatte sie zu Hans gesagt, sollte sich auch lieber ein Zigarettchen drehen und Flippern gehen, als den Leuten den Tag vermiesen...
In Bremgarten käme es Hans gar nicht in den Sinn, sich

zu Maria auf den Gepäckträger zu setzen. Alles erlag einer Ordnung. Und roch so nach Pflicht. Verläßlich. Die Freude geriet unters Fallbeil. Pünktlich. Direkt penetrant zuverlässig waren die Schweizer. Knöchern. Nein, Maria grämte sich wegen des Lachens nicht. Sie saß vor dem flambierten Monte Bianco, der schmeckte ausgezeichnet, auch wenn sie sich die Unterlippe ein wenig verbrannt hatte, das würde eine Blase geben.

Maria pflegte gern Umgang mit vielerlei Leuten, zeigte sich rasch bereit, eine Freundschaft einzugehen. Doch Freundschaften nahm sie auch leicht. Man verstand einander, hatte eine Zeitlang gute Stunden. Und man suchte neue Freunde, andere Bekanntschaften. Nur an dem grüblerischen Hans Villiger war sie hängengeblieben, an dem fast wehmütigen, bestimmt schwerblütigen Mann, mit dem sie nun ein Kind hatte. Seinetwegen wohnte sie im schwarzen Land, wohin sie allein und freiwillig nie gezogen wäre. Alles umstellt von Hügeln, ohne freie Sicht, nirgends eine Ebene, die den Namen verdiente, wo man stundenlang mit dem Rad hätte geradeaus fahren können. Kein Meer. Die Landschaft, dachte sie, prägt den Menschen. In Holland die Weite, das offene Meer. Hafenstädte ... Menschen aller Hautfarben. Was wäre wohl, dachte sie manchmal, gäbe es Schweizer verschiedener Hautfarbe ... Chinesen, Afrikaner, Inder und Mischlinge belebten Amsterdam, veränderten den Blick. Ablesbar am Stadtbild wurde jedem Einwohner klargemacht: es gibt nicht nur eine, nicht nur deine Art zu leben.

Und Bremgarten.

Es wäre unfair, Bremgarten mit Amsterdam zu vergleichen, obwohl Maria ja hier wohnen und leben mußte.

Die Berge, diese den Horizont des Tales begrenzenden Ungetüme begrenzten auch den Horizont der Menschen. Sie waren für Maria zumeist Alp-Exoten, die überall Grenzsteine stehen hatten, den schwersten im eigenen Kopf.

Ein Wennundaber-Staat war die Schweiz, wohllebend, felsenfest, ungebrochen ihr Stolz, dank der eigenen Leistung das reichste Land der Welt geworden zu sein. – Und dank einer Landschafts-Fügung des Allmächtigen, dem Wappentier, auch noch das schönste
älteste Demokratie
härtester Beton.
Die sturfigsten Polizisten der Welt gibt es hier, hatte Maria zum Stadtpolizisten gesagt, und war sofort noch einmal verwarnt worden. Es gab keine direkten Wege, alles spielte um Ecken und über Hügel, lief ab hinter Höfen und in Tälern, sprang von Dorf zu Dorf in Winkelzügen ohne Geradeaus. Aber Maria Cohen war es gewohnt, unverblümt zu sagen, was sie dachte und fühlte. Damit eckte sie hierzulande an. Man nannte sie leichtlebig und meinte es nicht als Kompliment. Resolut. Ja, Maria konnte bestimmt sein, verlangen, was sie wollte, direkt, auch freundlich, jedoch ohne lange um den Brei (Berg) herumzureden.
Dabei war Maria eine zärtliche Frau.
Zu Katrin hatte sie ein gutes Verhältnis, auf den ersten Blick hatte da der Funke gezündet. Mit Katrin, die nicht verklemmt und verbohrt war, hatte Maria Freundschaft geschlossen. Zusammen fuhren sie mit dem Rad über Land, manchmal sogar mit dem Kind, das in einem geflochtenen Korb saß, hinten auf dem Gepäckträger. Über Land fahren und unterwegs picknicken; Maria liebte es sehr. Sich auf einer Wiese am Waldrand niederlassen, etwas erhöht, wo man die Landschaft überblickte, schöne Hügelzüge, einladende Wälder. Oder faul dahindösen und von einem bereits im Schatten liegenden Ort auf noch besonnte Felder blicken, ab und zu in die Ferne bis zu den weißen Spitzen der Berge, die an föhnigen Tagen einem bedrohlich naherückten und trotzdem abweisend blieben, unnahbar in einer scharfen Kälte. Dasitzen in der abendlichen, blauflimmernden Luft, über dem saftigen Weideland das Gebimmel von Kuhglocken,

über dem Läuten der ruhige Flug eines roten Milans. Abend im Freiamt – Maria verschloß sich dem nicht. Doch oftmals wog das die Nachteile nicht auf.
Im Altersheim lebte ein Mann. Sie hatte ihn auf einem Spaziergang mit dem Kind kennengelernt; er saß auf einer Bank, ruhte sich aus, den Stock zwischen den Beinen, und obwohl es sommerlich schwül war, trug er einen schwarzen Hut.
Diese elenden Beine, hatte er gesagt, gestöhnt. Er hätte sie wohl gern ausgestreckt, was ihm allerdings nicht möglich war.
Ulcera cruris, sagte er.
Wie bitte?
Offene Beine, sagte er, gräßlich.
Maria hatte sich neben den Alten gesetzt und mit ihm geplaudert. Das Kind spielte mit Kieseln und Holzstükken; am Reußufer, zwischen den Steinen, hüpfte eine Bachstelze umher, wippte mit dem Schwanz. Maria drehte eine Zigarette, bot sie dem Mann an. Ich rauche gern, sagte er, danke. Er schaute ihr zu, wie sie den Tabak für eine zweite eindrehte und das dünne weiße Papierchen mit der Zunge benetzte, bevor sie es zuklebte. Mit spitzem Mund hatte der Alte geraucht und auf einmal den Hut gezogen.
Gestatten Goldfarb, David Goldfarb.
Und er fragte: Sind Sie Holländerin?

Ein Maria nicht bekannter Mann begann mit dem Löffel an ein Kaffeeglas zu klopfen, worauf es ganz still wurde im Saal. Er wolle ein paar Worte sagen...
Maria ärgerte sich, sie war nicht mehr bereit, noch etwas zu hören von ›unserer Christlichen Partei‹ und vom ›lieben Heimgegangenen‹, sie mißtraute den Sätzen von ›Gott, der alles fügt und lenkt‹. Der hatte doch längst nichts mehr zu fügen und zu lenken, der verstand doch seine Welt nicht mehr, ja, Macôn, Maria würde jetzt am liebsten noch ein Glas Macôn trinken. Es war viel zu

warm im Saal, ein Kellner öffnete das Fenster, Rauch zog ab, Wärme, und es kam Maria vor, als flügelten die nun viel zu lauten Wörter aus dem Saal hinaus; mit dem Alkoholspiegel war auch der Lärmpegel angestiegen.
Nein, Macôn werde nicht mehr serviert. Das Personal begann die Dessertteller wegzutragen, auf denen süße Likörreste klebten und Schokolade vom Monte Bianco.
Goldfarb, hatte der alte Herr gesagt und eine etwas zerknitterte Visitenkarte hervorgeklaubt. Maria hatte ihn seither ein paarmal getroffen, ihn auch nach Hause eingeladen. Kuchen hatte sie für ihn gebacken, Gugelhupf, und ihm eine Tasse Kaffee einschenken wollen. Nein danke, hatte er abgelehnt, Kaffee trinke ich nicht. Er bat um Wasser. Ins heiße Wasser schüttete er seinen Blasentee, lächelte, klopfte mit dem Stock auf den Küchenboden, und das Kind wurde noch mißtrauischer. Er hatte versucht, es auf seine Knie zu locken. Doch Lina hielt sich an der Mutter fest, umklammerte deren Beine, schaute zwischen den Beinen hindurch auf den Alten, der Tee schlürfte, zufrieden mit sich und dem Gugelhupf und der Welt. Prima, sagte er, ein Superkuchen, mein Kompliment, schöne Frau.
Vor vierzig Jahren, fragen Sie, er klopfte mit dem Stock, wie es war vor vierzig Jahren, ursprünglich Jüdin waren Sie, fragte er, klopfte nochmals mit dem Stock.
Sie habe eine Arbeit über die Juden von Amsterdam geschrieben, hatte Maria ihm erzählt, über deren Situation zur Zeit der Okkupation; sie wollte etwas darüber hören, wie es hier war, damals, vor vierzig Jahren.
Ach Gott, sagte Goldfarb, ich bin so vergeßlich.
Maria gab sich nicht zufrieden damit.
Wie war es denn, damals im Freiamt?
Nicht sehr schlimm, hatte Goldfarb gesagt.
Bestimmt gab es Nazis, fragte Maria.
Ja, hatte Goldfarb erklärt, bestimmt, Sie haben recht, aber es gab auch ein Arbeitslager für jüdische Emigranten, im Geißhof.

Erzählen Sie davon, hatte Maria ihn gebeten, doch Goldfarb winkte ab. Was wollen Sie Vergangenes ausgraben, reden von häßlichen Zeiten, aber wenn Sie mir von dem Gugelhupf ein Stück mitgeben, sage ich nicht nein.
Das Leben in uns ist stark, sagte er, und stark auch das Vergessen. Marilyn, hatte er gefragt, kennen Sie MM?
Und er begann von Marilyn Monroe zu erzählen, von einem Weekend mit ihr im Giebelzimmer eines schloßähnlichen Hotels am Ufer des Stillen Ozeans, der in seiner ganzen Weite vor ihrem Fenster lag, erzählte von dem Tomatensalat, den MM für ihr Leben gern aß.
An diesen Tomatensalat hatte Maria denken müssen, und als sie sich vorstellte, wie Marilyn ihn aß, im Bett den Tomatensalat aß, hatte sie lachen müssen, ganz dumm herauskichern wie ein Backfisch.
Sie beugte sich zu Jo hinüber und erklärte ihr das. Jo hatte zu weinen aufgehört, saß steif neben Maria, war froh, daß jemand mit ihr sprach, ihr zusprach wie einem vaterlosen Kind. Und Jo sagte zu Maria, sie werde bald gehen, sie habe Goldfarb versprochen, ihm nach dem Leichenmahl die Beine frisch zu verbinden.
Die Kellner brachten den Kaffee. Café crème in hübschen dunkelbraunen Tassen oder in Fußgläsern den durchsichtigen

Kaffee-Luz

den man hier trank, gern trank nach einem ausgiebigen Essen, einen klaren Kaffee, den Freiämter am besten fanden, wenn es möglich war, durch Kaffee und Glas hindurch noch die Zeitung zu lesen. So hell mußte er sein. Jedoch nicht dünn. Aufgeklart mit Schnaps, mit Trester, der gebrannt war aus Äpfeln und Birnen, gezukkert und heiß.
Jo trank Kaffee-Luz, obwohl sie Alkohol nicht gut vertrug und sie bereits den Macôn spürte; doch jetzt, an diesem Tag, der ohnehin ein verlorener war ... Die ganze

Körperwärme, fühlte sie, konzentrierte sich in ihrem Kopf, während der Körper allmählich erkaltete, die Füße würden schon abgestorben sein ... Jo hatte Angst.
Sie schaute den anderen zu, mußte sie beobachten, es war ein Zwang, all die essenden trinkenden schwitzenden Gäste. Rote Gesichter, hervorstehende Venen auf Händen und Schläfen, gelockerte Krawatten, Flecken auf Hemdenweiß, Männer mit schlitzartigen feuchten Augen, provoziert vom Sattsein, von Alkohol, Frauen, so kam es ihr vor, mit schamlos entblößten Hälsen, totenweiß unter dem mit Make-up getarnten Gesicht.
Als Maria den Lachanfall bekam, hatte sie mitkichern müssen, hatte gelacht auch aus Wut, ja Empörung. Und ihr Lachen war in Weinen umgeschlagen, und ganz plötzlich fand sie, dies alles sei eine ungeheuerliche Zumutung. Mit Maria Cohen hatte Jo gelacht. An Maria hatte ihr ja immer besonders gut gefallen, daß sie dem Vater so ganz und gar nicht gefiel... Hin und wieder aß Jo aus Wut, und heute war es so; nach dem abscheulichen Begräbnis, den verlogenen Ansprachen, der Totenmesse, dem Weihrauchnebel. Fast hätte sie sich dabei übergeben müssen. Nun saß sie in der ›Reußbrücke‹ und hatte richtiggehend in sich hineingefuttert, hatte das hors d'œuvre noch unberührt zurückgehen lassen, vielleicht aus Trotz verschmäht, und sich nach der Suppe aufs Menü gestürzt. Ein Freßtier. Sie hatte die Speisen verschlungen aus einem Gefühl des Mangels heraus. Als sei sie seit ewiger Zeit nicht ausreichend ernährt worden. Beim Verschlingen von Braten und Croquetten hatte sie auch ihre Mutter beobachtet, der es ähnlich zu ergehen schien, die gierig aß, mit gewaltigem Nachholbedarf. In den Tagen seit dem Unfall hatten sie beide kaum etwas zu sich genommen, trotz des Zuspruchs, des gütigen Zuredens von Josua, diesem wohlriechenden Onkel, der im Grund der liebenswürdigste Mensch war.
Ob er in Mutters Haus einziehen würde?
Sie betrachtete das Haus nun als Mutters Haus, wünschte

sich, Josua würde einziehen und mit Mutter zusammenwohnen, damit sie, Jo, nicht ein so schlechtes Gewissen hätte bei ihrem Auszug. Jo war entschlossen, das freie Zimmer bei Pablo zu mieten. Der Vater hatte zwar versucht, ihr mit dem Tod einen Strich durch die Rechnung zu machen, ihr ein letztes Mal seinen Willen aufzuzwingen, der nun tote Vater, dessen Ansichten und Handlungen mit ein Grund waren für ihre Angst.

Der Kaffee-Luz war stark und heiß, er wärmte, und nach dem Macôn benebelte er auch. Die Männer zogen die Jacken aus, lockerten die Gürtel, die Frauen rutschten unruhig auf dem Stuhl herum, als würden sie von den Kleidern beengt, alle schwitzten, tranken, redeten sich heiß, rauchten. Die Luft war zum Abschneiden dick. Krebsluft, dachte Jo. Und draußen fegte ein heftiger warmer Wind die Wolkenfelder auseinander, daß ab und zu Fluten gleißenden Lichts in den Speisesaal drängten.

Früher, dachte Jo, war hier Wald; ein namenloser Fluß zog dahin, bildete das Tal zwischen zwei unbenannten Hügelzügen, von denen einer flachere, mildere, der andere schroffere Hänge hatte, und da war auch der bewaldete Sporn gewesen – und auf den Sporn hatte man später ›Schlößli‹ und Oberstadt gebaut, zur selben Zeit, so hatte es Hans Jo einmal erklärt, als die Inkas ihren Sonnenstaat errichteten und man in Paris baute an der Kirche Notre-Dame. Eine Stadt, schmal die Gassen, enge Straßen, konzipiert für einen Verkehr nach menschlichem Schrittmaß, nun verstopft und verstunken von Lastwagen und Autos. Eine bewehrte Stadt hatte man erbaut, mit schier uneinnehmbaren Mauern, zusätzlich geschützt in der Schleife der Reuß, und eine Feste auf dem höchsten Punkt, steil über dem Fluß. Krebskrank heute, dachte Jo, wucherte Bremgarten aus zur unwirtlichen Wohnblocklandschaft, war Eingriff in die Ebene. Man hatte sie zubetoniert, man hatte auch den Mutschellen/Hasenberg erobert mit Bagger und Bulldozer. In alle Himmelsrichtungen war die Stadt expandiert.

Das Land war ein Schlaraffenland für Schürf- und Baumaschinen. Früher, dachte Jo, dachte an das schwarze Mammut. Der Mensch war nicht aus dem Paradies vertrieben worden, davon war sie überzeugt, er war in das Paradies eingefallen. Als ein Ungetüm mit Vernichtungsplänen im Kopf.
Die Stadt war in den letzten Jahren häßlicher geworden, weil man es nicht nur als Pflicht erachtete, historische Bausubstanz zu erhalten, sondern auch als Kapitalanlage. Man hatte den Häusern die Farben von damals wiedergegeben, grün, rosa, ocker. Aber man hatte sie auch ausgeweidet und Wohnungen geschaffen mit neuen Grundrissen, mit Einbauküche, Bad, Kamin im Wohnzimmer, und die Mieten hochgetrieben: nur noch wohlhabende Leute konnten sie bezahlen.
Doch der Verkehr rollte weiterhin durch Bremgarten, die Abgase fraßen unaufhaltsam Mauerwerk, in dieser, so sah es Jo, dem Untergang geweihten Stadt.
Engpaß.
Und ihr Vater hatte dazu beigetragen.
An den Wänden des Speisesaals hingen Kupferstiche und Ansichten aus früherer Zeit, der Wirt war ein Sammler. Zum Heulen schöne Bilder.
Es gab Tage, an denen war es kaum auszuhalten in Bremgarten, da war die Stadt für Jo eine Haut, aus der es, wie aus der eigenen, kein Entrinnen gab. Sie wünschte sich dann, wie eine Raupe aus der eigenen Haut auszuschlüpfen und als Schmetterling fortzufliegen ... sich auf den Rücken des Mammuts niederlassen, das am Abend an den Hängen des Lindenbergs die Weiden abgrast, ein Schmetterling sein, ein Zitronenfalter, sitzend im rauhen Haar wie ein Sonnenfleck, als eine dem Mammut zugedachte Zärtlichkeit. Den Kopf würde es anheben, den Rüssel bewegen, das sanftmütige Tier, und leise schnauben in die weiche Abendluft hinaus. Oder laufen. Manchmal lief Jo nach der Arbeit. Sie zog Turnschuhe an, nahm den Weg, der die Wiese durchquerte, vorsich-

tig, um das Gras nicht zu zertreten, das heranwuchs für das zweite Heu, das Emd. Lief über die Militärbrücke, vorbei am Soldatenhaus, der Pyramide aus braunem Eternit, sah dahinter den Schießstand, die perversen, dem Körper eines Menschen nachgebildeten Zielscheiben, sah im Gelände der ehemaligen Kiesgrube bald das von tarnenden Bäumen umsäumte Camp; sie lief langsam vorbei an der Pferdezucht-Anstalt, die mit Zäunen vom Waffenplatz abgegrenzt war, mit Villiger-Zäunen. Pferde grasten. Einzelne schliefen im Stand, hatten einen Hinterhuf angewinkelt, schienen auf nur drei Beinen zu stehen. Pferdegruppen, plötzlich ein Aufwiehern, als hätte Jo sie erschreckt, sie sprengten davon. Einmal war sie, an dem Zaun entlanglaufend, von einer schwarzen Stute begleitet worden. Den Schweif hoch erhoben, den Kopf aufgeworfen, war das Tier neben Jo hergetrabt; Mähne und Schweif waren fuchsrot, und es hatte einen weißen Fleck auf der Hinterhand. Durch das Hofgelände lief Jo, der Hund riß an der Kette, bellte. Aus offenen Stalltüren flogen Schwalben, überall stand landwirtschaftliches Gerät. Hinter dem Gehöft begann sich der Weg zu senken, war uneben und steinig, führte in den Wald hinein, der Jo aufnahm mit seinem stillen Grün, sie umhüllte mit Düften von Tanne, Harz, Ahorn, Waldmeister und dem beizenden Geruch von Bärlauch in den sumpfigen Waldstücken, den heimlichen Provinzen, wo sie als Kind noch Frösche gefangen hatte, eine Waldkröte, einmal auch einen kleinen hellgrünen Laubfrosch, der reglos auf einem Ast verharrte. Pilze wuchsen in diesen Herzstücken des Waldes, es gab dünne Wasserläufe zu entdecken und weiche Waldböden, federnd, wenn man darauf trat, und Stellen, die ständig feucht waren, nasser Lehm mit glitschigem Laub, so daß der Grund schmatzte unter den Schritten.
Jo lief in den Wald hinein, im Wald Schutz suchend vor ihrer Angst...
Im Wald traf man jedoch auf Soldaten. Unter Bäumen

lagen Gewehre, Rucksäcke, Gasmasken, im Wald fand sie Betonbunker und Schutzbauten, Unterstände vom Krieg her; der Wald verbarg Munitionslager und unter Netzen getarnte Fliegerabwehrkanonen. Jedesmal war das ein Schock. Und trotzdem lief Jo mit offenem Herzen in den Wald hinein, bis sie ein Versteck fand in dunklen Gräben, tief in Schonungen, wo das Sonnenlicht selbst an hellen Nachmittagen keinen Zugang hatte, wo es kühl war, unwegsam. In dieses Versteck mit dem Modergeruch riesiger Steinpilze und faulenden Laubes, in dem nur der Ruf eines Waldkäuzchens zu hören war, dorthin kam das schwarze Mammut; es nahm Jo auf, grunzte, ließ sie reiten auf seinem Rücken, in Sicherheit, geborgen

plötzlich frei von aller Angst.

Unheimliche Angst hatte sie empfunden, vor ein paar Tagen, als sie mit einer Freundin nach Gösgen gefahren war, um das Atomkraftwerk zu sehen. Vor dem Zaun standen sie (Villiger-Maschendraht) und hatten den Kühlturm vor Augen. Dieses Ungetüm. An den Zaun waren sie herangetreten.

Überall diese Zäune.

Sie hatten den Kühlturm einmal aus der Nähe sehen wollen, sozusagen in voller Todesgröße.

Du spinnst wohl, hatte der Vater gesagt.

Sie betraten das Gelände, Jo und eine Freundin, meldeten sich beim Pförtner, der sie anwies, in der Empfangshalle zu warten, bis ein Mann kam, ein Techniker im weißen Mantel. Der heftete ihnen ein daumennagelgroßes Meßgerät an die Jacke. Auf seiner Skala, sagte er, könne man schon die allerkleinste Bestrahlungsdosis ablesen. Das sei Vorschrift. Zur Sicherheit. Damit man ganz sicher sein dürfe. Todsicher, dachte Jo.

So, den Turm wollt ihr einmal anfassen.

Der Techniker lachte. Und alles war so still. Absolute Stille. Wie es nicht stiller sein könnte vor einer Explosion.

Unsinn, sagte der Techniker, hier explodiert nichts.
Jo schaute den Mann an. Der war ein braungebrannter sportlicher Mensch, nicht gerade ihr Typ. Wenn er lachte, dann tat er das wohl auch, um seine beispielhafte Gesundheit zu zeigen. Alles ist gefahrlos, sagte er, hundertfach abgesichert. Es sei überprüft, verläßlich, kontrolliert, er könne ihnen ein dickes Vorschriftenbuch zeigen, seitenweise Sicherheitsvorschriften, und Millionen investiert für Sicherheitsvorkehrungen, bis zu den Rem-Zählern, die er ihnen angeheftet habe, wirklich jeden Bestrahlungswert würden die registrieren; warum also Angst? Warum laßt ihr euch Angst machen?
Harrisburg?
Wir sind in der Schweiz!
Und hatten doch diese panische, eine überhaupt nicht zu überwindende Angst. Sie gingen über den Rasen, den gepflegten Rasen des Geländes, auf dem Gänseblümchen wuchsen. Seht doch, sagte der Techniker, sogar die Gänseblümchen gedeihen noch prächtig. Und er lachte; wieder so kerngesund, dachte Jo.
Der Turm fühlte sich nicht einmal besonders kühl an, sonnengewärmter, harter Beton. Mit bloßen Händen betasteten sie ihn. Mit einer närrischen Angst im Leib berührten sie den Koloß. Der Techniker schüttelte stumm den Kopf. Und ebenso still, tödlich still, dachte Jo, quoll die ewige Wolke aus dem Schlund des Kühlturms, zog sich über die Landschaft hin, formte sich hoch oben zu einer mächtigen Fahne, wurde in ihren Augen zu einem Atompilz und war furchteinflößend.
Furchteinflößend die plötzliche Erinnerung an den Film ›Hiroshima mon amour‹, den Jo in Zürich gesehen hatte. Grausam war die Vorstellung, an diesem Turm könnten dereinst auch Menschenschatten eingebrannt sein, an den verbliebenen Überresten des Kühlturms. Ja, einmal würde alles wieder so sein, wie es in der Vorzeit gewesen war. Eis und Eiswüste. Tundra, Steppe, Wald. Die ersten Mammuts nach den öden Zeitaltern der Leblosigkeit.

Kein Stein mehr am früheren Ort. Beton, Staub, überlagert vom Urgestein der verlorenen Jahrtausende, und am Himmel Wolken, noch keine Vögel, von der Sonne, vielleicht einer anderen, neuen Sonne beschienene Wolkenfelder im Blau – oder hatte der Himmel dann eine andere Farbe. Jo malte sich aus, die Wolken würden sich zu mächtigen Regenwolken zusammenballen und sich in einem tagelangen Regen über das Land ergießen, und in der Finsternis stünde schwarz in schwarz das Mammut, den Rüssel gesenkt, das Rauhhaar triefend vor Nässe, und unter einem seiner riesigen Ohren, auf einer trockenen geschützten Stelle, säße der gelbe Schmetterling, der Zitronenfalter, die Flügel zusammengeklappt, bis Regen und Regennächte vorbei wären, bis er wieder durch die Lüfte schaukeln würde. Dort, wo jetzt der Kühlturm stand, dort würde er sich, die gelben Flügel ausgebreitet, auf eine Blume niederlassen, die noch keinen Namen hätte, weil es noch keine Sprache gäbe, keine Benennungen, und schon gar nicht einen Techniker im weißen Kittel, den das wohl langweilte, der die beiden Mädchen lächerlich fand, Siebzehnjährige mit falschen Informationen, denen Weltverbesserer unbegründete Angst eingeflößt hatten, die überhaupt keine Ahnung hatten, aber dafür einen ›Atomkraft Nein Danke‹-Protestknopf an der Jacke neben dem Meßgerät. Zwei Mädchen, eines davon die Tochter seines Parteifreundes Villiger, der ihn gebeten hatte, den ›Kindern‹ das Atomkraftwerk zu zeigen. Die berührten den Kühlturm wie einen verzauberten Prinzen, als könnte der jeden Moment wachgeküßt werden und sich zurückverwandeln in einer Explosion, die alles zerriß.
An den Vater dachte Jo, nahm einen Schluck Kaffee-Luz, an diesen Vater und Politiker. Er hatte ihre Zukunft mit Geld sichern wollen, mit Investitionen. Mit Wachstum. Dabei half er mit, die Zukunft zu zerstören. Verbauen. Von Familie redete er, von Sicherheit, und unterstützte die Atomlobby. Mit seinem Energiefimmel, der Angst

vor stillstehenden Maschinen und Städten ohne Licht: Auch dein Plattenspieler, Jo, hatte er gesagt, und mein Rasierapparat. Strom, hatte er gesagt. Panik mußte man kriegen, dachte Jo, wenn die Zukunft so aussehen würde, wie diese Männer sie sich vorstellten. Diese Energiegläubigen. Wachsdumm, hatte Jo gesagt, und der Vater war böse geworden. Die NAGRA unterstützte er, diese Gesellschaft, die überall im Land sondierte und gegen den Willen der Bevölkerung Bohrlöcher machte auf der Suche nach geeigneten Plätzen, an denen man, eingegossen in Glas, die Atomabfälle versenken konnte für eine auf alle Zeit sichere Endlagerung.

Endlösung, hatte Jo gegiftet. Und heftete sich, auch um den Vater zu ärgern, einen weiteren Protestknopf an die Jacke.

NO FUTURE

Ungefährlich, hatte der Vater gesagt. Er würde sich so einen Glasblock im Schlafzimmer unter sein Bett legen.

Träum gut, hatte Jo gesagt.

Als ob man solche Abfälle sicher vergraben könnte, so tiefe Löcher, so undurchlässiges Gestein gab es gar nicht. Das stinkt doch zum Himmel.

Ja, das war es. Dieser Vater mit seiner Politik und seinem Denken, dem stumpfen Vertrauen auf den Fortschritt. Seine Art zu leben war die Ursache für ihre Angst gewesen. Die Zukunft, die er ihr mit Atomstrom und Technologie und Villiger Maschendraht in Aussicht stellte – sie war ein Alptraum. Wenn man eine solche Zukunft zuließ, gab es vielleicht gar keine mehr.

Nullwachstum, hatte sie gesagt.

Beziehst du das auch auf dein Taschengeld?

Mit dir kann man nicht reden, hatte sie geantwortet, und er war beleidigt gewesen.

Gewalttätig bist du, hatte sie gesagt; du, deine Generation, Gewalttäter...

Jo trank den zweiten Kaffee-Luz, rührte mit dem Löffel den Zucker auf, leerte das Glas in großen Schlucken, und ihr wurde heiß, sie fing an zu schwitzen, angefeindet hatte sie den Vater, sich mit ihm gestritten, ihm zugesetzt mit Fragen und Anschuldigungen

und nun war er tot und begraben.

Jo stand auf, hielt sich eine Weile an der Lehne des Stuhles fest, als müßten ihre Füße zuerst Boden gewinnen. Sie sah ihre Mutter, die mit Josua sprach, sah und hörte die anderen, ließ den Stuhl los, ging hinaus ... mit Schritten, die ihr ganz leicht vorkamen, als schwebte sie weg, ins Freie, in den hell gewordenen Nachmittag.

5

Flip war weggefahren mit dem Motorrad, mit seiner Trial. Die Straße trocknete ab, und auf den Stellen, die noch naß waren, rauschten die Reifen der Maschine.
Flip fuhr weg, ihm war alles egal, alles; er wollte nur verschwinden
vergessen.
Ein warmer Südwind hatte die Regenwolken weggeblasen; hell und blau war der Himmel, leergefegt, gereinigt vom Regen, ein weitsichtiger Nachmittag tat sich auf – aber Flip sah nur die Straße. Auf den ersten Kilometern hatte er nur die Straße gesehen und dann erst den gesenkten Kopf gehoben, um die Bilder einzulassen.

Außerhalb Bremgartens befand sich die Emmauskapelle mit einer unter der Erde liegenden Mariengrotte. Dort, bei der Kapelle, stellte Flip sein Motorrad ab. Vor dem Eingang ein dürftiger Kiesweg und von gepflegten Rosen umstandene Rasenflächen, gegenüber bildeten Malereien, Darstellungen von Heiligenlegenden, eine zweiteilige, von einem Vordach geschützte Galerie. In der Mitte hing Christus an einem hölzernen Kreuz, auf seinem Kopf hockte eine Amsel, als halte sie Totenwache.
Ein steil abfallender Weg führte durch den Laubhain des Promenadewäldchens zum Kraftwerk hinunter. Ging man über die Staumauer zum anderen Ufer, sah man auf der einen Seite den künstlichen See, auf der anderen die tiefer fließende natürliche Reuß. Über ein geöffnetes Wehr stürzten die Wassermassen vom oberen Wasserspiegel zum unteren hinab; wer dort in den Fluß spränge – er würde erschlagen.
Bevor man in die Emmauskapelle trat, lockte ein Rundtor zum Verweilen in einem kleinen Blumengarten mit Brunnen und Seerosenteich, der von einer Mauer umschlossen war. Auf der Mauer erzählten Fresken vom

Leben Jesu. So hatte sich Flip lange die Himmelfahrt vorgestellt. Wie der bärtige Mann mit den Wundmalen emporschwebte und die Seinen in Verzweiflung zurückließ, betend, weinend, auf den Knien flehend.
Flip glaubte auf seine Weise an den sich absetzenden Heiland. Jeder mußte sich selbst durchbeißen in einer Welt, die weder Erbarmen kannte noch Mitleid, sondern hart war, hart.

Neben der Kapelle stand eine große Garage, hinter der Garage das Einfamilienhaus, in dem die Kapuzinermönche wohnten, die den Gemüsegarten angelegt hatten und auch die Anlage pflegten. Die Einsiedler wohnten schon lange nicht mehr in den Räumen über der Kapelle, in den Zimmern mit schmalen Fenstern.
Flip würde gern dort einziehen, dort wohnen mit einem Mädchen. Warum nicht mit Jo.
Flip saß in der Mariengrotte.
Draußen auf dem Kiesweg die Maschine, sie wartete wie eine geduldige Freundin.
Flip saß auf einem mit Polster überzogenen Betschemel vor der Marienstatue. Ihr Kopf war umrankt von einem goldverzierten Strahlenkranz, in den Händen hielt sie das Herz Jesu.
Flip war nicht fromm, in die Kirche ging er schon lange nicht mehr. Beten ... Beichte, Kommunion, damit mußten ihm die Pfaffen nicht kommen. Das Katholische war für ihn der Inbegriff von Langeweile. Die Kirche war seiner Meinung nach ein allesfressender Multi (die haben sogar Coca Cola-Aktien), mit einem starken Vater in Rom. Auf den hatte nun auch ein Extremist geschossen. Ein starker Vater. Das provozierte Auflehnung und Sehnsucht. Flips Vater war nur körperlich stark, oder einmal stark gewesen; jetzt war nichts mehr mit ihm los.
Flip liebte den hohen halbrunden Raum, ein Kellergewölbe mit der Marienikone. Blumen dufteten, immer war Blumenschmuck da, und Kerzen brannten. Besucher

konnten eine Kerze kaufen und anzünden. Flip nahm alle Kerzen aus dem Behältnis, steckte sie auf die Nägel der Halterung, zündete an. Ihr Schein erfüllte die Grotte, erfüllte Flip, der trübsinnig gewesen war. Das Bildnis Mariens, doch, es gefiel ihm. Es war, als könne man von diesem Madonnengesicht Folie für Folie die Maske abziehen, bis man auf das Gesicht einer Frau stieß. Und unter dem Faltengewand fände man den Körper. Die verborgene Frau reizte ihn. Mit ihr würde er gern schlafen. Er hatte die Grotte schon mehrmals aufgesucht, auch als Kind. Hier war er allein und doch geborgen. Hier war er einsam und doch nicht verloren. Hier spürte er sich selbst, ohne ausgesetzt zu sein. Die Kapelle war für ihn ein Ort, an dem er nachdenken konnte, eine gerettete Provinz, wo er nachdenklich sein durfte. Und verträumt. Die Zeit hielt inne. Grübeln. Mit der Schwermut zurechtkommen. Geometrischer Ort war die Stätte. Für alle Not.

Flip fühlte sich schuldig am Tod eines Menschen.

Er hatte der Madonna den Rücken zugekehrt und hing am Walkman. Er rauchte eine Zigarette, dachte nach. Traurig war er nicht. Im Schuppen hatte er seinem Bruder Daniel, bevor er gehen mußte, um das Kreuz zu tragen, seine Schuld gestanden. Vor dem Begräbnis hatten sie noch eine Zeitlang am G 7000 ›Revolverhelden‹ gespielt, und er hatte jedes Duell verloren, weil er nicht aufpaßte, mit den Gedanken abschweifte. Erschossen, gekillt hatte ihn Daniel.

TILT – so kam Flip sich vor.

Er war während der Beerdigung an den Zaun des Friedhofs gegangen, hatte den Trauerzug gesehen. Und Jo. Er war dann nach Hause zurückgekehrt, hatte im Schuppen die Trial geholt

weg

weg

wegfahren die Sternengasse hinab, um die Drogerie herum, am Spittelturm vorbei, rechts ab Richtung Zug.

Er war nach der plötzlichen Erhebung des Sentenhübels, über den er die Maschine am liebsten hätte fliegen lassen, bald rechts in den schmaleren Weg eingebogen, der am ›Restaurant Emmaus‹ vorbei zur Kapelle führte, zu seiner Grotte, war gekommen ohne Überlegung und Absicht, als fände er hier Zuflucht.
Flip warf den Zigarettenstummel in das Weihwasserbekken, wo die Glut aufzischte und verlöschte, stieg die gewundene Treppe hoch, ließ im rot erleuchteten Raum die brennenden Kerzen und ihre duftende Wärme zurück, und auch das Lächeln der Madonna, die eine tolle Sozia wäre.
Er warf das Motorrad an, fuhr langsam den unebenen, steinigen Weg – dem Wald zu, dessen dunklen, tunnelartigen Eingang er von weitem sah ... Flip glitt hinein ... vom Hellen ins Dunkle wie vor drei Tagen, und die abrupte Erinnerung irritierte ihn so, daß er Gas gab. Unter den Reifen sprangen Steine weg, der Motor dröhnte, Äste knackten. Flip fuhr gern mit dem Motorrad durch den Wald, über Felder, hatte manchmal das Gefühl, er durchschneide mit der Trial Land, als sei die Maschine ein scharfer Pflug; Land fächerte er auseinander, unterwegs auf einem Trip ohne Ziel und Sinn, denn Bewegung war allemal besser als Stillstand. Im tropfnassen Wald roch es nach Moos, Baumrinde und den Blättern bitterer Pflanzen, und nach Tierkadavern roch es auch. Wo der Wald sich lichtete, sah man zwischen Bäumen und Buschwerk hindurch zur Hauptstraße hinüber, hinter der sich der Heitersberg erhob. Eine feuchte Waldzone mit Farnen und Schachtelhalm. Rechter Hand führte Weidland auf ein Gehöft zu, den Geißhof. Sein Land grenzte an die Reuß, die oberhalb von Stausee und Kraftwerk nur langsam dahinfloß; es schienen sich die Wasser zu sammeln vor dem Sog der Turbinen. Beinah ermattet bewegte sich der Fluß, bereit, sich im Stausee aufzugeben. Der Himmel hatte sich geöffnet, einzelne rotadrige Streifen, sonst nur Blau und Licht. Flip fuhr

gern unter Bäumen. Außerhalb des Waldes zwischen Kirschbäumen mit ausladenden Ästen, kugelförmigen Apfel- und hochaufgeschossenen Birnbäumen. Beim Hof, vor dem Wohnhaus, zog ein Nußbaum mit lichtem Laubwerk den Blick auf sich. Der beißende Geruch von Nüssen und Nußlaub hielt Insekten fern. Im Baumgarten lag ein Seerosenweiher. Auf der langgezogenen Schulter des Heitersbergs sah man nun die weiße Kirche von Berikon in der grellen Nachmittagssonne.
Der begradigten Reuß folgend, fuhr Flip der Brücke von Rottenschwil zu. Auf dem Fluß Inselbänke, belagert von Kolonien seltener Wasservögel. Brutgebiet. Bald Ruhe, bald schwarmweises Aufflügeln. Das Wasser hatte die Farbe flüssigen Bleis angenommen. Es gab nur ein Verbrennen oder Versinken, im vergewaltigten Fluß.
Die Straße zog sich gerade dahin. Beschottert. Die Brücke nahm Flip schnell, fuhr in der Straßenmitte, sah die Eisenträger und stählernen Rundbögen auf sich zuschießen. Auf dem Parkplatz vor dem Gasthof ›Hecht‹ zwei Lastwagen. Er fuhr Richtung Rottenschwil die sanft ansteigende, in den Ausläufer des Wagenrains gepaßte Straße hinauf, kein Gegenverkehr. Links die sumpfige Ebene, Schwemmland der Reuß, darin ein stilliegender, mit Brackwasser gefüllter Flußarm, der abgeschnitten im Sumpfwald vertümpelte, Libellen noch Lebensraum gewährend, Schwärmen von Mücken. Deren Gesirre, und am Abend der Quakgesang mondscheinsüchtiger Frösche. Einzelne Stellen mit Schilf bestanden. Seltene (geschützte) Liliengewächse und ihr Duft wie ein Parfüm auf der vor Regennässe und Sonnenwärme dampfenden Erde. Und der auf dem Tacho steil hochkletternde Zeiger. Fruchtbares Ackerland. Auf dem Damm vor der Reuß ein paar Spaziergänger. Im Kopf die Musik. Krähen im Feld. Über den Bäumen, Weiden und Sträuchern kreiste ein Bussard mit weit ausgebreiteten, von der Sonne durchfluteten Schwingen... Als Flip die Hauptstraße erreichte, fuhr er bis zur Abzweigung nach Muri

durch Hügelland. Gelb blühte der Raps, hüfthoch stand Mais, einzelne Felder waren abgemäht. Rotbraun und dunkelviolett die Erde umgebrochener Äcker. Flip fühlte sich gut. Er erlebte die Landschaft während seiner Motorradfahrten ganz intensiv, durchfuhr sie so fasziniert: wie im dreidimensionalen Kino... Ein Stück Wiesland wurde von Rindern begrast, denen der Bauer die Hörner abgesägt hatte. Flip erklomm eine Abdachung des Wagenrains, einen etwas schroffen Hügelzug. Die Waldfläche unterbrochen von Grünland, das als Weide oder zum Fruchtanbau genutzt wurde, je nach Gutdünken und Neigungen des Bauern und nach der Art der angebotenen Subventionen.

Wo der Wagenrain auslief und sich verlor, begann das Grenzgebiet des Lindenbergs, und für einen Augenblick, zwischen den Mulden, Weilern und Hängen, kam es Flip vor, als durchfahre er Niemandsland, bis er sich Muri näherte. Muri war ein mit Außenquartieren und vereinzelten Siedlungen weit verstreutes, in verschiedene Teile gegliedertes Dorf am Fuß des Lindenbergs, entstanden im Quellgebiet der Bünz, wo aus mehreren natürlichen Brunnen Wasserläufe und Bäche entsprangen, die bald einem Sammelort zustrebten, von dem aus sie als Fluß talwärts Richtung Wohlen flossen.

Das Bild des Dorfes wurde von der Silhouette des Klosters beherrscht, von weitem sah man die hohen Türme der Barockkirche. Vom Reußtal herkommend fuhr Flip im Teil Egg ins Dorf ein. Bäuerliche Häuser mit Geraniumschmuck wechselten ab mit eintönigen Wohnblocks, hier und dort ein Einfamilienhaus mit dem üblichen Zubehör. Die Straße lief bis zum Bahngeleise und mündete nach einer Unterführung in die stark befahrene Hauptstraße ein. Flip nahm Gas weg. Tankstelle, Jumbo Markt, Industriebauten, Kloster. Er fuhr langsam, Musik im Kopf. Vorbei an den Gebäuden des Klosters, in denen die Bezirksschule und das Alters- und Pflegeheim untergebracht waren. Ockerfarbene, mehrgeschossige Fassade. Flip sah einige der Alten und Pflegebedürftigen. Und Kinder mit Schultaschen. Ein Mann streckte den Arm aus, er wollte die Straße überqueren. Flip hielt an. Der Mann schritt gestikulierend über die Straße, hatte eine mit Zierat beschlagene Pfeife im Mund und die Brust über und über mit Medaillen und Schützenabzeichen dekoriert. Nach dem Halt beschleunigte Flip rasch, fuhr durch ein neues Wohnblockquartier, wo ein paar Kinder auf dem Rasen spielten, und gelangte in ein Gebiet mit lauter Einfamilienhäusern. Alle Frauen, so schien es ihm, waren damit beschäftigt, Fenster zu putzen. Er erreichte den Dorfausgang Wey, den ein paar an die Straße gebaute Einfamilienhäuser bildeten, raste den Lindenberg hinauf, durchquerte den im Wiesland gelegenen Flecken Langenmatt, schaute auf die gerade Kantonsstraße hinunter, wo Spielautos sich vorwärtsbewegten, farbige Tinky-Toys in grüner Umgebung, erkannte auch eine Spielzeug-Eisenbahn. Flip am Tropf, den Kopf voller Musik, ja Wohlklang, im Körper auch. Und Vibration. Und Lust am Leben. Er kurvte einen Wanderweg empor, nutzte die Trial-Maschine gern, um auch unwegsame und nicht asphaltierte Straßen zu befahren, abseits vom Verkehr. Er fuhr durch Wiesenbach zum Brandholz, das von Wald und Weide begrenzt war, blickte auf die von Waldrändern gesäumten Bergmatten hinab. Im hellen Licht lagen sie da; ihr Grün, welches das Licht aufsog und aufnahm, leuchtete weithin sichtbar. Kein Mensch in Sicht, kein Tier, Flip fuhr wie im Schlaf, und das Freiamt war sein Traum ... bis er den höchsten Punkt erblickte, die noch entfernte Seetalergemeinde Bettwil. Die Straße führte eine Zeitlang auf der Bergschulter geradeaus, die zwei Täler trennte. Das Seetal, dem Freiamt benachbart und verwandt, war milder, wirkte noch frühlingshaft, mutete fast lieblich an, wo das Freiamt kräftig war, herb in der Geländeformation. (Gehörte zum Seetal das Leichte, Beschwingte, haftete dem Freiamt Schwerblütigkeit an. Schwermütig präsentierte sich das Land im Herbst und im Winter. Heimgesucht. Wenn alles verhockt war, Vernebelungen die Täler verhüllten. Der Nebel machte einem zu schaffen, Vieh und Menschen. Träge Schwaden besetzten den Tag, Talverschlüsse sperrten die Außenwelt aus. Nebel beherrschte das Land – ein Untertansein gewöhntes Land. Es war nichts ohne Gewicht. Es war alles zähflüssig. Melancholie und dunkle Trauer befiel die Menschen. Der Nebel drückte, hielt Licht fern, beengte den Atem ...)

Fast auf der Schneide eines Messers fuhr Flip wie in Zeitlupe und überblickte die ganze Landschaft. Über ihm der unendlich blaue Himmel, westlich im Tal das schimmernde Blauauge See. Er fuhr nun ostwärts dem Freiamt zu. In sanften Wellen senkte sich der Lindenberg ab, steilere Partien wurden durchbrochen von Wald und eingezäuntem Weideland, wechselten ab mit Korn und Maisfeldern. Dazwischen deuteten Obstbäume Geländeabstufungen an, hin und wieder fielen Eichen auf. Und Wegkreuze, steinerne Wegkreuze im Berg, der sich in einem reichformierten Abstieg zur Kantonsstraße hinab entfaltete, hin zur schnurgeraden Fahrbahn durch das Bünztal. Die sich ausbreitende Bünzebene. Hineinführend in den behutsamen Anstieg zum Wagenrain. Dessen Waldkamm. Und ein erneutes Sich-Absenken ins Tal der Reuß, das kiesiger war, breiter angelegt, und der steilere Aufstieg zum Heitersberg/Hasenberg, über dessen Kamm in der Ferne die Höhenzüge des Albis und Üetlibergs zu erkennen waren, ohne daß man das dazwischenliegende Tal sah. Aber manchmal erschien am Nachthimmel eine Erhellung, besonders geheimnisvoll bei sonst sternlosem Dunkel, unter der man die Stadt Zürich orten konnte; den Abglanz ihrer Voltstärke sah man und konnte dabei auch wehmütig werden.

Flip erreichte den Aussichtspunkt des Oberen Niesenbergs, der ihn auf der Abfahrt immer wieder anzog. Er war ein Magnet. Ein Stück Land wurde von einem Maschendrahtzaun, der zusätzlich mit Stacheldraht verstärkt war, vollständig abgesichert und bildete ein unzugängliches Geviert. Hinter der Umzäunung ging im hellen Licht des Nachmittags ein Uniformierter auf und ab. Er hatte Gewehr und Funkgerät umgehängt, war begleitet von zwei Schäferhunden, die er an kurzer Leine führte. Mann und Hunde waren das einzige bewegliche Element in einem Horrorgarten. Auf Sockeln, Betonblöcken und Eisenrampen sah Flip ein Arsenal von Raketen und Raketengeschossen aufgebaut. Die Spitzen und Stahlschnauzen in den Osthimmel gerichtet. Flip nahm den Kopfhörer ab.

So still war es, daß er vermeinte, das Hecheln der Hunde zu hören – und ganz weit entfernt das Rauschen eines Brunnens oder Bachs, im nahen, buckelförmigen Wald, dem Guggibad, in dessen Eichenhain einst ein alter, vom Aussatz beschlagener Blaubart elf Jungfrauen getötet und erhängt haben soll ... auf die zwölfte lauernd, mit deren Blut er sich habe reinwaschen wollen.

Als der Wächter Flips Stillstehen bemerkte, schritt er auf ihn zu. Oder Flip deutete die Bewegung falsch. Er stülpte den Kopfhörer wieder über die Ohren, ließ die Musik ein – und die Trial abfahren, weg vom Raketen-Arsenal, im Sturz bergab. Das Aufheulen des Motors drang durch den Musikfilter in sein Gehör. Er ließ die bedrohlich aggressiv wirkenden Raketen, den Mann und die Hunde hinter sich, fühlte plötzlich, daß aus den mit Luken und Sehschlitzen versehenen, in den Boden eingelassenen Bunkern auf ihn geschossen wurde, als müßten die Wärter den toten Großrat (ein Leben für ein Leben) nun rächen, aber die Kugeln durchdrangen Flip schmerzlos, das heißt, jeder Einschlag verstärkte seine Angst, vergrößerte die Schuld, und er war froh, auf seiner Maschine fliehen zu können.

Nicht weit vom Raketengelände entfernt, dessen Drohgebärde Furcht einflößte (manchmal gleißten die Stahlmäntel der Geschosse in der Sonne hell auf), vielleicht in der Entfernung von ein paar hundert Metern, stand an

einer Weggabelung ein friedfertig wirkendes Steinkreuz von imponierender Größe, an dem der Heiland hing mit geschlossenen Augen.
Über Militäranlage und Kreuz, über Bergkuppe, Wiesland und Wald, über der Straße thronte ein leerer, vollkommen leerer Himmel. Flip fuhr bergab. Sah Obstbäume auf Höckern. Schattendunkel in tellerartigen Senken. Buschzeilen einem Bachlauf folgend. In Kornfelder hatten der Wind und der nächtliche Regen tiefe, schneisenartige Flächen eingedrückt. Als die Trial ein Stück südwärts preschte, sah er die firnweißen Alpen, diese nahegerückten, bizarren Ungetüme. Spiegelndes Eis, glimmernde Kälte, ewiger Schnee. Und die Sonne. Voller Vernichtungskraft stach und brannte die Sonne herab, bis alles explodierte, mit einem Mal in die Luft flog und berstend auseinanderstrebte in einem geräuschlosen Feuerwerk, auf tödliche Weise unterhaltsam, der Berg zerriß, die Welt zerriß, zerschellte in Flips Kopf, nur die Trial röhrte, röhrte ungetroffen bergab, und die Musik der ›Pink Floyd‹ war in ihm, strömte direkt in den Tank der Maschine, die Klangbilder schienen sich zu teilen, zu spalten, niederzurieseln auf die umliegenden Wiesen, behutsam und sanft das Gras berührend, so wie die zarten Flügel eines Nachtfalters ein im Schlaf entblößtes Bein streifen, und als sich allmählich alles beruhigte und zum Stillstand gelangte, konnten Himmel und Hölle damit beginnen, sich und die Erde aus den Trümmern und Scherben neu zu erschaffen.
Beim Restaurant ›Oberer Niesenberg‹ hielt Flip an. Als er die Maschine vor die Stange stellte, an der man sonst die Pferde anband, holte ihn die Schuld wieder ein, ja, er fühlte sich schuldig am Tod eines Mannes.
Er war an diesem Nachmittag der einzige Gast. Bei der Serviertochter, einem Mädchen aus den Philippinen, bestellte Flip ein Glas kalte Milch. Er verfolgte die Bewegungen des Mädchens, bildschön war es, nahm hinter dem Büffet die Milch aus dem Kühlschrank, schnitt die

Packung mit der Schere auf, und Flip dachte an die Geschichten, die man über Asiatinnen zu lesen bekam oder erzählte. Das Mädchen, es brachte nun die Milch an den Tisch, hatte sich vielleicht befreien können aus den Fängen einer Agentur, stellte sich Flip vor, war geflüchtet, hatte Unterschlupf gefunden in diesem gottverlassenen abgelegenen Bergrestaurant, fern der Heimat.
Das Mädchen lachte, es nickte Flip zu.
Doch das Gesicht, so schien es ihm, war dennoch voller Traurigkeit. Ausgesetzt mußte das Mädchen sich fühlen. In der Fremde. Kaum beschützt von den militärischen Friedensarsenalen auf der Bergkuppe und von dem Jesus Christus, der verständnislos von den unzähligen Wegkreuzen herabsah, die es auf seinen Spaziergängen antraf, dieser tote Heiland mit den moosbesetzten Lenden und einer von den Unbilden der Witterung schwarzgewordenen Dornenkrone, der nicht sein Gott war.
In einer plötzlich aufflammenden Gefühlserregung sagte Flip zu dem fremden Mädchen
I han en Ma umprocht
sagte das in seinem dem Mädchen wohl unverständlichen Dialekt, schaute es an, hatte den Walkman auf den Tisch gelegt, die Arme verschränkt, schaute dem Mädchen in die Augen, erkannte sich selbst im Schwarz der Pupillen, umschimmert von dem reinen Weiß. Das Mädchen lachte. Lächelte es ihn an? Flip fühlte sich auf einmal besser; als ein endlich Erlöster fühlte er sich.
In der Gaststube war es angenehm frisch. Sie lag im Schatten einer Baumgruppe und im Schatten der Scheune gegenüber. Vom Stall her vernahm man ein Geräusch, als würde Eisen auf Eisen geschlagen.
In schlaflosen Nächten wünschte sich das Mädchen vielleicht, dieser Christus möchte von seinem Steinkreuz herabsteigen, dachte Flip. Doch das lachende philippinische Mädchen deutete auf den Walkman. Flip gab ihm den Kopfhörer, sagte ›Roxy Music‹, drückte auf die ON-Taste. Nun lächelte es beinah selig, und als es mit dem

Walkman zum Büffet zurückging, führte es ein paar tanzähnliche Schritte aus, es bewegte sich, als sei es eben erst zum Leben erweckt worden – und schon süchtig. Auch sie würde dem Walkman verfallen, dachte Flip. Er hatte sich ein Stück weit befreit. Freigefahren mit der Maschine. Auch Trialfahren war eine Sucht. Aber immer wieder fuhr er mit dem Motorrad und am Tropf in einen besseren Zustand hinein. Während der Fahrten, bei der Musik, da verschob sich etwas in seinem Kopf. Vergleichbar einer Aufhellung am Himmel, dachte er. Zwar mit Schreckensvisionen durchzogen. Mit der Dauer der Fahrt jedoch trat das Schwere zurück. Fiel ab. Er begann sich leicht und frei zu fühlen, wurde gelöst; ja hin und wieder wurde er von einer unvermuteten Fröhlichkeit erreicht, da jauchzte und pfiff er auf seiner Maschine, fuhr in die Landschaft mit Tempo hinein, daß sie sich vor ihm entfaltete
SESAM ÖFFNE DICH
und hinein in die tiefe Höhle, und all das Gold verwandelte sich in Schrott, was man auch in die Hände nahm, es konnte zerbrechen, ja, dachte Flip, er mußte lernen, mit der Schuld zu leben ... manchmal fiel das weit schwerer als ein Geständnis. Doch wem hätte er bekennen sollen, wem wäre er Rechenschaft schuldig? Vielleicht Jo, dachte er. Seit dem Unfall hatte er oft an Jo denken müssen.

Er war durch die Landschaft gefahren, bis er selbst ein Teil von ihr geworden war; eine einzige Vibration mit dem Motorrad war er gewesen, im gleichen Schwingungskreis; Maschinenkörper auf dem Erdkörper. Es war so etwas, dachte Flip, wie Männerleib auf Frauenleib.

Er schaute zu dem philippinischen Mädchen hinüber. Mädchenfrau, dachte er. Ihr Haar hatte die Dichte und Schwärze von Pech.

Ein offenes Auge-und-Ohr war Flip auf der Trial gewesen, angstfrei, losgelöst: bis das Raketenarsenal ihn hatte einbrechen lassen. Am Morgen hatte er Daniel, der das Namenskreuz tragen mußte, alles erzählt. Daniel würde nichts verraten. Als stünde er unter Zwang, hatte sich Flip zum Friedhof begeben, hatte vom Zaun aus den Begräbniszug beobachtet, die Trauernden, den Pfarrer, die Witwe, und vor allem Jo. Es hatte so stark geregnet, daß er von den Ansprachen nichts hörte. Mit gesenktem Kopf stand Jo da, ihr Haar fiel vornüber und bedeckte das Gesicht, man sah die gefalteten Hände als hellen Fleck auf dem dunklen Stoff des Mantels. Dann hatte Flip das dumpfe Gemurmel des gemeinsamen Gebetes vernehmen können, ohne daß einzelne Worte zu unterscheiden gewesen wären, vielmehr ähnelten die leiernden Betstimmen den unartikulierten Lauten, die eine schwarze Tierherde von sich gibt, in die Unruhe gekommen ist. Die Regennässe hatte die Blüten und Blumen und das Kranzgrün zu einem intensiven Glanz aufgefrischt.

Flip dachte daran, Jo den Hergang des Unfalls einmal genau zu erzählen. So war das, Jo, mit deinem Vater. Er erinnerte sich an die Schulzeit, sein Klassenzimmer war neben dem von Jo gelegen. Bei einem Tanzfest könnte er Jo ansprechen. In dieser Waldkurve, würde er sagen, im Lichtwechsel. Schatten, Helle.

Du kennst ja die Straße.
Plötzlich sein Wagen
und ich...

6

Die runde Öffnung nach oben, als wollte er damit die Strahlen der Nachmittagssonne einfangen, hatte Goldfarb den Hut auf die Sitzbank gelegt, saß breitbeinig daneben, den Stock zwischen den Beinen.
Die Sonne verstrahlte eine giftige Kraft, ihr Licht war viel zu weiß, es brannte den Blumen das Regenwasser aus den Blütenkelchen und versengte sie erbarmungslos.
Goldfarb war schlechter Laune. Seine Tischnachbarinnen hatten sich gestritten. Die Zuteilung des Schlagrahms für das Dessert hatte sie erbost, ungerecht sei der Schlagrahm verteilt worden. Schlagrahm auf Dosenpfirsichen, es war zum Sich-Schütteln.
Im Kirschbaum würden sich die Früchte bald röten, und trotz der in den Baum gehängten Streifen Silberfolie würden sich die Vögel an die Kirschen heranwagen.
Früher noch, als er über Land gezogen war mit seinen Pferden, hatte er die Zeit der Kirschenernte besonders geliebt, und die Bauern hatten ihm Kirschen geschenkt. In einem Papiersack hatten sie ihm die Früchte mitgegeben, der voller roter Flecke war und tropfte, wenn er heimkam. Goldfarb war ein verläßlicher Händler gewesen. Wenn er von einem Pferd sagte, es sei ein gutes Tier, dann war es auch gut. Sehen Sie, hatte er den Bauern gesagt, mit den Zähnen ist das so eine Sache. Auf die Zähne ist kaum mehr Verlaß. Auf die Zähne besonders zu achten, sei zwar eine Bauernregel, heute würde jedoch einem Pferd, bevor es aus dem Ausland über die Grenze komme, das Gebiß heruntergeschliffen; die Polen, die Dänen, die seien ja nicht blöd. In der Küche hatte ihm die Bäuerin nach dem Kauf Kaffee angeboten, die Schnapsflasche auf den Tisch gestellt. Ein Pferd mit eingeschliffenem Gebiß, pflegte er zu sagen, ist immer ein altes Pferd. Man hatte ihm einen Papiersack mit Kirschen gefüllt.
Dieses dänische Pferd, hatte er gesagt, ist bestimmt auch

schon zwölf, aber ein eingefahrenes Wagenroß, brav, das geht bestimmt noch ein Dutzend Jahre ohne Problem.
So war man handelseinig geworden.
Wenn der Kirschbaum blüht, hatte Goldfarb zu Marilyn gesagt, ist er der schönste Baum in Europa.
Ein tierisches Jucken plagte ihn; als hätte er beide Beine in einen Ameisenhaufen gestellt, so kribbelte das. Er war versucht, sich zu kratzen, widerstand dem Drang, war es doch sinnlos, mit der elenden Kratzerei anzufangen, sie verschaffte zwar einen Augenblick lang Linderung, verschlimmerte dann aber den Zustand. Er hörte Schritte auf dem Weg, langsame Schritte. Goldfarb lehnte sich zurück, er wollte allein bleiben. Er setzte den Hut auf, begann zu gestikulieren, führte ein Wortgefecht mit einem imaginären Gegner, der Hut saß schräg; Goldfarb kifelte, mümmelte, zischte durchs Gebiß, schnalzte mit der Zunge, pfiff gellend. Frau Berner wich ihm entrüstet aus, humpelte in gebührendem Abstand vorbei. Seine Pferde pfiff er von der Koppel in den Stall und setzte den Hut wieder ab. Der war viel zu warm, dieser dicke schwarze Filz, unter dem die Glatze zu schwitzen begann, in dem sich eine feuchte Hitze sammeln konnte, daß man auf den Gedanken kam, darin tropische Pflanzen zu ziehen.
Bald würde Jo kommen.
Bald würde Goldfarb Maria Cohen wieder besuchen. Sie backte einen so feinen Gugelhupf, was ihre andauernde Fragerei nach ›damals‹ doch aufwog. Herrgott, ›damals‹, alte Geschichten: nur die Liebe bleibt ewig jung.
In Amsterdam habe man die ganze Registratur und Kartei des Einwohneramtes vernichtet, damit den Deutschen die Daten und Adressen der Juden nicht in die Hände fielen.
Und hier, fragte Maria Cohen.
Wir hatten ein Arbeitslager für jüdische Flüchtlinge, im Geißhof, sagte Goldfarb, privat organisiert, der Kanton bezahlte nichts.

Weiter.
Es gab ein Polenlager auf dem Hasenberg, sagte er.
Und?
Und ein Lager im Murimoos. Da sei es einmal zu einer Revolte gekommen, zu einer Messerstecherei mit Einheimischen. Die schätzten die Internierten nicht.
Goldfarb unterhielt sich gern mit Maria, mochte auch ihr Kind, die kleine Lina, obwohl das Kind ganz brüsk zu ihm sein konnte: Gang jetz weder hei.
Am frühen Nachmittag, als der Himmel sich aufhellte und der Regen nachgelassen hatte, war Goldfarb in den ›Hirschen‹ gegangen, hatte seinen Blasentee getrunken, eine Havanna geraucht, während die Musikbox spielte und eine junge Serviertochter Kreuzworträtsel löste. Er hatte ein zweites Glas Wasser bestellt, auch einen Nußgipfel gegessen und plötzlich Harndrang verspürt, er war hinaus ins Pissoir gegangen, hatte sich vor die Rinne gestellt und problemlos uriniert. Und während er vor dem großen Spiegel die Hände wusch, schaute ihm mit einem Mal ein Zwilling entgegen, schaute ihm aus dem Spiegel heraus in die Augen, und Goldfarb ging näher an ihn heran, sah schmale Schlitze zwischen Lidern und Säcken, ihre merkwürdige Farbe. Diese Augen gehören mir, dachte er, ich bin das Gesicht mit der erdfarbenen Nase, ich bin der Geruch, der aufsteigt aus den Achselhöhlen, ich bin der alte Mann vor dem Spiegel. Und würde der rücklings umfallen, aufschlagen, läge da wie ein gefällter Baum, tot, so würde sich niemand lange aufhalten mit ihm. Ein alter Mann wäre tot, eines natürlichen Todes gestorben. Die normalste Sache der Welt, dachte Goldfarb, ein natürlicher Tod; selbstverständlich, der Tod wäre das Natürliche für ihn. Aber weshalb sollte gerade er in einer von Künstlichkeiten strotzenden Welt das Natürliche tun? So lebe ich, hatte er gedacht vor Spiegel und Zwilling, lebe einen Tag weiter, ein Heute, das war wie gestern und die vielen Tage davor. Und danach, nahe Tage, entfernte Tage, Tage, die man verges-

sen hat, erinnerungsträchtige Tage, Tage voller Angst, Tage flüchtiger Liebe, Tage der Not, des Hasses, Tage des Versagens. Und glückliche Tage, so glücklich, daß sie nicht mit einem Namen zu belegen sind. Und Tage, an denen seine Geschichte ihm wie ein lahmender Gaul nachtrottete, das Schicksal als nassen Sandsack auf dem durchhängenden Rücken, Tage, an denen der Leib schmerzte und seine ganze feiste, fettige Masse der Seele aufzwang, diesem unsichtbaren Gewebe aus nichtfaßlichem Stoff, das ertränkt werden sollte in all dem Schmutz, den Säften, Körpersäften... Und Goldfarb hatte die Freude am Gesang eines Vogels im Garten verloren; da war die Furcht vor den Ereignissen im Krieg; da blieb die Bitternis vieler Erfahrungen – da waren der Stolz auf ein schönes Pferd; die Traurigkeit der abendlichen Dämmerung im Freiamt, hautnahes Erleben von Liebe und Glück, Leid und Schmerz. Der Ekel vor Weihrauchduft vermischt mit dem Geruch von Reinigungsmitteln in der katholischen Kirche, da waren Spaziergänge in die Erinnerungen hinein wie in vertraute Wälder. Und die plötzliche Fremdheit des eigenen Gesichts, die Übelkeit nach weinseligen Nächten, die mühseligen Jahre, da war der zärtliche Nachmittag in einem gelben Zimmer, Goldfarb hatte plötzlich grinsen müssen vor dem Spiegel, grinsen über sein vergangenes Leben, das die Erinnerung mit scharfen Messern von seinem Restleben abschnitt, damit es sich selbständig machen konnte, versehen mit neuen Organen, um sich von ihm zu entfernen, oder ihn einzuholen und einzunehmen, ganz nach Belieben. Abgeschnitten war das Vergangene, und vor dem Spiegel fügte er es grinsend wieder zusammen, verwandelte den häßlichen Zwilling im Spiegel, den Greis mit den verschwimmenden Augen (graublauschiefer) zurück in den stattlichen Mann mit ehemals dichtbraunen Haaren, grünen Augen, verwandelte den Körpersack zurück in die etwas untersetzte, jedoch stramme Gestalt eines Mannes in den mittleren

(besten) Jahren, in einen schlanken Jüngling, verliebt, etwas träumerisch wirkend, zurück in ein schreiendes Kind, ja, er schrie jetzt dem Zwilling ins Gesicht, aufhören solle er, aufhören mit seinem Grinsen. Ach, könnte man noch einmal zurück, noch einmal dieses und jenes, zurück in den Garten von damals, und die Tage werden gleich sein und verschieden, sie werden fern bleiben und gegenwärtig sein, und die Angst von damals ... ja, bald würden die Schrecken (und mit den Schrecken die Freuden) ihre Notwendigkeit, Dringlichkeit verlieren. Und er, Goldfarb, konnte nur noch grinsen und sich über das Grinsen erbosen, so vor dem Spiegel, und fällst du um, Goldfarb, sagte er sich, natürlich natürlicher Tod, und hatte im Mund mit einem Mal den bitteren Geschmack von Metall, den ganzen Mund erfüllt von Metallgeschmack, Amalgam hatte er im Mund, den ganzen Mund voller Amalgamgeschmack, und er spuckte aus.
Er hatte den ›Hirschen‹ verlassen, mit dem Stock den Verkehr in der Marktgasse aufgehalten, um die Straße überqueren zu können. Im Schuhhaus Borner hatte er eine Dose Schuhcreme gekauft und Luftballons verlangt, so viele, daß die Verkäuferin die Chefin hatte fragen müssen. Die Luftballons hatte er an den Stock gebunden, war zur Bäckerei Brumann gegangen und hatte so viele Schokoladenhalbmonde gekauft, wie er Ballons hatte. Goldfarb hatte den Weg den Bogen hinunter genommen, hatte eine junge Frau, die mit ihrem Dalmatinerhund die Kirchentreppe heraufgekommen war, sehr freundlich begrüßt; er wollte zum Kindergarten. Der Kindergarten befand sich in der Unterstadt, er erreichte ihn nach einem ausgedehnten Spaziergang. Das zweigeschossige Gebäude befand sich in unmittelbarer Nähe zu einem der historischen Befestigungstürme, war durch eine Mauer mit diesem verbunden, hatte vor sich einen einladenden Kies- und Rasenplatz mit Spieleinrichtungen und Sandkasten für die Kinder, ganz im Schatten prächtiger alter Linden gelegen.

Goldfarb gestattete sich gelegentlich einen Schulbesuch, eine Blitzvisite, wie er das nannte; er störte den Ablauf der Stunde und pfuschte der Kindergärtnerin ins Konzept. Im Spielzimmer ließ er die Luftballons los; sie stiegen zur Decke, und er freute sich über die Kinder, die nach den herabhängenden Schnüren griffen und sprangen mit einem Lärm, daß der Kindergärtnerin nichts übrigblieb, als sich mit beiden Händen die Ohren zuzuhalten. Goldfarb setzte sich auf einen Stuhl, rief die Kinder, sie umringten ihn, lachten, schwatzten, und als sie sich auf seine Aufforderung hin setzten, senkten sich die Ballons, die sie an den Schnüren hielten. So umstellten blaue, rote, grüne und gelbe Ballons Goldfarbs Hut, der selbst einem Ballon ähnelte in der bunten Runde. Goldfarb rührte den Stock, zeichnete Formen in die Luft, stieß einzelne Ballons an, nahm dann mit einer feierlichen Gebärde den Hut vom Kopf. Simsalabim, und zur Freude der Kinder zauberte er Schokoladenhalbmonde aus dem Hutrund hervor, verteilte sie. Die essenden Kinder bekamen klebrige braune Finger von der Schokolade und klebrige rote von der Konfitürefüllung der Halbmonde, die aus dem Hut gekommen waren. Machen Sie Musik, sagte Goldfarb zur Kindergärtnerin, am besten Schubert, alle Kinder mögen ihn, wissen Sie, dieser Schubert war ein Träumer und Kinderfreund. Er klopfte mit dem Stock auf den Boden, erwähnte die Unvollendete, zuckte zusammen, denn eines der Kinder hatte ihn gegen das Schienbein gestoßen. Am Schienbein plagte ihn eine offene Wunde, das hatte ganz erbärmlich geschmerzt.
Bald würde Jo kommen.
Bald würde er Maria Cohen besuchen.
Man sei stolz gewesen im Aargau, hatte er gesagt. Die Regierung war stolz, hatte er zu Maria Cohen gesagt und nochmal ein Stück Gugelhupf genommen, froh, sich der Flüchtlingsfrage ohne große Umtriebe und Unkosten entledigen zu können.
Und wenn ein Emigrant oder Flüchtling kein Geld hatte?

Mittellose, hatte Goldfarb gesagt, habe man gar nicht erst einreisen lassen. Wer aufgenommen werden wollte von der Schweiz, mußte eine Kaution leisten.

Einen Eintrittspreis?

Eine Toleranzbewilligung! So nannte das der Staat. Und der Safe der Kantonalbank enthielt Millionen solcher Gelder, meist in Gold.

Goldfarb saß im Garten. Die Kirchenglocken begannen den Abend einzuläuten, übertönten das Geschilpe der Spatzen, die auf dem Kiesweg herumhüpften. Er dachte an seine Söhne; die waren so, – die hatten ihn entmündigen lassen, ja, so habgierig wohl. Auf ihr Erbe bedacht. Doch die sollten sich noch täuschen in ihm. Mehrere Insassen des Heims spazierten im Garten oder saßen auf den Bänken. Noch vor Sonnenuntergang würde sie der blaue Schein des Fernsehers in den Aufenthaltsraum lokken. Sie gingen den Programmachern vor die Scheibe wie südwärtsziehende Vögel ihren Fängern ins Netz.

Zu Goldfarb setzte sich niemand. Der galt als ein wilder Bursche. Mit frechen Händen. Neulich hatte er einer der alten Damen in den Hintern gekniffen. Einfach so aus Spaß, hatte er Jo erklärt. Derart heftig, daß sich die Frau bei der Heimleitung beschwert und ihn der Zudringlichkeit bezichtigt hatte.

Sie jammerte so entsagungsvoll auf, sagte Goldfarb, lachte.

Meinen Sie, fragte Jo.

Es kam mir so vor, sagte Goldfarb.

Man hatte wieder einmal Gesprächsstoff. Die Damenwäsche, die Goldfarb in seinem Koffer verwahrte, geriet in den internen Klatsch. Marilyns BH bewies doch, daß er ein ausgemachter Lüstling war.

En alte Glöschteler.

Goldfarb versuchte sich zu erinnern, er bemühte sich um die Empfindung: so ein Stück Hinternfleisch einer alten Dame zwischen den alten Fingern spüren. Er vergegenwärtigte sich das Kneifgefühl. Nichts war es gewesen.

Stoff und Verpackung. Als sei sie für ewig zugeschnürt worden.
Wie ein Luftpostpaket, hatte er zu Jo gesagt, versandbereit für die ewigen Jagdgründe.
Hinter der Sitzbank Spalierzwetschgen, ein Geflecht von Ästen. Die Zwetschgen dufteten in der Reifezeit nachts so stark; überreife Früchte fielen von den Bäumen in den Kies. Ihr gelbes Fruchtfleisch, saftig, es kontrastierte zum dunklen Blau der Fruchthaut. Und die Wespen fraßen sich närrisch. Der gelbschwarze Wespenleib auf dem dunkelblauen der Frucht, das war schön. Und trunken im Garten herumschießend, wurden die Wespen von den alten Frauen mit der Zeitung totgeschlagen...
Goldfarb nahm die Brille ab, befühlte die vom Bügel rotgewordenen, aufgescheuerten Druckstellen hinter dem linken Ohr.
Dann ging er auf sein Zimmer.
Er kochte Wasser ab, bereitete sich einen Tee, setzte sich ans offene Fenster, trank schlürfend und nicht unzufrieden. Nach einiger Zeit krempelte er die Hosenbeine hoch, saß da mit weit auseinandergestellten Beinen, die mit weißen Verbänden umwickelt waren. An einigen Stellen hatte der Verband Flecken bekommen, gelbe Flecken mit braunem Rand, auch Blut war durchgekommen.
Flüchtlingsfeindlichkeit, hatte Maria Cohen gefragt.
Flüchtlingsgefahr. Von einer Flüchtlingsgefahr redete man, hatte Goldfarb erklärt, besonders die feinen Herren vom Vaterländischen Verband waren arge Hetzer.
Und die Juden?
Flüchtlinge nur aus Rassengründen wurden gar nicht anerkannt.
Es klopfte.

Ein scheußliches Wetter, begrüßte er Jo, dieses wechselhafte Wetter macht einem zu schaffen, die Beine –
Jo war zugeknöpft, blieb wortkarg. Goldfarb versuchte,

sie mit einem Spaß aufzumuntern. Die Beine, sagte er (die cheibe Scheiche), sie saften, als würden sie den Frühling nun ein letztes Mal spüren. Man hörte jetzt den Fernseher vom Aufenthaltsraum her, durchs offene Fenster kam die Stimme des Nachrichtensprechers mit einer Katastrophen-Litanei.
Vorsichtig löste Jo die Verbände, nahm die Gazebinden weg, betrachtete die nackten, offenen Beine Goldfarbs. Mit einem Streifen Verband, den sie in Borwasser tunkte, begann sie die Wunden zu reinigen. Behutsam. Goldfarb verzog keine Miene, er dachte vielleicht an seinen Freund Schubert. Aber die Unvollendete spielte einfach nicht auf in seinem Kopf. Kein Ton. Er begann, Jo von seinem Weekend mit Marilyn zu erzählen.
In Mamaroneck, sagte Goldfarb.
Im Giebelzimmer eines schloßähnlichen Hotels, sagte Jo.
Hab ich das schon erzählt, fragte Goldfarb. Wissen Sie, vor den Fenstern lagen die Wasser des Stillen Ozeans schimmernd im Abendlicht, und vom Meer her, während der Nacht, ein seltsames Pfeifen von Fischen...
Oder von UFOS, sagte Jo, sichtlich aufgeheitert.
Das Borwasser war abgetrocknet. Jo behandelte das ekzemartig verschorfte Fleisch der Wundumgebung mit weißer Schüttelmixtur. Wir probieren das einmal, meinte sie, vielleicht ist es besser als die Steroidsalbe.
Es ist das Wetter, der Umbruch, sagte Goldfarb.
Wie eine Verwesung, dachte Jo, eine Fäulnis, die vor dem Tod schon einsetzt.
Ich bin aufgewacht von dem Pfeifen.
UFOS, die Landung der Außerirdischen, Jo lachte.
Ich hatte vom Fenster aus einen grandiosen Ausblick, beobachtete im Mondenschein das Hochschnellen und Zurückfallen großer Fische; eine Art Delphine war das, ja, das waren wandernde Delphine, und es sah aus, als würde das blauschwarze Meer unter dem vollen gelben Mond kleine Sichelmonde gebären, unzählige Sichelmonde warf das Meer, so blinkten und blitzten die

springenden pfeifenden wandernden Körper auf, fortwährend.
Jo strich sorgfältig Perubalsam und Silbernitrat auf die Wundteiche. Das Bein sah aus wie von einem Op-art-Künstler bemalt. Blau, Rot, viel Weiß. Sie hörte Goldfarb zu, der seine Schmerzen wegerzählte, war zufrieden, bei ihm zu sein, hatte das Gefühl, gebraucht zu werden, nützlich zu sein, ja, ihre Arbeit hatte einen Sinn.
Und als ich zurückging ins Bett, lag Marilyn ruhig atmend da, schlafend, so schön, daß ich habe weinen müssen, und ich setzte mich aufs Bett neben sie, streichelte ihre Schultern, berührte mit den Fingern ihre Lippen, küßte ihre wunderbaren Zehen, war ergriffen von Marilyn, dieser Frau, diesem stillen Ozean der Liebe, und nun, verdammt nochmal, Jo, legen Sie den Schubert auf, laut, so laut wie es nur geht...
Goldfarb schwieg. In sich zusammengesackt saß er da, ließ Jo seine Beine verbinden. Einen Siggverband legte sie ihm an. Und vor dem Fenster war die Sonne untergegangen; zwischen den Bäumen und Sträuchern des Gartens hindurch sah Jo noch einen hellen Schein auf den obersten Stufen der Steintreppe. Die Sonne, dachte sie, geht vor jedem Fenster zu einer anderen Zeit unter, bevor sie ganz aufgenommen wird vom Horizont, vom abendlichen Wald.
Fertig, sagte sie. Stand auf, wusch sich die Hände.
Schubert, rief Goldfarb, als sei er aus einer Lethargie geweckt worden, er klopfte mit dem Stock.
Helfen Sie mir bitte, sagte er, hilf mir, den Koffer unter dem Bett hervorzuholen. Jo ging zum Bett, zog den Koffer hervor, packte auf Goldfarbs Geheiß Marilyns Sachen aus, legte dann die Schubert-Platte auf, der Baß hob an, leise zuerst. Wundervoll, schwärmte Goldfarb, eine wunderbare Frau, sie trank zum Frühstück am liebsten den Saft frischer Pfirsiche, am Morgen war ihr der amerikanische Kaffee zu stark, der Magen, Sie wissen, Jo, sie hatte einen sehr empfindlichen Magen.

Wie geht es mit der Brille, fragte Jo.
Danke, antwortete Goldfarb, der linke Bügel, er drückt noch etwas hinter dem Ohr.
Die Unvollendete rauschte durchs Zimmer, bildete ein Bollwerk gegen die Geräusche des Fernsehers, gegen die Stimmen von Kurt Felix oder Peter Alexander, denen die Alten ihre Herzen öffneten, während sie taube Ohren behielten für Schubert.
War's schlimm heute, fragte Goldfarb.
Jo nickte.
Armes Kind, sagte Goldfarb zärtlich, nahm ihre Hände – küßte ihre Hände mit seinen weichen bläulichen Lippen.
Öffnen Sie den Schrank, sagte er.
Im Schrank war ein gelber Luftballon, schwebte direkt unter dem obersten Fach, die Schnur hing herunter.
Jo lachte.
Für Sie, nimm ihn.
Doch was würden die Leute sagen? Denken? Durfte sie am Begräbnistag ihres Vaters mit einem Luftballon durch die Stadt nach Hause gehen. In Bremgarten?
Goldfarb hatte die Hosenbeine heruntergekrempelt, bot Jo einen Tee an. Sie kostete den Blasentee. Gar nicht übel. Bestimmt war Brennessel drin und Kamille, etwas bitter war der Tee, aber er schmeckte. Goldfarb nahm aus einem Fach des Koffers den Briefumschlag, in dem er Fotos von MM aufbewahrte. Von einer Aufnahme hatte er eine Postkarte anfertigen lassen. Sie zeigte Marilyn im Film NIAGARA. Allein saß sie auf einer Steinmauer vor den berühmten Wasserfällen, angelehnt an eine Säule, trug ein die Schultern freilassendes Kleid, den Ansatz der Brust zeigend, und Stöckelschuhe, deren lederne Riemen um die Fesseln gewunden waren. Goldfarb drückte mit der Ahle des Taschenmessers ein Loch in die obere Bildecke und befestigte die Schnur des Ballons an der Postkarte.
Ab die Post, sagte er. Und Schuberts Geiger spielten auf. Jo trat mit dem Ballon ans Fenster und ließ ihn in den

inzwischen graublaugefärbten Abendhimmel aufsteigen. Hoch stieg er, in rascher Fahrt, umkreist von Schwalben, die einen gebührenden Abstand einhielten. Beide schauten sie vom Fenster aus zu, wie der Ballon immer kleiner wurde, ein gelber Fleck, der am Himmel verschwamm, ein gelber, flirrender Punkt, der verschwand. Wenn er morgen niedergeht, sagte Goldfarb, hat irgend jemand eine Riesenfreude an der schönen Karte, an der tollen Marilyn.

Maria Himmelfahrt, spottete Jo.

Machen Sie keine solchen Scherze, sagte Goldfarb, das hat Marilyn nicht verdient.

Jo mußte gehen.

Bald würde er Maria Cohen wieder besuchen. Goldfarb blieb am Fenster sitzen, bis es Nacht wurde, eine helle, durchsichtige Nacht kam, voller Wehmut, ein Mantel für die fliegende Marilyn. Ach Gott, hatte er zu Maria Cohen gesagt, Gott der Juden und der Christen. Noch 1943 habe der aargauische Nationalrat und Divisionär Bircher, der Gründer des ›Vaterländischen Verbandes‹ und später des ›Bundes für Volk und Heimat‹, sich über die Flüchtlinge wörtlich so geäußert: Die 700 Pferde sind das beste, was gekommen ist.

Nein danke, hatte Goldfarb zu Maria Cohen gesagt, ich möchte keinen Gugelhupf mehr, obwohl er ausgezeichnet schmeckt, Ihr Kuchen.

7

Wie verhält sich eine Frau, die einen Mann liebt, den sie nicht lieben soll? Nicht weil eine andere Frau im Spiel ist – der Mann ist ein Priester, der keinen Körper haben darf, haben dürfte.

Lea Berger war sechsundzwanzig Jahre alt; Katholikin, wie sie selber sagte. Die Kirche, meinte sie, könne sich erneuern, gerade heute sei sie ein Hoffnungsträger für viele:

Das Freiamt ist nicht Rom.

Lea war als Sozialarbeiterin von der Gemeinde und der Kirche angestellt worden, betreute Alte, Jugendliche, in Bedrängnis geratene Menschen. Sie leitete auch die Bibliothek der Pfarrei, die sich im Haus des Pfarrhelfers befand. Zu den alten Beständen hatte sie Neuerscheinungen angeschafft, Bücher von Autoren, die hier lebten und über dieses Land schrieben. Zustandsmeldungen nannte Lea deren Arbeiten. Wo, wenn nicht in einem Buch, erfährt man, was Menschen denken und fühlen, wie sie empfinden und leben, was ihnen Angst macht, ihre Sorgen; was sie freut und worüber sie weinen. Lea las viel, eigentlich jeden Abend. Sie las am liebsten im Bett und hätte auch gern einem Mann vorgelesen. Ihre Wohnung am Eingang der Sternengasse war einfach eingerichtet. In einem Zimmer stand ein runder Holztisch mit Stühlen, die sie beim Trödler gekauft und aufgefrischt hatte. An den Wänden gerahmte Kunstdrucke von Mondrian-Bildern, die sie liebte, deren klare Farbigkeit und strenge Geometrie für sie eine Ordnung ergaben, die ihr selbst, wie sie manchmal dachte, im Leben fehlte. Lea war allein in der Stube. Sie saß in ihrem Lesestuhl, einem weichen breiten Ledersessel. Vom Sessel aus sah sie durch eine ausgehängte Tür in den zweiten und größeren Raum, ihr Schlafzimmer. Im Schlafzimmer standen ein französisches Bett und ein Schreibtisch, das Büchergestell nahm eine ganze Wand ein. Lea hatte die Schuhe ausgezogen, der Stuhl war geräumig genug, daß sie bequem mit untergeschlagenen Beinen darin sitzen und ausruhen konnte. Neben dem Stuhl hatte sie eine angebrochene Flasche Sherry stehen, in der Hand hielt sie ein gefülltes Glas.

Sie hatte mit Francis Fischer ein paarmal gegessen.

Er hatte sie zum Tanz geholt beim Fest der Pfarrgemeinde.

Das war bereits alles.

Lea war nicht ohne Erfahrungen, sie war sogar einmal verlobt gewesen. Sie hatte mit ihrem Freund eine Reise nach Spanien unternommen, und in einer finsteren Nacht, als der unaufhörlich auf das Zeltdach schlagende Regen sie nicht hatte schlafen lassen, mit einem Mal gewußt, daß der Mann, der neben ihr schlief, dieser nach Sonne und Gras riechende Mann, dessen Körper im Schlafsack aussah wie eine verschnürte Mumie, der sie zu lieben vorgab und von Heirat und Ehe redete wie von Planwirtschaft, nicht der Richtige war.

Sie bildete zwar den Mittelpunkt – jedoch nur in seinen Plänen.

In der Folge, nach der Trennung, hatte sie auch ihre Stelle als Angestellte in einem Warenhaus aufgegeben und sich gegen den Willen der Eltern entschlossen, Kurse und eine Schule zu besuchen, für ihren neuen Beruf.

Den Sherry trank sie am liebsten, wenn er nicht ganz trocken war, leicht süßlich, schwer und honiggelb. Auf dem Bett lag eine Decke, die sie selbst eingefärbt hatte, dunkelrot, und über dem grüngestrichenen Tisch hing eine Kugellampe aus weißem Glas, die in der Abenddämmerung ein Licht verbreitete, ähnlich dem Schein des Mondes auf einer Wiese.

Vielleicht würde Daniel noch kommen, um Hausaufgaben zu machen. Lea mochte den Jungen, empfand auch Mitleid für ihn. Noch war er kein ›Fall‹ für sie – und sie wollte verhindern, daß er es wurde. Sie hatte am Morgen in Zürich ein Mädchen abgeholt, das auf der Polizeiwache festgehalten wurde. Einem alten Mann hatte sie am Nachmittag zu erklären versucht, es gebe für ihn keine andere Möglichkeit mehr als die Einweisung in ein Pflegeheim. Aber sie hatte dabei auch denken müssen, dies bedeute für den Mann den baldigen Tod, klammerte er sich doch an seine Wohnung und an Bremgarten, weil sie ihm das Vergangene zu versichern schienen. Der Mann weinte, und Lea stand ebenso hilflos da wie seine erwachsenen Kinder, schämte sich der falschen Tröstungen und Beschwichtigungen, denn es war offensichtlich, daß der Mann sich am Ende seines Lebens befand. Die Kinder hatten für ihn weder Platz noch Zeit, auch erklärten sie, für die Pflege nicht genügend ausgebildet zu sein. Die Frau war dem Mann bereits weggestorben – und er wollte nun auch ins Grab. Das junge Mädchen hatte sich nach Angaben der Polizei des Landfriedensbruchs schuldig gemacht, man habe es, so ein Beamter, beim Steinewerfen erwischt und auch schon in Dealerkreisen beobachtet. Das Gesicht des Mädchens wies Spuren von Schlägen auf. Verletzungen von einem Gummiknüppel, beschwor das Mädchen. Lea hatte es in Bremgarten zum Arzt begleitet. Sie fixe nicht, deale nicht, sagte das Mädchen. Klar rauche sie Hasch. Nur müsse man deshalb ja nicht nach Zürich fahren, und was sie dort gewollt habe, sei ihre Sache. In Zürich hatte Lea an einer Hausmauer eine Spray-Inschrift gelesen, die sie nun beschäftigte:

JEDES HERZ – EINE ZEITBOMBE

Beim Lesen der Inschrift hatte sie an Francis Fischer gedacht. Jetzt bezog sie den Satz auch auf sich. Lea stand auf, ging mit dem Glas in der Hand zum Plattenspieler, legte eine Platte von Lucio Dalla auf, eine Live-Aufnahme. Die Fröhlichkeit der italienischen Musik bewegte sie: diese Lieder brauchten nicht ständig Angst zu haben, von der Wehmut eingeholt zu werden. Ja, Lea liebte Francis Fischer.

Bei aller Verliebtheit war die Stärke des Gefühls neu für

sie, die Empfindung, dieser Mann habe sie im Innersten berührt, und trotz ihrer Scheu und seiner Zurückhaltung brach immer wieder der Wunsch in ihr durch, ihn zu sehen, mit ihm zu sprechen: ihn zu berühren, zärtlich zu sein. Und da war auch der Zwang, den Wunsch zu bekämpfen. Man kann eine katholische Welt nicht einfach vergessen – ein Priester, das ist ein Unberührbarer. Auch wenn seine Haut nach Berührung schrie. Lea glaubte diese Schreie zu hören. Jedes Herz – eine Zeitbombe. Voller Sehnsucht nach zärtlicher Berührung war dieser Mann. Jedes Haar an ihm, jede Pore der Haut, jede Faser des Körpers wollte zärtlich sein. Und alles in ihm schlug um in Abwehr, so wie sich alles in Lea sträubte, einfach seine Hand zu nehmen. Als müßten sie beide warten, bis Rot und Blau zusammenfielen wie bei Magneten; die Spannung schien manchmal unerträglich zu sein. Das war kein Leben, und aus Schüchternheit sprachen sie nie darüber. Aus Angst. Wie ein Schulmädchen kam Lea sich vor, das einen Schatz hatte, und niemand wußte davon, nicht einmal er selbst. Doch Francis Fischer wußte es. Die Zeitbombe tickte. Lea war weder verklemmt noch prüde, aber sie konnte mit niemandem darüber reden. Francis müßte den Beruf aufgeben, das war ihr klar, er müßte wohl wegziehen, könnte nicht in dieser katholischen Umgebung bleiben, unmöglich. Wer diese Norm brach, würde geächtet sein.
Ein Gefüge mußte gesprengt werden, eine alte Ordnung abgebaut. Ihn einfach zu lieben – ohne Umarmung, das blieb ihr unvorstellbar, wäre Lüge und Verrat am Körper, am Leben. Sie war nicht geschaffen für ein körperloses Leben. Eine Frau. Voller Verlangen. Wie er ein Mann war.
Jedes Herz – eine Zeitbombe.
Es hatte sie auch schon gerührt, daß er ein Mann von sechsunddreißig Jahren war und wahrscheinlich noch nie mit einer Frau geschlafen hatte. Dann empfand sie eine behutsame Zärtlichkeit für ihn.

Vor ein paar Tagen, als sie frei hatte, war Lea nach Zürich gefahren, hatte ganz plötzlich den Wunsch verspürt, neue, feine Wäsche zu kaufen, und sich beim Gedanken ertappt, bei der Vorstellung, schön sein zu wollen für ihn: Francis Fischer. Sie hatte die Hälfte des Sherry getrunken. Das Zimmer wurde erfüllt von einem abendlich blauen Licht, es nahm den Gegenständen Kontur weg und Schwere. Das Fenster blieb ein hellerer Fleck. Lea verspürte Lust, barfuß auf dem Teppich zu tanzen, sich zu bewegen nach der fröhlichen Musik Dallas, allein, unbeschwert, doch sie blieb sitzen, reglos, befangen.

Damals, als sie ausgebrochen war aus Büroberuf und Verlobung, war es eine Befreiung gewesen. Das Entsetzen ihres beleidigten Freundes hatte sie kaum berührt, wenig bekümmert. Sie wollte weg von ihm, als hätte sie sich in seiner Umarmung erkältet. Ja, eine Erlösung war es gewesen, sie hatte sich befreit von seiner Verplanung. Da ihre Eltern sich weigerten, Lea bei ihrer weiteren Ausbildung zu unterstützen, hatte sie neben der Schule noch arbeiten müssen. Als Aushilfe im Spital. Nachtdienst hatte sie geleistet in der Gebärabteilung, als Helferin der Hebamme. Das Wimmern und Schreien der Gebärenden. Wie die Ärzte mit ihnen umgingen; sie beeinflußten den natürlichen Gang der Geburt nach eigenem Gutdünken. Nach ihrer Willkür beschleunigten sie, wenn sie ein Kind noch vor Dienstschluß auf die Welt gebracht haben wollten. Schnitten dem Kind mit der Schere den Weg frei, den es meist auch selbst geschafft hätte. Und die verlegen hilflosen Ehemänner. Die Frauen in chemischer Absenz gehalten. Doch wenn das Kind kam, war es jedesmal ein Ereignis. Ein Haarbüschel drängte durch den Muttermund, rutschte heraus mit einem Schwall Blut: ein pelziger, talgverschmierter kleiner Mensch, der schrie und schrie. Die Hebamme nabelte ab. Lea mußte das Kind waschen und absaugen, ihm Tropfen in die Augen geben, während der Arzt die Schnitt- und Rißwunden vernähte, und die Hebamme die ausgestoßene Plazenta wegtrug, ihr Eigentum, und in den Kühlschrank legte, damit sie frischbleiben und tiefgekühlt sein würde, wenn der Beauftragte der Kosmetikfirma Helena Rubinstein vorbeikam, um die in Plastiksäcke abgepackten Mutterkuchen abzuholen und bar zu bezahlen: vier Franken pro Stück – in die Tasche der Hebamme.

Doch Lea hatte in der Gebärabteilung Angst bekommen, plötzlich eine furchtbare Angst davor, selbst einmal so gebären zu müssen; sie hatte nachts von den Geburten geträumt, von sich windenden, aufbäumenden Frauen, von deren Wimmern und Stöhnen, von den Schreien, wenn der Schmerz sie zerriß, sobald der Arzt sie an den Wehentropf hängte. Am Wehentropf hing sie in ihren Träumen, sie fühlte, daß ihr der Schweiß aus dem Körper getrieben wurde, vernahm die Stimme des Arztes, der sagte, man müsse schneiden, fühlte die Schere, hörte das satte Geräusch, das entsteht, wenn ein fingerdickes Stück Muskelfleisch mit der Schere durchgetrennt wird. Sie war mit Bauchkrämpfen aus diesen Träumen aufgewacht.

Nein, Lea hätte kein Kind gebären wollen, so nicht.

Die Platte war gelaufen, zum zweiten Mal. Das Blau vor dem Fenster war gewichen, das Blau im Zimmer auch. Grauer Dämmer verwischte alles unterschiedlos. Ein wenig war Lea der Sherry zu Kopf gestiegen und in die Beine gefahren.

Mit Francis würde sie gern ein Kind haben. Mit einem anderen Mann hatte sie es sich nicht vorstellen können.

Ihr Verlobter hatte das eingeplant: Bub – Mädchen. Abstand zwei Jahre. So wäre das am besten. Man kann ja alles berechnen. Alle vier Jahre ein neues Auto, das ist am rentabelsten. Das eigene Haus mit dreißig.

Schöne Aussichten.

Eine gute Partie, hatte ihre Mutter gesagt, was gibt es Besseres als Familie und Kinder, was gibt es Schöneres?

Als wäre Lea ein Muttertier.

Jedes Herz – eine Zeitbombe.

Eigenheim und Auto, Ferien am Meer, Einkommen, Sicherheit:
Francis Fischer dachte bestimmt nicht so. Doch Francis Fischer war ein katholischer Priester.
Lea stand auf, sie wollte zu Bett gehen, ermüdet vom langen Tag, schwergeworden vom Sherry, träge. Und traurig war sie auch. Fort, dachte sie mit einem Mal, sie wünschte sich weit fort.
Francis hatte ihr einmal von seinem Bruder erzählt. Der dachte daran, den Bauernhof zu verkaufen und auszuwandern nach Kanada. Bauer sein in Kanada. Lea konnte sich das gut vorstellen. Von der Enge in die Weite. Mit Francis. Francis besaß doch die kräftigen Hände eines Bauern. Neu beginnen. Nochmals neu anfangen: sie würde die Umstellung schaffen. Ja, in Kanada würde sich niemand um ihr Vorleben kümmern, dort wäre das egal.

Die farbigen Rechtecke auf Mondrians Gemälden bildeten vollkommene Ordnungen, und wenn das Licht wechselte, wechselten sie die Bezugsfelder, ohne an Gewicht zu verlieren. Manchmal beneidete Lea Mondrian ... unbeirrt mußte er der eigenen Vision vertraut haben. Ohne auf das Wort anderer zu hören, hatte er wohl seine Ideen umgesetzt in Bilder. Er war so fest er selbst gewesen, stellte sie sich vor, daß ihn nichts hatte beeinträchtigen oder beeinflussen können. Darum waren ihm diese Kompositionen gelungen, Gemälde, in die sie sich vertiefte wie ein Kind in sein Spiel ...
Sie zog sich aus, ließ die Kleider achtlos zu Boden fallen. Sie würde gern nackt schlafen ... aber allein im Bett war es kalt, und man fror...

Eine Empfindung –

diese unerhörte Sehnsucht nach dem Unverbrauchten.

8

Er sei im Grunde ein verschlossener Mensch, dachte er, ging durch die beleuchteten Straßen der nächtlichen Stadt, die Hände in den Hosentaschen, stockte vor der Türnische, in der manchmal ein Offizier stand und die heimkehrenden Rekruten beobachtete, dachte, beim Rauchen im Freien habe man eigentlich nicht viel Genuß, behielt die Pfeife trotzdem im Mund, da sie noch brannte.

Was man nicht alles aus Gewohnheit unternimmt, dachte Hans Villiger, und in der Sternengasse, über deren schachtelartiger Enge ein schmaler Streifen Himmel zu erblicken war, fielen ihm die verschlossenen Haustüren auf, abweisende dunkle Flächen, alles war zugesperrt, Haus für Haus zugesperrt, als gäbe es nur Diebe und Eindringlinge in der Stadt. Doch Hans Villiger dachte an die stillen Momente, in denen sich unverhofft eine Tür auftat und man für einen Augenblick glaubte, in sein eigenes Leben hineinzusehen, vielleicht auf einer Wanderung, wenn sich nach einer Wegbiegung ein unbekannter Ausblick eröffnete. Und Innen und Außen, sie fielen in eins zusammen, bevor man sich dessen bewußt wurde und ansetzen konnte zu einer Begehung, ja bevor man die Kopflandschaft und das grüne Tal begehen konnte, war alles vorbei; aber man hatte erkannt, daß dort etwas gewesen wäre ... stärker als der Tod.

Der plötzliche Tod des Bruders hatte ihm zugesetzt, mehr, als er sich das selbst eingestehen wollte und nach außen hin zu erkennen gab. Er war verlegen, eine Scheu, eine vielleicht stolze Scheu war immer da als Hemmung. Es fiel ihm schwer, über sich selbst nachzudenken, und es war Hans Villiger beinah unmöglich, von sich zu sprechen. Er beneidete Menschen, die diese Fähigkeit besaßen. Ihm blieb das versagt, obwohl er sich oft angeschlagen fühlte, verwundet, schutzlos. Er hatte sich jedoch ein Stück weit damit abgefunden, ein Leben in Einzelhaft zu führen: verdammt, nicht aus der Haut zu können.

Du verkriechst dich in dein Arbeitszimmer, warf Maria ihm vor.

Ja, er legte Pfeifenqualm um sich herum, dicke Schwaden, hinter denen einer erstickte: er.

Ein Bruder stirbt, und man trägt ihn zu Grabe, und ein Stück weit ist man selbst dieser Bruder gewesen.

Er ging die Sternengasse hinauf, aus mehreren Wirtschaften kam Lärm. Musik aus den Automaten. Unter dem Schein der Straßenbeleuchtung sah man deutlich, wie sauber der gepflasterte Boden war, und die Reihe der Rathausgebäude war in den letzten Jahren auch länger geworden, Haus um Haus war von der Verwaltung in Besitz genommen worden. Den Brunnen vor dem Restaurant ›Stadtkeller‹ hatte das Bauamt versetzt (er behinderte den Verkehr), Fische schwammen auch keine mehr darin. In die Torecke hinein hatte man den Brunnen verschoben, näher zur ›Kratzistäge‹ gedrängt. Hinter dem offenen Torbogen, wo früher ein Bauer Stall und Scheune besaß, waren die Gebäude renoviert und umgebaut worden; wo früher eine Zeitlang ein Jugendtreff gewesen war (›Folk Fairport‹), gab es nun eine Arztpraxis, Büros und teure Wohnungen. Hans Villiger stieg die Treppe hinunter, ging am Altersheim vorbei, dem stattlichen behäbigen Bau in der weiten Gartenanlage, der ohne ein erhelltes Fenster ganz in die Dunkelheit eingefügt schien. Und so wie sich das Geräusch des aus der Röhre in den Brunnen plätschernden Wassers allmählich verlor, nahm das Rauschen der Reuß zu, der er sich näherte. Früher war im Heim eine Dienstbotenschule untergebracht, es war ein Haus voll junger Mädchen gewesen, die am Morgen in Zweierkolonne zur Messe gingen, in Begleitung von Nonnen.

Hans Villiger erreichte den an der Reuß entlangführenden Weg, der ein Stück weit über dem ehemaligen, nun zugedeckten ›Kanal‹ angelegt war. Manchmal, wenn er hier spazierenging, mußte er an den Kampf denken, den ein geflüchteter Untersuchungshäftling mit einem Polizisten geführt hatte. Ineinanderverschlungen waren die Kämpfenden in den Kanal gestürzt, und im Handgemenge hatte der Polizist den Häftling zusammengeschlagen. Mit Handschellen gefesselt, triefendnaß, so hatte der Polizist den Entwichenen, vorbei an den vielen Gaffern, zurück zum Gericht geführt, denn auf dem Weg zur Verhandlung war der Häftling entwichen. Beide Männer hatten blutverschmierte Gesichter, zerrissene Kleider. Hans Villiger erinnerte sich daran, mit welcher Selbstverständlichkeit alle Zuschauer, auch er, Partei für den Polizisten ergriffen hatten ... vor fünfundzwanzig Jahren.

An der Reuß keine Beleuchtungen, er sah das schimmernde Wasser an manchen Stellen fast als eine Bedrohung an. Er hätte immer gern ein nächtliches Bad genommen, wäre gern nachts im Fluß geschwommen. Doch er hatte Angst vor den schwarzen, gurgelnden und unberechenbaren Wassern, war überhaupt ein furchtsamer Mensch. Es roch nach Fisch und nach Schlamm, es roch nach angeschwemmtem Erdreich. Hier und dort ein Rascheln im Laub der Uferböschung.

Hans Villiger bemerkte eine Bewegung im Unterholz der steilen, zur Zürcherstraße hinaufsteigenden Böschung. Zuoberst auf der Kuppe erkannte er das ›Schlößli‹, ebenfalls im Dunkel liegend. Rechts die Böschung, links der Fluß, es gäbe kein Ausweichen, dachte Hans Villiger. Entfernt, über dem Flußgrund, wo er ging, erstrahlten am Mutschellenpaß Lichter. Eine Lichterflut, bestehend aus Fenstern, Außenbeleuchtungen. Ganze Lichterketten und Lichtnester wie Sternhaufen, durchkreuzt von den Scheinwerfern der Autos, erhellten Paß und Berg, ein falscher Himmel war das, während das Licht des Mondes durch den feinen Hochnebel drängte, der sich am Abend gebildet hatte.

Manchmal erwachte Hans Villiger mitten in der Nacht, hatte Angst vor dem Sterben, spürte einen Schmerz und Stich im Herzen, als hätte jemand einen eisernen Bolzen hineingetrieben. Er schwitzte, lag reglos vor Furcht, deprimiert; und im ohnehin dunklen Zimmer überfiel ihn zusätzlich eine innere Schwärze. Er fröstelte und hatte doch ganz warm, während Maria neben ihm schlief, ruhig atmend schlief sie mit ihren Träumen, vielleicht gräßlichen Träumen im Kopf, dachte er. Auf dem Rükken lag sie, einen Arm auf dem Leintuch, eine Hand auf dem Bauch, die Beine leicht geöffnet. Allein lag er dann, vermochte sich auch nicht in sie hineinzuversetzen – so wie sie seine Angst nicht bemerkte. Diese Lebensangst. Wenn er neben ihr wach lag, dachte er mitunter daran, letztlich sei jeder allein mit seinen Schreckensvisionen, mit Befürchtungen und dem bohrenden Schmerz, jeder blieb allein in seiner Einsamkeit, aus der es kein Entrinnen gab. Darum vielleicht knirschten manche im Schlaf mit den Zähnen. Darum vielleicht ereigneten sich diese plötzlichen Momente, wo der Körper einen anderen Körper suchte, ganz schnell, gierig, mit allen Sinnen, Haut und Haar, besinnungslos, wenn man zusammenstrebte zu einer Umarmung, bei der sich jeder eng an den anderen klammerte, als böte sein Leib ihm Halt.
Oder Hans Villiger stand auf in solchen Nächten, setzte sich in sein Arbeitszimmer, begann Manuskripte zu sichten, rauchte, las, ergänzte, bereitete sich heißen Tee, schrieb um, arbeitete an neuen Passagen, vertiefte sich in die vergangenen Ereignisse der Geschichte, um der Gegenwart zu entrinnen – die allerdings gerade von der Geschichte fortwährend wieder eingeholt wurde, überflügelt. Er machte sich an seinen Manuskripten zu schaffen mit der Besessenheit eines Gefangenen, der die Chance wittert und wahrnehmen möchte, über eine aus Wörtern gezimmerte Brücke für die Zeit von ein paar Sätzen, aus der Engnis seiner Zelle ins Freie zu entkommen: und damit hinaus aus sich selbst.

So dachte er auch während des nächtlichen Spaziergangs der Reuß entlang an seine ›Zeit zwischen den Kriegen‹, die ihn beschäftigte, und vom Tod ablenkte – und vom Leben fernhielt, in dieser finsteren Nacht, die allmählich aufzuhellen begann, denn mehr und mehr glückte es dem Mondlicht, die Nebelschleier zu durchkämmen und die dahinziehenden Wasser der Reuß in einem milden Abglanz aufscheinen zu lassen, es war schön zu beobachten, wie nahtlos sich die Elemente verbanden...

War Hitler in Aarau? Diese Frage beschäftigte Hans Villiger, er sah seine Karteikarten vor sich, die angefertigten Notizen, er überlegte im Gehen; die Pfeife war erloschen, er hatte sie in die Tasche gesteckt.

1924 – vorweihnachtliche Tage. Der aargauische Arzt und Oberstleutnant Bircher, Begründer des ›Vaterländischen Verbands‹, stürzt sich, sekundiert von Freunden, auf einen aus der Session kommenden Nationalrat, beschimpft ihn als Lügner und Schuft und bedroht ihn tätlich.

Im Vorfeld ist der Bundesanwaltschaft die Mitteilung zugegangen, der Aarauer Bircher sei an der Vorbereitung des Hitlerputsches in München beteiligt gewesen und unterhalte auch Verbindungen mit österreichischen Kaiserjägern, die den Anschluß Tirols an Deutschland mit Hilfe eines bewaffneten Aufstands planten.

Die Handgreiflichkeiten auf dem Bundesplatz bilden den Höhepunkt einer Auseinandersetzung, die im Zusammenhang mit der Behauptung steht, Bircher habe Adolf Hitler vor dessen Münchner Putsch in Aarau empfangen und die deutschen Nationalsozialisten mit Ratschlägen und Geld unterstützt.

Bircher wird einvernommen: Er habe ›Hitler nie gesehen und persönlich nie mit ihm verkehrt‹. Hitler habe ihm zwar geschrieben, doch habe er nicht geantwortet. Bircher streitet nicht ab, Beziehungen zu gewissen Kreisen in Tirol zu pflegen, ›aber nur, um Auskünfte über die

Bürgerwehren zu erlangen, mit deren Einrichtung in der Schweiz er sich befasse‹.

Bircher fordert, der Bundesrat möge eine Untersuchung einleiten, und bezeichnet die gegen ihn gerichteten Anschuldigungen als ›die Gesinnung herabsetzende, die Ehre verletzende‹ Vorwürfe; er meint, man sei ihm Aufklärung schon deshalb schuldig, weil er ›freiwillig, ohne je etwas dafür zu verlangen, seit dem Generalstreik 1918 mit privaten Mitteln einen umfassenden politischen Nachrichtendienst organisiert und geleitet habe, dessen Material restlos der Bundesanwaltschaft zur Verfügung gestellt wurde‹.

In einem geheimen Protokoll des Bundesrates steht der Vermerk: Die Mediziner sagen von ihm (Bircher), er sei ein guter Offizier, und die Offiziere, er sei ein guter Mediziner und Chirurg. In der Presse wird er als ein ›Aarauer Theater-Napoleon‹ bezeichnet, und das Polizeidepartement vermerkt wörtlich, es sei nicht zu leugnen, ›daß die – sagen wir geniale – Veranlagung Dr. Birchers ihn leicht über das normale Durchschnittsdenken und Handeln hinaus zu führen vermag und ihm wohl auch die Absteckung des völkerrechtlich Erlaubten und Gebotenen erschwert‹. Immerhin wird es Bircher noch schaffen, Nationalrat zu werden und Divisionär, er, der starke Mann und selbsternannte Subversivenjäger, der die ›Basler Nationalzeitung‹, die seine Hitler-Affäre aufgebauscht hat, in einem Privatbrief als ›Saujudenblatt‹ bezeichnet.

Im Nationalrat hat der Basler Schneider, dem Bircher in der erwähnten Szene an die Gurgel will, gefragt, ob die Untersuchung nicht ergeben habe, die ›Vaterländische Vereinigung‹ und die deutsche nationalsozialistische Arbeiterpartei würden beabsichtigen, eine lose Arbeitsgemeinschaft zum Kampf gegen den Bolschewismus und Marxismus zu bilden?

In einem amtlichen Münchner Bericht hatte Hans Villiger gelesen, Adolf Hitler habe sich 1923 in Zürich aufgehal-

ten; in der Absicht, Unterredungen zu führen, steigt er im ›Hotel St. Gotthard‹ ab, und bald findet in der Villa Schönberg, dem Wohnsitz von Ulrich Wille (Sohn des Generals) eine größere Zusammenkunft statt. Verbindungsmann soll der Aarauer Hektor Ammann gewesen sein, der Hitler von seinen im Auftrag der Bürgerwehren ausgeführten Erkundigungsreisen persönlich kannte. Im ›Bräuhauskeller‹ hat er anläßlich einer Veranstaltung der NSDAP den Führer kennengelernt und mit ihm lange über die Schweiz gesprochen.
Der Herausgeber der ›Schweizerischen Monatshefte für Politik und Kultur‹, Oehler, nimmt in Zürich Kontakt mit Hitler auf. Angeblich nur aus journalistischen Interessen. Doch der Volksbund, dessen Organ die ›Monatshefte‹ sind, sympathisiert stark mit den antisemitischen und alldeutschen Bestrebungen.
Hitler referiert in der Villa Schönberg vor ungefähr vierzig Personen, die sich aus Kreisen der Wirtschaft, Industrie, des Volksbundes und des Vaterländischen Verbandes zusammensetzen. Als Resultat verbucht der Führer namhafte Geldunterstützung.

Hans Villiger hatte sich auf eine Bank gesetzt, begann die Pfeife zu stopfen, sorgfältig und langsam. In seinem Rücken befand sich die mit Bäumen bestandene, steile Böschung, in der sich nun ein Stein löste und mit einem Rascheln abrutschte. Vor ihm zog der Fluß dahin. Er liebte ihn, er ging jeden Tag an den Fluß, und wenn die Arbeit ihn daran hinderte, war er nervös und gereizt. Den Fluß und die Bäume am Ufer liebte er. Der Fluß war im Prinzip ein ewig Reisender. Er netzte die Wurzeln der Bäume. Die Bäume klammerten sich an die Erde, verankerten ihre Wurzeln im Boden. Sie blieben immer hier. Ihr Prinzip war dem des Flusses entgegengesetzt. Und er liebte die mächtigen Findlinge im Fluß. Sie schienen unbeweglich zu sein, unbewegbar, waren aber hergetragen worden. Wie so ein Stein kam er sich manchmal vor

... konnte nicht fließen, hatte keine Wurzeln: aber genügend eigenes Gewicht, um eine Zeitlang zu bleiben. Der Fluß erzählte unaufhörlich. Man verstand ihn, oder man verstand ihn nicht. René hatte nachts die Fenster geschlossen, weil das Rauschen ihn störte.
Nachts, wenn Hans Villiger nicht schlafen konnte, ging er manchmal in das Zimmer seines Kindes und schaute, wie es schlief. Der Hüter seines Schlafs zu sein – das war ein übergroßer Wunsch.
Mit einem Mal erschrak er. Vor sich im Fluß nahm er eine Bewegung, einen mächtigen schwarzen Körper wahr. Der schwamm ans Ufer und stieg aus dem Wasser. Ein großer schwarzer Hund stieg aus dem Wasser und schüttelte sich an Land, daß man das Klirren des Halsbandes hörte. Und ein Mann kam des Wegs.

Ein Stück weit gingen Hans Villiger und Pablo gemeinsam. Der tropfende Hund folgte ihnen. Pablo lud Hans Villiger ein, noch zu ihm nach Hause zu kommen. Auf ein Bier.
Im Atelier machte er das Licht an, eine Neonröhre, die einen kalten Schein auf die Gegenstände warf. Einen heftigeren Kontrast zur samtenen, weichen Nacht hätte Hans Villiger sich nicht vorstellen können. Es war ihm, als risse ihn das Licht, eine kalte Lichtdusche, aus seinen Überlegungen und vorgestellten Bildern heraus – zurück in die Wirklichkeit. Sie redeten wenig. Auf dem Tisch lagen Malutensilien. Unter dem Tisch streckte sich der große schwarze Hund aus. Es roch aufdringlich nach Fluß und Hund und Terpentin.
Der Hund schwimmt für sein Leben gern, sagte Pablo, öffnete zwei Bierflaschen. Der Hund gähnte unter dem Tisch, aus seinem Fell sickerte Wasser in den Teppich.

Als Hans Villiger nach Hause ging, schwankte er ein wenig. Die Straße zog sich hin, und er ging allein durch

die Nacht. Am Himmel hatte sich der Hochnebel verflüchtigt, und man sah den Mond.
Während Hans Villiger ging, fiel ihm ein Lied ein, das er früher in der Schule hatte singen müssen. Und er schritt aus. Kein schöner Land in dieser Zeit. Und fühlte sich trotz des Biers nicht in der Lage, die Melodie auch nur zu summen. Es war, als hätte man ihm die Stimmbänder durchgeschnitten. Als hier das unsre weit und breit. Auf der Straße war kein Verkehr. Wo wir uns finden wohl unter Linden. Die Linden waren abgeholzt worden, als man die Straße verbreitert hatte. Zur Abendzeit. Er hatte keine Furcht in der Nacht. Es war gut zu gehen, und ein zweites Lied begann ihn zu beschäftigen, ein Song von einer Platte, die er häufig hörte beim Arbeiten ... schreiben. Nein. Er würde das Arbeitszimmer jetzt nicht aufsuchen, es gab dort nichts mehr zu tun.
Der Song war von den Talking Heads. Er würde nach seinem Kind sehen, es sorgsam berühren mit der Hand, vielleicht mit dem Zeigefinger seine Wange streifen, um seinen Schlaf nicht zu stören, und er würde sich zu Maria legen, mit der er doch gern zusammenlebte. Memories can't wait. Und er hegte die Hoffnung, sich mit allem einmal zu versöhnen. Do you remember anyone here. Sogar mit sich selbst. No, you don't remember anything at all. Man möchte ja ein glücklicher Mensch sein ...
I'm sleeping, I'm flat on my back
never woke up, had no regrets –
Er beschäftige sich zur Zeit mit Bruegel, hatte Pablo gesagt. Auf der Staffelei stand die Reproduktion eines Gemäldes, das Bruegel 1565 gemalt hatte. Er habe das Bild in Wien einmal gesehen, sagte Pablo, es habe ihn glatt umgehauen. Das Gemälde beeindruckte auch Hans. Beim Anblick der darauf dräuenden Wolken hatte er an den Regen heute morgen denken müssen. Das schwärzliche Gewölk auf dem Bild ließ die schneebedeckten Felszacken eines Gebirges wie im Eigenlicht schimmern. Vielleicht ist es das Licht des heutigen Nachmittags

gewesen, dachte Hans Villiger. Im stürmischen Wellengang eines Flusses brachen kleine (klein gemalte) Schiffe auseinander. Auf den ersten Blick hatte Hans die Katastrophe gar nicht wahrgenommen. Eine Gruppe kahler Bäume vergitterte im Vordergrund das Bild und gab ihm Halt. Strohgedeckte Häuser eines Dorfes standen zusammengedrängt im Tal. Bauern waren dabei, Weidenschößlinge zu beschneiden... Auch auf diesem Gemälde, hatte Pablo gesagt, sei die Landschaft aus verschiedenen Perspektiven gesehen, und vielleicht auch weil seine alles umfassende Düsternis das Auseinanderfallen der Komposition verhindere, habe es Bruegel ›Der düstere Tag‹ genannt...

Kornernte

I

Der Herbst kommt schnell – kommt mitten im Sommer, wenn man die zu früh herabgefallenen Blätter entdeckt, die hier und dort schon liegen, und zuerst an eine Erkrankung der Bäume denkt...

Ende Juli hat das angefangen. Im August leuchten die ersten roten Äpfel in den Bäumen, im Spalier reifen die Zwetschgen, aber in die sommerliche Entfaltung ist auch ein Geruch gewoben, dieser frühherbstliche Geruch, der einem keine Zweifel mehr läßt.

Kartoffeln werden ausgegraben.

Man erntet das Korn.

Der September ist da, und das Septemberlicht, und die kühlen Morgen an der Reuß sind da, die Nebel, und im Ufergebüsch schimmern feuchte Spinnweben auf.

Im Garten blühen die Dahlien.

Daniel saß in der Schule. Was der Lehrer über afrikanische Nomaden erzählte, interessierte ihn kaum: ein Stamm, erklärte der Lehrer, lebe fast ausschließlich von seinen Rindern, man trinke ihre Milch, zapfe den Rindern täglich Blut ab am Hals, trinke Blut, vermische Blut und Milch zu einem Kuchen; man wasche sich mit dem Urin der Tiere...

Daniel hatte Angst. Angst vor der nächsten Stunde. Der letzten am heutigen Samstag. Was sollte er mit Nomaden; er schaute aus dem Fenster auf den Schulhausplatz, wo Schausteller ihre Buden aufgebaut hatten; von der Höhe des dritten Stockes aus sah er auf die vom grünen Ring der Platanen umrahmten, bunten Zeltdächer hinunter, in deren Mitte die Säule des ›Haut den Lukas‹ stand. Letzte Vorbereitungen wurden getroffen, einzelne Rufe ertönten und ein paar Hammerschläge fielen in die Stille, die, so erschien es Daniel, vor Erwartung zitterte, denn am Nachmittag sollte das Freiamt-Fest beginnen, und er

hoffte, sein Bruder Flip würde ihn nach Wohlen zur Vorstellung der Hell Drivers mitnehmen.
Dann holte ihn die Angst wieder ein. Er fürchtete die nächste Stunde, die angekündigte Prüfung, er hatte Angst vor der unausweichlichen schlechten Note, und bald würde es Herbstzeugnisse geben, Angst … ja, diese Sache mit dem Passé simple hatte er überhaupt nicht begriffen: und aus Afrika kam nun auch die Stimme des Lehrers herüber, die ganze Klasse begann laut zu lachen, und Daniel hatte keine Ahnung, warum.

Er hatte sich auf die Prüfung nicht einmal vorbereitet. Am Vorabend war er, wie immer am Freitag, beim Training der Fußballer gewesen und hatte den anderen die Autogrammkarte von Rummenigge gezeigt. Daniel war in den Kopfballübungen stark gewesen, hatte beim abschließenden Lauf um den Sportplatz ohne Mühe mithalten können. Doch nach dem Duschen auf dem Heimweg war die Angst gekommen, und Daniel hatte lange auf Lea gewartet, aber Lea hatte ihn anscheinend vergessen. Um halb zehn Uhr war er in die Wohnung hinaufgegangen, müde, und zu Hause war keiner gewesen. Daniel hatte zwei Alubeutel CAPRI SUN getrunken. Aus dem Tiefkühlfach hatte er ein Farmsteak genommen und es aus der Vakuumverpackung geschnitten. Er hatte es mit Butter in der Pfanne gebraten. Er aß das gern, diese Mischung aus Rindfleisch und Sojamehl. Mit Brot schmeckte ihm das. Es war in der Küche drückend warm gewesen, die Wärme des Tages hatte sich gestaut im geschlossenen Raum. Auf der Tischfläche ein paar klebrige Ringe, jemand hatte Gläser stehengelassen. Eine Fliege summte laut und herrisch, setzte sich auf den Tisch, und Daniel wollte sie überraschen, begann plötzlich heftig auf sie herabzublasen, und der starke Luftdruck hinderte sie daran wegzustarten. Weiterpustend näherte er sich der Fliege mit dem Mund, sog sie blitzschnell ein und spie sie gleich wieder aus. Wehrlos lag sie

mit verklebten Flügeln im Speichel, und Daniel hatte sie getötet. Er räumte das Geschirr ab, stellte es in das Spülbecken. Im Kühlschrank entdeckte er Joghurt, eine Familienpackung. Er nahm sie heraus, riß den Deckel auf, begann langsam zu essen. Essend hatte er sich in sein Zimmer begeben, sich auf das Bett gesetzt. Dabei war ihm die Prüfung wieder eingefallen, und er wollte das Grammatikbuch holen, aber er war in Flips Zimmer gegangen und hatte nachgeschaut, ob das neue PENTHOUSE schon da sei. Es lag auf Flips Nachttisch. Daniel hatte das Heft durchgesehen, und wie jedesmal konnte man an der entscheidenden Stelle nichts erkennen.
Danach hatte er in der Stube am G 7000 STAR WAR gespielt, dabei Joghurt gelöffelt, STAR WAR, als es klingelte und die Tür aufgeschlossen wurde. Zwei Männer brachten die Mutter nach Hause. Sie war betrunken. Und sie blutete an der Stirn. Die Männer hatten sich rasch verabschiedet, und er rückte der Mutter am Küchentisch einen Stuhl zurecht. Die Mutter stank. Nach Bier und Rauch und Schweiß. Sie hatte einen stieren und abweisenden Blick. Die Beine fielen ihr auseinander, so daß er zwischen den Knien sah, wie sich weiter oben das Fleisch ihrer Oberschenkel berührte. Dort war es naß, auch der Rock hatte einen nassen Fleck. Daniel setzte Wasser auf, machte für die Mutter Kaffee. Er ging zu ihr hin, sagte nichts, schaute nach der Wunde. Mutter schwieg. Eine ähnliche Verletzung hatte er einmal gesehen, als im Training der Torhüter mit dem Kopf an den Pfosten geprallt war. Der Trainer hatte das Blut mit einem Gazestreifen abgestillt und die Stirn mit warmem Wasser gereinigt. Daniel machte das auch. Die Mutter hielt ruhig. Der Trainer hatte die Wunde desinfiziert. Daniel holte im Schrank Merfen. Er träufelte es in die Wunde. Mutter schien empfindungslos zu sein. Er klebte ein Pflaster über die längliche Schramme, sagte, es sei nicht so schlimm. Nun stand die Mutter auf. Daniel hatte ihre Hände berührt, die ganz kalt waren. Sie ging zum WC,

langsam, unsicher, stützte sich überall auf. Daniel hatte bemerkt, daß ihr Rock auch hinten ganz naß war. Er hatte zuhören müssen, wie sie sich hinter der geschlossenen Tür übergab, hörte ein fürchterliches Würgen, bevor sich ein Schwall in die Schüssel ergoß.
Daniel füllte Kaffee in die Tasse, wartete.
Blaß war die Mutter, sie trank jedoch. Kalt war sie, und sie zitterte, und als es ihr besser zu gehen schien, hatte sie zu weinen begonnen.
Später hatte Daniel sie ins Zimmer begleitet. Es roch dort muffig, diese gräßlichen Silberfischchen schlüpften aus den Ritzen. Die beiden Betten füllten beinah den ganzen Raum. Im großen Spiegel über der Kommode wurde das Elend noch verdoppelt. Er hatte der Mutter geholfen, die Schuhe abzustreifen, sie hatte den nassen Rock abgelegt. Der widerliche Geruch von Bier, ja die Nässe war von Bier, als hätte ihr jemand Bier unter den Rock geschüttet. Sie zog den Pullover aus, legte sich hin, fröstelte, war so verloren und zusammengesunken. Er hatte sie zugedeckt.
Daniel hatte das Licht ausgelöscht und war in die Küche gegangen, er hatte Joghurt gegessen... Und der Lehrer schaltete den Projektor aus, das Surren erstarb mit einem Mal, und Daniel erinnerte sich an keines der Bilder, er hörte das Rauschen der Platanen durchs offene Schulzimmerfenster, denn draußen ging ein leichter Wind, es gab kaum Wolken am Himmel, und die Blätter der Platanen flimmerten hell, zwischen den Kronen sah man das Astwerk und die Stämme aufscheinen. Die Bäume stießen bereits Rinde ab, so daß einzelne Stellen schimmerten in einem kräftigen Gelb.
Daniel sah wieder die Prüfung vor sich – er begann sich wie ein Elfmeterschütze zu fühlen, der mit vernichtender Sicherheit weiß, daß er am Tor vorbeischießen würde.
Die Pausenglocke läutete, die Schüler packten die Hefte ein, der Lehrer schob seine Bücher in eine Mappe, Stühle wurden gerückt. Vom Gang her erste Pausengeräusche.

Überall öffneten sich Türen, Schüler drängten aus den Zimmern. Lärmen. Rennen im Gang. Schon verkeilten sich zwei Jungen im Kampf. Die anderen bildeten den Zuschauerring. Der Französischlehrer strebte mit geradem Rücken dem Lehrerzimmer zu. Aus dem roch es nach Kaffee und Zigaretten. Doch für Daniel brachte die Pause keine Erleichterung, und der Anblick des Lehrers, der sich seiner so sicher zu sein schien, hatte ihn geschockt. Die Pause war nur ein Aufschub. Der Lehrer war ins Lehrerzimmer gegangen, um die Prüfungshefte zu holen.

Angst

Immer wieder zermürbende Angst. Vor der Schule, den Prüfungen. Selbst zu Hause Angst. Wohnungsangst. Angst vor den Rückfällen der Mutter, ihrem Trinken. Angst vor dem unberechenbaren Vater. Schauer liefen über Daniels Rücken. Er klemmte die Mappe unter den Arm, lief die breiten Treppen hinab, als gelte es einem Verfolger zu entkommen. Er stieß die schwere Schulhaustür auf. Lief einfach davon.

Zu Hause warf er die Schulmappe auf sein noch ungemachtes Bett. Es war ruhig in der Wohnung. Alle hatten am Samstag frei; sie waren gar nicht heimgekommen ... oder bereits wieder weg. Der Vater stand auch am Wochenende früh auf, ging meist in den ›Löwen‹, er war dort Stammgast vor einem ewigen Bier, wie er selber sagte. Mutter würde ausschlafen. In der Nacht hatte sie noch mehrmals aufstehen müssen. Daniel hatte sie auf dem WC gehört. Und Flip war bestimmt auch schon weggefahren.

Daniel fühlte sich erlöst – der Hinrichtung entkommen. Er nahm seinen POPEYE-Mini-Computer aus der Schublade und verließ die Wohnung. Im Samstagsverkehr mußte er lange warten, bis er die Straße überqueren konnte. Er lief die Kirchentreppe hinab, ging vorbei am

Haus des Pfarrhelfers und vorbei am Altersheim zur Reuß. Er wollte in den Chesselwald. Nach einer kurzen Wegstrecke erreichte er die Brücke, die eigentlich ein Steg war, unter dem die Abwässer in dicken Rohren zur Kläranlage flossen. Daniel stampfte über die hölzernen Tritte und brachte so die schmale, zwischen Eisenstreben aufgehängte Brücke zu einem deutlich wahrnehmbaren Schwingen.

Er ging durch den Wald, abseits vom Weg. Zweige brachen, Laub raschelte, er scheuchte Vögel auf, sah Käfer auf Farnen, beobachtete eine Kröte bei ihrem reglosen Futterfang. Daniel liebte den Wald. Helles Licht unter den Buchen, dunkleres unter den Tannen. Unter Laubbäumen ging er auf trockenem, unter Nadelhölzern auf feuchtem Grund. Daniel hatte den Weg abgekürzt, befand sich wieder in der Nähe der Schotterstraße, nicht weit entfernt von der Kläranlage, wo, ein paar Schritte vom Weg zurückversetzt, sein Lieblingsbaum stand: ein alter Ahorn.

Er kletterte auf den Baum, setzte sich in eine bequeme Astgabel, saß im lichten Laub der weitverzweigten Äste, hatte Ausblick auf die Schotterstraße und die Kläranlage, wo in einem erhöhten, halbrunden Gefäß eine Flamme brannte. Er sah auch auf den Fluß, durchs Gezweig sah er die Reuß, während die anderen über der Französischprüfung brüteten. Sein Platz war leer, niemand wußte, wo er sich aufhielt, er hatte nicht einmal Vera ein Zeichen gegeben. Dabei betrachtete er Vera als seinen Schatz. Sie ging zwar in der Pause gern ins Mädchen-WC, um eine zu paffen, und sie schminkte sich die Lippen. Etwas zickig fand er sie schon. Aber sie sah super aus, ja sie war ein prima Mädchen.

Die Angst war gewichen. Seit er sich im Wald aufhielt, fühlte er sich besser – seit er im Ahorn saß, war alles gut. Keine Angst haben. Daniel versuchte sich das immer neu einzureden. Eiskalt. Das war das Wort. Ausgekocht und eiskalt müßte er sein, wie ein Fußball-Profi.

Es roch nach frischen Blättern. Daniel suchte den Zufluchts-Baum manchmal auf; wenn alles nicht mehr auszuhalten war, kletterte er auf den alten Ahorn, der ihn schützte. Ob er Vera den Baum einmal zeigen sollte? Ob sie wohl mitkäme, hinaufklettern würde und eine Zigarette paffte in der Astgabel?
Daniel spielte mit dem POPEYE-Mini-Computer. Das Gerät sah aus wie eine Zigarillo-Dose mit einem Bildschirm von der Größe einer Streichholzschachtel. Links und rechts zwei rote Tasten. In der Mitte stand Popeye in einem Boot. Vom Land her warf ihm ein Mann Gegenstände zu (Flaschen, Dosen, Ananas). An Land lauerte auch ein Feind. Der versuchte Popeye mit dem Hammer niederzuschlagen. Daniel drückte Game A. Der Mann begann, Dosen zu werfen, langsam zuerst, bald schneller. Dosen und jetzt Flaschen und Dosen und Ananas. In einem unberechenbaren Takt und unterschiedlich schnell fielen die Gegenstände auf Popeye herab. Daniel steuerte ihn mit den roten Tasten, damit er den Proviant in die Hände bekam. Da tauchte der Feind mit dem Hammer auf. Daniel ließ Popeye geschickt ausweichen, fing eine Dose, eine Ananas, eine Flasche. Punkt, Punkt, sammelte Punkte, bis der Feind Popeye ins Wasser hieb. Am oberen Rand leuchtete das MISS-Zeichen auf, begleitet von einem Ton. Auch wenn ein Gegenstand ins Wasser fiel, meldete das der Computer mit Zeichen und Ton. Und wieder fing Popeye geschickt eine Flasche, Dose, Dose, Flasche, und der Hammer schlug ihn zum zweiten Mal k.o. Und weiter tickten Gegenstände herab: Ananas, Ananas, Flasche, Dose...
Daniel war zufrieden.
Es ging auf den Mittag zu. Über den Wipfeln stritten sich eine Elster und eine Krähe. Die Krähe schlug der Elster einen Krallenfuß in die Schwingen, daß sie beinah abstürzte und sich laut schreiend entfernte. MISS. Nach dem dritten Niederschlag war ein Spiel zu Ende. 189 Punkte. Daniel blickte auf die Schotterstraße, die sich bei

der Kläranlage verzweigte. Geradeaus führte ein Weg weiter der Reuß entlang, links ab bog die Straße sich dem Munitionsdepot entgegen, bevor sie den Wald Richtung Fohlenweide verließ. Der Wald rauschte eintönig, es war angenehm kühl. Das Geplätscher der Reuß, Vogelstimmen, im Ahorn tickte wieder der POPEYE-Computer. Daniel hatte Game B eingeschaltet, nun wurde der arme Popeye noch von einem zweiten Gegner belauert, der nur darauf aus war, ihn mit der geballten Faust ins Wasser zu schlagen. Die Flaschen waren immer links, die Ananas in der Mitte, die Dosen rechts aufzufangen. Warf das Männchen sie einzeln, gelang es leicht; wirbelten sie unregelmäßig durcheinander, erforderte das schnelle Reaktion. Und der Hammer, die Faust. MISS. Daniel spielte verbissen, achtete auf die begleitenden Tonzeichen des Computers, da da ta tac ta da tac, schnalzte er mit der Zunge mit, fing fing, tauchte unter der Faust weg, left, entfloh dem Hammer, right, der schlug schlug Flasche Ananas Dose, und vernahm plötzlich ein Geräusch, ein Knirschen von der Schotterstraße her, auf der ein Soldat mit dem Rad gefahren kam. Er trug den tarnfarbenen Kampfanzug, hatte Gewehr und ein Funkgerät umgehängt, fuhr langsam auf dem schwarzen Militärfahrrad über die holprige Straße, pfiff selbstvergessen eine Melodie aus der Hit-Parade. Daniel verspürte Lust, dem Soldaten auf den Helm zu spucken. Der Soldat, ein Rekrut, schob Wache. Über das Wochenende, wenn die Rekruten in Urlaub fuhren, absolvierte eine Wache alle zwei Stunden eine Kontrollrunde, mit scharfer Munition im Magazin. Im Chesselwald befanden sich ein Übungsplatz, der Fahrzeugpark und das Munitionsdepot...

Daniel spielte weiter, hielt nach einem MISS (der Hammer) inne und bemerkte, wie knapp unter seinen Füßen eine Spinne die in ihr Netz geratene Fliege mit Fäden umwickelte. Ja, er würde Vera auffordern, auf den Baum zu kommen. Mit ihr POPEYE spielen; man saß auch zu zweit bequem in der Astgabel. Nah beisammen. Er würde sie berühren; versteckt im Laub des Ahorns würde er Vera küssen. Oder Vera am Nachmittag anrufen, sie einladen, fragen, ob sie ihn nach Wohlen begleite – zur Vorstellung der Hell Drivers. Mit Autos sprangen die Typen von einer Schanze aus über brennende Ölfässer. Die Chevrolets rasten, seitlich geneigt, auf nur zwei Rädern, über eine Rampe. Daniel hatte in letzter Zeit bei mehreren Beerdigungen das Kreuz vorausgetragen und eine ansehnliche Summe Geld gespart. Er konnte es sich leisten, Vera einzuladen. Ich werde später Profi, müßte er ihr dann klarmachen, darum paffe ich nicht, aber es stört mich nicht bei dir...

Daniel konzentrierte sich. Game A: er wollte den Rekord schaffen. Glückte ihm der Rekord, würde Vera ja sagen. Der Mini-Computer war ein GAME & WATCH. Daniel drückte nach dem dritten scharfen MISS-Ton, nachdem Popeye erneut ins Wasser gesackt war (die Faust), auf die TIME-Taste. PM 12:10 – die Französischprüfung war vorbei, und er hatte den Rekord noch nicht annähernd geschafft.

Game B

Und wieder ein fremdes Geräusch. Diesmal weicher, von einem fahrenden Auto. Ein roter Opel Rekord fuhr über die Schotterstraße zur Kläranlage. Dort befand sich am Samstag wohl niemand; im umzäunten Gelände, auf einem schmalen Grünstreifen, grasten ein paar Schafe. Der Opel hielt jedoch nicht an, er bog links ab, verschwand. Keine Geräusche mehr, nur Blätterrauschen, Vögel, die Reuß.

Game B, Daniel konnte sich nicht konzentrieren. Eiskalt, dachte er, wie ein ausgekochter Profi

seelenruhig

die Spinne zu seinen Füßen hatte die Fliege vollständig mit Fäden eingesponnen, hockte auf ihr, sog sie aus. Ta dada tac Dose Dose Faust 127 128 Flasche. Ein weicher Knall, kein Schuß, ein Knall ohne Schärfe, wie ihn leichte Sprengsätze erzeugen. Kam schräg von vorn. Von der

Art Teppichklopfer auf Teppich, nur stärker, lauter. Daniel hielt sich am Baum fest, als könnte er fallen. Er kannte den Wald; der Knall war aus der Richtung des Übungsplatzes gekommen, vom Munitionslager. Er schob den POPEYE ins Hemd, kletterte vom Baum, rannte über den Weg, lief die Reuß entlang um die Kläranlage herum, getarnt, gedeckt von der Flußböschung, dem Buschwerk. Von hinten her, über eine Erderhebung, die ihm Schutz bieten würde, wollte er zum Übungsplatz gelangen, wo er in die Laufgänge und Schützengräben steigen konnte, und sich so vorwagen, bis zum Munitionsdepot.

Er keuchte, bahnte sich einen Weg, Haselzweige schlugen ihm ins Gesicht, Weiden versperrten den Durchgang. Er erreichte den Erdwall, lichteres Gehölz, weichen Moosboden, sprang in einen langen Schützengraben, blieb am Boden gekauert, verschnaufte, hatte Herzklopfen. Der Grabenboden war feucht, kühl, er roch nach Erde und Verwesung, Zigarettenstummel lagen herum, eingetreten in den lehmigen Grund. Es war dämmrig und eng, fast dunkel so am Boden, und Daniel wünschte sich eine Finsternis herbei, wünschte, es möge unverzüglich Nacht werden, damit ihn niemand entdecke. Über den Rand des Grabens hinausspähend, sah er zwei Männer. Sie hatten die Tür des Munitionsdepots gesprengt, trugen kleine schwarze Kisten zu dem Opel. Daniel hatte sich dem Auto bis auf ein paar Meter genähert, befand sich jetzt am Ende des Grabens. Im Opel, am Innenspiegel aufgehängt, sah er einen Talisman, eine Superman-Figur. Mit ausgebreiteten Armen hing Superman da, fast wie Jesus Christus, nur ohne Kreuz. Der eine der Männer war großgewachsen, etwas dick, hatte einen dunklen Vollbart, den anderen Mann glaubte er auch schon gesehen zu haben. Noch immer luden die Männer schwarze Kisten ein. Daniel zog sich in den Schutz des Grabens zurück, warf sich in einem Anfall panischer Angst heftig auf den Boden. Da begann ein – ta ta dada tac – der

Popeye begann zu ticken. Er tickte und tickte. Unermeßlich laut lärmte dieser blöde Computer. Daniel griff ins Hemd, umschloß das Gerät mit der Faust, barg es unter sich, preßte es auf den Boden.

MISS

MISS

MISS

Endlich. Daniel hatte sich schon häufig auf dem Übungsplatz aufgehalten. Es machte ihm Spaß, an schulfreien Nachmittagen zuzuschauen, wie die Rekruten übten. Sie mußten durch die Gräben laufen, Granaten werfen, mit dem Sturmgewehr in Stellung gehen ... und wenn sie Pause hatten, standen sie mit schmutzigen Gesichtern und Händen um einen großen Teekessel herum und redeten, oder waren ganz still. Fix und fertig waren die manchmal. Und fluchten dann, weil sie die Lippen immer und immer wieder verbrannten an den heißen Alu-Bechern. Daniel bekam meistens auch Tee. Dazu Militärbiskuits, die er gern aß. Man gab ihm Geld und schickte ihn Zigaretten holen. Wenn er Zigaretten holte mit dem Fahrrad, bekam er Trinkgeld oder Konserven, ›gestampfter Jude‹, so wurde das Fleisch in der Dose von den Soldaten genannt. Es schmeckte. Daniel wußte genau, was die schwarzen Kisten enthielten. Handgranaten. Scharfe HG 43 ...

2

Francis Fischer hatte ein Gummiboot gekauft. Es war schön, sich auf der sommerlichen Reuß schaukeln und treiben zu lassen, rücklings im Boot liegend, den Himmel im Blick. Er hatte Lea eingeladen, mit ihm eine Reußfahrt zu machen, heute, am ersten Samstag im September.
Sie hatten in den vergangenen Wochen mehrmals miteinander gesprochen. Gute unverkrampfte Gespräche waren das gewesen, nachdem Lea ihn eine Zeitlang gemieden hatte.
Du bist Priester, hatte sie gesagt, seine Hand berührt.
Francis war Priester, aber er liebte auch diese Frau...

Das Boot war nicht schwer. Francis konnte es bequem tragen. Er hatte eine Sommerhose angezogen und ein T-Shirt. Er würde sich um halb zwölf mit Lea beim Hexenturm treffen. Dort war das Ufer kiesig und flach, die Reuß glitt sacht dahin, die Stelle war gut geeignet als Anlegeplatz.
Warten, das fiel ihm nicht leicht. Es war jedoch zu früh, um schon zu gehen. Vorfreude. Sie machte Francis einigermaßen nervös. Und die Beklemmung, ein dumpfes Empfinden, das er zu verdrängen suchte. Es störte – es zerstörte, und er wollte sich auf die Reußfahrt freuen wie jeder Mann, der mit einer Frau, die er liebt, eine Verabredung getroffen hat.
Heute morgen, während der Messe, war es ihm fast unmöglich gewesen, die liturgischen Handlungen vorzunehmen, es war, als ob er nicht mehr beten könnte, also auch nicht mehr glauben.
Francis Fischer schloß das Haus ab, nahm das Boot auf, das er bereits in den Garten gelegt hatte, ging.
In der Schodolergasse liefen ihm ein paar Kinder entgegen, grüßten den Pfarrhelfer, der ein Boot trug, Paddel,

eine Plastiktasche, in Sandalen ging, ohne Socken, und eine weiße Leinenmütze aufgesetzt hatte. Es waren Kinder, die er unterrichtete, und hätte er jetzt Pfirsiche bei sich gehabt, hätte er sie ihnen geschenkt. Ja, vielleicht brachte Lea Pfirsiche mit, sie hatte sich angeboten, für Proviant zu sorgen.
Die Häuser der Reußgasse lagen im Sonnenlicht, und durch eine Lücke in der Reihe, wo die Papierfabrik abgebrannt war, sah man den Fluß. Die Straße war wenig belebt, zwei, drei Alte auf einer Bank, ein Mädchen sprang Seil. Küchengerüche und Geräusche von Hantierungen mit Geschirr. Aus einem Fenster Brutzeln und der Duft von bratendem Fleisch. Geranienstöcke auf Simsen, geparkte Autos vor Hauseingängen; ein Lastwagen, der eine Hofeinfahrt versperrte, vor dem Kühler im Staub badende Spatzen.

Im Schatten des Hexenturms, der als dunkler Streifen über den Uferplatz fiel, blieb Fischer stehen, legte das Gummiboot ab. Er zog Sandalen und Sommerhose aus, prüfte mit dem Fuß, ob das Boot auch genügend aufgepumpt war, wippte auf dem weich nachgebenden Schlauch, sah seine Beinmuskeln, die sich spannten, lösten, und bei der das Warten überbrückenden Tätigkeit fiel es ihm ein, daß Schnitt und Modell seiner Badehose wohl schon längst veraltet waren; vielleicht sollte er sich einmal eine neue besorgen. Da hörte er Lea, ihre Stimme hörte er, die ihn begrüßte. Er stand auf dem mit Kieseln übersäten Platz, und als er den Schatten verließ, schien sein T-Shirt gleich die Sonne einzufangen; der Schirm der Mütze aber ließ sein Gesicht beschattet, als müßte die Freude verborgen bleiben. Francis ging auf Lea zu, ja, seine Badehose war tatsächlich aus der Mode, wer trug denn heute noch solche Shorts. Und hell, seine Beine waren so unsportlich weiß, dachte Fischer, blaß im Vergleich mit den dunkel gebräunten Beinen von Lea. Sie stand bei dem wilden Apfelbaum, der hinter dem Kies-

platz in einem Flecken Gras wuchs, hatte die Tasche mit dem Proviant auf eine Sitzbank gestellt.
Lea war schön.
Sie trug einen Sommerrock, der ihre Schönheit betonte, zeigte, wie schön ihr Körper war. Und Sandaletten, daß man die roten Zehennägel sah. Ihre Sonnenbrille hatte große, sehr dunkle Gläser. Francis gab Lea die Hand. Sie nahm die Brille ab. Ihre Augen, so schien es ihm, waren voller Fröhlichkeit, Freude drückten sie aus, wie der Klang der Stimme.

Gemeinsam schoben sie das Boot in die Reuß, standen bis zu den Knien im Wasser, das angenehm lau war, spürten die Kiesel an den Füßen und zwischen den Kieseln den Sand. Sie beluden das Boot, stiegen ein, stießen ab ... und nur noch der Fluß war da, seine stete, gleichförmige Bewegung, die sich auf den Körper übertrug. Über dem Fluß der Himmel. Dazwischen Uferzonen. Einzelne Häuser, Hügelgrün, Wiesland. Keine Menschen – nur sie beide. Im geräumigen Boot. Francis steuerte so, daß sich das Boot in der Mitte der Reuß hielt. Lea saß vorn im Bug. Im Bikini. Sie hatte die Beine von sich gestreckt, die Arme über die Seiten gelegt, daß eine Hand das Wasser streifte. Francis hatte das T-Shirt ausgezogen, fühlte den Wind am Körper. Die Mütze behielt er auf, obwohl die Sonne nicht mehr so herabbrannte wie im August; stechend heiß konnte sie doch noch sein, nachmittags. Sie redeten wenig.
Wärme der Sonne, Wärme des Bootes, Wärme der Haut. Das Licht flirrte. Das grüne tiefe Wasser spielte um Leas Hand. Oder war es blau? Es ist jetzt flaschengrün, dachte sie, zog die Hand aus dem Wasser, ließ die Tropfen auf die Beine rieseln.
Ein paar Wildgänse überquerten den Fluß. Francis gefielen die Vögel mit den langgestreckten Hälsen; in der Formation einer Fliegerstaffel zogen sie dahin, und er erinnerte sich, in der Zeitung gelesen zu haben, mit

einem Pfeil in der Brust sei eine Wildgans zu einem Haus geflogen, man habe ihr das Geschoß herausnehmen können ... Weit entfernt verschwanden die Vögel im intensiven Blau des Himmels, als würde eine schwache Farbe in einer starken Farbe aufgelöst. Mückenschwärme über dem Wasser. Der Wind sommermatt in den Bäumen. Vorbeigleitende Ufer. Die weit über das Wasser hinausragenden Weiden, so tief, als wollten die Blätter vom Wasser gestreichelt werden.

Alles, was Francis Fischer bedrängte, hatte er auf dem Anlegeplatz zurückgelassen. Dort sei ihm unbemerkt, scherzte er, ein Stein vom Herzen gefallen. Er lachte, meinte noch, oft bringe er das, was ihn wirklich betreffe und ihm schwerfalle, in der Form eines Scherzes vor: auch die Befürchtungen ... die Angst vor dem Gerede der Leute.

Jetzt war nur der Fluß wirklich – wirklich der Himmel über dem Fluß: wirklich sie beide, dazwischen. Das Gummiboot trieb ruhig dahin. Man hörte von fernher das Rauschen des Wehrs, und bald verstärkte sich die Strömung, ein Sog entstand: die Wasser liefen auf das Wehr zu, den Abgrund.

Es kam ein Tosen von dort her.

Lea ergriff das zweite Paddel und kniete sich neben Francis. Gemeinsam ruderten sie, stemmten die Oberschenkel gegeneinander, die Hüften, in der Bemühung, das Boot in Position zu bringen für die Fahrt über das Wehr. Der Sog war stark, das Rauschen nah, schnell glitt ihr Boot fort. Die erste Woge. Mit dem Bug voran schnellte es über den Wehrbalken, tauchte ein in die Strudel und Wellen, wurde hochgeworfen, bäumte sich auf, daß Wasser über Lea und Francis stäubte, Gischt auf sie herabsprühte. Von einem Wirbel erfaßt kreiselte das Boot um die eigene Achse, und sie hatten Mühe, es wieder in Fahrtrichtung zu stellen ... nach dem Wehr glätteten sich die Wellen, das Rauschen verebbte, still schwamm das Gummiboot im Fluß: ein roter Fleck.

Rechts erblickten sie das ›Schlößli‹, fuhren in eine Flußbiegung hinein, sahen die Uferböschung und den Sporn im Schatten, und nach der Biegung auf der anderen Seite den Wald, der besonnt war. Leicht und langsam trieben sie flußabwärts. Das war gut.

Mit gelben Birnen hänget
Und voll mit wilden Rosen
Das Land in den See

Francis dachte an das Gedicht von Hölderlin, rezitierte für Lea die erste Strophe, so gehoben fühlte er sich, fröhlich und voll Lebenslust, befreit, so schön war alles: ja wild – und friedlich erschien ihm der Tag.
Lea saß neben ihm im Heck des Bootes, so wurde der Bug ein wenig aus dem Wasser gehoben. Von der Schußfahrt waren sie naß geworden, aber die Wasserspritzer auf der Haut trockneten schnell. Francis rieb Lea mit Sonnenöl ein. Rieb ihr die Schultern ein, den Rücken, massierte das Öl mit den Händen in die warme braune Haut. Zärtlich strich er mit den Fingern die Mulde zwischen Nacken und Schultern aus. Erfühlte sie mit den Händen – Fühler waren die Hände. Ruhten in der Körperkuhle. Und er beugte das Gesicht zu dieser Rundung herab, so daß er die Haut roch, Leas Haut. Er spürte, wie sein Atem anstieß an den Poren – die Hautporen öffneten sich dem Atem. Die Lippen legte er auf diese glatte Haut, ein wenig nach Sonnenöl schmeckte sie, und salzig. Ja, sein Mund war ausgetrocknet, aber ganz feucht waren die Lippen, als Francis Lea küßte, sogar etwas ungestüm küßte in die Mulde zwischen Nacken und Schulter … und er hörte eine Musik. Vernahm Musik, die näherkam, immer näher. Ein Aufspielen von Handorgel und Klarinette, bis er aufschreckte – oder war Lea zurückgeschreckt. Von hinten her näherte sich dem steuerlos treibenden Gummiboot ein Schiff. Ein Weidling, in dem Menschen saßen, Männer und Frauen, in weißen Hem-

den, weißen Blusen, eine rote Nelke im Knopfloch, einen kleinen Strauß in der Hand, manche in Trachten, mit geschmückten Hüten. Der Weidling war mit Blumengirlanden bekränzt, die Blüten wurden manchmal ins Wasser getaucht. Auch vorn im Bug war ein prächtiger Blumenstrauß befestigt. Die Musikanten saßen inmitten der Leute. Dem ersten Weidling folgte ein zweiter von gleicher Art und Besatzung, ihm ein dritter, ebenso in vollem Blumenschmuck, mit fröhlichen, singenden, nun Francis und Lea zuwinkenden Menschen. Vorn und hinten in jedem Weidling stand breitbeinig ein Ruderer in blauer Hose und rotem, ärmellosen Leibchen. In der Mitte des zweiten Weidlings saß eine Braut im langen weißen Kleid, dessen Fülle die Breite des Schiffes einnahm, und der seidenartige Stoff glänzte im Sonnenlicht. Astern, frühe Astern, und Rosen hatte sich die Braut ins Haar geflochten. Handorgel und Klarinette erklangen, und deutlich war der Gesang der Hochzeitsgesellschaft zu hören

Kein schöner Land in dieser Zeit
Als hier das unsre weit und breit

sangen sie und zogen vorüber. In schneller Fahrt hatte der erste Weidling das Gummiboot überholt. Francis und Lea saßen nebeneinander, winkten nun auch, und beide waren sie versucht, das Lied mitzusingen, das über dem Fluß erklang und über den Weidlingen, und die Worte verloren sich im Wasser, im Himmel, und ein Lachen war zu hören, noch eine Handorgel, Klarinette, der mittlere Weidling mit der schönen fremden Braut fuhr nah am Gummiboot vorbei: sie hatte einen Strauß Rosen und Astern in den Händen, hatte aus dem Strauß eine dunkelgelbe Aster gelöst, um sie Lea zuzuwerfen, warf sie aus dem Weidling herüber ins Gummiboot, wo sie zu Boden fiel, dalag, etwas verloren und einzeln, aus dem Strauß gepflückt, verschenkt, mit dem langen Stiel, dem üppigen Blütenkopf und den weichen Blättern. Lea hob die Blume auf. Wollte der Braut mit einem Zuruf danken. Doch der Weidling war bereits vorbei, die Musik entfernte sich, verwehte – und näher kam der Gesang aus dem letzten Weidling, in allen drei Schiffen spielten Musikanten, sangen die Männer und Frauen. Und da waren der Tonfall des Wassers und die Tonstufen des Himmels, lautere, blaue Klänge, auch ein sirrendes Pfeifen machte sich bemerkbar, Reibungslaute in der Luft, von den Wildgänsen herrührend, die wieder zurückflogen, als wären sie am aufgesuchten Ort vertrieben worden –

oder alles lief rückwärts, wollte zurück, doch was spielte das für eine Rolle, nichts veränderte sich in der Umkehrung, ein Fluß, das blieb die Reuß, ein sich durch den Wald schlängelnder Strom, sich Bahn verschaffend in einer Umgebung von Liebe und Tod.

Rechter Hand lagen die Felder von Eggenwil. Vor ein paar Tagen hatte Francis Fischer seinem Bruder auf den Kartoffeläckern geholfen, hatte sich dabei an die Zeit erinnert, als man die Kartoffeln noch mit der Hacke aus dem Boden grub, während sein Bruder ein pflugähnliches Gerät hinter den Traktor spannte und sie damit freilegte. An die Mutter erinnerte er sich: einen alten Rock hatte sie angezogen, eine graue Schürze umgebunden. An die festen klobigen Schuhe erinnerte er sich, die sie zur Feldarbeit trug, und an das Weiß der Beine zwischen Schuhen und Rocksaum. Gebückt und von hinten sah er sie, zwischen den bloßen Beinen manchmal ihr gerötetes Gesicht. Das Kopftuch. Sie hatte sich aufgerichtet und mit den Händen ins Kreuz gefaßt, behielt die Hacke in der Armbeuge. Die grob gewobenen Säcke. Die trockene Erde, die seine Haut an den Händen spröde gemacht hatte. Nach der Arbeit ein Stück Brot, ein Riegel Schokolade. Der Krug mit einem Gemisch von Lindenblütentee und Pfefferminz. Am Ackerrand die abholbereiten

Säcke. Der Vater, der sie mit stumpfer Kraftanstrengung auf den Wagen ruckte. Neben dem Pferd der Kessel mit glühenden Kohlestücken, auf die er Grünzeug hatte legen müssen, damit der entstehende Rauch die Bremsen vom Pferd fernhielt. Einem verkommenen Weihwassergefäß ähnelte der Kessel. Der Feierabend. Mutter. Auf dem Heimweg erzählte sie Geschichten von Heiligen und Märtyrern. Die hatten sich für ihren Glauben wilden Tieren vorwerfen lassen... Blut, er hatte Blut aus abgerissenen Körperteilen schießen sehen, hatte als ›großer Bub‹ auch die Hacke der Mutter auf der Schulter getragen, während sie frei neben ihm ausschritt ... und blutrot verglomm die Sonne, starb nach dem Gleichnis der Mutter ihren täglichen Märtyrertod für die Sünden der Menschheit, und Abendrot stieg aus ihrem Grab heraus, Abendrot erfüllte den Himmel als ein Zeichen –
wieder war ein Tag erlöst.

Draußen im Wasser entdeckte Francis einen toten Fisch. In einer Flußwindung wurden sie gegen das Ufer zugetrieben. Feuchter Grund. Schilfbestand. Ein sumpfiges Gelände, aus dessen Nährboden Schwärme von Insekten auf sie zustürzten.

Und nochmals, in Ufernähe, ein Fisch bauchoben. Francis erinnerte sich, einmal gelesen zu haben, nur tote Fische würden schwimmen mit dem Strom.

Mit dem Fluß ziehen bis zum Meer. Wenigstens reußabwärts gleiten, bis der Fluß in die Aare mündete und mit der Aare weiterströmte in den Rhein.

Es müßte schön sein mit Francis, dachte Lea. Sie legte ihre Hand auf seine Schulter. Einmal, hatte sich Lea ausgedacht, würde sie das Quellgebiet der Reuß aufsuchen. Und dann dem Lauf des Flusses folgen, aus unberührter Natur mit dem Fluß in die Zivilisation hinuntersteigen, eine grausame Reise aus dem Unversehrten in die Zerstörung wäre das wohl, ein Hinabschreiten von der Bergwiese mit der stillen Quelle ins verwüstete Unterland. Der klare Fluß, das klare Wasser, Tiere, Pflanzen, das erste Zeichen des Menschen: vielleicht eine zertretene Cola-Dose zwischen Steinbrocken. Der erste Mensch, die erste Maschine, bald Maschinen und Autos, ein Kraftwerk, Brücken, Fabrikanlagen, Dorf und Stadt, die erste Flußkorrektur, die Reuß im Betonkanal ... doch hier, als sich Lea und Francis im Gummiboot flußab schaukeln ließen, begann sich die Landschaft mit einem Mal zu öffnen, kraftvoll im Versuch, das Paradies neu zu erschaffen. Bereits in einiger Entfernung vom Gnadenthal, wo sich ein Pflege- und Altersheim befand, weitete sich der Talgrund aus, wurde offener, frei. Es gab Inseln im Fluß, ruhige, baumbestandene Inseln. Das unterschiedliche Grün von Erlen und Weiden. Das dichte Grün der Buschhecken. Ein Schwarm Wasservögel: das Schillergrün der Stockenten. Vor den gartenähnlichen Inseln die kahlen Rücken der Sandbänke und aus dem Wasser ragenden Steinblöcke. Wegen der Inseln im Fluß und der Verbreiterung des Tals veränderte sich auch der Lauf des Wassers. Schnelle Stromadern wechselten mit trägen Wassern ab, auf seichte Stellen folgten Tiefen, und darin schwamm das rote Gummiboot.

Francis und Lea knieten erneut nebeneinander, steuerten auf eine der Inseln zu. Sie war kreisrund, und ein einziger mächtiger Baum stand darauf. Die Anfahrt führte durch eine Untiefe, sie berührten mit dem Paddel den Flußgrund. Vor der Insel ragte ein gewaltiger Felsklotz aus dem Wasser. Hinter der Insel, am Ufer, das vielleicht einen Steinwurf weit zurücklag, erhob sich eine steile Böschung mit Wald. Böschung und Wald waren geteilt, gespalten vom Lauf eines Bachs, formten ein Tobel. Am Ausgang des Tobels schoß der Bach schäumend in die Reuß.

Sie erreichten die Insel. Francis stieg aus dem Boot, watete ein paar Schritte im seichten Wasser, das angenehm kühl war, sank plötzlich ein bis zur Brust. Er schleppte das Boot hinter sich her, bis es auflief auf Sand. Sie waren allein auf der Insel.

Zuerst legten sie ihre Sachen, den Proviant, die Kleider, auch das Gummiboot in den Schatten des Baums, liefen dann zum Fluß zurück, sprangen ins Wasser. Sie schwammen um die Insel herum, was an einigen Stellen, wo der Fluß Kraft hatte und Zug, gar nicht so einfach war. Sie berührten einander im Wasser. Francis umschlang Lea, tauchte mit ihr unter. Unter dem Wasserspiegel schien alles ohne Gewicht, die Berührung leicht. Das Wasser war durchsichtig und bläulich, durchflutet von der Sonne. Francis gab Lea frei. Sie schwamm weg. Durch die Wasserlinse sah er ihren Körper, verzerrt, er sah auch den Rand der Wasserfläche, die Stelle, wo Lea sie mit dem Kopf durchstieß, und er erkannte darüber den hellen Himmel. Dann mußte er auftauchen und Atem holen.

Lea schwamm auf ihn zu, Gesicht vor Gesicht, Francis streckte die Hände aus, Lea tauchte unter, kam hoch vor ihm, schlang die Arme um seinen Hals. Sie spürten Gesicht und Körper aneinander, sie küßten sich, und Francis fuhr mit den Händen durch das kühle nasse Haar von Lea.

Vor der Insel lag das Wasser ruhig. Um den rauhen Fels herum war es tief. Lea schwamm auf den Steinbrocken zu, versuchte ihn vom Fluß aus zu erklettern, setzte sich auf den warmen harten Steinrücken. Francis tauchte nach Kieseln, schleuderte sie aus dem Wasser hinaus in den Himmel, schaute zu, wie sie hoch oben einen Augenblick stillzustehen schienen, wie ein Vogel über dem Fluß standen sie still, bevor sie zurücksackten ins Wasser. Das Gurgeln und Rauschen der Reuß, die ruhigeren Wasser, der laut aufschäumende Bach. So schmeckte Flußwasser, so fühlte sich ausgewaschenes Holz an, so roch trockener Sand, so bitter war Stein, den man mit der Zunge berührte, so konnte man Moos, das an der Sonne verdorrt war, in den Händen zerbröseln.

Francis und Lea sammelten Holz, schichteten es auf. An

Land fiel alles schwerer. An Land spürte man sein Körpergewicht. Sie liefen nochmals zum Fluß, tauchten ein. Dann trockneten sie einander ab.
Schweigend.
Und fachten das Feuer an.
Lea hatte Fleisch mitgenommen. Sie brieten es an einem Stecken über der Glut. Das Fleisch war würzig und schmeckte, Fett tropfte zu Boden; sie brachen das frische Brot auf, sie tranken Wein, und nach dem Essen lagen sie nebeneinander im Gras, im warmen Gras- und Sandstreifen unter dem Baum, ruhig und versunken. Auf dem Rücken lagen sie, die Knie angewinkelt, spürten den Sand, spürten das Gras. Sand hatte eine andere Wärme als Gras, eine sattere Wärme, so wie Leas Körper eine andere Art Wärme hatte als der Körper von Francis
Du Gras
Ich Sand
warm und feucht war Lea, trocken und warm Francis, zum Himmel schauten sie, durch das Astwerk des einzeln im Inselgrün stehenden Baums blickten sie in den Himmel.
Kein Flugzeug, kein Vogel.
Es rauschte das Wasser, es rauschte die Luft, es wiegten sich die Gräser und ganz sacht der Baum, die Blätter flimmerten
ja, ihre Wärme war feuchter
von unterschiedlicher Beschaffenheit war die Haut
spürten sie, als sich die Körper in ihrer ganzen Länge berührten, und um sie herum lagen ein paar Kleidungsstücke
lagen Pfirsiche
noch glomm das Feuer
und ein kleiner Vogel hatte die Brosamen entdeckt – beobachtet von Francis, der dachte, nachdachte; den Kopf bekam er nicht frei, Gedanken engten ihn ein, schnürten alles ab, ein Zwang war da, etwas zwang ihn, sich von Lea zu lösen

Blackout
Francis war mit einem Mal blockiert, fühllos, als wären da nicht die zärtlichen Liebkosungen von Lea, ja Leas Wärme war eine andere, sie schwitzte stark, während sein Körper ganz trocken war. Er fühlte jetzt, auf dem Rücken liegend, ihre feuchte Kniekehle an seiner Seite, und als er den Arm unter ihrem Nacken hervorzog, war auch sein Arm ganz feucht von ihrem Schweiß, und Sand klebte daran.
Francis blieb liegen, reglos, wortlos. Lea hatte sich aufgesetzt. Er bewegte die Hand, er begann Leas Rücken zu berühren, zu streicheln; stundenlang, dachte er, könnte er daliegen und Leas Rücken streicheln.
Sie rührte sich nicht.
Legte dann ihre Hand auf seinen Schenkel, auf sein weiches Geschlecht, bevor sie aufstand, den Bikini wieder anzog. Und er lief zum Wasser, stürzte den erhitzten Körper in die Reuß, die er nun als sehr kalt empfand, es war fast ein Schock, und er verspürte sein rasendes Herz, während Lea auf der Insel das Feuer austrat.
Wieder an Land, küßte er sie, und von seinem Gesicht fielen Tropfen, Tropfen blieben hängen in Leas Wimpern.
(I ha di gern, sagte sie)
Sie schoben das Boot ins Wasser, stiegen ein, paddelten weiter; bis nach Mellingen wollten sie kommen und von dort aus mit dem Postauto zurückfahren nach Bremgarten.
Ein Mann und eine Frau.

3

Der Garten, wenn der Garten nicht wäre–
Barbara hätte sich dazu entschließen können, das Haus zu verkaufen: weggehen, fort von hier, und an einem anderen Ort neu beginnen. Aber der Garten hielt sie zurück.
Reife Brombeeren, schüsselweise hatte Barbara reife Brombeeren abgelesen, hatte vom Brombeersaft gefärbte Finger; und keiner war da, die Beeren zu essen.
Ein warmer Nachmittag. Sie arbeitete im Garten, hatte die Stauden der Buschbohnen ausgerissen, die Stauden der Erbsen, sie lagen bereit für das Feuer. Barbara richtete das Beet wieder her. Die Stangenbohnen, in deren Schatten sie arbeitete, trugen dieses Jahr reichlich. Am Vorabend hatte sie Bohnen geerntet und Jo gebracht. Jo wohnte bei Katrin, in Pablos Haus. Ein paar Tage nach der Beerdigung war sie ausgezogen, unverhofft schnell, ohne viel Worte. Hatte ihre Sachen zusammengepackt und in die DYANE getragen, mit der Katrin sie abholte, und Barbara hatte noch geholfen, das Bett auf den Dachständer zu heben und mit der Gummispinne festzubinden. Seit Barbara allein wohnte, war ihr der Gedanke geläufig, das Haus zu verkaufen. Der Gedanke war Entschluß geworden; aber der Garten – sie zögerte noch wegen des Gartens.
Die Rosen waren verblüht, sie mußte die Stöcke schneiden. In einem Korb trug sie, vorbei an den immertragenden Erdbeeren, Bohnenstauden zur Feuerstelle. So spät im Jahr verspürte Barbara keine Lust mehr auf Erdbeeren; die Zwetschgen reiften ja, im Kirschbaum röteten sich bereits die Blätter. Sie hatte die Stöcke für René gezogen und nun etwas vernachlässigt.
Barbara war in das freie Zimmer von Jo eingezogen. Es war hell und geräumig. Sie hatte es neu möbliert, ganz für sich eingerichtet, sie wollte nicht im Eheschlaf-

zimmer bleiben, hatte es dort nicht aushalten können. Sie füllte den Korb noch einmal mit Bohnenstauden.
Es war das Haus, dieses für eine alleinstehende Frau viel zu große Haus, das ihr Unbehagen bereitete.
Leere Zimmer.
Barbara hatte das Arbeitszimmer von René geräumt, hatte die Möbel abholen lassen, verschenkt. Der Raum war leergeblieben. Sie betrat ihn nie, er war so kalt – ein fremder Raum; der hatte nichts zu schaffen mit ihr. Sie hatte auch das Eheschlafzimmer geräumt. Weggegangen war sie, hatte im ›Sunnemärt‹ eingekauft, während Männer die Möbel in einen Lieferwagen verluden, wegfuhren – mit Betten, Schrank, Kommode und allen Kleidern von René.
Bevor sie die Stauden anzündete, nahm sie mit einer Schaufel Asche aus der Feuerstelle und streute sie zwischen die Salatköpfe. Weiße Asche auf dunkler Erde. Das schützte den Lattich und die ersten Endivien, denn über Asche kriechen Schnecken nicht.
Am Morgen war Barbara in der Stadt gewesen, in der schon vorherbstlichen Stadt, hatte ein paar Einkäufe erledigt, war auf dem Schulhausplatz stehengeblieben, zuschauend, wie Vorbereitungen für das Fest getroffen wurden. Sie hatte sich vorgenommen, zum Freiamt-Fest zu gehen. Es waren nun seit dem Tod ihres Mannes drei Monate vergangen, eine Zeit, in der sie sich zurückgezogen hatte und meist allein zu Hause saß. In der Küche. Ja, auch das Wohnzimmer erschien ihr zu groß, ungemütlich groß war es, wenn sie allein darin saß. Auch fand sie es sinnlos, sämtliche Lampen einzuschalten wegen einer Frau, die still am Tisch saß, nachdenkend, nachdenklich, aber löschte sie die Lichter und ließ nur die Lampe über dem Tisch brennen, fiel der größte Teil des Raums in unfreundlichen, abweisenden Dämmer, der sie frösteln machte.
So hatte sie die Abende in der Küche zugebracht. Allein. Sie war dabei ins Grübeln geraten.

Schwarze Monate.
Alles verkaufen.
Und weggehen – ein Schock hatte diesen Gedanken ausgelöst, als sie Renés Arbeitszimmer ein paar Tage nach der Beerdigung geräumt, Schriftstücke und Ordner durchgesehen hatte, Geschäftliches, Papier und Briefe. Ja, Briefe hatte sie entdeckt, deren Inhalt sie schockte. Über Jahre aufbewahrte Briefe und Fotos. Nicht alle mit derselben Schrift – jedoch alle mit der Handschrift einer Frau... Und das Adreßbuch von René. Er mußte Frauen gekannt haben (Mädchen), die einem eindeutigen Gewerbe nachgingen. Visitenkarten von ›Salons‹ hatte sie gefunden. René hatte Blumen und Pralinen schicken lassen, sein Kommen angekündigt. Er hatte sich eine Nacht reservieren lassen; eine Frau für die Nacht. René hatte sie betrogen. Wohl jahrelang hatte er Barbara betrogen; mit Huren und Geliebten, dachte sie, die wohl alle jung waren und schön.
Der Schock hielt an. Sie hatte sich eine Zeitlang gefühlt, als habe ihr jemand einen Dolch ins Herz gestoßen; der Schmerz wollte nicht weichen. Tage war sie unansprechbar und bedrückt geblieben. Nicht einmal Josua hatte sie sich anvertraut. So groß war die Scham. Die Entdeckung hatte sie gedemütigt. Sie fraß den Kummer in sich hinein, wußte sich nicht zu helfen, bis die Gefühle kippten: Schmerz wurde Wut, Scham wurde Haß. Sie begann René zu hassen, sein Doppelleben haßte sie – sie verachtete diesen Mann, hatte trotzdem (grausame Konvention) Schwarz zu tragen als seine Witwe. Doch Haß und Verachtung ebbten ab. Zwar verzieh sie ihm nicht: doch er war tot, und die Einsicht, es sei töricht, ja dumm, dem Toten Haßgefühle entgegenzubringen und Vorwürfe zu machen, setzte sich allmählich durch. In der Folge suchte sie alle Schuld für sein Fremdgehen bei sich und war wiederum deprimiert: was hatte sie ihm nicht geboten, was andere offensichtlich verlockend machte? Was war Hohlraum gewesen, hohl zwischen ihnen, hatte das

Zusammenleben degradiert zur Gewöhnung. Vielleicht das Geschäft. Nicht zuletzt das Geschäft... Sie würde den Betrieb verkaufen, dachte manchmal, der Verkauf sei ihre heimliche Rache, hatte mit Jo gesprochen, nicht über Renés Seitensprünge: über einen möglichen Verkauf.

Es ist dein Erbe.

Ich pfeife darauf.

Inzwischen hatte Barbara die Bohnen- und Erbsenstauden zur Feuerstelle getragen und betrachtete ein Beet, in dem Tomatenstöcke standen; letzte reife Tomaten, dunkelrot im grünen Laub. Unter den Tomaten waren die ersten Blumenkohl-Köpfe ausgewachsen. Sie liebte diese Beetkombination: die unterschiedliche Farbe und Beschaffenheit, berührte die glatte Haut der Tomaten und die körnige Oberfläche des Blumenkohls mit den Händen, roch daran. Das erste Blumenkohl-Gericht war doch jedes Jahr etwas ganz Besonderes ... ob sie Jo einladen –

Sie hatte die Briefe und Fotos vernichtet.

Der Schmerz war auf einmal gewichen. Aus Demütigungen und Selbstzweifeln war sie an einem Morgen als eine andere Frau erwacht. Dieser Mann war tot – und sie lebte. Und sie mußte das akzeptieren. Sich selbst mußte sie akzeptieren, ihr eigenes Leben.

Im Garten war es warm, die Erde hatte Sonnenwärme aufgenommen und speicherte sie. Noch spät am Abend war der Erdboden warm, wenn die Luft schon abkühlte Anfang September, und Jo war es eingefallen, nachts barfuß über den warmen Boden zu gehen. In zwei Beeten blühten Dahlien und Astern. Schöne Blumen, aber ihr Duft – Barbara liebte ihn nicht. Die Stangenbohnen rochen stark. Barbara begann mit dem Rechen das von den Stauden gesäuberte Beet frisch herzurichten. Auf dem Komposthaufen waren Sonnenblumen gewachsen, einfach so.

Josua war nicht zu Barbara gezogen. Er hatte ein paar

Tage bei ihr gewohnt, aber fast plötzlich hatte er nicht mehr länger bleiben wollen, und sie hatten über die Gründe geredet. Seine Bemühungen, in Bremgarten wieder heimisch zu werden, sie waren gescheitert. Die kleine Stadt sei für ihn ein Gefängnis. Wer hier einmal fremd werde, hatte er erklärt, bleibe ein Fremdling.
Die Leute kannten Josua, das war nur ein Nachteil. Man hatte seine Geschichte nicht vergessen.
Ich habe hier Lebensverbot, sagte er.
Zusammen hatten sie ein Inserat aufgesetzt. Sie suchten für das Drahtwerk einen Betriebsleiter. Wir bezahlen gut, hatte sich Josua optimistisch gegeben, dann finden wir auch einen guten Mann.
Josua war in Zürich, in seiner Junggesellenwohnung, geblieben. Er rief häufig an und lud Barbara ein. Sie gingen in Zürich essen oder ins Kino. Er versuchte sie aufzumuntern, bezeichnete Bremgarten als ›Bürgerkaff‹ und verstand ihren Wunsch, wegzugehen. Tapetenwechsel, sagte er. Aber ob sie das könnte: in der Stadt wohnen?
Der Garten, die Trennung vom Garten wäre das schlimmste.

Am Abend wollte sie zum Fest gehen, ganz bestimmt. Nach drei Monaten Schwarz würde sie in einem sommerlichen Kleid ausgehen. Sie zerschlug alle Bedenken. An der Reuß hatten Männer eine Bühne aufgebaut, eine Bühne auf Schlauchbooten des Militärs: eine schwimmende Tanzbühne. Sie hatten auch ein starkes Seil über den Fluß gespannt. Auf dem Seil würden Turner die Reuß überqueren, balancierend mit langen Stangen. Sie freute sich, freute sich wie ein junges Mädchen. Barbara tanzte gern, sie liebte Musik. Unter freiem Himmel, auf der sich im Wasser leicht wiegenden Tanzbühne, würde eine Musikkapelle aufspielen – ja, Barbara wollte hingehen, und zwar nicht in dem Sommerkleid, das sie vor drei Monaten, am düsteren frühen Morgen des Begräbnista-

ges an die Schranktür gehängt hatte. Jenes Kleid wäre ihr viel zu weit, es würde um ihren Körper herumschlottern.
Du hast ja richtig abgespeckt, hatte Jo gesagt.
Du gefällst mir.
Die neue Frisur ist auch viel besser.
Barbara hatte die Dauerwelle herauswachsen und sich einen Rundschnitt machen lassen, die Haare leicht getönt. Sie fühlte sich jünger; ihr Gesicht, stellte sie im Spiegel fest, hatte weichere Züge angenommen, und weil es schmaler war, sah man nun die vollen schönen Lippen, die sie schminkte, meistens. Ja – nach dem niederschmetternden Fund in Renés Schreibtisch hatte Barbara, ohne sich etwas zu überlegen, Kosmetika gekauft, es war ein Zwang gewesen, sie hatte ihr blasses griesgrämiges Gesicht im Spiegel nicht mehr ertragen, hatte Kosmetika gekauft, als müßte sie ihr Gesicht tarnen und schützen. Doch seit sie den Schock einigermaßen verwunden hatte, war das nicht mehr so. Es war auch schön, sich mit der eigenen Haut zu befassen, sie zu berühren, sie schöner zu machen, sich schöner zu finden, zu fühlen.
Nachholbedarf, hatte Jo gesagt, grinsend.
Auch lustvoll war es, Lippenrot aufzutragen, die Wimpern zu tuschen, einen grünen Lidstrich zu ziehen. Auch ihre Brüste, fand sie, kamen zur Geltung, seit sie wieder Taille hatte. Manchmal betrachtete sie sich lange vor dem Spiegel. Sie wich ihrem Körper nicht aus. Früher hatte sie das nie getan, da hatte sie eine Scheu empfunden, fast Scham vor den eigenen Blicken...
Nicht nur Renés Kleider, auch die eigene Garderobe hatte sie weggeschenkt. Hatte sich neue Blusen und Röcke gekauft in Zürich und sie beim Ausgehen mit Josua ein paar Stunden getragen. Auch neue Wäsche hatte sie angeschafft. Aha, du trägst nun nicht mehr diese scheußlichen Dinger, hatte Jo einmal gesagt, als sie die Wäsche der Mutter zum Trocknen aufgehängt sah. Ein wenig hatte sich Barbara deswegen geschämt, errötet war sie vor Jo.

Drei Monate sind eine lange Zeit, eine Ewigkeit, wenn man so isoliert dahinleben muß, und schwarz...
Hin und wieder, wenn Barbara wachlag, allein, wünschte sie sich die Zärtlichkeit eines Mannes und dachte dabei nicht an René. Die ›Liebe‹ mit ihm war doch häufig nur ein Beischlaf gewesen, stumpf; vielleicht weil sie selbst stumm dabei geblieben war, glutlos, verhalten.
Für das Fest würde sie ein dunkelrotes, plissiertes Sommerkleid anziehen. Zur Reuß würde sie gehen, zur Tanzbühne. Sie hatte die Witwe drei Monate nach Vorschrift gespielt, hatte sich nur schwarzgekleidet unter die Leute begeben, in diesen gräßlichen schwarzen Strümpfen. Und wären nicht die Abende mit Josua gewesen, hätte das Schwarz sie erstickt. Sie dachte an ihren Bruder, der ihr so zugeneigt war. Sie wünschte ihm den Mut, einmal mit einem Freund in die Ferien zu fahren, ans Meer...
Drei Monate war sie allein gewesen; sie hatte in der Zeit mehr nachgedacht als in all den Jahren zuvor, als es das Selbstverständliche noch gegeben hatte, fraglos.
Der Garten. Wäre da nicht ihr Garten, würde Barbara weggehen, gleich. Am Abend würde sie tanzen. Die ganze Nacht würde sie tanzen, ohne Unterlaß tanzen auf der schwimmenden Bühne, der blumengeschmückten Bühne, würde sich drehen zu der Musik in der Nacht, drehen unter Septembersternen, unter dem milchigen Mond, der schimmernde Bahnen auf die Reuß warf, tanzen unter den Platanen am Ufer, in deren Laubwerk die Vögel schliefen, tanzen unter den Lichtergirlanden der Bühne, unter roten, blauen, gelben Lampen tanzen, während aus dem nächtlichen Fluß der Geruch von Fisch stiege und von veralgtem Stein, ja, es wäre das einfachste, die vom unablässigen Tanzen zerschlissenen Schuhe ins Wasser zu werfen ... nach durchtanzter Nacht weggehen, barfuß in den frühen Nebel hinaus weggehen mit blutenden Füßen, die keine Spur, trotz des Blutes keine Spur hinterließen, weggehen für immer, ausschreiten in ein neues Leben –

Mit einem Schlag verlöschen die Lichter, verstummt die Musik, verschwinden die Menschen, sind in den Platanen die Vögel erwacht, fangen an zu singen und zu zwitschern: steht sie allein auf der Tanzbühne über dem noch dunklen Fluß, erschöpft, und aus der Tiefe der Nacht schreitet ein heller Tänzer auf sie zu . . . und mit einem Mal ist ein schöner neuer Morgen da.

René hatte sie hintergangen, schändlich. Und sie glaubte an Treue, hatte ihm vertraut. Eine Familie zu haben, es schien ihr immer noch wichtig zu sein. Eine lebenswerte Form. Man muß das Neue gar nicht so weit suchen, dachte sie, es ist bereits da. Es fehlte nur die Kraft, das Neue anzunehmen. Immer traten die Lügen dazwischen. Lebenslügen. Das Glück, dachte Barbara, wäre zu fassen. Es will sich nicht entziehen.
Sie hatte das Beet mit der Richtschnur abgesteckt, hatte einzelne Klumpen mit den Händen zerrieben, die Erde ins Beet rieseln lassen, das Beet war bereit für die Saat. Nun saß Barbara auf der Bank vor dem Haus, vor den Spalieren, in denen die Zwetschgen hingen, umsummt von Wespen. Sie hatte ein paar Früchte gepflückt, brach sie auf, prüfte das feste gelbe Fleisch. Keine Würmer. Ja, nächste Woche mußte sie die Zwetschgen ernten, vielleicht kam Jo und half ihr dabei.
Reden. Mit einem anderen Menschen sprechen. Das fehlte ihr jetzt. Seit drei Monaten wußte sie, wie sehr es ihr fehlte, und zugleich auch, daß sie mit René nicht mehr geredet hatte. Nur Belangloses. Der Alltag hatte das Gespräch überflüssig gemacht. Scheinbar. Man hatte sich wortlos arrangiert. Mit Gesten. Und Anpassung. Das hatte am wenigsten Kraft gekostet. Und hatte alle Kraft verzehrt. Barbara hatte so vieles nicht wahrgenommen, falsch eingeschätzt, verpaßt. Sie hatte für fest erachtet, was sich verflüchtigt hatte (vielleicht Liebe). Sie hatte die Dinge noch am alten Platz, neu und schön gesehen: dabei waren sie Schrott.

René hatte sich schadlos gehalten; das hatte sie verletzt im nachhinein. Auch wunderte sie sich darüber, nichts von alledem bemerkt zu haben. Nicht wenn er nach einer anderen Seife roch, nach einer fremden Frau und deren Geruch. Als wären Barbaras Sinne verstopft gewesen. Keine Freundin überdauerte ein Jahr. Und wurde noch mit Huren betrogen.
Sie waren beide zurückhaltend gewesen, zu scheu, sie hatten zu wenig voneinander gefordert (im Nehmen und im Geben), sie hatten zu selten miteinander geschlafen ... und René hatte sich Sex (Liebe?) gekauft. Ein Mann, ein Ehemann unterwegs, er besucht eine Frau (käuflich?), bringt ihr Pralinen, bringt Blumen (galant), er bleibt aus über Nacht, schläft bei der Geliebten (Hure), kommt am anderen Tag heim von der Geschäftsreise ... René hatte Barbara selten gedrängt, keine Zärtlichkeiten gefordert, hatte nie darauf bestanden, daß sie mit ihm schlafe. Ebensowenig wie sie selbst. Unbescheidenheit, dachte Barbara, wäre eine Tugend gewesen.
Und keine Gespräche darüber.
Sie hatte Tabletten geschluckt, jahrelang hatte sie Librium genommen, diese Abblocker. Und in ihrem Medikamentenschlaf war sie wohl nicht sehr empfindsam gewesen, überempfindlich ... Aber ob sie fähig wäre, auf den Garten zu verzichten. Den Garten aufgeben, das Haus vermieten, das Drahtwerk dem Betriebsleiter überlassen – und fortgehen von Bremgarten.
Barbara saß an der Sonne im Garten und stellte sich vor, ihn schon aufgegeben zu haben. Sie machte einen Gedankensprung vorwärts und schleppte die Gefühle hinterher; diese schweren nassen Säcke.
Sie würde den Stadtgärtner für die Grabpflege bezahlen. Ja, es war sinnlos zu bleiben, Jahre ... leben, verleben in diesem viel zu großen, protzigen Haus. Allein, als Witwe. Wem war sie das schuldig, wer forderte es von ihr als Pflichtübung: Treusein über den Tod hinaus – einem Mann, der sie im Leben betrogen hatte, noch und noch.

Sie würde nicht vergessen können: hier. Und keinen neuen Anfang finden. Es war sinnlos, schüsselweise Brombeeren zu pflücken, nächste Woche die Zwetschgen, wenn niemand da war und sie auch aß. So würde sich allmählich die Tiefkühltruhe auffüllen, würde übervoll, müßte überquellen. Eine zweite Gefrierbox würde Barbara anschaffen müssen, die auch bald überfüllt wäre. Und eine dritte im folgenden Frühjahr und eine vierte im Herbst, voll, übervoll mit all den Gemüsen und Früchten, Jahr um Jahr, tiefgekühlt läge die Ernte des Gartens, gar Rosen und Erdbeeren. Vom Keller aus würden die Truhen allmählich das ganze Haus erobern, bis es ein Kühlhaus wäre
bis in dem Haus alles erstarrt läge
in Blöcken aus Eis und sie eine von Jahr zu Jahr
eisgrauere Frau
würde einsam darin wohnen –
aufgesprengt die Deckel der Truhen
zugeeist die Türen im Haus
Eisblumen an den Fensterscheiben
verglastete Sommersträuße auf den Simsen
und all die gefrorenen Farben
Formen
Reif an den Wänden, Eisdampf in den Räumen, und sie, Barbara, hauste darin, hatte ewigkalte Hände, lebte ohne Herzschlag mit eingedicktem Blut in den Adern, die Eishände im Schoß . . . Sie saß im Garten an der Sonne, hatte reife schöne Zwetschgen in den Händen, aß, und im Kirschbaum ließ sich ein Vogel nieder, zwitscherte; ein Gartenrotschwanz, der baute im Frühjahr hier sein Nest, vielleicht wollte er ein zweites Mal brüten, es wäre ein gutes Vorzeichen für den nahen Herbst.
Vom Drahtwerk samstägliche Stille. Für die Stille im Garten war die Vogelstimme ein Schutz. Barbaras Körper sonnenwarm. Es tat gut, den Körper von der Sonne durchfluten zu lassen. Er speicherte Wärme, wie Erde Wärme speichert. Barbara wünschte sich, nackt auf einer

Wiese zu liegen, auf einer Sommerwiese mit Blumen. Die Sonne würde ihr den Schoß wärmen, erfüllen mit Wärme – im grellen Licht flimmerte die Luft, in der Luft das Zirpen der Grillen, das den Tag auflöste, die Zeit.
Während sie so dasaß und nachdachte, fielen ihr die schwarzen Strümpfe auf, die sie anhatte, immer noch trug. Es war ihr, als würde das Schwarz alles verändern, fälschen. Es entstellte ihre Beine. Ganz schnell zog sie diese schwarzen scheußlichen Strümpfe aus, ließ sie durch die Finger gleiten, legte sie neben sich auf die Bank. Ein Häufchen (es Hämpfeli), das der Wind wegblasen könnte. So zusammengefallen war auch die Trauer.
Ließ sie die Strümpfe hier liegen, entdeckte sie vielleicht der Gartenrotschwanz, er flöge herbei, risse eine Masche aus, zupfte einen Faden heraus, er würde schwarze Fäden wegtragen und einflechten in sein Nest. Das wollte Barbara nicht: da war sie abergläubisch. Sie nahm die Strümpfe in die Hände. Den jungen Vögeln brächte es Unglück, dachte sie, stand auf, ging ins Haus, lief die Treppe hoch in ihr Zimmer, holte all die schwarzen Strümpfe, Schuhe, schwarzen Pullover, schwarzen Röcke, all dieses schwarze Zeug, das sie hatte tragen müssen, das ihr so widerstand, schaffte die ganzen schwarzen Strümpfe und schwarzen Kleider hinter das Haus zur Feuerstelle, warf sie über die Bohnen- und Erbsenstauden, holte Brennsprit in der Küche. Eine Flasche Brennsprit schüttete sie über die verhaßten häßlichen Sachen. Zündete sie an. Gleich stiegen die Flammen hoch, genährt von Schuhen, die stinkend wegbrannten, jäh aus den Blusen und Röcken schlugen die Flammen, loderten auf; Knistern im Haufen, Knaller (von den Stauden), da glühte rot ein Hut, und blaue Flammen leckten aus den Strümpfen. Die schwarzen Strümpfe waren schlimm gewesen. Barbara stand neben dem brennenden Kleiderhaufen. Mit herabhängenden Armen. Wut im Gesicht. Auflehnung, Wehmut im Gesicht. Gleichgültigkeit. Sie war erschüttert,

etwas in ihr bebte, zitterte ... Ihre Hände waren feucht. Barbara weinte nicht. Etwas war endgültig abgeschlossen. Vorbei. Der Haufen brannte, flackerte hochauf. Heute abend würde sie tanzen gehen –
im sommerroten Kleid.

4

Er hatte Heymann besucht, unter einem Vorwand hatte sich Goldfarb zum alten Heymann begeben.
Eine Partie Schach?
Goldfarb spielte kein Schach mehr. Das Gedächtnis, hatte er zu Heymann gesagt, weißt du, ein Sieb, ein Sieb.
Er war die Treppe hinaufgestiegen, viele mühsame Stufen hoch in den Estrich, wo er bei Heymann, seinem Anwalt, eine Seemannskiste eingestellt hatte, bei seinem Umzug ins Altersheim...
Sicher vor den Söhnen lagerte sie dort.
Er hatte lange in der Kiste gesucht, seinen ganzen Kram durchwühlt und endlich, eingewickelt in einen Lappen aus Seide, auch gefunden, was er suchte. Zufrieden, offensichtlich zufrieden hatte er das Haus Heymanns, ohne dessen Aufforderung, doch ins Wohnzimmer zu kommen, zu beachten, wieder verlassen, pfeifend, den Stock schwingend, den Fund in der Tasche; ein greiser Herr. Ein doch schon etwas wunderlicher Herr, so war es Heymann vorgekommen.

Die Budenstadt war stark belebt, und mitten auf dem Rummelplatz hielt sich Goldfarb vor einem ELECTRONIC CABINET auf, hörte Maschinengewehrknattern, den puffenden Rückstoß von Flakkanonen, die Detonation fallender Bomben, sah im düsteren Innenlicht Halbwüchsige, Burschen und Männer vor den Spielautomaten stehen (über sie gebeugt wie über eine Geliebte), den Finger am Abzug, die Hände auf Auslösern und Knöpfen.
Goldfarb trat in das CABINET.
Die Luger hatte er in Amerika gekauft, in einem kleinen Geschäft in Maine, ein echter Gelegenheitskauf. Die Pistole gefiel ihm auf Anhieb, hatte doch der frühere Besitzer der Waffe dunkelblaue Perlmutter-Rosetten in

die Seiten des Griffs einlegen lassen. Mit 60 Schuß Munition hatte Goldfarb die Luger erstanden ... und in den letzten zwanzig Jahren fast vergessen.

(Eingewickelt im Seidenlappen.)

In der Bude war es stickig warm. Es roch nach verschwitzten Hemden und schlechtem Atem. Das Licht, ein schummriges Rot, war abgedämpft, der blaue Schein der Bildschirme warf seinen Abglanz auf die Gesichter und Hände der Spieler. Die standen vor schwarzen Kästen mit Sehschlitzen, in denen Panzer durch eine Blechlandschaft raupten – standen vor Computern mit Radaranlage und Suchgerät, hatten

Jägerstaffeln

Kriegsschiffe

Panzer im Fadenkreuz. Hier durfte man alles in die Luft sprengen, sich ausleben durfte man hier mit Infrarot-Strahl, gebadet im dröhnenden Electronic Sound

Pershing II

SS 20

abschießen. Torpedos starten, Fregatten versenken, alle verlöschten sie zischend im Vernichtungszirkus. Den Weltuntergang durfte man inszenieren, nur um der Schönheit des Effektes willen, den wunderbarsten ATOMPILZ auferstehen lassen, per Knopfdruck die Erde in Trümmer legen (dreidimensional). In dem Getöse war Goldfarbs Eintreten nicht beachtet worden. Er hatte die Luger bei sich. Seit einiger Zeit, seit er vor einem Monat ernstlich krank gewesen war, trug er die Luger wieder bei sich; in der Innentasche der Jacke, geladen.

In einer separaten Zeltnische war eine Revolverduell-Anlage eingerichtet. Man schaute auf eine Filmleinwand, vor der in einigem Abstand eine Vorrichtung aufgebaut war. In Hüfthöhe steckte der Colt. Goldfarb warf einen Franken in die Kasse.

START ein Cowboy ritt auf ihn zu, ein Schriftzug blitzte auf SHOOT der Reiter zog unvermittelt, schoß YOU LOST dreckig grinste der Killer, sprengte davon

und der nächste Gegner blies Rauch vom Colt YOU LOST
dreimal wurde Goldfarb niedergestreckt im Duell START
er hatte noch nicht einmal die Hand am Colt SHOOT
YOU LOST
er war viel zu langsam für das Spiel und überließ die Anlage einem Wuschelkopf, der neben ihm wartete. Der Bursche war gut, knallte die Typen aus dem Sattel YOU WON war ein lässiger Sieger...
Goldfarb machte sich davon.

In der Nähe des ELECTRONIC CABINET, dessen Kriegslärm und Abschußgeräusche über Lautsprecher auch auf dem Platz zu hören waren, befand sich die Bude der Wahrsagerin. Goldfarb trat ein, begrüßte sie wie eine liebe Freundin. An einer Kette trug sie die goldene Uhr, die er ihr geschenkt hatte. Die Frau erkannte ihn gleich wieder. Nahm seine Hände ... irgendeine Verhärtung, sie fühle auch Stahl, ob er krank gewesen sei?
Goldfarb war krank gewesen.
Nichts Schlimmes, eine kleine Erkältung, hatte der Arzt zu beschwichtigen versucht. Aber mit 82 mußte man aufpassen, da war das plötzlich eine Lungenentzündung; oder der Stich einer Mücke brachte einem den Tod.
Herzbeschwerden.
Damit hatte es begonnen. Am Vorabend war er schon zittrig gewesen, hatte schwer nach Luft ringen müssen. Am anderen Tag nach dem Aufwachen Herzkrämpfe, Schmerzen in der Herzgegend, daß er am liebsten gar nicht aufgestanden wäre, so beengte, plagte ihn der Schmerz, bedrückte ihn sein Zustand. Und er war liegengeblieben, ermattet, müde – plötzlich voller Angst, man würde seine Hose entdecken, die schwarze Hose, die er am Abend über den Stuhl gelegt hatte, die Hose ...
Goldfarb küßte die Hand der Wahrsagerin, verabschiedete sich.
Neben ihrem Zelt arbeitete der Zuckerwattenbäcker, wickelte von einem Dorn, der sich in einer Pfanne

drehte, die süße widerliche Watte auf Stäbchen, verkaufte sie an Kinder, rosarot gefärbte Spinnweben, so sah die Zuckerwatte aus, und rosarot waren auch die Zungen der Kinder. Neben dem Zuckerwattenbäcker brannte eine langhaarige, blonde Frau Mandeln. Scheußlich duftete das, entsetzlich, und Goldfarb dachte an den Mann, der die Küsse der Frau schmecken mußte, ihre Gebrannte-Mandeln-Küsse.

Krank, ans Bett gebunden, war Goldfarb ins Sinnieren geraten. Was man nicht so alles gehört und gelesen hatte. Von Entreißdiebstählen, Überfällen, anderen Delikten. Auf Mopeds kamen die, mit Rollschuhen, hatten es auf Alte abgesehen. Diebe. Und er, Goldfarb, war eine wandelnde Geldkassette.

Das Klingeln des ›Haut den Lukas‹. Ein Mann mit offenem Hemd schwang den schweren Holzhammer, ließ ihn auf den Bolzen herabsausen, daß ein stählerner Ring in die Höhe schoß und an die Glocke schlug. Sechs Treffer in der Folge – eine Papierrose nach freier Wahl. Die Rosen gefielen Goldfarb. Doch der Hammer war zu schwer für ihn. Da sprach er den Mann an, der den ›Lukas‹ beaufsichtigte, lüftete den Hut, gab dem Mann ein Geldstück, wartete die Reaktion gar nicht erst ab, sondern griff in die Auswahl am Steckbrett, zog sich eine violette Rose heraus, befestigte sie am Revers. Der Besitzer gestikulierte, es klingelte wieder die Glocke, Goldfarb fuchtelte mit dem Stock, ging weiter, man schüttelte den Kopf hinter ihm, er verschwand in der Menge der Rummelplatzbesucher, die Papierrose am Revers der Jacke, und beim Anstecken hatte er die harte Luger gespürt, ja manchmal drückte sie ein wenig aufs Herz.

Irgendein Kerl, hatte er im Krankenbett überlegt, könnte ihm an die Tausender wollen, und sich an die Luger erinnert; bei Heymann auf dem Dachboden, in der Seemannskiste würde die Waffe wohl liegen.

Ein frühherbstlicher Nachmittag. An der Böschung hinter Zelten, Schießbuden und Karussellen saßen Jugendliche, rauchten. Mädchen gingen, einander untergehakt, im dichten Gewimmel. Mädchen, dachte Goldfarb, knapp vierzehn, geschminkte Fräuleins, Rouge auf den Wangen. Enge Jeans. Ihm gefielen die nur halb bis zur Wade reichenden, geschlitzten Hosen. Stöckelschuhe. Die Jungen folgten den Mädchen, hatten Flaumbärte, schubsten einander, wirkten noch jünger, balzten. Einer packte ein Mädchen am Handgelenk. Die Schöne entwand sich dem Griff, lief (stöckelte) auf die Rampe der Kettenschaukel.

Goldfarb ging vorsichtig über den Platz durch die Budenstadt, langsam ging er, die Beine schmerzten. Zu langsam war er gewesen und dreimal tot: abgeknallt. Was nützte es, daß er die Luger bei sich trug. Die Luger nützte gar nichts, wenn er so langsam zog. Siebenunddreißig Tausender hütete er im Hosenbund, im Grund schutzlose Scheine – üben, er mußte üben.

Unter krampfartigen Schmerzen in der Herzgegend und trotz der heimtückischen Depression war er an jenem Morgen aufgestanden, bevor jemand ins Zimmer gekommen war. Er hatte umständlich die Beine aus dem Bett geschoben, den Oberkörper aufgerichtet, es war ihm ein wenig schwindlig geworden, sekundenlang Schwärze vor den Augen, er hatte nach der Brille getastet, sie gefunden, aufgesetzt, er hatte sich erhoben, barfuß ... stand barfuß auf dem kalten Boden; barfuß aus dem Bett und mit warmen Füßen auf kaltem Boden, ein Vergehen an der Seele bedeutete das; er stand da, unbeholfen, hilflos, hatte Flecken auf den Füßen, Altersflecken, unter dem Nachthemd schauten die eingebundenen Beine hervor, über Nacht hatten die Wunden geschwärt, zahlreicher als sonst hatten sich die bräunlichgelben Ringe gebildet auf dem Verband.

Er hatte unbedingt aufstehen müssen.

Die Jacke hatte er in den Schrank gehängt, Weste und Hemd, und die schwarze Hose mit dem Eingenähten schloß er in den Koffer. Goldfarb durfte nicht krank werden, wollte er sein Geld behalten, es drehte sich alles um die Hose, die schwarze Hose mußte er immer auf dem Leib haben, sonst käme alles an den Tag: eine Schwester oder Pflegerin könnte die Hose entdecken, in ihrem Sauberkeitswahn sogar auf den Gedanken kommen, sie in die Wäsche oder sogar zur Reinigung zu geben. Dann wäre er verloren. Wenn er krank in ein Spital eingeliefert würde ... seine Söhne, seine Hose, eine Krankenschwester, nein. Er mußte dem Geld und der Hose zuliebe gesund bleiben, niemals durfte er bettlägrig/pflegebedürftig werden. Auf gar keinen Fall. Und mit einem Mal hatte er sich an jenem schrecklichen Morgen sterbensalt gefühlt. Jeden Tag könnte es geschehen, mit bald 83 kann ein Mückenstich ... Tod. Nein. Es wäre das letzte. Sterben. Noch war es zu früh, denn mit größter Klarheit wußte er, daß er noch einmal nach Amerika mußte. Das war sein Wunsch, sozusagen sein letzter Wille. Dafür hatte er das Geld gerettet. Marilyn. Er würde auf sich achtgeben, sich schonen, den Blasentee nehmen, die Herzattacken überwinden, durchhalten, wieder aufkommen, auf die Beine und in die Hose. Das Geld war dafür da – noch einmal nach den USA fliegen, Marilyns Grab besuchen, Rosen kaufen, einen ganzen Blumenladen leerkaufen, Rosen, alle Blumen auf Marilyns Grab bringen lassen, ja, er würde Marilyns Grab besuchen und Rosen, Rosen rot für MM ... dafür gesund bleiben, werden: und da war wieder die Schwärze gekommen. Mit der Schwärze auch der Schwindel. Mit dem Schwindel wohl der Fall. Ein schwarzes Loch, ein ihn vernichtenwollender Angriff, er fühlte nichts mehr, hatte sich nicht mehr gefühlt, es war nur diese bodenlose Schwärze dagewesen. Der Aufschlag war sanft, weich, das Blut an den Händen nur etwas Nasses, unbestimmbar Nasses. Hatte er sich den Kopf angestoßen, oder war das Blut einfach so aus seiner Nase gekommen, auf das weiße Nachthemd geflossen. Und mit den Händen hatte er Blut

verschmiert auf der Brust, und Jo, als sie das Zimmer betrat, war erschrocken, er lag im Blut, still hatte er dagelegen, die rot bekleckerte Hemdenbrust, das blasse Gesicht, er hatte noch die Brille auf, die Augen geschlossen.
Das erste, was er wahrgenommen hatte, war wiederum etwas Nasses gewesen, Warmes. Hände nahm er wahr, einen Lappen nahm er wahr, Jo hatte sein Gesicht gewaschen, man bettete ihn auf das Bett, man ließ den Arzt kommen. Damals, auf dem kalten Fußboden mußte er sich erkältet haben, jedenfalls hatte er plötzlich heftig zu schlottern begonnen, kalte Hände hatte er bekommen, und eine längere Zeit fühlte er sich schwach, schwächlich, krank.

SKYLAB, die Riesenschaukel schwang hin und her. Das Riesenpendel. Goldfarb blieb stehen, verschnaufte, schaute hinauf. Auf und ab schwang SKYLAB, immer weiter, weiter ausholend. Halbmondartiges Schiff. Nach rechts schwang es aus – nach links schwang es aus. Schwung um Schwung ging es höher hinauf. Bis zum Scheitel. Und mit einem Mal jagte das Schiff rundum, rundum, beschrieb den ganzen Kreis, blieb auf der obersten Höhe einen Augenblick stehen, kippte herunter, stieg auf. Aus SKYLAB Schreie. Nach der Fahrt stiegen die Fahrgäste aus, schweigend, benommen, eine junge Frau hatte Erbrochenes auf dem Kleid, kamen mit blassen und bleichen Gesichtern und Händen aus dem Ausgang heraus, vorbei an den Leuten, die zum Eingang drängten, erwartungsfroh.
Goldfarb kaufte sich Magenbrot. Das wollte er der Serviertochter im ›Engel‹ bringen. Dafür würde er sicher heißes Wasser bekommen, konnte sich seinen Tee aufgießen. Er rückte den Hut zurecht. Der war jetzt gerade richtig. Es regte sich ein Wind, in den Platanen bewegten sich die äußeren Zweige, die Sonne hatte nicht mehr ihre Sommerglut. Goldfarb fischte die Lupe aus der Brustta-

sche, schaute auf die Uhr; und Skylab setzte sich erneut in Bewegung, begleitet von Weltraumklängen. Vor dem ›Rößlispiel‹ wartete Goldfarb, es war noch mit hölzernen Pferdchen bestückt. Mütter wechselten Chips an der Kasse, ein Mädchen haschte nach dem goldenen Freifahrten-Ring, ein dicker Italienerjunge saß mit steinernem Gesicht auf seinem Pferd, sein Eis war ihm zu Boden gefallen und zerlief unter dem Bauch des Tieres. Neben dem Rößlispiel befand sich ein modernes Karussell mit Wunder-Autos, UFOs und fliegenden Motorrädern, Mikkys mit rollenden Augen, und aus dem Lautsprecher die Stimme eines Kinderstars. Chips, Chips verlangten die Kinder. Chips, Goldfarb setzte seinen Weg fort, vorsichtig. Betrunkene grölten. Drehorgelmusik. Marktstände. Ein Blinder mit Geige, ein paar Münzen im Hut. Ein Junge in schwarzen Lederjeans und einem T-Shirt mit Hakenkreuz, Irokesenfrisur, führte ein Mädchen an der Leine. Er hatte ihm ein beschlagenes Halsband umgelegt, führte es spazieren wie seinen Hund. Das Mädchen trug getigerte Hosen, hatte die Haare grün gefärbt, eine Feder eingeflochten; es hatte auf jede Wange mit dem Lippenstift einen schrägen Strich gezogen, ähnelnd einer mit dem Messer zugefügten Schnittwunde. Den Papiersack mit dem Magenbrot in der Hand, sich mit dem Stock Raum schaffend, ging Goldfarb vom Rummelplatz über den Markt die Gasse hinab in den ›Engel‹. Dort war es lärmig. Dic Gaststube war voll von Rekruten, die das Wochenende hierbleiben, sich amüsieren wollten beim Freiamt-Fest. Goldfarb hatte Mühe, einen Platz zu finden. Er machte die Serviertochter auf sich aufmerksam, schenkte ihr das Magenbrot. Doch sie hatte keine Zeit für ihn, nahm es fast achtlos entgegen, trug Bier auf in Humpen, Bechern, Tulpen, Flaschen; das Faß mußte riesengroß sein. Auf den Tischen, in Körbchen, die Waffeln und gesalzenen Nüßchen und Biberfladen, vakuumverpackt. Männer, Rekruten ohne Krawatte, quengelnde Kinder, eine Frau am Geldspielautomaten, ein

Bursche drückte Ländler an der Musikbox. Jedesmal, wenn die Serviertochter in Goldfarbs Nähe bediente, blickte sie an ihm vorbei und heißes Wasser brachte sie nicht. Goldfarb wurde ärgerlich, klopfte mit dem Stock auf den Boden. Er saß da, ein trauriger Frosch, die violette Papierrose am Revers. Geld klimperte aus dem Automaten. Er stand auf, drängte sich vorbei an den Gästen, verließ den ›Engel‹ mißmutig und schlechter Laune.

Ach Gott, dieser Musiklärm in der Stadt. Vom Rummelplatz dröhnte er, jedes Karussell und jede Bude hatte ein eigenes Lärmprogramm; jeder spielte für sich – und gegen alle anderen. Aus offenen Fenstern der Wirtshäuser kam Musik, aus vorbeifahrenden Autos, Kinder bliesen in Trillerpfeifen, schlugen auf blecherne Trommeln. Und der tosende Lärm des Verkehrs.

Goldfarb war böse START wütend war er SHOOT ja mit der Luger auf die Musikbox schießen, auf fahrende Autos, herumballern, einfach sinnlos in den sinnlosen Lärm hineinknallen YOU WON oder Schubert, im Quadrat über der Stadt riesige Boxen anbringen und Schuberts Unvollendete mit der Lautstärke startender Formel-I-Rennwagen abfahren lassen, das wäre es jetzt, dachte er, das Richtige. In der Luft sollten die Töne aufeinanderprallen und als Konfetti herabregnen.

Er hatte sich erregt, wollte nach Hause in sein Zimmer, doch als er den Bogen hinunterging, entdeckte er einen gelben Heißluftballon am Himmel. Er schwebte wie eine Zitrone im Blau, und das war doch schön. Es wurden also Ballonfahrten gemacht. Ihm fiel ein, davon im Festprogramm gelesen zu haben. Der Startplatz befand sich an der Reuß, hinter der neuen Papierfabrik, unweit des Hexenturms. Seine Stimmung besserte sich zusehends. Und einem plötzlichen Einfall nachgebend kehrte er um, ging wieder auf den Rummelplatz, zur Wahrsagerin. Er betrat ihr Zelt, begann auf sie einzureden, vergaß das Alter und die schmerzenden Beine. Er redete – beschwörend – auf die junge Frau ein. Er nahm sie an der Hand, und sie stand auf. Folgte ihm. Zusammen gingen sie den Weg hinab, der hinter dem Rummelplatz durch das Promenadenwäldchen zur Reuß führte. Goldfarb und die Frau. Ein langes, sternbesätes Kleid hatte sie an, rote Sterne waren es auf weißem Grund. Sie gingen am Fluß entlang bis zur hölzernen Brücke. Stolz ging Goldfarb neben der Frau mit dem herabwallenden schwarzen Haar, über die Straße gingen sie in die Reußgasse hinein, vorbei am Hexenturm, vorbei an der Papierfabrik bis zum Startfeld, einem Grasplatz, wo sich, umringt von Zuschauern, mehrere Heißluftballons befanden, bereit für den Abflug.

Sacht wiegten sich die Ballons.

Sacht ging der Wind.

Durch die dichte Menschenansammlung zog Goldfarb die Wahrsagerin zum Häuschen, wo man sich für die Fahrt anmelden mußte. Goldfarb legte das Geld auf den Tisch, und ein Junge führte sie zu einem rosaroten Ballon mit grünen Punkten. Der gefiel Goldfarb ausnehmend gut, gefiel auch der Wahrsagerin. Sie lachte. Und als sie eingestiegen waren, küßte Goldfarb sie auf die Wange. Der Brenner röhrte, zischte, stieß eine blaue starke Flamme aus. Man hörte das Strömen der Luft, sah sie Flimmern vor Wärme, und langsam hob sich der Ballon ab. Goldfarb spürte, wie er leicht schaukelnd abgehoben wurde, sah, daß der Korb etwas nachschleifte, sah den Ballon sich bewegen, die Stoffhülle dehnte sich aus, wogte, langsam gewann das Gefährt an Höhe, schwebte weg über den Grasplatz, fort über die Stadt.

Goldfarb winkte, grinste. Die Wahrsagerin lachte, stieß einen Jauchzer aus ins Geschrei, mitten ins Geschrei der Möwen hinein, die von der Reuß her zu ihnen aufgestiegen waren und sie himmelwärts begleiteten. Schimmernd unten im Talgrund der Fluß, reflektierendes Wasser, schäumende Bewegung. Bremgarten eine hingeworfene Würfelstadt: ja, ein Kind hatte die Spielklötze im Kern noch sorgfältig arrangiert, dann offensichtlich die Geduld verloren und sie planlos verstreut. Die Budenstadt, bunte Zeltdächer, SKYLAB, die Käfermenschen, und mit einem Schlag war der Lärm weg, da prasselte nur noch die Flamme des Brenners, man vernahm den rauschenden Luftzug. Sie zogen über die sanften Kuppen des Wagenrains, sahen den scharfen Schnitt, der von den Straßenbauern wie mit einem Beil in den Wald geschlagen worden war. Es war schön, so über das grüne Land zu fliegen, in der Ferne die blauen Hügelzüge des Schwarzwalds, schön war es, auch wenn man allenthalben die Wunden erkannte, die dem Land geschlagen worden waren: Kiesgruben, Straßen, Industriegelände, Rodungen im Wald. Und weit weg der Kühlturm des Atomkraftwerks, seine unheimliche pilzförmige Wolke. Klein wirkte alles aus der Höhe, klein, nichtig angesichts des Grüns, das die vorherrschende Farbe blieb, im Anblick des weiten Himmels, an dem nun große schneeweiße Wolken trieben, fast auf Augenhöhe trieben, und unten auf den Tälern und dem Wiesland sah man Wolkenschatten die Erde verdunkeln. Jetzt die Autobahn, gerade, lang.

Sie haben in meiner Hand die Liebe Marilyns gesehen, sagte Goldfarb. Er streckte der Wahrsagerin noch einmal die Hand hin, sie umschloß sie, nahm Goldfarbs krumme, fleckige Hand in ihre Frauenhände, sagte, ja, da liegt eine Linie, sehen Sie, so wie diese Linie verläuft...

Der Pilot war wortkarg und beschäftigte sich mit seinen Instrumenten, und ein Mann mittleren Alters, der als dritter Fluggast mitfuhr, schoß unentwegt Aufnahmen mit einer teuren CANON, als müsse er alles im Bild festhalten, damit es gerettet sei. Als ginge die Welt sonst Bild für Bild verloren, als sei es die einzige Möglichkeit überhaupt, die Welt noch in den Griff zu bekommen, in ein überschaubares Format ... und Goldfarb dachte an Mamaroneck, zog seine Hand aus den Händen der

Wahrsagerin, nahm den Stock, stieß den Piloten mit dem Stock an die Wade, sagte:
He Sie, über Mamaroneck müßten Sie einmal aufsteigen mit Ihrem Sack. In Mamaroneck war ich einmal, wissen Sie, dort müßten Sie hoch, und oben über den Wäldern und Wiesen Mamaronecks bräche die Nacht herein, ja in dunkler Nacht müßten Sie hinunterschauen, und man könnte mit einem Mal, sagte er zum Piloten und zur Wahrsagerin, in der nächtlichen Umgebung auf einer Wiese ein leuchtendes Pferd erkennen, einen Hengst, der neongrell aufscheint, seit er berührt worden ist von Außerirdischen, die dort einmal mit einem UFO gelandet sind – wie mir Marilyn erzählt hat. –
Der Pilot nickte, war ganz ernsthaft, die Wahrsagerin lachte, machte ein belustigtes Gesicht, der Mann mit der Kamera fotografierte, der Pilot nahm den Feldstecher, schaute hinunter. Doch da unten war nichts mehr, da unten war überhaupt nichts mehr zu erkennen. Goldfarb hatte die Brille abgenommen, um die Tränen wegzuwischen, Tränen wegen der kühlen Luft, wegen des kalten Windes, der hier oben wehte, Tränen wegen Marilyn, die ihm das leuchtende Pferd beschrieben hatte. Augenwasser, das ihm die Sicht verschleierte, den Blick auf die Welt, die für Goldfarb in diesem Moment nichts anderes war als ein Meer von Tränen. Und zum ersten Mal – ja, Schubert fuhr ab, fuhr ganz gewaltig ab; aus dem Himmel wehte Schuberts Unvollendete mit dem Wind in dieses Tränenmeer hinab; wie ein Landregen ergoß sich Schubert herab, ein frischer Regen, der dem Salz die Schärfe nimmt: und legte in der Folge einen Teppich aus aufrührerischen und versöhnlichen Klängen über das Freiamt. Zum ersten Mal gelang es Goldfarb, sich die Unvollendete ins Gehör zu rufen, einfach so, in den ganzen Körper, daß sie im Blut pulste. Die Herzfalten riß sie auseinander, als seien sie verklebt gewesen, und die Knochen bildeten Resonanzröhren.
Goldfarb wollte die Brille gar nicht mehr aufsetzen. Mit

einer scharfen Linse, dachte er, sieht man nicht besser hinter die Dinge.
Glückselig und halbblind erfaßte er, bei aller Treue zu MM, die Hände der jungen Wahrsagerin und küßte sie sacht, während der große rosarote Heißluftballon mit den grünen Punkten davonschwebte, küßte sie zärtlich, als sie im tiefen Septemberhimmel dahintrieben, der roten Sonne entgegen, die nichts war als ein befreundeter FIREBALL in noch ferneren, noch helleren Gefilden.

5

Katrin holte den Stummen ab.
Hin und wieder versuchte sie, einen Nachmittag mit ihm zu verbringen, rief die Mutter an, sie hole ihn ab, ging dann in die Stadt mit diesem Vater, der auch für sie ein Unvertrauter war.
Er saß im Rollstuhl, die schwarze Wolldecke um die Beine gehüllt, trug den dunkelblauen Pullover und eine Lederjacke: abholbereit wartete er, von Mutter angezogen und zurechtgemacht für den Ausgang.
Katrin holte ihn ab in der elterlichen Wohnung, in der sie selbst nie gewohnt hatte. Aus praktischen Überlegungen heraus hatte Mutter diese Wohnung gemietet, nachdem Vater pflegebedürftig geworden war, abhängig vom Rollstuhl. Katrin kam es jedesmal eigenartig vor, die vertrauten Möbel in neuen Räumen zu sehen; etwas stimmte nicht mehr, etwas irritierte sie, bis sie feststellte, daß die Mutter den Versuch unternommen hatte, die Möbel, Teppiche, Bilder, sämtlichen Hausrat nach der früheren Ordnung wieder einzurichten und dies auch zustande gebracht hatte, weil die neue Wohnung genauso viele Zimmer besaß wie die alte. So hatten die Dinge ihren Platz wiederbekommen, aber da sie zueinander in einer anderen Distanz hatten aufgestellt oder plaziert werden müssen, da die neue Wohnung auch andere Fenster hatte, ein anderes Licht, war die Übereinstimmung nur eine scheinbare geworden, was Katrin irritierte; eine falsche Vertrautheit spürte sie, befremdlich.

Katrin schob den Rollstuhl mit dem Stummen durch die Budenstadt, stemmte sich gegen den Bügel, sah auf Vaters etwas flachen und noch stark behaarten Hinterkopf herab, sah auf die lose im Schoß gefalteten Hände, versuchte sich vorzustellen, wie es war, damals, als er sie noch im Kinderwagen durch die Budenstadt geschoben hatte, aber sie fand kein Bild dafür. Dagegen fiel es ihr leicht, sich an die Jahrmärkte und Rummelplätze ihrer Schulzeit zu erinnern, an die Musik, die Karussellfahrten, an Akrobaten, Schlangenmenschen in hautengen Glitzerkostümen, an die lauten Ausrufer vor den Buden, an das scheue Mädchen, das jeweils für ein paar Tage ihre Klasse besuchte. Es hatte dem Unterricht nie folgen können, aber es besaß eine hohe reine Stimme, man hörte sie deutlich beim Singen heraus. Und es war beweglicher gewesen als sie alle, konnte aus einer leichten Grätschstellung heraus den Oberkörper so weit zurückbiegen, daß der Kopf den Boden berührte. Mit dem Mund hatte das Mädchen einen Federhalter aufgehoben, den man ihm zwischen die Füße legen durfte... In diesen Jahrmarktsbildern nahm der Vater wenig Raum ein, auch wenn sich nun eine Fotografie in den Vordergrund schob und Katrin daran dachte, wie sie einmal mit Hans am Pfingstmarkt abgelichtet worden war. Stand dabei nicht Vater hinter ihnen, hatte die Hände auf ihre Schultern gelegt. Hinter ihnen hatte ein als Braunbär verkleideter Mann gestanden, die Hände auf ihren Schultern waren Pranken gewesen, denn der Vater hatte am Jahrmarkt als Gehilfe des Fotografen Geld verdient, und die Erinnerung an ihn war das Sich-Erinnern an einen Bärenmann.

Später Nachmittag, noch helles Tageslicht, aber Katrin bemerkte, daß auch die Lichter der Buden und Bahnen eingeschaltet waren, das natürliche Licht und das künstliche Licht kontrastierten auf eine seltsame, kaum wahrnehmbare Weise.

Der Stumme war früher ein guter Schütze gewesen, hatte neben der ›Obligatorischen Übung‹ auch am freiwilligen ›Feldschießen‹ teilgenommen und auf Jahrmärkten den Kindern gern seine Schießkünste demonstriert, ja, ein paar Jahre hatte er Katrin jeweils eine Papierrose, deren Farbe sie sich wünschen durfte, herausgeschossen und geschenkt.

Katrin schob den Rollstuhl behutsam durch das

Gedränge, schaute sich nach einer Schießbude um, entdeckte am Rand des Rummelplatzes im Schatten der Platanen einen umgebauten Wohnwagen mit niedriger Brüstung, in dem ein Schießbudenfräulein stand, das Gewehr leicht in der Armbeuge

Mal schießen, der Herr

rief die nicht mehr ganz junge Frau, hatte eine üppige Figur und hochgeschnürte Brüste; hinter ihr an der Wand waren die Zielscheiben befestigt, und Papierrosen steckten dort, Teddybären saßen auf Gestellen, bunte Vasen standen neben Kuckucksuhren, all die herauszuschießenden Preise lockten ... auf Laufrädern blecherne Hirsche und Bären, in einem Käfig aus Maschendraht schwebten Ballons von einer Luftdüse in Bewegung gehalten, Katzengold und Flitter schmückte die Gegenstände

Drei Treffer eine Rose

Katrin bezahlte, verlangte ein Gewehr. Das Schießbudenfräulein öffnete den Verschluß, schob die erste Kugel in den Lauf. Katrin legte das Gewehr dem Stummen über die Knie, wortlos, schaute ihm ins Gesicht, erwartete ein Zeichen, eine Regung, die ihr verriet, daß auch er sich nun an die Papierrosen erinnerte.

Keine Regung. Vielleicht ein leichtes Zucken um den Mund. Der Stumme drehte das Gesicht Katrin zu, als müsse er prüfen, ob das eine Falle sei – und es war ja eine Falle. Oder der Versuch der Tochter, den stummen Vater zu erreichen, ihm eine menschliche Regung zu entlocken, ein Gefühl, und wäre es auch nur vermittelt mit der Hilfe eines Gewehrs.

Der Stumme verriet keine Gefühle.

Hatte er das jemals getan? Waren nicht die Papierrosen das einzige Zeichen, das sie von ihm besaß? Er hatte ihr nie einen Brief geschrieben, sie nie umarmt, nie liebkost, er hatte ihr jedes Jahr eine Rose herausgeschossen. Jedes Jahr? Die erste mit zwölf, die letzte mit siebzehn ...

Ich möchte eine blaue Papierrose, sagte sie.

Der Stumme nahm das Gewehr in die Hände, wog es,

nahm es in Anschlag, preßte es an die Wange, hielt die Hand ruhig um den Abzug geschlossen, stützte den Kolben beim Kinn. Er zielte.

Die Papierrosen steckten in Röhrchen aus Gips.

Er schoß, und das oberste Stück des Gipsröhrchens sprang weg. Die blaue Papierrose, auf der ein wenig silberner Flitter war, zitterte.

Der Stumme legte wieder an, zielte, schoß. Und nochmals spritzte Gips weg, die Rose neigte sich ein wenig vor.

Und da war noch ein dritter Schuß, sie zu gewinnen.

Das Fräulein lud dem Stummen das Gewehr. Bedächtig, fest legte er es an die Wange. Er kniff nicht ein Auge zu, wie andere Schützen das taten, hatte beim Zielen beide Augen offen, hielt das Gewehr ganz ruhig, und mit einem Mal fürchtete Katrin, er könnte imstande sein, auf einen Menschen anzulegen, auf sie, auf die Mutter, auf das Schießbudenfräulein könnte er schießen, den dritten Schuß einfach in die Menge, in die Leute hinein abgeben, in die Leute, die den Rummelplatz belebten, um die Bude herumstanden, lachten, Eis schleckten, schwindlig waren von der Achterbahn, fieberten vor SKYLAB. Doch der Stumme legte nur kurz an, schoß, und der Gipsrest zersprang, die blaue Rose war gewonnen.

Ohne zu fragen, gab das Fräulein Katrin die Rose, lächelte dem Stummen zu. Katrin steckte die Rose nicht an, behielt sie in der Hand, schob den Rollstuhl weg, ging mit dem Stummen hinüber zur Berg- und Talbahn (tourbillon des neiges), schaute eine Zeitlang den auf einer Schiene auf und ab und rundum rasenden Wagen zu, beobachtete, ob der Stumme auf das Spektakel reagierte, auf Rufen, Lachen, Rollgeräusch, Musik, Illumination –

Nichts.

Er war nie dabei gewesen, früher: als sie, ein Kind noch, in der Küche am Tisch saß, früh vor der Schule; eine Tasse mit heißer Milch, ein Brot, auf das Mutter mit

Butter vermengte Melasse gestrichen hatte. Er war bereits weggegangen, arbeitete in einer Fabrik irgend etwas mit Maschinen/Motoren, von dem sie keine Ahnung hatte, wovon er nie erzählte –
schmutzige Arbeitskleider brachte er nach Hause, die rochen nach schwerem Öl, und Mutter wusch sie von Hand mit Kernseife auf dem geriffelten Brett.
Er war nie dabei, nur die gebrauchte Kaffeetasse verriet, daß er dagewesen war. Zum Abendessen kam er nach Hause, saß am Tisch, aß Gerichte, die Katrin und Mutter nie angerührt hätten: Kutteln, Limburger Käse mit Kümmel, Preßkopf. Unnahbar. Oder hatte Katrin Nähe gar nie gesucht, hatte überhaupt jemand ernstlich versucht, in die Nähe dieses Mannes zu gelangen. Mutter und Kinder lebten unter einer Glocke aus Glas; Vater blieb außerhalb; und wenn das Glas von der Mutterwärme beschlagen war, hatte man ihn nicht einmal mehr sehen können, geschweige denn erkannt.
Katrin ging zur Kasse und kaufte Chips. Sie bat einen Burschen, ihr zu helfen, den Vater in einen der Wagen zu setzen, faßte unter die Decke. Der Stumme war leicht, er war knochig, wenig Muskelfleisch, schlaffe Haut, sie fühlte das Gewicht seines Körpers mit den Händen, die Beschaffenheit, und es fiel ihr ein, daß sie den Vater niemals nackt gesehen hatte.
Die Wagen begannen zu fahren, Katrin saß neben dem Stummen, die Bahn beschleunigte, so daß ihre Körper ein wenig gegeneinander gedrängt wurden, leicht zuerst, im Kreisbogen bergauf liefen die Wagen, schossen in das Wellental hinab im Sturz, und die Körper wurden stärker gegeneinander gedrängt, wieder bergauf und in den Tunnel hinein, wo ein heftiges Schneegestöber, ein künstliches Schneetreiben herrschte. Katrin spürte einen Druck auf den Magen, die Bahn fuhr jetzt rasend schnell, es war, als würde ihr der Magen ausgewrungen, sie spürte auch, wie sie sich gegen die Kräfte wehrte, gegen den Druck, und gab plötzlich nach, spürte (erfuhr) den mage-

ren Leib an ihrem weicheren Leib, es war eine Liebkosung, eine verspätete Zärtlichkeit.
Jetzt stoppte die Bahn, der Magen verklumpte sich, doch gleich nach dem Stillstand setzte sich der Wagen rückwärts wieder in Fahrt, und der innen sitzende Stumme, als habe er allen Widerstand verloren, wurde hilflos gegen Katrin gedrückt, heftig, wie ein Überfall war das. Der Körper des Vaters, der bei der anhaltenden Beschleunigung über sie kam, bedrohlich.
Ja, manchmal hatte sie diesen dunklen Mann als bedrohlich empfunden. Mit seinem Schweigen war er in ihre Kinder-Abende eingebrochen. Als besuche er die falsche Familie. Und Mutter und Kinder hatten sich so verhalten, daß er ein Fremdkörper blieb.
Auf ihn kam es nie an.
Bei jeder Fahrt durch den Tunnel glitten Schneepunkte über seinen Körper, als wüchsen ihm Flecken, ein heller Lichtausschlag. Sein Kopf fiel ein wenig nach hinten, Katrin sah die Venen am Hals, den grindigen Kehlkopf. Im Fahrtwind öffnete er den Mund, und vom heftigen Luftzug wurden seine Lippen aufgeworfen, Katrin sah das dunkelrote Zahnfleisch, das schadhafte Gebiß. Und seine auf den Knien gefalteten Hände.
Jetzt rutschte er wieder auf sie zu, und sie fing ihn auf, sie legte den Arm um seine Schultern, hielt ihn fest, diesen mageren hölzernen Vater, an sich gepreßt.
Umarmt. Und niemals hatte er sie als Mädchen umarmt, geküßt. Mutterküsse hatten den Bedarf abgedeckt, unter den Mutterküssen hätte man ersticken können. Die Mutter forderte die kindlichen Zärtlichkeiten ganz für sich ab – Bonbons aus einem Vorrat. Der Vater war niemals wichtig gewesen.
Und der Traum, in dem er ein Mörder war; tagelang hatte sie ihn danach gemieden, beargwöhnt...
Nachdem die Bahn zum Stillstand gekommen war, half man ihr wieder, den Stummen aus dem Wagen zu heben und in den Rollstuhl zu tragen. Die Rose, die blaue

Papierrose, die Katrin vor der Fahrt auf die Wolldecke gelegt hatte, sie war verschwunden.

Katrin verließ die Budenstadt, nahm mit dem Stummen den Weg stadtauswärts zu Pablos Haus. Sie wollte Pablos Auto ausleihen. Ganz plötzlich an diesem späten Nachmittag war ihr der Einfall gekommen, der vielleicht einer Wette ähnelte, die man eingeht mit sich selbst; oder einem bösartigen Spiel.
Sie wollte dem Vater eine Regung entlocken, sie mutete ihm Gefühle zu, unbeirrbar. Seinen Kälte-Panzer wollte sie auftauen.
Der große schwarze Hund hatte sie schon von weitem erkannt, er zockelte auf sie zu, wedelte mit dem Schwanz, leckte Katrin die Hand, beschnupperte die Hände des Stummen, legte für einen Augenblick den schweren Kopf auf seinen Schoß, bevor er ihnen vorauslief, in gemächlichem Trab zu Pablos Haus.
Pablo arbeitete im Atelier, hatte vor sich Fotokopien des Gemäldes ›Kornernte‹ von Bruegel liegen, kolorierte sie, übermalte die Landschaft, beließ den Baum in der Mitte des Vordergrunds, so wie er war, malte (zeichnete) jedoch an die Stelle der sich ausruhenden Schnitter eine Picknick-Familie mit Wohnwagen und Campingtisch.
Pablo lieh Katrin das Auto gern, seine Dyane.
Als sie zusammen aus dem Atelier kamen, hatte sich der Hund bereits wieder in die offene Tür gelegt, und sie mußten über den schwarzen Körper steigen.

Katrin fuhr langsam über den Mutschellenpaß. Sie schwieg. Gelegentlich wußte sie nicht, was sie dem Stummen erzählen sollte. Es kam nichts zurück. Als würde man Bälle gegen eine Wand werfen – und die Wand schluckte sie auf.
Starker Verkehr, die Dyane hatte Mühe mit der Steigung. Zu beiden Seiten der Straße neue Bauten und weitere

Baugruben. Der Rebberg eingezwängt, man hatte nicht einmal Vogelscheuchen aufstellen müssen, die Baukrane erfüllten mit ausgeschwenkten Armen auch diesen Zweck. Der Stumme hielt die Augen geschlossen, aber Katrin nahm nicht an, daß er schlief.

Du bist lange mit der Bahn zur Arbeit...

Er öffnete die Augen nicht. Vielleicht aus Mitleid legte sie ihm die Hand auf den Schenkel. Nun öffnete er die Augen.

Eine Horrorstrecke, sagte Katrin, todhäßlich. Sie nahm die Hand zurück, nicht nur, weil sie vor der Kurve hinunterschalten mußte. Straßenbau, sagte sie, Häuserbau, Lastwagenverkehr, Schlafsiedlungen vor der nahen Stadt Zürich. Katrin betonte die Worte überdeutlich, als bekämen sie damit Kraft: Wort für Wort ein Schlag dagegen.

Der Stumme blieb ohne Teilnahme.

Manchmal fiel er ihr auf die Nerven, sie hatte schon daran gedacht, ihn einmal böse zu beschimpfen.

Seine Augen, die dunklen unergründlichen Augen hielten sie vor Ausfällen ab. Jetzt sahen sie aus, als hätte man sie mit schwarzem Blei ausgefüllt.

Sie schwieg – es hatte keinen Zweck zu reden.

Der Abend, so kam es ihr vor, ergab sich einfach, als sie in Zürich einfuhren, eine selbstverständliche Zunahme von Blau. Fast übergangslos. Mit dem Stau vor der Ampel beim Fußballstadion hatte sie gerechnet, blieb ruhig. Ruckweise von Rot zu Rot erreichten sie den Escher Wyss-Platz, Katrin fühlte sich dort plötzlich umklammert von der Beton-Faust und hatte Angst um den Brunnen aus orangefarbenem Kunststoff, der unter der Betonbrücke stand, über dessen Stufen das Wasser hinabplätscherte, unhörbar im Tosen des Verkehrs, nichts als ein vergebliches Kunstzeichen für die Verlorenheit aller.

Bis zum Limmatplatz folgte Katrin der Tramlinie, fuhr dann in die Langstraße ein, bald hinab in den Tunnel, der

unter den Bahngeleisen durchführte, las die Sprayinschriften an den düsteren Wänden
TNT
und suchte dann einen Parkplatz.
Ohne fremde Hilfe zu beanspruchen, gelang es Katrin, den Stummen in den Rollstuhl zu heben; der Sitz der Dyane und die Sitzfläche des Gefährts befanden sich auf gleicher Höhe, so konnte sie den Vater, ihn stützend, hinübergleiten lassen.

Sie schob den Rollstuhl auf dem Trottoir vorbei an vielen Passanten, an kleinen Geschäften mit Billiguhren und Goldarmbändern, an Boutiquen und Sexläden zur ›St. Pauli Bar‹. Im Aushang die Photos der Tänzerinnen. Der Türsteher ließ sie eintreten, er schob den dicken roten Vorhang zurück – und im Barschummer fiel der Blick zuerst auf grell phosphoreszierendes Hemdenweiß, auf leuchtende Blusen, auf schimmerndes Zahnweiß, alles war in ein wunderbares Licht getaucht, das Unebenheiten ausglättete, Flächen betonte, das Häßliche verdeckte; es glitzerten Gläser und Flaschen in verspiegelten Regalen; über der Bar verlief ein Lichtband, als woge ausgeleuchtetes Wasser blaugrün, und erst nach den Dingen erkannte Katrin auch die Menschen. Es herrschte ein reger Betrieb, Männer saßen an Tischen, an der Bar, auf einzelnen Stühlen, in Nischen, dunkle Gestalten – umgeben von schönen Frauen, die nacktes Beinfleisch zeigten, Busenfülle, Phosphorlächeln. Der Diskjockey spielte einen Hit von ›Bluebird‹, und auf dem hellerleuchteten Podest tanzte eine schwarze Frau. Katrin schob den Rollstuhl in die Nähe der Tänzerin, setzte sich neben den Stummen auf einen Stuhl, bestellte, als der Kellner kam, für sich ein Bier, für den Vater Calvados.
Die Frau auf dem Podest hielt dem Publikum den Rükken zugewandt, wiegte das Gesäß hin und her, stampfte mit den Füßen im Takt der Musik; in einem Spiegel sah man ihr Gesicht, den Bauch, sah, daß sie am Büstenhalter

nestelte, ihn öffnete, fallenließ. Sie drehte sich um, tanzte, tanzte, die großen Brüste wippten auf und ab im Takt der schnellen Musik.

Im Halbdunkel der Bar umrahmte der phosphoreszierende Hemdkragen den Hals des Stummen, Katrin sah kaum sein Gesicht, vielleicht spielte das Licht einen Schimmer in seine Augen. Die Musik brach ab. Und setzte neu ein. Zu einer alten Platte der Beatles zog sich jetzt ein HEY JUDE-GIRL aus ... ein GIRL AUS GERMANY, sagte der Diskjockey, das ein rotes langes Kleid mit geschlitzten Seiten und unendlich vielen Knöpfen anhatte, die es allmählich öffnete und öffnete.

Der Stumme schaute zu. Er hatte den Calvados bereits getrunken, Katrin bestellte ihm einen zweiten. Er schaute der Tänzerin zu, war nicht mehr so apathisch – dachte Katrin. Als würde sich in ihm etwas regen; er wirkte nicht mehr so ergeben und schlaff. Jetzt war HEY JUDE AUS GERMANY nackt: eine schöne Frau.

Ein Song Joe Dolces, und das nächste Mädchen lief auf die Bühne. MALU AUS THAILAND, sagte der Diskjockey, drehte die Musik lauter. Malu hatte nicht viel auszuziehen, besaß einen schmalen Körper, tiefbraune Haut, spielte mit der Zunge, und der Stumme, so schien es Katrin, wiege mit dem Oberkörper ein wenig mit – oder das war der Rhythmus der Musik, die vielen Leiber, die sich bewegten, die vibrierende Bar, Stimmen, Musik. Und Katrin roch Schweiß, Ausdünstung von Menschen, starkes Parfüm.

Zwischen den Auftritten hielten sich die Tänzerinnen in der Bar auf, setzten sich als Animierdamen an die Tische, unterhielten sich mit Gästen, machten die Männer an. Für einen teuren Drink ließen sie die Hände (Männerhände) ein wenig gewähren.

Auf dem Podest stand jetzt ein Mann, ein schlanker, athletisch gebauter Neger. Er hielt einen blaugelben Stab in den Händen, tanzte barfuß. Er stellte zwei Halter auf, legte den Stab quer darüber, beugte den Oberkörper mit einer schnellen Bewegung nach hinten, daß der Kopf beinah den Boden berührte, glitt unter dem Stab durch, ohne ihn zu berühren. Er trug eine knapp über die Knie reichende seidene grüne Hose, ganz eng, sein Geschlecht zeichnete sich darin ab. Die Waden muskulös, glänzend. Er legte den Stab etwas tiefer. Die Männer in der Bar waren gleich gegen ihn eingenommen. Er bekämpfte sie lächelnd mit tänzerischen Bewegungen. Sein Oberkörper war nackt. Katrin gefiel dieser Schwarze. Sie dachte, daß die Zuschauer wohl glaubten, er habe mit allen Tänzerinnen geschlafen. (Nächte fielen ihr ein, in denen sie einen Fremden ins Bett geholt hatte, nur um nicht so jämmerlich zu frieren.)

Die Männer beargwöhnten den Mann, seine enorme Beweglichkeit machte eine körperliche Überlegenheit sichtbar, provozierend. Seine Schönheit. Er durfte sich keinen Fehler erlauben. Jetzt legte er den Stab nochmals tiefer, setzte ihn in Brand. Die Fackel löschte er mit dem Mund aus, spie und schluckte Feuer. In dem schwarzen Gesicht glich der Mund einer rosaweichen Blüte. Zungenlandschaft. Eine dunkelhäutige Tänzerin setzte sich auf einen Stuhl neben den Stummen. Sie trug eine weit ausgeschnittene, durchsichtige, vor dem Bauch verknotete Bluse. Hot Pants. Die Tänzerin legte dem Stummen einen Arm um den Nacken, preßte die Wange auf sein Gesicht, begann mit ihm zu schmusen, flüsterte ihm etwas ins Ohr.

Der Stumme nickte.

Die Tänzerin winkte den Kellner herbei. Der Neger auf der Bühne wippte hin und her, kraftvoll, doch weich, tanzte, beugte den Körper nach rückwärts; der Kopf lag tiefer als die Knie. Er balancierte mit den Händen, deren hellrote Innenflächen sehr verletzlich aussahen, arbeitete sich mit schnellen Fußbewegungen vor und glitt unter dem Stab durch, der brennende Stab berührte die Brust, und bevor der Tänzer den Kopf nachzog, blickte er mit

scheinbar entsetzten Augen auf seine Brust, wo Schweißtropfen glänzten. Der Kellner brachte der Tänzerin Champagner, sie küßte den Stummen, nahm seine Hand und legte sie sich zwischen die Schenkel.
Der Stumme widersetzte sich nicht.
Aber er hatte auch jetzt ein vollkommen unbewegtes, ein vollständig erstarrtes Gesicht. Die Tänzerin nahm seine Hand zwischen ihren Beinen hervor und führte sie an ihre Brust. Sie beugte sich über den Stummen und schob ihre Hände unter die Wolldecke. Der Stumme legte den Kopf zurück. Sie lachte. Er senkte sein Gesicht in ihr Haar. Der Tänzer auf der Bühne nahm zwei Cola-Flaschen, stellte sie im Abstand der Stablänge auf. Am Stab befestigte er ein kleines, sehr spitzes afrikanisches Messer. Er legte den Stab, der immer noch brannte, auf die Flaschen. Als er den Körper ein letztes Mal unter dem Stab durchwand, streifte das Messer sein Geschlecht. Katrin sah seine Augen, nur aus Weiß schienen sie bei der Anstrengung zu bestehen. Konzentration verzerrte sein Gesicht, er hatte Schweißtropfen auf der Stirn, und die braunrote Schlangenhaut, die er um sein wolliges Haar geschlungen hate, schleifte über den Boden. Seine Bauchmuskulatur war vollkommen gespannt, nur mit der Kraft der Zehen, den Körper kaum eine Handbreit über dem Boden in der Waagrechten, bewegte er sich unter dem Stab weiter. Und der Kellner brachte der schwarzen Tänzerin ein zweites Glas Champagner. Sie legte ihren Kopf auf die Brust des Stummen, fuhr mit den Händen unter seinen Pullover, und der Vater hatte die Hände auf ihren Brüsten. Alle Männer in der Bar hatten sich gegen den schwarzen Tänzer verbündet, der blaugelbe brennende Stab sollte fallen, das Messer ihn verletzen. Ein paar Augenblicke noch, dachte Katrin, und der Neger ist ein Sieger, während alle anderen Männer sich als Verlierer fühlen. Da krümmte sich der Tänzer ganz unter dem Stab durch, hatte eine Zeitlang verharren müssen, den Stab zwischen Brust und Kinn, die Flammen, die Messer-

spitze über dem Hals, hatte das Gesicht abgedreht: jetzt sprang er auf
Applaus. Und
während seines Abgangs von der Bühne legte der Diskjockey eine neue Platte auf OH MAMIE OH MAMIE BLUE OH MAMIE BLUE – und die Tänzerin nahm die Hände des Stummen aus ihrer Bluse, befreite sich von ihm, war aufgerufen, war schon auf der Bühne, hieß UNSERE RIA AUS JAMAICA, löste vor dem Bauch den Knoten der Bluse, tanzte rhythmisch und behend, man sah ihre Brüste, an denen sich der Stumme eben noch gewärmt hatte
noch haftete der Duft der dunklen Brüste mit den hellbraunen Warzenhöfen an seinen Händen
und Ria zog die Bluse aus, streifte die Hot Pants ab, ließ sie achtlos auf die Bühne fallen, in hochhackigen Schuhen tanzte sie, daß ihre Fesseln noch schlanker erschienen, lachte, winkte dem Stummen zu, der hatte beide Hände aufs Gesicht gelegt, ließ sie sinken in den Schoß, faltete sie in gewohnter Weise, Ria war nackt, nackt auf hochhackigen purpurroten Schuhen, man sah ihr volles Schamhaar, ein schwarzes Dreieck auf brauner Haut.
Sie tanzt gut, dachte Katrin.
Tanzte jetzt etwas träge, doch ganz rund in der Bewegung, was ihrem Tanz etwas Aufreizendes verlieh, und als sie einmal einen langen Schritt machte, ein Bein wegspreizte, sah man eine rosige Weichstelle in ihrer Scham und ins Schamhaar geflochten eine kleine glänzende Goldkugel.
OH MAMIE OH MAMIE BLUE OH MAMIE BLUE
Nach dem Strip ging das Bühnenlicht aus. Die Tänzerin sammelte die abgelegten Kleider auf, als falle es ihr besonders schwer, sich nach ihnen zu bücken. Katrin dachte, mit dem Abdrehen der Scheinwerfer sei auch der Ausdruck in ihrem Gesicht abgelöscht worden. Sichtbar atmend stand die Tänzerin im Halbschatten hinter der Bühne
während wieder ein Spot aufblendete, Musik anhob mit

Conga-Schlägen, die Lichtmaschine den Körper eines GIRLS AUS ISRAEL zu suchen begann, fand, betastete, betupfte

wartete bis der neue LIGHTSHOW DANCE in Gang war, bevor sie in der Garderobe verschwand. Das Häufchen Kleider in der Hand, aschfahl in ihrer Nacktheit, so hatte sie gewartet. Und nun war sich Katrin nicht sicher, ließ der Stumme den Blick nicht von der Tür, oder war der Blick nur stur und tot. Als die Tänzerin wieder herauskam, trug sie einen blauen Mini und ein rückenfreies, seidenes T-Shirt, hohe lederne Stiefel und hatte weder Augen für das tanzende GIRL AUS ISRAEL noch für den Stummen, ging achtlos an ihm vorbei in den Hintergrund der Bar, wandte sich einem anderen Gast zu, erfüllte ihren Job

und das Mädchen auf der Bühne bedeckte die Brust mit den Händen, über seinen Körper rieselte rotes, gelbes, grünes Licht. Gleich einer Statue verharrte das Mädchen, und Farbe nach Farbe löschte das Licht aus, bis das GIRL AUS ISRAEL nur noch dastand im Bad eines kalten blauen Scheins, ganz Marmor

still, Stein ... Katrin bezahlte. Sie gab dem Kellner zwei Hunderterscheine, doch er schüttelte den Kopf, und sie mußte dazu noch Münzgeld zusammenklauben.

Es war schon dämmrig, als sie mit dem Stummen heimfuhr. Allenthalben brannten Lichter und Leuchtreklamen, außerhalb der Stadt die Straßenlampen (oder man sah Licht in einem einzelnen Haus), und so mit dem Stummen unterwegs, schweigend neben ihm sitzend, gelegentlich verstohlen sein Gesicht betrachtend, begann sie vor sich hin zu pfeifen.

Der Stumme blieb stumm.

6

Hans Villiger saß über seine Notizen gebeugt, rauchte Pfeife, hatte den Nachmittag im Arbeitszimmer verbracht, geschrieben. Zuviel geraucht, so daß ihn ein Husten überfiel und er ein Stechen in der Brust verspürte, einen heftigen Schmerz, als würde ihm flüssiges Blei in das verästelte System der Bronchien gegossen.
Maria war mit Lina zum Rummelplatz gegangen.
Es dämmerte. Aus dem Fenster sah er schräg über die Reuß zur Tanzbühne hinunter; an den Reflexen der Beleuchtung im Wasser erkannte er, daß sie auf den Schlauchbooten leicht schwankte.
Er hatte geschrieben...
Spätherbst 1929, in Baden haben Kommunisten ein Transparent durch die Stadt getragen, dessen Aufschrift TOD DEN FASCHISTEN als unstatthafte Provokation und Störung der öffentlichen Ordnung empfunden worden ist: die Behörden haben die Kundgebung als staatsfeindlich beurteilt und Polizeiabteilungen bereitgestellt.
Er hatte notiert auf ein anderes Blatt...
Im Frühjahr 1930 muß sich in Baden eine kommunistische Zelle gebildet haben, bestehend (laut Polizei) aus etwa 10 Burschen, die agitiert haben unter den Lehrlingen der BBC. Am Vorabend einer Demonstration hat die ›Zelle‹ ein Flugblatt verteilt
(Der junge BBC-Büetzer)
auf das hin der Stadtrat die Demonstrationsbewilligung für den 10./11. Mai sistierte ... man habe Stellung beziehen müssen, hatte Hans Villiger zitiert ...
›gegen ein solches provokatives aufreizendes Vorgehen halbwüchsiger Knaben und Mädchen, zum Teil noch nicht einmal aus der Schule entlassen ...‹
Er hielt inne, war in Gedanken: Der junge BBC-Büetzer (Hans Villiger wollte anläßlich des Vortrags ein Dia des Flugblatts zeigen) hatte bessere Lohn- und Ferienverhält-

nisse gefordert, aufgerufen zum Kampf gegen die Fabrik-Herren, die Kirche als ›Betschopf‹ bezeichnet, Lehrer und Meister zu ›Schindern‹ und ›Schmutzfinken‹ erklärt... Man ›wolle sich Drill und Anseicherei nicht länger gefallen lassen‹, und würden die Forderungen nicht erfüllt, hieß es in der Schrift, ›so werde der Generalstreik der Stifte proklamiert‹.
Er hatte einer Akte entnommen,
als ›Seele des Kreises Aktiver Unzufriedener‹ gelte der zwanzigjährige Max Wullschleger. Als dann am Samstag der Demonstration trotz des Verbots mehrere Dutzend ›Jungburschen mit ihren Mädels‹ ... über die Hochbrücke nach Baden wollten, trat ihnen ein Polizeiaufgebot entgegen.
Rote Fahnen, Gesang: Polizeikordon.
Mer lönd öis ned abhalte, mer wänd die Versammlig!
Wullschleger soll der Rufer gewesen sein, und als die Polizei ihn wegen der Aufforderung, gegen den behördlichen Erlaß Widerstand zu leisten, festzunehmen versucht, kommt es zum Handgemenge, seine Freunde wehren sich mit der Fahnenstange.
Sieben Verhaftungen werden vorgenommen, hatte Hans Villiger geschrieben und das ›Aargauer Volksblatt‹ erwähnt, das die versuchte Demonstration als ›Affentheater‹ bezeichnete, die Teilnehmer als ›windhundbejackte Moskauer Kücken‹ und ›Leninglünggi‹.
Er hatte Karteikarten vor sich auf dem Tisch liegen, auf denen die Reaktion beider Seiten festgehalten war:
Die Kommunisten wollten sich die schroffe Behandlung nicht gefallen lassen und riefen auf zu einer Großkundgebung ›Gegen die kapitalistische Ausbeutung, gegen Lohndrückerei, gegen Arbeitszeitverlängerung und gegen die Rechtlosmachung der Arbeiterklasse!‹
Die Behörden unterstellten: ›Bei dieser Gesellschaft befinden sich aber Elemente, die vor Verbrechen – Schießen auf den Gegner oder das anwesende Publikum – nicht zurückschrecken.‹

Er hatte auf einer weiteren Karteikarte vermerkt:
›Die 300 Gummiknüppel, deren Anschaffung schon vor längerer Zeit beschlossen wurde, seien sofort zu bestellen und für Baden bereit zu halten.‹ So hat sich der Vaterländische Verband eingemischt, ein striktes Demonstrationsverbot gefordert und die Regierung darauf hingewiesen, daß sie ›es in der Hand hätte, Bürgerwehr aufzubieten, wozu sich die Aargauische Vaterländische Vereinigung gerne zur Verfügung stelle‹.

Er hatte die Karten wie eine Patience vor sich, überlegte, begann zu schreiben ...
Die Regierung hat ein Versammlungsverbot für den 18. Mai erlassen und die Teilnahme, aber auch die Aufforderung zur Teilnahme, unter zuchtpolizeiliche Strafe gestellt, während – er zitierte einen Agentenbericht der Zürcher Polizei – die Kommunisten an ihrer Versammlung beschließen: ›Die Demonstration in Baden soll unter allen Umständen, wenn nötig mit Gewaltanwendung, durchgeführt werden‹ und die Teilnahme für obligatorisch erklären mit der Parole
ZIVIL ABER MIT SPAZIERSTOCK NACH BADEN GEHEN
was (formulierte er, sog an der kalten Pfeife)
die Kantonsregierung vollends alarmiert hat: man ersucht den Bundesrat, ein Truppenaufgebot für den Ordnungsdienst zu erlassen, fordert Kader von Rekruten- und Unteroffiziersschulen an; man weist die Teilnehmer eines Kurses für bewaffneten Vorunterricht, der am Kundgebungstag in Baden stattfindet, an ... ›im Stahlhelm und mit Patronentasche ein(zu)rücken‹, man will sie mit der nötigen scharfen Munition versehen.
Der Bundesrat läßt ausrichten, zitierte Hans Villiger, ›mit derart zusammengewürfelten Truppen (könne) ein richtiger Ordnungsdienst nicht sichergestellt werden‹, es stehe deshalb das Schützen-Bataillon 4 zur Verfügung ... ›für die kraftvolle Durchführung eines wirklichen Ordnungsdienstes sei ein Auszugsbataillon geeigneter ...‹

(Daß die Soldaten zur Hauptsache Freiämter sind, würden Hans Villigers Zuhörer wissen.)
Und er schloß den Abschnitt, tippte in die OLIVETTI DORA ... Die Bürgerwehr sieht sich durch die Anordnung zur Seite gedrängt, vermerkt mit Bedauern, daß sie nur als Hilfsdienst in Frage kommt, obwohl man gern gesehen hätte ... ›wenn der Bürgerwehr-Apparat einmal spielen würde‹.
Er hatte geschrieben.
Er schrieb.
Er hielt inne. Maria und das Kind waren nach Hause gekommen. Hans Villiger hörte sie in der Wohnung. (Er hoffte immer, sie würden ihm Blumen bringen, oder einen Zweig für den Schreibtisch.) Die erloschene Pfeife klopfte er aus, öffnete das Fenster. Ja, er sollte das Rauchen einschränken, die Bronchien schmerzten, sie brannten. Unten auf der Reußbühne spielte Musik, jemand ließ von der Brücke aus eine Rakete hochsteigen, und bunte Sterne regneten aus dem Abendhimmel in den Fluß hinab.
Er ging in die Küche.
Lina saß in ihrem Stuhl, aß Tomaten, Gurken, Wurst – mit Gabel und Händen. Das Kind beachtete ihn nicht, als er eintrat, das Essen war ihm viel wichtiger. Er setzte sich zu Maria an den Tisch, streichelte mit den Fingerspitzen ihren Nacken, doch auch Maria ließ sich nicht stören, sie blätterte eine Illustrierte durch, und hin und wieder zeigte sie Lina ein Bild.
Hans und Maria wollten noch zum Fest gehen und dort etwas essen, auch wieder einmal tanzen.
Lina schob den Teller beiseite, mochte nichts mehr essen, warf die Gabel durch die Küche, hatte wirklich genug. Manchmal wünschte sich Hans Villiger auch, Besteck und Geschirr einfach in der Küche herumzuwerfen. Lina wollte jetzt aus dem Stuhl befreit werden. Er hob sie heraus, hielt den kleinen Körper mit den Händen umfaßt, stellte Lina auf den Boden. Sie wollte tanzen zur

Musik, die aus dem Radio kam, nahm Hans an den Händen. Doch er war noch in seiner Arbeit gefangen. Maria stand auf, lachte ihn aus und küßte ihn auf den Mund. Das schmeckt ja nach Tabak, sagte sie, und Lina stellte sich auf seine Füße. Sie umschloß mit den Armen seine Knie, und wie ein tanzender Bär tappte er durch die Küche, Lina auf den Füßen, sie begleiteten so Maria bis zur Tür ihres Zimmers. Maria wollte noch eine Zeitlang lesen.

Als der Bärentanz nicht mehr lustig war, versuchte Lina ihm vom Rummelplatz zu erzählen. Besonders beeindruckt hatte sie wohl ein Kind, das im fahrenden Karussell plötzlich Nasenbluten bekommen hatte, und Lina zeigte ihm eine noch kaum verheilte Stelle an ihrem Bein, wo zu ihrem Entsetzen auch Blut herausgelaufen war, vor ein paar Tagen. Mit Maria war das Kind auf dem Kettenkarussell gewesen. Noch die Erinnerung an die Fahrt ließ das Gesicht Linas erstrahlen. Maria war halt eine Karussell-Verrückte. Sie ließ sich im Kreis herumschleudern, schwindelerregend, während er selbst nie fuhr. Als Kind war es ihm dabei übel geworden, und noch jetzt meldete sich sein Magen, wenn er zuschaute, wie Maria auf dem Kettenflieger vorbeisauste. Rundum. Sie hatte nach der Schußfahrt Tränen in den Augen, mußte sich an ihm festhalten, den Kopf gegen sein Gesicht geneigt. Sie hatte zwar wieder festen Boden unter den Füßen, die Welt jedoch sauste weiter im Kreis, drehte, drehte. Es war acht Uhr und Zeit, Lina ins Bett zu bringen. Er wärmte Milch für sie, füllte die Flasche ab, gab Ovomaltine dazu. Handwarm mußte die Milch sein, sonst wies Lina die Flasche zurück, unerbittlich. Er versuchte Lina zu überreden, sich noch auf den Topf zu setzen, und sie willigte ein, als er versprach, sie zu begleiten. Du aufs WC, sagte sie. In ihrer Vorstellung war der Körper wohl auch ein gefüllter Sack, jedenfalls knetete sie den weichen Bauch, das Zeug mußte doch aus ihr heraus.

Hans Villiger ging, das Kind auf dem Arm, ins Zimmer. Lina hatte die Flasche akzeptiert. Er mußte die Läden schließen. Zusammen schauten sie hinaus in den Abend, auf die Reuß, die immer ein wenig dunkler war als der Himmel. Dann zog er die Läden zu, sperrte Nacht und Dunkelheit aus. Lina sträubte sich nicht, als er sie wikkelte, vorsichtig, denn wo die Windeln zugeklebt wurden, war die Haut etwas entzündet. Lina rieb die Augen, schielte ein bißchen, sie war müde. Er hob sie vom Wickeltisch, packte sie in den Schlafsack, legte sie in ihr Bett, deckte sie zu. Lina begann die Flasche auszutrinken, verlangte ihre Puppe, und von Hans Villiger forderte sie (das Einschlafritual) ein Lied. Danach mußte er das Tonband einschalten, die Lina-Kassette abspielen. Sie selbst hatte sie besprochen. Von einem ganzen Kindertag hatten sie eine Kassette gemacht, alles, was sie sagen konnte, war auf dem Band. Beide hörten sie zu, Lina kommentierte, ergänzte, verglich mit dem heutigen, vergangenen Tag.

Er saß gern am Bett seines Kindes. Das war so unverfänglich. Lina wollte bald schlafen. Er zündete ihr das Nachtlicht an und ging aus dem Zimmer.

Wieder die Sauggeräusche.

Maria las in ihrem Zimmer.

Er ging an seine Schreibarbeit, er wollte gleich zur Pfeife greifen, zwang sich jedoch, darauf zu verzichten. Sogar beim Niesen griff ihm jemand mit scharfen Fingernägeln in die Lunge.

Man lebt so dahin. Dachte er. Tage sind Tage, sind Tage. Ja, dachte er, was ist ein Tag anderes als eine Variation von Tagen …

Samstag. 17. Mai 1930

So würde er beginnen, so anfangen, den Tag den Zuhörern zu schildern. Er hatte Zitate herausgeschrieben, die er während des Erzählens auf die Leinwand projizieren wollte. Der Tag sei ruhig verlaufen, würde er sagen, in der Stadt seien unvertraute Personen aufgetaucht, die ›offenbar zur Erkundung nach Baden gekommen waren‹. Der sozialdemokratische Stadtammann, würde er fortfahren, habe darauf bestanden, ›es könne jedermann im Rahmen der Ordnung seine Meinung frei sagen, (–) es sollten also nur Demonstrationszüge und Versammlungen auf öffentlichen Plätzen verhindert werden, nicht aber die Zirkulation einzelner Kommunisten in den Straßen‹.

Als die Armee in der Stadt einmarschiert sei, würde er sagen, hätten sich viele junge Leute eingefunden und die Soldaten arg beschimpft. Um vier Uhr am Nachmittag sei das Schützen-Bat. 4 dann einsatzbereit gewesen, gesichert hätten sich die Soldaten in den Kantonnementen aufgehalten.

Er hatte eine Ortsliste aufgestellt: In den Gemeinden Freienwil, Oberehrendingen, Aesch, Geisswies, Würenlos, Spreitenbach, Dättwil, Gebenstorf, Untersiggenthal und Vogelsang, müßte er sagen, haben Bürgerwehren ihre Beobachtungsposten organisiert. Ihr Auftrag sei es gewesen, den Anmarsch kommunistischer Gruppen telefonisch der Zentrale auf dem Polizeiposten zu melden.

Am Sonntagmorgen habe der Präsident des Elektrizitäts- und Gaswerks den Schutz der Anlagen und Installationen gefordert, und am Sonntagnachmittag – Hans Villiger würde ein Zitat des Regierungskommissärs anbringen – ›Gegen 16 Uhr sammelten sich auf dem Schulhausplatz in provozierender Weise ca. 400 Kommunisten, desgleichen wurden Flugblätter, die zum Beitritt zum kommunistischen Jugendbund einluden, verteilt, und gleichzeitig wurde versucht, die einzelnen Militärpersonen zu bearbeiten. Hierauf wurde in meinem Einverständnis gemäß Befehl des Platzkommandos ein Teil des Schützen-Bataillons 4 und der Kantonspolizei eingesetzt, denen es in kürzester Zeit gelang, die Ruhe wiederherzustellen. Dabei hatte das Feuerwehrpikett Baden durch Spritzen mit den Hydranten wertvolle Dienste geleistet.

Es wurden 31 Verhaftungen vorgenommen.‹
Hans Villiger würde sagen müssen:
Die Demonstration hat nicht stattgefunden.
Das Lampenlicht über den Notizen. Hans Villiger saß so, daß er den Schirm der Lampe mit der Stirn fast berührte. Er arbeitete am liebsten in dieser Haltung, blickte über den Rand der Lampe aus dem Dunkeln auf das helle Papier.
Die Pfeife fehlte ihm.
Er hatte die Arbeit unterbrochen, litt manchmal unter der Gewißheit, sie löse ihn aus der Gemeinschaft heraus. Er sann dem Prinzip Wiederholung nach, das alles erdrosselte, Alltag und Geschichte. Sah als schönes und leichtes Beispiel die sich immer anders (neu) präsentierende Mode, die, genau besehen, nur ihre Inflation und periodische Wiederholung darstellte, inszenierte. Durch das geschlossene Fenster hörte Hans Villiger die Reuß, und durch das Rauschen die Musik von der Tanzbühne, und dazwischen dumpfe Knallkörper: ein Zeichen, daß alles verpuffte.
Wie hat sich im Verlauf der Geschichte der einzelne Mensch verändert – wie die Bevölkerung eines Landes? Man war heute zu so vielen Einzelaktionen gezwungen, machte dabei auch Fehler, man mußte den anderen stören, beeinträchtigen, man geriet einander mit Einzelaktionen ins Gehege und hatte kein freies Gelände für gemeinsame Unternehmungen.
Und gab es eine Menschheitsgeschichte? Wäre sie beschreibbar? Krieg der Zeiten. Die einen fliegen zum Mond, können aber als Gesellschaft nicht zusammenleben – andere haben gerade erst das Feuermachen entdeckt, aber sie bilden intakte Gemeinschaften.
Und die angstverbreitenden Kopfungeheuer, die den Weltuntergang planten zum Wohle der Allgemeinheit, Technokraten und gefährlich dumme Präsidenten mit neuen Waffen. Todesspiele. Und man lebte dahin. Ohnmächtig. Ohne eigene Kraft. Antriebslos.

Hans Villiger vergrub sich in die Geschichte, die Schreibarbeit. Oft saß er an seinem Schreibtisch wie ein Gefangener. Er hatte die Gitterstäbe in sich, als wäre er in einem anderen Leben ein kleiner Vogel gewesen. Der hatte in seinem Käfig zu wachsen begonnen, wuchs und wuchs, bis der Käfig zu eng war. Doch mit dem Wachstum hatte er die Gitterstäbe nicht sprengen können, vielmehr hatten sich Gefieder und Fleisch zwischen den Stäben hindurch gedrängt, und so wuchsen die Gitterstäbe in Gefieder und Fleisch ein, bis sich eines Tages der Käfig im Leib des nun großen Vogels befunden hatte. Man erkannte das nicht, man bemerkte es überhaupt nicht, der Käfig war jetzt eine Vergitterung um das Herz, die Gefangenschaft war eine verinnerlichte geworden. Es ist ein schöner großer Vogel, dachte man. Doch der Vogel selbst ... er weiß alles.

Unter dem Titel ›Zwischenstück‹ begann Hans Villiger nun wieder zu schreiben... Einer der Festgenommenen ist Walter Bringolf gewesen, der spätere Stadtpräsident von Schaffhausen. Bringolf war als Redner vorgesehen. Man hat ihn zunächst in ein Zimmer im Schulhaus gesperrt, überführt ihn dann unter Bedeckung von Soldaten, die das Bajonett aufgepflanzt haben, ins Amthaus. Die Behörden halten ihn einen Tag lang fest. In der folgenden Verhandlung hätte sich das Bezirksgericht mit der ausgestandenen Haft als Strafe begnügt, der Staatsanwalt jedoch geht in die Berufung, und Bringolf wird zu weiteren neun Tagen Gefängnis verurteilt. Er tritt seine Strafe aber nicht an, er leistet den Aufgeboten und Aufforderungen einfach keine Folge, und um der aargauischen Justiz auszuweichen, umgeht er bei Fahrten nach Bern oder in die Westschweiz das Gebiet des Kantons Aargau, er benützt gelegentlich die deutsche Reichsbahn von Schaffhausen nach Basel, wählt den Weg über Luzern und durch das Entlebuch, längere Zeit auch die damals bestehende Flugverbindung von St. Gallen über Zürich nach Bern, um als Nationalrat an den Sitzungen

teilzunehmen. 1933 beschließt die aargauische Regierung, die Umgehung des Rechtsspruchs nicht mehr länger hinzunehmen. Man will den Vollzug des Urteils durchsetzen und stellt ein Gesuch an die Regierung des Kantons Schaffhausen, Bringolf AUSZULIEFERN oder die Hafterstehung zu übernehmen, wobei in Zukunft bei ähnlichen Fällen Gegenrecht gehalten werde. Es kommt zu einem Vertrag, zu einem AUSLIEFERUNGSVERTRAG bei politischen Delikten.
Um der Auslieferung, die beschlossen ist, zu entgehen, hat sich Bringolf in Baden gemeldet und seine Strafe im Turm verbüßt.

Hans Villiger nahm das Blatt aus der Maschine, legte es zu den beschriebenen, er suchte in den Karteikästen nach Zitaten, legte wieder die Patience, hatte die DORA beiseite geschoben...
Er würde sagen –
Für die Kommunisten sei die ›Rote Badenfahrt‹ ein deutlicher Mißerfolg gewesen, der zur verschärften Konfrontation mit den Sozialdemokraten geführt habe. Deren Abseitsstehen, meinte man, sei schuld am Debakel. Man habe die SP-Führer als ›Sozialfaschisten‹ tituliert und dem Badener Stadtammann vorgeworfen, er sei ›ein Herz und eine Seele mit den reaktionärsten Bürgerlichen‹ gewesen, statt sich zu solidarisieren; ja, sein Sohn habe sich gar als ›Wendrohrführer der Feuerspritze‹ gegen demonstrierende Arbeiter betätigt, ›jubelnd‹ sei ihm ›von faschistischen Bürgerwehrlern Beifall geklatscht‹ worden.
Hans Villiger betrachtete seine Zitatkarten, schrieb dann... Auf bürgerlicher Seite sei man befriedigt gewesen über den Abwehrerfolg, ›mit großer Genugtuung‹ habe die Regierung festgestellt, ›daß die getroffenen Anordnungen ihren Zweck vollauf erreichten, und daß dadurch der Versuch jener staatsfeindlichen Elemente, die öffentliche Ordnung zu stören, in seinen Anfängen

vereitelt wurde‹. – Das Aufgebot der Truppen und der Zusammenzug der Polizei sei richtig gewesen nach Meinung der Behörden – würde er sagen und zitieren –
›Wäre dies nicht erfolgt, so wäre die Zahl der Demonstranten eine weit größere geworden, die Polizei hätte zur Waffe greifen müssen, und die Folgen wären nicht abzusehen gewesen.‹
Obwohl die Ordnungskräfte mit den Kommunisten nicht eben sanft umgesprungen sind, gab es keine Verletzten. ›Einzig einem Bauern aus dem Siggenthal, der trotz Mahnung in den vordersten Reihen stand, wurde die Nase eingeschlagen.‹
Was hieß ›sanft umspringen‹, 1930, würde er fragen; und wie würde man diese ›polizeiliche Umgangsform‹ heute benennen?
Man habe anerkennende Worte für die Truppe gefunden. ›Für die flotte Haltung und das feste, ruhige und besonnene Auftreten.‹ Es wäre anzumerken –
daß die Soldaten eine Soldzulage ausbezahlt erhielten: vom Kanton einen Franken, von der Stadt Baden zwei Franken.
Die Stimmung der Truppe sei ausgezeichnet gewesen.

Hans Villiger spürte, daß ihm jemand die Hände auf die Schultern legte, er erschrak. Maria war auf Strümpfen in sein Zimmer gekommen, unterbrach seine Überlegungen.
Lina schläft, sagte sie leise.
Wir können gehen.
Sie gingen durch die kaum beleuchtete Antonigasse zuerst zur Budenstadt, wo noch reger Betrieb war, laute Musik, eine, so kam es Maria vor, heitere, ausgelassene Stimmung, ansteckend.
Die Menschenmenge nahm sie auf, dachte Hans Villiger, so selbstverständlich, als würden sie dazugehören, aber plötzlich meinte er, auch etwas Dumpfes, Angriffslustiges zu spüren. Maria war aufgeräumt, fröhlich, löste

Chips für die Kettenschaukel, setzte sich auf einen der Sessel, wippte mit den Beinen, freute sich auf die Fahrt, kreiste schon rundum, hochoben kreiste sie und winkte Hans bei den ersten Umdrehungen noch zu, schneller kreiste sie, schoß an ihm vorbei, und als sich der Schirm der Kettenschaukel auch noch seitlich zu neigen begann, daß es aussah, als müßten die Sessel in den Abendhimmel geschleudert werden, fiel es ihm schwer, sie bei den schnellen Runden noch unter den anderen fliegenden Menschen zu erkennen. Er stand da, die Hände in den Taschen, vermißte seine Pfeife, er hielt den Kopf leicht schräg und zog die Schultern hoch – wartend, bis Maria genug von dem Spektakel hatte, wieder neben ihm stand, sich festhielt an ihm, lachte. Und er nahm sie an der Hand, spürte ihren jagenden Puls, spürte, wie er sich allmählich beruhigte, während sie die Budenstadt verließen und den Weg durch das Promenadenwäldchen zur Reuß hinuntergingen. Ihr Pulsschlag wurde ruhiger, die Musik nahm ab, der Lärm und die Neonlichter blieben zurück. Beim Gehen auf dem Reußweg bemerkte man kaum, daß es empfindlich kühl war. Dunkler Weg. Am gegenüberliegenden Ufer unter dem Nachtgrün der Platanen, vor dem Schwarz der Uferböschung, hell erleuchtet die schwimmende Tanzbühne. Die Tanzmusik. Das Gurgeln der Reuß. Am Wegrand graue Baumstämme. Auf einer Bank, etwas verdeckt von Büschen, ein Liebespaar. Im Näherkommen sah man die Beine des Mädchens schimmern, es trug einen Rock. In der Nähe der Bühne zündete plötzlich ein Scheinwerfer auf den Fluß hinaus. Ein zweiter Strahl blendete auf. Hans und Maria blieben stehen, hatten zwischen Bäumen hindurch Aussicht auf das Wasser. Über den Fluß war ein Drahtseil gespannt, auf das sich das helle Licht richtete; das Seil war schwarz, ein vollkommen gerader Strich, der einen Schatten warf. Durch die intensive Beleuchtung wurde auch ein breiter Flußstreifen deutlich hervorgehoben. Als eine silberne schwarzblau glänzende Haut, unter der sich das Wasser

regte, lag das Licht auf der Reuß. Und würde diese Haut einreißen, stellte sich Hans Villiger vor, man hörte ein Ratschen.
Die Musik hatte ausgesetzt.
Nun bewegte sich etwas in den Plantanen am anderen Ufer, deren Grün, so ausgeleuchtet, fast künstlich aussah. An der Stelle, wo das Drahtseil befestigt war, hatte sich etwas geregt. Und aus dem Baum heraus kam ein Mann, ein weiß gekleideter Seiltänzer. Waagrecht, auf der Höhe der Hüfte, hielt er eine lange Stange, an deren Enden Korken befestigt waren, so groß wie ein Kopf. Vorsichtig setzte der Mann Fuß vor Fuß, schritt langsam über den Fluß, behutsam waren seine Schritte, nach dem Aufsetzen ließ er den Fuß ein wenig auf dem Seil gleiten. Ja, ein weißer, ein von Scheinwerfern beleuchteter Mann überquerte den Fluß, scheinbar schwerelos schritt er auf dem Drahtseil daher. Das Seil wippte etwas auf und ab. Kaum merklich balancierte er die Schwingung mit der Stange aus. Er schien unerschütterlich sicher zu gehen, und noch bevor er die Mitte des Flusses erreichte, begann sich aus der Krone der Platane eine zweite weiße Gestalt zu lösen. Zwei Männer gingen über das schwarze Seil. Unter ihnen die Reuß, der von den Scheinwerfern ausgeleuchtete Ausschnitt, so dünn, so verletzlich, und als der erste Seiltänzer die Flußmitte passierte, löste sich ein dritter Mann aus dem Blättergrün der Platane. Als könnte der Baum weiße Gestalten hervorbringen, die alle über den Fluß wollten, über den Fluß mußten. Bald erreichte der erste Seiltänzer das diesseitige Ufer. Hans Villiger und Maria sahen ihn in der Nähe in einen Baum hineingehen. Dort blieb er auf einer Plattform stehen, die sie bisher nicht beachtet hatten, kratzte sich an den Beinen, über dem Fluß hatten ihn wohl die Mücken gestochen. Als der zweite Seiltänzer das Ziel erreichte, kletterten sie zusammen vom Baum herunter. Jetzt ein Schrei. Es schrien die Zuschauer. In der Mitte des Flusses hatte ein Seiltänzer das Gleichgewicht verloren, er ver-

suchte sich mit ausgleichenden Schritten zu retten, brachte das Seil in Bewegung, und alle vor und hinter ihm gingen etwas in die Knie, schlingerten, bis er den endgültigen Fehltritt tat und abstürzte ins Wasser. Als er nach ein paar Sekunden lautlos auftauchte, trieb seine Balancierstange flußabwärts, und er kraulte mit langen Zügen ans Ufer, stieg aus der Reuß, wurde von seinen Kameraden ausgelacht und gehänselt.

Maria und Hans gingen weiter, wollten bis zur Staumauer gehen und über den Steg, dessen mit Neonröhren besetztes Geländer jetzt als Lichtband entfernt zu erkennen war, wollten über den Fluß und am jenseitigen Ufer zurückgehen mit dem dahinfließenden Wasser bis zur Tanzbühne.

Unterwegs blieben sie immer wieder stehen, was sie sonst bei Spaziergängen nicht zu tun pflegten, um einander zu umarmen und zu küssen.

Bald erreichten sie den Festplatz. Er befand sich am Ufer, wo die Böschung etwas flacher verlief. Von hier aus erreichte man über eine aus Brettern gezimmerte Brücke die schwimmende Bühne. Sie setzten sich an einen der Tische zu Leuten, die sie kannten, saßen unter Lämpchengirlanden, die an den Platanen befestigt waren. Bei der Serviertochter bestellten sie eine Flasche Stadtwein und Käse.

Sie ließen sich Zeit beim Essen, beobachteten die tanzenden Paare, redeten mit den Leuten, entdeckten auch Barbara Villiger unter den Tanzenden, gingen dann selbst zusammen auf die Bühne, tanzten, tanzten. Keinen Tanz mehr wollte Maria auslassen.

Bleiben bis zuletzt.

7

Wenn du mit mir ausgehen willst, hatte Jo erklärt, mußt du den blöden Walkman zu Hause lassen...
Vor einem Monat hatte Jo Flip angesprochen. Seit sie in Pablos Haus wohnte, fuhr sie auf dem Weg zur Arbeit mit ihrem Moped an der Garage vorbei, und Flip mußte gelegentlich an der Tankstelle aushelfen.
Bitte auffüllen.
Jo war es aufgefallen, daß er immer den Walkman angehängt hatte, nichts sagte, unnahbar schien, gehemmt, scheu.
Bist du stumm?
Sie hätte das nicht sagen sollen, Flip war verlegen geworden, hatte ihr das Wechselgeld in die Hand gezählt, mit plötzlich lauterer Stimme.
Nimm doch den blöden Walkman herunter.

Flip hatte sich rasiert, den Schnauz etwas gestutzt, die Haare gewaschen und sich über seine Mutter geärgert. Sie hatte wieder sein Shampoo benutzt, die Flasche war halbleer, und die Badewanne hatte sie auch nicht ausgespült, überall klebten Haare, und der Rand war schmutzig. Flip hatte sich eine rote Mütze gekauft und setzte sie vor dem Spiegel auf. Er trug ein frisches Hemd, die Lederjacke. Bluejeans und seine Basketballschuhe. Er war mit seinem Aussehen zufrieden.
Mit dem Motorrad fuhr er zu Pablos Haus, hielt an. Empfangen vom Gebell des Neufundländers wagte er nicht abzusteigen. Auf dem abendlich dunklen Vorplatz konnte er den Hund zunächst nicht einmal erkennen, und als das schwarze Tier auf ihn zutrabte, den Kopf erhoben, den Schwanz ausgestreckt, war ihm fast etwas mulmig zumute.
Hier würde er auch gerne wohnen. Das Haus war zwar alt, jedoch gut erhalten, besaß eine ganz von wilden

Reben überwachsene Veranda. Obstbäume im Garten, kein Rasen, sondern gewöhnliches Gras, das von einem Mutterschaf mit zwei Lämmern abgeweidet wurde. Kiesplatz vor dem Eingang. Spalierbirnen an der Fassade.
Flip hupte.
Der Hund stand jetzt ruhig.
Jo kam aus dem Haus, kniete sich zum schwarzen Hund nieder, schlang ihm die Arme um den Hals, tätschelte ihn beruhigend. Hey, sagte Flip.
Jo ließ den Hund los, ging auf das Motorrad zu.
Hey, sagte Jo.
Beide hoben sie zur Begrüßung die rechte Hand, berührten einander an der Schulter.
Jo stieg auf, Flip fuhr los, Haus und Hund blieben zurück. Sie fuhren unter den Straßenbeleuchtungen im starken Verkehr in die Stadt hinein. Budenstadt, Musik, Lichter. Ein Polizist mit der Stablampe, hilflos im Versuch, dem Verkehr beizukommen. Burschen und Mädchen, Kinder, ältere Paare, alle wollten sie zum Rummelplatz, liefen beinah fahrlässig über die Straße. Wieder rannte ein alter Mann einfach auf die Fahrbahn. Flip bremste. Er hatte sich das Fluchen darüber abgewöhnt, die Alten flügelten wie Hühner über die Straße, traten plötzlich vom Schattenrand in den Scheinwerferkegel, höllisch mußte man achtgeben hier.
Sie fuhren den Bogen hinab, sahen in der düsteren Reußbrücke die erleuchtete Nische des Heiligen Nepomuk. Dem hatte jemand Gesicht und Gewand mit einer grellen Farbe verschmiert. Kerzenlicht flackerte über die Statue, Schatten. Stadtauswärts nach Wohlen fuhr Flip, hier war es stiller, einzelne Häuser mit erleuchteten Fenstern, die Straßenlaternen in größeren Abständen, Fußgänger hin und wieder, blieben zurück. Die Straße stieg an, Flip beschleunigte in den Wald hinein, diese Schneise, rechts und links schwarze Baumwände, darüber ein Streifen hellerer Himmel, noch kein sichtbarer Stern. Lang und gerade lief die Straße, da kam man in Gedanken, dunkel

war sie, man roch den Duft des Waldes und die Abgase verbrauchten Benzins. In der oberen Kurve, die Fliehkraft spürend, dachte Flip, er sollte Jo alles gestehen. Heute noch. Er mußte die Schuld teilen. Flip fuhr aus der Kurve heraus. Oder zumindest das Wissen darum teilen. Jo hielt sich fest an ihm, hatte, als er auf der Geraden Tempo bolzte, die Arme fest um seinen Bauch geschlungen. Er spürte ihren Atem am Hals, ein warmer Hauch: Atem im Fahrtwind. Er spürte ihre Schenkel, die sich gegen sein Gesäß und seine Beine preßten. Viel Leder und Stoff zwischen ihnen. Über seinem Bauch hielt Jo die Hände gefaltet, ihr Kopf war angeschmiegt an seinem Rücken.

Auch in Wohlen ein reger Verkehr. Flip nahm die Straße zum Kirchplatz hinunter, wo vor der steinernen Treppe sich Leute versammelt hatten. Ein Karussell lief, ein Ballonverkäufer hatte einen Stand. Durch stille Außenquartiere fuhr Flip zur Bünzebene hinunter. Einfamilienhäuser mit handtuchgroßen Rasenflächen, schon septemberliche Gärten, hinter Fenstern blauer Fernsehschein. Bald eine ausgedehnte, abgemähte Wiese. Scheinwerfer. Von Baum zu Baum gezogene Lichtkabel, Lampenreihen. Ein Festplatz, die Tanzbühne, Musik. Flip parkte sein Motorrad bei den anderen Maschinen; die standen so einträchtig als Herde. Der Parkplatz grenzte an die Bünz. In gleichen Abständen säumten schlanke hohe Pappeln die begradigten Ufer.
Motorradfahren, hatte Flip gesagt, einfach super.
Sie gingen zusammen über die Wiese zum Festplatz.
Ich tanze nicht sehr gern, sagte Jo.
Ist mir auch egal, sagte Flip.
Sie setzten sich an einen der Tische. Über ihnen rote Lämpchen. Die Musik spielte rockige Oldies, auf der Bühne vergnügten sich die Tänzer.
Die nächste Runde war Damenwahl, doch Jo blieb sitzen.

Sie bestellten Wurst und Brot. Flip trank Milch, Jo trank café crème. Sie redeten wenig, aber Jo sagte, die rote Mütze gefalle ihr prima. Überhaupt gefiel ihr Flip. Doch das konnte sie noch nicht einfach so aussprechen. Jo trug verwaschene, beinah weiße Jeans und ein Hemd, das sie wie einen Rock über die Hose hängen ließ. Sie hatte die Haare zu einem Pferdeschwanz zusammengebunden und auf die Wange einen Schönheitspunkt gemalt.
Flip sagte, in zwei Wochen sei die Abschlußprüfung.
Angst?
No!
Er schüttelte heftig den Kopf. Aber von der Werkstatt-Schufterei habe er genug, richtiggehend die Nase voll. Aufhören wolle er dort, er denke gar nicht daran (nicht im Traum falle es ihm ein), nach der Prüfung zu bleiben. Irgendeine eigene Sache wolle er aufziehen, erklärte er, etwas, von dem man leben könne, ohne sich täglich abzuschinden. Eine Sache austüfteln, irgendeine Sache, ein Produkt: eine Marktlücke entdecken. Jo lachte ihn aus.
Willst du Unternehmer werden?
Ja, sagte er unvermittelt und war selbst überrascht: So wie dein Vater.
Jo wehrte ab. Selbständig wolle er sein, sagte Flip, nicht ein Leben lang von einem Boß abhängig: jeden Tag in den Stollen, Dreckarbeit – Firma kassiert. Nicht mit ihm. Die könnten ihn mal alle schön von unten bis oben. Und er erzählte von einem Freund, der sei im Iran gewesen; man müßte alte Autoreifen in den Iran exportieren, hatte der Freund gesagt; Reifen, die bei uns längst aus dem Verkehr sind, kannst du dort für neu verkaufen: die fahren nämlich in Teheran auf den Felgen herum. Wenn der Freund eine Million hätte, würde er sie in alte Autoreifen investieren und im Iran zwei Millionen daraus machen: so einfach wäre das; logisch.
Aber dein Freund hat keine Million, spottete Jo.
Nein! Flip schob die rote Mütze aus der Stirn, grinste:

Das mit den Reifen ist ja auch eine Schnapsidee. Er tunkte die Wurst in den Senf, biß ab: Bring mal hunderttausend alte Autoreifen nach Teheran. Er brach ein Stück Brot ab, kaute. Ein stinkeinfaches Prinzip müßte es sein, und hier im Freiamt mußt du den ›Stutz‹ machen. Flip trank die Milch aus.
Er wollte die Vorstellung der Hell Drivers sehen, Jo ließ sich überreden.

Die Hell Drivers hatten ein Stück Wiesland mit Seilen abgesteckt, ein langes Geviert. Auf den Schmalseiten parkten die Wagen: amerikanische Schlitten (Chläpf), buntbemalte Blechbüchsen. Auf den Längsseiten stand, dicht gedrängt und mehrere Reihen tief, das Publikum. Scheinwerfer leuchteten den Platz aus. Da waren Alleskönner am Werk (Teufel), die rasten mit den Autos im Kreis, auf nur zwei Rädern rasten die, sprangen von Wagen zu Wagen, starteten Verfolgungsjagden mit Schießereien, daß die Grasnarbe unter den Rädern wegspritzte ... Wahnsinnige: fuhren aufeinander, frontal gegeneinander los, wichen vor dem Zusammenprall aus, lehnten sich aus dem fahrenden Wagen (tollkühne Männer in orangefarbenen Overalls: HELL DRIVER STARS), schossen über Rampen hinaus, daß Karosserien nur so aufblitzten im Licht – wenn sich die Wagen seitlich neigten, sah man die silbrig gespritzten Böden aufblinken wie den Bauch eines Fisches, der sich wendet im Sprung –, die fuhren in einem Gangster-Duell zwei Cadillacs zu Schrott, Blech knautschte zusammen, als würden Riesendosen aufeinanderklatschen, Motoren heulten, starben, winselten, röhrten, Studebakers überschlugen sich, blieben auf dem Dach liegen, und immer wieder sprangen die orangefarbenen Piloten unverletzt aus den Wracks, verbeugten sich lässig, Superman im Applaus, und im Hintergrund wartete die Ambulanz. Flip war begeistert: Mensch, die können fahren!
Jo rümpfte die Nase: Na und?

Als Höhepunkt der Vorstellung war ein Rekordversuch im Autoweitsprung über brennende Fässer angekündigt, es ging um einen Eintrag ins ›Guinness-Buch der Rekorde‹. Mit ausgebreiteten Armen lief ein Fahrer auf den Platz, verbeugte sich vor den Zuschauern. Er setzte sich in einen dunkelroten Cadillac, fuhr eine Proberunde um die Schanze, fuhr um die nun auflohenden Fässer vor der Schanze herum, drehte schneller, jagte den Motor hoch, preschte über die Rampe hinaus, flog über die Fässer, ging steil zu Boden und schlug auf die letzten Fässer auf, das Heck barst auseinander, der Wagen fing Feuer, überschlug sich, und rasend schnell, während das Publikum stockte, dann aufschrie, liefen die Helfer in ihren schwarzen feuerfesten Overalls auf das Wrack zu, übersprühten die Autofackel mit stinkendem weißem Löschschaum, befreiten den angeschnallten Fahrer, der von der Brandstelle wegging in den nun wie erlöst aufbrandenden Lärm, in das Klatschen der Zuschauer hinein, für die das Mißlingen des Rekordversuchs noch lustvoller war, als es ein Gelingen hätte sein können... Morgen, morgen würde der Star den Sprung wieder riskieren –

THE SHOW MUST GO ON

Jo fuhr gern durch die Nacht. Man sah nachts die Wunden der Landschaft nicht so überdeutlich. Alles schmiegte sich an, drängte zusammen, die Straße war nicht mehr ein lebloser Fremdkörper. Der Himmel, fand Jo, spanne die Nacht als Dach über das Freiamt, vom Lindenberg zum Hasenberg eine stofflose schützende Folie. In der Mitte der sanfte Wagenrain, in dessen Wäldern sich ein für sie magischer Ort befand: der Erdmandlistein, ein elefantenartiger mächtiger Findling, versteinerter Bruder des schwarzen Mammuts, von den Gletschern in der Vorzeit zurückgelassen.
Das schwarze Mammut ... sagte sie Flip ins Ohr.

Ich versteh' dich nicht! Er nahm etwas Gas weg.
Das schwarze Mammut ist das schönste Tier.
Ich versteh dich wirklich nicht! Er nahm eine Kurve.
Seine schwächste Stelle sind die Backenzähne, wenn es sie abgenützt hat.
Was, red doch lauter!
Wenn sie abgenützt sind, schrie Jo in die Nacht hinaus, muß das schwarze Mammut sterben.
Flip kurvte in den Wohlerwald, legte das Motorrad in die Verhängniskurve, daß die Fußspitzen beinah den Boden berührten, fühlte sich, so in voller Fahrt, plötzlich an einer Grenze: und war sich doch seiner Fahrkunst immer so sicher gewesen. Er drosselte den Motor, brach die Geschwindigkeit, fuhr die Gerade hinab immer nur so schnell, daß er sich vorstellen konnte, was vor dem Kegel des Scheinwerfers im Dunkel lag, nahm die untere Kurve mit Vorsicht, sah aus dem Wald hinaus die Lichter der Stadt Bremgarten, bremste nach ein paar hundert Metern ab und schwenkte in einen schmalen Weg ein, fuhr abseits der Hauptstraße an den Fabrikgebäuden der Elro-Werke vorbei, in denen er als Schüler auch schon während der Ferien hatte arbeiten und Geld verdienen müssen, spürte die weiche Brust von Jo an seinem Rücken, ihre weichen Hände auf seinem Bauch.
Wiesland. Der Mais stand mehr als mannshoch, bewegte sich raschelnd im Wind. Die abgeernteten Kornfelder sahen grau aus unter dem Nachthimmel. Ein Schuppen. Die Helligkeit des Wegs. Vereinzelte Apfelbäume, unter denen Kisten standen. Leitern führten in die Kronen. Offenes Land. Über den Feldern ein Sirrton in der Luft, das ewige Summen der Hochspannungsleitungen. Die Masten im Weidland, turmhohe Stahlkreuze, sie überragten die Bäume und den Wald, in den die schnurgeraden Leitungen hineinliefen. Flip hatte einmal beobachtet (hatte Zeuge sein müssen), wie ein Arbeiter auf einen der Maste gestiegen war, um eine Reparatur auszuführen. Zusammen mit anderen Kindern hatte Flip auf dem Feld

zugeschaut. Dem Arbeiter war ein Fehler unterlaufen, er mußte mit einem der Drähte in Kontakt geraten sein – hatte einen Schrei ausgestoßen, markerschütternd. Ein Todesschrei, erinnerte sich Flip, und doch nicht laut genug, den Himmel und die Wolken aufzureißen. Und sie waren losgerannt zum Mast. Und der Mann hing leblos im Mastenkreuz (als hätte Gottvater seinen Sohn nochmals in den Tod geschickt, nur war das Kreuz diesmal zu groß, er kam gar nicht zur Wirkung dort oben, war nichts als eine Puppe und tot). Männer waren gekommen, hatten den verkohlten Leichnam heruntergeholt.

Flip fuhr den Weg zur alten Kiesgrube. Die Umgebung, das Gemeindegebiet West, bildete ein Plateau auf einem Ausläufer des Wagenrains, fruchtbares Land. Die Grube war vor ein paar Jahren stillgelegt worden, ausgebeutet. Ein Krater im Weidland. Dahinter lagen Äcker. Korn, Mais, Hafer – Felder, die sich bis zum Waldrand erstreckten, dem die Bahnlinie folgte.

Flip kannte den Weg, fuhr quer über Land, über Pfade und kleinere Straßen, fuhr am Rand eines umgebrochenen Ackers und mitten über ein Stoppelfeld.

Die Kiesgrube erreichte er jedesmal plötzlich. Es gab kein Vorzeichen, die Grube war ein brutal in das Land geschlagenes Loch. Die letzten Häuser lagen schon weit zurück, man roch Harz und Holz, den Duft des Lagers einer nahegelegenen Großschreinerei, der Wind wehte von dort herüber. Der Weg war jetzt etwas breiter, holprig. Am Horizont der schlafdunkle Wald. Linker Hand ein paar Lichter, kleine Punkte. Talwärts in der Ferne der irrlichternde Hasenberg, es sah aus, als seien die Hänge von einer glitzernden Pilzerkrankung heimgesucht worden, von weiß glimmerndem Schorf. Dann, unvermittelt, der scharfe Rand der Kiesgrube, der senkrechte Abfall ihrer Wände.

Durch einen u-förmigen Einschnitt, breit genug für die Durchfahrt eines Kieslasters, fuhr Flip in die Grube ein.

Der Weg lag im Mondschein, ringsum gab es steile Wände, Abbrüche; in Grautönen schimmerten Erde und Stein, dann gelangte man ganz in den Schatten. Vom Grund aus hatte die Grube die Wandhöhe eines mehrstöckigen Hauses. Unter den Reifen knirschte Sand und Kies. Boden und Wände hatten Sonnenwärme gespeichert. Hinten in der Grube ein paar dürftige Haselsträucher und ein verkrüppelter Birnbaum neben einer verlassenen Hütte, vor der Hütte ein Teich mit Seerosen.
Sie standen in der Grube, hielten sich an den Händen, waren eingeschlossen, allein im warmen Körper der Erde.
Haifischzähne habe ich hier schon gefunden, sagte Flip. Und Jo stellte sich vor, hier halte sich das schwarze Mammut tagsüber auf, ganz bestimmt, und hierher zog es sich wohl auch zurück bei ihm drohender Gefahr.
Es war ganz still. Keine Regung des Windes war mehr spürbar. Es gab keine Außenwelt – nur noch das Innere der Erde: und den Himmel darüber. Als säße sie in einer riesigen Augenhöhle, schaute Jo in die Nacht hinaus, aus dem dunklen Erdinnern in ein durchsichtiges Blau, sah hohe Schleierwolken, die am Mond vorbeitrieben und deren Gewebe vom Mondschein an einzelnen Stellen durchbrochen wurde. Es war, als fielen die Schleierwolken auseinander und leuchteten vor dem Himmelshintergrund. Allmählich gewöhnte sich auch Flip an die Licht- und Schattenverhältnisse in der Grube. Jetzt hörte man Sand abbröckeln, Kies herabrieseln – oder bewegte sich ein Tier. Schlangen?
Er habe hier Blindschleichen beobachtet, sagte Flip, harmlose Nattern, auch schon giftige Vipern.
Jo fürchtete sich nicht.
Am Himmel nur noch der Mond, seine einzige Aufgabe war es, in diese Kiesgrube zu scheinen. Flip und Jo saßen sich im Schneidersitz gegenüber, auf dem warmen Boden.
Redeten von den Vätern.

Flip begann Jo zu erklären, wie es sich verhielt, wie es war; umständlich berichtete er, vor drei Monaten, in der Waldkurve, ja, der Walkman, nicht aufgepaßt, von der Straßenseite abgekommen, plötzlich
der fremde Wagen
und ich... In der Einbildung wuchsen ihre Väter immer mehr, wuchsen über sie hinaus. Flip erzählte nun von früher, erzählte der geduldig zuhörenden Jo . . . Als ich ein Kind war . . . Und sie dachte im stillen, daß jemand mit einer so mißglückten Kindheit doch ein Anrecht habe, ein Anrecht darauf, daß ihm später das Leben gelinge.
Ich habe Zigaretten, sagte Jo. Sie zündete eine an. Flip und Jo rauchten sie zusammen, wechselten ab, Zug um Zug. Vor ihrem Gesicht glomm die Glut auf, vor seinem Gesicht. Jo lehnte sich zurück, stützte sich auf den Ellenbogen ab.
Du könntest mich anzeigen, sagte Flip, fahrlässige Tötung!
Das hat doch keinen Sinn, sagte sie, wem wäre damit gedient?
Auf dem Rücken lagen sie, rauchten, und die Väter schrumpften zurück auf ein erträgliches Maß. In der stillgelegten Grube lagen sie, in der ausgebeuteten Erde. Geborgen lagen sie.
Ein Erdrutsch, sagte Jo, und...
Flip sprang auf, lief zum Motorrad, startete die Maschine. Das Dröhnen des Motors prallte an den Kieswänden ab. Flip raste in der Grube rundum. Die Scheinwerfer tasteten die Wände ab, strichen über die Schichten, warfen Schatten und Licht, machten Strukturen einzelner Ablagerungen erkennbar, sekundenschnell schien die Beschaffenheit des Erdinnern auf: das war kahl und schön. Wie ein Querschnitt, kam es Jo vor, ein vergrößerter Querschnitt der menschlichen Haut. Und das röhrende Motorrad, auf dem Flip hockte; festschultrig, kompakt, dachte Jo, erdfremd. Rundum kreiste er, verschwand hinter der Hütte, tauchte auf, sie erkannte

ihn schemenhaft zwischen den Sträuchern, hinter dem verkrüppelten Birnbaum, pausenlos hetzte Flip dem Scheinwerferlicht hinterher, dem uneinholbaren Lichtkegel, der vorausblieb; immer um einen Lichtaugenblick zu spät war Flip, eine Spur zu spät; doch mit jeder Rundfahrt befreite er den Seerosenteich für eine Sekunde aus dem Dunkel, als würde jemand die Tür in eine Märchenwelt aufstoßen und gleich wieder zuschlagen ... nun raste Flip direkt auf sie zu, als wollte er sie überrollen; aber das war nur der Schatten, der über Jo fiel. Ein Schattenriese streichelte ihren Körper, er liebkoste sie, die aus der Distanz versuchten Annäherungen und Zärtlichkeiten, die Flip aus Scheu nicht wagte...
Jetzt hielt er an, schrie
I ha di gern –
Ech de au –
schrie Jo zurück.
Der Motor verstummte.
Mit einem Mal fühlte sich Jo in einer ausgelassenen Stimmung, eine Fröhlichkeit war eingefahren in ihre Blutbahn, in alle Körperfasern, sie tanzte und schrie in der finsteren Grube herum. Sie tobte sich aus, tanzte, sprang hoch, rannte sich außer Atem, bis sie erschöpft war und sich keuchend setzte. Zwar bebte alles in ihr, und es war stockdunkel in der Grube, doch Jo meinte, die Dinge ganz deutlich zu sehen, die Situation genau zu erfassen, die Welt unverstellt wahrzunehmen, ohne die Filter der Angst.
Die Dinge schälten sich aus einer Verpuppung, so kam es ihr vor; von ihren Augen war eine Haut abgelöst worden, die ihr die Sicht getrübt hatte. Und langsam begann sie, als sie sich wieder beruhigt hatte, Flip zu erzählen. Er hatte sich zu ihr gesetzt, saß zwischen ihren Beinen an sie gelehnt; sie hielt ihn umarmt: erzählte von einer Raupe. Von einer Brennesselraupe (die sind fahlgelb und schwarz gestreift), die sie abgelesen hatte und in einem Glas in ihr Zimmer gestellt. Die Raupe hatte sich dann

über Nacht verpuppt. Eingesponnen in ein dichtes Gewebe hing sie am Morgen an der Brennessel im Glas. Über Tage hatte Jo beobachten können, wie sich im Schutz der Verpuppung ein neuer Körper bildete, und heute nachmittag (als ich an dich dachte) hatte sich die Verpuppung aufgelöst, der neue Körper hatte sich aus dem Kokon hervorgezwängt und die tote Hülle abgestreift, ja, er war förmlich daraus hervorgewachsen mit noch zerknitterten Flügeln, und er hatte die Flügel entfaltet, ausgebreitet, langsam, wurde ganz selbstverständlich ein Schmetterling (ein kleiner Fuchs), und zum Abschluß seiner Umwandlung und Neugeburt hatte er aus seinem Hinterteil einen dicken himbeerroten Tropfen fallenlassen. Dann flog er weg.

Sie lagen nebeneinander auf dem warmen Erdboden, noch bewegte sich die Brust von Jo stärker als die Brust von Flip. Beide hatten sie den Kopf voll eigener Gedanken, aber sie hielten einander an der Hand, so daß die Bilder über den Hautkontakt Kopf und Körper beliebig wechseln konnten.

8

Speck, Zucchini, Zwiebeln. Pablo wollte einen ›risotto con zucchini‹ kochen, mit Katrin essen, wenn sie zurückkam von ihrer Ausfahrt mit dem stummen Vater. Petersilie, Knoblauch, Butter, Parmesankäse. Er hatte in der Küche den Holzherd eingeheizt. Risotto, sagte er, müsse auf einem Holzfeuer zubereitet werden, langsam, das brauche Zeit. Die Fleischbouillon hatte er bereits aufgesetzt, sie brodelte, er schälte Zwiebeln.
Pablo hatte sich den ganzen Tag mit Zeichnungen beschäftigt, mit Skizzen, Fotokopien (von Bruegelschen Gemälden). Bruegel ließ ihn nicht los. Pablo hatte manchmal den Verdacht, die grünen roten blauen Farbtupfer auf seinen Zeichnungen würden von Bruegels Fingern stammen ... aus dem Dachfenster eines Wirtshauses auf den Tanzanlaß im Garten hinabblicken, vom höchsten Fenster des Kirchturms aus ein Begräbnis auf dem Friedhof beobachten – vom Kran herab den Bauplatz aufnehmen. Sich vom Gegenstand der Betrachtung entfernen, daß man ihn zwar noch deutlich erkannte, aber auch die Übersicht hatte. Er konnte sich stundenlang über Bruegelschen Details aufhalten, studieren, wie Bruegel die Bewegung einfing, wie er Freude darstellte, Festlichkeit; sehen, wie er Hinterhältiges in die Gesichter brachte, Böses, Verschlagenheit in Ausdruck und Gesten. Gier. Trauer. Schmerz. Haß. Alle menschlichen Gefühle und ihre körperliche Äußerung setzte Bruegel ins Bild. Und dagegen die Natur. Der Wechsel der Elemente. Feuer. Wasser. Luft. Erde. Und der Mensch, trotz seiner Nichtigkeit bildete der Mensch Brenn- und Mittelpunkt.
Es geht um den Menschen und sonst um nichts. Pablo hatte dies zu Katrin gesagt, mit ihr über sich und Bruegel, Malerei und Leben geredet.
Mich interessieren nur Menschen.

In der Küche der Geruch von Zwiebeln und Knoblauch, der Duft der Brühe, ihr Dampf. Pablo hatte eine dicke Scheibe Speck, die Zwiebeln und den Knoblauch zusammen feingehackt und in eine Tasse geschüttet. Die Petersilie schnitt er separat.
Der Hund hatte am Nachmittag unter dem Arbeitstisch geschlafen, nun lag er in der Küche auf dem Steinboden. Er hechelte stark, es war dem Tier überall zu heiß, draußen brannte ihm die Sonne aufs Fell, die Wärme blieb drin in dem dicken schwarzen Haar, auf dem Steinboden hinterließ er feuchte Pfotenspuren, auch die Zunge tropfte; sie fiel wie ein roter Lappen aus der halboffenen Schnauze. Pablo hing an dem Hund, er nahm ihn überallhin mit, hatte ihn als Welpen gekauft; er war ein starkes, ungewöhnlich großes Tier, treu und verläßlich (und er hatte Katrin gleich akzeptiert).
Ich bin im chinesischen Sternzeichen des Hundes geboren, hatte Katrin verraten, lachend.
Das spürt man, hatte Pablo gesagt: der Hund spürt es.
Pablo wusch die Zucchini, trocknete sie ab, entfernte die Enden, zerschnitt die Zucchini in Scheiben, ungeschält. Er gab in die Kasserolle Butter, die schnell zerlief, briet Speck, Zwiebeln und Knoblauch an. Ein würziger Duft strömte aus, das mochte er sehr. Er mischte die Zucchini dazu, damit sie leicht anbräunen konnten, nahm einen Schluck Wein, das liebte er besonders, ein Glas Wein gehörte beim Kochen dazu.
Er hatte die ›Monatsbilder‹ von Bruegel genau untersucht. Dabei hatte ihn die Maltechnik weniger interessiert. Aber wie Bruegel den Raum einteilte, wie er in der ›Heuernte‹ eine Gruppe Menschen, von denen jeder einen Korb trägt auf dem Kopf, nach rechts abwandern läßt, während einige Frauen mit geschulterten Rechen nach links weggehen, wie Bruegel dadurch das Bild auseinanderfaltete und so malerisch eine Mitte, eine Spannung erzeugte...
Und Menschen.

Menschen bei einfachen Tätigkeiten. Heu aufladen. Im Gemälde ›Ein düsterer Tag‹ schneiden Bauern Weidenschößlinge. Immer stellte er Menschen dar: bei Arbeit und Mahlzeit, bei Schlaf und Tanz. Was verändert sich nicht, hatte Pablo überlegt: wo und wie ist sich der Mensch über Jahrhunderte gleichgeblieben. Welche Formen benutzte dieses Gleichbleibende und Gleichgebliebene, um sich heute auszudrücken. Die Liebe und die Arbeit, der Tod und ein Fest, Religion und die Süchte, Politik und das Geld, Neid, Mißgunst, Haß, Feindschaft, das Versöhnliche, Fröhlichkeit, wie hat man sich damals vergnügt, worüber ärgert man sich jetzt, was schaffte früher kummerbedenkliche Gesichter.

Menschen, hatte Pablo gesagt, interessieren mich, und sonst nichts. Pablo schien es manchmal gerade in diesem schwarzen Freiamt augenfällig zu sein, wie genialisch es die Katholischen verstanden hatten, sich das, was den Menschen umtreibt, dienstbar zu machen, indem sie es faßten als DIE SIEBEN TODSÜNDEN ...

Und die Liebe?

Ja, hatte Pablo auf Katrins Frage gesagt, es war wohl auch raffiniert, die Liebe mit dem Sakrament der Ehe einzufangen. Den Tod mit den Sterbesakramenten zu entkräften, die Geburt mit dem Sakrament der Taufe zu feiern: den Menschen einzubinden, ihm für alles, was ihn tief bewegt, erschüttert, angeht, ein Ritual anzubieten, das die Kontrolle gewährleistet.

Heimtückisch genial ... fand Pablo das.

Auf dem kleinen Feuer rührte er den Reis so lange unter, bis der glasig wurde, würzte ihn mit Pfeffer und Salz. Die Küche war voller Wohlgerüche und so warm, daß Pablo die Fenster aufmachen mußte. Er schwitzte, aber auch der Schweiß gehörte für ihn zum Kochen, die Würze des Schweißes, der in den Reis tropfte. Er gab Fleischbrühe in die Kasserolle, soviel, daß sie den Reis bedeckte, ließ das Gericht ohne Deckel köcheln. Bruegel hatte sein Bild KORNERNTE vor mehr als vierhundert Jahren gemalt –

und in diesen Tagen brachten die Bauern wiederum ihr Korn ein. Pablo war mit dem Hund über Land gegangen, hatte bei den Erntearbeiten zugeschaut, fotografiert und Skizzen angefertigt. Wenn er seine Fotos und Zeichnungen mit den Skizzen und dem Gemälde von Bruegel verglich – was hatte sich verändert? Bestimmt war es heute keine Tagesarbeit mehr, ein Kornfeld abzuernten, ein Tagwerk, das am Morgen früh begann für Schnitter, Mägde, Kinder. Es gab also auch kein Mittagsmahl neben dem zur Hälfte abgeernteten Feld, und schon gar nicht den Mittagsschlaf unter einem Baum.
Man hatte ein neues Verhältnis zu Arbeit und Zeit.
Man hatte die Technik.
Man hatte Gift in den Garben.
Nur war das nicht so augenfällig. Ins Auge fiel der Mähdrescher, dieser Super-Schnitter mit seinem Lärm. Und die Helfer fuhren in Autos vor, parkten sie am Feldrand.
Und war in den Köpfen der Bauern etwas anders geworden? Was hatten sie 1565 überhaupt denken/wissen können. Womit hatten sich ihre Gedanken beschäftigt. Mit einer Hochzeit, einer Taufe, mit einem Dorffest – mit dem Freiamtfest heute, das man am Abend besuchen würde: hingehen mit der Frau / oder eine Frau suchen, essen und trinken, Musik, am Ende eine Liebesnacht. Damals wie heute. Was geht im Kopf des Mannes vor, der auf Bruegels Bild in der linken unteren Ecke mit der Sense Korn schneidet – was im Kopf des Mannes, den Pablo an dessen Stelle gemalt hat, auf dem Mähdrescher sitzend. Beiden gehört vielleicht das Kornfeld nicht ... und ihre Ängste vor Zeit und Geschichte. Der Bruegelsche Schnitter fürchtete sich vielleicht vor herumschwärmenden brandschatzenden und mordenden spanischen Soldaten: die könnten ihm die Ernte nehmen – und das Leben. Der Mann auf dem Mähdrescher hatte vielleicht, so in der brütenden Hitze fahrend, andere, ›modernere‹ Angstvisionen ... Oder beide waren sie ganz schlicht mit

ihrem Einkommen (Auskommen) befaßt: der eine wollte das Dach seiner Hütte ausbessern, der andere eine Gartenmöbelkombination für den Balkon anschaffen.
Und ein anderer Bauer bei der Kornernte – und irgendwo ein Landarbeiter, der erntete Korn noch mit denselben Hilfsmitteln (gar mit schlechteren) wie die Bauern zu Bruegels Zeiten: Und wo fuhren noch weit größere, großartigere Mähdrescher als hier...
In der Kasserolle war die Flüssigkeit verdunstet. Pablo gab nochmals eine kleine Menge Bouillon dazu, denn der Reis war noch nicht gar. Er nahm einen Schluck Wein, sagte zum reglosen Hund ein paar Worte, daß der wedelte unter dem Tisch. Hartnäckig legte sich der Hund stets unter den Tisch, ließ sich auch durch die Stöße und Tritte, die er bekam, nicht hindern; manchmal wußte Pablo beim Essen nicht, wohin mit den Beinen. Er schmeckte den Risotto ab. Die Zucchini waren fein, er hatte auch schöne Früchte ausgesucht, darauf geachtet, daß sie nicht überreif und zu groß waren, zu große Früchte enthielten oft sehr viele Samen.
Vor einiger Zeit war Pablo mit Katrin über Land gegangen, da hatten sie eine schneeweiße Plantage entdeckt, als sei der Winter mit viel Schnee nochmals eingefallen. Ein Bauer hatte seine Apfelbäume gespritzt, schneeweiß übersprüht. Unter den Bäumen, um die Stämme herum, da war kein Gras mehr gewachsen, dort war die Erde ausgetrocknet und spröde von gräulicher Färbung, verbrannt. Man müßte neue Sätze in die Litaneien einbauen, hatte Pablo gesagt:

Der du für uns den Chemietod gestorben bist, bitte für uns.

Man hatte Gift im Korn, eine unsichtbare Kernveränderung war das wohl: und eine entsprechende Veränderung im Kopf der Bauern, fragte sich Pablo, gab es die auch...
Ob die Bauern das Land jemals geliebt hatten. Und die

Bauern auf den Bildern von Bruegel? Jedenfalls schütteten die einheimischen Landwirte tonnenweise Chemie in die Erde, sie säten Gifte aus, sprühten todbringende Mittel in die Plantagen (ja, Pablo hatte letzthin in ein Maisfeld hineingehen wollen, zwischen den ihn überragenden Pflanzen wäre er gern bis zur Mitte der Plantage gelangt. Aber der Geruch da drin, die weiß an den Blättern und Kolben klebende Giftschicht hatte Hustenreiz ausgelöst: es war zum Ersticken, er hatte umkehren müssen, zurück zum Hund, der am Wegrand auf ihn wartete, der nicht so dumm gewesen war, in das stinkende Feld zu laufen). Futtermais war es gewesen, hatte Pablo Katrin erzählt, und jedes Kind weiß, wie das Gift in den Mais, in die Kuh, in die Milch, und dir selbst in die Nieren gelangt: jedes Kind weiß das – nur die Erwachsenen noch nicht. Ja, überall lagerten die Bauern/Landwirte ihre künstlichen Dünger ab, die alles versehrten, verbrannten, letztlich unfruchtbar machten, durchtränkten mit Nebeln und Dünsten von Gift: daß die Vögel, hatte Pablo gesagt, mitten im Verdauen von harmlos erscheinenden Würmern – tot aus den Bäumen fallen. Kernveränderungen.
Die Schadstoffe sickerten ins Grundwasser. Alles verseuchten sie. Alles war beschädigt, vieles kaputt. Dabei gewinnträchtig und äußerlich schön, makellos schön. Die Bäume blühten prächtig und trugen zur Erntezeit giftige Früchte, die Tiere hatten ein gesundes Aussehen, nur ihr Fleisch war krank.
Und gib uns unser täglich Brot
heute und schütz uns vor
den Agronomen
vor ihrer Vernichtungstechnik, Amen. Es war, als hätten sich die Bauern ihre Abhängigkeit bewahrt, nur hingen sie nicht mehr den katholischen Pfaffen, sondern den Dünge-Feldpredigern an den Lippen. Und hatten keine Liebe zu ihrem Land, und also unserem Brot, keine Liebe zu den Tieren. Sie waren dem Boden zu nah, um

ihn noch zu lieben. Jahrhunderte hatte er ihren Rücken verkrümmt: jetzt zahlten sie es ihm heim. Sie nahmen Grün als selbstverständlich, sie verseuchten Acker Tier Korn. Milch ist Milch, und Korn ist Korn, und was in der Milch ist und was im Korn, wollen sie nicht wissen, man sieht es ja nicht. Subventionen waren in Korn und Milch. Und die sah man. Sie schienen den Bauern zu genügen. Für alles andere blieben sie vorsätzlich blind.
Pablo hörte Katrin kommen, ihre leichten Schritte auf der Treppe. Sie trat in die Küche.
Das riecht ja!
Pablo grinste. Er gab geriebenen Käse und nochmals ein Stück Butter mit der gehackten Petersilie in den köchelnden Reis, rührte sorgfältig um, kostete. Katrin wollte sich vor dem Essen noch etwas frisch machen...
Manchmal saß Pablo in ihrer Töpferwerkstatt, schaute ihr bei der Arbeit zu. Sie hatte es sich in den Kopf gesetzt, einen Krug zu schaffen, der so schön war, daß sie nie mehr einen anderen formen könnte, weil ihm alle an Vollkommenheit nachstehen müßten. Das Problem, meinte sie, liege beim Henkel. Wie den Henkel modellieren und ansetzen. Wie den Henkel mit dem Krug verbinden und vereinen. (Ein Krug als Form wäre nichts als schön, ein Gefäß, das sich als vollendete Form genügte...) Der Henkel macht den Krug gebrauchstüchtig, gibt ihm eine Funktion, am Henkel faßt man den Krug, sagte Katrin, und dann ist er nicht mehr nur ein Krug, dann erfüllt er einen Zweck. Und dagegen, gegen die Funktion und das Funktionieren, schienen sich alle ihre Krüge zu wehren. Schönheit und Form sträubten sich gegen die Einvernahme, und ihre bisherigen Versuche waren alle daran gescheitert.
Pablo deckte im Zimmer, das er früher allein, seit einiger Zeit zusammen mit Katrin als Wohnstube benutzte, den Tisch. Er öffnete eine Flasche Rioja Alavesa, und als Katrin kam, trug er den Risotto auf.
Katrin saß ihm gegenüber; sie hatte ein leichtes blaues

Sommerkleid angezogen und die Lippen geschminkt. Das gefiel Pablo: geschminkte Lippen, und wie das Rot abnahm beim Essen.
Katrin lobte den Risotto.
Der Rioja war schwer und gut.
Durch das offene Fenster hörten sie die Musik vom Rummelplatz her, gedämpft in dieser Entfernung, etwas verschwommen. Der schwarze Hund zwängte sich unter den Tisch; er wollte den Kontakt zu beiden, legte sich zwischen sie; und beide streiften unter dem Tisch die Schuhe ab, stellten die nackten Füße auf den weichen und doch kompakten Hundekörper, im langen Haar des Fells berührten sich ihre Zehen. Pablo aß gern mit Katrin. Sie nahm, so fand er, die Speisen mit allen Sinnen auf, aß mit sichtlichem Genuß, mit Freude am Essen. Wie sie schöpfte, Brot brach, das Weinglas in die Hand nahm. Und ihr Mund. Und das Haar, das vornüberfiel in ihr Gesicht, wenn sie sich über den Teller neigte: überhaupt gefiel ihm diese Frau.

Später fuhren sie nach Muri, zum dortigen Freiamt-Fest. Der Hund hockte auf dem Hintersitz, hechelte, füllte das kleine Auto mit seiner schlechten Atemluft. Sie fuhren über die Reußbrücke, nahmen die Straße zum WEST hinauf, bogen ab in das Waldstück zwischen Bremgarten und Boswil. Pablo fuhr gern durch den nächtlichen Wald. Die gerade Straße, ohne Gegenverkehr, die den Bäumen entlangstreichenden Scheinwerfer lockten ein Neongrün aus der schwarzen Waldmauer, die Bäume schienen im Licht zu verschwimmen, ihre Stämme vergitterten die Sicht. Wie auf Bruegels Gemälde ›Der düstere Tag‹ vergitterten sie den Ausblick, und wie auf dem Bild ›Die Jäger im Schnee‹ gaben sie die Tiefe des Raumes an, die noch zurückzulegende Distanz bis zum nächsten Merkpunkt. Pablo fuhr hin und wieder nach Muri, besuchte einen befreundeten Bildhauer, der Haus und Atelier in einem großen wilden Garten besaß, angrenzend an die Mauern der Heil- und Pflegeanstalt. Immer wieder schauten Geistesgestörte über die Mauer, hielten eine Rede, warfen Schimpfwörter und Steine, verspotteten seine Arbeiten oder machten ihnen Liebeserklärungen. In die Statue eines Knaben, die er gemeißelt hatte für einen Schulhausbrunnen, hatte sich eine alte Frau verliebt. Sie forderten Zigaretten und Tabak von ihm, boten zum Tausch Schokolade an. Schokolade schienen sie reichlich zu haben; alle Besucher, hatte der Bildhauer Pablo erklärt, scheinen ihren irre gewordenen Verwandten Schokolade zu schenken. Doch er wohne gerne in Nachbarschaft mit den Verrückten. Sie seien zwar oft bösartig, aber doch nicht so unversöhnlich hart gegen das Schöne, sie seien ihm im Grund viel lieber als all die Füdlibürger mit den vernagelten Herzen.

Im Feld stehende, einsame Häuser, ein umgebrochener Acker schimmerte hell, zunehmende Besiedlung entlang der Straße, Lichter, Boswil. Die lange Gerade nach Muri. Rechts der Lindenberg, er glich einem mächtigen schwarzen Rumpf, etwas Erdrückendes, fast Menschenfeindliches ging von ihm aus, dachte Pablo. In den Hängen gaben vereinzelte Beleuchtungen die Lage der Gehöfte und Häuser an. Linker Hand flacheres Gelände, geduckte Einfamilienhäuser, Blocks, und weit entfernt, ohne daß ein Licht zu sehen war, die Arbeitskolonie Murimoos, über der nicht nur Stille, ja Grabesruhe lag, sondern, wie Pablo dachte, auch das fürchterliche Schwarz schwerer Angstträume. Beim Fahren legte Katrin gern ihre Hand auf seinen Nacken. Er mochte das. Hinten schnaufte der Hund, legte den schweren Kopf zwischen ihre Schultern.
Man entdeckte den Festplatz schon von weitem. Dort war früher der Richtplatz gewesen. Festzelt und Tanzbühne bildeten eine Lichtinsel. (Zuletzt hatte man eine Frau, eine ›Hexe‹ auf dem Scheiterhaufen verbrannt.) Nun briet man Teile eines Ochsen an einem mächtigen

Feuer. Es duftete. Ein leichter, tiefer Abendnebel lag über dem Weideland. (Des Diebstahls und der Brandstifterei war die Frau angeklagt gewesen.)
Katrin tanzte. Pablo liebte ihre Bewegungen: wie sie sich ausdrücken konnte mit dem Körper. Sie tanzte Figuren, die ihm so fest und sicher erschienen wie Gegenstände. Sie müßte einmal, dachte er, Tanzfiguren modellieren. Er selbst wollte sie auf einem Bild als Tänzerin malen. Auf dem Bild eines Festplatzes, auf der alten Richtstätte, unter den Eichen, ein bruegelsches Gemälde, immer geriet ihm dieser brüderliche Bruegel in seine Vorstellung, malte bei ihm mit, viele Figuren, Menschen, viele tanzende Katrin-Figuren, Männer, Frauen, herumtobende Kinder, Musikanten, die Bäume, ihr Laub, Gefieder im Nachthimmel, der schleierartige Bodennebel, das Feuer mit dem Ochsen, Männer, die Holz nachlegten, der Mann, der mit dem Messer Fleischstücke herunterschnitt, kauende Münder, gedeckte Tische, betrunkene Leute, ein Eingeschlafener über dem Tisch, eine Schlägerei vor der Tanzbühne, Fettwänste, ein Taschendieb, schreiende Kinder, Vollgefressene, ein Haufen umgestürzter und verkeilter Mopeds und Fahrräder, Frauen, die ihre Handtasche bewachten, ein Gemeinderat mit Nelke, hinter dem Festplatz der Riesen-Parkplatz, Wagen an Wagen, hemdsärmlige Burschen, schöne Mädchen, entfernter auf dem Wiesland Kühe (ihr Glockengebimmel als Farbe), dahinter der Wald: alles Vorlage. Um zu malen. Menschen malen. Sich mit Menschen befassen, mit ihrem Ausdruck. Freude Schmerz Trauer Zorn Wut Lust Habgier Fröhlichkeit. Die Farben wie Lacher hinsetzen, eine Farbe fürs Traurigsein, eine Farbe fürs Weinen, eine Farbe für die Liebe, eine Farbe für den Vogelgesang. Und eine für den Tod. Schön – wie Katrin tanzte. (So fraulich. Er dachte ›fraulich‹ und würde sich das Wort nicht nehmen lassen.) Mitten im Tanz blieb er auf der Bühne stehen, schaute ihr zu. Er kam sich neben ihr ungelenk vor, beinah plump, fühlte sich immer wieder als

Eisbär, fand sich getroffen in dem Vergleich, ja, er hatte das Schwerfällige dieser Tierart, aber auch die plötzliche Behendigkeit, er hatte das harmlos Tapsige eines Eisbären, aber auch seine Schärfe. Und konnte auch eine Pranke ausfahren lassen.
Pablo und Muri. Hier war er aufgewachsen. Für ihn war das Freiamt in Muri am schwärzesten, am wildesten: hier traute er jedem (und allem) den Ausbruch zu.
Nach dem letzten Tanz, als die Musikanten die Instrumente zusammenpackten und die Serviertöchter sich müde auf die leergewordenen Bänke setzten, als in den Feldern und im Wald die Vögel mit ihrem Gezwitscher einsetzten und der Morgen mit grauem schwerem Licht die Nacht aufhellte, fuhren sie nach Hause. Sie hatten nicht viel getrunken, aber sich müde getanzt. Die Heimfahrt ohne Gespräch. Auf dem Hintersitz schien der Hund zu schlafen, man roch sein taunasses Fell.
Sie schliefen dann in Pablos Zimmer. Der Geruch von Körper und Schweiß, von Morgennebel, nasser Gartenerde, der Duft des Kirschbaums vor dem offenen Fenster. Der Geschmack des Schlafs im Mund.
Frühes Tageslicht. Pablo lag schon wach. Noch keine Sonne. Nach durchfeierten Nächten schlief er immer schlecht. Er lag hellwach und übermüdet neben der schlafenden Katrin. Sein kurzer Schlaf hatte keine Tiefe gefunden, hatte sich nur dicht unter der Haut verbreitet wie ein nervös machendes Gift im Gewebe. Pablo war unruhig, und erregt war er auch.
Er schlief gern mit Katrin, sie war zärtlich, sie hatte, so kam es ihm vor, manchmal etwas weich Auseinanderfließendes, konnte aber auch fast mechanisch sein in ihren Bewegungen, so daß er auch schon gedacht hatte, jetzt sei nur der Körper bei der Sache; dann wieder war sie anschmiegsam, still, beinah kätzchenhaft. Sie lag auf dem Rücken, hatte die Beine leicht gespreizt, den Kopf zur Seite geneigt.
Das auf dem Kissen aufgefächerte Haar. Pablo betrach-

tete sie wie ein Maler sein Modell. Die Form des Bauches, seine Farbe im Dämmerlicht. Der Nabel. Überhaupt die vielen Einbuchtungen und Rundungen ihres nackten Körpers. Die Farben der Schatten, Schattierungen. Die helleren Brüste, fest modelliert. Katrin hatte die Arme ausgestreckt. Das Grün der Venen. Die hellroten Innenseiten der Hände. Das Grau in den Achselhöhlen. Gelblich die Fußsohlen. Jetzt zog sie ein Bein an, drehte sich von ihm weg. Pablo berührte ihr Haar, es hatte keine eigene Wärme. Sacht legte er ihr die Hände auf ihre Hüfte, sie war warm und er spürte den Knochen unter der Haut.

Pablo versuchte zu schlafen, döste, hörte einen Vogel im Kirschbaum, und plötzlich – er mußte wohl doch eingeschlafen sein – berührte etwas Nasses seine Seite. Er fuhr mit der Hand dorthin, fand die Schnauze, die kühle Nase des Hundes.

Er war wieder ganz wach. Katrin lag auf dem Rücken, hatte ein Bein angewinkelt. Er spürte Lust, sie zu umarmen, Lust, in sie einzudringen. Mit den Händen ihren Leib ertasten, mit dem Mund über ihren Bauch fahren, überallhin. Doch Katrin war am frühen Morgen fühllos und taub. Er ließ sie schlafen.

Das düstere dämmrige Licht im Zimmer hatte die Wärme des Lichts auf einem Gemälde von Bruegel. Einmal würde Pablo Katrin so malen und dem Bild den Namen ›Die schöne Schläferin‹ geben. Er stellte sich das Gemälde vor. Als wollte er der Lust, dem heftigen Wunsch, mit Katrin zu schlafen, etwas entgegensetzen, begann er darüber nachzudenken, wie das Rot zu mischen wäre, um die Farbe, Farbigkeit ihres Haars, seinen Grad von Helligkeit in diesem zwar noch dämmrigen, jedoch rasch weißer werdenden Licht genau zu treffen, und wie dieses Rot aufgetragen werden müßte, um genau das auch zu sein, was es abbildete. Eine malerische Bewegung schwebte ihm vor, sie wäre die Bewegung des dargestellten Haares selbst.

Wie plötzlich und schnell, wie heftig es Tag wird, sobald die Sonne einen bestimmten Punkt am Himmel überschreitet, dachte er. Der Hund trottete zur Tür, die in den Garten führte und nur angelehnt war. Er stieß sie mit der Schnauze auf, stand im Rahmen, der jetzt voller Licht war.

Der Morgensonne hatte er die Tür geöffnet, und so im Rahmen stehend, war der Hund eine Silhouette, deren Konturen vom starken Licht mit einem glühenden Strich nachgezeichnet wurden, von einem Licht, das auch das Haar der aufwachenden Katrin in Brand zu stecken schien.

Die Jäger im Schnee

I

Als die Paßhöhe erklommen war, bog der Militärlastwagen, hinter dem Barbara lange im zweiten Gang hatte fahren müssen, endlich rechts ab. Fast unverhofft, nach der langen Fahrt ohne Ausblick, sah sie den Himmel wieder und dachte, die Kälte habe die Färbung von ausgeglühter Asche. Die Luft erschien so klar und hell, wie sie nur ist, wenn der Himmel Schnee widerspiegelt, der seit Tagen festgebacken liegt. Und obwohl Barbara im Auto saß, glaubte sie die Kälte körperlich zu spüren. Sie hatte in dieser Landschaft und unter diesem Himmel ein halbes Leben verbracht; sie kannte ihre Zeichen, erinnerte sich an einen Wintertag in der Kindheit, als sie, vom Skifahren heimkehrend, so steifgefrorene Hände und Füße hatte, daß sie die Ski mitten auf dem Weg liegenließ, unfähig, sie noch weiter zu tragen mit so fühllosen Händen, ja weinend, mit auf den Wangen erstarrenden Tränen, was einen Schmerz erzeugte, als würde das Gesicht vereisen: und auch damals hatte die Kälte eine fahle aschgraue Farbe.

Barbara wohnte seit Anfang des Jahres in Zürich. Vor Weihnachten hatte sie es in dem großen stillen Haus nicht mehr ausgehalten, hatte auf einmal gewußt, jetzt ist es genug. Sie war zu der Einsicht gekommen, während sie in der Küche beim Frühstück saß, Kaffee trinkend im warmen Schein der Lampe, doch umstellt von den Mauern des Hauses, das wiederum selbst umhüllt wurde von dicken Nebelwänden, die vor dem Küchenfenster sichtbar lagerten, grau und fest. Da hatte sie plötzlich die Tasse mit dem frischen Kaffee gegen das Fenster geworfen, gegen das doppelt verglaste Küchenfenster. Das Geschirr ging in Brüche, und die Scherben fielen zu Boden. Von der Scheibe lief Kaffee in dünnen Fäden hinunter. Aber verändert hatte der Wurf nichts, es war,

als sei alles erstarrt, verkrustet in der Küche, nur die hellbraune Flüssigkeit tropfte zu Boden, geräuschlos.
Du bist noch keine vierzig, Barbara, eine Frau.
Auf der Mutschellen-Paßhöhe schien die Sonne in einen hellen klarkalten Tag, aber mit der abfallenden Straße tauchte Barbara ins Reußtal hinab, das unter einer dichten Nebeldecke lag. Nur der oberste Rückenteil des Wagenrains erhob sich über den Graufluß und Grauteich hinaus, und entfernter auch der Lindenberg, dessen lange Flanke und die in den Hängen gelegenen Dörfer und auf Buckeln thronenden Weiler in gleißendem Sonnenlicht lagen, während der ewige Nebel der winterlichen Täler den Fuß der Berge umlagerte und die Dörfer des Bünztals versteckte unter einer Decke aus feuchtem Grau, die nicht wärmte, die einen bloß frösteln machte.
Und schwermütig.
Barbara fuhr ohne Hast, sie schaltete das Abblendlicht ein, sah Scheinwerfer auf der Gegenfahrbahn näherkommen und mit einem Mal die gelben starken Lichter der Bahn, die auf ihrer der Straße folgenden Trasse bergan fuhr, als tauche sie auf aus dem Nebel wie aus einem düsteren Traum.
Die Tasse hatte sie nicht aufgehoben, damals, den Kaffee die Scheibe hinabrinnen lassen, die Scherben nicht weggeräumt – oh, brächten sie doch Glück. Sie hatte Schuhe und Mantel angezogen, Handtasche und Geld genommen, weggefahren war sie. Nach Zürich zu Josua. Sie hatte nicht geweint; sie war weder verstört noch ängstlich gewesen, sie hatte sich nicht schwach und verloren gefühlt; sie war wütend, ja zornig gewesen. In sich verspürte sie die Wut; eine Wut im Bauch hatte sie, wie sie vielleicht nur eine Frau haben kann. Als wäre diese Wut ein Kind, das es auszutragen gilt. Ausgesetzt war Barbara – sich selbst. Und aus einer vielleicht verhängnisvollen Gewohnheit heraus hatte sie, kaum war sie in der fremden Wohnung gewesen, damit angefangen, alles umzukrempeln. Sie hatte das schmutzige Geschirr abge-

waschen und aufgeräumt. Als könnte ihre Ordnung wiederhergestellt werden. Als ergäbe sich so ein Gleichgewicht. Möbel hatte sie verstellt, so sperrig war es in ihr. Doch Josua hatte sie nicht gewähren lassen. Es sei ihm in seinem Chaos wohl gewesen, mokierte er sich. Und Barbara hatte angefangen zu weinen.

Wann hast du zum letzten Mal mit einem Mann geschlafen? So direkt fragte nur Jo. Sie konnte der Mutter damit die Schamröte ins Gesicht zwingen. Barbara dachte an Jo, als sie den nach Zufikon führenden Weg sah, das Straßenschild mit dem Ortsnamen. Vom Niederschlag des Nebels war die Fahrbahn naß; man mußte weiter mit Licht fahren. In Bremgarten herrschte kaum Verkehr, war kaum Leben, obschon früher Nachmittag war; es schien, als würde der Nebel Bewegung und Leben verhindern, als seien Stadt und Menschen verpuppt, eingeschlossen in einen feuchten Kokon bis zum nächsten Frühjahr, das vielleicht gar nicht mehr kam. Da hörte Barbara Schläge, dumpfe Schläge, es tönte so, als würde jemand mit dem Schlegel auf eine türkische Trommel hauen. Und nach der nächsten Kurve, sie bog um den Spittelturm in die Marktgasse ein, bemerkte sie eine Schar vermummter Gestalten, die in zerlumpten Kleidern gingen, eine Maske oder Larve vor dem Gesicht tragend, und mit aufgeblasenen ›Söiblotere‹ (Schweinsblasen) auf Menschen und Sachen einschlugen, wobei sie das dumpfe Geräusch erzeugten. Es war ein sich langsam vorwärtsbewegender Zug, aus dem gelegentlich ein Vermummter ausscherte und mit der Schweinsblase, sie wie eine Keule schwingend, jemandem nachrannte, um ihm die Blase über den Kopf oder den Rücken zu dreschen. Es war Fasnachts-Dienstag, fiel es Barbara ein, Gassen und Straßen gehörten Narren, gehörten Hexen, Clowns, Altweibern, Indianern, die jetzt auftrumpften, als sei die Stadt von den Autoscheinwerfern aus dem immerwährenden Nebel- und Winterschlaf herausgezerrt worden, auferstanden, zum Leben erweckt und gerufen, zum Leben, das zuerst ein Narren-Leben zu sein hatte und gleich damit Anfang nahm, daß der eine versuchte, sein Schlaginstrument, sei es auch nur eine Söiblotere, dem anderen, dem nächsten über den Schädel zu ziehen. Aus allen Gassen und Hinterhöfen, aus den Türen alter Häuser, aus Sträßchen und Gräben schienen Vermummte zu quellen, sich in die Stadt ergießend. Raketen wurden abgefeuert, Pistolen abgeschossen, Peitschen knallten, bunte Papierschlangen segelten über die Straße; auch Barbaras Auto fing mit dem Kühler eine rote Papierschlange auf, schleppte sie mit, zog sie nach, die Marktgasse hinunter bis zum Bogen, wo sie sich löste und zu Boden fiel. Am Bogen war wiederum alles still und schien ausgestorben, als hätten sich Masken und Fasnachtsgestalten aufgelöst; selbst vom Geschrei war nichts mehr zu hören, nichts von den wummernden Schweinsblasen – oder der Lärm fiel gar nicht mehr auf. Sie bog vor der Brücke in die Reußgasse ein, fuhr durch die Unterstadt bis vor ihr ehemaliges Haus, wo sie parkte. Im Grund gedankenlos hatte sie das Auto neben dem Haus vor das geschlossene Tor der Garage hingestellt, sich der Gewohnheit, der automatischen Handlung erst dann bewußt werdend, als sie sich bereits, nach der üblichen Schrittfolge und nachdem sie das Gartentor wie immer mit der rechten Hand, ohne den Schritt zu verlangsamen, geöffnet hatte, auf dem Plattenweg zur Haustür befand...

Das Haus stand leer, seit längerer Zeit stand es leer, und als sie es betrat, befiel sie eine Unsicherheit. Etwas selbstverständlich Gewesenes hatte sich verloren, eine vielleicht falsche Vertrautheit war enttarnt (wie man Räume betritt und wie man Räume verläßt, in denen man Jahre und einen Teil seines Lebens verbrachte; wie fremd und kalt Zimmer, Wohnung, Haus werden, sobald mit den Möbeln und Gerätschaften auch die gewohnten Gerüche verschwinden. Wie Geräusche sich ändern, die

Schritte in den leeren Räumen einen anderen Hall bekommen). Das Leersein des von René erbauten Hauses provozierte die Behauptung – hier war nie jemand zu Hause, hier hat nie einer gelebt. Die Scherben der Kaffeetasse hatte sie zurückgelassen, die Rinnsale auf der Scheibe, und geflüchtet war sie zu Josua. Mit dem festen Vorsatz, das Haus in der Unterstadt nie mehr zu betreten. In Josuas Wohnung hatte sie einen Kirsch getrunken und Jo angerufen, ihr mitgeteilt, etwas sei zu Ende, aus und vorbei, sie wolle nun versuchen, in Zürich eine Wohnung zu finden, nein nein, hysterisch sei sie nicht, auch nicht schwermütig, eher hart. Tabletten werde sie keine schlucken, ganz bestimmt nicht. Dann hatte sie sich auf das Sofa gesetzt, geraucht, und mit einem Mal die Unordnung erblickt, überfüllte Papierkörbe, volle Aschenbecher, Staub, überall alles verstaubt, schmutzige Fenster, Geschirr in der Küche, das roch, ja, das stank. Josua hatte ihr geholfen bei der Wohnungssuche. Das war gar nicht so schwierig gewesen, auch nicht in Zürich, denn Barbara war nun, erst jetzt wurde ihr dies richtig bewußt, eine wohlhabende Frau. Sie besaß Geld, es hatte sie sogar erschreckt, über wieviel Geld sie nun verfügte. Sie hatte sich um Finanzielles nie gekümmert, René hatte ihr ein Haushaltungsgeld gegeben, gut bemessen. Aber wieviel Geld das Drahtwerk einbrachte und wie René es angelegt hatte, das wußte sie nicht, das hatte sie nie interessiert. Den Mantel offen, die Arme vor der Brust verschränkt, so ging sie durch die leeren Räume des Hauses, hörte ein Radio und Geräusche von Arbeiten, die der Maler ausführte. Barbara ließ das Haus renovieren, instandsetzen für die neuen Mieter, eine Familie mit Kindern. Die Frau und der Mann würden bald kommen, um die Zimmer zu vermessen für Wohnwand, Betten, Schränke, und die Fenster für zu nähende Vorhänge, sie würden kommen und im Haus herumgehen, laut überlegen, hier, würden sie sagen, und dort, und jedesmal einen Gegenstand aus ihrem Hausrat aufzählen. Barbara trat

ins Wohnzimmer, schaute auf den schneebedeckten Garten hinaus, empfand nichts. Jedoch ganz kalte Füße hatte sie, eiskalte Füße, ganz fühllose Zehen, und Barbara stellte sich vor, sie müßte weit, unendlich weit gehen, um sie wieder zu wärmen. Bläulich schimmerte der Schnee. Die Sicht reichte nicht einmal bis zum Drahtwerk hinüber. Nebel stand dazwischen, undurchdringlich, obwohl sie hinausgehen und den Nebel hätte durchschreiten können. Durch den Nebel gehen wie durch nasse schwere Vorhänge und in den Nebelvorhängen verschwinden, dies hatte sie sich früher oft ausgedacht. Barbara hatte eine Wohnung gefunden. In einem ruhigen, an den See grenzenden Quartier Zürichs, eine teure Wohnung, gewiß. Im obersten Geschoß eines älteren Hauses. Mit einem Dachgarten. Den Dachgarten würde sie im Frühjahr nach ihren Vorstellungen bepflanzen, ein Blumen- und Baumgarten sollte das werden über den Dächern und Straßen, mit einem prächtigen Ausblick auf den See. Im Kirschbaum hockte eine Amsel, still. Das Futterhaus war leer. Barbara schaute sich im Wohnzimmer um. Das Gerät, mit dem die Tapeten abgelöst werden konnten, stand mitten darin. Helle Rechtecke waren an den Wänden, wo Bilder gehangen hatten. Aber Barbara erinnerte sich nur an die Rahmen, sah Rahmen vor sich, und nichts darin...
Sie ging durch das Haus – es war nichts. Sie ging durch das Haus wie durch eine Ausstellung, die man oftmals besucht hat. Nun waren die Gemälde entfernt; die kahlen Wände, die hallenden Räume erzeugten Bilder im Kopf; und es kam Barbara vor, als wollten sich durch die Gerüche und Geräusche, die mit den Malerarbeiten verbunden waren, frühere Hausgerüche und Hausgeräusche drängen, fast gewaltsam. Und auf dem Parkettboden die blassen Flächen, sie waren plötzlich Augenmerk, die Schatten von Wohnwand und Sitzlandschaft, Wasserflekken von Blumentöpfen, und eine kleine Brandstelle, zu der sich fast unvermeidlich eine Geschichte einstellte,

obwohl sich Barbara dagegen sträubte. Und Handwerker arbeiteten, um eben diese Spuren zu beseitigen. In der Küche roch es nach Ölfarbe und Terpentin. Schranktüren und Schubladen standen offen. Bröckelstücke von Gips und Verputz lagen auf dem Kochherd. Das Fenster war verschmiert. Hier hat nie jemand gelebt... Du hast alles verloren. Barbara behielt die Arme verschränkt vor der Brust. Vor dem Fenster, zusammengerollt in der Ecke, lag eine Katze. Barbara entdeckte das Tier erst, als sie die Küche verließ.
Sie lebte gern in Zürich. Obwohl sie dort nie heimisch werden würde. Dachte sie. Trotzdem hoffte sie, hoffte auf ein glückliches Leben. Das Freiamt, Bremgarten, die Reuß, es war ihre Heimat. Gewesen. Sie fühlte sich zwar nicht als Fremde, jedoch als Vertriebene. Sie kannte jeden Ort und Winkel, in den Dörfern waren ihr die Flurnamen geläufig. Zu Hause war sie hier nicht mehr. Ein Schlag, das todbringende Ereignis, der Schock beim Aufräumen, ein paar unerwartete Einsichten und Erkenntnisse, und die Heimat war verspielt, verloren. Zürich war eine Stadt, in der man leben konnte. Sie glaubte an neue Möglichkeiten für sich, an neue Formen. Im Gang begegnete Barbara dem Maler, einem jungen Mann, der pfeifend die Treppe herunterkam. Er hatte ein Werkzeug nicht zur Hand, mußte es im Auto holen. Er kannte Barbara nicht, fragte, was sie hier suche und wolle, nicht unfreundlich. Barbara nannte ihren Namen. Sie wußte jedoch nicht, was sie hier wollte und suchte; dachte, der Maler habe sie zurecht als Fremde betrachtet und angesprochen. Es war kalt, und dennoch hatte der Mann den Reißverschluß des Overalls bis zum Gürtel offen, und darunter auch die Knöpfe des Hemdes. In der schwarzen Behaarung seiner Brust sah Barbara ein kleines Kruzifix.
Ich werde das Haus nie wieder betreten, hatte sie zu Jo am Telefon gesagt. Nun war sie zurückgekommen in die Fremde, die gleichbedeutend war mit Kälte. Vielleicht war sie auch nur zurückgekehrt, um sich noch einmal

klar darüber zu werden, daß sie nicht mehr hierher gehörte und befand sich gleichsam als Zeuge im Haus – für diese Erkenntnis. Die Räume schaute sie an, war trotzdem nicht da; in den Zimmern schaute sie sich um, als könnte man erkennen, daß sie weggegangen war. Die Leere war der Beweis... In diesem Haus war sie eine Haus-Frau gewesen, das Haus hatte sie umgeben wie eine Haut, sie war darin eine Gefangene gewesen, gefangen in der eigenen, gefangen in der Haut des Hauses. Aber sie hatte sich gehäutet. Wie eine Schlange die abgestoßene Haut zurückläßt, so hatte sie das Haus zurückgelassen, abgestoßen. Beziehungslos stand sie da, befremdet, es war kein Schmerz, nicht einmal ein Bedauern. Der junge Maler kam mit dem Werkzeug, einem scharfen Messer, zurück, machte sich im oberen Stock wieder an die Arbeit. Barbara hörte den Schnitt des Messers durch das Papier. Während des Schneidens pfiff der Arbeiter nicht. Ohne die Tür abzuschließen, ohne das Licht auszumachen, hatte Barbara das Haus und Bremgarten verlassen. Alles war veräußert worden, verkauft bis zum letzten Handtuch. Barbara hatte sich die neue Wohnung unbedingt auch neu einrichten wollen, mit Dingen, an denen nicht Erinnerungen klebten. Dies war die Hauptsache gewesen. Aber sie hatte auch gedacht: Josua hilft; immer hilft dir ein Mann, bei all deinen Unternehmungen ist ein Mann dabei, was bist du eigentlich ohne Mann? Stets bist du Teil eines Mannes gewesen, hatte sie gedacht, Willensteil und bessere Hälfte, Anhängsel, Mutter, abhängig. Auch Trösterin. Und ... plötzlich der Wunsch, radikal zu handeln. Mit dem geschärften Messer den Schnitt ausführen. So wie der Handwerker im oberen Stock es tat; ähnlich war es gewesen für sie, und sie achtete darauf, hörte, wie er erneut mit Pfeifen innehielt und eine weitere Tapetenbahn von der Rolle schnitt.

Barbara verzichtete darauf, auch die oberen Räume zu besichtigen, wollte sie gar nicht betreten, hatte Angst, von ihnen wieder eingenommen, Angst, darin eingesperrt

zu werden, und verließ das Haus. Sie hatte sich zwar mit dem neuen Mieter verabredet, fühlte sich jedoch nicht verpflichtet und beschloß, lieber spazierenzugehen. Der neue Mieter würde das Haus auch ohne ihre Anwesenheit vermessen können, mit seiner Frau beratschlagen. Die sollten doch mit Meßband und Notizblock in diesem Haus herumlaufen, ihre Vorfreude auf die ungeahnten Alltagsschrecken wollte sie nicht teilen.
Als sie das Haus verlassen hatte und über den Plattenweg ging, bemerkte sie bunte, auf die Schneedecke verstreute Konfetti. Aus einer versöhnlichen Stimmung heraus (es war ihr leichtgefallen, das Haus zu verlassen, ihm, selbst dem Garten, den Rücken zu kehren) ging sie zum nahen Friedhof, öffnete das eiserne Tor, fand schnell das Grab ihres Mannes, den zugeschneiten Grabhügel, auf dem das hölzerne Kreuz steckte. Vor dem Kreuz ein halb mit Schnee eingedeckter Blumentopf, erfrorene Chrysanthemen. Sie blieb stehen. Sie fühlte nichts. Empfindungslos stand sie da, die kalten Hände in den Manteltaschen. Und war weit weg. Dachte in ihrer Fühllosigkeit und Distanz wieder an die Schlangenhaut, hätte in dem Augenblick am liebsten eine frühere Haut aufs Grab in den Schnee gelegt. So war ich mit dir, jetzt habe ich eine lebendige, geschmeidige, neue Haut. Und an einen Mann dachte sie, den sie in Zürich kennengelernt hatte, als nicht weit vom Grab entfernt, am Friedhofszaun, sich Indianer und Cowboys zeigten. Sie schossen mit Käpslipistolen auf Barbara, warfen Konfetti über den Zaun auf die Gräber, liefen mit wildem Geschrei stadteinwärts. Barbara fröstelte, sie zog den Mantel vor der Brust zusammen. Der Weihwasserwedel, ein Zweig des immergrünen Thujastrauchs, war im Becken festgefroren. Sie hätte ihn nicht benützen können, wollte ihn gar nicht benützen und ging über den festgetretenen Schnee, auf dem schmalen Pfad, zum Friedhofstor zurück und hinaus.
Sie hatte etwas abgebrochen, war weggegangen, radikal. Sie hatte gehen müssen und sie würde, das blieb ihr

Wunsch, mit einem anderen Mann ein neues Leben führen. Ein Zusammenleben (denn sie wollte nicht allein sein). Der Verzicht darauf wäre für sie nicht lebbar gewesen. Unter neuen Voraussetzungen, neuen Bedingungen – ja, da war ein Mann. Sie würde jedoch nicht zu ihm ziehen; er sollte nicht bei ihr wohnen, hatte sie für sich überlegt, bevor die Frage gestellt worden war (noch war ja nichts gewesen). Nichts? hatte Jo gefragt, und Barbara war errötet. Wann hast du zum letzten Mal, hatte Jo gefragt. Am Telefon stellte sie solche Fragen. Ja, da war ein Mann. Eine Möglichkeit. Er war da, er gefiel ihr sehr. Er war in ihrem Leben: ihr Leben durfte er nicht sein.

Das Auto sprang nicht gleich an, als sie den Motor zu starten versuchte, sie hatte es mit gezogenem Choke stehenlassen. Im Auto roch es nach Benzin. In der Zwischenzeit hatte sich der Nebel aufgelöst, er war in die Wälder gekrochen. Es begann fein und leicht zu schneien. Als Barbara auf dem Rückweg von der Reußgasse in den Bogen einfahren wollte, mußte sie anhalten und warten vor einer schreienden, jauchzenden Kinderschar; so viele Kinder waren es, sie nahmen die ganze Straße ein und sperrten sie hinter einem Wagen herlaufend, dem ›Usrüer Wagen‹, der mit Tannenreisig und Fasnachtslarven, Masken, die an Drähten hingen, und mit Schweinsblasen (Söiblotere) und Papierschlangen geschmückt war; auch alte Pfannen, Töpfe und Nachttöpfe, Büchsen und allerlei Lärminstrumente schepperten, knallten. Ein ähnlich verkleideter Traktor zog den Wagen, der Fahrer war ein Wüster Teufel, bediente anstelle der Hupe eine schwarze Rassel. Auf dem Wagen stand ein Clown, griff in Körbe (Zäinen) und Säcke, aus Taschen warf ein Altes Weib Mandarinen Nüsse Feigen aus, ein Harlekin, der ausnehmend groß zu sein schien, holte aus Beuteln Dörrobst (Öpfelschnitz ond Bireschnitz), verteilte sie an die Kinder, die laut zu rufen hatten ... Hego Naro

Wiss ond Rot
ond Pio... Lüter, rief der Clown, machte Faxen, verwarf die weiten Arme seines Gewandes, hoppla, stellte einen Fuß (mit dem großen Schuh daran) auf einen der Körbe, und die Kinder skandierten lauter im Chor. No lüter, forderte das Alte Weib, geizte mit den Eßwaren, schob sie gar in die eigene Tasche, steckte sie unter den Hut, daß sich die Kinder die Lungen aus dem Leibe schrien. No vilvil lüter, reklamierte der lange Harlekin, gar nichts sei das gewesen, jaja vielleicht Schäfchen-Lautstärke, und die Kinder setzten neu an und riefen, bis der Segen (Mandarinen Bananen Erdnüsse) auf sie herniederprasselte (Bonbons Kandiszucker), ein Segen, nach dem sie sich bückten und streckten, um den sie sich stritten und balgten. In langsamer Fahrt bewegte sich der Zug durch die Stadt. Barbara fuhr hinterher, hatte Freude daran, beobachtete das mit Lumpen gewandete Alte Weib, das an einer Angelrute einen Wurstzipfel befestigt hatte; es warf die Leine mit dem Köder aus unter die Kinder, ließ ihn baumeln über den Köpfen, einen Zipfel Wurst, nach dem man nicht mit den Händen grapschen durfte, den man mit dem Mund erhaschen, erspringen mußte, ja, über den Kindermündern schaukelte und hüpfte die Wurst hin und her, bis ein Pirat sie zwischen die Zähne bekam und abbiß. Barbara erinnerte sich an ihre Kinderzeit, war als Mädchen selbst hinter dem Wagen hergelaufen, meist als Holländermädchen mit geschminkten Lippen und Rouge auf den Wangen: war am Fasnachts-Dienstag jeweils früh aufgebrochen und der Reuß entlang nach Bremgarten gegangen, um rechtzeitig dabei zu sein, wenn der ›Usrüer Wagen‹ ausfuhr. Jetzt hatte sie Lust, sich unter die Fasnächtler zu begeben, in die Stadt zu gehen, den Kindern zuzuschauen, die in den Gassen umhertobten. Sie wollte ein Wirtshaus besuchen, wo getanzt wurde, wo man lustig war und lachte. EIN LACHEN WIRD DIE WELT ERRETTEN. Wo man seine Freude auch ausdrückte und lebte. Auf dem Schul-

hausplatz parkte sie das Auto. Sie ging am Kiosk vorbei, der von Kindern umlagert war. Wie damals, dachte sie. Am Kiosk hatte auch sie sich als Kind mit Feuerwerksartikeln, Käpsli und Schleckereien versorgt. Entschlossen nahm sie den Weg zum ›Café Bijou‹ hinab, das an der Reuß lag; hier hatte sie als Mädchen getanzt, als Holländermädchen an der Fasnacht. Es schneite nun stärker, aber die Flocken waren leicht und störten sie nicht. Auch hatte sie ganz warme Hände bekommen. Die Flocken spielen verrückt wie die Kinder, dachte Barbara. Im Café herrschte närrischer Betrieb. Die Musikbox lief, und im Leibergedränge tanzten die Fasnächtler; es waren vor allem Jugendliche. Barbara setzte sich an einen Tisch, saß mit Pierrots zusammen, Maharadscha und Apachenmädchen, bei Dandy und Vamp. Man trank Coca Cola mit Zitrone und Eis. Es roch nach Mottenkugeln und Haut, viel zu heiß war es, lärmig, der Boden zitterte und vibrierte. Nach einiger Zeit kam ein Maskierter zu ihr an den Tisch, ein schlanker Edelmann mit schwarzem Umhang, schwarzer Halblarve und rot geschminkten Lippen. Er forderte Barbara zum Tanz auf. Ein Junge? Er führte sie zur übervollen Tanzfläche und faßte sie um die Hüften. Bestimmt war er noch ein Junge. Seine Handgelenke, die Art der Bewegungen; er war etwas knochig. Während des Tanzes versuchte der Edelmann Barbara näher zu kommen, sie näher an sich zu ziehen. Sie spürte seine Hände auf ihren Hüften, spürte seinen Atem im Gesicht, sah die dunklen Augen in den Löchern der Halbmaske, sah seinen roten Mund. Mit beiden Händen hatte der Edelmann, er mochte fünfzehn sein, sie nun um die Taille gefaßt, tanzte mit ihr im Gewimmel, im Gewühl stampfender schwitzender Paare. Zog sie an sich, bis sie seinem Drängen nachgab und den mageren Körper spürte, sein Becken, ihr Becken, ihre Brüste auf der Brust des Edelmannes (Jungen) – ja, es war ein Junge (Mann). Erregt, was sie deutlich bemerkte, nicht ungern spürte sie das. Und die halbgeschlossenen Lider in den

Augenlöchern der Maske. Barbara beugte den Kopf zurück. Das Haar des Edelmannes streifte ihren Hals, er hatte den Kopf nach vorn geneigt, seine Lippen berührten ihr Schlüsselbein, und ein Verlangen kam auf in ihr ... noch keine vierzig, Barbara, eine Frau, und ein Halbwüchsiger mit weichen Lippen und weichem Haar. Er legte jetzt die Hände um ihren Nacken, lachte, und sie lachte auch, senkte den Blick. Da brach die Musik ab, und bevor sie erneut einsetzte, um die Tanzpaare fast selbstverständlich wieder in Bewegung zu bringen, dachte Barbara – dachte sie oder fühlte sie, dies schien ihr nun ein und dasselbe zu sein ... was Gesetz für sie gewesen war, Notwendigkeit, Pflicht, es hatte scheitern müssen ... Die Musik begann wieder zu spielen.

An ihrem Leben selbst war es gescheitert, und ihr Leben ging weiter.

2

Dichtes Flockengestöber behinderte die Sicht. Flip, mit dem Auto unterwegs, hatte beschlossen, nach Villmergen in den ›Ochsen‹ zu fahren, wo er in letzter Zeit häufig als Gast eingekehrt war. Er wollte dort essen. Er fuhr vorsichtig, die Schneeschicht auf der Straße war gefährlich, eine Falle. Plötzlich rutschte man weg, ein Bremsen wäre bei den Verhältnissen bereits die Katastrophe.
Er war in der näheren Umgebung von Villmergen unterwegs gewesen, dort, wo das Freiamt am Fuß des auslaufenden Lindenbergs breiter wird und eine Ebene bildet, eine von der Kantonsstraße geteilte Ebene mit Waldparzellen und Feldern auf der einen Seite, mit Wiesland und Äckern auf der anderen ... jetzt schneebedeckt, schneeverweht. Selbst in den Tannen hatte der Schnee sich festgesetzt. Flip hatte ein Blockgebiet bedient, wie er das nannte. Abgeklappert, das war der Ausdruck von Jo gewesen.
Du bist ein Spießer, Flip.
Mir steckt kein Vater Geld, Jo.
Dabei war Jos Vater tot und sie Erbin – so früh zur Erbin hatte Flip sie befördert (wie sie es sagte). Er dachte nicht gern daran, wurde böse, wenn Jo ihn daran erinnerte, er fühlte sich ins Unrecht versetzt, angegriffen, er reagierte mit Empfindlichkeit – und sauer.
So direkt darf man Schuld nicht zusprechen.
Du hast mir Geld vorgeworfen.
Flip wurde von einem schlechten Gewissen geplagt, von einem Schuldgefühl tyrannisiert, und er wünschte sich, das Ereignis zu vergessen, den Unfall aus dem Gedächtnis tilgen zu können. Die Waldkurve, der abrupte Wechsel vom Dunkeln ins Helle, der fremde Wagen ... Er war nicht mehr der Freund von Jo, vor Weihnachten schon war Jo von ihm weggegangen. Sein Auto, ein roter Renault, rollte langsam über die Schneedecke auf den

Parkplatz des ›Ochsen‹. Flip spürte, wie die Reifen den unberührten Schnee zusammendrückten. Im Kegel der Scheinwerfer das Getanze der Flocken. Dann war der gelbe Schein ein warmer Fleck auf der Hausmauer. Flip stieg aus. Es war kalt. Die Flocken setzten sich auf sein Haar, auf sein Gesicht, blieben hängen am Mantel. Im ›Ochsen‹ bediente das philippinische Mädchen.

Es war still und warm in der Gaststube, ein paar Fasnachtsdekorationen schmückten die Wände, Larven. Und Karikaturen von Frauen, denen der Busen aus dem Mieder drückte. Es hätte den Anschein, als habe der Maler ihre Lippen mit Kälberblut aufgetragen. Das philippinische Mädchen war der Anlaß für Flips häufige Besuche. Es hieß Sonja. Auf einem Stuhl, nah beim Ofen, saß die Wirtin, hielt die Hände im Schoß gefaltet, eine übermäßig fettleibige Frau, die mit dem Stuhl zu einem unbeweglichen Standbild zusammengewachsen war. Man traute ihr die Fähigkeit, sich erheben zu können, kaum zu. Sie hockte da, als sei sie mit nichts anderem als mit Luftschöpfen beschäftigt, was mühsam genug war. Und wenn sie nach der Kraftanstrengung Leib und Brüste wieder senkte und die Luft ausströmte, so hätte man erwartet, das Schnaufen wische alles beiseite. Dabei war ihr Luftausstoßen eher kurzatmig und schwach. Doch als sei Aufstehen das Leichteste und Selbstverständlichste, erhob sich die Wirtin auf einmal und bewegte sich durch den Raum, kam zu Flip, der sich an einem der langen Tische niedergelassen hatte.

Sonja hatte Zimmerstunde.

Flip bestellte eine heiße Ovomaltine und bat die Wirtin, ihm die Menükarte zu bringen. Der ›Ochsen‹ war eine alte Bauernwirtschaft; hölzerner Fußboden, getäfelte Wände, lange Holztische. Es war Brauch, daß sich ein neu eintretender Gast zu den bereits anwesenden Gästen setzte. Deshalb die langen Holztische. Flip schätzte das nicht besonders. Er fand Cafés mit hübschen Zweiertischchen in abgesonderten Nischen besser. Jeder saß allein mit seiner Freundin, man konnte nett plaudern, während im Raum leise Musik erklang, und zwischen den Tischchen wuchs fremdes, elegantes Grünzeug in Hydrotöpfen.

Schweinsbratwurt mit Pommes frites, sagte Flip, als er die Karte durchgesehen hatte, zur Wirtin, die jetzt hinter der Theke stand und Gauloises rauchte. Sie hielt die Zigarette mit Daumen und Zeigefinger, noch ein Zug, und die Glut würde ihr die Lippen versengen. Der Wasserhahn tropfte. Jetzt, am Nachmittag, herrschte kein Betrieb, obwohl Fasnachts-Dienstag war. Die Jugendlichen und Kinder verkehrten nicht im ›Ochsen‹, vielleicht weil hier keine Musikbox stand. Am Samstag war Maskenball gewesen, veranstaltet vom örtlichen Kleintierzüchter-Verein. Deshalb die Dekorationen und das Plakat an der Tür. Ein winterlicher Nachmittag, die behagliche Gaststube. Aber Sonja hatte Zimmerstunde, und die Wirtin sagte zu Flip, sie wisse nicht, ob das Mädchen schlafe oder weggefahren sei. Während die Frau in die Küche ging, hörte Flip Geräusche vom Gang her; Schnee wurde von Kleidern geklopft. Er hatte Zeit, würde sich Zeit nehmen und auf Sonja warten. Die Tür wurde aufgestoßen, und drei Männer in Overalls traten in die Gaststube. In der Küche hackte die Wirtin Zwiebeln, Butter brutzelte schon in der Pfanne. Die Männer setzten sich zu Flip an den Tisch, riefen nach der Bedienung, und das Hackgeräusch verstummte. Gleich einem Turm, der geschoben wird, kam die Wirtin zum Tisch, nahm die Bestellung (Kaffee-Luz) entgegen. Der alte, aus dunkelblauen Kacheln zusammengefügte Ofen, eingeheizt mit Holzriegeln und Reiswellen, verstrahlte die körperhafte Wärme eines großen, in seiner Höhle schlafenden Tieres.

Flip war jetzt zwanzig. Er hatte die Lehrzeit beendet und die Prüfung bestanden. Aber er hatte sich danach um keine Stelle beworben, nicht eine einzige Sekunde hatte er an eine Anstellung gedacht. Ein eigenes Geschäft, das war sein Ziel.

Selbständig Erwerbender, hatte Jo gespottet, Minikapitalist, als Flip ihr von seinen Plänen, seiner Idee erzählte. Du willst die falsche Angst der Leute ausnutzen, hatte sie erklärt, du bist am Ende wie mein Vater.

Schnorchelnd spritzte und lief das kochende Wasser aus der Kaffeemaschine in die Gläser. Die Wirtin trug die Kaffeegläser auf einem Tablett an den Tisch, ging dann zurück in die Küche. Bald roch Flip den beizenden Dampf der Zwiebeln, die in der zerlassenen Butter geröstet wurden. Im ›Ochsen‹ war der Luz gut. Die Wirtin benützte nicht die schäbige Maßkugel, sie wärmte eine ausreichende Menge in einem tönernen Gefäß und goß den Apfelschnaps in den Kaffee. Einer der Männer aß einen Nußgipfel. Sie redeten von der Eishockey-Meisterschaft und vom Militär, das im Dorf einquartiert war. Eine Landwehreinheit hatte das Dorf in ihr Kriegs-Dispositiv einbezogen. Mit Gewehren ausgerüstete Soldaten patrouillierten im Dorf. In ihrem ›Blüemleten‹ (dem Tarnanzug) kaum von den Fasnächtlern zu unterscheiden, meinte einer der Männer, und alle drei lachten und nahmen einen Schluck Kaffee-Luz. Besser die als wir, sagte einer, bei der Kälte, dem Schnee.

Nachts der schleichende Nebel, dachte Flip, der geht in die Knochen. Glieder und Gelenke machte er klamm. Und kein Stern am Himmel und kein Mond. Im kommenden Sommer mußte Flip in die Rekrutenschule einrücken. Er war ausgehoben und aufgeboten. Nicht daß er auf den Militärdienst scharf gewesen wäre, aber die siebzehn Wochen würde er auch noch überleben.

Du könntest verweigern, Flip.

Hör auf damit, Jo.

Flip war bestimmt kein Militärkopf; aber ins Gefängnis wollte er auch nicht.

Militärs und Politiker, davon war Jo überzeugt, würden die Welt in die Luft sprengen und alles Leben zerstören. Sie rotten es aus, sagte sie, und du machst da mit.

Laß mich in Frieden mit deinem Krieg, sagte er.

Flip trank heiße Ovomaltine. Die drei Männer trugen auf dem Overall den Schriftzug einer ortsansässigen, in der Region renommierten Elektrofirma. Flip dachte, bald würden hier Männer sitzen, mit dem Signet seines Geschäfts auf der Brust. Es war für ihn eine anspornende Vorstellung. Die drei hatten Arbeiterhände, waren es wohl gewohnt, in zugigen Neubauten Leitungen zu verlegen und bei Kälte Installationen anzubringen. Einer der Männer begann sich die Hände zu reiben, mit den Fingernägeln der rechten auf dem Rücken der linken Hand zu kratzen. Der Wechsel vom Freien in den geheizten Raum verursache ihm Hautjucken. Jeden Winter diese verfluchte ›Gfrörni‹, sagte er. Die Wirtin trug Flips Essen auf, Schweinsbratwurst, Zwiebelsauce, Pommes frites, Brot, hielt den Teller vor der Körpermasse, die Daumen berührten die Speisen. Flip verspürte mit einem Mal reißenden Hunger. Er hatte seit dem Frühstück nichts mehr zu sich genommen. Die Arbeiter wünschten guten Appetit. Flip aß schon und nickte bloß. Das Essen schmeckte. Er kam sich vor wie eine ausgehungerte Katze, der eine gutmütige Bäuerin eine Schüssel Milch neben die Haustür in den Schnee gestellt hatte. Zu Hause. Mutter. Nie Geld. Suppe hatte es täglich gegeben, Brot, Suppe in der Küche, wo nur eine Kerze brannte, weil elektrischer Strom angeblich zu teuer gewesen wäre. Mit Brot hatte er den Teller blankgewischt, keinen Tropfen Suppe, keinen Krümel Brot hätte er zurückgelassen. Und manchmal befiel ihn eine Angst, es könnte ihm (seiner eigenen Familie) einmal genauso ergehen. Armselig. Jo hatte gut lachen. Arm sein, sie kannte das nicht. Ärmlich leben. Jeden Franken vor dem Ausgeben dreimal umdrehen. Sparen. Jo hatte doch keine Ahnung. Im Winter war Hunger das Schlimmste. Flip tunkte frisches Brot in die Zwiebelsauce, schob das braune vollgesogene Stück in den Mund, schnitt eine Scheibe Bratwurst ab, schob sie in den Mund, nahm Pommes frites auf die Gabel, schob sie in den Mund:

essend fühlte er von seinem Bauch Wärme ausgehen, eine der Tierwärme des Ofens vergleichbare Körperwärme. Ja, manchmal war er süchtig nach einer Mahlzeit, es war eine Gier.
Sicherheits-Unternehmen, du spinnst wohl, Flip.
Jo verstand ihn nicht, hatte den Kopf geschüttelt, daß die Haare ihr Gesicht bedeckten und freilegten; war es bedeckt, verdeutlichte es ihre Abwehr, lag es frei, so sah man ihr Unverständnis darin. Wie sie den Mund klein machte, befremdlich. Aber Flip wußte: dies ist meine Chance. Gleich nach der Lehrabschlußprüfung hatte er seine Geschäfte aufgenommen, hatte sich bei einem Eisenwaren-Grossisten mit Türketten eingedeckt, zog mit den Türketten vor allem in Blockgebieten und neuen Einfamilienhaus-Quartieren herum. Er läutete an den Türen, nannte seinen Namen, bot die Türketten zum Verkauf an, sagte, er sei auch dafür eingerichtet, sie gleich zu montieren. Ein gelernter Handwerker sei er, sagte Flip, öffnete den Werkkoffer, hatte alles dabei, was notwendig war zur Montage. Flip arbeitete präzise, schnell. Er war freundlich und redsam, unterhielt sich mit den Frauen. Es waren meist Frauen, denen er die Türketten verkaufte. Den ganzen Tag zu Hause, Frauen in abgelegenen Siedlungen, allein in der Wohnung, allein überhaupt.
Wer kennt schon die Nachbarn im Block. Wer weiß, wer neben ihm wohnt. Was sich alles so herumtreibt. Was man so liest in den Zeitungen ... so redete Flip, und die Kundschaft bestätigte:
– Hausierer läuten.
– Aufdringliche Vertreter.
– Versicherungshengste stellen den Fuß gleich zwischen Tür und Angel.
– Anwerber von Sekten.
Und die Scharlatane, sagte Flip, die einem ein zwanzigbändiges Lexikon andrehen wollen. Wenn die Türkette montiert ist, müssen die draußen bleiben. Und auch die

Typen von der Marktforschung. Mit der Kette, sagte er, sind Sie sicher. Sie können die Tür sogar einen Spalt weit öffnen, soviel Spielraum läßt die Kette.

Er hatte Erfolg. Hausfrauen, Rentner, Alleinstehende, Beamte: sie gaben Flip recht. Teuer war so eine Kette auch nicht, und außerdem schnell montiert.

Sicherheit?

Du nimmst die Leute mit der Sicherheit aus.

Flip war da anderer Meinung. Jo wollte ihn nicht begreifen, hatte sich von ihm abgewandt.

Spießer, Füdlibürger.

Sie waren letztlich zu verschieden, gegensätzlich in Wollen und Wünschen. Verstanden einander am besten auf der Trial. Mit dem Motorrad über Land fahren, mit allen Sinnen wahrnehmen. Die Luft spüren, den Luftzug am Körper. Die Vibrationen der Maschine. Abendlich lauer Wind. Den anderen berühren und von ihm berührt werden. Jo hatte die Arme um Flips Bauch geschlungen, kreuzte sie vor seiner Brust, preßte die Wange auf seinen Rücken, rieb sich an ihm. So hatten sie einander ertastet, so waren sie zusammen. Bei Fahrten im Regen, während das Wasser ihnen ins Gesicht spritzte. Wenn sie triefnaß von der Trial stiegen, außen erfroren, innen ganz warm. Auf dem Motorrad waren sie ein Liebespaar gewesen. Auf dem schnellen Gefährt gar Gefährten. Hineinrasend in durchlässige Nächte. Vereinigt mit der Maschine. Sie hatten einander im Motorenlärm, im Wind die Worte laut zuschreien müssen (I ha di gern). Und waren glücklich gewesen.

Doch sobald sie sich an einem Tisch gegenübersaßen, trennte sie alles, da begann er ihre Träume zu verwünschen, und sie haßte seinen Wunschtraum. Sie schrien sich bald nur noch an. Sinnlos. Es war kein Motorengedröhn, kein Windknattern dazwischen, das gehemmt und gedämmt hätte, da war nur der ungedämpfte Lärm ihrer Stimmen, ein Gezanke, haltlos und gehässig, weil keiner den anderen begreifen konnte.

Träumerin, reit auf deinem Mammut fort.
Anpasser, Geschäftemacher du, Geldmensch.
Ja, Flip verdiente schnelles Geld mit den Türketten. Er hatte einen so guten Absatz, daß es gelang, beim Grossisten einen besseren Rabatt auszuhandeln; er bezahlte ja bar. Flip wohnte in einer ›modernen‹ Wohnung.
Kleinbürgermief, hatte Jo geurteilt.
Er besaß einen R5, war jeden Tag zehn Stunden unterwegs. Montieren – kassieren. Er hatte sich sogar einen Telefonbeantworter anschaffen müssen: Eine Kundin hatte die Kette ihrer Freundin vorgeführt. Eine andere der Schwiegermutter. Und ein Bauunternehmer erstellte einen Wohnblock und ließ die Türen alle mit FLIPKETTEN ausrüsten. Flip konnte der Nachfrage kaum nachkommen, er hatte Freude an dem Geschäft, seinem: es florierte, er entwickelte Ehrgeiz, sah bereits ein Stück Land, unverbaubar gelegen, sah auf dem eigenen Land das eigene Haus. Nur Jo hatte nicht mitgespielt – spielte ihm mit, übel. Als sie eines Abends zu ihm gekommen war und ihn damit beschäftigt fand, eine Kette vor die eigene Tür zu legen, hatte sie einen Lachanfall bekommen, der ging bald über in einen Wutausbruch; ja, verrückt hatte sie gespielt. Geheult, geweint, geschluchzt, und hatte begonnen, wortlos, schniefend, ihre Platten, Bücher, Kleider und Sachen einzusammeln, einzupacken in Plastiktaschen. Als sie ging, hatte sie ein verheultes Gesicht, war ganz still. Er könne doch nicht Türketten verkaufen, davon leben, wenn er nicht auch an seiner eigenen Tür eine Kette montiert habe, hatte er zu erklären versucht. Vergeblich. Er müsse doch glaubwürdig sein, hatte er hinzugefügt, hilflos, den elektrischen Bohrer in den Händen. Ja, als sie die Treppe hinunterging mit ihren Taschen, drehte Flip die Schrauben der Halterung in den Türrahmen, verbissen, mit aller Kraft, und als unten die Tür ins Schloß fiel, wurde ihm mit einem Mal klar, daß alles zu Ende war, eine Freundschaft und Liebe zu Ende, bevor sie richtig begonnen hatten. Flip drehte

die Schrauben ein, befestigte die zweite Halterung an der Tür, führte die Arbeit sorgsam aus und gut, als müsse er einen besonders anspruchsvollen Kunden zufriedenstellen. Aber das war doch auch sein Prinzip, gute Arbeit – für gutes Geld. Nur so hatte er eine Chance. Nachdem er die Montage beendet hatte, legte er die Kette vor, und er redete sich ein, dieses Ende sei gar nicht so schlimm. Die Trennung, das Aus – dort in der Brust, wo doch eigentlich ein Schmerz hätte sein müssen, tat es nicht einmal weh. Statt dessen die Freude über das blühende Geschäft. Die ließ sich nicht unterkriegen. Vielleicht war da ein Zittern gewesen, nicht lange; aber in seinem Inneren war etwas stärker geblieben, ein Widerstand. Es hatte sich die Überzeugung geregt, er mache seine Sache richtig. Goldrichtig. Er gehe seinen Weg. Bombensicher. Er werde es zu etwas bringen. Zu Ansehen und Wohlstand. Jo allerdings, die reiche und verwöhnte Tochter, würde das nicht begreifen, hatte seine Bestrebungen abgelehnt, und damit ihn, Flip. Nie verstanden hatte sie ihn, nie akzeptiert. Darum hatte der Abschied kaum Schmerz ausgelöst. Warum auch. Flip war in die Küche gegangen, hatte eine Packung Milch aus dem Kühlschrank genommen und mit dem Halm langsam ausgetrunken und war immer ruhiger und stärker geworden. Den Fernseher hatte er eingeschaltet und war gleich mitten drin gewesen in einem Film: einer wie er, Flip, kämpfte da ums Überleben, um sein Leben; gegen alle Angriffe blieb er Sieger. Er war zu Bett gegangen, hatte die Basketballschuhe ausgezogen, sie lange in den Händen gehalten, sie endlich unters Bett geschoben und nie mehr angezogen.
Inzwischen war Sonja gekommen, das philippinische Mädchen. Flip hatte die letzten Pommes frites im Mund, kaute, wischte mit einem Brotstück die Reste vom Teller. Er war satt, er fühlte sich gut, es war prima zu essen und zu trinken, besonders im Winter. Ja, im Winter war der Hunger am schlimmsten gewesen, wenn er nach der Schule auf dem Heimweg fror und Kohldampf schob und

wußte, daß in der Wohnung niemand war, die Küche kalt war, daß es kein Brot gab dick mit Butter bestrichen, oder einen Riegel Schokolade. Flip hatte jedesmal gern eingewilligt, wenn ein Schulfreund ihn aufforderte, mit ihm nach Hause zu gehen. Zu Hause bei den anderen gab es Kakao am Nachmittag, Äpfel und ein Stück Brot, manchmal sogar Kuchen. Doch am schönsten war es gewesen, wenn eine fremde Mutter Butter auf Brote schmierte und Schokoladepulver darüberstreute. Und Flip dachte an seinen Bruder Daniel, der lange in eine öde Küche hatte heimkommen müssen. Nur war jetzt ein Kühlschrank da. Im Kühlschrank gab es Joghurt, Orangensaft, Milchreis mit Brombeeren, all das Vakuumzeug, das Daniel so gerne aß. Und Brot war da, genügend Brot. Flips Brotessen war eine Manie; aber er hatte einmal gelesen, ein Mensch, der kein Brot mehr esse, sei verloren.
Sonja legte die Hände auf Flips Brust, sie hatte sich unbemerkt hinter ihn gestellt. Er neigte sich zurück, berührte mit dem Kopf ihren Bauch, sah ihre Brüste über seinem Gesicht, ebenmäßig und schön. Er sah ihr Kinn, die Lippen, sah die Nase aus seiner Froschperspektive. Er roch die Haut, die er liebte, die Frau. Er faßte rückwärts nach ihr, schlang die Arme um sie, verschränkte die Hände unter ihrem Gesäß.
Jo hatte ihn verlassen.
Doch schon am folgenden Samstag war er mit dem Motorrad, und am Walkman hängend, auf den Oberen Niesenberg gefahren. Vollkommen verrückt, so war er gerast, als sei ein Gegenverkehr undenkbar und er allein auf der Straße, ein Traumfahrer, todsicher, durch den diesigen Tag über Land bergauf zum Restaurant, in dem das philippinische Mädchen bediente, das Mädchen, das als ›die Farbige‹ immer wieder in seinen Gedanken erschienen war, selbst, oder gerade dann, wenn er neben Jo lag... Milch, kalte Milch hatte er bestellt, und als Sonja das Glas brachte, lud er sie ein, doch einmal mit

ihm ins Kino zu gehen. Sie war nicht abgeneigt gewesen, aber als er ihr den Walkman schenken wollte, der ihr so gefiel, schüttelte sie den Kopf.

Du kannst ihn mir ja zurückgeben am Montag, hatte er gesagt.

Nein, hatte sie geantwortet, am Montag geht es nicht.

Sonja setzte sich zu Flip an den Tisch, sie hatte die Zimmerstunde benützt, um nach Wohlen zu fahren. Vor dem MODERN, erzählte sie, sei sie von einer Schar Narren umringt worden und überschüttet mit Konfetti. Flip lachte. Mit den Fingerspitzen, die er mit der Zunge benetzte, tupfte er ein paar bunte Konfetti aus ihrem Haar, behutsam. Die drei Arbeiter zählten Geld aus dem Portemonnaie und legten es auf den Tisch. Wir wollen die Turteltauben nicht stören, sagte einer, als sie die Gaststube verließen, und der älteste scherzte: Verhüt euch Gott. Die Wirtin hatte in der Küche aufgeräumt und sich in die Privaträume zurückgezogen. Sonja, nun wieder im Dienst, saß allein mit Flip in der Gaststube. Sie tranken warme Ovomaltine und redeten. Sonja hatte zwar ein Zimmer im ›Ochsen‹, aber ihre Freizeit verbrachte sie mit Flip. In Flips Wohnung. In der Plattenbar standen nun ihre Platten, eine für Flip anfänglich sehr fremde Musik, in seinem Schrank hingen Kleider von Sonja, kleinere Größen, schmaler als die Kleider von Jo. Sonja kochte für ihn Gerichte, an die er sich hatte gewöhnen müssen wie an die neue Musik.

Er hatte ihr geraten, doch vom Oberen Niesenberg herabzukommen und im Tal eine neue Stelle zu suchen. Er war ihr behilflich gewesen, hatte beim Ochsenwirt vorgesprochen und sie begleitet zur Fremdenpolizei. Sonja wäre verkommen in der Abgeschiedenheit und fürchterlichen Einsamkeit, in der Isolation dort oben auf dem Berg. In einer Landschaft, die nicht nur schön und erhaben, sondern ebenso fremd, grausam, ja schwermütig war, und voll versteckter Melancholie. Gerade in der unversöhnlichen Nachbarschaft von Wegkreuzen und

Raketen wäre sie verrückt geworden. Ringsumher Felder und Wald. Im Winter der Schnee. Unmengen von Schnee schlossen alles ein, machten alles unzugänglich und trostlos. Sie wäre dort oben gestorben vor Einsamkeit, dachte er, das Heimweh nach der fernen Heimat, der Blumenheimat, das Heimweh nach der Sonne dort ...
Slums und Armut, hatte sie gesagt.
Sie wäre krepiert. Es hätte ihr, so Flip, das Herz zerrissen, auch wenn es kein schöneres Land gab als die Schweiz, keine schönere Heimat als das Freiamt, kein reicheres Land als die Schweiz, keine frostigere Heimat, keine verschlosseneren Menschen.
Mit Flips Hilfe versuchte sie auch, den Dialekt zu erlernen. Sie gab sich Mühe, aber sie würde sich wohl nie ganz heimisch fühlen im Freiamt, hier nie zu Hause sein können, dachte Flip, und auch schon, während einer Umarmung, war es ihm vorgekommen, nicht er – ein anderer, Fremder, werde von ihr festgehalten. Aber hier wohnte sie in einem schönen Zimmer, konnte Kleider und Platten kaufen. Nach Herzenslust, hatte sie gesagt, und Flip war es seltsam erschienen, wie sie das Wort ausgesprochen hatte. Hier verfügte sie über ein Privatkonto und trug die Kontokarte in der Handtasche, hier gab es jeden Tag gutes Essen, und auch reichlich. Zu Hause war zwar alles schöner – aber hier war es besser. Und doch hatte sie immer wieder diese Sehnsucht, dieses Heimweh in sich – wie ein Geschwür. Daß Flip ein eigenes Geschäft betrieb, imponierte ihr, und daß er Geld verdiente, Kohle machte, ebenso. Sie lag stundenlang auf dem breiten Bett, spielte mit den Fernsehprogrammen per Taster, sie nahm gern einen Longdrink, und die blauen Basketballschuhe hatte sie ohne Gedanken unter dem Bett hervorgeholt und in den Keller geworfen.
Ob Flip Sonja liebte? Manchmal dachte er darüber nach und kam zu keinem Ergebnis. Er liebte das Gespräch mit ihr, er fand sie schön, was sie kaum begriff; sie fand Europäerinnen hübscher, beneidete sie um die schmale

Nase. Flip war gern mit ihr zusammen, sogar ein Zusammenleben mit ihr konnte er sich vorstellen. Sonja war oft fröhlich und gut gelaunt, sie lachte viel. Aber manchmal verfiel sie einem düsteren Heimwehbrüten und lief weinend durch die vom Nebel verhüllten Straßen; oder sie bekam Wutausbrüche, griff mit den Händen in seine Schenkel, die sie eben noch gestreichelt hatte, schlug mit den Fäusten auf seine Brust. Wurde dann wieder zärtlich, verlangte in die Arme genommen zu werden (ihre braune Haut und seine weiße Haut), ja, Flip schlief oft und gern mit ihr, sie war immer für ihn da. War zärtlich. Aber Liebe? Ob das so wichtig war? Hin und wieder saß sie einfach nur da, die Augen weit geöffnet, starr, so schien es ihm, groß, dunkel, apathisch. Er senkte dann den Blick, um nicht in ihre Augen schauen zu müssen, ihre Augen wären nämlich durchlässig gewesen, das fühlte er, und er hätte in ihr Inneres schauen können, in eine Vergangenheit hinein, in Kummer und Ängste. Er wäre ihr dabei so nah gekommen, wie er es gar nicht wünschte. Es war da etwas, vor dem er sich auch fürchtete, ein Weltunterschied...

In der Gaststube, im Regal mit den Spirituosen, befand sich zwischen Remy Martin und Zwetschgenwasser ein kugelförmiges Glas, in dem ein Katzenhai gehalten wurde, eine Fischart, die ihr Wachstum der Umgebung anpaßte und sich in solcher Gefangenschaft mit der Größe eines Goldfisches begnügte. Aber der Hai konnte einem in die Träume schwimmen. Wenn er aus dem Aquarium spränge und seine ganze Körpergröße entfaltete, die nun gefesselt lag, verkümmert war in ihm. An manchen Tagen verharrte der Fisch reglos im Glas. Er sei traurig, sagte Sonja, ein Träumer. Allein und krank vor Langezeit nach dem Meer fresse er nichts. Sie hängte ihm dann ihren Taschenspiegel ins Wasser. So getäuscht und getröstet werde er jeweils rasch wieder munter und vergnügt.

Es schneite noch immer. Sonja stand auf, nahm das Geld

vom Tisch, trug die Kaffeegläser weg. In der Stille hörten sie manchmal das Knacken der im Ofen brennenden Scheite. Flip mußte gehen. Er zog den Mantel an, verabschiedete sich von Sonja, hielt sie in den Armen. Sie war schmal, fand er, sehr leicht, und sie roch anders als die Mädchen hier, auch ihr Kuß schmeckte anders, er liebte das sehr.

Wenn es schneite und kalt war, wenn die Leute sich einschlossen in die Wohnungen und Häuser, wenn sie alles verriegelt und verwahrt wissen wollten, lief das Geschäft am besten. Dann war es ein leichter Entscheid, sich auch noch eine Türkette vorlegen zu lassen.

3

Sie stand in der fast leeren Wohnung, aus der an einem einzigen Tag alles, was sie wohnlich gemacht hatte, weggetragen worden war. Sie stand in kahlen Räumen, die schäbig waren und schmutzig.
Lea kam sich elend vor.
Noch hing ein einziges Bild von Mondrian an der Wand, sie hatte es dort gelassen bis zuletzt, es war ein in sich ruhendes Gemälde, schwarze Linien begrenzten die Farbfelder einer Komposition aus Rechtecken, rot, grün, gelb ... in dem Bild schien Lea die Zeit aufgehoben zu sein, es genügte sich selbst, und es hatte auf Lea eine Wirkung, der sie sich in keiner Weise entziehen konnte.

Das Haus, in dem Francis oftmals nur mit schlechtem Gewissen gewohnt hatte, dieses bürgerliche Haus mit den vielen großen Räumen und dem suggestiven Kruzifix im Treppenhaus, es war doch schön. Und auf die Christusfigur am Kreuz fiel nun kaum Licht an diesem düsteren Fasnachts-Dienstag. Doch Francis schien alles seltsam verklärt zu sein, und nun hatte es auch noch angefangen zu schneien.
Francis kam sich elend vor.
Er trennte sich nicht leicht von Christus und Kreuz, obwohl er in all den Jahren kaum wahrgenommen hatte, wie sehr er sie liebte. Und den weiten Flur. Und sein Arbeitszimmer. Auch der abgeräumte Schreibtisch zählte zur Einrichtung des Hauses. Die nun leeren Bücherregale. Nur wenig gehörte ihm persönlich, war sein Eigentum; ganz selbstverständlich hatte er fremde Möbel und Dinge benützt, als wären sie Besitz. Dabei besaß er außer den Büchern fast nichts.

Sie würden weggehen, noch heute: nach Kanada.

Stephan, der Bruder von Francis, hatte die Auswanderungsgedanken in Gang gesetzt. Nach einer Gemeindeversammlung hatte er Francis angerufen, wütend, aufgebracht, verletzt. Ein Stück Pachtland, für ihn ertragreiches Ackerland, war in die Bauzone eingegliedert und ihm gekündigt worden. Das sei ein echter Verlust, hatte er erklärt. Sein Hof in Eggenwil, in der Schwemmebene der Reuß, war klein. Ohne hinzugepachtetes Land ließ sich nicht wirtschaften, und Stephan hatte bereits einige Wiesen abtreten müssen. So verlor seine Arbeit den Sinn. So kam er zu nichts, rackerte sich ab und blieb dennoch der Geprellte. Ihm mache es keine Freude mehr, Bauer zu sein, hatte er gesagt. In der Schweiz. Im Profitland. Wo alles zugepflastert werde, abgeholzt und abgetötet. Oder verspekuliert. Er mache da nicht mehr mit. In Muri habe eine Maklerfirma einen Informationsabend für Landwirte organisiert, erzählte er, für Bauern und Pächter, die daran dachten, ihr Land zu verlassen. Ihr Land? Den Hof, die in der Schweiz verlorene Heimat. Lauter Auswanderungswillige. Brechend voll sei der Saal in Muri gewesen, hatte Stephan berichtet, von aufgebrachten, schimpfenden Bauern und Pächtern, denen es verleidet war, hier auf Kleinsthöfen die Dummen zu spielen, die alle genug hatten von Staat und Behörden, die alle Kanada im Kopf hatten und an Auswanderung dachten. (Zuvor hatte Francis dem Bruder von seiner Liebe zu Lea erzählt, hatte ihn auf dem Hof besucht und in der Küche beim Nachtessen von Lea gesprochen; Stephan hatte mit den Achseln gezuckt und ihn angesehen.
Das ist deine Sache, Francis, für mich ändert sich nichts.)

HURE

Jemand hatte das Wort mit Spray auf Leas Wohnungstür geschrieben. Sie war von der Arbeit nach Hause gekommen, und da stand das Wort, bestand aus lauter Fingern, die auf sie zeigten: Du – Hure. Ein Messer-Wort an ihrem Hals, so hatte sie es empfunden und sogleich gewußt: Jetzt mußt du gehen. Sie hatte in der Wohnung weder Ruhe noch Beruhigung gefunden. Die Stille falle plötzlich von den Wänden herab, hatte sich Lea eingebildet, unzählige kleine schwarze Spinnen waren plötzlich von den Wänden herabgefallen, unzählige kleine schwarze Spinnen krochen lautlos unter den Teppich, unter die Möbel, unter die Haut, unter das Bett, während sie am Tisch saß, eine Flasche Sherry und ein gefülltes Glas vor sich, ein Kribbeln im ganzen Körper, den Geschmack des Getränks im Mund, und die Kehle war ihr zugeschnürt. So sei das gewesen, hatte sie Francis gesagt. Und der Ekel vor den Spinnen. Auch ein Cellokonzert, das sie liebte und jetzt gegen die Bedrohung anklingen ließ, half nicht. Aus der Stille die Spinnen. Ihr war, als würden ihr die Haare zu Berg stehen, sie hatte zu schreien versucht, unmöglich, das Messer steckte bereits in der Kehle. Du hast doch auch schon Angst gehabt, hatte sie zu Francis gesagt. Sie wollte aufstehen, wie gelähmt blieb sie sitzen. Und als es ihr endlich gelang, sich zu erheben, die eigenen Arme dienten dabei als Krücken, und sie zur Tür laufen wollte, begann sich die Tür, schneller als Lea lief, von ihr zu entfernen; auch der Weg wurde länger, und immer mehr Wege, Gänge, Türen, immer weiter entfernt, bis sich alle Spinnen verkrochen hatten und sie sich auf der Toilette wiederfand, vor der Kloschüssel kniend. Sie hatte sich übergeben, sah dann im Spiegel, als es ihr besser ging, das Kribbeln auch aufgehört hatte, ihr blasses Gesicht und die verfärbten Zähne. Hure hatte jemand an ihre Tür geschrieben, und Hure hatte auch jemand am Telefon zu ihr gesagt, während die Spinnen über den Fußboden krochen. Eine Männerstimme sei es gewesen, hatte sie Francis berichtet. Nur das eine Wort habe der Mann gesagt und aufgelegt. Auf einmal habe sie das Gefühl gehabt, das Haus sei umstellt. Unzählige Feldstecher waren auf ihr Fenster gerichtet, und alle hatten Lea im Fadenkreuz...

Auch Francis hatte man behelligt, mitten in der Nacht war er aus dem Schlaf geklingelt worden, jemand hatte ihn beschimpft, verspottet, hatte schlüpfrige Bemerkungen gemacht, obszöne. Hundsgemein, sagte Francis. Er hatte nach dem Anruf nicht mehr schlafen können, hatte in den folgenden Nächten verkrampft auf das Läuten, auf die Stimme gewartet.
Seine Reußfahrt mit Lea war beobachtet worden.
– Er hat ein Verhältnis.
– Er treibt es mit einer Frau.
Als die Hetze ihren Anfang nahm, hatte Francis die Verhärtung, den Argwohn noch gar nicht bemerkt. Aber jeder Schritt, den er tat, alles, was er unternahm, wurde zur Kenntnis genommen, beurteilt und kommentiert. Noch fühlte er sich nicht einmal bespitzelt – schon galt er als überführt. Man begann ihm auszuweichen, grüßte nicht mehr auf der Straße. Man ächtete Lea. Hure hatte an ihrer Tür gestanden, Sauhund sagte jemand zu ihm am Telefon. Schmähbriefe trafen ein, Drohungen. Dabei war vorerst, zumindest äußerlich, alles beim Hergebrachten geblieben. Lea ging ihrer Arbeit nach, besorgte die Bibliothek, Francis verrichtete seine priesterlichen Dienste. Ihr Leben schien im Tageslauf geregelt und geordnet. Doch eine Kälte wuchs allmählich, und im Herbst, so war es Francis vorgekommen, hatte man die Masken abgenommen. Er dachte an jene Aufsehen verursachende Messe, die Aufstand und Erlösung gebracht hatte. Es war eine Frühmesse, schwach besucht, meist ältere und alte Leute. Friedliches Licht in der Kirche, doch die Besucher waren streitbar. Francis Fischer zelebrierte wie gewohnt. Er hatte Brot in den Leib des Herrn verwandelt, Wein in Blut. Er hatte selbst vom Leib gegessen, vom Blut getrunken. Er öffnete den Tabernakel, entnahm ihm einen Kelch mit geweihten Hostien, ging, den Kelch in der Hand, um den Altar herum zum Mittelgang; er

wollte die Kommunion austeilen. Doch niemand war nach vorn gekommen, keiner war bereit, den Leib des Herrn aus seiner Hand zu empfangen. Erstaunt schaute er auf. Das Ewige Licht brannte, entfernt in den Bänken knieten die Messebesucher und mochten sich nicht erheben. Beinah hilfesuchend schaute er zu den Nonnen, sie hielten den Kopf so gesenkt, daß er nur das Schwarz ihrer Hauben sah. Reglos der Hinkende aus dem Altersheim, weder die Frau, die in der Sternengasse den Wurstladen führte, noch der frühere Präsident der Kirchenpflege, nicht die pensionierte Lehrerin, schon gar nicht die Haushälterin des Stadtpfarrers fühlten sich gerufen, und fingen doch in der Regel den Tag an mit Heiliger Messe und Kommunion. Da knieten sie alle, als habe der Herr sie aus Beton erschaffen. Francis erinnerte sich ungern. Er hätte damals Blitze schleudern mögen. Die Leute verweigerten nicht nur die Entgegennahme der Hostie durch ihn, sie verweigerten die Annahme des Leibes Christi überhaupt, und dies fand er empörend über seine Verstörung hinaus. Es war Verrat. Er stand da, schaute ins Kirchenschiff, sah die unbewegt in den Bänken Knienden. Den Kopf hielten sie gesenkt, und wohl auch die Augen. Ihre Niedertracht tarnten sie, ihre Feigheit. Und er hatte sich für sie geschämt. Sie betrachteten ihre Fußspitzen (so war es ihm erschienen), es war ein Zwang. Aber auch er mußte plötzlich auf seine Fußspitzen starren, zwanghaft, senkte den Blick, sah die unter dem weißen Hemd hervorschauenden schwarzen Kappen. Er hatte sich abgedreht, hatte die Messe zu Ende gelesen.
Nicht ganz zu Ende habe er sie gelesen, warf ihm der Stadtpfarrer vor, er hatte angefügt
Schlägt dich jemand auf die rechte Wange...
Francis hatte die Messe fortgesetzt. Aber am Schluß, als er den Kelch mit der Patene und dem weißen Tuch zudeckte, als er den Segen hätte aussprechen sollen, war er blockiert gewesen. GEHET HIN IN FRIEDEN, hätte er sagen müssen, das Kreuzzeichen schlagen. Ein DANK SEI

GOTT hätte er abwarten müssen, als das die Messe beschließende Wort. Doch der Satz war ihm unmöglich gewesen, zuviel. Er hätte sich als Heuchler empfunden. Da war ihm sein Zorn zu heilig. Er schaute auf die Leute, die immerwährend gesenkten Hauptes auf die Segnung warteten und sein Zögern wohl bemerkt hatten. Rechthaberisch schienen sie ihm den Segen zu fordern. Seine Demutsgeste – ihre Lossprechung. Oder sie hatten gar nichts gedacht, fanden es nur selbstverständlich, sein GEHET HIN IN FRIEDEN zu empfangen trotz des verweigerten Brotes. Fischer hatte sich die Worte in Erinnerung gerufen, mit denen Christus seinen Mördern vom Kreuz herab vergeben hatte – und den Segen trotzdem nicht ausgesprochen. Er brachte die Formel nicht über die Lippen, aber laut und ohne daß er hätte begründen können, weshalb, sagte er die Verse aus dem Johannes-Evangelium, die seit dem Zweiten Vatikanischen Konzil gestrichen waren: ›Er war in der Welt. Die Welt ist durch ihn geworden, und doch hat die Welt ihn nicht erkannt.‹ Sprach sie laut und dachte, aus, alles ist nun aus, du mußt fortgehen von hier. Nichts als ein Lügner vor sich selbst wäre er gewesen, hätte er versöhnlich das Kreuzzeichen geschlagen über den Frömmlern.

Die Johannes-Worte werden nicht mehr verlesen.

Darf man den Segen fordern?

Darf man ihn verweigern? So hatte er sich mit dem Stadtpfarrer gestritten. Der Stadtpfarrer hatte ihn zu einer Unterredung aufgefordert, hatte ihn zum Nachtessen mit Aussprache eingeladen. Er hatte seine Bedenken geäußert, von der ›dummen Sache‹ gesprochen, die Gerüchte erwähnt, den persönlichen Verdacht, der seiner Ansicht nach weder unbegründet sei noch widerlegt. Ausgekramt und vorgebracht hatte der Pfarrer sein Unbehagen, sein Mißtrauen, während einer reichlichen Mahlzeit; Medikamente einnehmend, Schweiß auf der Stirn. Auch von seiner Hypertonie hatte er geredet, dem steigenden Blutdruck bei Ärger und Streß.

Ich liebe diese Frau, hatte Francis gesagt.
Der Stadtpfarrer mußte das weitermelden. Der Bischof hatte die Dispensierung verfügt, das war sehr rasch vor sich gegangen. Die Haushälterin, beschäftigt damit, Geschirr abzuräumen, war heftig errötet, als Fischer den Satz so leichtfertig aussprach, die Worte, die seine Schuld bezeugten.

Nach der Aussprache hatte Fischer die ganze Nacht ohne Schlaf gelegen, allein. Er hatte an seinen Bruder denken müssen, an Stephan und dessen schlaflose Nächte, die erst ein Ende genommen hatten mit dem Entschluß, zur Besichtigungsreise nach Kanada zu fliegen. Aufgebracht war Stephan nach Muri zu dem Vortrag über Auswanderungsmöglichkeiten gefahren, und mit großen Plänen kehrte er zurück. Nachts glitten Kanadabilder wie Kanus durch seinen Kopf, der Dia-Vortrag hatte ihn verändert, hatte ihn zum Tagträumer und Nachtwanderer gemacht, bis er, rebellisch gestimmt und von seiner Frau ermutigt, zwei Flugplätze nach Kanada buchte.
Entschlossen war er.
Wir wandern aus, sagte er zu Francis. Für den elterlichen Hof war ein Betrag zu erzielen, der genügte, in Kanada eine Farm mit 100 Hektaren Land zu kaufen.
Er allein, hatte der Bruder gesagt, würde dort doppelt soviel Milch produzieren wie hier das ganze Dorf. Und dann hatte Stephan vorgeschlagen

Kommt doch mit...

Stephan hatte den Hof aufgelöst, die einzelnen Äcker an verschiedene Bauern verkauft, den Maschinenpark versteigert, ebenso den Viehbestand; die Gemüsefelder an einen Gärtner veräußert, ein Waldstück der Gemeinde abgetreten, eine behäbige, sanft abfallende Wiese mit Blick auf die Reuß, die mit dem neuen Zonenplan Bauland geworden war, einem Architekten zugeschlagen. Es war auch böse Ironie, daß er von der Neueinteilung, die ihn als Bauer ruinierte, nun als Verkäufer profitierte; aber unfähig, es gelassen zu tun, strich er den Gewinn wütend ein. In Kleinstparzellen zerstückelt, wurde die gute Wiese dem wohlhabenden Architekten verschachert, der das Dorf verschandelt hatte und zu Namen und Geld gekommen war. Er bot den höchsten Preis – Stephan wiederum hatte Bargeld nötig. Man hatte ihn jählings aus der Heimat vertrieben, Planeridioten und behördliche Heimatschänder. Die Art, wie er nun alles verscherbelte, war auch eine Rache. Der Höchstpreis als Genugtuung. Er würde sich mit der Austreibung nie abfinden. Staatswesen und Staat, hatte er zu Francis gesagt, provozieren ja geradezu eine Sehnsucht nach Heimat. Ja, die Vernichtung seiner Existenzgrundlage, des bebaubaren Bodens, bedeutete die Vernichtung seiner Existenz als Bauer. Also war er ein Heimatvertriebener. Und bei diesen Machenschaften, hatte er geschimpft, könnten sich die Behörden geradezu auf die Dummheit und Beschränktheit des Stimmvolkes, des Stimmviehs verlassen. Abhängig von der Wirtschaft und den Banken seien die Gemeinderäte, die Großräte, die Parlamentarier... Boomgedanken im Kopf hätten die, sagte er: bis es chlöpft... So lasse er sich halt abfinden mit Geld. Was könne er denn anderes tun. Er vergab Wohnhaus, Stallungen und den Baumgarten an einen Ortsfremden, der die Absicht hegte, hier mit Truthähnen und Gänsen einen Mastbetrieb aufzuziehen. Ja, das Gänsegeschnatter gönnte Stephan der Gemeinde, den kleinlichen Nachbarn, die sich, längst keine Bauern mehr, über Lärm und Ruhestörung beklagten bei Behörde und Polizei, wenn er am Samstagabend das Transportband für Strohballen laufen ließ oder an heißen Sonntagen Heu einfuhr. Diesen Angestellten und Büromenschen, die im Grünen wohnten, im stillen Dorf, hatte er Truthähne und Gänse beschert. Diesen Vertretern und Inspektoren, die man werktags nie sah, es sei denn vorbeifahrend im Auto. Die verbrachten das Wochenende im Liegestuhl im Garten, standen barfuß auf dem mit Platten bedeckten Sitzplatz, spielten mit den Kindern auf dem Rasen Kricket und Pingpong mit der Ehefrau, beschwerten sich, wenn abends um neun der Traktor noch ausfahren mußte oder der Motor des Förderbandes ihr samstägliches Feierabendgefühl störte. Für diese Nachbarn war ihm der Gänsemäster willkommen und lieb. Doch es hatte auch wehgetan, als alles auseinanderfiel, als wäre es nie sein Eigentum gewesen, als Landstück um Landstück reduziert wurde auf Banknoten, die man zählen, bündeln und in die Tasche stecken konnte. Dabei war der Hof für Stephan immer weit mehr gewesen als nur ein Besitz. Hier hatte er seine Kindheit verbracht, hier hatte er mit Frau und Kindern gelebt ... bis er sich gezwungen sah, alles zu Geld zu machen, etwas aufzugeben, das wiederum mit Geld nicht aufzurechnen war...

Jetzt standen sie da, Stephan, seine Frau Anna, die Buben, zwei Söhne waren es, neun und elf Jahre alt, standen vor dem leeren Haus, die verbliebene Habe war in einen Container verladen, der Hof gehörte ihnen nicht mehr. Sie kamen sich elend vor. Nichts mehr gehörte hier ihnen, außer dem Hofhund; den schwarzbraunen Collie-Bastard würden sie mitnehmen in dieses fremde Kanada, ins Land der Verheißung. Es hatte weh getan, als Stephan Stück für Stück sein Vieh aus dem Stall führte, der Gantmeister war dagewesen, ein Kreis von Bauern auf dem Platz vor dem Hof, und er, Stephan, hatte seine Kühe, die Rinder, hatte die Kälber einzeln vorgeführt, ging mit ihnen im Kreis herum, begutachtet von den Bauern, er und das Vieh wurden gemustert, während der Gantmeister die Ware als gute Ware anpries, den Preis hochtrieb, dann mit dem hölzernen Hammer auf den Tisch haute. Zugeschlagen. Und das nächste Tier. Ja, man stand jetzt vor dem Haus, ein paar Freunde waren da, man sah den Containerwagen mit der Resthabe wegfahren, hilflos stand man da, im Mantel vor dem verkauften Haus, und der neue Besitzer war auch schon anwesend, sichtlich gutgelaunt. Stephan stellte sich seinen Stall vor. Wo früher das Vieh gestanden hatte, würden nun Truthahnbatterien stehen. Und Dutzende von Mastgänsen im Baumgarten. Seine Frau, Anna, hatte ein Gesicht aus Stein, und nun kamen Francis und Lea, fuhren mit einem VW-Bus vor, holten sie ab.

Es war Fasnachts-Dienstag und es schneite. Francis und Lea stiegen aus dem Bus. Auf dem Hofplatz, unter dem schützenden Vordach, standen ein paar Leute; einige Kinder, als Narren verkleidet, mit Larven vor dem Gesicht, begrüßten die Ankommenden mit Konfetti. Eine Bekannte Annas, eine am Dorfrand wohnende Bäuerin, bot ihnen Kaffee-Luz an. Sie hatte das Getränk zu Hause vorbereitet und in der Thermoskanne mitgebracht. Zum Abschied. Der Kaffee schmeckte gut, wärmte, wärmte Hände und Magen, und er lenkte ab.

Der kahle Nußbaum, in seinen Zweigen Schneeflocken. Das tot wirkende Haus, der saubere Vorplatz. Stephan meinte, dieser oder jener Bauer, Nachbar, Kollege vom Männerchor hätte auch kommen dürfen, Adieu zu sagen. Er gab Lea und Francis die Hand. Anna hatte Leas Arm genommen, sie vermißte die Turnerinnen der Damenriege und die Frauen des Müttervereins. Erneut kam Bitterkeit auf, aber man gab sich unverdrossen und mutig. Das war auch ein Schutz, nicht zuletzt vor den eigenen Tränen, vor einem Weinen, das sie überwältigen wollte...

Hätten sie nicht den Glauben, sie würden das gar nicht wagen, sagte eine ältere Frau. Niemand schenkte ihren Worten Beachtung. Stephan schwieg. Die Buben redeten auf die Narren ein, und ein Indianermädchen umwickelte den Elfjährigen mit einer orangefarbenen Papierschlange, es wollte ihn fesseln und dabehalten. Stephan kaute auf der Zigarre herum, trank das Kaffeeglas mit einem Schluck leer. Francis und Lea warteten wortlos. Die Lampe vor dem Haus brannte; das Licht glich einer fahlen Quitte im Schneeflocken-Gestöber. Auf dem Fell des Hundes bildete sich eine dünne Schicht aus Schnee. Heilige Maria Muttergottes, bitt für uns ... es war wiederum die ältere Frau, die in der Anrufung Trost zu finden schien. Bald begann die Bekannte Annas die Kaffee-Luz-Gläser einzusammeln. Es wird Zeit, sagte Stephan. Der neue Hausbesitzer reichte ihnen als erster die Hand, wünschte ›alles Gute‹ und ›viel Glück‹. Alle Anwesenden schlossen sich an, schüttelten die Hände der Auswanderer, man war plötzlich sehr aufgeregt (us em Hüsli), als sei der Bann gebrochen ... schreibt uns, schickt Fotos. Und Kassetten, eine mit dem Läuten kanadischer Kuhglocken, eine, wie ihr dort kanadisch redet. Ob man das verstehen kann? Vergeßt uns nicht. Die Zungen waren gelockert. Und Gottes Segen, und me bsueched öi ennet em Teich ... so fielen Sätze, bis alle in den VW-Bus eingestiegen waren, sich dort setzten, zwischen Handgepäck und Hund, der sich im Auto den kalten Schnee vom Fell schüttelte. Francis fuhr los, über den Schnee; eine Spur ließen die Auswanderer zurück, die bald zugeschneit sein würde. Stephan füllte den Bus mit stinkendem Rauch, Lea hielt die Hände im Schoß verkrampft, Anna kam die biblische Geschichte von Lots Frau in den Sinn. Die hatte sich beim Auszug umgewandt und war zur Salzsäule erstarrt. Nein, Anna würde sich nicht umdrehen. Nur die Kinder schauten zurück, die beiden Buben winkten und grüßten ... Figuren, Schemen, Punkte im Schneegestöber vor dem Hof, der kleiner wurde, Silhouette, dunkler Körper, nichts. Die Kinder taten so, als würden sie bloß in die Ferien fahren. Vielleicht war das Verstellung, und das Heimweh kam später, wenn Menschen und Hof wieder wuchsen, groß in die Träume hinein. Am Ausgang des Dorfes versperrten ihnen Fasnächtler und Narren in bunten Gewändern den Weg, Papierschlangen waren als Schranke über die Straße gespannt. Der Bug des Busses riß die Schlangen entzwei, die Enden verfingen sich über den Scheibenwischern. Im Rückspiegel sah Francis tanzende Narren: Clowns bliesen Trompete, schlugen die Trommel, Polizisten verwarfen die Arme, Cowboys schossen in die Luft, Tänzerinnen drehten Pirouetten, und im Wind flatterten die Papierschlangen.

In der leeren Wohnung, vor dem Mondrian, hatte Lea auf ihre Mutter gewartet, die kommen würde, ihr beim Reinigen zu helfen. Die letzten Sachen standen abholbereit im Gang. Die Mutter würde sie mitnehmen nach Hause und einstellen im Schuppen, wo schon Leas Möbel gelagert wurden.

An einem Abend im vergangenen Sommer war Lea zu den Eltern gefahren, mit dem Rad über die Fohlenweide nach Fischbach, wo sie wohnten.

Sie hatte ihnen von sich und Francis erzählt.

Ihr Vater tobte, die Mutter weinte. Bauern waren sie gewesen, hatten einen kleinen Hof bewirtschaftet, so lange das ging, bis der Vater seiner zunehmenden Leberbeschwerden wegen hatte aufgeben müssen. Er verpachtete das Land, behielt zwei Parzellen der Bauzone für sich, errichtete dort zusammen mit einem Bekannten zwei Vierfamilienhäuser, die er nun verwaltete. Den Rest seines Einkommens verdiente er als Vertreter für landwirtschaftliche Maschinen, bereiste das Freiamt, verkaufte gut und war nun der Meinung, das Verhalten der Tochter beeinträchtige auch seine Geschäfte. Ein Liebesverhältnis mit einem Priester, sagte er: Herrgottnochmal, ob sie denn nicht mehr wisse, wo Gott hocke.

Sie wisse es nicht, nein.

Was Jesus wohl empfunden habe, als Magdalena seine Füße wusch und salbte und küßte, getrocknet hatte mit ihrem Haar, wagte sie zu fragen und fügte hinzu: Vielleicht wollte er kein Gott mehr sein, nur noch ein Mann...

Versündige dich nicht, sagte die Mutter. Der Vater tobte, griff sich an die Leber, sein letztes Erpressungsmittel.

Ich liebe ihn, Vater.
Der Vater hatte das Haus verlassen, war in den Garten gegangen. Er hatte sich zu seinen Bienen zurückgezogen und war wiedergekommen nach einer Stunde, immer noch empört, böse, ohne Verständnis für die Tochter. Er, Vertreter einer hochangesehenen Firma, Mitglied der Christlichen Partei, Revisor der Steuerbehörde, praktizierender Katholik, gewiß kein Frömmler, kein Heuchler, aber ein Mann mit christlichen Grundsätzen. Und hatte so eine Tochter.
Er würde das nicht verwinden können, nie.
Die Mutter begriff Lea ebensowenig. Sie jedoch verzieh und akzeptierte die Tochter.
Liebe.
Ein Mann wählte eine Frau und die Frau sagte Ja. Oder umgekehrt. Eine Ja-Nein Entscheidung also. War das Liebe? Hatte man bei der Liebe überhaupt eine Wahl. Eine andere Möglichkeit als eben diese. Verkörpert durch die Liebe. Schlössen Wahl und Entscheidung Liebe nicht aus. Lea war es, als stürze die Welt der Eltern zusammen auch über ihr. Aber die Liebe, so kam es ihr vor, hatte sie ereilt wie ein unerwarteter warmer Regen, dem man nicht ausweichen kann, schutzlos unterwegs auf endloser Straße. Und die Weite vor dir nimmt nicht ab. Der Horizont bleibt unendlich fern. Und warmer Regen fällt auf dich nieder. Der Körper ganz warm. Die Haare naß, und du ziehst die Kleider aus, um den Regen auf der nackten Haut zu spüren.
Ich hatte keine Wahl, Mutter.
So war das, die Liebe läßt dir keine Wahl, und sobald der Gedanke da ist, man könnte sich entscheiden, ist es schon nicht mehr die Liebe.
Und am Morgen, nach der ersten Nacht mit dem Geliebten, hast du die Hände voller Salz.
Mutter und Lea hatten die letzten Sachen verladen, ein paar in Schachteln verpackte Bücher, Plastiksäcke mit Kleidern, einiges an Hausrat und Kleinkram, das Ge-

mälde von Mondrian. Wie alert Mutter noch war, eine magere großgewachsene Frau mit flacher Brust. Leicht verhärmte Züge. Vor ein paar Jahrzehnten noch, hatte Lea gedacht, wäre es das Los ihrer Mutter gewesen, unter einem gräßlichen Kropf zu leiden. In einem faustgroßen Kropf hätten sich die verhaltenen, zurückgenommenen Gefühle gesammelt und ausgedrückt: heute gab der Staat dagegen Jod ins Trinkwasser. Manchmal verspürte Lea den Wunsch, diesen Mutterkörper zu berühren, an sich zu ziehen, die dünnen Lippen zu küssen; in der leeren Wohnung trat sie auf die Mutter zu, umarmte sie in einem Anflug von Zärtlichkeit und Milde, drückte sie an sich, stumm, stumm, auch voller Mitleid, also hilflos. Doch die Mutter löste sich plötzlich heftig von ihr, fragte: Wirst du für immer in Kanada...

Lea wußte es nicht. Ein oder zwei Jahre, vielleicht. Das war nicht festgelegt.

Stephan und seine Familie, sagte sie, die werden in Kanada bleiben, für immer.

Dann fuhren sie den Bogen hinunter, über die Reuß stadtauswärts Richtung Fischbach, wo sie Francis erwarteten, der kommen würde, um Lea abzuholen. Die Straße war naß. Matschig war der zertretene Schnee, voller Papierschlangen und Konfetti. Ein zerknüllter Papierhut lag am Rand, eine spitze Mütze aus goldenem Karton, mit schmutzigen blauen Quasten. Den Bogen hinabfahrend hörten sie aus einiger Entfernung, jedoch ohne den Wagen zu sehen, das Hego-Naro-Rufen der Kinder.

Als Francis gekommen war mit dem VW-Bus, als sie zusammen das Handgepäck einluden, hatte sich Leas Vater verleugnen lassen. Er sei nicht da, sagte die Mutter, gab Francis freundlich die Hand. Er habe noch weggemußt. Dabei hockte der Vater im leeren Stall, als entspräche der Ort, hatte Lea gesagt, der Leere in seinem Herzen. Sie traute dem wehmütigen dicklichen Mann auch zu, daß er dort weinte. In sein rotes Taschentuch schniefte. Weinte um eine verlorene Tochter und über die eigene Starrsinnigkeit... Nach dem Abschied von Leas Mutter fuhren sie schweigend nach Eggenwil zu Stephans Hof. Francis hatte sich auf die ungewohnte Schaltung konzentriert; der Bus war nur geliehen, ein Bekannter würde ihn morgen vom Parkplatz wieder abholen ... etwas ruppig war Francis gefahren

fuhr nun die ganze Familie mit Hund, über den Mutschellenpaß, fuhr in Zürich durch den nachmittäglichen Verkehr, geblendet vom Scheinwerferlicht, das der nasse Asphalt reflektierte. Sie redeten kaum. Die Buben wiesen auf irre Leuchtreklamen hin, den flirrenden Neon. Francis bog ein in die Autobahn, jagte Kilometer und Kilometer geradeaus, folgte den blauen Wegweisern. Die zogen den Blick auf ihre Schriften wie auf eine Botschaft, der unbedingt zu glauben war, lenkten davon ab, daß sich das Land von der häßlichsten Seite präsentierte: Wohnbeton, Industriegelände, Baustellen, dazwischengequetscht fleckige Schneefelder.

Wenigstens kein Schneetreiben mehr, sagte Stephan, warf den Stummel der Zigarre aus dem Fenster. Durch den geöffneten Spalt fuhr Wind ins Innere des Busses, ein sausender hohler Ton, daß der Hund den Kopf hob und sich schüttelte. Lea tätschelte und beruhigte das Tier. Im verwirrenden Netz der Autobahnschleifen, Einfahrten, Ausfahrten suchte Francis die Einweisung ins Flughafengelände, verlangsamte das Tempo.

Betonland, sagte Stephan.

Endlich das Wegschild Terminal B. Dort, sagte der ältere Bub, und Francis bog ein in die Umfahrung. Er begann leise zu pfeifen, als habe er sich selbst etwas zu beweisen. Diesig vernebelt war die Winterlandschaft.

Ein Flugzeug, rief der jüngere Bub. Nun kam das Flughafengebäude in Sicht, das Rollfeld mit den stehenden Maschinen. Und dröhnend und bedrohlich senkte sich eine Caravelle herab, flog tief über den Bus, hatte das

Räderwerk bereits ausgefahren zur Landung. Vorsätzlich ruhig steuerte Francis den VW-Bus auf den Parkplatz. Gemeinsam luden sie aus, und als dabei der Tragriemen einer Tasche riß, waren alle plötzlich sehr nervös. Lea hatte Angst vor dem Abflug, was sie fühlte und was sie dachte, drängte fast panisch auseinander...

Und nachdem sie Terminal B betreten hatten, lief alles so hektisch ab, sie konnten die Vorgänge, was sich abspielte rundum, kaum registrieren. Neueres überdeckte das Neue und löschte die Eindrücke aus, und das Alte war ohnehin verloren. Der Hund wurde in eine Kiste gesperrt; er sträubte sich nicht, hatte mit einem Wurstzipfel ein betäubendes Medikament bekommen. Als die Hunde-Box auf einem Gabelstapler weggefahren wurde, atmete Anna auf, seufzte hörbar: alles lief ja automatisch ab, sie empfand das als Erleichterung. Mit einem Mal kamen Überlegungen und Ängste zu einem Stillstand. – Wie ein Riesenrad, sagte Anna, das plötzlich anhält. Um erneut in Schwung gesetzt zu werden, denn vor dem Eingang 12A, den sie zu benutzen hatten, warteten die Frauen der Damenriege Eggenwil, dort hatte sich der Männerchor in Tracht aufgebaut, bereit zum überraschenden Empfang. Die Sänger setzten ein mit dem ersten Lied, als die Auswanderer etwas verschüchtert hinzukamen, und laut ertönte in der Halle des Terminals B, diesem Stahl-Glas-Betongebäude, ihr ›Die alten Straßen noch‹, klang auf im Gewimmel der Reisenden und vielen Passagiere, kräftig und dennoch weich, so erschien es Francis, der mit Lea abseits stand und sich fast ein wenig verloren vorkam. Stephan, Anna, die Buben waren näher zusammengerückt, eine Familie, etwas hilflos und verlegen, so plötzlich in den Mittelpunkt gestellt, eng zusammengedrängt, als würden sie sich schämen. Blumen für Anna, eine Flasche Kirschwasser für Stephan, Schweizer Schokolade für die Buben ... und eine mächtige Treichel für die beste Milchkuh dort im Stall in Kanada. Die Männer schüttelten Stephan die Hand, die

Turnerinnen umarmten Anna. Küsse auf die Wangen. Francis und Lea schien niemand zu beachten. Dann erhob der Dirigent erneut die Hände, die Sänger formierten sich wieder im Halbkreis, diesmal zum Abschiedslied:

Kein schöner Land in dieser Zeit
als hier das unsre weit und breit
wo wir uns finden wohl unter Linden
zur Abendzeit . . .

Anna konnte nun die Tränen nicht zurückhalten, Lea nicht, die Buben schluchzten (der Hund wurde wohl schon ins Flugzeug verladen), Stephan versuchte mit den Lippen ein Lächeln, doch die anderen Teile des Gesichts machten, was sie wollten, und es war ihm, so mitten im Lied, er habe den Mund voller Speichel, voll bitteren Speichels, als hätte er die Asche der gerauchten Zigarre gegessen; ja, am liebsten hätte er nun ausgespuckt auf den Boden und tat das nur nicht, weil die Fliesen so vornehm wirkten. Leckt mich doch, dachte er, alle zusammen, und er hätte sich gewünscht, seine Tränenkanäle wären mit Leim verstopft, aber sie waren es nicht.
Paßkontrolle, Zollabfertigung. Francis bemerkte die Beamten mit den umgehängten Maschinenpistolen. Gebieterisch, so kam es ihm vor, patrouillierten sie auf und ab, und er begann laut und ohne an die anderen zu denken, ohne sie zu sehen, ohne Rücksicht auf das verdutzte Gesicht der Abfertigungsbeamten, die Verse von Hölderlins Gedicht ›Hälfte des Lebens‹ zu zitieren; und als er schon im Flugzeug saß und auf das nasse Rollfeld und auf die Lichtflächen des Terminals sah, auf dessen Terrasse nun Damenriege und Männerchor winkten und mit Kuhglocken läuteten, spürte er das Weggehenmüssen aus dem Freiamt als reißenden, körperlichen Schmerz.

4

DIKURANNTE BISSIFIL AUFIRORUM. Er hatte diese Wörter auf ein Zeichenpapier geschrieben und zählte nun sein Geld. Er überlegte lange und machte einen genauen Plan, wie es auszugeben war. Das heißt, er saß am Stubentisch, zählte in Gedanken und stellte sich vor: 6 Luftheuler, 8 Knallraketen, 10 Colafrösche, 1 Paket ›Milla Filter‹ (die rauchte er manchmal, seit damals) und ... Daniel saß am Tisch, das Blatt mit den Wörtern und Zahlen vor sich, ließ die Gedanken ausschwärmen. Luftheulergedanken... 1 Mädchen einladen zu Erdbeereis im ›Café Bijou‹; ev. Vera, schrieb er. Aber dann könnte es ihm passieren, daß er mit ihr tanzen müßte. Daniel saß nicht allein in der Stube, am selben Tisch malten zwei Jungen mit Wasserfarben, und ein kleines Mädchen legte MEMORY-Karten aus; in der Stube befand sich auch der Erzieher, den er Peter nennen durfte. Ja, zu Fuß nach Bremgarten, an der Reuß entlang: 3 Rollen Papierschlangen, 4 Stangen Knallfix... Während Daniel seine Rechnung abschloß, kam Schwester Clara, eine Nonne, mit den Zwillingen herein, sie hatten im Garten einen Schneemann gebaut.

DIKURANNTE BISSIFIL AUFIRORUM, sagte er laut und fragte: Weißt du, was das heißt, Peter? Der Erzieher hatte sich neben ihn an den Tisch gesetzt. DIE KUH RANNTE BIS SIE FIEL AUF IHR OHR UM, erklärte Daniel, fragte: Darf ich nach Bremgarten. Zum Nachtessen, versprach er, bin ich zurück.

Hier war alles geregelt, hatte eine Ordnung, und es war ratsam, sich an die Vorschriften zu halten. Schlecht war es hier nicht, bestimmt nicht. Aber alle hatten ihn, Daniel, im Stich gelassen. Besonders Flip und Lea. Flip war ausgezogen und hatte ihn nicht mitgenommen. Lea ging mit diesem Francis fort – ohne Daniel. Zwar mochte er Francis gut leiden, man konnte reden mit ihm und er hörte wenigstens zu. Aber der Kerl hatte ihm Lea ausgespannt: so kam es ihm vor. Daniel wäre gern mit – mit dem Flugzeug nach Kanada, dort auf einer Milchfarm leben; ihm hätte das gepaßt, und er hatte dies Lea auch gesagt; hatte zu Flip gesagt, nimm mich zu dir. Und beide hatten sie ihn vertröstet: abgewimmelt, dachte Daniel.

Man hatte Mutter versorgt.

Und er war im Heim.

Hermetschwil lag am linken Reußufer, dort, wo sich das Tal verengte. Ein Ausläufer des Wagenrains zog sich hin bis zum Fluß. Über der Reuß, über dem Stausee, stand ein altes, recht baufälliges Kloster (Benediktinerinnen lebten hier), auf dessen Grund sich auch ein Heim befand, ein Erziehungsheim für Kinder. Uferwärts Felder. Hinter Klostergebäude und Heim die Kantonsstraße; die alte Anordnung der Bauernhäuser, dazwischen hingewürfelt Einfamilienhäuser in sonniger Hanglage. Ansteigendes Moränengelände schloß das Dorf ab. Neben dem Kloster hatte man kleine Häuser errichtet, ›Familienhäuser‹, in denen die Kindergruppen mit den Erziehern wohnten.

Daniel stand auf. Er holte das Geld aus dem Versteck. Keiner durfte davon erfahren, denn jedes Kind der ›Familie‹ sollte gleich viel ›Besitz‹ haben; auch alle Freßpakete wurden geteilt. Aber Daniel hatte das Geld selbst verdient, er wollte es auch selber ausgeben.

Seit sechs Wochen lebte er hier.

Der Vater war nicht mehr zur Arbeit gegangen, hatte sich über Atembeschwerden beklagt, Asthma bekommen. Über Nacht, wie er sagte: einigermaßen gesund und arbeitstauglich sei er zu Bett gegangen (und einigermaßen blau, schimpfte die Mutter), zu Bett gegangen und anderntags als Asthmatiker erwacht. Die Mutter hatte durchgedreht, nur noch gekichert, gelacht, hatte Bier getrunken, getobt in der Wohnung und zu klagen begonnen über einen rasenden Schmerz im Kopf: es sei, als

drehe ihr jemand eine fingerlange fingerdicke Stahlschraube in den Schädel. Den zu Hause bleibenden Mann, diesen keuchenden Asthmatiker, der das Schlafzimmer verpestete, verdächtigte sie. Er hege die Absicht, sie zu vergiften. Er präpariere Bier und Kaffeepulver mit Gift, während sie im ›Hirschen‹ sich mit Servieren abrakkere. Ein farbloses, geruchfreies Gift ohne Geschmack menge er Bier und Kaffee bei; es löse den Kopfschmerz aus, auch ihre ständige Müdigkeit, es mache sie verrückt. Und als müßte sie sich damit rächen, brachte sie Männer nach Hause, schlief mit ihnen im freigewordenen Zimmer von Flip; jeden Tag andere Männer hatte sie nach Hause gebracht, und im Hirschen war sie ausgeflippt, schlug um sich, warf das Essen auf den Boden, verfiel in einen Heulkrampf, daß man den Arzt hatte rufen müssen. Untergetaucht war sie in einer Schwermut und chemischen Stille, hatte das Bett nicht mehr verlassen, endlos geweint, bis der Arzt sie nach Königsfelden einwies.
– In die Klapsmühle.
– Die Hure, die Säuferin.
– Die verrückte Schlampe.
Daniel hatte man nach Hermetschwil gebracht.
Und heute war Leas Abreisetag.

Es schneite. Der Klostermauer entlang war Daniel den Weg bis zur Reuß gegangen, hatte den schmalen, an schneebedeckten Weiden vorbeiführenden Pfad genommen, durch kahles Ufergehölz die Reuß erreicht und trabte, die Mütze tief ins Gesicht gezogen, die Hände in den Taschen vergraben, durch Schnee, den er Schritt für Schritt vor sich aufwarf und herschob. Er hatte ein rotweißes Halstuch umgelegt, das Lea für ihn gestrickt hatte. Er ging Bremgarten zu. Ins Wasser gefallene Schneeflocken schmolzen gleich dahin, Stockenten folgten ihm, erwarteten, daß er sie füttere, ein heftig rudernder Schwan drängte sie beiseite, seltsam sein Weiß im Schneegestöber. Aber Daniel beachtete dies alles kaum –

er mußte immer an Lea denken. Beim Kraftwerk nahm er den über die Staumauer führenden Fußweg. Aus zwei Schleusen stürzte das Wasser von der gestauten in die freie Reuß hinunter. Man hörte das Dröhnen der Turbinen gedämpft aus der Maschinenhalle, gedämpft auch vom fallenden Schnee, der vor die hellerleuchteten Fenster des Werkgebäudes einen weißen Punktschleier legte. Die Reuß floß träge; auf den Steinen und Felsbrocken, die aus dem Wasser ragten, lagerten Schneekappen. Der Fluß war fast schwarz unter dem grauen behangenen Himmel. Auch auf dem Geländer, das sich den Fluß entlangzog, lag Schnee. Daniel ging durch das Promenadenwäldchen. Obwohl die Bäume kahl und winterlich waren, lag hier weniger Schnee. Unter den entlaubten Büschen gab es noch Haufen faulender Blätter, in denen gelegentlich ein Vogel scharrte.

Lea hatte ihn im Stich gelassen, fuhr jetzt weg ohne ihn, was bitter war. Als sie ihm gesagt hatte, sie werde auswandern, war er zuerst sehr traurig geworden, dann wütend auf sie. Er war aus dem Haus gelaufen, hinaus aus der Stadt zum Bahnhof, als sei der ein Ziel. Da hatte er auf dem Platz vor dem neuen Einkaufszentrum ›Sunnemärt‹ einen Baukran entdeckt. Der hohe schlanke Turm stand doch sehr verlockend; er wartete auf ihn. Daniel ging auf den Kran zu, begann ihn zu erklettern, als könnte er damit Zorn und Schmerz abwenden und von sich weisen, als wäre es möglich, seine Verlassenheit zu zeigen, von oben herab wollte er schreien, wie dreckig es ihm gehe; behend war er auf den Kran gestiegen, im Gestänge innen die Leiter hoch bis zur Führerkabine und hinaus über die stählernen Streben auf den schwenkbaren Ausleger, hatte sich dort hingesetzt in seiner Trauerwut, die Beine baumelten trotzig herab, über ihm der unendliche Himmel, ein paar Wolken, die Sonne; unter ihm die Tiefe, die noch unendlichere Tiefe, und so klein die Menschen, Käferchen, die sich um den Kran versammelten, den roten, im Sonnenlicht gleißenden Baukran mit

dem Jungen auf dem nach vorn ragenden Ausleger. Und ganz still war es da oben, kein Laut, oder war er bloß taub geworden, und die Käferchen unten liefen hin und her, auch die Bahn fuhr vorbei, und auf der Zürcherstraße die Dächer der Autos, blau, rot, grün, Rechtecke aus glänzendem Blech, alles sah aus wie in einem Spiel, und er saß da oben, allein, verlassen, der Sonne ausgesetzt, ja, der sonnenwarme Stahl brannte auf den nackten Schenkeln, und unten die Käferchen, dicht, dichter, drängten, bildeten einen dicken Käferchenkreis, ein Käferbett, auf das man hinunterspringen könnte, ein Käferrückenkissen, weich, wohl ganz weich, und nach dem Sprung fiele man gleich in den großen Käferschlaf.
Daniel atmete tief, langsam, er hob die Arme.
Ich springe, Achtung, ich springe.
Nein. Ein Mann kletterte die Kranleiter hoch, kam näher. Daniel kannte ihn nicht.
Ich springe.
Der Mann blieb im Krangestänge sitzen, redete auf ihn ein.
Lea fährt weg nach Kanada!
Er hatte es dem Mann zugerufen, hatte mit dem Mann gesprochen, ihm alles erzählt: Flip ist ausgezogen. Und die späte Herbstsonne war langsam hinter dem Wagenrain versunken, gerade über der Stelle, wo die Bahn in den Wald hineinfährt.
Ich bleibe hier oben.
Der fremde Mann hatte sich eine Zigarette angezündet. Ob er auch eine rauchen möchte, hatte er Daniel gefragt, war auf den Ausleger hinausgestiegen und hatte Daniel eine Zigarette gegeben.
Feuer?
Nebeneinander, mit herabbaumelnden Beinen, saßen sie auf dem langen stählernen Ausleger, der sich bewegte unter dem lebenden Gewicht, rauchten und schnippten die Asche auf die Käferchen hinunter. Und plötzlich wünschte sich Daniel, ein weiterer Mann würde es

wagen, hochzuklettern zu ihm: Flip. Eine heiße Freude löste der Wunsch aus ... Flip würde zu ihnen hochklettern, während unten das Polizeiauto vorfuhr und Männer ein Sprungtuch ausbreiteten. Das leuchtete blau wie ein kleiner Teich. Flip jedoch käme zu ihnen auf den Ausleger und der Mann würde auch ihm eine Zigarette anbieten. Zu dritt würden sie hoch über den Käferchen hocken und rauchen, über den Platanen, über den Autos, mit baumelnden Beinen dasitzen...
Der Mann voran, hinter ihm Daniel, so waren sie vom Baukran heruntergestiegen, damals.

Als Daniel aus dem Promenadenwäldchen herauskam und das ›Café Bijou‹ erreichte, hörte er Musik, sah durch die Fenster die tanzenden Masken. Er nahm den Weg hinauf zum Kiosk, kaufte sechs Luftheuler, acht Knallraketen, zehn Colafrösche, eine Packung Milla Filter und steckte alles in die Hosen- und Jackentaschen. Er lief über die Straße auf den Torbogen des Spittelturms zu, wo ein Maronibrater den Ofen aufgebaut hatte. Von der offenen Pfanne ging eine starke Wärme aus, die bratenden Maroni dufteten, und für einen Augenblick dachte Daniel daran, eine Tüte zu kaufen, obwohl die Ausgabe in seinem Budget nicht vorgesehen war. Er beobachtete den Brater; der hatte Hände wie Zangen, legte die Glut mit bloßen Fingern zurecht; und da war mit einem Mal ein lautes skandierendes Rufen und Schreien zu vernehmen: Hego Naro... Unter dem Torbogen hindurch sah Daniel in die alte Postgasse, die sich mit Hexen, Indianern, Chinesen, Gangstern, Marsmenschen, Clowns, Astronauten, Holländerinnen, Piraten und schokoladefarbenen Negermädchen gefüllt hatte, die alle hinter dem ›Usrüer Wagen‹ her waren, nach den ausgeworfenen Eßwaren grapschten und griffen, nach Schokoladestengeln hechteten, um Mandarinen kämpften, sich Colafrösche und Bonbons aus den Händen zu reißen versuchten, nach Wurstzipfeln sprangen. Er vergaß die Maroni und

reihte sich unter das Narrenvolk ein. Mitrennend und aufgeregt schrie er ›Hego Naro, wissondrotondpio‹, jauchzte, kämpfte, erhaschte sich einen Anteil, boxte sich vor bis zum Wagen, hatte eben eine gedörrte Pflaume geschnappt, hielt Feigen in der Hand, als eine ältere Frau ihren Fuß auf ein Bonbon setzte, das er aufheben wollte, während er selbst Nüsse zertrat. Daniel war so nah an den ›Usrüer Wagen‹ herangekommen, daß er mit den Händen nach dem Tannenreisig und den Lärm- und Rasselinstrumenten hätte greifen können, und unversehens, ohne zu wissen warum, rief er einem der ›Usrüer-Männer‹ erbost zu:
Rüered jetz Gäld abe – Nüss hämmer gnue.
Rief das und stockte, war es auf einmal leid, hinter dem Wagen herzulaufen, herzuschreien, und er ließ sich zurückfallen, ohne sich weiter nach Beute zu bücken, blieb stehen, und der Wagen und die Narren zogen weiter. Daniel stand bald mutterseelenallein auf der Straße, hörte das sich allmählich entfernende Hego-Naro-Rufen, bis der Wagen die Rechengasse verließ und in die Sternengasse abbog. Wären nicht zerstampfte Mandarinen, zertretene Dörrfrüchte, Silberpapierchen von Kaugummi und Bonbons zurückgeblieben, mit vielen Spuren im schmutzigen versehrten Schnee, hätte man denken können, es war gar nichts, nichts war hier los.

Nimm mich mit.
Ich würde dich gern mitnehmen, aber.
Lea hatte ihn zu besänftigen versucht, wollte ihn aufmuntern und trösten. Er nahm Trost nicht an. Sie dürfe ihn nicht mitnehmen, hatte sie erklärt: Eltern, Behörden, Schule; er wisse das selbst.
Daniel, das geht halt nicht.
Ja, sie freue sich auf Kanada, hatte sie gesagt, er müsse das doch verstehen. Aber ihre Offenheit verletzte ihn nur. Hier sei für sie kein Leben mehr, hatte sie gesagt, keine Lebensmöglichkeit.

Und für mich?
Lea hatte eine Weile geschwiegen, wiederholte dann, sie sei auf einem Bauernhof aufgewachsen, verrichte gern bäuerliche Arbeiten. Auch Francis. Den Namen wollte Daniel schon gar nicht hören. Ihre Offenheit tat ihm nur weh.
Auch Flip ist ausgezogen, hatte er gesagt und für den Bruder Verständnis gezeigt; er selbst bliebe freiwillig ja auch nicht hier, niemals, nur habe er keine andere Wahl. Nimm mich mit.
Das geht doch nicht, hatte Flip zu ihm gesagt, du darfst mich besuchen, jederzeit, aber wohnen bei mir, Daniel...
Es ging nicht, es ging in der Tat nicht; nun lebte Daniel bei Peter und Schwester Clara mit den neuen ›Geschwistern‹ im Familienhaus 3, im Erziehungsheim, und das ging.
Ich würde dich gern mitnehmen, Daniel, hatte Lea behauptet. Ob das stimmte, was sie da gesagt hatte, ob das ehrlich gemeint war und gültig wie etwas, für das man schwört.
Langsam und in Gedanken ging Daniel die Straße zum Spittelturm zurück. Unterwegs wurde er auf zwei Mädchen aufmerksam, die plaudernd aus einem Coiffeur-Salon kamen und eine süße Duftfahne um sich herum verbreiteten. Bei dem Coiffeur konnte man sich während der Fasnachtszeit schminken lassen. Daniel betrat den Salon, setzte sich auf die Wartebank und schaute dem Coiffeur bei der Arbeit zu, sah ihn sicher und gelassen seine Tätigkeit ausüben, eingehüllt in Düfte und süßliche Wärme, scharf kontrastierend zum naßkalten Tag, so daß sich Daniel gleich geborgen fühlte. Er sah das Spiegelbild des Coiffeurs, das war schön: Zwei Fremde sah er da, die sich wunderbar ergänzten. Als Daniel an die Reihe kam, sagte er nur: Ich möchte ein Clown sein. Und der Coiffeur antwortete: Wenn es weiter nichts ist. Schon hatte er den Zeigefinger in einen Napf getaucht, und

Daniel spürte, wie die Schminke seine Gesichtshaut übertünchte. Mit geschmeidigen Fingern und Händen bearbeitete der Mann seine Haut; im Spiegel war zu beobachten, wie sich das Gesicht hinter der weißen Farbe ganz schnell verlor und einen fremden Ausdruck bekam. Augen zu, sagte der Coiffeur. Es war angenehm, die weichen Fingerkuppen über die Lider gleiten zu fühlen, der sanfte Druck auf den Augapfel tat wohl. Daniel hielt ganz still, beinah andächtig saß er auf dem Stuhl, fast empfand er das Schminken als Zärtlichkeit. Die Lippen dunkelgrün, sagte der Coiffeur, schminkte sie, legte eine gelbe ovale Fläche um seinen Mund, zeichnete die Grenze mit einem schwarzen Strich nach. Er verwandelte Daniels Augen in explodierende Sterne; mit überaus behutsamen Händen ließ er Daniels Gesicht unter der Maske verschwinden – bis die Clownmaske sein neues Gesicht war.
Daniel bezahlte. Er zog seine Jacke an, band den Schal mit einem doppelten Knoten um den Hals, setzte die Wollmütze auf und ging. Auf der Straße dachte er wieder an Lea. Wenn Lea die Wahrheit gesagt hatte, mußte sie auch dazu stehen. Er faßte ganz plötzlich den Entschluß, nach Kloten zu fahren. Sofort. Sie würde ihn doch mitnehmen, nach Kanada. Sie mußte. Er war doch ein Clown, und Clowns machen, was sie wollen, und man lacht über das, was sie machen. So oder so. Einem Clown durfte man nichts verbieten und nichts ausschlagen.
Noch immer fiel Schnee. Daniel ging über den Kegelplatz, er streckte die Zunge heraus und fing Flocken. Autostopp wäre das einfachste. Er kam vorbei an der Post. Hier würde ihn ja keiner vermissen. Er schob einen Colafrosch in den Mund. Auf der Höhe des Bahnhofs blieb er am Straßenrand stehen. Vielleicht Vera? Es war fast eine Anstrengung, die Hände aus den Hosentaschen zu ziehen; er streckte den Arm aus, den erhobenen Daumen, und als Clown durfte er auch ein bißchen weinen...

5

Er hatte das dumpfe Gefühl, Blut zu schwitzen. Plötzlich und übermäßig war Blut gekommen aus den Beinen, war in den Verband geflossen.

Goldfarbs Beine sahen schlecht aus.

Es war warm im Zimmer, viel zu warm. Seine Beine hatten geschwitzt, hatten Blut schwitzen müssen – sie gehorchten bereits Gesetzen, die waren nicht mehr von dieser Welt.

Jo reinigte die Wunden mit Borwasser. Dann deckte sie die mürbe Umgebung mit Zink Pasta Goldcream ab und legte, sorgsam, einen Sigg-Verband um die Beine...

Sie unternahm alles, um Goldfarbs Schmerzen zu lindern, die Beschwerden erträglich zu machen, sie kniete vor ihm, und es schneite vor dem Fenster. Goldfarb war versucht, die Hände auf ihren Kopf zu legen, legte die Hände auf ihr Haar, berührte mit seinen dicken Fingern die weiche Haut ihres Nackens.

Jo richtete sich auf.

Diese verfluchten Scheichen (Beine), sagte Goldfarb, ächzte, die sehen aus, als hätte sie mein ärgster Freund durch den Fleischwolf gedreht; er grinste.

Auf dem Tisch standen ein paar Dosen Coca Cola. Jo räumte zusammen, legte die blutbefleckten Mullbinden in einen Papiersack. Es hing ein scharfer Geruch im Zimmer: Chemie und Fleischfäulnis.

Goldfarb erhob sich mühsam, führte ein paar Schrittchen aus, versuchte die Andeutung einer Kniebeuge. Herrgott, von diesen bösen Beinen würde er sich niemals unterkriegen lassen. Er fühlte sich wie ein Boxer, dem man die Fäuste bandagiert hatte: kampfbereit. Dabei hatte der Tag bisher einen doch eher deprimierenden Verlauf genommen. Beim Mittagessen im stillen Speisesaal, als sie die Suppe löffelten und Nachrichten hörten, war es ihm, während er bemerkte, wie Blut aus seinen

Beinen trat, vor den Augen schwarz geworden. In dem nicht unangenehmen Schwindelzustand hatte er mit einem Mal die Einbildung gehabt, die alten Frauen um ihn herum seien junge Mädchen, schöne junge Mädchen, die sich als alte Weiber verkleidet hatten; mit Wachslarven hatten sie die Gesichter getarnt, und er wartete darauf, daß sich die Masken in der Wärme auflösten, daß Wachs abtropfte und sich unter den verbitterten Zügen Mädchengesichter zu erkennen gaben; daß sich die Körper strafften, erwartete er, Brüste aufrichteten und rundeten, daß sich der Alte-Leute-Geruch verflüchtigte. Aber er hatte nur weiter seine Beine gespürt, das heißt, er spürte die Beine eigentlich nicht mehr, jedoch etwas Warmes auf etwas Kaltem, warmes Blut, das tropfenweise aus den Schwären trat und in den Mull sickerte, während die Frauen alte Frauen blieben und der Nachrichtensprecher mit gleichförmiger Stimme das Unheil der Welt verkündete, in die tauben Ohren greiser Leute: berichtete von dem Unheil, das Präsidenten und Politiker in Ost und West, die längst ins Altersheim gehörten, über ihre Länder brachten. Ja, es war dies zum Blutschwitzen gewesen. Goldfarb war, als er Schwindel und Halluzination überwunden hatte, als er den Raum und die Menschen wieder wahrnahm, aufgestanden, hatte den Stock ergriffen und sich auf sein Zimmer begeben, hatte Zuflucht gesucht bei seinem Freund Schubert. In den winterlichen Garten schaute er hinaus, der unter einer schweren unberührten Schneedecke lag, ganz und gar begraben, dachte er, das Leben war chancenlos gegen den Tod.

Jo war fertig mit Aufräumen, öffnete das Fenster, um ein wenig frische Luft hereinzulassen. Da hörte sie näherkommenden Lärm, ein Geschrei, und mit einem Schlag ein lautstarkes Hego-Naro-Rufen. Jo beugte sich weit aus dem Fenster, sah den ›Usrüer Wagen‹, der sich auf dem Weg zum Altersheim befand. Goldfarb hatte sich neben Jo ans Fenster gestellt. Er hatte Lust hinauszugehen, einen Ausgang zu wagen. Er wollte sich von den bösen Beinen nicht alles vermiesen lassen, sie sollten nicht seine Tage bestimmen, ihn zu etwas zwingen mit dieser Blutschwitzerei ...

Er hatte sich im Schlachthaus eine Söiblotere (Schweinsblase) besorgt, nahm sie vor der erstaunten Jo aus dem Schrank, befestigte sie mit einer Schnur am Stock. Der Lärm war nun ganz nah, aber den ›Usrüer Wagen‹ sah man nicht mehr, er stand vor dem Eingang des Heims. Das Hego-Naro-Rufen hatte den Alten die Monotonie des Nachmittags vertrieben (diesen schweren Vogel), und so zeigten sie sich voller Neugier an den Fenstern.

Goldfarb verschnürte die Schuhe, seine alten Militärschuhe verschnürte er, mit denen ging er nun am sichersten, wenn die Straße verschneit war und naß, bei Glätte und Matsch, sie gaben Halt und waren fest. Jo half ihm in den Mantel, legte ihm den Schal um. Goldfarb setzte den Hut auf, nahm den Stock mit der ›Söiblotere‹. Unter der Tür blieb er abermals stehen, bat Jo, die Cola-Dosen in eine Plastiktasche zu packen und mitzunehmen. Vor dem Haus umringen die lärmenden Fasnächtler den ›Usrüer Wagen‹. Hinter den Fenstern sah man die Alten, sie hatten die Vorhänge zurückgezogen. Ach Gott, dachte Goldfarb, sie schauen hinaus wie Zierfische aus dem Aquarium. Kein Fenster wurde geöffnet. Alle haben sie Angst, dachte Goldfarb, Angst vor Husten, Fieber, Lungenentzündung und Tod. Sie betrachteten die Gesundheit als Lebensgarant, beredeten Leiden und Gebrechen – das waren immerhin Lebenszeichen.

Ein überlanger Harlekin, er ging wohl auf Stelzen, kletterte vom ›Usrüer Wagen‹ hinunter und brachte einen Sack, den er vor aller Augen mit Mandarinen, Schokolade, Nüssen und Feigen gefüllt hatte, ins Altersheim. Dabei können die Alten, keifte Goldfarb, mit Feigen gar nichts anfangen. Der Kerne wegen. Die geraten unter die Zahnprothesen. Er grinste, bahnte sich mit der ›Söiblotere‹ einen Weg zwischen den Narren hindurch.

Kommen Sie, Jo, sagte er, begleiten Sie mich auf meinem Spaziergang. Jo willigte ein, bückte sich nach einer Mandarine, die vor ihr in den Schnee gepurzelt war. Schön sah das aus, die Farbe der Frucht, die Form der Frucht im Schnee. Ein Eskimomädchen bewarf Goldfarb mit Konfetti, ein Chinesenjunge wollte die ›Söiblotere‹ von seinem Stock wegreißen. Dann kam der Harlekin (doch, er ging auf Waden-Stelzen) in Begleitung des Verwalters aus der Tür, hielt den leeren Sack in der Hand. Jo und Goldfarb nahmen den Weg zur Reuß, den zugeschneiten, karstigen Weg über die Wiese, auf der man einige Schlittenspuren sah und eine Krähe, die einen Kotelettknochen benagte. Es schneite nur leicht. Die Reuß führte wenig Wasser, schwarz sah es aus, tief und gefährlich. Bäume am Ufer, verschneite Zweige, die Äste benachbarter Bäume berührten einander, und Stamm stand gerade neben Stamm, als gäbe es kein Näherkommen; noch reckten sich die Bäume und schienen doch niedergedrückt zu werden vom schweren Wolkenhimmel. Aus der Entfernung hörte sich das Narrengeschrei seltsam an, sinnlos ineinanderverflochtene Stimmen waren sich einig nur im Aufschrei ›Hego Naro‹, doch was hatte das zu bedeuten ... die Fasnächtler riefen zwar gemeinsam um Gaben, aber jeder jagte einzeln nach seiner Beute.
Das immer fließende Wasser, dachte Jo, schön.
Hörbar schlurften ihre Füße durch Schnee. Das Profil der Militärschuhe nahm sich fast bedrohlich aus neben den Abdrücken der Damenstiefel. Und neben jeden Schritt stach Goldfarb ein kreisrundes Loch mit dem Stock, in dem sich gleich ein Dunkelblau sammelte, als habe er schimmernden Farbstoff in den Schnee eingespritzt.
Dem nun baumlosen Ufer folgend führte der Weg an der Reuß entlang, man hätte bis Eggenwil wandern können. Linker Hand der Fluß, dem sie in Stromrichtung folgten, rechter Hand ging die als Schlittenhang benutzte Wiesenböschung in verschneite Gärten über und war so steil,

daß in einigen Partien der Schnee abgerutscht war und einzelne, starre, in dem leichten Schneetreiben farblose Grasbüschel zu erkennen waren. Auf der Kuppe die Reihe der Stadthäuser, welche die Schlossergasse bildeten, als letztes Gebäude sah man das ›Schlößli‹, das alles überragte, selbst die Bäume des in der Fortsetzung der Gärten wieder bewaldeten Hangs. Gleichsam aus dem Wald empor wuchs das Schloß, aus dem Tannen- und Buchenwald, durch dessen Hain eine schmale Steintreppe verlief, vom hinter der Schloßmauer gelegenen Parkplatz hinunter zu einem Plätzchen an der Reuß, von dem aus die neue Brücke in den Chesselwald führte. Hier blieben Jo und Goldfarb eine Weile stehen. Sie hatte kalte Füße, er atmete schwer. Leicht schlug das Wasser gegen die Ufersteine. An dieser Stelle, im Flußbogen und unter der Brücke, traf man im Sommer häufig Angler, hier wurden auch jedes Jahr Forellen ausgesetzt, zweijährige Fische aus der Zuchtanstalt, dazu bestimmt, den Köder zu beißen.

Die neue Brücke sperrte die Landschaft richtiggehend zu, verriegelte den ohnehin engen Talgrund; man steht hier, sagte Jo, und hat einen Riegel vor den Augen; aber der Chesselwald war nun bequem zu erreichen. Früher hatte man einen langen Umweg in Kauf nehmen müssen, bevor man in den Chesselwald gekommen war.

Er war voller Pilze gewesen, voller Blumen und Beeren. Als Kind hatte Jo im Chesselwald Laubfrösche gefangen und Molche, hatte in Ufernähe Libellen beobachtet und einmal auch mutwillig das Gelege eines Zaunkönigs zerstört; die Zeit hatte sie vergessen und voller Angst war sie nach Hause gelaufen, sie hatte gefürchtet, der Geruch der Eier, die sie mit den Händen zerdrückt hatte, sei nicht mehr von der Haut zu waschen.

Nun erreichten sie den Chesselwald bequem über die Brücke. Doch es war nicht mehr so angenehm, sich dort aufzuhalten. Das Militär hielt den Wald besetzt, man sah Rekruten in Tarnanzügen durch Gebüsche streifen, blickte plötzlich selbst in eine Gewehrmündung. Und seit vor einigen Monaten Unbekannte das Munitionsdepot aufgesprengt hatten, war auch meist eine Bewachung unterwegs. Detonationen von Granaten und Gewehrschüsse erschreckten einen, und einmal war Jo mitten in ein Verwundetennest gelaufen. Das war komisch gewesen. Herumliegende Soldaten, denen die Sanitäter aus Plastik und Wachs Kopfwunden und andere Verletzungen aufgeklebt hatten.

Überall gibt es Militär, sagte Jo, in allen Ländern haben Militärs die Wälder zerstört.

Goldfarb stand neben ihr, keuchte, bohrte mit dem Stock Löcher in den Schnee. Auf dem Geländer der Brücke hockten Möwen in einer reglosen Zeile.

Sie sind still, wenn sie dasitzen, sagte Goldfarb, sie kreischen, sobald sie wegfliegen, das Kreischen scheint zu ihrem Flug zu gehören.

Und Sie tragen Militärschuhe, sagte Jo.

Ach, antwortete Goldfarb, es ist das beste für meine Füße. Er schöpfte Atem. Und also das beste für meine Beine und also das beste für mich. Er stützte sich nach dem langen Satz auf den Stock.

Man müßte das Militär abschaffen, sagte Jo.

Was hat das mit meinen Militärschuhen zu tun, wollte Goldfarb wissen.

Inzwischen hatte es zu schneien aufgehört, und sie waren ein paar Schritte in den Wald hineingegangen. Es herrschte ein klares Licht. Schwarz und triefend vor Nässe waren die Stämme. Einzelne Zweige waren von einer Eisschicht überzogen, sahen aus wie ein Präparat im Glasguß. Leichter Neuschnee hing in den Tannen. Jo stand eingesunken bis zu den Knöcheln, hatte die Hände in den Taschen des dunkelblauen Mantels.

Mich machen diese Umstände kaputt, sagte sie.

Kind, dich schmerzt die Welt, sagte Goldfarb.

Die Welt, holte er weiter aus und sah aus wie eine sich bewegende Vogelscheuche im Schnee, bleibe letztlich bei

all den Fortschritten technischer Natur, was sie immer schon gewesen sei, ein Tränental, trotz aller modischen Neuerungen und obwohl Politiker den Leuten vorgaukelten, die Welt sei besser geworden: Ein Tal der Tränen. Er spuckte in den Schnee.
Technische Natur, meinte Jo, hirnverbrannt.
Sie standen einander gegenüber, zwei Stocklängen Schneefeld trennten sie, und fünfundsechzig Jahre.
Man will uns so viel weismachen, erklärte Jo, man will uns sogar weismachen, mit einer Lebensversicherung sei der Tod zu überlisten.
Im Grund müßten wir beten, sagte Goldfarb, aber heute kann ja keiner mehr beten...
Der Du uns von allem Übel, von Krankheit und Tod erlöst hast, spottete Jo, wir wählen Dich und Deine Partei.
DU HEILIGES VERDIENEN, so können die Leute noch beten, sagte Goldfarb, das ist ihr Glaubensbekenntnis.
Aber was war denn von Politikern zu halten, die in allen Wäldern Soldaten versteckten und todbringende Waffen?
Sie gingen langsam weiter, Jo ließ sich von Goldfarb unterhaken. Ihr Arm drückte ihm die Luger gegen die Brust. Gegen ihre Beine schlug die Plastiktasche mit den Cola-Dosen.
Die Welt geht k.o., sagte sie, acht, neun, zehn – aus.
Neulich habe sie im Fernsehen einen Film gesehen, fuhr Jo fort, einen Film über eine Affenkolonie. Der Kommentator habe erläutert, die Affen hätten eine schon ziemlich hohe Stufe gesellschaftlichen Zusammenlebens entwickelt.
Sie ging durch den Wald, hatte den alten Mann am Arm, fühlte sich auf einmal jung, aber die Schwerkraft hielt einen immer am Boden, drückte einen nachts auf das Bett...
Die Affen sind uns weit überlegen, dachte sie, sagte, im Gegensatz zum Menschen können sie in sozialen Gesellschaften leben. Technik, Rüstung, Beton, Profit – all das

brauchen sie nicht. Affen töten keine Affen, sagte sie. Die Menschengesellschaft hinkt jeder Affenkolonie weit hinterher.
Was suchen wir eigentlich im Wald, fragte Goldfarb.
Sie gingen über die Brücke zurück. Goldfarb schlug mit dem Stock auf das eiserne Geländer, und als ob der Schlag sie elektrisiert hätte, flogen die Möwen hoch, fächerten als Schwarm aus über die Reuß, kreischten, setzten sich auf das Wasser nieder und trieben mit dem Fluß davon.
Betrachten Sie nur einmal Ihr Schuhwerk, spottete Jo. Es verrät doch, was die Schweizerarmee im Grunde ist. Was jede Armee ist – nämlich eine Eroberungsarmee.
Ausgerüstet mit diesen Militärschuhen, sagte Goldfarb, lachte, kann man in der Tat die Welt erobern. Trotzdem sind sie wundervoll.
Über den Fluß gehend hörten sie das Geplätscher des Wassers und das einem Summen oder Singen ähnliche Rauschen der Abwässer, die durch dicke Rohre unter dem Steg und unter ihren Füßen dahinströmten. Das Reußwasser war dunkel, nur an einzelnen Stellen sah man bis auf den Grund, wo schimmernd die Kiesel lagen. Nach der Brücke senkte sich der Weg ein wenig ab. Sie gelangten erneut auf den kleinen Platz. Es war still, es war empfindlich kalt. Pack jetzt die Cola-Dosen aus, sagte Goldfarb.
In Gedanken noch mit den so logischen, praktischen, so realistischen Leuten beschäftigt, nahm Jo die Cola-Dosen aus der Tasche, ohne sich dabei etwas zu überlegen oder eine Vorstellung zu haben, was Goldfarb im Sinn hatte, der am Rand des Platzes, am Fuß der bewaldeten Böschung, mit dem Stock den Schnee beiseite kratzte und scharrte, und sich dann bemühte, die Cola-Dosen in einer schönen, sich rot vom Schnee abhebenden Reihe aufzustellen. Früher, sagte Jo und schaute Goldfarb zu, wie er die Dosen aufstellte, früher hatten die Menschen Angst, in den Wald zu gehen; die Wälder waren unweg-

sam, unendlich weit. Sie half Goldfarb nicht bei seiner mühsamen Tätigkeit. Jetzt haben sie Angst, weil im Wald überall die Armee hockt. Sie überlegte sich nicht, was Sinn oder Zweck der Reihe sein konnte. Und während damals, zu Märchenzeiten, Räuber den Kaufleuten und Wandergesellen aufgelauert hätten, seien heute, in der Rüstungszeit, die Wälder der ganzen Welt mit Soldaten besetzt. An Stelle eines auf dem Pferd einherreitenden Prinzen treffe man auf Offiziere, die im Jeep umherlärmten. Per Knopfdruck starten todbringende Geschosse aus den Wäldern, sagte Jo, in Wäldern lagern Bomben und Raketen...

Goldfarb hatte seine Reihe aufgestellt, richtete sich auf. Die Welt sei früher nicht besser gewesen, sagte er, vielleicht nicht einmal einfacher. Man habe nur weniger gewußt und nicht so sehr unter Illusionen gelitten.

OVERKILL, sagte Jo, das ist neu. Das habe die Situation doch grundlegend verändert. Darauf beharrte sie. Sie habe Angst, sagte Jo, jeden Tag Angst vor dem nächsten Tag. Sie hatte beim Reden eine Handvoll Schnee aufgenommen, formte einen Ball und warf ihn in die Reuß. Als weiße Kugel schwebte und schwamm er dicht unter der Oberfläche im Wasser. Sie warf weitere Schneebälle in den Fluß, als müßte sie sich gegen etwas verteidigen, als könnte sie Katastrophenstimmung und Katastrophengedanken in Schneeballform versenken. Sie stellte sich vor, ein vorzeitliches Menschengeschlecht habe bereits über eine Overkill-Kapazität verfügt, habe Atombomben zur Explosion gebracht und die Atomkraftwerke seien explodiert in einer Kettenreaktion. Knall um Knall sei die Welt in Trümmer gelegt worden, die tierische und menschliche Bevölkerung total vernichtet. Gletscher und Schneefelder einer Eiszeit hätten in der Folge die Erde für Jahrtausende bedeckt. Bis sich wieder Leben zu regen wagte. Allerdings im Kern versehrtes Leben. Es habe Riesenbäume, Riesenpflanzen, Riesensaurier hervorgebracht ... Und hier machten Jos Gedanken einen

Sprung. Nach Seveso. In die giftverseuchte Umgebung von Seveso. Dort war nach dem Schock der Chemie-Katastrophe, nach einer Periode der Unfruchtbarkeit, auch alles ins Riesenhafte explodiert: Tomaten hatten die Größe eines Menschenkopfs erlangt, Gurken Form und Ausmaße eines Männerbeins, und ausgebreitete Arme vermochten eine Wassermelone nicht zu umspannen.
Goldfarb hatte die Luger aus der Brusttasche genommen, eine Schachtel mit Munition, er hatte die Cola-Dosen in die Reihe gebracht
während auf den Bäumen bereits die ersten Vögel mit im Gefieder versenkten Köpfen schliefen.
Sind Sie verrückt geworden.
Die Manipulation mit der Waffe hatte Jo wieder auf den Schneeboden zurückgeholt, in die phantastische Bedrohung war eine reale Bedrohung gebrochen.
Was soll das?
Goldfarb war ganz ernst. Ich bin ein alter Mann, sagte er. Eines Tages, aus heiterhellem Himmel, da kommen sie, um mich zu holen. Er schaute Jo an, mit verschwommenen Augen durch klares Brillenglas. Wir müssen uns wehren, sagte er, wir müssen das Schießen üben. Notwehr ist das. Gegen die Angst. Wir müssen schießen können, sagte er. Mit dem Taschentuch hatte er die Brille geputzt, darum wirkte sie so klar, darum wirkten die Augen so wäßrig. Sie haben recht, Jo, sagte er: Irre regieren die Welt. Gefährliche Burschen. Alte Knacker wie meine Söhne. Ja, alte Knacker regieren die Welt; sie haben Angst wie wir – aber ihre Angst gilt dem Sterben. Sie haben Angst vor dem eigenen Tod und meinen, sie könnten sich retten, indem sie uns alle umbringen. Das ist ihr Wahnsinn.
Jo hatte ihre Bedenken verdrängt; sie ging auf Goldfarb zu, langsam, als würde sie eine Verwandtschaft zu ihm hinziehen, vielleicht die Verwandtschaft der Augen, denn beider Augen hatten nun Zorn und Empörung im Blick.
Uns wollen sie weismachen, sagte sie laut, die Angst vor

ihren Zukunftsplänen sei einfach nur eine Modeerscheinung, die sich bald wieder lege. Aber die werden sich noch wundern...

Mut sollten wir haben, sagte Goldfarb, Mut und nicht Angst. Er hatte die Luger geladen, hob den Arm, zielte, schoß. Vor den Cola-Dosen spritzte Schnee auf.

Wir leben in einem freien Land, die Schweiz ist eine Insel des Wohlstands, es geht uns wahnsinnig gut ... da wird man doch ein bißchen herumballern dürfen, sagte Jo. Sie sagte das sehr laut. Goldfarb schoß erneut, neben den Dosen stäubte Weiß auf, er schoß nochmals, traf eine Cola-Dose. Schäumend ergoß sich braune Flüssigkeit in den Schnee, Blech flog beiseite. Das Freiamt wird ausradiert, rief Jo, alles vernichtet, bis auf der Karte nur noch ein weißer Fleck ist, wo die Heimat war: so klein wie eine Träne.

Goldfarb senkte die Waffe, Jo, die auf ihn eingeredet hatte, während er seine Schießübungen vollzog, legte ihm einen Arm um die Schulter, spürte trotz des Manteltuchs den fülligen weichen Nacken; der Muskel zwischen Schulterblatt, Genick und Rücken spannte sich, als er den Arm wieder hob und schoß, ohne zu treffen. Ein alter Mann. Sie hielt ihn umfaßt, als sei er zu schützen. Der Arm hing herab, am Arm hing die Luger, Mündung auf Kniehöhe. Wir müßten hier bleiben, sagte sie fast zärtlich, eine Schneehütte bauen, uns darin verschanzen, eine Exil-Regierung bilden gegen die verrückten Politiker.

Es ist wahr, meinte Goldfarb, nicht die Jungen haben alles kaputt gemacht, zerstört, es ist die Generation der Alten und ganz Alten, die destruktiv ist und destruktiv denkt. Die wollen sich schützen, sich und uns zu Tode schützen. Besserwisser haben das Sagen, verknöcherte Staatspräsidenten, Bankpräsidenten, Wirtschaftspräsidenten, Goldfarb setzte an zu einer Beschimpfungsorgie, holte Luft ... die Generation der heute Alten hat den Beton in die Welt gesetzt, an dem sich ihre Enkel die

Stirn wundstoßen, hat die Nahrungsmittel vergiftet, daß bald schon den Kindern die Zähne ausfallen, hat die Todesmaschinerie konstruiert ... sie mit ihrer Produktionslust, die eine Todeswut ist ... und die Mitmacher, lauter Mundtote, deren Leben sich im Erreichen des Pensionsalters erfüllt ... vor dem Fernseher dämmern sie dahin, alkoholisiert und im Recht ... und die Lauen, die Dummen, die Abgestumpften halten die tyrannischen Altpräsidenten an der Macht ... und die Karrieretypen, die Ehrgeizlinge Mitte dreißig ... alle zerstören Umwelt und Erde, aber wir gehören der Erde, auch wenn wir den Lauf der Welt immer mehr beschleunigen, bis sie aus der Achse springt. Die Rede wollte Goldfarb entgleisen, Atemnot zwang ihm eine Pause auf.

Man müßte die Bergpredigt zum Regierungsprogramm erheben, sagte Jo, oder auf ein Wunder hoffen.

Ach Jo, sagte Goldfarb, mit ihrer Technologie können die doch jedes Wunder verhindern.

Lernen Sie schießen, Jo. Er gab ihr die Luger in die Hand.

Alte drängen sich vor, schimpfte er, in der Politik und im Supermarkt. Auf Weltkonferenzen und in Cafés nörgeln sie herum, befehlen in Regierungsgebäuden und in Wohnblocks. Den Alltag machen sie uns zur Hölle. Zur Hölle mit ihnen auf ewig... Schießen Sie, Jo. Er zeigte ihr, wie die Waffe zu bedienen war, und Jo schoß auf die Cola-Dosen... Die Alten fürchten den Tod, die Jungen das Leben... Jo schoß nochmals, dann zielte wieder Goldfarb auf die Cola-Dosen. Sobald die braune Flüssigkeit in den Schnee schäumte, fielen sie einander um den Hals; wenn Schnee aufspritzte, munterten sie sich gegenseitig auf und feuerten dafür Flüche auf Politiker und Obere ab, wahre Schimpftiraden waren das. Und trafen. Sie zielten, schossen. Beide feuerten sie auf die Cola-Dosen, heizten einander mit Sätzen ein, besudelten Schnee mit Coca Cola, riefen die Stunde an und den Tag. Rote Blechstücke blieben in der Rinde der Bäume stekken. Sie ballerten und schossen, bis Goldfarb keine Munition mehr hatte. Magazin und Herz leer; erschöpft standen sie einander gegenüber. Mit der Waffe waren sie selbst verstummt und konnten in keiner Hinsicht klug aus ihrer Unternehmung werden. Jo begann zu schluchzen, sie weinte, und Goldfarb war verlegen, sann nach einer Möglichkeit, sie nun zu trösten. Er hätte gern ihre Seele in die Hände genommen, es wäre vielleicht dieselbe Empfindung dabei gewesen, wie man sie als Kind hatte – die erste reife Erdbeere im Mund.

6

Er stand auf dem ›Usrüer Wagen‹, ein kräftig gebauter Mann, blickte auf die rufenden, bettelnden Kinder hinab, deren Beweglichkeit ihm immer wieder imponierte, er, ein Clown, warf letzte Mandarinen, Nüsse, Feigen, die auf dem Boden der Körbe und Säcke lagen, warf sie in das ›Hego-Naro-Geschrei‹ hinein, und während sich die Kinder darum balgten, beschleunigte der Wagen seine Fahrt, und ein anderer ›Usrüerer‹, ein Altes Weib, blies mit der Trompete das Schlußsignal: Alles hämmer usegrüert, gönd jetz häi, s'get nüme... Der Wilde Teufel gab Gas, und die Narren, eine Horde johlender, das Gefährt verfolgender Kinder, blieben allmählich zurück, bildeten gestikulierende Farbzeichen zwischen Häusern und Schnee. Der Wagen fuhr stadtauswärts, den Bogen hinab, überquerte die Reuß. Pablo sah durch die hölzernen Bögen der Brücke hindurch auf das Wasser, erkannte am Ufer die dunklen Bäume und erinnerte sich mit einem Mal an Bruegels Bild ›Die Jäger im Schnee‹, sah die Jäger in einem klaren, winterlichen Licht aus dem Wald treten, ihren Weg nehmend ins Dorf.
Er liebte dieses Gemälde.
(Von links her bildeinwärts stapfen drei Männer durch tiefen Schnee, gefolgt von einer Hundemeute, erschließen gemeinsam mit großen, diagonal angeordneten Bäumen die Tiefe.)
Pablo half seit Jahren beim ›Usrüere‹ mit, seit Jahren im selben Clowngewand, dessen rote Hose, schwarzrot karierte Jacke, blaues Leibchen schon sein Vater getragen hatte für diesen Fasnachtsbrauch. Und wie sein Vater den roten Glatzenhaarkranz aufgesetzt hatte, setzte Pablo ihn auf, schminkte sich vor dem Spiegel auf gleiche Art, spannte die rote Pappnase vor, deren Gummiband bereits Vater gestört hatte. War Pablo geschminkt und eingekleidet, hätte man ihn für seinen Vater halten können, und

im Clowngewand feierte er jedes Jahr an der Fasnacht auch einen Tag lang die Wiedergeburt des Vaters, der schon lange tot war. Ja, Pablo war gern beim ›Usrüere‹ dabei, er liebte das Geschrei, ihm gefiel es, die Stimmung anzuheizen; wenn er in das Gepurzel schaute, Fröhlichkeit und Streitsucht erlebte, die Farben sah, geschminkte Gesichter, Larven, sich ergötzte an der Ausgelassenheit, über Derbes lachte, staunte, wie flink die Kinder waren, erinnerte ihn das Geschehen an die Bilderwelt von Bruegel... Ja, während die Reußbrücke durch ihre Gebälkkonstruktion den Blick auf Wasser und Wald und ein Stück Himmel freigab, dachte Pablo auch daran, daß Pieter Bruegel vielleicht gerne hier gelebt hätte. Und schon hatte der Wagen die Brücke passiert, nahm nach kurzer Strecke die Abzweigung, die stark ansteigende Straße hinauf zum ›Restaurant West‹, wo sie, das war vereinbart, nun einen Kaffee-Luz zum Aufwärmen trinken würden, bevor eine Platte mit Bauernspeck und Holzofenbrot serviert wurde, und ein guter aargauischer Landwein, ein Mandacher vielleicht, von dem der Wirt eine schöne Anzahl Flaschen im Keller hatte. Ja, Bruegel hätte in dieser Landschaft alles angetroffen, was er an Vor-Bildern benötigte. Das Bildinventar für ›Die Jäger im Schnee‹ hätte er auch im Freiamt finden können; Teiche und Fluß, zugefroren, sich auf dem Eis bewegende Leute (taumelnd wie Betrunkene, dachte Pablo), Häuser und Kirche, tiefverschneit, Bäume und Büsche entlaubt, Filigrankronen, dunkel abgestuft vom Violetten ins Schwarze, vor graublauem Himmel. Wenn Pablo an das Winterbild dachte, kam ihm immer auch die Einsamkeit der Jäger in den Sinn. Sie schienen ihm – von Hunden begleitet, jeder für sich den Weg suchend, gesenkten Hauptes, ermüdet von der Jagd – sehr allein zu sein. Die Jagd war anstrengend, die Beute kaum ergiebig gewesen. Sie trugen zwar lange Stangen, Lanzen, über der rechten Schulter, aber nur an einer baumelte, kopfunten, ein erlegter Hase. Vielleicht war es die Rückenansicht. Die Rücken der drei Jäger bildeten ein Augenziel, dachte Pablo; in die ungeschützten Rücken konnten Blicke treffen wie Speerstiche. Die Jäger gaben sich eine Blöße, das war für sie ungewohnt, und es berührte Pablo. Sie waren nicht nur auf die Jagd gegangen – sie hatten sich selbst ausgesetzt, der Natur, der trüben Kälte, klirrendem Frost; sie waren als Jäger bereit, dem Beutetier den Tod zu geben, und fürchteten sich vielleicht, selbst Menschenbeute des Todes zu werden, in der Unwirtlichkeit und Unwegsamkeit des winterlichen Waldes. Sie waren verwundbar, schutzbedürftig, sie schienen ganz und gar verletzlich – also waren sie einsam. Und das, dachte Pablo, hatte Bruegel wohl mit dem Gemälde ausdrücken wollen, darum hatten die Jäger dem Bild den Namen gegeben; für ihre Einsamkeit war der Schnee nur eine Metapher gewesen, und Pieter Bruegel hatte die Rücken der Jäger gemalt, um diese Einsamkeit und also Verletzlichkeit darzustellen ... Der ›Usrüer Wagen‹ näherte sich dem Restaurant, fuhr gemächlich bergauf. Es war jetzt kalt, auf dem Wagen spürte man, wie erbärmlich kalt es geworden war. Das ›Usrüere‹ und der Lärm, die ganze Hego-Naro-Betriebsamkeit hatten Pablo in Bewegung und warm gehalten. Nun, da alles vorbei war, machte sich die Anstrengung bemerkbar, mit ihr die Kälte. So freute er sich auf den Kaffee-Luz und die Wirtsstube, in der es geheizt sein würde, gemütlich. Nüsse hatte er ausgeworfen, Mandarinen, bis er auf einmal, es war in der Rechengasse gewesen, den Jungen erkannt hatte, den er vor nicht allzulanger Zeit, im Herbst, von einem Baukran hatte herunterholen müssen. Der Junge war vorgedrungen bis an die Brüstung des Wagens, hatte ihn angeschaut und wohl nicht erkannt, hatte ihn angesehen mit festem Blick und ganz unvermutet und überraschend gerufen:

Rüered jetz Gäld abe – Nüss hämmer gnue.

Sie fuhren auf den Parkplatz, stellten den ›Usrüer Wagen‹ und den Traktor vor einen Schuppen, stiegen ab. Alle rieben sie die Hände warm. Der Wilde Teufel, das Alte Weib, ein Clown und ein Harlekin stapften durch den Schnee zum Wirtshaus, wobei es Pablo seltsam vorkam, mit viel zu langen Schuhen zu gehen. Vor dem Eingang wischten sie mit einem Besen den Schnee von den Schuhen und betraten dann die Gaststube, in der der Wirt den Stammtisch für sie freihielt. Es waren nur ein paar Leute in der Wirtschaft. An den Wänden die üblichen Reklameschriften und Bilder, keine Fasnachtsdekoration.

Das ›Restaurant West‹ hatte einen prächtigen Garten, von dem man auf die Reuß hinunterblickte. Vor dem Bau der Staumauer auf die unberührte, wilde Reußlandschaft mit aus dem Flußbett ragenden Findlingen, mit Sandbänken und Uferablagerungen. Der Wald, der den Fluß säumte, war dicht und kaum begangen gewesen, während sich nun ein ausgebauter Wanderweg dem Ufer entlang erstreckte, wo früher ein stiller Pfad gewesen war, wucherndes Unterholz, verstricktes Wurzelwerk. Auch das Ufer selbst hatte man begradigt. Das Tal war aufgefüllt worden, als sei es nichts als eine von der Natur der Technik zur Verfügung gehaltene Wanne. Der Kaffee-Luz war heiß und stark. Am Stammtisch hockten Clown, Harlekin, Wilder Teufel und Altes Weib mit dem Wirt zusammen, der in seiner braunen Hose und dem weißen, bis zum Hals zugeknöpften Kittel eines Kochs ebenfalls wie ein Fasnächtler aussah, was er allerdings nicht zu bemerken schien, bis Pablo es ihm sagte, worauf er in ein schallendes Gelächter ausbrach und die Serviertochter anwies, nochmals eine Runde Luz auszuschenken ... ja, hätte Pieter Bruegel im Freiamt gelebt, er hätte alles vorgefunden, was ihn inspirierte zum Malen, aber wie – wie hätte er den Fundus, hier lebend, zum Ausdruck gebracht. Bruegel hatte die Einsamkeit dargestellt, eindringlich und großartig in einem Winterbild und ihm den

Titel ›Die Jäger im Schnee‹ gegeben. Er hatte nur die Rücken der Jäger bloßzustellen brauchen, sie dem Auge preisgebend, um zu zeigen, wie gottverlassen allein, wie nackt und ausgesetzt der Mensch war, der Mensch ist. Seine Jäger waren Figuren von erschütternder Einsamkeit... Der Winter isoliert, dachte Pablo, er sperrt die Menschen in ihre Häuser und Wohnungen ein, fegt die Straßen leer; er zwingt die Menschen, sich zu verhüllen, zu vermummen. Darum war Weihnachten das Fest des Trostes, die Fasnacht der Anlaß des Protestes gegen den Verschluß, die Isolation, gegen das Zuschütten und Zudecken. Die Serviertochter trug nochmals Luz auf, und alle prosteten einander zu. Dann holte der Wirt persönlich den aufgeschnittenen Speck und das frische Brot, entkorkte den Wein. Pablo nahm die Pappnase vom Gesicht, streifte die Glatzenperücke vom Kopf, begann mit den anderen zu essen.

Es hatte im späteren Nachmittag zu schneien aufgehört. So plötzlich hatte das geräuschlos monotone Fallen ausgesetzt, daß Katrin, die in der Werkstatt arbeitete, vom Tisch aufblickte, nicht weil sie ein Geräusch vernommen hatte, vielmehr war die Stille noch vollkommener geworden. Katrin löschte die Tischlampe aus, und als die Werkstatt in Dämmerlicht fiel, erstand vor dem Fenster der verschneite Garten wie ein vertrautes Traumbild, das sie herbeigerufen hatte. Als die auf den Arbeitsplatz gerichtete Lampe brannte, hatte Katrin das Winterbild weder beachtet noch sehen können, aber sie wußte von ihm wie man weiß von guten Träumen. Sobald das Licht ausgeknipst war und der Raum sich zurücknehmen mußte und beinah versank, entfaltete es sich überdeutlich vor ihr. Hatte vorher das warme Licht der Tischlampe ihr Gesichtsfeld begrenzt auf einen kleinen Ausschnitt, und Tonerde, Werkzeug, arbeitende Hände wichtig gemacht, was schön war (sie liebte das, längere Zeit arbeitend nur immer das gleiche zu sehen), lagen nun das halb fertiggestellte Gefäß, Messer und Spachtel fast bedeutungslos auf dem Tisch. Die Hände hatte sie gefaltet, im Schoß, während das Winterbild auftrumpfte. So schloß ihr ein Bild immer ein anderes aus, auch wenn es Inbilder waren...

Das Fensterglas war jetzt auch Trennscheibe... Sie schenkte sich Cognac ein und wünschte, Gedanken zu haben von der Klarheit der Ansicht vor dem Fenster, so kühl und schön, daß man erstarren und nur noch schauen mochte. Ruhig saß sie da. Die Kälte der Außenlandschaft schien Zimmertemperatur und Körperwärme zu steigern, so daß man dabei träg wurde und nur noch das Bedürfnis hatte, eingerollt zu schlafen wie der Hund unter dem Tisch. Katrin wollte zwischen den gegensätzlichen Empfindungsbildern eine Verbindung schaffen. Sie zündete eine Kerze an, und mit dem Aufscheinen der Flamme ergab sich eine dritte Sicht: auf dem trennenden Fensterglas erschien ihr Bild. Eine junge Frau, die Haare zu einem Pferdeschwanz gebunden, in einem Pullover, über der gespiegelten Fläche des Tisches: unter dem Tisch die Hosenbeine der Frau, und an den Hosenstößen der schwarze Körper des Hundes. Der Widerschein der Kerze strahlte im Fenster blendend hell auf und fiel gleichzeitig schmerzend in Katrins Augen, als seien sie Brennpunkte geworden. Im Kerzenlicht wurden die Gegenstände zu Körpern, es gab ihnen den Schatten und damit das Leben. Katrin hatte sich mit SCHATTEN befaßt. Sie war der Überzeugung, die irdene Tonmasse, ihr Arbeitsmaterial, gehöre in den Bereich des Schattens. Indem sie aus der Erde das Gefäß formte, schuf sie aus dem Schatten den Gegenstand. Sie nahm einen Schluck von dem Cognac. Manchmal, so kam es ihr vor, waren die phantastischen Gedanken die schönsten. Die Gesetze der Logik dienten nur zur Beruhigung, man erklärte damit Beängstigendes, für das es im Grund gar keine Erklärungen gab. Mit der Logik einigte man sich auf ein handhabbares Mißverständnis, augenzwinkernd. Es war jetzt so still, daß sie das leise Knistern hörte, das entsteht, wenn eine Kerze Sauerstoff verbrennt, und gleichzeitig die intensive Bewegung der von der Flamme erzeugten Schatten sah, mit der Geruchsverbindung von Hundeatem, Kerzenwachs, feuchtem Ton und Menschenschweiß. Eigenschaften verschoben sich, der Schatten wurde hörbar, die Gerüche waren ein Farbengemisch, und das Geknister duftete im Auf und Ab der Wahrnehmungen und Gedanken. Doch zu den Schatten gehörten nun Gegenstände wie selbstverständlich, aber der Schnee draußen, über den eine unsichtbare Lichtquelle blauen Schein goß, war unwirklich; unwirklich war die Farbe der Bäume, die sich in einem dunklen Violett sammelte, konzentrierte. Es war alles wie verwunschen, und das schlagende Herz funktionierte als Motor der Bildermaschine, war Ursprung und Antrieb zugleich. Ja, würde ihr Herz ins Stocken geraten, die Welt geriete ins Wanken; würde das Herz aussetzen, die Welt bräche zusammen. Erhöbe sich nur schon der schlafende Hund, sie fiele aus dem erlangten Gleichgewicht, und das Unvergleichliche des Augenblicks wäre zerstört... Die Welt, die man haben kann; das eigene Gesichtsfeld, dachte sie, und sie wurde aus der Einheit herausgerissen, dachte: Es gibt Licht, das tötet; es tötet die Schatten, entfremdet Gegenstände von ihrem Schatten, Neonlicht, elektrisches Licht. Jetzt, im Schein der Kerze, spielte alles in der Töpferwerkstatt in leichten Bewegungen zusammen. Die Lebendigkeit des Kerzenlichts holte Schatten hervor, rief sie ins Leben, bewegte sie. Die Bewegung übertrug sich auf die Dinge, weil sie ihnen entsprach. Löschte Katrin die Kerze aus, zündete sie das elektrische Licht an, würde der Schatten sogleich erstarren, also die Bewegung, also das Leben selbst. Dann täuschte ein Gegenstand vor, nur einen einzigen Schatten zu besitzen, demnach nur eine einzige Möglichkeit... Das Blau vor dem Feuer war jetzt von makelloser Schönheit.

Manchmal, in solchen Stimmungen, sich geborgen füh-

lend in einem Raum und in sich, wünschte sich Katrin ein Kind. Sie hatte den Gedanken auch in ihrer Ehe eine Zeitlang gehegt, aber immer verworfen. Unentschlossenheit und letztlich Ablehnung hatten auch einen Zusammenhang mit Roberts Schweigsamkeit gehabt. Er schlüpfte in sein Schweigen wie in einen Schutzanzug, so daß Katrin in der Umarmung nie warm geworden war. Sie hätte mit Robert kein Kind haben können, niemals. Stumm gezeugt, lau empfangen. Dieser Umstand, das war ihr bewußt, hatte auch mit ihr selbst zu tun gehabt. Sie hatte Roberts Art, sich ihr zu öffnen und zu nähern, seine Zeichen nicht verstanden, ihn nie ganz begriffen. Sie hatte Robert nicht angenommen, so wie er war. Und immer öfter hatte er den Schutzanzug getragen.
Was ist kälter als Eis? Dein Schweigen, Robert.
Was ist kälter als Eis? So wie du von meinem Schweigen sprichst.
Dann war alles zu Ende gegangen. Auf Katrins Betreiben hin hatte man sich getrennt. Sie war weggegangen. Und wünschte sich nun ein Kind; vielleicht auch, weil es so warm war in der Werkstatt, weil sie die Hände auf den Bauch gelegt hatte, ihn erfühlte. Und draußen Erstarrung und Kälte, der blaue Winter, der sie empfinden ließ, wie gut es war in dem geheizten Zimmer. Die Werkstatt hatte alte Fenster, man mußte im Herbst die Vorfenster vom Estrich holen und einhängen. Katrin saß nun doppelt abgeschirmt in der Werkstatt. Auch der Hund, die Tonerde, die Kerze, der Geruch des eigenen Körpers bildeten einen Schutz. Sogar ihre Hände waren warm geworden (Katrin hatte oft, nicht zuletzt von der Arbeit mit dem nassen Ton, kalte Hände); und in den Schuhen waren die Füße warm, und im warmen Licht saß sie selbst, und in ihrem Bauch würde ein Kind Wärme finden. Im Winter, fand sie, war es ein leichtes, so zu denken, wenn man das Zimmer als Hülle und Höhle empfand, oder als eine Fruchtblase, die sich im Frühjahr dann öffnete – oder die Sonne öffnete sie mit den ersten

heißen Strahlen. Wenn man die Fenster aufreißt, die Vorfenster wieder aushängt und auf den Estrich stellt, wenn man die Türen öffnet, gar die Mauern aufbrechen möchte, um ungehindert ins Freie zu laufen ... dann könnte man auch ein Kind in die Welt eintreten lassen. Eine Geburt im Frühjahr, stellte sich Katrin vor, müßte etwas Schönes sein. Und die Schwangerschaft im Winter, in der Stille des winterlichen Hauses, in der Hauswärme auch. Sie hatte jetzt unter Pullover und Bluse, unter dem Hemd die Hände auf den Bauch gelegt, spürte die Haut, konnte sie mit den Fingern greifen, klemmte eine Falte zwischen Daumen und Zeigefinger, erspürte den Rand des Schamhaars. Sie mußte den Knopf der Hose und den Reißverschluß öffnen, um Platz für die Hände zu schaffen, die sie nun über Bauch und Scham verschränkte, als müßte sie selbst sich Halt geben; und die Grenzen zwischen Bauch, Hand, Haar, Nabel, Fingern, sie gab es nicht mehr – alles war ununterscheidbar und warm.

Wärme in der Gaststube des ›Restaurant West‹. Nach dem ›Usrüere‹ in der Kälte, für das sich Pablo unter dem Clowngewand wollene Sachen angezogen hatte, empfand er nun die Wärme in der Gaststube als Überfall, und der Kaffee-Luz, der zuerst ein Aufwärmer gewesen – er war nun zum Schweißtreiber geworden. Der Speck, das Brot, der fruchtige Wein zeigten ihre Wirkung, und hitzig war nun das Gespräch am Stammtisch, denn es hatten sich einige Herren hinzugesetzt, Geschäftsleute und Gewerbetreibende, die nicht zurückhielten mit der Verbreitung ihrer Meinungen und Ansichten und politisierten, daß Pablo noch heißer wurde und er noch mehr ins Schwitzen geriet. Über Gott und die Welt wurde geredet, als sei der Gewerbeverein Bremgarten im alleinigen Besitz der Wahrheit. Über den Staat wurde geredet, als sei er eine Milchkuh. Und über die Jugend redete man. Die hatte heute ihr Teil bekommen: Gratismandarinen, Gratisnüsse, Feigen, Gedörrtes, Schokolade, Kaugummi, gar Wurst. Ja gratis.

– Ist es da zuviel verlangt, wenn.

– Darf man von denen überhaupt noch etwas erwarten.

– Erhoffen?

– Fordern?

Hätte die Jugend nun als Gegenleistung und Entgegenkommen nicht brav zu sein, anständig (Rüered jetz Gäld abe – Nüss hämmer gnue), fleißig. Und arbeitswillig. Arbeitsam. Das vor allem. Einsatzfreudig ... mithelfen, etwas aufzubauen, zu erhalten, geht es doch allen gut, so gut, daß wir Mandarinen und Schokolade auswerfen können. Nicht wie die Steinschmeißer in Zürich und alle die weißen Tauben und Pazifisten, welche die Welt in den Frieden hetzen wollten – in die Arme(e) der Russen. Den gutbürgerlichen Kehricht ihrer Gedanken leerten die Gewerbler auf den Tisch, dachte Pablo, und sein Schweiß drängte in die Schminke, verwischte sie auf dem Gesicht. Farbspuren, dachte er, müßten sich bilden und herabtränen. Tropfen, rote, blaue, gelbe Rinnsale, als müßte er beim Anhören des Geschwätzes aus dem ganzen Gesicht in allen Farben weinen. Und als die Männer begannen, von Rauschgiftsüchtigen zu reden (warum, Pablo, setzt du dich jedes Jahr wieder an diesen Stammtisch, brauchst du die Schocktherapie Volksmeinung, fragte er sich) – die man in Arbeitslager stecken und dort erziehen sollte...

– Haare abschneiden.

– Entlausen.

... rief Pablo plötzlich und laut: ›Höred doch uf‹ ... Was wißt ihr denn schon. Die am weitesten verbreitete Droge sei hierzulande, fuhr er fort, wohl die Dummheit. Der Blödsinn, den sie eben verzapft hätten, sei doch der Beweis... Ihr seid ja die Suchtgefährdeten. Rief er. Jetzt grinsten die Gewerbler über Pablo, den Spaßvogel. Eine andere Droge, erklärte Pablo, sei noch verheerender als Heroin. Beton. Er redete sich in Eifer. Wer ist da nicht süchtig? Bestimmt alle Politiker sind süchtig, auch die kleinen Gemeinderäte sind diesem härtesten Rauschmittel verfallen. Unsere Gesellschaft ist in den Fundamenten betonabhängig. Er blickte einem anwesenden Architekten und Gemeinderat ins Gesicht. Eure ›härte Grinde‹ ... harten Köpfe nehme ich grad als Beweis für meine Theorie, ihr ›Chnölleri‹ ... Knallköpfe, maulte er. Die Stammtischrunde lachte nur, es hatte ja ein Clown gesprochen, dem Schminke und Schweiß übers Gesicht liefen, als sei aus seiner Phantasie eine Unsinnsquelle entsprungen, deren Bäche sich nun wangen- und stirnabwärts einen Weg bahnten...

Das Alte Weib begann von einem, wie es betonte, heißen Eisen zu sprechen, dem Massagesalon DIANA, den auswärtige Dirnen in der Unterstadt, in der Nähe der Kirche, eröffnet hatten. Mit zwei Mädchen sei der bestückt, sagte der Wirt, eines sei eine Farbige. Würden die Damen nicht ohnehin im ›Sunnemärt‹ einkaufen, meinte ein angesehener Bäcker, wir Gewerbetreibenden müßten uns weigern, solche Personen überhaupt zu bedienen.

Geschäft ist Geschäft, meinte ein Milch- und Käsehändler.

Die Serviertochter, die zugehört hatte, rief: Heuchler. Und die Frau des Wirtes, sie hatte sich zu den Männern an den Stammtisch gesetzt, sagte: Dieses rote Licht im Fenster. Doch Pablo dachte an ein anderes rotes Licht, dachte an das in unmittelbarer Nähe des verruchten Lichtes brennende Ewige Licht in der Kirche, wobei er, der vorher abgeblitzt war, nun seinerseits lachen mußte, was jedoch in dem allgemeinen Schwadronieren und Lärmen der Debattierrunde weiter nicht auffiel. Es konnte sich am Tisch wohl keiner vorstellen, Pablo könnte einen der Anwesenden auslachen, über ihn lachen, ihn gar lächerlich finden, und auch über den Schandfleck Massagesalon, über ein Institut dieser Art gab es nur eine einzige akzeptable Meinung: Ausräuchern – bis sich ein an einem anderen Tisch sitzender Gast, Kleidung und Aussehen deuteten auf einen Reisenden oder Geschäftsmann hin, ungefragt einmischte und süffisant, so faßte man das auf, sich ins Gespräch einfädelte mit dem Satz: Man könne auch stolz sein auf den Salon, erst ein Puff mache doch aus einem Kaff eine richtige Stadt...

Es hatte zu schneien aufgehört, war dämmrig geworden, und Pablo, den das Dämmerblau eines Winterabends immer neu in Erstaunen zu setzen vermochte, hatte die Gaststube verlassen, schlurfte bergab durch den Schnee. Das Gerede hatte ihn mehr und mehr ermüdet, nun genoß er das Einnachten, die Kälte. Er sah bereits die ersten Sterne am Himmel, und so als Clown in dem weiten Gewand, mit den unförmigen Schuhen an den Füßen, auf die Bahnunterführung zuschlurfend, unter der Eiszapfen hingen, als etwas seltsamer, ja schräger Vogel sich fühlend, wäre er gern einer jener Vögel gewesen, die sich in Sterne verlieben und abstürzen, erschöpft vom Flug dem Licht entgegen. In der Ofen- und Atemwärme der Gaststube, wo er mit einem Mal, als hätten ihm die dicken Wörter die Ohren zugepfropft, nur noch Bildfragmente gesehen hatte, Münder, Arme, Stirnrunzeln, Haaransätze, Fettwülste, Halsfalten, Wurstfinger, Glatzen, Brüste, Ausschnitte, Schultern, Bäuche, Zähne, während er Zähne, Zahnprothesen, Goldkronen mehr registrierte als wahrnahm, hatten ihn die Details der Stammtischrunde unvermittelt an Bruegel erinnert und sich, als er das Puzzle bauen wollte, zu dessen Gemälde ›Karneval und Fasten‹ gefügt, und er hatte sich vorgestellt, obwohl ihn die Szene anwiderte, wie sich all die Leute schon morgen in der Kirche Asche aufs Haupt würden streuen lassen. Asche aufs Haupt, dachte er, erreichte die schwarze Unterführung, wo Wasser von den Eiszapfen tropfte, dabei müßte man ihnen Feuer legen unter dem Arsch, und er sah sie mit brennendem Hosenboden die Marktgasse auf und ab rennen, selbst ihre Warenberge umstoßend, ihre Warenlager ausräuchernd: Schaufenster gehen in Brüche, die Sturmglocke läutet; zu den Brunnen würden sie laufen, die brennenden Hintern zu löschen, zu kühlen, während Jugendliche, alle noch in Fasnachtsmontur, die Ladengeschäfte stürmten, alles auf die Straße kippten; den ganzen Warenmüll auf die Straße kippen und anstelle der Konfetti Geld aus den Kassen darüberschütten, klingende, gassabwärtsrollende Münzen; Geldscheine würden zerrissen und die Fetzen in die Luft geworfen, oder Papierflugzeuge würden die Kinder falten aus Tausendernoten und die Geldscheinjäger anzünden, ein richtiges Bruegelsches ›Wimmelbild‹ stellte sich Pablo vor, mit kreischenden Kindern, keifenden Weibern, johlenden Burschen, bösartigen Alten, Dickwänsten, mit Bett- und Betszenen, Prügeleien; und die Gewerbetreibenden würden einander – im Verein – die vom Brand geschändeten Ärsche mit Wundsalbe behandeln, und neben der Kirche hat der Massagesalon DIANA Hochbetrieb... Nach der Tierwärme in der Gaststube war es richtig angenehm, unter freiem Himmel in der Kälte zu gehen. Strauch und Baum, Straße und Häuser hatten ihre Farben aufgegeben, und der helle Schnee, das stellenweise blanke Eis, bildeten ihren Rahmen, gaben ihnen Halt. Es war Pablo auch, als würde sein Gesicht nun vereisen, als würde die im ›West‹ warm und flüssig gewordene Schminke auf seiner Haut erstarren, und es hatte wohl den Anschein, als sei das Eisgesicht geborsten und übersät mit feinen Rissen und Sprüngen, die bereits bunt vernarbten

während

Katrin in der Töpferwerkstatt saß, die Hände über dem Bauch verschränkt, und die Kerze ganz allmählich und ruhig brannte, so daß Gegenstände und Schatten auch zu ruhen schienen; jedenfalls, dachte Katrin, war das, was sie nun als Bewegung wahrnahm, vergleichbar dem sanften Atmen eines Schlafenden. Sie wünschte sich ein Kind zu haben, ein Kind von Pablo. Sie konnte sich das vorstellen; er war auch im Schweigen nie ein Stummer, er hatte zärtliche Hände, hatte sie erfahren am eigenen

Körper, sanft, ein Kind von ihm, dachte sie, mit ihm wäre es möglich

während

Pablo die Weststraße hinunterging, was doch mühsam war mit den viel zu langen Schuhen und auf dem Trottoir, wo sich in der Kälte eisige Stellen gebildet hatten. In der Kurve vor dem Josephsheim, einer Anstalt, in der geistesschwache und körperversehrte Kinder untergebracht waren, verließ er die Hauptstraße, nahm einen schmalen, aber ausgetretenen Pfad, der an der Anstalt vorbei zu dem Bahngeleise führte. Kinder mit Wolfsrachen, mit Wasserkopf lebten im Heim, dessen Fenster nun hell erleuchtet waren, Verkrüppelte, Behinderte. Er erreichte das Geleise, hatte es sich in den Kopf gesetzt, über die Bahnbrücke zu gehen. Betreut von Nonnen und Pflegern fristeten die Kinder ein armseliges Leben. Ausgestoßen, erniedrigt, abhängig, so kam Pablo das vor. Er stapfte durch den Schnee über die Brücke, ging neben dem Geleise im knöcheltiefen Schnee, schaute auf die Reuß hinunter. Er erreichte die Stadt, in der nun wenig Betrieb herrschte, die Fasnächtler hatten sich wohl vor der Kälte in die Wirtschaften zurückgezogen. Am Kiosk vorbei ging er die Zürcherstraße stadtaus. Er hatte das Josephsheim eine Zeitlang besucht, um Zeichnungen anzufertigen, Portraits von körperlich fehlentwickelten Kindern, und war entsetzt gewesen, was die Natur – die er liebte – an Mißbildungen sich erlaubte. Menschenverachtung schien sie ausdrücken zu wollen. Als müßte sie sich rächen für ihr zugefügte Schäden, beschädigte und schändete sie Menschenkreaturen. Man blieb so ohne Einfluß; er hatte das als seine Ohnmacht empfunden, die in der Wehrlosigkeit der Kinder eine Entsprechung fand. Pablo hatte sich mit den unumstößlichen Gegebenheiten nicht abfinden können, er hatte das Menschenelend nicht ertragen. Die armen Würmer, so versuchte er die Kinder in einer hilflosen Umschreibung zu benennen; ihre Hilflosigkeit, daß sie so unheilbar beschränkt, so eingeschränkt in körperlicher und geistiger Hinsicht zu leben hatten, unrettbar, hatte ihn schwermütig werden lassen. Vergeblich hatte er sein Mitleid zu unterdrücken versucht, es war in ihm hochgekommen, aber es erreichte die Kinder nicht. Erst eine spontane Berührung hätten sie als Hinwendung verstanden, als unverhoffte Zuneigung angenommen. Doch in ihm sträubte sich etwas dagegen, sie zu berühren, und auch das deprimierte ihn. Wollte er eines der verkrüppelten Kinder streicheln, zögerte schon die Hand oder stockte in der Bewegung. Überwand er Scheu, Abwehr, Ekel, wurde die Zärtlichkeit zur Geste, mechanisch und kalt, während die Gehfähigen oder überhaupt Bewegungsfähigen ihn bei jeder sich bietenden Gelegenheit anzufassen und festzuhalten suchten, seine Hand nahmen, den Saum seiner Jacke ergriffen, den Stoff der Hose packten ... er lachte dabei, er schämte sich, er blieb befangen, war selbst ein Behinderter: kontaktunfähig. Oder wie sie in den Betten lagen, ausdruckslos, weitoffen die Augen; wie andere ans Bett gefesselt bleiben mußten, wie Kinder mit blödem Gesichtsausdruck ihn ansprachen, unverständliche Wortbrocken und Satzfetzen herausstoßend. Oder das Lachen der Debilen, ihre Lachgesichter; es war für ihn nicht nachzuvollziehen: was und wie sie dachten, worüber sie so ausgiebig lachen oder weinen mußten. Pablo hatte sie zeichnen wollen – er war gescheitert. An ihnen. Vor allem an sich. An den Umständen auch. Er hatte sie zeichnen und mit Anteilnahme ihr Leid darstellen wollen, aber er hatte aufgeben müssen, hatte das Ausmaß an Leid und Zerstörung, die Unfähigkeit, es zu akzeptieren und ihm zu begegnen, nicht ertragen. Er war voller Scham gewesen, als er sein Vorhaben abbrach ... hatte in den sauberen, linoleumbedeckten Gängen die Stille nicht ausgehalten, in der Angst, sie werde plötzlich, was vorkam, von einem gellenden Kinderschrei zerstört, der ihm wie ein Messerstich ins Fleisch fuhr. Er hatte die Nerven nicht für das Wimmern und Klagen. Es gab in den Betten, diesen

Bettenmaschinen, Kinder, die nichts taten als wimmern und klagen, ihr Leben war ein unabsehbares Wimmerleben, Klageleben. Und ein Bild mit dem Titel ›Tal der Tränen‹ hätte Pablo malen mögen, aber er war unfähig dazu. Und der Bursche, der ohne Arme war, geistesschwach, abgemagert bis auf die Knochen, weder Sprechen noch Verstehen war ihm möglich, nur lallen und onanieren konnte er, seine Beine waren so deformiert und gelenkig zugleich, daß er mit den Füßen sein Geschlecht erfassen konnte, um es zu bearbeiten und zu reiben, wobei sein Gesicht einen Anflug von Lust bekam; ein Onanierleben führte der Junge, hatte ein Stück Plastik untergeschoben, damit die ihn betreuende Nonne das Sperma abwischen konnte und nicht das Leintuch bekleckert wurde, ein Onanierleben fristete er, so wie andere Kinder ein Wimmerleben, Klageleben fristeten, nein, Pablo hatte das Elend nicht mitansehen können, sein Zeichnen eingestellt. Es hatte ihm die Kälte gefehlt, die Besessenheit auch; er hatte zwar wiederholt an Bruegel denken müssen, an dessen Bilder von Krüppeln, Alten, Kranken, Einbeinigen, besonders an den ›Zug der Blinden‹, hatte es jedoch nicht über sich (übers Herz) gebracht, die Anstalt nur als Staffage zu benutzen, die Kinder nur als Vorlage zu sehen. Ja, vielleicht war er von seiner Kunst, von seinem Zeichnen und Malen zu wenig besessen. Alles mit der Optik des Malers betrachten, alles skrupellos in den Dienst seiner Kunst stellen. Er könne das nicht, hatte Katrin gesagt, er sei halt ein zu warmer Mensch. Und jetzt, als er mit schmerzenden Füßen in diesen verdammten Clownschuhen die Zürcherstraße auswärts schlarpte, am Bahnhof vorbei, wo gerade ein hellerleuchteter Zug einfuhr und ein Junge sich ihm mit der Käpslipistole in den Weg stellte, erblickte er mit einem Mal am Horizont die Lichter auf dem Hasenberg, auf dem Paß, und er dachte, daß diese Lichter auch schön waren. Sie halfen dem Himmel, zur Erde herabzusteigen, sie halfen der Erde, sich zum Himmel zu erheben. Und

eine Traurigkeit fiel ihn an, als der Junge ihn anrief
Hände hoch
während
Katrin gedankenverloren am Tisch saß, sich unversehrbar fühlend im Raum, den sie nun als einen Körper empfand, der wiederum aufgehoben zu sein schien im großen, festen Körper der Natur – diesem Leib; und das Traumbild vor dem Fenster war ein Teil seiner Ausstattung, ein kühler Aspekt, der alles umschloß, einwob, schützte, der allem Schönheit verlieh...
und schön kam Katrin sich vor. Eine Frau. Sie löste die über dem Bauch gefalteten Hände, und in der Wärme begann Katrin sich zu entkleiden, sie wollte ganz frei sein, schüttelte die Schuhe ab, zog die Hose aus, den Pullover, die Wäsche, nackt wollte sie sein – eine schöne Frau. Hell schimmerten die Füße auf dem dunklen Boden, geschmeidig war ihr Körper, und roch gut, während vom Teppich her Alltags- und Arbeitsgerüche mufften. Schal der Geruch von Zigarettenasche, der Cognac duftete im Glas, nach Parfum roch eine Rose in der Vase ... vielleicht hatte Katrin zuviel getrunken, sie begann sich langsam zu drehen (im Fenster drehte ihr Spiegelbild), sie bewegte sich und ihr Schatten wanderte, breit aufflackernd, wenn sie mit den Schultern vor der Kerze stand, schmal, wenn der Schein seitwärts auf sie fiel, drehte sich in Licht, Schatten, Wärme (und gebrochen als Tanzfigur im Fenster gespiegelt), beobachtet vom großen Hund, der, den Kopf zwischen den Vorderpfoten, auf dem Boden lag, sie mit aufmerksamen Augen verfolgte und sich auf einmal zu regen begann, zuerst den Schwanz leicht bewegend
denn
Pablo betrat die Werkstatt, ein Clown, dem die Schminke vor einer Stunde auf dem Gesicht zerlaufen und vor ein paar Minuten eingefroren war, und der Hund, der sich erhoben hatte, gähnend, trottete quer durch das Zimmer zur Tür, ein dunkler Körper, und der

Schatten des Clowns kreuzte den Schatten der sich im Tanz bewegenden Frau

Haltepunkte gab es keine mehr, auch jetzt nicht, als das Spiel der Schatten zum Stillstand kam und die Silhouetten von zwei einander gegenüberstehenden Menschen im Bildschnitt auf der Wand zusammenwuchsen und aufgingen in einer einzigen Umarmungsfigur. Und dieses Schattenfeld veränderte sich kaum, als der Clown die Frau zu liebkosen anfing. Die leichten und sanften Berührungen seines im Zimmer wieder warm und fließend werdenden Gesichts hinterließen Farbspuren, tupften Rot und Blau auf ihren Körper, ja Katrin wurde eingefärbt mit Zärtlichkeiten allmählich

Hände hoch

Pablo hatte die Hände hochgenommen, doch der Junge hatte trotzdem auf den Clown geschossen, und der hatte sich vornüber auf den Boden fallenlassen, preßte das Gesicht in den Schnee, daß der Junge erschrocken war und verblüfft weglief, weiterhin herumknallend

fröhlich

mit einem Mal froh hatte sich Katrin gefühlt, so an ihrem Tisch sitzend, die Landschaft vor dem Fenster als Bild, groß im Format, sozusagen eine lange Einstellung auf Breitleinwand, blau und kalt ausgeleuchtet, und der Baum war unvermittelt ganz nah gerückt, so daß in ihr die Vorstellung aufkam: Der Baum ist in mir, beginnt in mir zu treiben, blüht ... sie hatte ihn wie ein Kind empfangen; die Äste wuchsen, Zweige sproßten aus, der Baum pflanzte sich fort, in die Verästelung der Venen und Arterien hinein, daß sie in den Verzweigungen der Blutgefäße die Verzweigungen des Baums zu spüren glaubte... Sie saß nur da, ganz ruhig

nachdenklich

und langsam hatte sich Pablo erhoben, den Schnee aus dem Gewand geschüttelt, war das letzte Wegstück nach Hause gegangen, still. Alles in deinem Leben muß einen Zusammenhang haben, hatte er gedacht, du willst es auf einen Blick sehen. Das ist deine Ungeduld. Versonnen war er gegangen. Als ginge er in der Dachkammer seiner Träume auf und ab. Mit den linkischen Schritten eines Stolperers, der in die Nacht hinausläuft, süchtig danach, den Tag ganz zu erfassen. Die Bahn fuhr an ihm vorbei, das aufgeblendete Fernlicht eines Autos schmerzte in den Augen, ein Liebespaar kam ihm entgegen, hatte ein langes Halstuch gemeinsam um sich geschlungen, ein Jugendlicher überholte ihn, klatschte ihm eine ›Söiblotere‹ auf den Rücken, daß er heftig erschrak. Und er wußte, dies alles würde er malen: malen auch den Massagesalon und den im Schein roten Lichts sitzenden Mädchen Madonnengesichter geben … und er sah in die benachbarte Kirche hinein, sah die im Schein des Ewigen Lichts sauberen Füße der Marienstatue, sah das dornengekrönte blutrote Herz Jesu in ihren Mutterhänden, Rosen … Düfte mischte er im Salon DIANA, wo sich die Mädchen wuschen und die Nägel ihrer Freudenmädchenfüße rot lackierten … die Füße Mariens, unbefleckt nach dem Gang durch die Wüste, kein Staub, kein Schmutz, nichts, als wäre sie auf Rosenblättern gewandelt, so sauber … ja, den Mädchen aus dem Massagesalon schneeweiße Hände malen, makellose Hände, die Freier in ihren Armen würden Blut schwitzen . . . Malen ›Die Madonna mit den blutenden Füßen‹, wundgelaufen vom immerwährenden Gehen durch scherbenübersäte Sünden- und Seelenwüsten, erschöpft von den ohnmächtigen Bittgängen zum Sohn. ›Maria und die Mädchen‹ malen … aber wie malt man ein liebendes Herz, wie ein tröstendes, wie das höherschlagende Herz einer Geliebten, wie das taube Herz eines Liebesmädchens, wenn man die unterschiedlichen Empfindungen nur im Schimmer/Glanz der Hautfarbe darstellen möchte, wie also malt man das entsprechende Rot, das treffende Blau, wie das Gelb, die Nuancen, ach würde Pieter Bruegel im Freiamt leben, sie wären Freunde, gewiß, die Welt malen … auch auf die Skizzen vom Josephsheim zurückkom-

men, nochmals hingehen, den Gleichmut und die Gelassenheit aufbringen, arbeiten ... die Welt malen, zumindest die eigene Vorstellung ihrer Vielfalt erwecken
malen
einen neuen Turmbau zu Babel: Metall, Glas, lackglänzende Autowracks aufeinanderschichten, unzählige Karosserien zusammenschachteln, malerisch verschweißen, einen babylonischen Schrott-Turm errichten, hinter dem die Sonne aufsteigt, einen apokalyptischen Wrack-Turm, aus dessen Höhe man bequem mit dem Feldstecher in die öden Kühlturmschlünde der Atomkraftwerke hineinschauen konnte, einen Weltend-Turm, in dessen Ausguck eine Elster fliegt, die Elster, welche auf Bruegels Gemälde ›Richtplatz‹ zuoberst auf dem Holzgalgen hockte und auf die fröhlich sich tummelnden Bauern äugte
und auf die Tanzpaare auf dem Richtplatz. Die Elster fliegt von Brabant ins Freiamt, läßt sich nieder auf Pablos Endzeit-Turm, herabäugend
auf die Madonna, deren Mund Pablo nach dem Vorbild des eigenen Mundes malte
auf Jesus am Kreuz vom Lindenberg, in dessen Wunden er die eigenen Verletzungen darstellte
auf ein Mädchen vom Salon DIANA, umfangen von Männerarmen, die Pablos Arme sind
auf ein Kind im Josephsheim, das Pablos Augen hat und blind ist. (Hügelzüge würde er in der Formation seiner Gefühle darstellen und den Baumstämmen das helle Braun seiner Knochen geben, so wie er diese sich verblichen vorstellte. Den Wolken würde er die Beschaffenheit seiner Gedanken oder Haut aufbürden, dem Wald legte er den Geruch seines Körpers auf, der Regen würde in allen Farben niedergehen; die Elster würde mit seinem Atem schelten ...)
herabäugend
auf einen Trinker und Wucherer
auf einen Heuchler, einen Frommen, einen Lästerer
auf einen Zweifler, einen Häßlichen, aber Geretteten

alle mit Pablo-Eigenschaften und -Merkmalen versehen, so wie er, Pablo, auch die Elster sein würde, seine Seele eine Elsterseele, töricht und froh, melancholisch, tapfer und voller Widersprüche und mit dem ewigen Vorsatz
sich nie mehr zu fürchten
also voller Angst
heimwärts war Pablo gegangen und hatte sich gewünscht, einmal anzukommen wie einer, der nach langem und beschwerlichem Weg seinen Ort findet und sein Haus.
Katrins Körper war jetzt buntgeküßt
und sie lachten.

7

Die Kompanie, in der Hans Villiger als Bürosoldat dienstpflichtig war, verbrachte die letzte Woche des Ergänzungskurses im Freiamt, in Muri. Die Mannschaften belegten die Luftschutzräume im Schulhaus Bünzmatt, die Büroräumlichkeiten waren im ›Adler‹ eingerichtet, wo auch die Offiziere die Zimmer hatten. Eine weitere Kompanie war in Villmergen stationiert, eine andere in Wohlen; der Stab hatte in Boswil Quartier bezogen.

Freiamt besetzt –

es war Abend geworden. Hans Villiger saß in der Gaststube des ›Adler‹ vor dem zweiten halben Liter Kalterer. Er hatte Lust, sich zu betrinken. In der Uniform war es ihm unbehaglich, er fühlte sich verkleidet als Soldat. Man hatte ihn in eine Rolle gedrängt, der er nicht so ganz gewachsen war. Nach dem Schnee des Nachmittags war der Himmel aufgehellt, ein kalter Wind hatte die Wolken westwärts getrieben, man mußte sich auf eine Frostnacht gefaßt machen. In der Gaststube lohnte sich der Betrieb um diese Zeit wohl wenig, aber im großen Saal fand der Maskenball der Dorfmusik statt. Man hörte die Tanzmusik spielen, wenn die Tür aufging, und manchmal vibrierte das ganze Haus für ein paar Sekunden so heftig, als würde die Erde beben. In der Bar, sie war mit Balken von der Gaststube abgetrennt, saßen Maskierte auf Hokkern, Mädchen in Netzstrümpfen und ein paar Unbeirrte, die sich spitze Hüte aufgesetzt und Pappnasen vorgebunden hatten...

Der Ergänzungskurs (EK) hatte bisher einen anstrengenden Verlauf genommen. Nachtmärsche, lange Einsätze, Gefechtsschießen und Überlebensübungen zehrten an den Kräften. Die Offiziere brüteten in einem separaten Raum über neuen geheimen Kriegseinsatzplänen, es war lächerlich und traurig zugleich; kein Soldat hatte den wiederum von Soldaten bewachten Raum betreten dürfen.

Hans Villiger hatte eine Liste ›erstellen‹ müssen, eine Hemdenliste, auf der alle Wehrmänner genannt wurden, die insgesamt 300 Diensttage geleistet hatten und berechtigt waren, ein neues Hemd zu ›fassen‹. Er übertrug die Namen in vorgeschriebener Reihenfolge auf ein Formular, nach Dienstgrad geordnet, innerhalb des Grads nach Jahrgang, im selben Jahrgang alphabetisch, plus Kragenweite/Ärmellänge ... ja, er hatte nun wirklich Lust, sich zu betrinken, und füllte das Glas mit Kalterer auf.

In den erwähnten Dörfern gingen pausenlos Wachsoldaten die Runde; volles Magazin eingesetzt, trugen sie das Sturmgewehr im Hüftanschlag; war doch die Wache seit einiger Zeit mit scharfer, sogenannter Kampfmunition bewehrt und hatte den Befehl, gegebenenfalls zu schießen (nach einmaligem Anruf: HALT). Die gegebenen Fälle waren in einer illustrierten Lehrschrift beschrieben, die im Wachlokal auf dem Tisch lag, zerblättert.

Hans Villiger rauchte Pfeife, sie brannte gut, was ihn erstaunte; er selbst war ja unruhig, richtiggehend nervös, wie immer beim Militär, wo ihm Leistungen abverlangt wurden, deren Erfüllung ihm schwerfiel, gar zuwider war.

Er hatte den ganzen Nachmittag Kriegsmobilmachungs-Aufgebote adressiert (für den ›Ernstfall‹ ... WER WANN WOHIN), als sei der Krieg eine beschlossene Sache ... während die Mannschaften den Kriegsfilter für die Schutzmaske testeten (man trieb die Soldaten gruppenweise in eine Garage und ließ, sowie der letzte Mann eingepfercht und das Tor geschlossen war, Tränengas einströmen), er hatte den Befehl ›Hopp ine‹ gehört und das Trampeln folgsamer Schuhe, und nach dem Test das Gefluche und das Husten der Männer, deren Masken nicht dichtgehalten hatten, und die nun, tränenüberströmt und würgend (oder beim Kotzen), sich darauf zu besinnen schienen, daß sie, abgesehen vom zweiwöchigen EK, doch Zivilisten waren. Sie schimpften auf die ›Scheißausrüstung‹, so würden sie nicht in den Krieg wollen, man könne ihnen ›am Arsch lecken‹, als er, Tippsoldat im Büro, Adresse nach Adresse auf den ›Marschbefehl‹ setzte und die Aufforderung, ›einzurükken in den Krieg‹, versandfertig machte, in den Krieg, der ein Hirngespinst hoher Militärs war, ein Hirngespinst, das vorzubereiten und herbeizurufen er aktiv ja nun selbst mithalf ... mitzuhelfen sich gezwungen sah ... und die Füsiliere übten indessen ›Weiterkämpfen nach dem Atomschlag‹ ... da hatte er ja ans Saufen denken müssen – da mußte er ins Saufen kommen. Hans Villiger stopfte die Pfeife nach, lehnte sich zurück. Er hatte seine Kartei mit in den EK genommen. Das tat er immer, wenn er einrücken mußte, eine Arbeit mitnehmen. Es eröffnete ihm die Möglichkeit, sich mit einer privaten (zivilen) Beschäftigung abzulenken. In der Brieftasche lagen die Karten, denen in diesen Tagen seine besondere Aufmerksamkeit galt, würde er doch morgen (am Aschermittwoch, für den er beurlaubt war) den vierten und letzten Vortrag seiner Reihe ›Zwischen den Kriegen‹ an der Volkshochschule halten.

Hans Villiger hatte vor ein paar Jahren, als er Hilfslehrer in Muri war und allein in Kallern wohnte, häufig im ›Adler‹ Kaffee-Luz getrunken und mit Kollegen diskutiert, war hier sozusagen Stammgast gewesen. In der Zwischenzeit hatte der Wirt die Gaststube umgebaut; auch die Serviertochter war eine andere, ein fremdes Mädchen, das Deutsch mit einem jugoslawischen Akzent sprach. Hans Villiger saß am Fenster und schaute hinaus. Im Schein der Straßenbeleuchtung sah er die Wachpatrouille ihre Route gehen, zwei Männer waren es. Im Kampfanzug mit Gewehr schritten sie straßabwärts zum Fahrzeugpark, den zu kontrollieren ihr Auftrag war.

Da sich Büroräumlichkeiten und Zimmer der Offiziere im ›Adler‹ befanden, die Offiziere auch hier aßen und verkehrten, wurde die Gaststube von den Soldaten eher

gemieden. Die Mannschaften hielten sich lieber in den Wirtschaften auf, wo sie unter sich bleiben, die eigenen Sprüche klopfen und so viele Stangen Bier stemmen konnten, wie es ihrem Geschmack entsprach. Viele der Soldaten, mit denen Hans Villiger Dienst leistete, waren in den letzten Jahren ruhiger und gesetzter geworden, dicker auch. Es gab kaum mehr Radau in der Kompanie, wenig Betrunkene ... früher, als sie noch Mitte Zwanzig gewesen waren, hatte manch einer beim Ausgang gern ›auf den Putz gehauen‹ (wie man sagte), manch einer, der jetzt bestimmt erklärte, als ›Familienvater und Steuerzahler‹ lasse er sich nicht mehr einfach so ›mit Gasrüssel und Kanone‹ im Wald herumhetzen ...
Hans Villiger war gewöhnlicher Bürosoldat. Er saß trotzdem meistens im ›Adler‹, verbrachte hier die Arbeitspausen. Manchmal hatte er Zeit, seinen Wein zu trinken. Was sollte er da eine andere Wirtschaft aufsuchen. Er mußte ja auch im Büro schlafen, denn der Befehl lautete, Büro und Telefon vierundzwanzig Stunden besetzt zu halten. Ununterbrochen hatte eine Ordonnanz neben dem Telefon zu hocken: es konnte auch in der Nacht Alarm gegeben werden. Außerdem bereitete es Hans Villiger wenig Mühe (eigentlich keine), mit den Offizieren der Kompanie umzugehen und auszukommen, mit ihnen zu sprechen, zu diskutieren. Er kannte die meisten seit Jahren, einige waren auch Lehrer wie er. Ja, einerseits war er als Bürosoldat von der Mannschaft getrennt, gehörte andererseits auch nicht zum Kreis der Offiziere ...
Brütest du wieder über deinen Karten?
Es war der Kommandant, der in die Gaststube gekommen und zu Hans Villiger an den Tisch getreten war.
Ob es erlaubt sei, sich zu setzen?
Hans Villiger nickte. Der Kommandant war ein noch nicht vierzigjähriger Mann, großgewachsen, mit behäbigem Spitzbauch, schütterem Blondhaar, Engländerbart, ein Pfeifenraucher, unter dem Hans Villiger seit zwölf

Jahren seinen Dienst versah, mit dem auch bei Meinungsverschiedenheiten auszukommen war (nie hatte er Hans Villiger schikaniert, im Gegenteil eher bevorzugt, freundschaftlich behandelt). Er setzte sich ihm gegenüber, und ungefragt brachte die Serviertochter noch einen halben Kalterer und für den Hauptmann ein Glas.
Ich habe schon oft gesehen, sagte der Kommandant, daß du dich mit den Karten beschäftigst. Hat das mit deinen Vorträgen zu tun?
Hans Villiger bejahte. Er wartete, bis die Serviertochter dem Kommandanten ein Glas eingeschenkt hatte; dann prosteten sie einander zu und tranken. Der Kommandant zündete seine Pfeife an, blies Rauch aus, auch Hans Villiger rauchte, daß sich eine Wolke von Pfeifenqualm und Tabakaroma bildete, darin sie wie Verschworene saßen. Um was geht es denn, fragte der Kommandant.
Hans Villiger hatte die Thematik ›Nationale Fronten‹ studiert, also das Auftreten der Nationalsozialisten im Aar-Gau, er wollte morgen darüber referieren und war gern bereit, dem Kommandanten, dessen Gehilfe er in der täglichen Büroarbeit war, etwas von seiner außermilitärischen Tätigkeit zu erzählen. Auf dem Tisch hatte er eine gelbe Stichwortkarte liegen.

FRONTEN / Schweizerische Erscheinungsform des Faschismus / Sammelbegriff für ein Dutzend Bünde, Kampfgemeinschaften, Gruppen. Selbstverständnis: Politische Erneuerungsbewegung außerhalb der historischen Parteien.

1930, sagte Hans Villiger, sog an der Pfeife, habe sich in Zürich der erste Zirkel gebildet. Hans Oehler, ein Aarauer, Redakteur der ›Schweizer Monatshefte für Politik und Kultur‹, sei der Begründer gewesen. Noch immer litten damals die bürgerlichen Parteien unter dem Trauma des Landesstreiks und befanden sich in ständiger Auseinandersetzung mit der antimilitaristischen Sozialdemokra-

tie. Deshalb brachten sie den Fronten mit ihrem erklärten Wehrwillen ein erhebliches Vertrauenskapital entgegen und sahen sie als patriotische Vereinigung.
Natürlich hat ihnen zusätzlich, sagte Hans Villiger, der fanatische Antimarxismus der Fröntler sehr gefallen.
Unter dem Eindruck der Hitlerschen Machtübernahme hätten die Fronten eine erstaunliche Blüte erlebt, erzählte Hans Villiger, und anläßlich einer Nazi-Wahlveranstaltung am Bodensee, deren Hauptredner Hitler gewesen sei, habe auch ein Fröntler aus dem Aargau das Wort verlangt. Er redete vom ›gemeinsamen Schicksalskampf um die Erhaltung unserer Art und Seele‹ und forderte seine Schweizer Landsleute auf, ›nicht mehr tatenlos beiseite zu stehen, sondern in unsere Reihen einzutreten, die einzig vermögen, dem volkszersetzenden Liberalismus, Marxismus, Bolschewismus eine kraftvolle und aufbauende Idee entgegenzuwerfen‹. In der Folgezeit sei es jedoch zu einer Aufsplitterung und vielen Abspaltungen frontistischer Gruppen gekommen, meinte Hans Villiger. Der Kommandant trank den Wein in großen Schlucken, hörte zu ... Keiner hat das ›Führergenie des anderen anerkennen wollen, es ist zu selbsternannten Gau- und Landesleitern gekommen, so gab es, je nach Organisation, den ›Führer des Standes Aargau‹, den ›Gauleiter der Nationalen Front für den Aargau‹ usw., und Massenveranstaltungen nach deutschem Vorbild wurden angestrebt.
Ob die Fronten auch eine eigene Presse besaßen, wollte der Kommandant wissen. Er war ein im Freiamt angesehener Rechtsanwalt und bekanntes Mitglied der Christlichen Partei, für deren Zeitung er gelegentlich schrieb.

Der EISERNE BESEN / Kampfblatt der Nationalen Fronten / wöchentlich / Lächerlichmachung der Demokratie und ihrer Institutionen / Nationalsozialistische Terminologie / Judenhetze / Rassenlehre / Verunglimpfung der einheimischen Behörden.

Auflage: 1932 – 10000 / 1933 – 25000.
Weitere Blätter: 1935 Nationaldemokratie (erscheint nur einmal), 1938 Nationale Hefte (Oehler, 540 Abo.)

Es waren inzwischen einige Gäste in den ›Adler‹ gekommen. Am Stammtisch wurde gelacht und geredet, am Nebentisch ereiferten sich die Kartenspieler. Es würde heute abend nur wenig Militär im Dorf anzutreffen sein. Viele Soldaten der zum größten Teil aus Freiämtern rekrutierten Kompanie waren nach dem Abtreten von ihren Frauen abgeholt worden. Hans Villiger hatte die Pfeife aus dem Mund genommen. Sie war ihm beim Sprechen wieder einmal ausgegangen. Das schloß sich im Grunde aus, Pfeife und Reden, jedenfalls war ihm kein wortseliger Pfeifenraucher bekannt, und er fragte sich gelegentlich selbst, ob er die Pfeife rauchte, um ein Schweiger sein zu dürfen, oder weil er eben schweigsam war. Die Pfeife in der Hand, den warmen hölzernen Pfeifenkopf haltend, sagte er: 1933 haben Brugger Sozialisten durch das Absingen der Internationale eine Fröntlerversammlung gesprengt:
Solche Macht hat Gesang . . .
Das Singen, Zwischenrufe und Gebrüll hätten die Reden verhindert, worauf es zu Krawallen mit Polizeieinsatz, zur Saalräumung und zu Schlägereien gekommen sei. Die Fronten hätten die Versammlung später dann wiederholt, und ein Saalschutz nach ausländischer Manier habe dafür gesorgt, daß es nicht mehr zu Zwischenfällen kam.
Wir haben in der Schweiz schließlich Versammlungsfreiheit, erwähnte der Kommandant; er verteilte den Rest des Kalterers in die Gläser und hielt die Flasche hoch, damit die Serviertochter sie sehen mußte. Nach ihr zu rufen, wäre bei dem Lärm, den nun die Männer und ein paar hinzugekommene, als Playboy-Häschen verkleidete Burschen vollführten, ergebnislos geblieben. Am 28. Mai desselben Jahres, fuhr Hans Villiger fort, hatte die Pfeife erneut in Brand gesetzt, ist es dann wiederum in Brugg

zu einer Großveranstaltung der Front gekommen. An einer ›Landsgemeinde‹ haben 4000 Menschen teilgenommen. Deren Hauptredner sei ein Altdivisionär gewesen, Sonderegger...

Der ehemalige Kommandant der Ordnungstruppen in Zürich?

Ja, bestätigte Hans Villiger, der ›Belagerer von Zürich‹, und da sein Kommandant an der Pressereaktion interessiert war, fuhr er fort ... es sei ›fürwahr ein hehrer Anblick‹, habe das Badener Tagblatt geschrieben, ›dieser spontane Aufbruch des Volkes, dieses packende Bekenntnis demokratischer Gesinnung, das sich in dem alle Anwesenden beherrschenden Willen äußerte, nach langer Zeit des Zusehens und stillen Grolls wieder einmal hervorzutreten und unabhängig von Parteien und Parteiführern selbst zum Rechten zu sehen‹. Hans Villiger hatte die Pfeife auf den Tisch gelegt und eine Karte aus der Brusttasche genommen, von der er vorlas, während der Kommandant den Kopf schüttelte und in seiner Pfeife stocherte. Es erscheine angesichts dieses Aufmarschs (Arbeiter, Bauern, Bürger – Schulter an Schulter) ein ›eitles und vergebliches Verfangen‹, sich gegen die neue politische Zeitströmung stellen zu wollen; und Hans Villiger zitierte: ›Wir lassen uns dabei von der Erwägung leiten, daß jeder jungen Bewegung manches unreine und unreife Beiwerk anhaftet, das sie in ihrem weiteren Fortbildungsprozesse abstreifen wird. Jeder klare Wein ist einmal Sauser gewesen.‹

So schreiben manche Zeitungen heute über die Friedensbewegung, meinte der Kommandant, die ja auch eine Bewegung außerhalb der Parteien ist ... aber von links kommt.

Hans Villiger legte die Karte auf den Tisch, winkte ab. Die fatale Verkennung politischer Sachverhalte, sagte er, sei symptomatisch für die Fehleinschätzung der Frontbewegung durch weite Kreise des Bürgertums gewesen: Man vertraute auf die patriotischen Impulse, die vom

Frontismus auszugehen schienen; ohnehin neigten die ›freisinnigen‹ Väter frontistischer Söhne dazu, den ungebärdigen ›neuen Geist‹, wenn nicht zu fördern, so doch wohlwollend zu dulden und ihm mindestens eine Chance zu geben.

Was denn Altdivisionär Sonderegger referiert habe?

Sein Thema, sagte Hans Villiger, nachdem er wieder Wein getrunken und auch über die Playboy-Häschen gelacht hatte, die zu ihnen an den Tisch gekommen waren, wobei einer der Burschen mit schlanken ›Mädchenbeinen‹ sich auf die Knie des Kommandanten setzte, ganz zum Gaudium der anwesenden Soldaten, während also die Häschen mit den wattegestopften Busen hüpfend aus der Gaststube Richtung Maskenball abzogen ... Sondereggers Thema sei ›Ordnung im Staate‹ gewesen, scharf habe er sich gegen Behauptungen gewandt, die Bewegung der Fronten sei ausländisches Gewächs und trage antidemokratischen und antiföderalistischen Charakter; wenn sich das Volk heute erhebe, habe Sonderegger gesagt, so liege der Grund in seinem tiefen Bedürfnis, das Vaterland zu lieben. Es könne dies jedoch nur tun gegenüber einem Vaterland, das fähig sei, seine Kinder in Eintracht und Einigkeit zu erziehen; damit dieser Frieden und die gegenseitige Wertschätzung wieder einkehrten, müsse das marxistische Gift ausgerottet werden, habe Sonderegger ausgerufen, und ein Einbürgerungsverbot für in letzter Zeit eingewanderte Juden postuliert.

Es war jetzt wieder ruhig im ›Adler‹; Hans Villiger merkte, daß er die letzten Sätze viel zu laut gesprochen hatte. Einige der Gäste schauten zu ihnen herüber, und er war froh, sich ein paar Augenblicke schweigend mit seinen Karten beschäftigen zu können, legte sie zusammen, steckte sie in die Brieftasche, bis auf eine, die er etwas länger in den Händen behielt.

FRONTEN / Vertreter einer jungen, unzufriedenen Generation / Geblendet von den Erfolgen nationalsozialistischer Massenparteien / Italien / vor allem Deutschland. Embleme: Langschenkliges Schweizerkreuz / Morgenstern.

Der 8. Juni 1933 ist das Datum der nächsten großen Veranstaltung der Frontisten gewesen; in Baden, begann Hans Villiger nach der Pause gedämpfter zu erzählen und bemerkte Lippenstiftspuren im Gesicht des Kommandanten, den das Playboy-Häschen offensichtlich auf die Wange geküßt hatte ... in Baden haben mit Stahlruten bewaffnete Angehörige des Fronten-Harstes Zürich-Stadt den Saalschutz besorgt. Schon früh hatte man den großen Saal der ›Linde‹ besetzt, wohin der Harst mit weißem Hemd und weißer Krawatte und dem Abzeichen ›Schweizerkreuz mit Hellebarde‹ in Marschkolonne und ›Rufst du mein Vaterland‹ singend gezogen war. Und mit Nachdruck hatte man bekanntgegeben, es werde keine Störung geduldet, insbesondere wisse man das Singen der Internationale zu verhindern; dann folgten die Schlagworte. Der Liberalismus sei die Grundursache der üblen Zeiterscheinungen. Man müsse die sogenannten Volksrechte revidieren. Die Pressefreiheit sei zu beschneiden. Der kapitalistische Geist und die marxistische Verhetzung müßten von der Bildfläche verschwinden. Man hat die gewerkschaftliche Organisation der Werktätigen nach dem Vorbild des alten Zunftsystems gefordert, berichtete Hans Villiger, Gewinnanteil, Mitspracherecht in den Betrieben ...
Die letzten Punkte könnte ja auch die SP ausgetüftelt haben, monierte der Kommandant.
An erster Stelle, fuhr Hans Villiger fort, ohne den Seitenhieb ernst zu nehmen, sollte jedoch nach Ansicht der Frontisten der ›Wille einer moralischen Säuberung des Volkes, eine Erziehung des Volkes zur wahren Volksgemeinschaft‹ stehen. Die Forderungen dienten nur dazu, die Arbeiterschaft zu ködern. Und um eben die Arbeiterschaft zu gewinnen, sagte Hans Villiger, haben die Fron-

tisten keine offiziellen Beziehungen zu der Vaterländischen Vereinigung und den Bürgerwehren unterhalten, sondern deren Liebeswerbung einen Korb erteilt, weil die Vaterländischen und Bürgerwehrler im Ruch der Arbeiterfeindlichkeit standen, um deren Gunst die Fröntler ja buhlten, nicht ohne Erfolg.
Jürg, sagte Hans Villiger zum Kommandanten, du hast Lippenstift im Gesicht... Und während er, nach dem erneuten Anzünden der Pfeife (der Aschenbecher war voller abgebrannter Streichhölzer) erläuterte, die Vaterländische Vereinigung und ihre Bürgerwehren hätten zwar gleiche politische Ziele verfolgt wie die Schweizer Nazis, begann der Kommandant mit einem weißen, sehr sauberen Taschentuch, das er mit Speichel benetzte, die Wange zu säubern ... Kampf gegen den Marxismus, Aufrechterhaltung der Landesverteidigung ... Sie seien jedoch, das gehe aus Gesprächsnotizen hervor, trotzdem nicht akzeptiert worden von den Frontisten, den Faschisten.
Ist der Lippenstift ab?
Die Vaterländische Vereinigung hat die ablehnende Haltung sehr bedauert, ergänzte Hans Villiger, die Oberen haben jedoch beschlossen, nicht einen offenen Gegenkurs zur Nationalen Front zu steuern, schon gar nicht, sich von deren Denkungsart loszueisen. Er nahm einen Schluck Wein; schon wieder geht ein Glas zur Neige, dachte er und merkte, wie ihm der Alkohol allmählich ins Blut einfuhr, die Formulierungen schwerfällig machte und die Zunge unbeweglich. Eines sei aber augenfällig gewesen; die Vaterländischen und Bürgerwehrler hätten die sich rechts zusammenbrauende Gefahr, die Gefahr auch, rechts überholt zu werden, vollkommen verkannt. Aus ihrem Gedankenteig, sagte Hans Villiger, haben sie nur einen linken Bölimann kneten können, der dann aus ihren Backofenköpfen gesprungen ist, um überall und immerzu sein Unwesen zu treiben... Während sie sich unterhielten, trat die diensthabende Büroordonnanz an

ihren Tisch. Der Kommandant wurde am Telefon verlangt; der Major (Bat Kdt) verlangte ihn dringend zu sprechen. Der Kommandant erhob sich (dienstbeflissen), ließ das halbvolle Glas stehen und ging, die Pfeife im Mund, durch die Gaststube, wobei Hans Villiger auffiel, daß er noch immer die Stiefel anhatte, die er bei Feldeinsätzen trug. Der Kommandant hatte aber vergessen, die Mütze aufzusetzen, sie blieb auf dem Tisch liegen, und Hans Villiger, der sich erhob, um zur Toilette zu gehen, kam es seltsam vor, diesen Mann und Offizier, der den Befehl erlassen hatte, zu jedem Gang, ausnahmslos, sei die Mütze aufzusetzen (zuwiderhandelnde Wehrmänner müßten verwarnt werden), nun selbst ohne Mütze weggehen zu sehen, ein im Hinblick auf seine Paragraphentreue Zurechtzuweisender; und empfand Hans Villiger die Schadenfreude auch als lächerlich, so zeigte sie ihm doch das Ausmaß seiner Alkoholisierung an. Im Gang des ›Adlers‹ wollten Außerirdische Wesen mit langen Fühlhörnern den Kommandanten aufhalten, doch der bahnte sich energisch den Weg. Und als Hans Villiger auf der Toilette an der Pissrinne stand, dachte er an den Kommandanten, der nun im Büro möglicherweise eine Zurechtweisung des Majors entgegenzunehmen hatte, der vielleicht ungehalten raunzte, irgendein Rapport sei nicht termingerecht angekommen. Der Verlust, beispielsweise, einer ›UG mit‹, einer Panzerabwehrrakete für das Sturmgewehr, vielmehr das Nicht-mehr-Auffinden der nach der Explosion im Zielgelände anfallenden Mantelreste, die zur Kontrolle im Munitionsdepot zurückgegeben werden mußten, sei zu melden unterlassen worden. Und der Meldepflicht müsse noch heute abend nachgekommen werden. Er erwarte den Kurier auf seiner Dienststelle. Und der Kommandant würde sich wohl an den Tisch setzen, die Verlustmeldung ausarbeiten, eine Skizze anfertigen, Gründe, Uhrzeit und Mutmaßungen angeben. Der zweite Bürosoldat mußte das ganze sogleich und speditiv auf ein militärisches Formular, etwa VM 456, übertragen und Reinzeichnungen anfertigen, danach den Jeepfahrer mit dem Dokument in fünffacher Ausführung zum Stabsbüro entsenden, wo die Papiere im Fach, oder bestenfalls auf dem Schreibtisch des Bat Kdt landeten, der um diese Zeit wohl schon im Bett lag oder sich mit anderen Offizieren in einer Wirtschaft beim Kartenspiel aufhielt oder gegebenenfalls mit einem anderen Major über taktische Variationen beim Gefecht zweier Panzerverbände fachsimpelte, und den alles andere und mögliche interessierte, nur nicht dieser blöde Rapport, dessen prompte Entsendung er zwar befohlen, aber bereits wieder vergessen hatte. Es war schon immer so gewesen, in jedem Militärdienst spielte sich das ab, ein aufwendiger Leerlauf. Hans Villiger wusch sich die Hände, schaute in den Spiegel, sah seine etwas geröteten Augen, das von seiner Gewohnheit, beim Reden hineinzugreifen, wirre Haar, die vom Trinken erhitzte Haut, dachte, wie gleichförmig und schablonenhaft doch alles seinen Lauf nahm, sah plötzlich neben seinem Gesicht im Spiegel dasjenige eines bärtigen Seeräubers erscheinen, und als er das Pissoir verlassen wollte, huschte aus einer WC-Kabine ein Drache mit langer, aufgeklappter Schnauze; er sah im Schlund über der Stoffzunge ein kleines rotes Männergesicht, und als das Untier seine Hände wusch, den borstigen, gezackten Rücken.

Nach einiger Zeit, Hans Villiger saß wieder beim Wein und versuchte, sich auf seine Notizen und Karten zu konzentrieren, kam der Jeepfahrer des Kommandanten und holte die Mütze.

Noch einen Halben Kalterer, bestellte Hans Villiger.

Er hätte dem Kommandanten gern noch gesagt, während der vom Fronten-Harst ›beschützten‹ Veranstaltung habe auch eine Gegendemonstration stattgefunden; einige hundert Personen, offensichtlich linksstehenden Parteien angehörend, versammelten sich vor der ›Linde‹ und buhten die Fröntler aus. Der Harst spritzte sie mit Wasser

ab ... Überhaupt hätte er dem der SP nicht eben wohlgesinnten Kommandanten sagen wollen: Jürg, der konsequenteste Widerstand ist den Schweizer Nazis von Anfang an seitens der Sozialdemokratie erwachsen; schon 1933, als die Frontisten sich wie die Parteiformationen des Dritten Reiches uniformieren und bewaffnen wollten, hat die SP ein Verbot faschistischer Verbände gefordert, insbesondere aber ein Waffenverbot für alle politischen Kampforganisationen.
Hans Villiger erwog flüchtig, ins Büro zu gehen, das Gespräch mit dem Kommandanten wiederaufzunehmen, blieb jedoch, Pfeife rauchend, sitzen, bestellte ein ›Eingeklemmtes‹ mit Schinken und sinnierte über einer blauen Karte: Namen ... EUGEN BIRCHER; er hatte sich Gedanken notiert. Über Bircher würde er morgen bestimmt reden, diesen schillernden Politiker und Militär. Bircher, zwiespältig den Fronten gegenüber, begeistert vom ›Aufbruch der Jugend‹, schrieb nach einer Deutschlandreise in einer Zeitung, die Linke sei ›endgültig zerschlagen‹, Deutschland sehe nach Hitlers Machtübernahme aus ›wie ein Lager straff erzogener Arbeitssoldaten‹, und das sei ein ›Wunder‹ ... er meinte, von Judengreueln könne keine Rede sein, es handle sich dabei um Schauermärchen, die ›ganz einfach in böswilliger Weise zum Schaden des Reiches ausgestreut würden‹, fand jedoch, das Hitlersystem sei unübertragbar: ›Eher wird unser Staat auseinanderfallen, als daß er sich in ausländische Modelle hineinpressen läßt.‹ Aber solange die Schweizerische Linke auf dem ›das öffentliche und private Leben vergiftenden Klassenkampf‹ beharre, bestehe die Möglichkeit, daß sich ›auch bei uns‹ ein Sturm erhebe, ›der vernichtend über die Linksparteien niederfährt‹.
(Bürgerliche und Militärs in der Schweiz, damals wie heute, hatte Hans Villiger notiert, sehen mit dem linken Auge nur Gespenster, und auf dem rechten Auge sind sie blind.)
Bircher hatte, in seiner Publikation, über die Faschisten

hierzulande geschrieben: ›Wenn die Lebensfähigen unter diesen neuen Gebilden sich zu einer großen Einheitsfront zusammenschließen, werden sie siegen.‹
Die Serviertochter brachte Hans Villiger das ›Eingeklemmte‹ auf einem Teller mit Messer und Gabel. Das Schinkensandwich war eingewickelt in eine Papierserviette, und er nahm es, den Teller und das Besteck zurückweisend, in die Hand, begann zu essen. Ob sie das zweite Glas mitnehmen könne, fragte die Serviertochter. Ich weiß nicht, ob er wiederkommt, sagte Hans Villiger. Die Serviertochter ließ das Glas stehen, schenkte Hans Villiger ein und ging zurück zum Büffet, wo sie ein Tablett mit Glühwein-Gläsern in Empfang nahm, um es zum Tisch der Kartenspieler zu tragen. Der würzige Geruch von erhitztem Wein, Zimt, Zitrone, Vanille erfüllte die Gaststube, angenehm und einschläfernd.
Am 28. Mai 1933, als in Langenthal der ›Bund für Volk und Heimat‹ (BVH) gegründet wurde, war Eugen Bircher Versammlungsleiter, hatte Hans Villiger notiert. Bircher wollte offenbar alle patriotischen und national gesinnten Schweizer zu einem Bürgerblock, einer Art Nationalpartei, zusammenschließen. ›Endlich die rechten Männer mit dem richtigen Programm.‹ Sah er, Bircher, sich als möglichen ›Führer‹ der erwähnten ›Einheitsfront, die siegen wird‹? Hans Villiger wollte darüber mit den Kursteilnehmern diskutieren. Er hatte sich noch keine abschließende Meinung zu diesen Fragen gebildet, beabsichtigte aber, sich einmal näher mit der Person des Eugen Bircher zu befassen. Das Schinkenbrot schmeckte vorzüglich, es tat gut, etwas Kräftiges in den Magen zu bekommen, der Kalterer war schwer und machte träg, der Pfeifenrauch und der Gestank von Zigaretten vergifteten die Luft, und Hans Villiger mußte sich eingestehen ... ja du besch zemmli bsoffe ... Jedenfalls sahen die Fronten den Bircherschen BVH als Konkurrenz, jedenfalls befürchteten die Sozialdemokraten, durch die personelle Verflechtung der Führerschaft des ›Bundes für Volk

und Heimat‹ mit der Armee (Bircher war hoher Offizier) könnte dieser ein Organ werden, um ›im entscheidenden Moment den faschistischen Durchbruch zu vollziehen‹ – während wiederum Bircher posaunte, ihm bereite ›die Frontenfrage die größte Sorge, um nicht zu sagen schlaflose Nächte‹, er sehe die Gefahr einer Spaltung des Offizierkorps, denn ›zahlreiche gute, zuverlässige und brave Offiziere liebäugelten nicht nur mit den Fronten, sondern würden sich direkt zu ihnen bekennen‹. Seinem Schwager und führenden Frontisten Oehler schrieb Bircher als nunmehriger Anführer (oder Buffo) des BVH 1934: ›Ich habe für die Bewegung ein objektives und nachsichtiges Urteil immer gehabt ... heute kann ich nicht mehr daran glauben, daß es sich um ehrliche und anständige Motive in der Bewegung handelt.‹ Bircher war wohl empfänglich gewesen, auch darüber wollte Hans Villiger reden, für die Ziele und das Soldatische, für die Prinzipien von Ruhe und Ordnung, vielleicht gar für das Rassistische, bestimmt für das Faschistische. Aber die Frontisten und Nazis lehnten die parlamentarische Demokratie ab, und das konnte dem Volksvertreter Bircher, der doch überzeugt war von der parlamentarischen Struktur des Staates Schweiz, letztlich nicht passen, es mußte ihm suspekt und zuwider gewesen sein. Und, schrieb Hans Villiger mit dem Kugelschreiber auf die Karte, damit hat er instinktiv – oder kalkuliert? – wie die Mehrheit reagiert. Der Nationalsozialismus hatte wahrscheinlich in der Schweiz keine Chance, weil er antiparlamentarisch war und nicht mit der damaligen Unbestrittenheit und Macht der historischen Parteien rechnete, die man in Deutschland, wo sie kaum eine Tradition hatten, wegfegen konnte: Im ehemaligen Kaiserreich ist der Führer erst möglich geworden... (Den Faschismus nach deutscher Fasson, hatte Hans Villiger notiert, gibt es in der Schweiz nicht. Aber faschistisches/faschistoides Denken und Handeln feiert auch hier Urständ – siehe Dokumente: Vaterländischer Verband/Bürgerwehren–.) In der

Gaststube herrschte nun ein gewaltiger Lärm. Die Teilnehmer des Maskenfestes hatten unter Anführung der Musikanten eine Polonaise begonnen, stießen die Tür in die Wirtschaft auf, tanzten herein in einem Regen von Konfetti und Papierschlangen, mit Lärm und Getrommel, Räuber, Hexen, Drachen, Häschen, Indianer, Clowns, Neger, Dr. Mabuse, Chinesen, Faust, Froschkönig, Harlekins, Außerirdische, Superman, Monster, Prinzessin und Unmaskierte mit erhitzten Gesichtern, Militärpersonen, Narren, Barbarossa, ein vierblättriges Kleeblatt ... durchzogen singend, stampfend, lachend den Raum, hopsten, hüpften um die Tische herum, klopften den Gästen auf die Schulter, ein Bär wollte Hans Villiger das Schinkensandwich weggrapschen, ein Vampir leerte das Glas des Kommandanten in einem Zug, ein Ungeheuer packte die jugoslawische Serviertochter, hob die Kreischende hoch, preßte sie, die zappelte, in seine Arme, ein Polyp griff nach Brüsten, freute sich am Aufschreien, ein Scheich verteilte Dollarscheine, auf denen die Freiheitsstatue nackt war. Hans Villiger raffte in aller Eile seine Karten zusammen, gab das Sandwich verloren, wurde von einer Schönen mit Halbmaske (violett) und violetten (verführerischen) Lippen am Arm gepackt und mitgezerrt (ihren Arm hatte sie unter seinen gehakt und ihn hochgezogen, einfach so), er roch ihren Atem, ihr Parfüm (es mußte eine Frau sein), auch schmiegte sie sich, als er stand, ohne Umschweife an ihn, und er fühlte die Berührung ihrer Brüste und merkte, daß ihm zwei Stichwortkarten (gelbe) zu Boden gefallen waren: SOMMER 34 / Volksinitiative der Bundesverfassung / Fronten fordern Verbot der Einbürgerung von Juden / Einschränkung der Befugnisse des Parlamentes, doch als er sich bücken wollte, ließ ihn die Schöne nicht frei, Füße, Schuhe, die Karten (gelb), die Tür ins Freie wurde aufgeworfen und der Kopf der Polonaise zog hinaus in Nacht und Schnee, in die kalte klarsichtige Sternennacht, abgelehnt, verworfen die Initiative, damals, und im Freien drängte sich die Frau dichter an ihn heran, wollte ihn auf den Hals küssen, es durchzuckte seinen Kopf, haha, dabei mußte er an den aargauischen Gautag 36 in Baden denken, Musik, Umzug, Trommler, Banner, fühlte einen Druck im Magen, bist du prüde, in der Stadt verschmierten und bespuckten Fröntler die Schaufenster jüdischer Geschäfte, ein Würgen im Hals fühlte er, betrunken wie er war, schofel, und im ›Adler‹ würden die Narren achtlos auf seinen Karteikarten herumtrampeln, warum mußt du immer an Unangenehmes rühren, an das den Leuten Peinliche, warum steckst du die Nase in Historisches und umgibst dich mit Toten – etwa um dein Leben nicht unter Beweis stellen zu müssen, Katastrophist du, hick, er roch jetzt das Parfüm der Frau nicht mehr derart aufdringlich, penetrant, sah wie Superman mit einem Kätzchen aus der Polonaise ausscherte, es umarmte, und Superman beugte den Körper des Kätzchens über den Kühler eines geparkten Autos, Oberkörper/Unterleib Schatten, und es war ihm – Villiger dir – am Arm der schönen Frau leichter, direkt weich war er, wenn nur ihr Mund ihm nicht so bedrohlich vorgekommen wäre, Schlürf-Fisch (violett), und er befürchtete, ersticken zu müssen, falls sie ihn küßte, was sie erstrebte, was er zu verhindern suchte, wünschte, alle weichen wir zurück aus Angst, mit der Seele/Nase an Vergessenes zu rühren, die eigene Nase hat die Grenze der Welt zu sein, und jetzt boxte ihm ein Sheriff die Faust in den Rücken, warum, in der Vorweihnachtszeit 36, fiel ihm ein, zirkulierten in Baden Listen, auf denen Geschäftsinhaber sich der Kundschaft als Mitglieder und Sympathisanten der Nationalen Front empfahlen, und was hatte dies mit seiner Trunkenheit zu tun; vor ihm ging jetzt im Taktschritt der Polonaise, aus der es für ihn kein Entrinnen zu geben schien (es hätte das Entrinnen aus der Klammer der Schönen vorausgesetzt), ein SS-Scherge, Flugblätter waren in Baden verteilt worden: Kauft nicht bei Juden ... rund vierzig Nazigruppen hat es im Aargau gegeben, sagte Hans Villiger zu der Frau, die er nun bereits als Begleiterin sah, doch sie lachte nur, lachte lauthals ... auch in Wohlen hat es eine Versammlung mit Krawall gegeben, sagte er, vielleicht ist der SS-Scherge mit dabei gewesen, auch bei den Wahlen 37 hätten die Fröntler einmal mitgemacht, bei den Großratswahlen; ach du, sagte die Frau, der Mann vor uns ist doch kein Großrat; ja, sagte Hans Villiger und merkte, daß ihm schwarz wurde vor den Augen, über dreikommavier Prozent sind die Nazis nicht hinausgekommen und 1940 haben sich die Gruppen der Nationalen Front aufgelöst ... er spürte den Boden unter den Füßen nicht mehr, du hättest nicht soviel trinken sollen, und die Kälte war fast ein Ernüchterungsschock ... er ließ sich vornüberfallen, kippte in den Schnee, in nassen, kalten Schnee betrunken unter dem Sternenhimmel, und es war, als würde der violette Mund der Frau mit einem Beil gespalten, dann kam ein kleiner Schrei, kam ein Ausruf, Jessesmaria du ... aber sie blieb bei ihm, ihm fast treu, und die Polonaise mit dem Nazi, den Wölfen, den Huren und Clowns, den Königen, Gangstern, Göttern, den Kleeblättern und Drachen zog weiter mit der Musik, die verklang und verflog, während der Kommandant in seinem Büro wohl an dem Verlustrapport schrieb und irgendwo ein Mensch gezeugt und einer geboren wurde und einer sterben mußte oder gar getötet wurde im Freiamt, während Hans Villiger sich wieder aufzurappeln versuchte, hochkam auf die Knie und die Frau ihm das Gesicht einrieb mit kühlem barmherzigem Schnee.

8

Man kann sich dies vorstellen: wie er jahrelang auf das Ziel hingelebt hat, hindämmerte auf den Tag wie auf ein zu erreichendes Glück, um ganz plötzlich an diesem Fasnachts-Dienstag, während es kalt war und schneite, die Entscheidung zu fällen, als er, die Vorhänge beiseite geschoben, im Rollstuhl am Fenster saß und hinabschaute auf die Straße, wo gleichförmig und sinnlos Auto um Auto vorbeifuhr als Gleichnis für ein Leben, sein eigenes; und im Augenblick der Einsicht, als er den Entschluß es zu tun, ja, es unbedingt heute zu tun, schon gefaßt hatte, begann in seinem Gedächtnis ein Erinnerungsfilm abzulaufen, in dem er seine Zeit durchmaß, Tag für Tag und Monat, Jahr für Jahr ... und die Personen, seine Eltern, seine Frau, die Kinder, mit denen er in Beziehung und Berührung gekommen war, berührten ihn nicht mehr, und nichts mehr bezog sich auf sie ... Fremde waren sie geworden, ein Film aus starren Einzelbildern war sein Leben, bestenfalls ein Fotoalbum, in dem man ab und zu blätterte ... du hast mit dieser Frau, Heirat, das und das, Geburt, und die Kinder, dann und dann, Tod, Begräbnis ... Wie war es doch, als die Liebe eingefangen wurde mit der Ehe, Momentaufnahmen ... man kann sich das alles vorstellen.

Er mußte Calvados getrunken haben. Als Emma nach Hause kam, stand die angebrochene, halbvolle Flasche auf dem Tisch. Es hatte Jahre der Vorbereitung gebraucht, hatte ihn Jahre gekostet, er hatte den Entschluß vielleicht in einer einzigen Sekunde getroffen, eine Sternschnuppe durchblitzte sein Denken; so kann, so könnte es gewesen sein.

Man kann sich vorstellen, wie er eines Tages begonnen hat, sich als ein ewig Gefangener zu fühlen, festgelegt, fixiert auf Vorstellungen von einem Leben, die sich nicht erfüllten, nicht erfüllen konnten.

Die eigene kleine Familie im eigenen kleinen Haus.
Gefangen könnte er sich gefühlt haben, so verbissen, als halte er sich selbst mit den Zähnen fest.
Ein Leben in Harmonie, ein Leben voller Glück. Lehrzeit, Verliebtsein, Beruf, die Ehe, Kinder, und das allmähliche Schwinden der Harmonie, die vielleicht von allem Anfang an nur Schein gewesen war.
Ein Gefangener also im eigenen Biß war er gewesen und hatte dies gefühlt und schließlich gewußt. Bis eines Nachts im Traum, wo aller Anfang ist, seine Eckzähne anfingen, nach unten zu wachsen, länger und länger nach unten, und nach dem Traum am Tag weiterwuchsen. Schnell und schmerzlos stießen sie senkrecht durch sein Herz. Vorstellen kann man sich das, sagte Hans Villiger zu Katrin: So ist der Stumme stumm geworden.
Er mußte sich im Bad aufgehalten haben, er hatte das Wasser laufen lassen und nicht abgestellt.
Verliebt, hatte Emma einmal gesagt, war ich eigentlich nie in ihn; und sie hatte gelacht, und ihr Lachen war eher gequetscht und dünn als befreiend gewesen.
Und er? Waren Emmas Träume vom besseren Leben sein Alptraum geworden?
Er mußte Musik gehört haben, was ungewöhnlich war, denn eigentlich hörte er nur selten Platten; als Emma jedoch nach Hause gekommen war, hatte sie das grüne Leuchtauge des Plattenspielers gleich gesehen in der sonst dunklen Wohnung, und eine lange nicht mehr gespielte Platte (Franz von Suppé) lag auf.
Nach einer sogenannten Hirnstreifung hatten sich erste Sprechstörungen bemerkbar gemacht, nach einer Wiederholung hatten sich die Artikulationshemmungen verstärkt. Aber, sagte Emma, er ist auch sonst anders geworden. Nicht mehr nur Sprechstörungen, sondern jetzt Sprachverlust und also Verstummen, überlegte Hans Villiger: so als würde Vater unser Denk- und Sprachsystem nicht mehr verstehen. Nicht mehr begreifen wollen, hatte Katrin gesagt. Und René: Ihr mit euren

Interpretationen und der ganzen stupiden Psychologie; er hat einen weiteren Hirnschlag erlitten, das ist die einfache Wahrheit.
(Es könnte ein Rückzug gewesen sein, der Versuch, sich der Sprache zu entziehen, sich Mutters Wortschwällen zu entziehen: mit einem Stummen redet man weniger; es könnte die konsequente Fortsetzung des Schweigens gewesen sein, er setzte sich damit zur Wehr gegen die Vergewaltigung durch Sprache...)

Der Stumme war in ärmlichen Verhältnissen aufgewachsen, in Bremgarten, der Stadt, die er zeitlebens nie für längere Zeit verlassen hatte, verlassen wollte. Früh starb ihm die Mutter, von der er zwar selten sprach, sogar nur sprach, wenn man ihn darum bat, wobei er stets ihr dunkles langes Haar erwähnte, das sie zu einem Knoten band. Von diesem Haar schwärmte er, das sie morgens verknotete, das sie nachts öffnete, und vom Duft, der von dem Haar ausging, wenn er neben ihr saß und zuschaute, wie sie es zu einem ›Bürzi‹ flocht. Der Duft, hatte er gesagt, als er noch sprach, werde ihm unvergeßlich bleiben. Er war ein guter Schüler, durfte eine Lehre machen. Er ging zu Fuß in den Betrieb, wurde vom Lehrmeister auch verköstigt; er hatte dort Mehlsuppe derart verachten gelernt, daß er sich später weigerte, die Speise auch nur anzurühren. Und als er zwanzig war, während der Rekrutenschule, brach der Zweite Weltkrieg aus, und er blieb vorerst Soldat.
Seine Anspruchslosigkeit.
Täusch dich nicht, Hans, sagte Emma, er hat immer sein Taschengeld gehabt.
In der ersten Zeit seines Rollstuhl-Daseins hatte er häufig das Neue Testament auf den Knien gehalten, darin gelesen, langsam gelesen, denn diese Beschäftigung war ihm ungewohnt und bereitete ihm, der vom Schweißen ohne Schutzbrille geschädigten Augen wegen, beträchtliche Mühe; die Kapitel von Versehrten, von Krüppeln, Blin-

den, die Textstellen von Gelähmten handelnd, hatte er in der Zeit gelesen... Nimm dein Bett, steh auf und wandle.

Nein, eigentlich fromm sei er nie gewesen, sagte Emma, einen Glauben habe er wohl schon gehabt. Aber was weiß man von einem Mann, der schweigt und verstummt, sich also verweigert hatte eine ganze Ehe lang. Er ist träg, sagte sie, das ist es; er war träg und langsam, und langweilig war er auch, sagte sie. Ihn trieb kein Ehrgeiz an, und darum hatte er es zu nichts Besonderem gebracht. Doch, räumte sie ein, gutmütig ist er auch gewesen, vielleicht zu gutmütig und darum ausgenutzt worden.

Der Stumme war in seiner Jugend ein begabter Radrennfahrer, hatte René erzählt. Zwar kein Sprinter, aber ein zäher Kletterer und Kämpfer am Berg. Doch eines Tages, kurz nach der Heirat, nach einem Amateurrennen rund um den Kanton Aargau, einer unendlichen Regenfahrt, die er trotz eines Sturzes mit verschürften Schenkeln und Armen beendet hatte, verkaufte er sein Rad und sämtliche Ersatzteile, er war von der Stunde an kein Rennfahrer mehr, und weshalb, begründete er nie. Noch heute, wenn man die gelähmten Beine des Stummen nackt sah, ahnte man, daß sie ehemals die kräftigen Beine eines Radrennfahrers gewesen waren.

Er mußte es geschafft haben, Wohnblock und Umgebung selbständig und unbemerkt zu verlassen, man hatte auch keine Rollstuhlspuren entdeckt, was allerdings nicht verwunderlich war bei dem Schneetreiben, das am Nachmittag immer wieder einsetzte.

Sein Vater, hatte der Stumme einmal erzählt, sei ein einfacher Arbeiter gewesen, zeitlebens in einer Gießerei habe er gearbeitet, und das Größte sei es gewesen, wenn die Mutter für die Familie einen Kaninchenbraten habe zubereiten können. Kaninchenbraten mit Kartoffelstock, dies sei an Festtagen ihr Festessen gewesen. Ein Arbeiter und stiller Mensch, ein einfacher Mann, ja, bescheiden sei

sein Vater gewesen. Einmal sei ihm der Hut gestohlen worden, jahrelang habe er dann ohne Hut gehen müssen, winters im Schnee ohne Hut, und bei Regen ohne Hut, weil man damals und bei den Verhältnissen, in denen sie gelebt hätten, vielleicht sogar glücklich gelebt bis zum plötzlichen Tod der Mutter, nicht so ohne weiteres einen neuen Hut habe kaufen können, dafür habe ganz einfach das Geld gefehlt. Müßte man die Geschichte der letzten dreißig Jahre des Stummen erzählen, hatte Hans Villiger einmal zu Maria Cohen gesagt, es wäre die Geschichte eines kleinbürgerlichen, jedoch stetigen materiellen Aufstiegs und gleichzeitig die Geschichte eines schrittweisen psychischen und körperlichen Zerfalls.
Der Stumme ist so, wie sein Vater war, hatte Emma bei einem Familientreffen in seiner Anwesenheit gesagt. Wie sein Vater ist er, der en guete Tscholi, ein lieber Kerl war. Und er, der Stumme, hätte es, wie sein Vater auch, zu nichts gebracht.
Wenn du ihn nicht dazu getrieben hättest.
Katrin hatte sich für den Stummen gewehrt, nahm ihn in Schutz, während er selbst dasaß im Rollstuhl, die Augen gesenkt und mit manchmal leicht zuckenden Lippen, die bebten und sich zuspitzten, als würden sie Wörter zu formen versuchen trotz der Hemmzunge, Sätze, die das Gehirn zwar gedacht hatte, die jedoch verlorengegangen waren oder vergessen, auf dem langen Weg zur Artikulation.
Immerhin habt ihr nun alle eine gute Ausbildung, sagte die Mutter. René, in dessen Unternehmerkarriere Emma das dem Ehemann gesteckte Ziel wohl am ehesten erreicht, ja sogar übertroffen sah, hatte schlichten wollen, meinte: Ja, es geht uns doch allen gut. (Was willst du, hatte er zu Katrin gesagt, als sie unter sich waren, warum greifst du sie an, wir haben doch alles, und sie haben alles, was sie brauchen, ja sich gewünscht haben: eine schöne Wohnung, genügend Geld, ein Auto.)
Klar, es geht uns großartig, hatte Jo, die auch am Tisch

saß, ihren Vater angeschrien. Sie war aus der Wohnung gelaufen, hatte die Tür hinter sich zugeknallt. Der Stumme, der seinem Vater auch äußerlich ähnlich sah, hätte nie den Aufstieg geschafft von der kleinen schäbigen und auch feuchten Wohnung, deren Küche nicht einmal ein Fenster besaß, ohne Bad, ohne Warmwasser, das Plumpsklo hinter dem Haus ... in die moderne Eigentumswohnung mit allem Komfort, wäre nicht Emma gewesen, die treibende Kraft.

Das Heizen, hatte Emma wiederholt geklagt, sei schlimm gewesen, und kein Geld für Briketts hätten sie gehabt und gefroren in der Küche, deren Boden kalter Stein war. Die Waschtage waren Schreckenstage, eine einzige Plage: von morgens fünf Uhr an in der Waschküche; der Dampf, die Kernseife, der Siedetopf, die Plackerei am Waschbrett; einerseits schweißnaß das Gesicht vom heißen Dampf, andererseits klammkalt die Beine vom Boden her, so habe sie arbeiten müssen; das elende Auswringen der schweren, nassen Wäsche, Vaters Überkleider vor allem, die sie kaum sauberbrachte, das Schleppen und Schuften, Kreuzschmerzen, jedesmal Kreuzschmerzen seien die Folge gewesen, und rotgeschwollene Hände.

Der Stumme und sein Vater würden wohl noch heute im ungeheizten Schlafzimmer schlafen, den Stubenofen mit Holz einfeuern, Kirschkernsäcke auf die Ofenbank legen, abwarten, bis die Steine die Hitze gespeichert hatten, sie ins Bett legen zum Vorwärmen; und jahrelang trügen sie denselben Mantel, bis er schäbig war, und dieselben Schuhe, und statt eine warme Sohle in die Schuhe zu legen, würden sie Zeitungspapier zurechtschneiden und einpassen, und das Klo wäre noch immer hinter dem Haus, und die Ferien verbrächten sie in dem langweiligen Nest Bremgarten, mit Spaziergängen im Wald, ewige Pilzsammler...

Er hatte keinen Brief hinterlassen. Er habe ihr nie – oder nur selten geschrieben, sagte Emma; sie besitze keinen einzigen Liebesbrief von ihrem Mann. Er hatte weder Brief noch Spuren hinterlassen, nur das Wasser, das Wasser im Bad ließ er laufen. Seine Mutter, hatte der Stumme Hans Villiger einmal gesagt, sei eine schöne Frau gewesen. Verglich man Fotografien, so war ersichtlich, daß er ihr Haar hatte, das Dunkle ihrer Augen auch. An einem Sonntagmorgen, als man sich gewundert habe, warum sie nicht aufgestanden sei, das Frühstück vorzubereiten und in die Kirche zu gehen, habe er sie wecken wollen; doch die Mutter habe tot im Bett gelegen, und der Vater hatte ihr Sterben nicht einmal bemerkt; als erster und ganz früh, vor Tagesanbruch, war der Vater schon aufgestanden und in den Wald gegangen, denn es sei die Zeit der Brombeeren gewesen. Mit dem Milchkesseli war er in den Wald gegangen, ohne ihren Tod zu bemerken.

Man kann sich dies vorstellen: er hat am Fenster gesessen, auf die Straße hinabschauend, wo die Beleuchtungen eingeschaltet worden waren und die Lichter der Autos vorbeizogen und der Lack der Karosserien manchmal aufglänzte, nachdenklich hat er am Fenster gesessen, während der Raum, die Wohnstube sich immer mehr verdunkelte und in Dämmer fiel bei der Musik dieses Franz von Suppé, den er als junger Mann verehrt hatte, dessen Operetten vor allem, die aufgeführt worden waren im Casino, und er dachte vielleicht daran, daß er gern einmal im Chor mitgesungen hätte, aber den Mut sich anzumelden, auf den Aufruf in der Zeitung hin, nie aufgebracht hatte.

Was, du und singen, wo du kaum redest.

Nie hätte er zu Emma sagen können, ich singe mit im Chor der Operette, und er litt darunter, unter seiner Unfähigkeit, sich dieser Frau zu eröffnen, ihr zu sagen, was er dachte und fühlte; aber sobald sich in ihm die leiseste Absicht regte, diesem Denken und Fühlen mündlich, also mit gesprochenen Worten und Sätzen Ausdruck zu verleihen, schnürte sich ihm die Kehle zu, verspürte er

ein Würgen im Hals, da wurde die Zunge Stein, und sowenig er sich einfach so aussprechen konnte, vermochte er sie, Emma, einfach so in die Arme zu nehmen. Er ist kalt, kalt wie ein Fisch.
Am Fenster sitzend, gebunden an den Rollstuhl, war es ihm vielleicht erschienen, all das, was sein Sprechen und Singen hätte sein und ausdrücken können, verdichte sich in dem grünen Auge des Plattenspielers, das sehr schön und leuchtend wie ein kostbarer Stein das einzige, aber ein starkes Licht in der Wohnstube war, als stummer Ausdruck seiner selbst, des Mannes im Rollstuhl: man kann sich dies vorstellen – vorstellen, wie ihn mit einem Mal die Schwermut überfiel, ihn ansprang wie ein geschmeidiges Tier, sich über ihn warf, ihn beinah erdrosselte, plötzlich ein vielarmiger Polyp war, der sich über ihn stülpte und ihn umhalste, und vielleicht war es auch eine Angstsekunde, in der er entschieden hatte, ich werde es tun, heute.
Emma hatte den Abend bei einer Bekannten verbracht, mit ihr geplaudert, gestrickt für das Kind Hans Villigers; sie hatten ein Glas Wein getrunken, Konfekt verzehrt mit der Leidenschaft enttäuschter Frauen und am Fernsehen irgendeine Quiz-Show verfolgt, es war, den Worten Emmas zufolge, ein ›schöner Abend‹ gewesen. Doch als sie nach Hause gekommen war, kurz vor elf, da hatte sie gleich gewußt: hier stimmt etwas nicht. Ganz selbstverständlich, gar automatisch hatte sie dies festgestellt, geschult an Enttäuschungen und Leid. Nichts war zu sehen gewesen. Alles war so, wie es zu sein hatte und oft anzutreffen war, wenn er sich schon zu Bett begeben hatte; nur das laufende Wasser, das sie im Treppenhaus gleich gehört hatte, machte sie stutzig, laut schoß der Strahl in die Wanne, und der Stöpsel war zum Glück nicht eingesteckt ... und das grüne Licht in der Stube, es war plötzlich ein Zeichen für Unheil; so war es ihr vorgekommen.
Der Stumme war verschwunden.

Der Stumme mußte das Haus ungesehen verlassen haben, mit einer Flasche Calvados, das ist vorstellbar, unter der Decke, einer Flasche Calvados vom besten, die er sich gekauft hatte, als der Entschluß, es zu tun, beinah gefaßt war und, vielleicht weil eine auf dem Balkongeländer sitzende Kohlmeise seine melancholischen Gedankengänge unterbrochen hatte, nicht ganz gefaßt werden konnte, sondern halbherzig geblieben war, und unausführbar... Mit einer Flasche Calvados, ohne einen Hinweis zu hinterlassen, und wären das nur Radspuren im Schnee gewesen, doch Radspuren hatte das Schneetreiben wieder zugeweht, mußte es der Stumme geschafft haben, das Haus, die Straße, die Stadt zu verlassen ... und die halbleere Flasche (nicht vom besten) auf dem Tisch diente nur Tarnzwecken.

Emma war entsetzt gewesen, ganz einfach entsetzt; der Stumme war weg, ohne ein warmes Kleidungsstück, Mantel und Jacke hingen in der Garderobe. Er war wohl weggefahren mit der Kraft, die Verzweifelte aufbringen, um sich zu retten, und führte die Rettung auch in den Tod.

Man kann sich dies vorstellen: Emmas Aufregung, Emmas Angst, Emmas Telefonanrufe rundum. Man kann sich das vorstellen: wie der Stumme sich Weg verschaffte, mit Armkraft sich Weg bahnte durch den Schnee; über verschneite Pfade rollte das Gefährt mit dem Mann, und die Flasche Calvados lag ihm auf den Oberschenkeln, die Flasche, die zuerst kälter war als die Beine, lag auf Beinen, die bald so kalt waren und schnell kälter als die Flasche unter der dünnen Decke, und er hatte weder Jacke noch Mantel angezogen, er hatte vorausgesehen, erahnt, diese kalte Nacht würde seine Nacht sein – da bedurfte es nicht wärmender Kleider, so kleingläubig war er nicht.

Sie, Emma, habe sich unverzüglich auf die Suche begeben, nach aufreibenden Telefonanrufen: Der Stumme ist weg. Doch die Suche sei vergebens gewesen.

Und er war weggefahren, hatte die Kräfte, die jahrelang geschonten, mobilisiert für den Augenblick, seine Nacht, diesen Moment des Entschlusses, der Kraft erforderte, damit er durchgeführt und wahrgemacht, das Glücksziel erreicht werden konnte in der Kälte, der Dämmerung, einer blau hereinbrechenden Nacht mit den ersten starren, unheimlichen Sternen am Himmel, und so wegfahrend könnte, was vorstellbar bleibt, dem Stummen durch den Kopf gegangen sein, irgendwo im Amazonasgebiet wohne ein kleines Eingeborenenvolk, das noch nie einen Kontakt mit der Zivilisation hatte, dessen oberste Gottheit der Sternenhimmel ist, der Sternenhimmel, der nun über ihm, dem Stummen, sich auftat, und er trank Calvados, vielleicht schon draußen im Wald, wer kannte den Wald so wie er, Pilzplätze und Schonungen, die Blumengründe und Beerenverstecke, und das Volk im Amazonas sieht mit einem Mal Himmelserscheinungen, die man nicht erklären kann, neue Sterne, unbekannte, schnell vorüberziehende Sterne, und Angst und Schrecken verbreitet sich angesichts der aufleuchtenden Bordlichter, die vorübergleitenden Flugzeugen gehören, welche von den Eingeborenen zwar als Himmelsphänomene erschaut, aber weder gedeutet noch erkannt werden können; nachts, in hellen Mond- und Sternnächten gerät ihr Himmel in Bewegung, da leuchtet es auf und verglüht, zieht vorüber, taucht auf und unter, so wie dem Stummen Bilder aufgetaucht sein mögen und verklungen, und er hatte sich in der Kälte, im Schnee plötzlich aufgehoben, ja geborgen gefühlt, ahnend, dies bedeutete Tod, Erfrieren, Kältetod, und er trank vom Calvados, daß Wärme ihn durchglühte, an das Amazonasvolk hatte er gedacht, der Trinker, das Eingeborenenvolk, dessen Himmel in Unordnung geraten ist und das befürchtet, es werde eine Katastrophe über den Urwald ergehen, als Strafe eine Kälteperiode, tropische Kälte über Menschen und Tiere ... durch die vertrauten und verehrten Sternbilder ziehen von nun an fremde Lichter und Sterne,

durchkreuzen den Himmel, rot, grün, weiß ... ihr Himmel und mit dem Himmel ihre Welt ist aus den Fugen geraten, und um sich zu retten, ja in Verzweiflung und Not, fangen sie an, die Neugeborenen den Sternengöttern zu opfern, und der oberste Medizinmann schreit den Satz, der Wehklagen bringt über das Volk
Fürchtet euch – ein neues Zeitalter ist angebrochen
da hatte der Stumme vielleicht den letzten Schluck Calvados getrunken und die Flasche in den Schnee fallenlassen, geräuschlos sackte sie in den Schnee und er sah weder Boden noch Himmel, nur noch das Blau der Nacht, und ein Blau in sich selbst, ein zunehmendes Blau sah er, ein blaues, schönes, kaltes, tröstliches, letztendlich unabdingbares Ende sah er und sah, was man sich nicht mehr vorstellen kann.

Heimkehr der Herde

I

Der Sommer war sehr groß –
war trocken und heiß. Die Sonne brannte auf die Felder, auf Vieh und auf Menschen, quälte sie. Seit Wochen führte die Reuß wenig Wasser, als wären ihre Brunnen im Gebirge versiegt. Im unbewohnten Teil der Au spielten ein paar Kinder am Ufer, wateten durch das Wasser, das ihre Knie nicht erreichte, liefen über trockenen Sand, auf dem glattgeschliffene Kiesel verstreut lagen. Hans Villiger ging mit seiner Tochter am Fluß spazieren. Lina war nun drei Jahre alt. Sie wollten ein Bad nehmen. Das Wasser roch nach Fisch und Tang, die Felder rochen nach ausgeglühter Erde, vom Holzlager, das zum Waffenplatz gehörte und wo frisch entrindete Stämme gestapelt waren, kam der Geruch von Harz, süßlich. Und kein Vogel, der sich regte, kein Hund, keine Katze.

Erster August

Wenn die Hitze den Fluß austrocknen würde, wenn der Sommer so lang andauern würde und so heiß wäre, daß die Reuß versickerte ... und das Flußbett wäre nichts als ein wüster steiniger Graben, der sich rundete um die Stadt. Vielleicht würden viele Menschen erst dann erkennen, was der Fluß ihnen bedeutete, wie er Landschaft prägte und Leben. Es wäre ein Schock. Schlimmer als eine Überschwemmung nach einer Regen- und Unwetterzeit, wenn der Fluß sich braun verfärbte von mitgeführtem Erdreich, anschwoll und über die Ufer trat. Oder bräche der Damm – schlagartig kämen die Wasser. Und würden allmählich und lautlos ausbleiben bei anhaltender Trockenheit. Hier und dort kollerte zwar ein Stein ins kahle Bett, und Sand würde nachrieseln. Man wäre ratlos. Der Naturgewalt einer Sintflut könnte man begegnen – wie vorgesehen im Katastrophen-Szenarium. Aber

an das Austrocknen schien niemand zu denken, es war nicht erwogen für den Krisen-Fall; Durstvisionen würde es auslösen... Und wie man sich gegen eine Überschwemmung aufbäumen könnte (Kampfstimmung müßte sie auslösen), würde man sich der Trockenheit ergeben, ergeben müssen.
Hans Villiger erreichte die spielenden Kinder. Lina, seine Tochter, war ein Stück weit vorausgelaufen, verweilte bei den Buben und Mädchen und schaute zu, wie sie Kiesel aus der seichten Reuß fischten, sie begutachteten, die schönen aussonderten und in eine Plastiktasche legten, die anderen zurückwarfen.
Das Geräusch, wenn ein Stein nach dem Wurf einschlägt ins Wasser; die Geräusche von damals. Du stehst jetzt in der Lebensmitte, dachte Hans Villiger. Manchmal hatte er das Gefühl, im Freiamt nicht nur verwurzelt zu sein, sondern festzukleben...
Er blieb stehen, beobachtete die Kinder, sah sein Mädchen mit ihnen spielen. Es war das jüngste, kräftig, ihm ähnlich. Es hatte sich niedergekniet, grub mit einem Löffel im Sand, schaufelte Steine in ein Loch.
Draußen im Fluß sprang ein Fisch, schnellte aus dem Wasser, ein blitzender Leib.
Der Sommer hatte sich eingelassen...
Überall lagen auf der Sand- und Kiesbank auch Holzstücke verstreut, vom Fluß ausgewaschenes Wurzelwerk, abgeschliffen, von graublauer Färbung, in der Sonne gebleicht, ähnelnd den Skeletteilen eines urweltlichen Tieres, das sich im Todeskampf über das Freiamt gelegt hatte, das Land bedeckend mit dem riesigen, bereits erkaltenden Leib, vor Jahrtausenden. Und über dem Fluß ein Flimmern, fast Zucken ... und die Hitze-Ausdehnungen der Luft über der Stadt, die er in der frühnachmittäglichen Stunde ganz deutlich sah, Haus um Haus, ein Bollwerk, kompakt unter den Spiegelungen und Brechungen des Lichts. Luft, überlegte Hans Villiger, einmal den Versuch wagen, eine Geschichte der Luft

zu schreiben (auch das wäre eine Leidensgeschichte), von den ersten Liebkosungen durch Vogelschwingen bis hin zu den Wunden, die Düsenflieger in sie schneiden – erzählen von der Verletzung ihrer Substanz... Die Geschichte der Luft wäre als lange Reihe nicht wiedergutzumachender Versehrungen zu begreifen. Von Gasen, Giften, Schmutz, Atomexplosionen ... bis hin zu einer zerlöcherten Ozonhülle; von den ununterbrochenen Menschenangriffen auf ihr Blau müßte berichtet werden, und davon, wie verfallen der Mensch diesem Blau wiederum auch ist.

Du lebst hier, dachte er manchmal, du hast dich eingerichtet, einrichten müssen ... hier ist deine Heimat, und er verstand das weder ironisch noch zynisch, er war nicht dem Irrtum unterworfen, hier sei alles gut, im Freiamt sei es gut und besser als an anderen Orten. Er dachte jedoch auch nicht im mindesten daran, auf Heimat zu verzichten, den Ort und den Begriff aufzugeben; auf Heimat beharren, auch wenn sie oftmals Hölle (Ghetto) ist.

Die Geschichte der Luft wäre zu schreiben als Teil der Menschengeschichte, parallel zur Geschichte der modernen Technik, die auch eine Zerstörungsgeschichte ohnegleichen ist. Frühere Völker hatten Brunnenvergifter getötet, nun wurde vergiftet, was man als Voraussetzung zum Leben brauchte ... jetzt schändete man im Einverständnis Erde, Wasser, Luft und also den Menschen. Hans Villiger stellte sich vor, einmal würden nachts die Lichter ausgehen, das Frciamt läge dunkel und still, und mit einem Schlag würden sämtliche Giftpartikel und alle Schadstoffmoleküle, die in Erde, Wasser und Luft schwebten, grellfarbig aufleuchten und das apathische Land mit einer phantastischen Illumination in Angst und Aufregung versetzen, so daß man unweigerlich an den Weltuntergang dächte.

Lina riß ihn aus den Gedanken. Der Kleinen war es zu warm, sie wollte aus den Kleidern und nackt spielen am Ufer, nackt im Sand sitzen. Er half dem Kind beim

Ausziehen, entledigte sich selbst der Kleider, legte sie auf einen sonnenwarmen Stein, hockte sich in der Badehose zu Lina und half ihr Sandkuchen zu formen. (Auch alles am Menschen Beschädigte würde aufleuchten und aufscheinen – Natur und Mensch würden in dieser Irrlichter-Nacht als Einheit dargestellt, sie wären nicht zu unterscheiden: als irisierende Punkte/Partikel, als glühende Kette könnte man sie betrachten, der Mensch erhielte Gelegenheit, sich als verletzten Teil eines geschädigten Ganzen zu erkennen.)
Lina holte mit dem Eimerchen Wasser und füllte ein Loch im Sand damit auf. Die anderen Kinder waren gegangen. Hans Villiger saß im Sand, saß mit dem Kind im Sand, hatte schon als Kind dagesessen, an derselben Stelle mit seinem Vater.
Und sein Vater als Kind mit dem Vater hier im Sand an der Reuß, die floß und weiterzog, ebenso still weiterzog, wie die Kinder weitergegangen waren, talabwärts. Hochoben am Himmel ein Punkt, ein Flugzeug, das einen Kondensstreifen hinter sich zurückließ, schnurgerade im Blau. (Vielleicht hat das, was Heimat ausmacht, mit dem Fluß zu tun, mit den Spielen am Fluß, mit dem Bauen einer Landschaft aus Kieseln, Holz, aus Sand und abgeschliffenen Glasstücken.) So wie sich jetzt in seinem Kind, das selbstvergessen spielte, Heimat bildete. Sich einprägende Bilder. Formen der Umgebung. Die Himmelsfarbe. Gerüche von Wasser und Luft. Die Beschaffenheit des Sandes, von Stein und Holz. Was das Kind sinnlich wahrnahm, blieb haften im Gedächtnis. Es schuf ein Gleichnis für Sehnsucht und Zeitlosigkeit – bildete Schutz vor Verlusten, Alpträumen, Angst. Hans Villiger stand auf, ging zum Fluß, trat ins Wasser, das seine Knöchel umschmiegte. Du hast manchmal ein Brett vor dem Kopf, dachte er, vergleichbar der Grenze, die ein Land um sich zieht... Er ging weiter in den Fluß hinaus, spritzte sich naß von oben bis unten, sprang ins Wasser hinein, probierte ein paar Schwimmzüge, tauchte auf.

Der Fluß reichte ihm bis zur Brust. Er schaute dem Kind zu, das, ihm den Rücken zuwendend noch immer ins Spiel vertieft, sein Weggehen nicht bemerkt zu haben schien. Er stieg aus dem Wasser, ging auf das Mädchen zu. Es hatte seine Schuhe mit Sand aufgefüllt, berührte mit den Händen seine Beine, die naßverklebten Haare. Er nahm es an der Hand. Zusammen gingen sie nun ins Wasser. Lina spritzte wild um sich, ging, an der Hand des Vaters, weiter, bis das Wasser ihren Bauch erreichte (man stellt sich dann auf die Zehenspitzen, es ist ein Reflex). Hans Villiger hob Lina hoch, trug sie ein paar Schritte, stieß sich ab ins tiefere, mehr als brusttiefe Wasser, drehte sich so, daß Lina auf seinen Rücken zu hocken kam, schwamm ruhig, mit gleichmäßigen Stößen, flußabwärts. Das Mädchen war ein Reiter, hielt sich an den breiten Schultern fest, jauchzte vergnügt. Es war schön, sich im Wasser zu bewegen, zu schwimmen, das Wasser zu spüren am Körper und den Körper des Kindes auf dem Rücken, leicht. Die eigenen Bewegungen, das Fließen der Reuß, die Beweglichkeit von Lina – alles spielte zusammen, nichts könnte ihnen zustoßen, sie hatten sich mit dem Element verbündet und waren sicher darin. Das langsame Dahinströmen, die Uferböschung, Bäume, sich ins Wasser neigende Äste, Stein und Sand und Schilf und Strauch, keine Menschen. Hielt Hans Villiger die Augen knapp über dem Wasser, war der Fluß unendlich weit; hob er Augen und Kopf, erschien der Himmel über ihnen unermeßlich hoch. Zwischen Wasser und Himmel jetzt Wald. Weitergleitend suchte Hans Villiger die Flußmitte, schwamm, spürte die Schenkel des Kindes, die Hände auf der Schulter. Lina redete unaufhörlich mit sich, mit ihm oder mit dem Fluß. Nach einer längeren Strecke führte er ein paar kräftige Beinstöße in Richtung Ufer aus, um nicht in den Sog des Wehrs zu geraten, das sich mit einem noch fernen, kaum hörbaren Rauschen ankündigte, dem er näher war, als das Geräusch vermuten ließ. Das Wehr führte nur wenig

Wasser, doch der niedrige Wasserstand machte es keineswegs harmlos. Während der starken Schwimmbewegungen klammerte sich Lina fester an Hans Villiger, legte ihre Arme um seinen Hals. Bald befanden sie sich wieder im Uferbereich, wo man Boden unter sich fand. Hans Villiger ließ sich behutsam treiben, streifte mit den Zehen Sand und Kiesel, faßte mit den Füßen Grund, behielt das Kind auf dem Rücken. Beider Haut fühlte sich gleich kühl an, und ihr nasses Haar verströmte dieselbe Ausdünstung. Sie stiegen an Land. Manchmal, wenn er dem Kind ins Gesicht schaute, glaubte er in das eigene zu blicken, in sein Kindergesicht. Sie strichen am Ufer Wasser vom Körper, streiften es ab mit den Händen. An derselben Stelle war er vor dreißig Jahren, als er schwimmen gelernt hatte, ans Ufer gestiegen. An die kleine Wiese schloß sich lichter Baumbestand an, das Ufer bildete eine Bucht, deren ausgewaschene Ränder aus glattem Sand bestanden, den Wurzelwerk und Grasbüschel zusammenhielten. In dem Wäldchen befand sich ein Tümpel, den er mit Lina aufsuchen wollte. Er hatte dort als Kind Frösche und Kröten gefangen (wer eine Kröte in die Hand nimmt, bekommt Warzen). Der Tümpel war fast ausgetrocknet, das Schilf tiefgelb, über dem Boden grau. Ein Fahrradrahmen ragte aus der übriggebliebenen Wasserlache, sie war brackig, stinkend. Um den Fleck herum war das Gelände sumpfig, Moor, es steckten Dosen und Kanister darin, abgebrochene Flaschen.

Später, als sie, am Fluß entlanggehend, sich der Stadt wieder näherten, die ersten Häuser im Detail erkannten, sahen sie in einigen Fenstern Lampions, rote Lampions mit dem Schweizerkreuz. Aus Dachfenstern lappten Fahnen, lange Zungen mit dem weißen Kreuz, und in manchen Gärten war am hohen Mast die Landesfahne gehißt, wie es am Ersten August üblich war und Brauch. Sie nahmen die Straße quer durch die Au, erreichten bald die Unterstadt, kamen zum Friedhof. Am Friedhof konnte Hans Villiger nicht einfach so vorbeigehen; er suchte jedoch nicht zuerst das Grab seines Vaters oder das Grab des Bruders auf, sondern begab sich mit Lina, vorbei am mächtigen Steinkreuz, in den hinteren Teil der Anlage, in einen Sektor mit älteren Begräbnisplätzen, wo sein Großvater bestattet war, den er sehr geliebt hatte. Es war still, es war so still, daß man das Zwitschern jeden Vogels hörte, der sich regte. Kaum Besucher im Friedhof; eine schwarzgekleidete Frau trug in einer Gießkanne Wasser zu einem Grab. Auf einer geschliffenen Schieferplatte sonnte eine Eidechse, verdeckte mit dem reglosen Körper goldene Buchstaben. Der Großvater hatte ein einfaches Grab mit einem schwarzen Marmorstein. Die Grabstelle war eingefriedet mit Riemen aus Granit, darin die trokkene graublaue Erde, ein Fleck Immergrün (wie Tierpelz), ein Stock Sommerrosen. Der Großvater lag hier seit zwanzig Jahren unter der Erde. Hans Villiger erinnerte sich an den Todestag, an den Begräbnistag, an die Worte des Priesters, HERR LASS IHN RUHEN IN FRIEDEN ... und wie er betrübt gewesen war, damals. Noch jetzt klang die Traurigkeit nach. Wie ein nie verstummendes Echo. Er war froh, die warme Hand von Lina halten zu dürfen, die Kinderhand in seiner Männerhand, und er drückte sie fester, als Lina versuchte, sich zu lösen, um Rosenblätter aufzuheben. Er hatte die behördliche Nachricht erhalten, dieser Sektor werde im Frühjahr eingeebnet, die Grabstellen würden aufgehoben ... er solle Bescheid geben, was mit dem Stein zu geschehen habe; es wurde versprochen, die exhumierten ›Reste des Verstorbenen‹ weiter zu verwahren im sogenannten Beinhaus. Es nützte nichts, sich zu empören. Er durfte anwesend sein, wenn er das wünschte ... bei der Grabauslöschung, er könnte zusehen, wie Arbeiter des Bauamtes Grab für Grab öffneten mit Pickeln und Schaufeln. Man würde die Gräber und die Gebeine in den Gräbern freilegen ... den Schädel des Großvaters, Knochen, einzelne Wirbel, Rippen: alles, was von einem Menschen im Verlauf von zwanzig Jahren nicht Erde geworden ist. Das Grab lag im

Halbschatten einer Zypresse. Hans Villiger dachte, friedlich liege es da; aber er dachte das mit der entsprechenden Bitterkeit. Man würde die Toten nicht ruhen lassen. Sie würden nicht, wie verheißen, auferstehen am Jüngsten Tag, sie wurden aus Platzgründen ihrer Ruhe beraubt. Im Beinhaus aufeinandergeschichtet. Und Hans Villiger dachte an ein Ereignis, das in einer ländlichen Gemeinde Aufsehen erregt und Verstörung ausgelöst hatte. Mit der neuen Zonenplanung war ein Grundstück zu Bauland geworden, auf dem ein weit in der Landschaft sichtbares, imposantes Steinkreuz mit einem vergoldeten Christus seinen Platz hatte, und eigentlich hatte niemand mehr so recht gewußt, warum das Kreuz gerade hier stand. Vieh hatte dort geweidet, aber vor Jahrzehnten war das Land auch der Gottesacker gewesen. Als dann die Bagger gekommen waren, den Aushub für Wohnblocks vorzunehmen, als sie mit ihren eisernen Schaufeln die Grasnarbe aufrissen und die Erde verletzten, so die Totenruhe störend – als sie aufschürften und aufwarfen, waren sie nach der Humusschicht auf dicken Lehm gestoßen: schwerer Lehmboden war der Friedhofboden gewesen, nasser fester Grund, in dem die Toten nicht hatten verwesen können. Die Bagger hatten Leichenteile zu Tage befördert, halbverfault ... Bärte, Augen, Brüste, Füße mit Strümpfen, und das unverweste Totengut verbreitete einen derart üblen Gestank, daß die Bauarbeiter, die ohnehin geschockt waren, die Aushubarbeiten hatten einstellen müssen ...

Nun befanden sich dort Wohnblocks.

Auf den Rasenplätzen spielten Kinder.

Das weiße Steinkreuz stand unscheinbar zwischen zehnstöckigen Häusern, kaum mehr Sonne fiel auf den vergoldeten Christus.

Vor dem Grab blieb Hans Villiger eine Weile stehen. Er dachte an den Großvater und die Gedanken/Erinnerungen stimmten ihn traurig (Du bist nachdenklich – und als Folge immer wieder traurig: könnte der Mensch nicht

denken, wäre er nie traurig). Lina war ungeduldig geworden, sie zog ihn weg. Das Weihwassergefäß war leer, der Thujazweig verdorrt. Über den Kiesweg, vorbei an der Frau, die zu der schwarzen Trauerkleidung hellrote Pumps trug und wohl betete, verließen sie den Friedhof.
Am Fuß der Kirchentreppe brannten ein paar Jugendliche ›Frauenfürze‹ ab ... es knallte nur so und zischte, wie am Nationalfeiertag allenthalben. Als Hans Villiger eben Blick hatte auf den Massagesalon DIANA, wo die Rolläden halb geöffnet waren, begannen die Kirchenglocken zu läuten. Eine junge Frau schob einen Kinderwagen an ihm vorbei, in dem ein Junge saß und ein Schweizerfähnchen aus Papier schwenkte. Durch die offenstehende Tür sah man in den Garten des Pfarrhelferhauses. Vom langen Gehen und dem Bad war Lina müde. Hans Villiger trug sie auf dem Arm die Kirchentreppe hinauf. Lina war erschöpft und schwer und ließ den Kopf vornüberfallen gegen seine Brust. Zu Hause wollte er sich noch einmal mit seinem Text beschäftigen. Hans Villiger würde am Abend, im Rahmen der Feierlichkeiten zum Ersten August, die Festrede halten.
Als er zu Hause anlangte, schlief das Kind auf seinem Arm, und er spürte Linas Atem am Hals und ein wenig Speichel auch, der aus dem Mund des Kindes getropft war. Er ging auf den Balkon hinaus und legte das Kind behutsam auf einen Liegestuhl, halb in den Schatten, und deckte es mit einem Kissen zu.
Nach dem Mittagessen war Maria aufgebrochen zu einer Radtour mit Katrin; sie schwärmten bei Gelegenheit aus, immer mit dem Rad, fuhren über heiße staubige Landstraßen an der Reuß entlang. Für Maria waren die Fahrten auch Annäherungen, der Versuch, vertraut zu werden mit Land und Leuten. Sie wollte ja heimisch werden ... allmählich im Freiamt. Nicht mehr fremd sein, die Holländerin.
Hans Villiger war es klar, daß es für Maria nicht immer

leicht war, im Freiamt zu leben; darüber hatten sie schon häufig gesprochen; und wenn sie im Frühjahr und im Herbst die Ferien in Amsterdam verbrachten, wo ihre Eltern ein Haus besaßen, war das nur ein kleiner Ausgleich für sie.

Er saß im Zimmer, rauchte Pfeife, hatte eine Tasse Tee auf dem Schreibtisch. Das Fenster zum Balkon stand offen, er würde das Kind hören, sobald es erwachte. Noch immer war es heiß, die Tageswärme drang in die Häuser, kein Wind, der kühlte, und das Gewicht der Luft lastete auf den Dächern.

Hans Villiger hielt die Pfeife in der Hand, senkte die Stirn auf den Tisch, erkannte in der Spiegelung der Brille die Augen. Ganz nah. Faßte den eigenen Blick, bemerkte die Fältchen ringsum, die vergrößerten Fältchen. Elefantenhaut sieht so aus. Das Augenweiß schimmerte feucht. Er hob den Kopf, nahm die Pfeife, sog, sie brannte gut. Es war hier eine ganze, vollständige Welt, nicht eine heile. Er wünschte sich manchmal, auszubrechen wie sein Großvater, der in der flugzeuglosen Zeit die Welt bereist hatte und mit neuen Erfahrungen heimgekehrt war. Um damit anzuecken und vor den Kopf zu stoßen... Er wünschte sich fort, ja, aber vielleicht war die Welt auf den ausgelatschten Pfaden gar nicht mehr zu erfahren und überall gleich. Hier also leben und arbeiten und sterben? Sein Großvater, der Welt-Durchwanderer, hatte sich nie vorstellen können, an einem anderen Ort zu sterben und begraben zu sein als in Bremgarten...

Hier dereinst begraben liegen, dachte Hans Villiger, im
Sektor mit den jetzt noch alten Gräbern
für höchstens fünfundzwanzig Jahre –

Laßt mich in Ruhe, hatte er einmal gesagt: Ich lebe auch gerne hier. Trotzdem gab es kein Recht auf Heimat. Heimat war unverbürgbar. Man verlor sie in der Einvernahme. Aber er würde sich nicht vertreiben lassen. Weder von den Wachstumsgläubigen und Fortschrittssüchtigen, noch von den Engstirnigen, die Wahrheit in

Pacht hatten und Heimat in Besitz. Ja – DABLEIBEN bedeutete Widerstand. Auch die zahlreichen Städter, dachte er, die aufs Land zogen, ins Grüne, sollten die Stadt nicht aufgeben. DABLEIBEN, auch in der Stadt Widerstand leisten, etwas entgegensetzen: Heimat fordern und beanspruchen...

Er ging im Zimmer auf und ab, die Hände in den Taschen, hing seinen Gedanken nach, dachte manchmal, er nutze mit Denken an nutzlose Dinge die Zeit. Die erkaltete Pfeife in der Hand, blieb er am Fenster stehen, betrachtete das schlafende Kind, dachte an Maria, die mit dem Rad unterwegs war, dachte an das Kind, und geriet immer neu in Schwierigkeiten, wenn er versuchte, eine Beziehung herzustellen zwischen sich und dem, was um ihn herum geschah. Er stand da, verbunden mit dem Kind, und wenn er versuchte, Verhältnis und Beziehung in Worte zu fassen, entglitten ihm die Sätze, und er wurde berührt von einer Zärtlichkeit, wußte er doch, daß Maria und das Kind ihm immer wieder den Rückhalt gaben, auf den er angewiesen war, wollte er leben. Er, sechsunddreißig Jahre alt, unentschieden, unentschlossen, grüblerisch, manchmal handlungsunfähig.

(Wie kann man handeln, ohne zuvor eine bestimmte Haltung erlangt zu haben, eine Art Einwilligung in das, was man für gut hält, für wahr.)

Er war zerrissen, allein, einsam, hatte Anfälle von Fröhlichkeit. Er hatte diese Sehnsucht, aufgehoben und geborgen zu sein. Er hätte jetzt gern den Kopf an Marias Schulter gelehnt, die Hand auf ihre Brust gelegt; es wäre tröstlich. Es risse ihn aus dem Tag und führte ihn in die Nähe des Traums. Aber wäre Maria nun da ... was würde er sagen, fühlen, was würde er nicht aussprechen, nicht einmal zu fühlen oder denken wagen... Er hatte letzthin geträumt, in einem Zug zu sitzen. In einem Zug, der von einem Land über die Grenze in ein anderes fuhr. Im selben Abteil hatte ein Mann gesessen, Zeitung lesend. Fremde öffneten die Tür, kamen herein, erklärten

ihm, er habe sich zu entfernen, der Mann, der Zeitungsleser, werde getötet. Und er war hinausgegangen, damit sie ihn töten konnten...
Hans Villiger hörte Geräusche im Haus. Maria kehrte zurück. Sie war verschwitzt, voller Leben, gutgelaunt, fröhlich. Begann zu erzählen. Und er hätte sie am liebsten in die Arme genommen, hätte am liebsten gesagt, ich möchte mit dir schlafen, aber er behielt die Pfeife in der Hand, stand da, wies auf das schlummernde Kind.

Manchmal hatte er Angst vor den Dingen, Angst vor ihrer anderen Seite, der dunklen. Und manchmal hatte er Angst vor dem Alltäglichen. Dem Normalen. Daß Maria einfach so wieder nach Hause gekommen war
jeden Tag stand das Mittagessen auf dem Tisch
jede Woche zwei Dosen Tabak (selbstverständlich)
jeden Morgen steigt die Sonne auf
und der Mond durchwandert die Nacht
jedes Jahr die ersten Sommerschwalben
und schon Ende August würden sie sich sammeln auf den Telefondrähten zum Wanderflug südwärts
die Turmuhr schlug
jede Stunde ein Schlag mehr
und von neuem die erste Stunde, Tag für Tag, Monat und Jahr. Jahre, die vergingen und sich wiederholten, als sei jeder Augenblick neu: im Grund lächerlich. Aber wahr. Lächerlich beispielsweise, wenn er am Tisch saß und Tee trank mit Maria und dem Kind, wenn sie Kuchen aßen zum Tee und dasaßen als eine kleine Familie (Kleinfamilie) und jeder dem anderen vertraute und vertraut war. Der Tee duftete. Der Kuchen schmeckte. Wenn man den Tee schluckte und fühlte, wie er heiß war und in den Magen hinabrann. Wenn man den warmen Krug anfaßte. Wenn der süße Kuchen klebte an den Fingern. Wenn das Kind lachte. Etwas verlangte. Sprach. Wenn alles einen Sinn nicht nur zu haben schien, sondern hatte. Dann fühlte er sich sicher. Gefestigt. Als wäre er ein Puzzle.

Das fiel immer wieder auseinander. Aber das brachten Maria und das Kind ins Bild mit ein paar Handgriffen. Zusammengefügt fand er sich selbst. Erkannte es und nahm es an: das Bild, das sie ihm gaben von sich. Ja, du kannst ohne Sinn und Zusammenhang nicht leben...

Sie saßen zu dritt in der Küche am Tisch, tranken Tee, aßen Kuchen. Drei Uhr am Nachmittag. Und als sei Leben erwacht trotz der Mittagshitze, versuchte eine Wespe sich auf dem Zuckerguß des Kuchens festzusetzen. Lina begann zu schreien, fuchtelte mit den Armen, letzthin hatte eine Wespe sie gestochen. Hans Villiger erschlug die Wespe mit einer auf dem Tisch liegenden Zeitung. Als sie tot auf dem Rücken auf dem Küchentisch lag, begann das Kind heftig zu weinen
und der Riß war wieder da: man lebte zwar – so hatte es den Anschein – ein gemeinsames Leben, saß gemeinsam am Tisch, hatte gemeinsame Erlebnisse, machte gemeinsame Erfahrungen, wohnte in derselben Wohnung, nahm gemeinsam die Mahlzeiten ein
man fuhr miteinander in die Ferien
aber was denkt der andere jetzt?
man küßt einander
man kriecht zusammen mit der Frau
man schläft ein nebeneinander
die Wespe hast du getötet und das Kind beweint ihren Tod
verschlungen, vielleicht ineinander, schlief man ein zusammen im selben Bett, beinah ein einziger Körper, berührte den anderen noch im Schlaf, ihn liebkosend ...
aber in den Träumen wieder der Bruch, der Riß. In den Träumen fuhr jeder in eine eigene, dem anderen und nächsten verschlossene Welt hinein:
wenn er in seinem Traum Marias Hand hielt
umarmte sie in ihrem Traum einen anderen Mann
wenn sie in Schrecken floh, Blei an den Füßen
war er ein Mann, der konnte endlich fliegen

So unterschiedlich ging es in den Schlafwelten zu. Oft war man dem anderen entbehrlich im Traum. Träumte Hans von der Reuß, dem Freiamt, träumte Maria von den Straßen in Amsterdam, von den Bäumen im Vondelpark. Und was hatte das Kind geträumt, wenn es aufschrie nachts, konfus redete von einem grünen Mann, der Feuer hat im Mund?

Manchmal dachte Hans Villiger, die Verschiedenheit ihrer Träume und Traumerlebnisse mache das alltägliche Beieinandersein und Zusammenleben im nachhinein unwirklich, gar ungültig. Zumindest waren ihre Köpfe, wenn die Körper einander berührten im Schlaf, wie zwei zusammengebaute Kinos mit getrennten Programmen.

Maria hatte die tote Wespe in den Abfall geworfen. Das Kind lachte wieder. Hans Villiger leckte sich Zuckerguß von den Fingern. Zu dritt räumten sie den Tisch ab, dann spielten sie zusammen MEMORY.

2

Riechst du sie, fragte Goldfarb, es laufen Pferde im Garten. Er saß im Lehnstuhl, den Kopfhörer aufgesetzt, war niedergeschlagen und traurig, obwohl im Walkman die Unvollendete jubelte. Er hatte in den letzten Nächten kaum geschlafen, war fiebrig gewesen, unpäßlich und hatte keinem etwas davon gesagt.
Pferde im Garten?
Es riecht nach Pferdemist, darauf beharrte er, saß mit geschlossenen Augen, ohne auf Jo zu achten, ohne sie hören zu können. Auf dem Tisch lag die Brille. Er hörte Schubert, hatte sich einen Walkman gekauft. Der Alte ist süchtig wie Flip, dachte Jo. Es geht mit mir bergab, sagte Goldfarb und schnaufte aus durch die Nase; die Kondition ist erschöpft, in einer der nächsten Runden geht Opa k.o. Das Herz, seit einem Vierteljahr will die Pumpe nicht mehr. Jo hatte ihm die Beine verbunden, er hatte sich ihrer Fürsorge überlassen. Die Wunden neben dem Schienbein würden sich nicht mehr schließen, er wußte das, und Jo wußte es auch. Es war ein Verwesungsprozeß eingetreten vor dem Tod. Neben der Brille Kleeblumen in einem Glas. Das Fenster stand offen, trotzdem roch es nach Salbe, Desinfektionsmittel und Mull, der feucht war von geronnenem Blut. Altmännerschweiß. Im Garten sah Jo einen jüngeren Mann, der Rosenstöcke an die Hauswand versetzte; ein paar Frauen saßen auf den Bänken unter den Apfelbäumen, den Vogel beobachtend, der badete im Sand auf dem Kiesplatz. Eine Frau hatte die Strümpfe bis über die Knöchel hinuntergerollt, so daß man ihre grauhäutigen, von Krampfadern marmorierten Unterschenkel sah. Am weißen Mast hing die Schweizerfahne herunter. Im Rücken hatte Jo das Schnaufen Goldfarbs und seine Reglosigkeit, mit der er, ein Stein, im Lehnstuhl saß, vor sich die Bewegung – Leben – auf dem Balkon vor dem Speisesaal, wo Pfleger rote Blechbüchsen

mit dem Schweizerkreuz, Talglichter auf der Brüstung verteilten. Schwestern hängten Papiergirlanden auf und bunte Lampions.

Pferde riechen süßlich, aber gut, sagte Goldfarb, bestimmt läuft im Garten ein Polenhengst, verschreckt die alten Damen, bis man ihm die Stute bringt zur Beschälung. In seinen Ohren schmiegte sich die Melodie der Klarinette ein in die Klänge der Geigen und Bratschen: Liebkosungen waren das, dachte er, zum Sterben schön. Und mußte an den Tod denken: Der ist ein Fötus, man hat ihn in sich. Er wächst. Er ist eine fleischfressende Pflanze, die wächst, bis sie so groß ist wie man selbst.

Bald werde ich die Hose abgeben müssen. Jo drehte sich um, lehnte am Fenster, schaute ihn an, lächelnd. Aber wenn er kommt, anklopft der Tod, werde ich auch klopfen, mit dem Stock auf den Boden und sagen: Knochenheiri wart... Wissen Sie, Jo, sagte Goldfarb, ich war dabei, als Schmeling den BRAUNEN BOMBER besiegte, das war ein Fight, du darfst es mir glauben. (In Samen und Ei wohnt der Tod, Samen und Ei, das ist ein Todesprogramm. Bei der Zeugung wird ein neuer Tod gestartet. Das Leben ist nichts als ein letztlich fideles Zwischenspiel, kurz und absurd, verrückt, aber schön. Das Leben ist die Mechanik des Sterbens; das Leben ist der Selbsterhaltungstrieb des Todes. So hatte er sich vernehmen lassen letzthin und Jo den Kopf vollgeredet, daß sie ihn hatte schütteln müssen zum Zeichen des Widerspruchs.)

Er nahm den Kopfhörer ab, saß da, die Augen geschlossen, glich einem Frosch, der Angst hat, daß Menschen ihn fangen, während Jo im Zimmer hantierte, aufräumte und plötzlich erklärte: Sie müssen sich auch wieder einmal waschen. Das schien ihn nicht zu berühren. Er hockte da, blies die Backen auf, die so beweglich und lose in seinem Gesicht hingen, als habe er das Gebiß nicht eingesetzt. Er hatte den Plan pedantisch bedacht und ersonnen; er hatte alles Nötige eingeleitet, arrangiert;

und heute war der Tag, auf den er sich vorbereitet hatte mit astronautischer Perfektion.
Countdown, sagte er, bitte wasch mir die Haare.
Schnaubend hatte er den Kopfhörer abgenommen und auf den Tisch neben die Brille gelegt. Kläglich dünn spielte die Unvollendete aus den Hörmuscheln, bis die Kassette plötzlich ausklinkte.
Jo hatte den Hocker vor das Waschbecken gestellt, Goldfarb setzte sich darauf, etwas umständlich, beinah schwerfällig und langsam, als müsse er haushalten mit seinen Kräften bei jeder Bewegung. Er begann das Hemd aufzuknöpfen mit gichtigen, um die Gelenke verdickten Fingern. Über den Kopf konnte er es nicht mehr streifen. Auch das Unterhemd zog ihm Jo aus, obwohl er sich dagegen sträubte. Beinah ergeben neigte er den Kopf vornüber, Jo goß warmes Wasser über Glatze und die noch verbliebenen Haare, schäumte den weißen Haarkranz ein mit Shampoo, massierte die Kopfhaut, spülte den Schaum ab. Goldfarb saß da, ein magnolienfarbener Berg. Vom Gürtel her abgestuft Wülste, Wammen, Bukkel, bis hin zu den schmächtigen Schultern, die zerbrechlich wirkten angesichts des übermächtigen Bauchfetts, aus denen aber ein feister fleischiger Nacken stieg. Die eingefallene Brust war stark behaart, weiß, auch die Schultern waren von Haar bedeckt. Jo begann Goldfarb zu waschen, glitt mit dem Lappen über seinen Hals, der lappig war, dick, fuhr über den Rücken, die Rundung, fühlte das schwammige, müde Muskelfleisch, die großporige Haut gefärbt in der Tönung verschiedenartiger Gesteine. Sie hob in der Bauchgegend Falten an, wusch sie aus, die verborgenen Hautteile waren gerötet; sie fühlte das Rückgrat, sah einzelne Altersflecken und Male. Sie wusch ihm die Brust, berührte beinah zärtlich die flachen violetten Warzen, den weichen hellbraunen Hof, der sie umgab, es war, als hielte sie welk gewordene Brüste in den Händen, wusch auch die Vertiefung des Nabels aus, sah das Herz schlagen unter der Haut, sah

ein Adergeflecht neben dem Schlüsselbein. Sie begann sanft und leicht seinen Nacken zu massieren und bat ihn nach einiger Zeit, aufzustehen, wollte ihm die Hose aufknöpfen. Doch Goldfarb wehrte sich, energisch.
Sie sind doch nicht prüde.
Aber ein Gentleman.
Er wartete, bis sie das Zimmer verlassen hatte, bevor er anfing, sein Gesäß zu waschen, und auch das Geschlecht, sorgfältig und behutsam, als sei es empfindlich wie ein weiches Pferdemaul.
Nach dem Waschen fönte sie die wenigen dünnen Haare und half ihm beim Ankleiden. Er zog die Jacke an, steckte den Walkman in die Tasche, stöpselte den Kopfhörer ein und setzte ihn auf. Er nahm trotz der Hitze den Hut, behielt ihn in der Hand. Er zwinkerte Jo zu, drückte sie mit einem Mal heftig an sich und küßte sie auf beide Wangen. Als er sie wieder losließ, wunderte sie sich über sein Augenwasser. Er griff nach dem Stock und verließ das Heim. Mit den ersten Schritten im Freien setzte er auch den Walkman in Gang, ließ den Schubert abfahren unter dem blauen Himmel, unter der stechenden Sonne, ging mit etwas steifem Rücken, sich jedoch gelassen gebend, in Richtung Kirche, mit einem Ausdruck im Gesicht, den man, sagte Jo später, fast als selig hätte bezeichnen können.
Er hatte den Entschluß in einer fürchterlichen Nacht gefaßt, als sein Herz sich gebärdete, als wollte es die Brust aufpickeln, und sich nachher wohler gefühlt. Er hatte den Plan sorgsam überlegt und Schritt für Schritt den Ablauf festgelegt. Auch das Geld würde ausreichen – bei weitem.
Es war Sommer, und er fühlte sich schlecht. Dabei hatte er sich gerade im Sommer immer am besten zurechtgefunden, war seine Gesundheit sommers am stabilsten gewesen. Nun die Verschlechterung der Beine, der rapide Prozeß des Alterns: das ließ ihn manchmal an Tagen für Monate altern, zerfallen. Das Herz mühte sich ab im

Stolperrhythmus, das Atmen war beschwerlich geworden, es schmerzten Leber und Nieren, sämtliche Organe wollten ihre Funktion verweigern, altersschwach und störrisch ... wie ein Wagenroß, das den Karren nicht mehr ziehen mag.

Atonie der Muskulatur, hatte der Arzt gesagt.

Ein Schwamm war er, vollgesogen mit Giften und Krankheit.

Die Sehkraft hatte nachgelassen, das Gehör, schmecken, riechen, es kam noch soweit, daß er den Pudding schluckte, den man ihm vorsetzte als Nachtisch. Goldfarb machte sich nichts vor, die Aussichten waren wenig ersprießlich.

(Bald werde ich die Hose abgeben müssen.)

Noch aber lebte er, ja, für seinen Plan lebte er noch, für seinen letzten Coup: er würde Marilyns Grab besuchen...

Es war Sommer, und er fühlte sich schlecht. Wie würde es ihm erst in ein paar Monaten ergehen, wenn die Blätter leichthin und nutzlos von den Bäumen herabsegelten – und lagen schon auf dem Rücken am Boden, und der Herbst war da, und die Alten serbelten dahin unter der faulen Novembersonne ohne Lamento: im Heim würde das Personal die Sterbezimmer desinfizieren und die Betten der Abgänge neu beziehen; dem Tod folgte ein Neueintritt, anscheinend unverdrießlich. Ein neues Gesicht im Speisesaal, neue Gesichter anstelle der alten, aber wiederum Greise, Greisinnen, künftige Opfer für warme Winde, Dauernebel; Verlorene in der Auseinandersetzung mit dem Knochenheiri, der den Arm um ihre Schultern legte und sagte: Kommt mit ... und sie folgten ihm. Kommt, lockte der Knochenheiri und grinste nur deshalb nicht, weil ihm zum Grinsen Mund und Gesichtsfleisch fehlten. Und würde Goldfarb nach dem gefräßigen Sommer auch den Herbst überleben, so beutelte ihn gewiß der Winter mit Eis und Schwäche – überstand er den Winter, war er der Schneeschmelze und

dem plötzlich hervorbrechenden Grün ausgeliefert, ja, trotzte er den beiden kommenden Jahreszeiten, so schlenzte ihn füglich der Frühling ins Grab, Goldfarb log sich da nichts vor, nicht einmal behelfsmäßig.
Aber am fünften Achten jährte sich Marilyns Todestag zum zwanzigsten Mal, und er würde nach Westwood reisen, ausreißen: jetzt zu gegebenem Anlaß und bevor es zu spät war. Bevor ihn eine Krankheit ins Bett zwang, bevor ein Schlaganfall das Vorhaben vereitelte, er wollte Marilyns Grab besuchen, dort verweilen an ihrem Todestag, ihr Rosen bringen, einen Bus roter und weißer Rosen, ein Rosenmeer würde ihr Grab sein, und dann könnte man ans eigene Sterben denken, weltvergessen. (Vor ein paar Wochen hatte man Heymann unter die Erde gebracht. Vielleicht war Heymann doch ein Freund gewesen. Hatte einen Film angeschaut am Fernsehen, ein Glas Wein getrunken. Die Frau war ins Bett bei dem langweiligen Film – aber von einem anhaltenden Zischen geweckt worden, mitten in der Nacht. Da hatte ihr Mann vor dem Sofa gelegen in einer Lache roten Weins, tot, und auf dem Bildschirm aufdringlich laut das ewige Schneien.)
Goldfarb betrat den Salon DIANA behend, er war dort ein gerngesehener Gast, hatte sich mit einem blonden ›süßen‹ Mädchen besonders angefreundet und sie ins Vertrauen gezogen, auch was seine Marilyn-Pläne betraf. Nicht ohne Hintergedanken. Stück für Stück der Sachen, die er für die USA-Reise benötigte, hatte er in ihrem Zimmer deponiert; der Salon DIANA war die Basis für seine Expedition geworden. Und keiner im Haus hatte entdeckt, was er forttrug. Oder ausheckte.
Goldfarb nahm den Hut ab, den Kopfhörer, legte beides auf das Bett, auf das er sich auch setzte. Seufzend. Er war noch einmal in der Stadt gewesen, hatte dem Mädchen ein Geschenk mitgebracht, eingepackt in blaues Seidenpapier. Ein weiches Geschenk, verschnürt mit Goldband.

Das ist für dich, sagte er, nahm die Brille ab. Hatte wieder dieses verflixte Augenwasser, nicht den geringsten Luftzug mehr, so kam es ihm vor, schien er zu ertragen.
Ein Pullover, freute sich das Mädchen.
Als sie den Pullover anprobierte, redete Goldfarb von Marilyn. Sie habe von einem Pullover jeweils drei Stück gekauft. Größe 38 für zu Hause, Größe 36 für eine Party, und die 34 für den Fotografen. Das Mädchen hatte sich abgewandt, als würde sie sich genieren, so entblößt, halbnackt vor ihm zu stehen. Goldfarb sah den makellos hellbraunen Rücken und die weiche, schön geformte Schulterpartie, die feinen Träger des BH. Das Mädchen wandte sich ihm wieder zu, lachte, hatte Freude und zeigte das auch, war ganz vergnügt: Paßt prima, der Pullover.
Das Mädchen setzte Wasser auf, brachte ein Glas. Goldfarb rührte seinen Blasentee an, schaute zu, wie rotlakkierte Fingernägel über die Wähltasten des Telefons tippten, als das Mädchen ein Taxi anforderte. Das Zimmer war kärglich möbliert. Ein Bett mit rotem Überwurf, an der Wand ein Spiegel, in dem das ganze Bett einsehbar war. Zwei Poster mit nackten Mädchen, die liefen an einem Meeresstrand zwischen Pferden. Auf einem Glastisch die Handtasche aus Knautschleder, schwarz; neben der Tür Stuhl und Waschbecken, rosa. An der Wand ein Kreuz mit Palmzweig und Rosenkranz. Der Rosenkranz hatte weiße Glasperlen und ein blaues perlmutternes Kreuzchen. Es ist alles entschieden, prophezeite Goldfarb. Was aber noch lange nichts gewährleistet. Das Mädchen schaute auf die Uhr. Noch einen Kunden heute, sagte sie, dann mache ich Feierabend.
Ob er drüben bleibe, in den USA?
Möglich, sagte Goldfarb, wenn ich es schaffe, bleibe ich drüben; wenn ich es packe, sterbe ich in den USA, man wird mich in Westwood begraben müssen...
Man tut, was man kann, sagte das Mädchen.
Man kann, was man tut, sagte Goldfarb.

Dann klingelte der Taxifahrer an der Tür. Goldfarb nahm die Reisetasche, küßte das Mädchen, versprach, in einem gefütterten Briefumschlag von Marilyns Grab Erde zu schicken, mit Rosenblättern vermengte Erde, und ging.

Goldfarb besaß einen Paß. Der würde ablaufen Ende des Jahres. Also war er noch gültig. Und der Paß hatte keinen Eintrag: entmündigt. Das hatten die Beamten und Söhne und Juristen gänzlich verpaßt. Dem Taxifahrer erzählte er eine Geschichte, brühwarm zum Weitersagen, denn suchen würde man ihn mit Sicherheit. Vor dem Bogen fahrend sah Goldfarb zwei Frauen, die nebeneinander mit dem Rad unterwegs waren, plaudernd. Er erkannte Maria Cohen, er drückte sich in den Sitz, unterließ es zu winken. Auch sie würde er vielleicht nie wiedersehen...
Natürlich hat es Nazis gegeben, Maria, scharfe Hunde. Die hatten eine schwarze Liste im Sekretär und die eingerollte Hakenkreuzfahne im Schrank. Denen ist das Arbeitslager für die Juden im Geißhof ein Dorn im Auge gewesen. Und einem, von dem es hieß, er würde der künftige Gauleiter sein, ist das Haus abgebrannt; aber dann sind Eisenbahnwagen voller Holz gekommen, aus Deutschland, für den Wiederaufbau...
Die beiden Frauen waren nicht mehr zu sehen, auch nicht im Rückspiegel, in den Goldfarb einen Blick warf...
Maria, im Mamaroneck war ich mit Marilyn, sie war nicht sehr groß, einsachtundfünfzig, hatte einen langen Rücken und eine lange Taille, eine wirklich wundervolle Taille, aber sie gehörte nicht in dieses Jahrhundert. Er hatte mit Maria Tee getrunken und Gugelhupf gegessen, mit dem Kind gescherzt, das zutraulicher geworden war, auf seine Knie kletterte, nach seiner Brille gegriffen hatte. Der Taxifahrer fuhr gelassen und zügig, gleichmäßig tickte der Zähler, hier galt als Maß für die Zeit nur der angezeigte Geldbetrag. In Zürich, vor dem Landesmuseum, wo prächtige Fahnen an weißen Masten wehten,

ließ sich Goldfarb absetzen. Er bezahlte den Fahrer. Neben seiner Tasche stand Goldfarb am Straßenrand und wartete, bis der Mercedes Diesel, eingereiht in den spärlichen Sonntagsverkehr, verschwunden war. Dann überquerte er die Straße zum Hauptbahnhof und fuhr mit der Bahn zum Flughafen Kloten.
Als er den Terminal betrat, das ungastliche Gebäude, gefügt aus Beton, Stahl, Glas und Stein, als er fast blind einsickerte in das Menschengewimmel, als er Passagiere, Hostessen, Polizei, Neugierige mehr hörte als sah, als hätte sich seine Brille beschlagen, kam er sich doch sehr verloren vor und allein. Er hatte Bremgarten verlassen, die Stadt, in der er länger gewohnt hatte, als gemeinhin ein Leben dauerte, wo er entmündigt worden war und versorgt auf seine alten Tage noch, daß nun Wehmut und Zorn in ihm hochstiegen zu gleichen Teilen...
Sonore Stimmen aus Lautsprechern, Passagiere wurden ausgerufen, ein verlorenes Kind; vorbei, die Gänge an der Reuß, vorbei, die Gänge in die Stadt, aus, Pferde, Jo, am Ende, das Leben gelebt, schutzlos, ausgeliefert, man rief die Passagiere zum Flug 756 auf, Schalter 9 K. Er war angetreten zur letzten Wegstrecke, und mit einem Mal war es ihm, es rieche ganz erbärmlich nach Menschen, nach Schweiß, gut zu wissen für Goldfarb, daß er unter all den Fremden, den Geschäftsherren, Arabern, schönen Damen, Negern, Gelben die geladene Luger bei sich trug.
Westwood, Marilyns Grab.
Es war für Goldfarb, als kehre er nun heim, als müßte er zu Marilyn gehen. Du bist der Hüter ihres Grabs, dachte er, du hast ja keine Freunde mehr. Heymann tot – auch die Jugendlichen aus dem besetzten Haus hatten nie etwas von sich hören lassen, hatten ihn geduzt und vergessen. Marilyn hatte gesagt: Ob rechts oder links, alle Menschen sind gleich. Schwein bleibt Schwein, hatte sie erklärt, und Orangensaft getrunken mit dem Halm.
Ulcera cruris, hatte der Arzt diagnostiziert, da kann man

nicht mehr viel machen. Sie sind ja auch kein Springinsfeld mehr, hatte er gesagt, geschwiegen...
Goldfarb überließ die Reisetasche dem Transportband, schob das Ticket einer freundlichen Hosteß zu, die es prüfte und ihm zurückgab. Mit Stock und Hut, so stand er im Terminal, ein Frosch, der über den großen Teich will. Er hatte jetzt plötzlich auch Mut, einen grandiosen, ja fulminanten Abschluß würde er inszenieren. Im Blumengeschäft kaufte er eine Margerite und ließ sich die Blume von der Verkäuferin ans Revers heften. Er hatte im Freiamt gelebt und gearbeitet, aber ein Ort zum Sterben war es nicht mehr für ihn. Westwood (USA), in einer Pension würde er sich einmieten als Privatier, ohne ein Aufsehen zu machen, und auf dem zuständigen Amt ein Grab reservieren, ein gewöhnliches Reihengrab auf dem Friedhof von Westwood: in der gleichen Erde wie Marilyn wollte er Erde werden. Täglich würde er ihr Grab besuchen, gelassen abwarten. Vielleicht auf Rennpferde wetten, wenn das Vermögen schrumpfte (was kosten wohl heute täglich 12 Rosen in Westwood). Er würde also noch einmal die Kurve nehmen, den Absprung wagen und den Söhnen ein Schnippchen schlagen, diesen Haarölseichern, die ein fünfzigjähriges Leben lang noch nicht einen einzigen Tag anders gewesen waren als normal, stinknormal, und also verrückt. Denn verrückt mußte doch sein, wer das Leben behandelte, als wäre es ein gezähmtes Haustier.
Goldfarb gelangte zur Paßkontrolle, tastete etwas verunsichert nach dem Hosenbund, grinste. Alles okay. In einer netten Pension still leben, den Rest Leben und Geld aufbrauchen. Ein Schreiben aufsetzen, vielleicht, überlegte er, und nur noch zwei Frauen waren vor ihm in der Reihe, ein Testament hinterlassen, die Frau vor ihm roch nach Honig, ganz erbärmlich nach Honig, hatte honigfarbenes Haar und honigfarbene Haut und ein blütenweißes Kleid, an wen sollte er schreiben, wen aufklären, informieren über seinen Verbleib. Der Beamte nahm

Goldfarbs Paß zur Einsicht entgegen, schaute das Papier gründlich an, inspizierte Goldfarb, der geradeaus starrte, als käme er gut so aus, ohne Blick in helle Beamtenaugen...

Die Musterung war überstanden, er wurde durchgewinkt zum Zoll, suchte, wieder in der Reihe hinter der Honigdame, schon den Ausgang 20 B. Auf dem Flugfeld wartete die Maschine, in dreißig Minuten sollte der Start sein; ein paar weißgekleidete Leute standen um das Flugzeug herum. Ihr Handgepäck? fragte ein Zöllner. Er habe kein Handgepäck, sagte Goldfarb. Ob er an dem klaren Augusttag das Freiamt wohl sehen würde von der Maschine aus, den Lindenberg. Ein Mann nahm ihn fürsorglich am Arm, Bremgarten, führte ihn in eine Kabine, Reuß und Wiesland, begann hinter Wänden und Vorhang Goldfarb mit einem Stab zu befühlen, Maisfelder, Ackerland, mit einem Stab, der vorn einen metallenen Ring hatte, Dörfer und Weiler, tastete Goldfarb ab. Und der Stab begann plötzlich zu ticken, tickte ganz wild. Was er in der Brusttasche habe, fragte der Beamte. Die Luger. Er wollte sie sehen, war frech genug, nach der Luger zu greifen. Nein. Goldfarb würde ihm die Luger nicht aushändigen. Er drängte den Beamten energisch ab, fuchtelte mit dem Stock, brachte sein Körpergewicht zur Geltung und Einsatz, entkam aus der Kabine, ging so flink die Beine es zuließen. Die rechte Hand auf der Brust und auf der Luger, strebte er auf Ausgang 20 B zu, schnaufend. Drohte mit dem Stock, schob die Stewardeß nicht gerade sanft zur Seite, öffnete die Tür, marschierte stracks auf das Flugzeug zu, beachtete nicht die beiden Polizisten, die ihn verfolgten.

Halt! Halt, riefen die.

Doch ihr Befehl konnte nicht ihm gelten, er wollte ja bloß zu Marilyn, zum Flugzeug gelangen, schlimm genug, daß ein alter Mensch noch derart rennen muß, und im Versuch, den massigen Goldfarbleib in Trab zu setzen, war er der dicke Frosch, dem es besser anstehen würde, auf einem Seerosenblatt zu verweilen, den man zwang ins Wasser...

Halt!

Da fiel ein Schuß. Und noch ein Schuß.

Zwei stechende Einschläge im Wadenbereich: so fühlte Goldfarb den Schmerz, stürzte vornüber, bemerkte im Stürzen, wie seine Brille weggeschleudert wurde, aufschlug auf der Betonpiste, und dann sah er nichts mehr – oder dort, wo die Maschine wartete, sein Flugzeug, wurde es hell, gleißend und heller, dort sprang mit einem Mal aus dem blauen Himmel heraus, aus der glühenden Sonne, das phosphoreszierende Pferd, und auf dem Pferd ritt Marilyn, stieg ab, lief auf Goldfarb zu, kniete neben ihm, beugte sich über ihn, beugte sich über einen besinnungslosen Mann, den sie liebte

Oh Dave

Die Betonpiste eine Sommerwiese. Der Polizist, der geschossen hatte, kniete vor Goldfarb, riß ihm die Luger aus der Brusttasche, die Margerite lag abgeknickt auf dem Boden, der Polizist untersuchte das Bein, erhob sich, winkte mit den Armen, lief zum Eingang, hoffentlich, dachte Goldfarb noch, zertritt er nicht die Brille, Glas auf Stein, das Knirschen, das Rauschen der Reuß. Marilyn legte sich neben Goldfarb, oh Dave. Und sie lachte, strich sich eine Haarsträhne aus dem Gesicht, wischte ihm den Schweiß ab. Eine Hitze... Einen Kerl habe sie gekannt, sagte sie. Der habe sich im Sommer zwei Kugeln Eis auf zwei Tellern bringen lassen. Habe die Stiefel ausgezogen, die Vanillekugel in den rechten, die Erdbeerkugel in den linken Stiefel gesteckt. So sei er weggegangen. Das ist Eleganz, sagte sie und wurde beiseitegeschoben von den Sanitätern. Die fuhren einen alten Mann ins Krankenhaus. Dem war zweimal ins Bein geschossen worden, in den rechten Unterschenkel. Es blieben Blutflecken zurück, eine zerschlagene Brille. Und der Kreideumriß eines daliegenden Menschen. Das Flugzeug startete ohne Verspätung. Auf der Sommer-

wiese begann es einzudunkeln, das Leuchtpferd weidete friedsam, in seinem Schein umarmte Goldfarb Marilyn. Das Tier hob nicht einmal den Kopf. Im Krankenhaus Bluttransfusionen. Polizei. Eine Krankenschwester zog Goldfarb die Hose aus, von der schon auf dem Flugplatz ein Sanitäter ein Stück Bein abgeschnitten hatte knapp über dem Knie.
– Ein Verrückter.
– Ein Terrorist.
Goldfarb wurde in den Operationssaal gefahren, ein Chirurg übte sein Handwerk aus, schüttelte dabei den Kopf. Ein Behältnis wurde gefüllt mit Fleisch, Blut, Knochen, während Goldfarb im Flugzeug über dem Freiamt flog, das lag so schön in der Sonne und Marilyn sang RIVER OF NO RETURN, mußte eine Stelle immer von neuem wiederholen, trank in den Pausen Tomatensaft, und das leuchtende Pferd war die einzige Lichtquelle im Raum. Goldfarbs Hose hatte ihm jemand über den Rükken gelegt anstelle des Sattels, und der Hengst trottete auf Marilyns Grab zu, und Goldfarb stand dort, betend, und der Bus kam, der VW-Bus mit den roten und den weißen Rosen, und es verwandelte sich Marilyns Grab ...
Er habe den Unterschenkel amputiert, sagte der messerführende Chirurg, das Bein oder das Leben, er habe dies abwägen und entscheiden müssen.
Goldfarb lag da, klar im Kopf lag er da, stellte sich schlafend, lag da mit Marilyn
festgebunden, angehängt an Schläuche und Flaschen, mußte mit einem Mal an den Himmel denken
an einen möglichen Gott
hatte Christus doch im Tod sein Menschsein vollendet
war es vielleicht ein verhängnisvolles Mißverständnis
weiterhin wie die Juden den Messias zu erwarten
der sich ereignete für jeden einzelnen zu gegebener Zeit
als der Tod
trotzdem dachte er auch, du kannst keine Gnade erwarten; wenn du einmal ausgeliefert bist, gibt es keinen, den

du anrufen kannst; wie weit werden die anderen gehen... Goldfarb kämpfte um Klarheit, bis ihm die Infusionen Sinne und Gedanken raubten, den Willen, ihn betäubten, herabminderten vom Geschöpf zur Kreatur, daß er nur noch dahinsiechte an diesem gottlosen Ort, und nicht einmal mehr Marilyn Einlaß fand in seine Träume. In seinen Träumen litt er. In seinen Träumen war er ein Frosch. Den hatten bösartige Menschen auf ein Brett gespannt, um ihn zu quälen.

3

Angenommen, jemand unternähme es, im unwegsamen Gelände des Mondes zu spazieren, und sich ganz langsam zwischen Mondgestein bewegend, entdeckte er plötzlich in einem Feld zertrümmerter Meteoriten ein grasgrünes Moped ... ja, so weltvergessen stand das Moped am Ufer der Reuß. Es lehnte an einem Baum, ein CIAO, daneben stand ein blecherner Kasten mit Ködern, Blei, Anglerzeug, und der Mann, dem die schutzlosen Besitztümer wohl gehörten, war nur auszumachen, hatte sich Daniel vergewissert, wenn man die Hand über den Augen zu einem Schirm formte und das Ufer absuchte – weit oben, in der Nähe des Klosters, hatte der Mann außer Hör- und Rufweite geangelt.

Im Wald, der die Uferböschung bestand, hatte Daniel Holz gesammelt, war etwas hinter der ›Familie‹ zurückgeblieben, drückte eine dürre Tanne um mit gleich viel Kraft wie Wut und schleppte sie auf den Weg hinunter, eher widerwillig als eifrig. Was sollte er sich abrackern für ein langweiliges Erstaugust-Feuer, er würde lieber Fußball spielen auf dem Platz hinter dem Heim ... ja, als er die Tanne hinter sich herschleifte, mißmutig, da hatte er das Moped entdeckt.

Er war jetzt bald dreizehn und ansehnlich groß, man schätzte ihn älter, er hatte bereits den Stimmbruch. Das CIAO war grasgrün, seine Lieblingsfarbe. Er hatte das Moped betrachtet, das so lockte, und unvermittelt gewußt: Du hast schon immer türmen wollen und abhauen aus dem Heim. Dazu hätte es zwar nicht eines Mopeds bedurft, auch ein Fahrrad wäre zweckdienlich gewesen, oder ein Pferd. Das beste wäre ein Pferd gewesen, und beim nächtlichen Fluchtritt durch den Wald hätte er die Hufe mit Lappen umhüllt, damit keiner die Galoppschläge hörte. Doch jetzt war heller Tag, er sammelte Holz für ein Feuer, die Sonne brannte erbärmlich auf den Weg an der Reuß, der Tank des CIAO war heiß geworden, Daniel befühlte ihn mit den Händen, auch der Sattel war ganz warm... Ausreißen mit dem Moped, das CIAO bot sich ihm an. Jetzt oder nie.

Daniel fuhr über Land, er hatte kein Ziel; oder weg von hier, war sein Ziel. Er blinzelte in die Sonne, hatte den Reußweg genommen bis Bremgarten, fuhr durch die Unterstadt zur Militärbrücke, den Weg feldaus über die Fohlenweide, wo eine Herde junger Pferde an der Längsseite der Einfriedung neugierig neben ihm hertrabte. Bei den Stallungen wartete er und schaute zwei Männern im Sonntagsanzug zu, die dem Deckhengst eine Stute zuführten, beobachtete, wie sich der Hengst ihr näherte und die beiden Tiere mit den Nüstern einander beschnupperten. Die Stute vollführte Sprünge, warf die Hinterhand hoch, wandte dem Hengst die Flanke zu; aber immer wieder legte sie auch den Schweif zur Seite, bot ihm ihr rosarotes offenes Geschlecht dar, deckte es mit dem Schweif erneut zu, ließ sich vom Hengstmaul an der Mähne zupfen. Unter gewaltigem Schnauben besprang der Hengst die Stute, wieherte auf ihr, krümmte den Rücken und schien zu explodieren. Die Männer rannten beiseite, während die Stute verharrte. Bocksteif, so kam es Daniel vor, mit gesenktem Kopf, als sich der Hengst auf ihr austobte. Die Männer hatten Zigarren im Mund, die Hände in den Taschen. Daniel saß auf dem Moped, hatte die Füße auf den Boden gestützt. Nach vollzogener Beschälung trabten Hengst und Stute einträchtig nebeneinander her auf die Wiese hinaus, und selbst der Pfiff des einen Mannes, der den Hengst zurückholen sollte, konnte die Tiere nicht davon abbringen, mit aneinanderreibenden Flanken weiterzulaufen, Kopf an Kopf, ein ausgesöhntes Paar.
Er fuhr weiter, der Pfad buckelte und krümmte sich in den Wald hinein, und so in einem Laubgang fahrend, die Bäume neigten über der Straße Äste und Zweige zusam-

men, und der Ausgang war noch nicht zu erkennen, merkte Daniel ... daß er unterwegs war nach Königsfelden... Der Mutter in der Nervenheilanstalt einen Besuch abstatten ... im Schatten des Waldes fuhr er, sah auf der Höhe von Fischbach am Reußweg zwei junge Frauen sitzen, beide in weißen Shorts, eine hatte langes rotschimmerndes Haar, die andere kurzgeschnittenes blondes. Sie saßen auf einer Bank und jede biß in ein, so kam es Daniel vor, Riesensandwich, daß er gleich Appetit bekam und Hunger spürte. Er fuhr nun durch eine rechts von Fluß und Ufergehölz, links von einem Getreidefeld gebildete Gasse. Er sang, so laut er konnte, die Hitparade von eins bis zehn und zurück. Blieb dann still. Ließ den Motor röhren ... eine Flucht ohne Ziel ist am Ende gar keine Flucht, ist vielleicht nur eine Reise vom Heim weg ins Heim zurück. Zwei, drei Tage unterwegs, das Geld verjubeln, Mopedfahren, dann mit Hänge-Ohren die Strafe in Empfang nehmen. Immerhin konnte man ihm nicht mehr androhen, er werde in ein Heim gesteckt. Er war ja schon drin. Aber jetzt frei. Und er dachte nicht mehr über den Horizont hinaus, den er, im Gegenlicht fahrend, wahrnahm als Blendung. An nichts als an die Straße wollte er denken, auf der er fuhr und die voller Schlaglöcher und ausgewaschener Dellen war. Er roch den heißgelaufenen Motor des CIAO und den schweren, weißen Staub der Straße, das Wasser, die erhitzte Luft, er sog den Duft ein von Büschen, Blumen, Ähren, und ein wenig noch hatte er den Schweiß des schnaubenden Hengstes in der Nase, auf dem er ritt und ritt, sich gelegentlich nach Häschern umsehend, die aber ohne Chance blieben, denn sein Pferd war schneller als jede Polizei und jede Polizisten-Kugel. Es war heiß, Daniel schwitzte, er zog die Jeans aus, trug darunter eine Turnhose, er klemmte die Jeans auf den Gepäckträger, fuhr mit bloßen Beinen, spürte den kühlen Fahrtwind. Er hatte nicht einmal eine Jacke dabei, eine Jacke für die Nacht wäre aber kein Luxus gewesen. Vor der Stadt

Mellingen, zwischen häßlichen Industriebauten, kurvte er auf eine Tankstelle zu. Er kaufte am Kiosk Milla Filter, MARS, eine Dose Coca Cola, ließ das CIAO auftanken. Er fuhr in die Stadt hinein, wo kaum Verkehr war, und hielt auf der breiten Steinbrücke an, die über die Reuß führte. Er setzte sich auf die sonnenwarme Brüstung, schaute hinunter auf das sich kräuselnde, die Sonne reflektierende Wasser, ließ die Beine baumeln über dem Fluß, aß langsam sein MARS, trank Cola dazu, warf die leere Dose in die Reuß und machte sich dann, fast widerwillig, auf den Weg in Richtung Königsfelden. Er fuhr mit einem Colarülpser in den Tag hinein...

In dem weitläufigen Park, abgezäunt von der Straße, stand die Nervenheilanstalt (wie ein Lustschlößchen), umgeben von mächtigen Bäumen. Ein Pfad führte um die Anlage herum. Von ihm zweigten Wege ab in offenes, begrüntes Gelände mit altem Baumbestand (Kastanien, Ahorn, Birken neben Bäumen, die Daniel nicht kannte) und führte, zwischen Rabatten und Rosenbeeten verlaufend, auf das Hauptgebäude zu. Bänke säumten die Wege, Sitzgelegenheiten auch mit Blick auf die Straße hinaus. Überall saßen die Kranken, dem ersten Anschein nach ohne besondere Auffälligkeiten.

Das Gebäude war mit Schweizerfahnen geschmückt; auch auf Fenstersimsen standen Blechdosen mit dem Schweizerkreuz. Davor hatte man Stangen aufgestellt und über den Platz rotweiße Girlanden gespannt; rote Lampions mit dem weißen Kreuz hingen daran. Dem Aussehen nach, in Verhalten und Kleidung, schienen sich viele der Patienten als ›Normale/Gesunde‹ zu tarnen, hatten ein ERSTAUGUSTABZEICHEN angesteckt. Andere trugen zu weite Kittel, schlottrige Hosen, aus der Mode geratene Röcke und saßen mit verzogenen Mündern, ruckendem Kopf oder spazierten abgewendeten Gesichts oder mit brennenden Augen. Eine Frau ging mit auf dem Rücken verschränkten Armen stumm hin und her. Ein Mann in einer engen Jacke und viel zu kurzer Hose trabte mit Riesenschritten, den Oberkörper weit vornübergebeugt, als wolle er mit der Nase den Boden betropfen, den Weg entlang, zog seine Kreise, als sei es der Zweck seines Lebens, die Sohlen von Trainingsschuhen durchzulaufen...

Über einen bekiesten Platz gehend gelangte Daniel zum Hauptgebäude der Nervenheilanstalt, meldete sich an der Portiersloge und erhielt die Auskunft, seine Mutter halte sich im Park auf, sitze für gewöhnlich am Hauptpfad auf der Straßenseite. Beim Sprechen zuckte die Auskunftsperson fortwährend mit der rechten Wange, und Daniel hatte Zweifel, ob nicht auch sie eine Patientin sei. Während er darüber nachdachte, wurde er der Stille gewahr, ja, unsägliche Stille herrschte in dem Hauptgebäude, eine alles umschließende Stille, Angst flößte sie ein. Still, sauber, kühl war es in der Halle. Überhaupt nichts war in dem Gebäude zu hören. Auch im Park nicht, wo ein sonntäglich gekleideter Mann Daniel entgegenkam, ein Buch in der Hand, freundlich nickend. Kein Laut aus den Nebentrakten, weder Schreie noch Lachen, nichts ließ sich vernehmen. Als würden Menschen und Sachen unter Verschluß gehalten. Als sei hier eine Schweigeanstalt. Als habe man sich jede Laut- oder Selbstäußerung verboten. In eine regelrechte Betäubtheit könnte man sinken. Hinabstürzen. Und Daniel war froh um das ferne Mahlen des Straßenverkehrs und um die Stimme eines Vogels, der auf dem untersten Ast eines in seiner Riesenhaftigkeit ehrwürdig erscheinenden Baumes saß, zwitschernd. Daniel schlug sich durch den Park, suchte die Bank, auf der seine Mutter saß; Männer begegneten ihm – die könnten auch von einem Fußballspiel kommen; ein Mädchen stand reglos auf einer Wiese; zwei Frauen gingen, einander untergehakt, hatten dick aufgequollene Beine, so daß ihr Gang ein schaukelnder war. So wassersüchtig ihre Beine auch waren und entsprechend mächtig die Hintern, so schmal und fast zart wirkten ihre Taillen. Ein weinender Bursche, den Kopf kahlgeschoren und Kratzwunden am Schädel. Und dann entdeckte Daniel seine Mutter, sie saß auf einer Bank mit anderen Frauen. Still, keine redete. Geradeaus blickten sie. Er freute sich, und lachend lief er auf die Mutter zu, er wollte sie umarmen. Aber als er sie berührte, als er sein Gesicht ihrem Gesicht näherte, merkte er, wie aufgeschwemmt es war, und sie roch so schlecht. Ihr Haar war glanzlos, und feist war sie geworden ... gab mit keinem Zeichen zu verstehen, ob sie ihn erkannte oder ob sie sich gar freute. Saß auf der Bank, derart fremd und befremdlich, daß Daniel ganz verstockt wurde und plötzlich sauer und böse auf diese Frau, die hier als Aufgedunsene hingelagert sich zu genügen schien, ohne ihn zu beachten. Er hätte sie anspucken mögen, treten, und spürte, wie seine Empörung wich, der Zorn abnahm und er schließlich nichts anderes empfand als Mitleid mit ihr. Es tat ihm weh, sie so abgewrackt neben Abgewrackten zu sehen. Alle auf der Bank sitzenden Frauen hatten ein ERSTAUGUSTABZEICHEN angesteckt. Und keine sprach ein Wort. Da nahm Daniel ein MARS aus der Tasche und streckte es etwas hilflos der Mutter hin. Unverzüglich begann sie zu essen, hastig, gierig, aß und schlang die Schokolade in sich hinein, Krümel fielen ihr in den Schoß. Als sie nach dem schnellen Verzehr des MARS wieder mit toten Augen auf die Straße starrte, ohne eine Andeutung von Gesprächsvermögen oder wenigstens Gesprächsbereitschaft zu geben, wandte sich Daniel ab und ging zu seinem CIAO zurück. Begann mit einem Mal zu traben, spürte die Tränen aufsteigen, wischte die Augen aus, rannte an den Patienten vorbei ... alle schienen sich ein ERSTAUGUSTABZEICHEN angeheftet zu haben als ihr Geheimbundzeichen, ja, auch der ewige Traber trug das Emblem, und eine Statue, die beim Hauptausgang zwischen zwei weißen Masten stand, an denen die Geheimbundflagge hing; der Reglose stand da zwischen den Fahnenmasten wie zwischen Torpfosten auf einem Fußballfeld, ein vergessener Torhüter, der den Elfmeter erwartet seit Jahren und nicht

eine Bewegung ausführen darf, bevor der Schütze den Anlauf beginnt.
Es war nicht ungefährlich, auf der Hauptstraße zu fahren, jedoch unausweichlich. Daniel hatte beschlossen, nach Spreitenbach zu fahren, ins Shopping-Center. Er mußte auf der Hut sein vor Sonntagsfahrern, Rasern und der Polizei. Doch es bereitete ihm auch Vergnügen, in den heißen Tag zu treiben. Das Laufen des Motors und Erschütterungen von der Straße her übertrugen sich auf den Körper, machten ihn vibrieren. Das half, er mußte eine dahindämmernde Mutter zurücklassen; es wirkte, als hätte man ihm eine Droge verabreicht, es half wie eine Vergessenspille. Er fuhr geradeaus. Der Weg, alle den Weg säumenden Menschen und Dinge wurden gleichsam ausgelöscht, sobald sie hinter ihm lagen. Er bildete den Scheitelpunkt eines sich nach vorn öffnenden Winkelfeldes. Dahinter blieb nichts zurück.
Im Shopping-Center verweilte er längere Zeit vor einer aus Fernsehgeräten gebildeten Wand. Auf allen Bildschirmen lief ein Video mit ›Blondie‹, und das amüsierte ihn sehr. Familien mit Kindern spazierten in der Wandelhalle vor den sonntags verschlossenen Geschäften, deren Auslagen hinter Glas ausgeleuchtet wurden. Vor einem TV-Geschäft waren Electronics aufgestellt. Für Geld konnte man spielen. Daniel übte solo BASEBALL und MILLIONENSPIEL, lange knobelte er über einem als GEHEIMSCHRIFT bezeichneten Code. Blickte er vom Spiel auf, sah er eine Gruppe Mädchen zusammenstehen. Sonntag war ihr langweiligster Tag. Sie unterhielten sich wortfaul, eines ließ den Recorder laufen. Eine Blonde, die ihm gefiel, betrachtete versonnen die Fingernägel, eine Braune, die im Takt der ›Roxy Music‹ den Kopf wiegte, trug schwarze Jeans, eng im Schritt. Als er den Eindruck nicht verscheuchen konnte, die Mädchen würden über ihn reden – jedenfalls lachten sie lauter als vorher, und die Blonde grimassierte zu ihm herüber, machte er sich davon.

Er fuhr weiter den Weg seiner Reise ohne Ziel, ließ das in den Landesfarben geschmückte und beflaggte Shopping-Center hinter sich, vergaß die kichernden Mädchen. Es ging ein leichter Wind. Die Schweizerfahnen an den Masten rafften sich zu leisen Bewegungen auf. Noch immer war es so heiß, daß der Asphalt aufgeweicht blieb. Es stank nach frischem Teer. Daniel folgte den Schildern Richtung Zürich, und ganz plötzlich fiel ihm der blaue Fleck auf, ein Flecken Blau zwischen den Blocks und Hochhäusern in der Umgebung des Shopping-Centers. Da hatte doch jemand einen Schlafsack einfach so an die Sonne gehängt. Daniel hielt an, stieg ab, schlich sich an den Wäscheständer heran: ein blauer Schlafsack, eine graue Windjacke, und kein Mensch weit und breit. Er hatte das Moped geklaut, da kamen ihm die beiden Sachen gerade recht, sie paßten ins Fluchtkonzept. Und fielen weiter nicht auf hinten auf dem Gepäckträger, als er weiterfuhr. Die Straße nach Zürich zu nehmen, schien ihm am zweckmäßigsten zu sein, im Jugendhaus würde er wohl untertauchen können... Daniel kam sich ziemlich erwachsen vor, er würde sich durchschlagen, als Balljunge auf Tennisplätzen Geld verdienen, oder so... In der Gesäßtasche verwahrte er mit dem Geld ein Autogramm von Rummenigge und einen Brief von Lea. Vielleicht später einmal Profi werden in den USA. Ein Rotlicht. Daniel hielt an. Oftmals, wenn er nachts schlaflos im Bett gelegen war, hatte er sich Fluchtrouten ausgedacht; nahm auch gern ein Mädchen mit auf die geträumten Reisen, hockte mit dem Mädchen bei strömendem Regen auf freiem Feld unter einer Pelerine. Grünlicht. Er befand sich auf der Höhe von Engstringen. Jenseits der Kreuzung eine aus Lastwagen formierte Front, Fahrerhaus an Fahrerhaus schirmten sie eine Werkstätte ab. Linker Hand abgelesene Erdbeerfelder, weit in die Ebene hinaus erstreckten sie sich, wurden abgelöst von reifendem Mais. Violette Erde. Das CIAO zog gut. Schrebergartenkolonie, genormte Gartenhäuschen, allenthalben Fahnen, die Farben des Landes, verschiedener Kantone. Auf dem Moped fühlte Daniel sich in Form. Die riesigen Kessel des Gaswerks, kugelförmige Stahltanks. Wenig Verkehr, Bäume entlang des Radwegs, dahinter ausgedehntes Industriegelände, Fußballplätze, endlich das Straßenschild ZÜRICH.

Das Jugendhaus ›Drahtschmidli‹ war an der Limmat gelegen, wegen der Bauarbeiten ringsum beinahe als Insel, und schwer zu erreichen. Unter einem Vordach standen Ping-Pong-Tische. Vor dem Eingang war ein geräumiger kiesbelegter Platz, beschattet von Kastanien. Eine hüfthohe Mauer, auf der viele Jugendliche saßen, trennte Wasser und Land. Daniel ging auf die Limmatmauer zu. Der Fluß war ganz ruhig, er sah bis auf den veralgten Grund; Schwärme von Fischchen. Auf der Mauer hockten auch ein paar Burschen nackt. Ihr weiches Geschlecht lag zwischen ihren Beinen auf der Mauer. Aus einer scheppernden Anlage Punkmusik. An Gartentischen saßen ein paar Jugendliche beim Kaffeetrinken. Andere hatten die Stühle so in die Nähe der Mauer gerückt, daß sie die Füße darauf abstützen konnten. Kinder spielten im Kies, durch das Laubwerk der Kastanien fiel die Sonne ein. Herumstreunenden Hunde. Die Jugendlichen hatten entweder mehr als schulterlanges Haar, oder sie hatten es kahlgeschoren. Ein Tätowierter mit Irokesenkamm schnitt sich mit einer Rasierklinge in die Brust, daß Blut heraustropfte. Viele trugen ausgefranste bemalte, auch abgeschnittene und zusammengeflickte Jeans. Mädchen gingen in Tüchern, Umhängen, indischen Röcken. Eines war im knielangen Militärhemd, hatte einen roten Samtbändel um die Taille geschlungen. Es hatte das Gesicht angemalt. ›Lieber arm dran als Arm ab‹, stand auf dem Militärhemd. Turnschuhe, Sandalen, barfuß, einer hatte Stiefel mit Sporen. Unter dem Vordach bei den Spielern ping lagerten ebenfalls Jugendliche pong tranken Bier aus Dosen ping rauchten pong die Flugbahnen der weißen Zelluloidbälle ping ihr Aufschlag pong wie sie zu Boden sprangen und hinkollerten im Kies. Daniel trat in das Haus ein. Die verbrauchte und von Rauch übersättigte Luft brannte gleich in den Augen. Um den Ausschank herum, wo Eßwaren und Getränke ausgegeben wurden, war Gedränge. Beschriftete Schulter an zerschlissener Schulter bei nackter Schulter, so standen sie da und warteten. Armselig, zerlumpt, ungeliebt... hatte es den Anschein. Eine Gesellschaft für sich. Autonom. Daniel kaufte eine Dose Coca Cola, er war durstig geworden von der Fahrt. Wieder im Freien, auf dem bekiesten Platz, unschlüssig wohin, begann er zu trinken. Süßlich schmeckte die Cola, und süß roch der Gestank der fauligen Abfälle, der aus den übervollen Behältern drang, die sich in der Nähe befanden. Leere Flaschen lagen auf dem Boden, Zigarettenfilter, Essensreste, Unrat. Daniel lehnte sich an die Mauer, den Rücken zum Fluß. Aus einem Fenster des Jugendhauses hing eine Schweizerfahne auf den Platz hinaus, die zerrissen und ausgefranst war. Schmutzig war sie und starr vor Dreck. Ins weiße Kreuz hatte jemand ein schwarzes Ⓐ gemalt. Links neben dem Jugendhaus befand sich eine abgezäunte Wüste, in der ein Neubau errichtet wurde. ›Schau wie ist der Beton grau‹ oder ›Fuck the Beton‹, das waren die Inschriften; gesprayt auch eine grüne geballte Faust. Auf dem Kiesplatz, zwischen den Kaffeetrinkern und Tischtennisspielern, war eine Gruppe damit beschäftigt, papierene Schweizerfähnchen umzugestalten. Das Schweizerkreuz verwandelten sie in ein Hakenkreuz. Ein Hakenkreuz aus Eisen hatte einer auch an die Jacke geheftet. Andere zeichneten Totenköpfe auf das rote Tuch. Einer schnitt die Landesfahne in Streifen. Daniel setzte sich auf einen der Stühle, hatte Schlafsack und Jacke darunter geschoben. Der Hinweis, die neuen Schinkenbrote seien nun fertig, machte die Runde; jetzt kam auch die Ansage aus dem Lautsprecher: S'hed weder Schinkebrot ... worauf sich einige erhoben, auch Daniel, und ins Jugendhaus gingen. Es roch nach Schweiß; als jemand die Tür zu den Toiletten öffnete, auch nach Erbrochenem. Das war ja nicht Musik, die da im Raum erdröhnte, das war ein Angriff auf das Gehör. Darum verstand Daniel zuerst nicht genau, was ein Mädchen zu ihm sagte. Das Mädchen war etwas größer als er, hatte dünne Arme und kleine Brüste und am Hals ganz blaue Adern. Ob er ein Schinkenbrot spendiere, hatte sie gefragt. Sie hatte kurzes, gefärbtes Haar, rote Streifen, schwarze Streifen; hatte übergroße helle Augen und Sommersprossen. Daniel bezahlte ihr ein Schinkenbrot. Zusammen gingen sie hinaus. Nebeneinander setzten sie sich in den Kies. Er schätzte sie auf fünfzehn. Im Freien gefiel sie ihm besser als im verrauchten, düsteren Raum. Als sie in das Schinkenbrot biß, verfärbte es sich von ihren geschminkten Lippen. Sie trug einen leichten Rock und war barfuß. Hatte ein Kettchen um den Knöchel und Striemen von Schmutz bis zu den Fesseln. Sie fragte Daniel, ob er Zigaretten habe. Er gab ihr eine Milla Filter. Sie streckte sich beim Sitzen aus, lag aufgestützt auf den Ellenbogen im Kies, rauchte. Sind die präpariert, fragte sie. Daniel sah, wie sich die Hüftknochen unter dem Rock abzeichneten, flach war der Bauch. Sie roch nach einem seltsamen Parfüm. Räkelte sich. Fragte ihn, ob er auf der Kurve sei; sein Blick schweifte immer wieder zu Schlafsack und Windjacke hinüber. Er nickte. Präpariert sind die nicht, lachte sie. Sie hob ein Bein ein wenig an und kraulte mit ihrer großen Zehe schon seine Wade unter dem Hosenbein. Dann wollte sie eine Cola. Sie würde ihn dafür auch küssen. Daniel gab ihr Geld. Sie ging weg, das Getränk zu holen, und er schaute ihr nach. Fast träg war ihr Gang, obwohl sie sehr dünn war, stelzend und doch träg. Durch den Rock schimmerte bei dem Sonnenlicht ihr Slip. Dunkel. Daniel bekam mit einem Mal auch Angst vor dem Mädchen. Er stand auf, nahm sein Bündel, verließ den Kiesplatz, holte hinter dem Jugendhaus das CIAO. Er schob das Moped über den Steg zum

Platzspitz, einer Grünanlage mit Springbrunnen. Als er auf der Brücke stehenblieb, den Kiesplatz, die Platanen betrachtend, die Nackten auf der Mauer, und nach dem Mädchen Ausschau hielt, kam ein Schnellbot der Seepolizei gefahren, blieb gegen die Strömung vor dem Jugendhaus stehen, kaum einen Steinwurf von der Mauer entfernt. Hinter dem Heck schäumte das Wasser auf. Die Jugendlichen pfiffen und buhten, riefen SCHMIER (Bullen) und REPRESSION. Steinwürfe gegen das Boot, Ringe im Wasser, wenn sie einsackten, ein dumpfer Klopfton, wenn sie das Boot trafen. Ein Polizist griff an die Schulter, verzerrte das Gesicht. Ein anderer drohte mit der Pistole, schoß schräg vor die Mauer ins Wasser. Dann drehte das Polizeiboot ab, fuhr flußaufwärts davon. Daniel überquerte die zweite Brücke, sah bei der Mauer, welche die tiefer fließende Sihl von der Limmat schied, Jugendliche. Sie führten merkwürdige Armschwünge aus. Ein Langer band den Oberarm mit einem Gürtel ab. Einer sah aus wie Elvis, erwärmte etwas in einem Löffel. Ein Mädchen zielte mit der Spritze, stach sich in den Arm, stach nochmals. Der erste löste den Gürtel wieder vom Arm und kauerte sich zu Boden. Mit dem Moped fuhr Daniel das baumbestandene Sihlquai hinauf, bog vor dem Carparkplatz ab und durchquerte eine neugeschaffene Grünanlage. Überall prachtvolle Sonnenblumen, hier hatte noch vor ein paar Monaten das AJZ (Autonome Jugend-Zentrum) gestanden; Unkraut hatte die Stadt aussäen lassen, Erdreich aufgeschüttet ... dem Erdboden war das Jugendhaus gleichgemacht worden. Eine alte Kastanie hatten die Bulldozer stehenlassen, und in der Mitte der Grünanlage, wo ein Stück Beton in der Form einer Eisscholle erhalten geblieben war, hatte jemand EXITUS auf den Boden geschrieben. Daniel bog in die Limmatstraße ein, gelangte um das Platzrondell in die Langstraße. Er dachte an das Mädchen, wie es dagelegen hatte im Kies mit leicht gespreizten Beinen, – die Ahnung in ihm wieder anstachelnd für das, was der Biologielehrer mit dem Zeichen (♀) für abgetan und erledigt gehalten hatte. Unter der Bahnunterführung tosender Lärm, es mußte ein Schnellzug über die Brücke rollen; an den Betonwänden Sätze und Zeichen. RAF dich auf. TNT. In der Brauerstraße ließ Daniel das Moped stehen mit Schlafsack und Jacke auf dem Gepäckträger. Die Straße war dicht befahren. Er hatte ein wenig Herzklopfen, als er das Haus sah, fühlte Nässe unter den Achseln. Das Haus hatte gelbe Flügeltüren. Er nahm das Geld aus der Hosentasche, zählte die Einfrankenstücke. Es waren fünf. Daniel mischte sich unter die Passanten, trat fest entschlossen in das Haus ein, als wäre PEEPSHOW für ihn etwas Alltägliches, war sogleich aufgenommen, ein Mann unter Männern, die sich herumdrucksten, an Spielautomaten hantierten, im Düsterlicht standen. Zahlenreihen surrten vorbei, Geld klimperte in Schalen, ein seltsamer Geruch füllte das Etablissement. Hinter Türen Pornofilm-Geräusche. Es war so, wie Flip es beschrieben hatte. Daniel schlich in eine freie Kabine, schloß die Tür hinter sich, stand in der verriegelten Zelle. Und ein starkes Licht blendete. Er nahm ein Frankenstück, fühlte den schweißigen Handteller, steckte die Münze in den Automatenschlitz. Und das Blenden erlosch. Ein Fenster begann sich langsam zu öffnen und gab durch Glas Sicht frei in einen nischenähnlichen Raum, wo unter rotem Licht auf einer Drehscheibe, die mit dunkelblauem Plüsch überzogen war, eine nackte Frau lag. Eine ganz und gar nackte lebendige Frau, die sich bewegte, die er betrachten durfte. Deren Beine sich öffneten, so daß er (♀) sehen konnte, deren Hände über den Leib streichelten, die sich auf den Rücken legte, die Beine wieder öffnete, sich rundum drehend auf der dunkelblauen Scheibe, die Beine schloß, und Spiegel überall, und die Beine öffnete, aber mit der Hand die entscheidende Stelle bedeckte, so daß er nichts mehr sah, und dann wieder die Blendung, das Fenster schloß ... ging wieder auf nach Einwurf eines weiteren Frankenstückes ... sehen ...

Hand ... und die Brüste mit dunklem Hof um die Warzen ... sehen ... auf dem Bauch lag die Frau, und das Gesäß, das er betrachten durfte, und die Hand, die verdeckte, und die erneute Blendung und das dritte Frankenstück in den Automatenschlitz, und was Daniel sah, wenn die Hand wegglitt, war länglich und behaart, weich sah es aus, und wenn sie es öffnete mit der Hand (den Fingern), so war es innen rosa, war kreisrund, und beim fünften Franken wechselte das Modell, eine dunkelhäutige Frau legte sich auf die plüschbezogene Drehscheibe, öffnete die Beine, schloß sie, kam mit der Hand, deckte zu, gab frei, und das Rot des Fleisches glänzte in der Umgebung der schwarzen Haut, rundum behaart, schimmernd offen kreisrund, kraus das Haar, und dann schloß sich das Fenster, das Licht blendete auf, und Daniel hatte keine Frankenstücke mehr. Ein nach der Blendung sehend Gewordener, so stand er in der Kabine allein; nach fünf Blendungen sehend und klüger. Er schloß die Augen. Sein Glied war steif geworden. Er lehnte an die Wand, dachte an das Geschehen hinter dem Fenster, stellte sich alles noch einmal vor... öffnete die Tür, ließ den nächsten eintreten, verschaffte sich Platz, ging ruhig zwischen den Männern hindurch, fühlte sich erleichtert, ganz nüchtern, dachte an das Mädchen im Jugendhaus. Hell waren ihre Augen, wasserhell, und durch den Rock scheinend hatte man den dunklen Slip sehen können, und mit der Zehe hatte sie seine Wade berührt. Ja, Daniel würde zurückgehen zum Jugendhaus und das Mädchen finden, und bald käme der Abend. Daniel hatte einen Schlafsack. Die Nacht käme, in der Nähe war der Park. Das Mädchen war wohl auch auf der Kurve, hatte kein Geld, nichts. Er trat auf die Straße hinaus in die Helle des Tages, in die blendende Sonne, die schräg über die Straße auf die Hauswand schien. Ihm ins Gesicht schien die Sonne, und er stellte sich vor...

4

GROSSE ZERLEGUNG, stand auf dem Tagesbefehl, LAUFKONTROLLE. Die Rekruten stellten im Kasernenhof die hölzernen Tische auf, der Asphalt begann sich bereits zu erwärmen. Sie richteten die Tische gegen das Hauptportal, wie befohlen, über dem die Landesfahne hing, hielten von Tisch zu Tisch einen Abstand ein, wie kommandiert. Sie legten Zeltplanen über die Tische und holten die Sturmgewehre, sammelten sich zugweise, kontrolliert von den Unteroffizieren, die bereits die Ausgangsuniform trugen, hin und her latschten, gelangweilt und vielleicht gerade deshalb unberechenbar, dachte Flip.
Er würde auf der Hut sein.
Flip zerlegte das Sturmgewehr, im Schlaf muß einer das können, hielt mit der Linken den Lauf, mit der Rechten den Kolben, machte eine Drehung – Lauf und Kolben waren zwei Teile. Er schnappte den Tragriemen aus der Schnalle am Lauf, legte den Kolben, an dem das Leder befestigt war, auf die Zeltbahn. Er war Rekrut – Rekrut der Schweizerarmee, Drill, er war kein begeisterungsfähiger Soldat, Leerlauf, der Dienstalltag machte ihm zu schaffen, Herumstehen, und ekelte ihn oftmals an, im Dreck liegen, warten, robben, warten: am Abend, wenn in dem Männerschlafsaal das ›Zimmerverlesen‹ beendet war, schnitt er von einem Meterband (anfangs hatte es 119 cm gemessen) mit dem Messer einen Zentimeter ab: wieder war ein Tag der Rekrutenschule vorbei. Abgeschnitten – abgebucht, vor dem Lichterlöschen ... und lag Flip dann auf der schmalen Matratze, begannen um ihn herum die Schnarcher zu wirken, bewegten sich quietschend, knarrend die Bettgestelle, ohne daß er wissen wollte, warum, geriet er allmählich in ein Sinnieren hinein ... Bilder machte er sich, malte sie aus, und in den Schlaf fallend sah er das Land ... es lag brach, es war nicht überbaut, ein Grundstück in Boswil, es grenzte an

den Dorfbach, war zwischen Bach und Straße gelegen, eine längliche Parzelle, umgeben von Gehöften und älteren Häusern, ein Stück Bauland –
Phantasieparadies war es jetzt, während Flip das Sturmgewehr reinigte, und in Gedanken ging er ... einige Schritte nur, er wäre in der Ebene der Bünz, die sich vor einem so ausdehnte – da wurde auch die Seele weiter, dachte Flip. Er hoffte auf eine Zukunft. Sie verhieß ihm Lösungen, ja, wie Glück sahen sie aus an diesem Dienstsonntag in der Kaserne...
und wurde er am Morgen von der fürchterlichen Stimme der Weckordonnanz aus Schlaf und Träumen geschreckt und aus dem Bett gejagt und schlug er die Decke zurück nach Vorschrift (das eingewobene Schweizerkreuz in die Mitte), so dachte er an dieses Landstück. Er dachte an sein Geschäft beim ›ID am Mann‹ (waschen) mit freiem Oberkörper (obligatorisch), und an Sonja: Appell ... und schon war er drin im Herdenmenschendasein, stand in der ›Faßkolonne‹, bekam eine Tasse Kakao, ein Stück Brot, Käse...
Flip klaubte den Verschluß aus dem Gehäuse, legte ihn auf einen Lappen, löste mit dem Messer die Schraube, zog den Mantel vom Lauf ab. Die Schweizerarmee, nahm er an, war wohl notwendig. Er wischte vom Lauf das Fett ab, eine dicke Schicht. Die Schweiz würde nie ein anderes Land angreifen, man war eine Verteidigungsarmee, eine Abschreckungstruppe. Er hielt den blanken Lauf in den Händen. Jo hatte die Armee nur lächerlich gemacht, sie hätte den Militärdienst verweigert. Lieber ins Gefängnis als in die Kaserne, hatte sie voller Spott gesagt. Jo hatte gut reden, dachte Flip. Aber wie soll einer als Dienstverweigerer und also mit Gefängnislaufbahn (Chischte) ein Geschäft aufbauen im Freiamt ... als Vorbestrafter. Da kroch er lieber siebzehn Wochen durch Pfützen und Schlamm, stürmte mit dem Gewehr durch den Wald, rannte über die Kampfbahn und warf Handgranaten in ›Feindesnester‹ ... wumm. Der Korporal, die Hände auf

dem Rücken verschränkt, pflanzte sich vor Flip auf, und Flip zerlegte sorgfältig den Verschluß, ohne ein Wort zu sagen, denn ein Wort war an einem Dienstsonntag gleich als dumme Bemerkung gedeutet. Er wickelte den Verschlußkopfstift in das Taschentuch ein, der Bolzen war so schnell verloren. Er steckte das Taschentuch ein unter den Augen des Korporals und ohne dessen Blick zu begegnen. Sonja fand es ganz selbstverständlich, daß er den Militärdienst leistete, sie hatte gesagt:

Die Schweiz ist ein schönes Land, ein gutes Land.

Es erforderte einige Anstrengung, den Gummikolben und das Verschlußgehäuse auseinanderzuschrauben und die fettige Spiralfeder herauszuziehen. Eine Zeitlang hielt er inne, blickte untätig in die Fensterreihen der Kaserne, die Sonnenlicht auffingen. Bis zum dritten Stock spiegelten sie Platanen, in den oberen Geschossen den wolkenlosen Himmel. Eine Reihe militärisch geradestehender Bäume teilte den Kasernenhof. Im Schatten unterhielt sich der aufsichtführende Offizier mit dem Feldwebel, der wiederum für die Organisation und den Ablauf der ›Großen Zerlegung‹ verantwortlich war. Die Bäume hatte Flip betrachtet – das Land in Boswil hatte er gesehen. Alles hat seinen Preis, dachte er, die Verteidigung des Landes und der Erwerb eines kleinen Stücks von diesem Land. Was er zu träumen habe, fragte der Korporal, wo denn der Verschlußkopfstift sei. Der gehöre auf die Zeltbahn und nicht in die Hosentasche. Flip legte den Stift auf die Zeltbahn zurück. Er war ja nicht blöd. Wer jetzt einen Spruch klopfte oder widersprach, bot sich als ›fräche Siech‹ ja geradezu an, die Fahrräder zu reinigen, anstatt in den Urlaub zu gehen. Ja, die würden bestimmt noch ein paar Dummköpfe (Tschümpel) suchen zum Fahrradreinigen im MAT MAG (Materialmagazin)...
Erster August, obligatorischer Dienstsonntag, ein heller,

sonniger Nachmittag – ein heller sonniger Nachmittag war es gewesen, als ihm das Stück Land aufgefallen war und er den älteren Mann, der mit der Sense das Gras schnitt, gefragt hatte, wem es denn gehöre. Flip schraubte das Putzbesteck zusammen, begann das Gewehr auszustoßen, blickte durch den sauberen Schußkanal (die Seelenachse) in den Himmel, in das Blau hinein. Durch den feingedrehten Lauf, in dessen Mündung, wenn er sie gegen die Sonne richtete, das Licht einfuhr: tipptopp, weder Pulverrest noch Fett, kein Wasserfleck, ihn würde man in den Ausgang entlassen müssen. In einer Theorie- und Fragestunde hatte der dozierende Kommandant vom ›Vaterland‹ gesprochen, und ein Rekrut, der gerne Sprüche klopfte und nichts als ein Sprücheklopfer war (er mußte auch immer zum Coiffeur geschickt werden), hatte frech dazwischengerufen: Mein Vater besitzt kein Land... In dem folgenden Gelächter und der Unruhe, selbst der Kommandant hatte zuerst gelacht, war Flip ruhig geblieben. Er besaß ein Stück Land, und von keinem würde er sich sein Land wegnehmen lassen. Niemals. Mit dem Putzlappen reinigte er den Verschlußkopf, die Zündfläche, rieb den Laufmantel ab, die Spiralfeder, den Kolben, gab die Teile, wie befohlen, dem Korporal zur Vorkontrolle und baute sie nach der Inspektion wieder zusammen.

Nur der blankpolierte Lauf lag auf der Zeltbahn, als der Kommandant im Gefolge der Offiziere aus dem Hauptportal der Kaserne in die Sonne trat und unter der herabhängenden Fahne einen Augenblick stehenblieb, mit der Hand einen Schutz bildend über den Augen, denn er trug nur die schirmlose Feldmütze ... und die Unteroffiziere brachen geradezu in Geschäftigkeit aus, konsultierten nervös die Uhr, trieben die Rekruten zur Eile an. Lauf sauber abwischen, Spiegel einsetzen, vortraben... Nachkontrolle für die ›Söihünd‹ (Schweine) würde erst vier Stunden später sein, frühestens ... aber dann würde er, Flip, schon lange auf der Wiese in Boswil stehen, mit Sonja würde er auf der Wiese stehen und sagen: Das ist mein Land, ich habe das Grundstück gekauft. Gleich war da eine Hetze, die Unteroffiziere befahlen im Schnarrton (wehe, einer hat noch Fett am Lauf und am Ende zwangsläufig der Kommandant das Fett an den Händen). Sie fürchteten den Anschiß der Offiziere; die Offiziere selbst wünschten keinesfalls mit dem Makel behaftet zu werden, ihren Zug auch nur eine Sekunde zu spät ›zur Kontrolle bereit‹ zu melden, sie traten an die Tische, nahmen Läufe in die Hände, ließen sich versichern, alles ›laufe wie am Schnürchen‹ – und wiederum waren es dieselben, schon sattsam bekannten Rekruten (Binggel), welche die Dummen waren; alles hatten sie gereinigt, nur nicht den Lauf. Plötzlich half man einander, die Drohung ›zu spät gemeldet‹ erpreßte ›Kameradschaft‹, die ›notorischen Langeweiler‹ wurden angeschnauzt (ihne mues me glaub of de Schwanz trampe). Sie gefährdeten das ›Tagesziel‹ und den Ausgang für alle. Schon wurden die einzelnen Züge in Formation befohlen, Sammlung, Ausrichten, alle Knöpfe am Waffenrock zu: in Reih und Glied bauten sich die Rekruten vor dem Kommandanten auf, den blanken Lauf in den Händen, minutengenau...

während Sonja unterwegs war mit dem Auto von Bremgarten nach Aarau. Sie wollte Flip abholen, er würde Ausgang haben bis um Mitternacht. Fuhr nicht allzuschnell den Wohlerwald hinauf, sie hatte ja Zeit, war zu früh losgefahren, hatte es im Bett allein nicht so lange ausgehalten, sie war keine Morgenschläferin. Vor der oberen Kurve bremste Sonja ab, fuhr nach Wohlen. Im Dorf ein paar Spaziergänger, ein paar Fahnen; in den Geschäften Erstaugustdekorationen, das weiße Kreuz im roten Feld fiel gleich auf. Eine gute Fahne, dachte sie, die Schweiz ist ein prima Land. Es wäre zwar noch schöner zu Hause auf den Philippinen. Aber hier schien alles erreichbar zu sein. Kirchenglocken läuteten, erfüllten das sonntägliche Dorf mit ihrem Klang. Sie fuhr nun auf der

Kantonsstraße, auf der sogenannten Todesstraße fuhr sie in den vom Sonnenlicht überfluteten Tag hinein. Hier, in der Schweiz, besaß sie alles, was sie sich gewünscht hatte. Sogar einen Freund hatte sie, den sie liebte oder zu lieben glaubte. Ihr gefiel die Schweiz mit ihren bequemen Einrichtungen. Hier konnte man auf der Straße gehen ohne Angst. Hier hatten alle ausreichend zu essen und Wohnung. Dachte sie. Niemand hungerte, fror, mußte im Freien schlafen. Hier fand jeder, der wollte, eine Arbeit und damit sein Auskommen. Glaubte sie. Es war gewiß schöner auf den Philippinen, es war jedoch in der Schweiz alles solide... Sonja litt zwar manchmal unter Heimweh; dann drängten sich Manila, Wärme, Farben in ihre Träume hinein, Hotels, und sie roch den Duft des Meeres, Geschäfte, roch den Gestank der Elendsviertel, wo die Sonne auf Papp-, auf Blechdächer brannte, Tourismus, Bars... Erinnerungen stiegen auf wie Schwaden. Mit Panzern rasselten Militärs in ihre Träume hinein, Verfolgte, eine Angstmaschine war das Herz, wenn sie aufschreckte nachts, Gefangenenlager, es gab in Manila nicht nur billige Mädchen und Sonne, sondern auch Gewalt, Folter, Tod... Sonja war vierundzwanzig Jahre alt, sie hielt sich seit drei Jahren in der Schweiz auf. Hatte sich in Manila von einem Artisten-Vermittler mit einem Dollarvertrag kaufen lassen. Kaufen lassen müssen, sagte sie: sie sei ohne Wahl gewesen. Als ›Artistin‹ hatte sie sich verdingt und war in Europa von Stadt zu Stadt geschickt worden in Strip-Lokale. Sie hatte sich zufällig in der Schweiz aufgehalten, als ihr Bruder in Manila verhaftet worden war und in einem Staatsgefängnis verschwand oder in einem unbekannten Grab. Auf die Schreckensbotschaft hin, gegen Widerstände, hatte sie von Schweizer Behörden eine Aufenthaltsbewilligung erhalten und die Erlaubnis, im Service zu arbeiten. Nein, es war ihr unvorstellbar, trotz des gelegentlichen Heimwehs unvorstellbar, auf die Philippinen zurückzukehren: zwar liebte sie das Land, es war schön, doch sie haßte auch den Staat, den häßlichen. Sie nahm das rauhe Schweizerklima in Kauf. Und jetzt schien die Sonne, es war ein beinah philippinischer Tag. Politik interessierte sie nicht, in Manila jedoch war ihr die Allgegenwart der Politik aufgezwungen worden. Zum Erbrechen. In der Schweiz durfte man leben, ohne sich für Politik interessieren zu müssen. Hier gab es das Zerwürfnis nicht. Wenn sich jemand normal verhielt und normal gab, war nicht stets die Polizei zur Stelle, das Militär. Man durfte in der Schweiz in Frieden leben und den Wohlstand genießen. Hier wurden mißliebige Gegner nicht einfach verhaftet, gefoltert, getötet. Hier durfte man aussprechen, was man dachte und fühlte. Im Grund wissen die Schweizer gar nicht, wie gut es ihnen geht, dachte sie. Die Schweiz, das war für Sonja ein Land ohne Probleme. Sie fuhr auf der Autobahn, freute sich auf Flip, hatte die Sonnenblende schräg gestellt, das Seitenfenster geöffnet, saß gut gelaunt am Steuer, hielt den Ellenbogen aus dem Fenster in den Fahrtwind, beschleunigte das Tempo und überholte einen Bus, in dem jugendliche Sportfans saßen und mit einer bunten Fahne winkten. In der Schweiz gab es von allem und jedem mehr als reichlich. Und nicht nur das, es schien sogar ziemlich gerecht verteilt zu sein. Dachte sie. Flip hatte also eine Überraschung für sie. Am Ende wollte er ihr einen Heiratsantrag machen. Sie würde ja sagen. Mit Flip in der Schweiz leben, mit Flip in der Schweiz eine Familie haben und Kinder und ein Geschäft. Ja, den Paß dieses Landes würde sie bedenkenlos unterschreiben ...

In Aarau bliebe ihr noch Zeit für einen Stadtbummel. Schade, daß die Warenhäuser und Boutiquen geschlossen hatten. Aber in den Schaufenstern hingen die schönsten Sachen, und es war auch ein Vergnügen, sie nur anzuschauen ...

Fast zu schnell fuhr Sonja, sah schon die Auslagen –

Oder sie konnte sich in ein Straßencafé setzen... Dasitzen, einen ›Coup Melba‹ essen, verweilen und die flanierenden Passanten betrachten, es war ihr eine Freude. Sie betrachtete gern Menschen. Die waren in der Schweiz nicht so hübsch wie auf den Philippinen, ihre Gestalt hatte sich wohl eher dem rauhen Klima angepaßt. Sonja war eine schöne Frau, sie geriet kaum in Verlegenheit, wenn Männer nicht anders konnten, als sie anzustarren oder ihr nachzupfeifen... Früher, das Animieren hatte sie fertiggemacht, die halbe Nacht Champagner, daß einem der Magen fast durchbrach und alles sich drehte, sobald man im Bett lag. Das war vorbei. Im ›Ochsen‹ verdiente sie nicht schlecht. Die Arbeit war zu bewältigen. Es hätte sie zwar mehr befriedigt, in einem schönen Café zu servieren. Doch es ging ihr gut, es war ihr bestimmt im Leben bisher nie so gut ergangen, dachte sie. Ihr und Flip ging es gut. Sein Geschäft hatte sich enorm entwickelt. Seit er das Patent angemeldet hatte, war da ein richtiggehender Boom, und er hatte mehr Geld eingenommen, als ein bescheidener Mensch, der nichts übrig hat für Verschwendung, auszugeben überhaupt imstande ist. Sonja fuhr auf Aarau zu, in Gedanken beschäftigt, gelöst...

während die Rekruten zugweise Mann nach Mann sich anmeldeten und dem Kommandanten den bloßen Lauf in die Hände gaben, während Flips Leutnant, die Arme verschränkt vor der Brust, ein Zündholz im Mund, auf etwas zu lauern schien: Flip blieb auf der Hut, alles konnte eine Finte sein.

Nach der Laufkontrolle hatten die Rekruten Befehl, die Tische und Zeltbahnen wegzuräumen, und anschließend wurden sie vom Feldwebel zum Umziehen in die Unterkunft gehetzt. Eine Viertelstunde räumte er ihnen ein; nach deren Ablauf hatten sie wieder in Kompanieformation auf dem Kasernenhof zu stehen. Im Laufschritt rannten sie die Treppen ins dritte Stockwerk hinauf, lösten schon unterwegs den Leibgurt (Ceinturon), machten Knöpfe auf und zogen im Schlafsaal, wo Bett neben Bett stand, die Arbeitskleidung aus – erstellten die Plan-

kenordnung (Rucksack in die Mitte, Riemen zu im dritten Loch, rechts vom Rucksack Zahnglas, Zahnbürste nach links gerichtet, daneben die Seifenschale, links vom Rucksack der Helm, Visier vorn, unter dem Helm das Bajonett, Spitze nach hinten usw., bis jedes Ding oder Kleidungsstück genau am vorgeschriebenen Ort sich befand): und dann hinein in die Ausgangsuniform, Zimmer kehren, Aschenbecher leeren, Schuhbändel gehören in die Marschschuhe, Reglement, tadellos, tierisch, hopp, Mann für Mann wieder treppab, und wehe, in einem Aschenbecher fände sich noch ein Stummel, oder einer verspätete sich um eine Sekunde – der Feldwebel würde sie alle anpfeifen, würde nur ein einziger vergessen, die Mütze aufzusetzen, vergessen die Achselpatten zu wechseln: unerbittlich würden sie zurückbefohlen, wieder in die Arbeitskleider gehetzt... ihr wollt doch in den Urlaub, also MARSCH und ab die Zeit und zeigt was in euch steckt Männer und was in der Kompanie... Hastig hatte Flip sich Hände und Gesicht mit kaltem Wasser gewaschen. Und nun stand die Kompanie in Reih und Glied, geschafft, umgezogen, bereit. Achtung, ich melde, rief der Feldwebel. Der Tagesoffizier schaute auf die Uhr, nickte, wandte sich wortlos ab, schritt Richtung Kantine, und ein Korporal übernahm die Rekruten, befahl ›Zweierkolonne‹ und führte sie in den Theoriesaal, wo sie dem Feldprediger ›zur Verfügung standen‹.
Der Feldprediger, der vor zwei Stunden wohl noch seiner zivilen Gemeinde gepredigt hatte, lud die Rekruten ein, es sich doch bequem zu machen, nachdem der Korporal die Kompanie militärisch korrekt gemeldet hatte. Zum Nationalfeiertag wollte der Feldprediger etwas sagen. Es erscheine ihm naheliegend, begann er, gerade am Ersten August über Bürgerpflicht und Christenpflicht nachzudenken, über das Christsein in Staat und Armee. Du sollst nicht töten, maulte einer dazwischen. So heiße es doch... Aber man müsse sich selbstredend auch nicht töten lassen, führte der Feldprediger aus. Ob er nicht

lauter sprechen könne. Der Feldprediger redete lauter. Nicht Wehrlosigkeit habe Jesus gepredigt, er habe nur den Rachegedanken verneint. Sicherlich hätte sich Jesus Christus nicht mit Pazifisten und Anhängern (Mitläufern) der Friedensbewegung angefreundet: er wäre niemals Armeegegner gewesen. Flip saß da, froh um die Kühle im Raum, hatte die Beine gestreckt, Sonja ... das Stück Land, während der Feldprediger in Hauptmannsuniform weiter ausholte ... habe doch Jesus laut Lukas gesagt, es sei nun Zeit, Schwerter anzuschaffen. Macht Schwerter zu Pflugscharen, rief der Sprücheklopfer, und ein anderer: Darf man rauchen. Nein, sagte der Feldprediger, niemals wäre Christus für einseitiges Abrüsten – ja, rauchen dürfe man schon. Es entstand Unruhe, weil Aschenbecher beschafft werden mußten. Ich bitte um Ruhe, sagte der Feldprediger, versuchte sich wieder Gehör zu verschaffen, ging redend auf und ab und meinte schließlich unvermittelt: Hat noch jemand eine Frage. Und als nicht einmal der Sprücheklopfer zu einer Frage sich aufraffte, befahl der Feldprediger, zehn Minuten zu früh: ›Abmelden‹ ... Und die entlassenen Rekruten standen im Kasernenhof herum, rauchten, wußten mit der geschenkten Zeit nichts anzufangen und gingen dann pünktlich zum Lunch, der an dem heißen Tag und vor Abtreten nur aus einem Sandwich und Tee bestand. Die Küchenmannschaft hatte zum Spaß in jedes Sandwich ein Schweizerfähnchen gesteckt, auf dessen Rückseite eine Zigarettenfirma warb: LET'S GO WEST ... und als in dem nüchternen, im Grund unfreundlichen Eßraum eine ausgelassene Stimmung aufkam, einer geneckt wurde, er habe noch Gewehrfett hinter den Ohren, während man palaverte, lachte und sich auf den Urlaub zu freuen begann, fuhren die ersten Freundinnen und Bräute mit ihren Autos in den Kasernenhof ein, dessen oberer Teil als Parkplatz freigegeben war, stiegen aus, schlenderten (sommerlich gekleidet) unter den Platanen, bildeten bald Grüppchen, junge Frauen, unter denen Sonja auffiel.

Ihre braune Hautfarbe fiel auf, das makellos schwarze Haar, um das sie beneidet wurde – wie sie Schweizerinnen beneidete um den hellen Teint. Einen mohnroten Sommerrock trug Sonja, der war eng und auf der Seite geschlitzt, auf hochhackigen Schuhen ging sie, und jetzt, als es im Kasernenhof so einläßlich still war, hörte man das Gezwitscher der Vögel aus den Bäumen und das Geplauder und Lachen der Frauen und aus dem Speisesaal die Stimmen der Rekruten so unmilitärisch freundlich, daß selbst Sonja, die noch Angst gehabt hatte beim Anblick der Kaserne, angesichts geparkter Panzerwagen und Jeeps, als die Wachsoldaten, das geladene Gewehr auf Hüfthöhe, ihr nachstarrten: daß selbst Sonja, die im Gegensatz zu den Schweizerinnen direkt erfahren hatte, wie Kriegsgerät angewendet wird, nur noch den hellen lichten Sonntag beachten wollte und die Beklemmung von ihr zu weichen begann, die sie beim Einfahren in den Kasernenhof wie ein häßlicher Anflug überrascht (übermannt) und niedergedrückt hatte ... und sich endlich löste, als sie zusammen mit Flip von Lenzburg her auf der ›Todesstraße‹, den abfallenden Ausläufer einer Moräne hinab, ins Freiamt zurückfuhr – wie in eine Heimat. Flip hatte die Hand auf ihrem Schenkel liegen, hatte die Hand beim Seitenschlitz unter den Rock geschoben, spürte die Bewegung der Muskeln, wenn sie schaltete, Gas gab, bremste, kuppelte. Er saß gern so, hörte ihr zu, erzählte selbst, erkundigte sich nach eingegangenen Aufträgen, fragte nach ihrer Arbeit, fühlte sich wohl, fühlte sich sicher. Er war mit Überzeugung ein Bürger dieses Landes, auch wenn er den lästigen Militärdienst zu leisten hatte.
Du bist verrückt, hatte Jo gesagt.
Einmal hatte er Jo ein goldenes Kettchen mit einer Tigerkralle aus Burma schenken wollen, sie hatte ihn ausgelacht: Du mußt mich nicht mit Schmuck dekorieren.
Jo verachtete dieses Land, lebte in ständiger Angst, nannte die Schweiz einen Ausbeuter-Staat, regiert von

Wirtschaft, Industrie und skrupellosen Bankiers, die alles zu ihrem Vorteil organisierten, korrumpierten. Das Heimatgeschwätz, das Verteidigungstheater, alles Vaterlandsgerede diene ihrem Profit. Man habe in diesen Kreisen das Wort Freude ersetzt durch den Begriff Profit. Man freue sich über nichts, profitiere von allem. Vertreter von Banken, Wirtschaft, Industrie hätten Heimat und Vaterland immer zur Hand, die Wörter im Mund, ließen sie zergehen wie Pralinen auf der Zunge; und am Nationalfeiertag hängt vor jedem Bankinstitut die Landesfahne, hatte Jo gesagt, vor jedem Konzerngebäude die Landesfahne, sogar ausländische Firmen und Multis hängen die Schweizerfahne vor ihr Hauptportal. So sehe sie das: die streckten den spießigen Bürgern (Füdlibürgern) mit dem Erstaugustabzeichen am Revers die rote Zunge heraus. Diese Herren, so Jo, würden nicht nur über Leichen, sondern auch über Lebende gehen.
Du hast dich verändert, Flip, hatte Jo gesagt.
Da werde doch ein Kuchen verteilt, hatte er ihr zur Antwort gegeben, und er müsse selbst dafür sorgen, daß er sein Stück bekomme. Bei der Lehrabschluß-Prüfung, in Form eines Aufsatzes, waren ihm Gedanken über die Zukunft abverlangt worden, und Flip hatte sich so geäußert: ...Ich sehe meine Zukunft im Aufbau einer selbständigen Existenz... Mit ›selbständig‹ und ›Existenz‹ hatte er präzis ein eigenes Geschäft, eine eigene Firma gemeint: sich in den Kopf gesetzt. Er hatte mit der Sicherheitskette Erfolg, Geld gemacht ... und er hatte intensiv über Türen nachgedacht. Über Türen und Türschlösser. Das Ergebnis seines Nachdenkens hatte er in einem Satz formuliert: Die schwächste Stelle der Tür ist die Angel. Einmal am Abend, als er im Keller das verklemmte Vorhängeschloß nicht hatte öffnen können, war ihm die Erkenntnis gekommen. Schlagartig. Er hatte die Tür betrachtet. Sie war aus langen Sprossen (Latten) zusammengesetzt, zwischen denen der Abstand so bemessen war, daß man die flache Hand durchstrecken

konnte, nicht aber eine Faust. Die Sprossen waren auf einen Rahmen genagelt. Der gesamte Innenausbau des Kellers bestand aus aufgestellten Lattenrosten. Nagelbinder-Verfahren. Man sah in alle Abteile hinein. Da hatte Flip die Tür plötzlich an zwei Latten angepackt und mit einem Ruck aus den Angeln gestemmt. Das defekte Schloß war dabei gleichsam der Drehpunkt geworden, an dem nun die Tür hing, und er hatte eintreten und Mineralwasser holen können und gewußt: im Freiamt gibt es Tausende von Lattentüren, die man so leicht aus den Angeln heben kann. Sämtliche Sicherheitsvorkehrungen aber galten nur den Schlössern. Es war ihm blitzartig klar gewesen, daß er eine Schutzvorrichtung für die Angel, eine Angel-Sicherung konstruieren würde, eine Feder, die das Herausstemmen der Tür unmöglich machte. Er würde diese Feder kreieren, er würde das Patent anmelden. Er war sich da ganz sicher gewesen, und die Gewißheit, hinter das Geheimnis der Türen gekommen zu sein, hatte ihn mit einer ungeheuren Befriedigung erfüllt.
Stundenlang hatte er sich dann im Keller aufgehalten, hatte ausprobiert, gesucht, sich mit der Angelsicherung so abgequält wie vor ein paar Monaten noch mit einem Vergaserproblem. Es war nicht leicht gewesen, aber er hatte die Feder erfunden, er hatte das Geld, das er mit der Sicherheitskette verdiente, in die Produktion der FLIPFEDER gesteckt. Und die Erfindung war ein Knüller geworden.
Geradeaus, sagte Flip bestimmt, drückte mit der Hand ein wenig Sonjas Schenkel. Geradeaus nach Boswil. Sonja hatte sich wie üblich, bei der Lichtsignalanlage vor Wohlen, links einordnen wollen, um nach Bremgarten zu fahren.
Damals hatte er sich mit dem Hauswart eines Wohnblocks abgesprochen und die Mieter gebeten, zu einer Sicherheits-Demonstration in den Keller zu kommen. Er hatte mit den Leuten über Einbrüche geredet, das Tagblatt zitiert, er hatte sein Urteil über die vorhandenen

Schlösser abgegeben und war auf den Keller zugegangen, dessen Vorhängeschloß er als das beste bezeichnet hatte. Mit einem Ruck hatte er die Tür aus der Angel gestemmt und ›wie ein frecher Dieb‹ ein Damenfahrrad aus dem Kellerabteil geholt. Dann, nach dem Verblüffungseffekt, so sagte es Flip, habe er die FLIP-FEDER montiert. Und der Erfolg, sein Verkaufserfolg, sei ›super‹ gewesen, super geblieben von Wohnblock zu Wohnblock, und so ermuntert, hatte Flip mit einem Bauschreiner, der ein Lattenrost-System entwickelt und sich auf die Kellerabteil-Montage spezialisiert hatte, Verbindung aufgenommen. In dessen Betrieb, in Muri, hatte er dem Unternehmer den ›wunden Punkt seines Systems‹ überzeugend demonstriert und vor den Augen des Mannes die FLIP-FEDER eingesetzt... Bitte, hatte er gesagt, versuchen Sie nun...

Seitdem produzierte der Hersteller die Türen für seine Neubau-Ausrüstungen mit der FLIP-FEDER.

Sonja bog von der Hauptstraße ab Richtung Boswil, das im nachmittäglichen Sonnenschein, eingebettet in die auslaufenden Wälder, umgeben von Ackerland und Weide vor ihnen lag. Die Dorfstraße wurde auf beiden Seiten gesäumt von Industriebauten und Werkstätten des Kleingewerbes. Hier lagerten Betonträger, dort Holzstapel; sogar eine Ausstellung für Freizeit und Camping war aufgebaut worden. In der Nähe der alten Kirche parkten sie das Auto, gingen ein Stück durch das Dorf, am Bach entlang, an dem hintereinander zwei Sattelschlepper standen, leicht schräg zum Wasser geneigt, als wollten sie absacken, und freuten sich an einer weißen Ziege, die ein Gartentor hatte aufstoßen können und nun im Salatbeet stand. In zwei Wochen würde Flip einundzwanzig werden, und hatte bereits einen Hit gelandet. Ja, während er beim Militär Häuserkampf übte und Minenauslegen, montierte der Hersteller die Kellerabteile mit seiner FEDER, daß Flips Kasse klingelte trotz Manöver und Gefechtsausbildung. Nach der Rekrutenschule wollte er wieder mit der Sicherheitskette reisen, von Dorf zu Dorf, die Wohnblocks abklopfen, oder gar einen Vertreter einstellen; gerade die Kette erbrachte risikolosen Gewinn. Für das Patent würde er Vertragspartner suchen in der ganzen Schweiz, und es schwebte ihm vor, die FLIP-FEDER in einer eigenen Werkstatt zu produzieren, in einer Werkstatt, angebaut an ein Haus: das Landstück wäre dafür groß genug.

Flip blieb stehen, ließ Sonjas Hand los, trat auf eine Wiese, deren Gras, kurz abgemäht, etwas gelblich war, wo ein Nußbaum stand, schon Herbstfarbe auf einzelnen Blättern. Auf eine Bauparzelle war er getreten, die an den Bach grenzte. Zum Baum ging er, rief Sonja herbei, die ihm erstaunt nachgeblickt hatte. Und Sonja sah zwischen Hecken und Zäunen die Gärten, sah in den Gärten die Fahnenmasten mit dem rotweißen Tuch, sie roch ein Feuer, jemand briet Fleisch im Garten, sie sah in der Krone des Nußbaums eine Amsel sitzen, sah über das Land hinaus, zwischen Häusern hindurch auf die Ebene der Bünz, sie hatte Himmel über sich, stahlblauen Himmel, und hörte Musik aus einem offenen Fenster und aus einem anderen die undeutliche Stimme eines Fernsehansagers, und es wurde ihr ein wenig schwindlig, fast schwarz vor den Augen, daß sie einen Moment meinte, vornüber zu stürzen, Angst hatte sie, und plötzlich ein heftiges Heimweh, eine Sehnsucht in sich drin, weg, weg von hier, fortlaufen. Und Flip zog stolz die Urkunde, die er diese Woche zugestellt bekommen hatte, aus der Tasche, zeigte Sonja das Amtspapier, las vor ... Bauparzelle ... Katasterplan ... Das Land, auf dem sie standen, war sein vertraglich abgesichertes, bar bezahltes Eigentum, Flips Land. In zwei Wochen einundzwanzig würde er sein und besaß ein eigenes Stück Land. Du bist ein Spießer, hatte Jo gesagt. Ein großer Fisch würde er werden in der zukunftsträchtigen Sicherheitsbranche. Du willst wie alle Spießer ein eigenes kleines Häuschen, hatte Jo gespottet. Er stand auf seinem Stück Land. Kleinka-

riert, vorbei ist das, hatte Jo ihn ausgelacht, keine Lebensform mehr heute. Auch in elektronische Systeme wollte er sich einarbeiten und sich kaufmännisch bilden. Er stand da und fühlte sich als gemachter Mann. Zog trotzdem etwas verunsichert ein Kettchen, ein goldenes Kettchen mit einer Tigerkralle aus der Jackentasche.
Willst du hier wohnen und leben mit mir?
Sonja hielt die Tigerkralle in der Hand, befühlte sie, ließ das Kettchen durch die Finger gleiten, legte es um. Flip schloß es in ihrem Nacken, roch ihr Haar. Schön sah die Tigerkralle aus auf brauner Haut, schimmerte wie Sonjas Zähne. Sonja hatte sich wieder gefaßt, versuchte zu lächeln. Flip beugte sich zu ihr hinab; der Duft ihrer Haut, es gab keinen anderen Geruch, der ihn so verrückt machte. Er legte den Arm um sie. Ja, alles hatte sich verändert, beinah alles. Nun weinte Sonja an seiner Schulter, zitterte, als sei ihr kalt. Hirngespinste hatten seinen Kopf wie Spinnweben besetzt gehalten. Dachte er. Illusionen ohne Rückhalt hatte er nachgehangen.
Hier war ein Baum.
Sein Baum.
Er stand auf einem Stück Land.
Seinem Land.
Hier war eine Frau. Seine Frau. Er würde auf diesem Land ein Haus bauen für eine Familie. Den Nußbaum stehen lassen. Er würde in der Umgebung ein geachteter Mann sein – ja, alle Männer, die er achtete und bewunderte, besaßen ein eigenes Haus, hatten Familie. Als er Sonja küßte, störte ihn die Krawatte, der Knopf drückte auf den Hals. Von seinem früheren Leben waren im Grund nur die blauen Basketballschuhe geblieben, und auch sie lagen verstaubt im Keller. Flip besaß nun Boden, auf den er bauen konnte ... Grund und Boden; bald würde er ein Haus haben, und von allem wäre genug da... genug, daß man im Winter auch hungrigen Katzen eine Schüssel Milch vor die Tür stellen konnte...

5

Er rührte mit dem Löffel den Zucker im Glas um, und die klare Flüssigkeit vertrübte sich. Hoch am Himmel, der auch über der Fischer-Farm blau war, so weit man blicken konnte, blau, stand die Sonne, und ein frischer Wind täuschte darüber hinweg, wie unbarmherzig sie auf das Farmland herabbrannte...

Er nahm einen Schluck von dem süßen Kaffee-Luz, nickte. Um das Wohnhaus herum standen Ahornbäume in Gruppen, die Blätter bewegten sich flimmernd, ein leises Rauschen war zu vernehmen durch das offene Fenster. Lauter hörte man die Geräusche im Raum, Klappern von Geschirr, Stimmen ... dosch öises Land. Stephan Fischer hatte auf dem Küchentisch die Fotokopie eines Grundstückkatasters liegen, das gut 500 Quadratkilometer abdeckte; die Farmen bildeten einen Gitterrost auf dem Plan ... hier liegt unser Land, sagte er und zog mit dem Filzstift eine Linie um das Grundstück herum, nahm wieder einen Schluck Kaffee-Luz. Und da wohnt der Hauri, ond do de Lehner, der Bill, und hier oben der Spühler. Bedächtig machte er alle eingewanderten Schweizer auf dem Kataster aus und markierte ihre Güter rot, dreiundzwanzig Farmen.

Vor dem Wohnhaus, dessen Farbe ein leuchtendes Zitronengelb war, parkten im Schatten der Bäume ein Chrysler und ein Landrover. Auf dem gestampften Platz lag der Collie-Bastard. An dem sich zwischen den Bäumen erhebenden weißen Mast hingen zwei Fahnen, oben die kanadische, darunter die Flagge der Schweiz, sich wölbend im Wind, der herwärts wehte vom St.-Lorenz-Strom. In der geräumigen Küche war die Eßnische getäfelt, Fotos und Kinderzeichnungen hingen an der Wand neben einem Abreißkalender, auf dem das Datum weit im Rückstand lag. Auf einer Digitaluhr gingen die Minuten als rot leuchtende Ziffern unhörbar ineinander über. Besuch war anwesend, Nachbarn von der Hug-Farm, Nachbarn von der Huber-Farm, man saß bei Kuchen und Kaffee-Luz, und der Älteste von Hug lästerte, er habe lange gemeint, er sei nach Kanada ausgewandert – eingewandert sei er, müsse er feststellen, in ein Schweizer Bauernkaff. Es sei verrückt. Die machen einander bald kaputt, höhnte er, wie in der Schweiz. Wenn der Oehler baue, baue der Vogel – bis auch sie das Gefühl hätten, sie müßten noch etwas aufstellen (öppis ufstelle), ja, so sei es, alle glaubten, sie besäßen noch zu wenig, und weil die Gelegenheit zu expandieren bestehe, griffen sie zu: es gibt hier doch Boden mehr als genug.

Das Farmland war in langgezogene, verhältnismäßig schmale Grundstücke eingeteilt, so standen die Wohnhäuser, alle an der Stirnseite gebaut, nah zusammen, und die Dörfer wurden aus einer Zeile von Farmgebäuden gebildet, die links und rechts die Straße flankierten...

Seit fünf Monaten und einer Woche lebten die Fischers in Kanada und hatten sich, einigermaßen, schränkte Anna ein, angepaßt, eingelebt. Es sei zwar noch nicht alles tipptopp, aber immerhin, sagte ihr Mann Stephan zu einer Nachbarin; der Alltag hinke ja ständig hinter den Träumen her.

Er jedoch bereute den Schritt nicht – den Heimatwechsel. Francis pflichtete ihm bei, wenn sie darüber redeten.

Lea stellte noch eine Kanne mit Kaffee auf den Tisch. Die erwachsenen Söhne der Nachbarn sprachen dem Apfelschnaps zu, die Fischer-Buben schauten fern in der Stube, wo auf dem Fensterbrett ein Kofferradio und Souvenirs aus der Schweiz standen. An der Wand, über dem Tisch, hing ein zweiter Kalender mit dem Reklameschriftzug eines kanadischen Supermarktes. Und war auf dem nicht mehr benützten Kalender ein prächtiges Freiämter Bauernhaus abgebildet, so zeigte der andere Kalender das turmartige, aus Wellblech und Stahl errichtete, grün gestrichene Getreidesilo einer lokalen Genossenschaft, ALBERTA POOL. Der Freiämter Kalender war stehengeblieben auf dem 23. Februar, der neue zeigte den 1. August an ... Lea schwitzte, es kam vor, daß sie bei der Arbeit innehalten und sich für einen Augenblick aufstützen mußte. Sie war im dritten Monat schwanger. Manchmal wurde sie von einem Schwindelgefühl überrascht, und es gab Speisen, die sie nicht mehr riechen konnte. Speiübel werde ihr davon, sagte sie Frau Hug. Es war auf einer Farm selbstverständlich, eine Familie zu sein. Die Beschwerden, wußte Anna aus Erfahrung zu sagen, würden wohl nach dem vierten Monat nachlassen ... mit den ersten spürbaren Bewegungen des Kindes. Ihr Zweiter, sagte sie, habe sie damals so in die Rippen getreten und geboxt, daß sie eine Entzündung bekommen habe.

Stephan faltete den Katasterplan zusammen und legte ihn in den Schrank. Er bot Stumpen an aus der Schweiz, Villiger-Kiel, die ihm ein früherer Kollege geschickt hatte. Die Männer rauchten, tranken Kaffee-Luz, begannen vom Vieh zu reden.

Sie waren in dieses weite, das gelobte Land gezogen und länger als eine Stunde darüber hinweggeflogen, ohne ein einziges Anzeichen seiner menschlichen Besiedlung zu erkennen; kahle bucklige verschneite Landstriche hatten sich unter dem Flugzeug schier endlos erstreckt, ein mäandernder See, von Zeit zu Zeit schütterer Wald. In einen harten und langen Winter waren sie hineingekommen – in ein fremdes Haus und hatten eine Milchfarm (80 ha Bodenklasse I, 90 Kühe, 73 Stück Jungvieh) übernommen samt Gerät und Gebäuden. Scheue, nervöse Tiere standen in ihrem Stall, noch waren sie Menschenkontakt nicht gewöhnt, enthorntes Vieh, das ängstlich reagierte. Man melke hier die Kuh, waren sie aufgeklärt worden, man werfe ihr das Futter hin, man produziere Milch und Fleisch. An einer besonderen Beziehung zum Vieh sei man nicht interessiert. Eine ihrer Kühe, ein ›Prachtexemplar‹, mußte einen Lederschutz tragen, so

überdimensioniert und schwer war das Euter, ohne Halter schleifte es über den Boden.
Am fünften Tag, als wir alle ganz deprimiert in der Küche zusammensaßen, hatte Lea ihrer Mutter geschrieben, hat Stephan mit der flachen Hand auf den Tisch geschlagen und laut gesagt: Wir sind jetzt hier. Und als hätte er damit den Fremdeschock von allen wie einen Knoten durchhauen, seien sie in ein Lachen ausgebrochen. Schluß mit Trübsalblasen, habe auch Anna gesagt, hatte Lea geschrieben ... es sei ihnen klargeworden, die neue Heimat zu akzeptieren, bedeute über den eigenen Schatten zu springen.
Die Hugs waren vor fünf Jahren eingewandert.
Die Huber-Farm war noch drei Jahre älter.
Die Kuh mit dem Euterschutz erbringe einen Milchertrag von einhundert Hektolitern pro Jahr, hatte Lea geschrieben. Das Tier würde jedoch bald ausgelaugt sein. Schlachtbank bedeute dies. Darum hätten sie beschlossen, mit dem Kraftfutter zu bremsen, obwohl die Milchmenge etwas absinken würde. Hug habe das auch geraten. Die Einheimischen, habe Hug gesagt, züchten Holstein- und Ayrshirevieh. Die Kühe geben soviel Milch, das sprengt alle unsere Vorstellungen. S'haut di us de Schue, habe Hug gesagt, hatte Lea geschrieben. Aber das Vieh sei rasch ausgepumpt, anfällig für Krankheiten, und das Fleisch bringe nicht viel ein. Sie würden in Erwägung ziehen, den Bestand allmählich zu ersetzen, vielleicht sogar selber zu züchten.
Als es Frühling wurde ... Stephan verzog das Gesicht, trank Kaffee-Luz, bei den ersten Anzeichen des Frühlings habe er den Traktor angeworfen und sei zum Pflügen ausgefahren, als ringsum noch kein Nachbar daran dachte. Aber ein Nachbar habe ihn dann aus dem Morast herausziehen müssen. Alle lachten. Hier weiß jeder, hatte Lea ihrer Mutter berichtet, daß man ohne nachbarliche Hilfe nicht auskommt, nie.
Lea hatte sich am schnellsten in Kanada eingelebt. Die

körperliche Arbeit, die sie im Haus und auf dem Feld leistete, brachte ihr Freude. Sie hatte die Ahornbäume angezapft im Frühjahr und den gewonnenen Saft zu Sirup eingekocht, den sie an einem Marktstand zusammen mit Zuckermais als Delikatessen verkaufen wollte. Francis schnitt sich bereits das dritte Stück Marmorkuchen ab, hatte die Ärmel zurückgekrempelt, Schweißtropfen auf der Stirn. Wärme stieg auf aus den Kaffeegläsern und der Geruch von Schnaps... Eigentlich habe sie sich Kanada topfeben, weiträumig und irgendwie größer/freier vorgestellt, hatte Lea geschrieben. Auch sei der Boden nicht so gut, wie sie erhofft hätten... Wenn man so in der Region herumfahre von einer Schweizer Farm zur anderen, merke man bald, daß es mit den Geschichten von der unendlichen kanadischen Weite, vom freien Leben ohne äußere Zwänge nicht so weit her sei, auch wäre man hier ohne Auto völlig aufgeschmissen...

Die Männer wollten in den Stall gehen und sich dort umsehen. Fast gleichzeitig leerten sie die Gläser. Trotzdem fühle sie sich hier wohl, hatte Lea geschrieben. Vom engherzigen Land sei sie fortgezogen – ein großherziges Land habe sie aufgenommen.

Man arbeite hier ziemlich lässig, sagte Stephan, als sie das Haus verließen und zum Stall gingen, von dem her der Wind warmen Kuhgeruch blies, aber für ihn seien halt hundert Prozent immer noch hundert Prozent. Er habe gedacht, meinte Hug, in ein Land mit fortgeschrittener Technik einzuwandern, aber alles sei hier viel weniger ausgeklügelt und raffiniert. Lebensweise und Arbeitsmoral, sagte Stephan und schloß die Stalltür auf, hätten ihm aber gleich imponiert. Sie hörten die Mahlgeräusche des wiederkäuenden Viehs. Ohne sich deswegen fast zu Tode zu hetzen oder zu grämen, meinte Huber, lasse man auch einmal einen Regen in ein paar Hektar Heu fallen. Im Stall roch es nach siliertem Futter, nach Milch, nach Fell. NO PROBLEM, sage der Farmer hier, hatte Lea geschrieben im Brief an die Mutter, das Heu trockne ja wieder. Selbst

Stephan würde es nie in den Sinn kommen, hatte sie für ihren Vater angefügt, der immerhin unter jeden Antwortbrief seinen Namen setzte, in diesem Land und bei den Verhältnissen einen Miststock vor dem Haus zu ›zöpfeln‹ nach Schweizerart, oder eine Wiese nach dem Heuen nachzurechen...

Die Frauen blieben in der Eßnische sitzen, ein paar Augenblicke ohne zu sprechen, so daß sie den laufenden Fernseher hörten und die Kinder, die sich schon auf englisch unterhielten. Zwei Katzen rauften miteinander unter den Bäumen, der Hund ließ sich nicht stören. Und die Küchenwärme rührte auch vom Backofen her, aus dem Anna mit einem schaufelartigen Gerät frische Brotlaibe nahm, damit sie abkalten konnten. Der köstliche Duft der Brote beendete das Schweigen der Frauen, sie begannen Anna zu loben...

Der Stall war ockergelb gestrichen. Das Wellblechdach gefiel Stephan noch immer nicht. Der Stall sei leider kein ›Superstall‹, sagte er zu den Nachbarn, entschuldigte sich fast. Er habe eben noch immer keine Zeit gehabt, ihn anständig zu weißeln.

Die meisten Kühe wichen zurück, sobald man sie zu streicheln versuchte. Das werde noch Geduld brauchen, sagte Hug. Beim nächsten Besuch, meinte Huber, sind sie vielleicht schon zutraulich geworden. Die Männer gingen durch den langen Gang zum Tankraum. Die Kühe standen in zwei Reihen einander gegenüber, in der Mitte war eine befahrbare Futtergasse. Die Stereoanlage würde ihm hier fehlen, sagte der junge Hug: zu Hause bei uns melken wir im Team und mit Disco-Sound.

Am Anfang ihrer Kanadazeit waren sie von unglücklichen Zwischenfällen gebeutelt worden. Zuerst war die Kette der Entmistungsanlage gebrochen, ein paar Tage später hatten sie eine Milchüberschwemmung. Stephan trat in den Tankraum. Eintausend Gallonen hätte der Tank fassen sollen laut eingestanzter Angabe. Und war übergelaufen. Es sei hart, in Kanada zu leben, hatte

Stephan damals gestöhnt und hinzugefügt: Trotzdem war ich in der Schweiz ein ›Subventionentschumpel‹ – und hier bin ich ein ›kleiner KING‹. Eine gewaltige Sauerei sei das gewesen, sagte Stephan, Milch, überall Milch und in der Milch schwamm der Kuhdreck. Zu spät hätten sie entdeckt, daß es sich bei der angegebenen Menge um amerikanische Gallonen handelte. Nun hatten sie einen selbstreinigenden Milchtank eingebaut, gekoppelt mit einem Pipeline-System im Stall. Die Milch rann, ohne mit der Luft in Berührung zu kommen, direkt in den gekühlten Behälter.

Als die Männer aus dem Tankraum ins Freie traten, waren die Frauen damit beschäftigt, den Platz neben dem Wohnhaus für das Fest herzurichten. Sie hängten Girlanden auf und knüpften Lampions daran, sie hatten Fähnchen mit dem Schweizerkreuz in den Erdboden gesteckt; sie würden ein Feuer anfachen und Würste braten, Cervelat- und Bratwürste, die kauften Lea und Francis, wenn sie nach Montreal fuhren, beim Schweizermetzger in Kartons zu einhundert Stück.
Francis ging um das Wohnhaus herum zu den Pferden, die sich in einer Koppel aufhielten. Hinter dem Wohnhaus reichte der Blick weit über Farmland hinaus, und auch am Horizont, wo Blau und Grün einander berührten, war noch ihr Boden. Mit schnalzenden Lauten lockte er ein dunkelbraunes Pferd heran, eine vielleicht siebenjährige Stute. Seit sie hier lebten, besorgte Francis die Pferde, die liefen so nebenbei mit im Betrieb und wurden zum Vergnügen gehalten. Er hatte es sich angewöhnt, täglich auszureiten, und die schwarzbraune Stute war auf Anhieb sein Lieblingspferd gewesen.
Wohnhaus und Hof waren groß genug für sie alle, man kam einander nicht in die Quere. Die Arbeit war organisiert und eingeteilt, jeder verantwortete sein Ressort. Francis befaßte sich mit der technischen Betriebsführung, er war Planer, Buchhalter, was die tägliche Mitarbeit im

Stall und auf dem Feld nicht überflüssig machte, im Gegenteil, jeder packte mit an, man arbeitete einander in die Hand, selbst die Buben wurden herangezogen. Das ist das Schöne, sagte Lea: man zieht am selben Strang.
Er lebte in einem fremden Land, er lebte mit einer Frau, die ein Kind erwartete von ihm. Dem Kind würde die Fremde Heimat bedeuten.
Um das Wohnhaus herum hatten Lea und Anna einen Garten mit Blumen und Gemüse angelegt. Das war nicht ortsüblich. Stephan war im Grunde ein Besessener: er hatte unstillbaren Landhunger. Er trug sich mit der Absicht, noch dreißig Hektar Boden zusätzlich in Pacht zu nehmen, und Francis hatte ihm auseinandergesetzt, dies sei nur rentabel, falls sie einen Teil davon zum Gemüseanbau nutzten. Besonders Lea sah darin eine Chance. Sie wollte sich auf den Gemüseanbau verlegen, sie hatte eine Hand für Pflanzen.
Der Zukauf von Heu in Ballen war in Kanada gestattet, und Francis hatte ausgerechnet, dies komme billiger, als es auf gepachtetem Land selbst zu produzieren. Manches wollte Stephan nicht in den Kopf. Land, Land, das war seine Devise, und was man dagegen vorbrachte, begriff er nur langsam.
Francis war in die Koppel geklettert, begann die Stute mit dem Striegel zu säubern, was sie sich gern gefallen ließ. Nur am Bauch war sie kitzlig, sie bewegte sich unruhig, wenn er sie dort berührte. Ihr Bauch war voller Narben, sie mußte sich einmal verletzt haben, oder ein früherer Besitzer hatte sie geschlagen. Francis liebte den Geruch von Pferdeschweiß, den festen Tierleib, das dichte Fell. Manchmal kam ihm dies alles ganz unwirklich vor. Das Vergangene lag so weit zurück – oder er hatte es tief in sich hineinsinken lassen. Gelegentlich, mit der Stute über Land reitend, wenn nichts anderes um ihn war als sich weit erstreckende Felder, nichts über ihm als Himmel, fühlte er sich glücklich. Er bildete mit seinem Pferd einen Punkt, zufällig in der Landschaft wie der Baum dort oder

entfernt ein Stück Fels, wie ein vorbeifliegender Vogel, bedeutungslos im Gesichtskreis des Himmels, jedoch zugehörig, aufgehoben. Am Ende gibt es nur einen wiederkehrenden Fehler, dachte er und bürstete dem Pferd die Flanke, den Fehler, den Menschen stets in den Mittelpunkt zu stellen oder, wie es die Religion tat, Gott als Stellvertreter des Menschen in den kosmischen Mittelpunkt zu rücken. Man hatte es sich angewöhnt, den Menschen alles beherrschend in einer Mitte zu sehen, dabei zeigte die Erfahrung, daß es ein Zentrum nicht gab und keine Lehre mehr, die verfing.

Gewiß entbehrte er manchmal Kirche, Pfarrhaus, die Kinder, die er unterrichtet hatte. Aber schon unbegreiflich war es ihm, einmal Beichte gehört und von Sünde freigesprochen zu haben. Wenn sie alle am Tisch in der Küche bei einem einfachen Mahl saßen, wenn Lea das Brot schnitt und verteilte, so feierten sie eine unverbrüchliche Form der Kommunion. Über den Pferderükken hinweg, unter dem Pferdebauch hindurch, erblickte er, der Bewegung des Striegels folgend, die Frauen auf dem Vorplatz; dachte, seine Theologie sei absurd gewesen wie ein Aufwärtsfallen. Atemberaubend schnell war er zurück auf den Boden gestürzt. Dem Dogma hatte er abgeschworen, dem Leben sich zugewandt. Von komplizierten Strukturen war er zu den einfachen gekommen. Den Kerker hatte er gesprengt, den Körper befreit. Im Freiamt, eingezwängt in Konventionen der Kirche, war die Hoffnung auf ein anderes Leben immer auch eine Hoffnungsfolter gewesen. So lähmend, daß er einmal in sein Tagebuch geschrieben hatte: Das Glück ist nicht mein Ziel. Er hatte jetzt ein besseres Leben, dessen war er sich gewiß, ein Leben in Gemeinschaft, eine Lebensform, die er als Priester gepredigt, aber nicht ausgeübt hatte. Francis wäre eine Heimkehr ins Freiamt unmöglich gewesen. Er kehrte hier heim, wie er das früher nicht gekannt hatte, Tag für Tag kehrte er heim.

Er ließ sich von der Stute die Hufe in die Hand geben,

das übte er jeden Tag mit ihr. Sie hatte am Anfang wohl die vorderen Hufe sich reinigen und auskratzen lassen, nicht aber die Hinterhufe. Nun ließ sie das zu, wenn auch widerstrebend.
Hälfte des Lebens: Du stehst jetzt mittendrin, hatte Lea ihm einmal gesagt und ihn aus einer düsteren Stimmung geholt.

Mit gelben Birnen hänget
Und voll mit wilden Rosen
Das Land in den See

Dies war ein einfaches, klares Bild geworden, ein Gleichnis und lebbar. Francis Fischer hatte das, was er dachte, und das, was er tat, in Übereinstimmung gebracht. Er war nicht mehr mit sich zerstritten. Den Schritt hatte er wagen müssen, es war notwendig gewesen, dachte er, und das Notwendige hatte eine eigene Logik. Freilich gab es Rückfälle und das Gefühl einer nicht zu sühnenden Schuld. Damit fertigzuwerden, sagte er sich, würde eine Frage der Ausdauer sein. Und hin und wieder spürte er deutlich: was sie hier zusammen lebten, war eine fast urchristliche Form des Miteinanderlebens ... Widerstrebend nur ließ er die Erinnerung zu an die Tage ohne Lea, bedrückend war es gewesen, an stillen Abenden, wenn er am Schreibtisch saß in Gedanken, die Katze auf dem Schoß, schnurrend, und unter der Katze hatte sich sein Geschlecht zu regen begonnen, daß die Katze meinte, da sitze eine Maus, und er sie hinunterscheuchte auf den Boden. Das Farmleben hatte eine Umstellung erfordert, war hart, und am Abend fiel er oft wie ein tauber Sack ins Bett, schlief ein, ohne Lea neben sich zu spüren, ihre Wärme, ihren Geruch, ihren Leib. Und bald die ersten Bewegungen des Kindes. Im nächsten Jahr würde es da sein. Ihr Kind.
Sie waren überein gekommen, keine zusätzlichen Milch-Quota zu kaufen (auch in Kanada war die Menge der

abzugebenden Milch limitiert, jedoch nicht abhängig von der Landfläche der Farm). Statt dessen wollten sie versuchen, Rinder zu züchten. Die Gedanken an eine einträgliche Zucht stillten auch Stephans Sehnsucht nach weiterem Land. Dies hatte er eingestanden. Anna prüfte die Aussichten für eine eigene Käserei. Käse herzustellen, erklärte sie, sei immer ihr Wunsch gewesen.
Francis befühlte die Fesseln der Stute, sie ließ es geschehen. Das Pferd hatte etwas zu flach aufsetzende Füße, und letzthin, nach einem ausgedehnten Temporitt, war die Sehne des linken Vorderbeins dick angeschwollen. Die Stute hatte den Huf vor Schmerz kaum aufgesetzt im Stall, Francis hatte sie mit Umschlägen gepflegt und ein paar Tage ruhen lassen. Nun fühlte sich der Sehnenstrang weich an, war geschmeidig, das umliegende Gewebe locker, die Stute reagierte nicht mehr auf Druck, und eine Verdickung war nicht zu ertasten.

Vor dem Wohnhaus hatten die Söhne der Hugs das Feuer angezündet. Man saß zusammen, redete, rauchte, trank. Die Sonne stand am nachmittäglichen Himmel, hatte sich vielleicht um eine Stunde weiter nach Westen geneigt. In der Schweiz würde jetzt die Dämmerung beginnen. Der älteste der Hug-Söhne hatte eine Handharmonika mitgebracht und spielte. Auch Heimweh-Lieder. Anna und Lea legten Cervelat- und Bratwürste auf den Rost. Alle rühmten das Schweizerbrot, das Anna gebacken hatte. Sie hatte von Anfang an sich nicht mit dem kanadischen Formenbrot abfinden können. Es sei gummig und geschmacklos. Sie alle liebten zwar die Schweiz als Land noch immer, an der Lebensweise der Schweizer, an Bürokratie und Staat, an den Besitzenden und Mächtigen ließen sie allerdings kein gutes Haar.
Manchmal fehlen mir die Berge, sagte Huber.
Freiwillig hätte er die Schweiz nicht verlassen, sagte Hug. Aber freiwillig würde er auch nicht zurückkehren. Frau Hug hatte im Herbst einen Besuch in der, wie sie es

sagte, alten Heimat gemacht. Sie habe sich kaum mehr zurechtgefunden, alles sei so kompliziert und kleinlich in der Schweiz. An die Lebensweise, die sie früher gepflegt hätten, oder der man sich, genau besehen, habe unterziehen müssen, würde sie sich nicht mehr gewöhnen können, erklärte sie. Ich bekomme noch heute einen roten Kopf, sagte Frau Huber, wenn ich an die Schulbehörden denke ... die haben alles gewußt und unseren Jüngsten trotzdem nicht am Englischunterricht teilnehmen lassen ...

Aus freien Stücken bin ich nicht weggezogen, sagte Hug, aber keine zwölf Pferde brächten mich wieder zurück.

Das Weggehen sei Selbsthilfe gewesen, sagte er. Ihm sei Pachtland gekündigt worden, er habe deshalb die bisherige Milchmenge nicht mehr liefern dürfen. In der Folge seien Ställe und Viehbestand zu groß gewesen, unrentabel. Wir haben auf Schweinemast umsteigen wollen, sagte Hug, die Auflagen des Amtes für Gewässerschutz haben uns das Genick gebrochen. Ihrem Mann sei dann von der Gemeinde eine Stelle als Arbeiter bei der Müllabfuhr angeboten worden, ergänzte Frau Hug.

Vorschriften, Auflagen, ja Schikanen hätten auch ihn ruiniert, erzählte Huber. Vor dem Wegzug hatte er noch ein Gedicht in der Zeitung publiziert. ›Landwirtschaft wohi?‹ – in den ›Högern‹ (Hügeln) sei man geduldet, dürfe man sein ... ›dert chönd er si‹, auf der Ebene werde gebaut; ein Bauer, der nicht barfuß gehen wolle, müsse Land verkaufen. ›Jo nu‹, hatte er gedichtet, doch würden noch ›Zite cho‹, in denen mancher denke, ›do sött en Acher si‹, der Frucht trage und Brot erbringe. Es sei eine Schande, darum ziehe er aus in ein Land ›wo d' als Pur no chasch Pur si ond Freud ha bim schaffe / wo d'nümme muesch flueche wäg sönige Affe‹. Ja, Affen seien das, ereiferte sich Huber, und noch immer gerate er ins Fluchen, wenn er daran zurückdenke.

Die Würste waren inzwischen gebraten, sahen schmackhaft aus, und der Geruch von Fleisch und Fett durchzog die Luft. Die Buben von Albert und Anna waren mit den jüngsten Kindern von Hubers aus dem Haus gekommen, sie spielten Frisbee unter den Ahornbäumen. Francis hatte die Stute gestriegelt und gesellte sich wieder zu den anderen. Es hatten sich auch ein paar kanadische Nachbarn eingefunden; sie lachten wegen der Würste.

Nationalfeiertag, sagte einer, grinste. Nicht übel, sagte ein anderer, hatte Wurst genommen, aber ein Stück Fleisch...

Francis hatte sich neben Lea gesetzt, die mit einem Nachbarn scherzte, er legte den Arm um sie. Man konnte hier leben. Kanada ist ein prächtiges Land, dachte er, etwas vorsichtig müßten sie sein mit den Krediten, es war nicht ratsam, den Silo zu vergrößern, nur um anzuzeigen, daß sie jetzt mehr Kühe im Stall hatten.

Die Kinder lärmten unter den Ahornbäumen, von den Kronen wehte ein starker Duft herüber, frisch, herb, getragen vom Wind, der auch die Fahnen über ihren Köpfen bauschte. Man konnte die Weite des Landes einatmen, einatmen das Blau des Himmels.

Von den Kindern werde nicht so unsinniges Zeug verlangt, sagte Anna, darum sträuben sie sich nicht mehr gegen die Schule; in Eggenwil sei das ein Theater gewesen: es cheibe Gschtürm. Alle würden sich freuen, habe die neue Lehrerin gesagt, die Fischerboys in der Klasse zu haben. So könnten sie etwas erfahren von den Menschen in Europa...

Mit dem Mist Felder düngen, Gemüse und Milch produzieren, einen Teil der Milch käsen, eine gemischte Bewirtschaftung schwebte Francis vor.

Nach den Schmähreden gegen die Schweiz waren alle in ein eigensinniges Schweigen verfallen. Es war oft so. Sprechen über die Schweiz. Das bedeutete: Emotionen schüren. Eine Haßliebe war das, und Heimweh hatten sie wohl auch. Aber immer wieder war die Wut größer als das Heimweh. Zugebaut und verbetoniert hatte man ihr ehemaliges Land. Jetzt war ihr Schweigen Beton gegen die Schweiz. Ja, er würde hierbleiben mit Lea, dachte Francis; wäre er im Freiamt geblieben und Priester, es hätte seinen Lebenstod bedeutet, er wäre versauert, verkümmert, und hatte doch im Zusammenleben mit Lea und den anderen erfahren, was Leben sein konnte, wie lebensfroh er im Grunde war. Das alte System seiner Ansichten war eingestürzt, auch wenn er wußte, daß das Vergangene nicht tot war, sondern nicht einmal vergangen. Zusammengestürzt wie eine Kartenpyramide. Lea hatte den Karten den entscheidenden kleinen Stoß gegeben.

Die Schweizer hatten sich müde geschimpft, und auf dem Grill verglomm die Kohle – Hug hatte ein paar Flaschen Rotwein aus dem Landrover geholt, und der Wind hatte nachgelassen. Das Haus lag ganz im Schatten der Bäume, eine Katze hatte sich auf die warme Kühlerhaube des Chryslers gelegt. Der älteste von Hugs Söhnen hatte sein ›Schwyzerörgeli‹ auf den Knien, begann zu spielen, die Frauen, zuerst waren es Frauenstimmen, die einsetzten, bevor die Männer dann nachzogen, und man sang zu den Klängen der Handorgel, begleitet von den mitsummenden kanadischen Nachbarn, mit viel Gschpüri – feeling ›Kein schöner Land in dieser Zeit, als hier das unsre weit und breit‹, und mit hier meinten sie alle HIER.

6

MEMORY hatten sie eine Zeitlang gespielt nach dem Tee, bis Lina sich mit einem Stück Kuchen zurückzog auf den von wildem Weinlaub umrankten Balkon. Sie baute einen Legoturm, ohne die Männer zu beachten, die in den umliegenden Gärten Vorkehrungen trafen zur Illumination der Häuser, welche die sogenannte Reußfront bildeten, das Postkartenantlitz der Stadt. Maria sah die Männer, hörte ihr Reden. Sie hatte sich in den Garten begeben, schöpfte Wasser aus dem Regenfaß, wollte die Zimmerpflanzen gießen. Auch auf der nahen Bahnbrücke hantierten Arbeiter, sie richteten ein Gerüst auf, nagelten Roste zusammen für ein Feuerwerk, das nach der Erstaugust-Feier in den Nachthimmel abgeschossen werden sollte. Maria hatte mit Katrin gute Stunden verbracht. Sie genoß es, mit dem Rad über Land zu fahren, auf besonnten Feldwegen, hinein in das gebrochene Licht des Waldes, auf Maisfelder zu (erdrot schimmerten in der Entfernung die Rispen), entlang der Reuß. Ihr Rauschen hörte sie auch jetzt. Es nahm ab, als sie mit den gefüllten Kannen ins Haus trat, es war wieder da, gleichmäßig und laut, als sie in die Wohnung kam, wo Fenster und Balkontür offenstanden. Auch tönten die Hammerschläge von der Brücke herüber. Die Sonne beschien die Kuppe des Wagenrains, bald würde sie herabsteigen zum Wald und versinken. Abendrot würde sie zurücklassen über den Tannen. Aber noch verharrte die Landschaft geduckt in der Wärme des Tages, reglos sonnten Eidechsen auf Ziegeln und Stein. Das Abendrot würde verglühen, während der allmählich hereinbrechenden Dämmerung, sobald der Boden abkühlte und die Luft gesättigt schien mit Blau, wenn Schwalben und Mauersegler, die eben noch akrobatisch den Himmel durchkreuzt hatten, in leichten Gleitflügen sich entfernten, und ihr Ruf, ihr Schrei verstummte vor dem raschen Einfall der Nacht.

In der Küche gab Maria ein Maß Flüssigdünger ins Wasser.
Es wird Abend im Freiamt, die Nacht löst den Tag ab ... das sei ein Ereignis, hatte Maria zu Katrin gesagt, fast ein Grund hier zu wohnen, es sei verrückt und Illusion. Gerade die angeschlagene Natur, hatte sie erklärt, zaubert immer wieder ihre Schönheit herbei. Für die Zeit eines Sonnenuntergangs läßt sie aufscheinen, was sie sein könnte, und verdeckt, wie es steht um sie.
Als Maria die Geranien goß, die sie auf dem Fensterbrett zog, betrachtete sie Lina, die noch immer selbstvergessen spielte... Maria hatte die Küche gern. Tische und Stühle waren aus Tannenholz, den Rüsttisch hatte sie selbst gezimmert. Der Gasherd stand frei, und enggeflochtene Maismatten, die seine Stahlfüße berührten, bedeckten den Boden vom Fenster bis zur Tür, die sie ausgehängt und durch einen bunten, italienischen Vorhang ersetzt hatte. Kellen und Löffel hingen an einer Schnur, in einer Drahtkorb-Pagode hatte sie Gemüse, Früchte und Obst. Sie brach ein paar gelbe Blätter aus den Geranien, ging ins Wohnzimmer. Aus der zerstörten Natur fliehe sie, hatte Maria gesagt, häufig in die noch intakt scheinende Natur, sei immer geflohen ... dabei gefalle ihr auch das Freiamt, obwohl sie die Ebene Hügeln und Bergland vorziehe. Die Weite. Je höher oben bei einem Rundblick die Augen den Horizont fänden, hatte sie gesagt, um so enger werde ihr ums Herz. Aber wie die Jahreszeiten und Übergänge noch erlebbar seien im Freiamt, das gefalle ihr schon. Im Wohnzimmer standen lederbespannte Stühle um einen runden Tisch aus weißem Kunststoff; auf dem Tisch eine Vase (lasierendes helles Blau), das Geschenk Katrins nach der Geburt von Lina, darin ein Sommerstrauß, den Maria am Morgen im Garten geschnitten hatte. Eine stählerne Bogenlampe hing wie eine Glockenblume über dem Strauß. Neben dem Lampensockel aus Marmor hatte eine lichte Nordtanne ihren Platz, Marias liebste Pflanze. Sie benötigte viel Wasser.

Maria hörte eine sich öffnende Tür und den unter Schritten nachgebenden Holzboden. Hans hatte sich mit den Veranstaltern der abendlichen Feier im ›Stadtkeller‹ auf ein Bier verabredet, und Lina, die bemerkt hatte, daß er weggehen wollte, kam vom Balkon hereingelaufen, quengelte, nahm seine Hand, sagte Coca Cola, wollte mit, Coca Cola, nervte ihn so lange, bis er sagte: Also komm. Das Kind wies Maria, die es zum Abschied küssen wollte, mit einer energischen Handbewegung zurück, keine Küsse jetzt ... Coca Cola.
Aus dem Fenster schaute Maria den beiden nach, sah, wie sie nebeneinander die Antonigasse hinabgingen. Du lebst im schwarzen Land, dachte sie, freiwillig lebst du hier, weil du einen Mann liebst (en Ihäimische) und mit ihm ein Kind hast. Nun bogen Mann und Kind in die Marktgasse ein, entfernten sich aus Marias Blickfeld. Möchtest du weg von hier, hatte Katrin gefragt, umziehen in eine Stadt, nach Zürich?
Und Hans?
Der Fluß ist ein Trost, hatte Maria gesagt. Beharrlich, zäh, eigensinnig umrundete er Bremgarten. Ohne sein immerwährendes Fließen wäre alles lethargisch und starr. Friedlich und tot. Hans hatte einmal gesagt, er spüre in sich etwas dem Fluß Entsprechendes. Maria hatte oft den Eindruck, er suche und suche – suche nach etwas, das vielleicht unter seinem Kopfkissen lag. Beharrlich saß er am Schreibtisch, zäh. Er stopfte die Pfeife mit Tabak, grübelte, schrieb Seiten voll (insgeheim sitzt er über einem Roman, ohne es mir zu verraten, hatte Maria auch schon vermutet), eigensinnig. Stunden und Tage arbeitete er, trank Tee, war unnahbar, verschlossen. Maria wich ihm dann aus, seine Stimmung verärgerte sie, es war nicht einzusehen, was ihn so dumpf hatte werden lassen, daß er mit den Dingen um ihn herum ein einziger Gegenstand war. Im Schlafzimmer nahm ein Doppelbett viel Platz ein. Lilafarben war der Überwurf, fein gemustert. Maria sah sich im ovalen Spiegel, der den Raum fast verdop-

pelte, immer noch in Shorts, die Haare verklebt. Hans hatte auch schon stumm neben ihr gelegen in schlaflosen Nächten, und sie war erwacht von seiner Reglosigkeit, hatte auf ihn eingeredet. Dann war er aufgestanden, war den Rest der Nacht gewandert mit dem Fluß, als müsse er das Wasser zum Meer begleiten. Auf einem Korbstuhl lagen Kleider, ein Ständer aus grünbraunem Rohr ähnelte einer gestutzten Platane. Hans sehne sich nach etwas, das sich so bestimmt nie erfüllen werde, hatte Maria zu Katrin gesagt. Das ist sein Los. Sie gab einer Zimmerlinde Wasser; die hatte übergroße herzförmige Blätter. Ins Schlafzimmer hatte Maria Bilder gehängt, die sie in Amsterdam, in einer kleinen Galerie, gekauft hatte.

Die Wahrheit, hatte Hans gesagt, sei wohl nie das, was sie zu sein scheine. Und er hatte ihr vorgelesen... Die Geschichte ist der Weg: er führt nirgendwohin, wir alle beschreiten ihn, die Wahrheit ist, ihn zu beschreiten.

Ein Kämpfer war er nie, hatte Katrin gesagt.

Es war nicht leicht, mit Hans Villiger zu streiten. Er nahm ein Wort so schnell als Pfeil und fühlte sich getroffen, wenn Maria sagte, was ihr nicht paßte, es aufzählte Punkt für Punkt. Er verschanzte sich, schwieg. Er blockte ab, hatte eine Stirn aus Beton. Er müsse eine grausame Sehnsucht in sich haben, hatte Maria gesagt: nach Harmonie. Er versuche, Konflikte auszuglätten, bringe ihr vorschnell Blumen und ein Angebot zur Versöhnung. Es ist immer leichtgefallen, hatte Katrin erzählt, seine Welt in Trümmer zu legen.

Und vielleicht brauchte er das Freiamt, dachte Maria, als sie in die Küche ging, um die zweite Kanne Blumenwasser zu holen, weil es der einzige Boden war, den man ihm nicht unter den Füßen wegziehen konnte; das Freiamt war der Resonanzboden für sein Denken und Fühlen, glaubte sie zu wissen. Er hatte zwar den Versuch unternommen, an einem anderen Ort zu leben, war jedoch stets wieder zurückgekehrt.

Amsterdam? Er hatte den Kopf geschüttelt.

Zürich? Er hatte die Schultern angehoben, den Mund verkniffen.
Würde sie ihn dazu überreden, mit ihr in Holland zu leben, er müßte sich aufgeben. Verlöre er das Freiamt – verlöre sie ihn.
Über herumliegende Bausteine, Puppen, Stofftiere, zwischen denen umgekippt das Schaukelpferd lag, stieg Maria in das Kinderzimmer. Lina hatte ein Etagenbett mit Vorhängen. Das war auch ihr Haus. Lina benutzte die obere Matratze als Schmollwinkel, zog sie sich dorthin zurück, durfte sie weder berührt noch angesprochen werden. Auf einem Brett, zwischen Kieseln aus der Reuß, standen Mini-Kakteen. Und ein Stock hellroter Rosen, deren Ranken angefangen hatten, über die Steine zu klettern. Einer der Kakteen kränkelte, grauer Schimmel hatte sich auf der Topferde gebildet.
Im Zimmer von Hans dominierte der Schreibtisch, ein altes zweckdienliches Stück. Neben der Schreibmaschine lagen Pfeifen und Pfeifenbesteck, unordentlich. Das Bücherregal besetzte eine ganze Wand. In die Bodenvase hatte Maria vor ein paar Tagen Sonnenblumen eingestellt, gelber Blütenstaub war zu Boden gerieselt. Vor dem Schreibtisch bildeten Zypergras, Myrte und Bambus einen dichten Schirm. Den Bambus wollte sie bald umtopfen. Hans pflegte Notizen, Ausschnitte, Strukturpläne für künftige Arbeiten an die Wand zu stecken. Die Hände in den Taschen, stand er davor, kaute auf der Pfeife herum, hielt den Kopf gesenkt, sagte mit einem Mal ›aha‹ – dann traktierte er die OLIVETTI DORA mit Verbissenheit, rauchte, daß die Bronchien streikten. Er vergesse sich und die Zeit, sagte Maria, also die Welt. Seine Arbeit sei ständige Verausgabung, hatte sie erklärt, ein Verschwenden von Kräften, und wenn er sich verrannt habe, tyrannisch für die Familie. Manchmal mache ihr das auch angst.
In ihrem Zimmer hielt Maria sich länger auf. Zwei Fenster hatten Blick auf die Reuß. Eine Corbusierliege stand

neben einem Caféhaustischchen mit quadratischer Schieferplatte. Maria las jeden Tag auf der Liege. Das Tischchen war viel zu klein, ständig mit Büchern und Papieren überladen, aber schön. Eines der Fenster hatte sie als Zimmergarten eingerichtet. Kakteen, Jasmin (der Jasminstock war empfindlich, er hatte nie Blüten getragen in diesem Sommer), Petunien, Aloe, eine Aasfliegenblume, ein Pflanzenfenster hatte sie, wie es in Amsterdam üblich war und beliebt.

In deinem Zimmer, hatte Hans einmal nachdenklich gesagt, ist es das Heimwehfenster.

Maria hatte alle Pflanzen in der Wohnung gegossen. Ein starker Geruch haftete an den Händen von abgestorbenen Zweigen und verdorrten Blättern, die sie herausgebrochen und abgelesen hatte. Der Geranienduft war besonders aufdringlich. Sie ging wieder ins Schlafzimmer, nahm Wäsche aus dem Schrank, wollte sich duschen und umziehen für den Abend. Alles an ihr war klebrig, so kam es ihr vor, die Kleider klebten am Leib. Im Bad waren die Waschbecken um den Ausguß herum verkalkt, die Hähne sangen, wenn man sie betätigte. Maria zog sich aus, stieg in die Badewanne. Die hatte gußeiserne Füße und war groß genug für das gemeinsame Bad einer Familie. Maria öffnete den Duschhahn und ließ das Wasser aus der Brause über sich hinabrinnen. Warmes Wasser löste ein wohliges Hautgefühl aus. Beim Einseifen spürte sie die Muskeln mit den Händen. Das Brustbein hinab floß Wasser zwischen den Brüsten hindurch über den Bauch und sammelte sich im Schamhaar, tropfte ab. Sie drehte den Kaltwasserhahn auf. Gänsehaut wuchs. Sie stellte allmählich auf ›heiß‹, und die Haut begann sich zu röten. Die Augen geschlossen wusch sie die Haare, stand mit eingeschäumtem Kopf in der Wanne, massierte mit den Fingern die Haut.

Nach dem Duschen und der Kopfwäsche schlüpfte sie in den Bademantel. Sie schminkte sich vor dem Spiegel, zog einen grünblauen Lidstrich, schwärzte die Wimpern,

malte den Mund dunkelrot an. Mit den Lippen zerrieb sie die Farbschicht, tupfte Reste weg. Maria betrachtete ihr Gesicht, legte Wangenrot auf.
Und du, hatte Katrin gefragt, was erwartest du eigentlich vom Leben?
Maria stand vor dem Spiegel, sah ein Gesicht, das ihr gefiel. Stirn, Augen, Nase, Mund. Das bist du. Von einem bestimmten Alter an ist man selbst verantwortlich für sein Gesicht. Sie betrachtete sich, eine Frau. Hals, Schulter, Form der Brüste ... du hast dich angenommen. Was also?
Vielleicht daß das Leben einen Sinn hergibt, hatte sie gesagt, aber das verfehlte die Frage, es war zu abstrakt formuliert.
Am Ende Glück?
Glück wäre eine Folge...
Sich wohlfühlen in der eigenen Haut, im Alltag. Zufrieden sein mit dem, was man hat und ist.
Dann wird man betulich und faul.
Sich Widerstandskraft erhalten.
Ich möchte tun und lassen, was mir gefällt, hatte sie gesagt, mich so geben, wie ich bin, ohne Verstellung, mich kleiden und bewegen, so frei, wie es mir paßt.
Das Leben etwas leichter nehmen, hatte Maria gesagt. Es betrübe sie auch, nur von sich zu reden, oder von Hans und Lina, also zu reden von ihnen drei als Familie, was da für Wünsche und Ansprüche seien, einerseits wichtig, ja lebensnotwendig, andererseits ebenso lächerlich, angesichts des Zustands der Welt, der ja um sie herum schon zum Heulen sei und andernorts gar lebensfeindlich. Man wünscht sich den Frieden im Haus – und bangt um den Frieden der Welt. Aber man ist ohnmächtig, machtlos. Auf uns kommt es nicht an, so hat es den Anschein. Jeder lebt in seiner Zeit als einzelner, und die Herren der Zeit entscheiden das Lebenswichtige über unsere Köpfe hinweg. Wir sind zwar gefragt, aber nur als Arbeitende, als Verbraucher, und wir haben zufrieden zu sein. Trotz-

dem. Wäre es zum Beispiel möglich, hatte sie gefragt, daß hier ein Postbeamter eine Tasse Kaffee holt und sie an seinem Schalter neben ein Bündel Banknoten stellt. Und was würde geschehen, wenn er die gerade abgestempelten Briefe mit einem Kaffeering versähe? Warum wäre das nicht möglich. Welches Gesetz verbietet Toleranz, wer setzt die Normen, die den Alltag ins Unerträgliche verfälschen.

Maria setzte sich in ihrem Zimmer auf die Liege, sie spürte nach dem Duschen die Anstrengung der Radtour, die Beine waren schwer geworden, und es war angenehm, sie eine Zeitlang hochzulegen.

Den Haushalt besorge sie gern, hatte sie zu Katrin gesagt, und wenn sie zusammen mit dem Kind in der Küche male, wenn jedes Ding eine andere Form bekomme, eine neue Farbe, einen schönen Namen, so habe das Leben auch Sinn. Eine Frau, die den Beruf aufgebe, hatte sie gesagt, verpasse zwar etwas; noch mehr aber versäume eine Frau, die ihr Kind im Hort von Fremden hüten lasse. Mit Emanzipation habe ein Beruf außer Haus nicht viel zu tun, fügte sie hinzu, sonst wären ja alle Männer emanzipiert.

Was also erwartet man vom Leben?

Ist es nicht überhaupt absurd, hatte Maria gefragt, vom Leben etwas zu erwarten; du hast es bekommen, du sollst es gestalten, und man muß ja fast schon verrückt sein, wenn man hofft, daß es auch die Zeit gut mit einem meint. Im Grunde erwarte sie nur von sich, hatte Maria gesagt, immer den Mut und die Ausdauer zu besitzen, ihr Leben selbst zu bestimmen.

Die Sonne war hinter dem Wald versunken. Maria beobachtete durch das Pflanzenfenster, wie der Himmel von unten her sich zu röten begann. Ein wenig schmerzten ihr die Knie.

Was also erwartet man vom Leben?

Maria fand, es sei oft erschreckend, wie wenig Anteilnahme für die Umwelt gerade die Landbewohner zeigten.

Was sie alles zuließen und bejahten. Hier wurde ein Acker überbaut, dort ein Stück Wald abgeholzt, wieder war ein Bachlauf begradigt worden, aber, schienen sie zu denken, es gibt noch so viel Wasser und Wald und Landschaft ringsum. Die Städter, davon war Maria überzeugt, reagierten empfindsamer auf Zerstörtes. Jeder Baum, den man fällte, war ein Beispiel für die Zerstörung der Welt. Und die Landbewohner schüttelten den Kopf verständnislos, wenn irgendwo in einer Stadt Leute demonstrierten, weil ein paar Bäume (wenn nicht ein paar hunderttausend) gefällt werden sollten. Wahnsinnige traten an gegen bewegliche Mauern aus Leibern, Helmen, Schilden, ließen sich verprügeln und abspritzen mit Tränengas. Verrückte fesselten einander mit Ketten an den Stamm einer Kastanie, damit das Fällkommando die Motorsäge nicht anzusetzen wagte.
– Sägt sie doch durch mit den Bäumen.
– Dann geht die Säge kaputt an den Ketten.
Gerade auf dem Land schien der Mangel an Einsicht verbreitet zu sein, vom Dorf aus wurde Land unerbittlich zerstört, verbaut, zersiedelt. Was also erwartet man vom Leben als immer zuviel und das Falsche...
Maria stand auf, streckte sich. Es war Zeit, sich umzuziehen für den Abend. Sie hatte eine Altbauwohnung, in der sich gut leben ließ, hatte in Katrin eine Freundin. Die wadenlange graue Hose zog sie an, dunkelgelbe Kniestrümpfe und eine weit ausgeschnittene gleichfarbene Bluse. Schuhe mit hohen Absätzen. Sie betrachtete sich im Spiegel, drehte sich rund herum. Sie glaubte, sich in Bremgarten eingelebt und zurechtgefunden zu haben, hatte sich für das schwarze Land entschieden. Es war ihr egal, wenn hinter ihrem Rücken getuschelt wurde. Sie müsse nicht in Amsterdam leben, hatte sie auf Katrins Frage geantwortet, sie sei an die Niederlande nicht so gebunden. Obwohl sie Amsterdam nun vermisse, hätten sie Verkehr und Schmutz dort auch geärgert.
Und Zürich? Vielleicht würden sie einmal in Zürich

leben, sie schloß so etwas nicht aus. Aber jetzt wohne sie im Freiamt, sie habe sich dazu entschlossen. Wenn sie einmal nicht mehr die Kraft haben würde, dachte Maria, sich für etwas zu entscheiden, hielte sie das Leben wohl nicht mehr für wichtig. Und das Schreckeinflößende erreichte einen überall. Aus dem Fernseher springen dir die Horrornachrichten ins Gesicht, hatte sie gesagt, vor den Zeitungen gibt es kein Entrinnen. Gewaltsam brach das Unheil als Information ein in ein momentanes Idyll. Wenn sie gut gelaunt an einem Sommermorgen auf dem Balkon saßen, um das Frühstück draußen zu nehmen, wenn sie Milchkaffee tranken, Brot mit Butter und Konfitüre bestrichen und das Kind die Zuckerdose umkippte auf den Tisch, während anderswo Tische von Bomben zerstört wurden und Zucker zu Boden rieselte, in Lachen aus Blut. Wenn Maria sich zwar fragte, warum denn überhaupt das Radio schon eingeschaltet sei um diese Zeit und entsetzt war über den Wahnsinn, der ihr da mit aufgetischt wurde, aber dennoch weiter frühstückte... Am schlimmsten sei, hatte sie Katrin auseinandergesetzt, wenn man die eigene Ohnmacht nicht einmal mehr als Mangel empfinde.

Maria hörte Stimmen im Haus, Hans kam mit Lina und seiner Mutter zurück. Er hatte Emma eingeladen, den Abend mit ihnen zu verbringen. Maria öffnete die Tür. Lina zog die Großmutter treppauf hinter sich her. Es war düster im Hausgang und es roch ein wenig nach Keller.

Lina war aufgedreht, lief und lärmte in der Wohnung umher, zeigte der Großmutter den Legoturm. Rot, rot, blau, blau, sagte das Kind, zuoberst drei grüne und ein Bett und im Bett eine schwarze Henne. Emma war gesprächiger als beim letzten Besuch, hatte zugenommen. Hans drängte sie, Kaffee zu trinken und ein Wurstbrot zu essen. Sie sah verhärmt aus. Emmas Gesicht, dachte Maria, zeige die Bitterkeit einer Frau, die kein eigenes Leben unabhängig von Ehemann und Kindern gehabt hatte. Emma hatte wohl erkennen müssen, daß alles, was sie hätte sein können, hinfällig geworden war. Bald würden die Kirchenglocken läuten, eine halbe Stunde später sollte sich der Festzug zum Schellenhausplatz formieren.

Emma hatte sich in den vergangenen Monaten zurückgezogen, war stiller geworden, rief zwar gelegentlich an. Aber es war doch so, daß sie nur mehr wenig Anteil nahm am Leben. Es komme ihr vor, hatte sie erwähnt, als habe sie gar nie richtig gelebt. Ständig sei sie von etwas gehindert worden. Immer gearbeitet und geschuftet und auf ein schönes Alter gehofft. Und gar nichts gehabt.

Trachtengruppen, die Stadtmusik, Bannerträger der Vereine: die Behörden hofften, Darbietungen, Ansprache und Feuerwerk würden viel Publikum anlocken trotz der Ferienzeit.

Emma saß am Küchentisch, Lina hatte sich vor sie gestellt, schaute sie an und fragte nach den Runzeln in ihrem Gesicht, befürchtete, es könnten Verletzungen sein. Hans schenkte Kaffee nach. Lina umarmte sie unverhofft, küßte sie auf die Wange, und bei den Liebesbeweisen kamen Emma die Tränen. Mit dem Taschentuch tupfte sie Wasser aus den Augen. Es war ein Taschentuch, auf dem Micky-Maus-Figuren zu sehen waren und das man eher in der Handtasche eines jungen Mädchens vermutet hätte. Wäre sie nicht so alt, schluchzte Emma hemmungslos, sie würde weggehen. Für immer nach Portugal. Dort scheine das ganze Jahr die Sonne. In ein Waisenhaus würde sie gehen und um Arbeit fragen. Sie hatte sich etwas beruhigt, schnupfte, trank Kaffee. Oder in die Dritte Welt. Hans machte noch ein Wurstbrot für sie. Zu Mutter Teresa. Dort ist ... sagte sie, biß ins Brot, sagte fast verlegen, sie habe heute noch nichts zu sich genommen. Kaute. Dort ist man wenigstens zu etwas nütze. Schluckte. Nur weg, weg von hier. Ich habe eigentlich nie etwas vom Leben erwartet, sagte Emma. Das heißt: Immer für später habe ich etwas erwartet ...

Maria dachte, Emma habe wohl immer das eine gesucht, Geborgenheit, und das andere erfahren, Verlassensein … Emma habe eine Sehnsucht in sich gehabt – wie eine Krankheit … Fortwährend habe sie alles zusammenhalten wollen, aber alles sei ihr unter den Händen zerfallen.
Und du, fragte Emma, was erwartest du?
Vielleicht einen Mann, der sich, wenn ich mitten in der Nacht traurig bin und nicht schlafen kann, neben mich setzt und geduldig meine große Zehe hält, weil mich das so beruhigt, sagte Maria, versuchte zu scherzen. Das sei nicht von ihr, sondern von Katrin.
Hans war aus der Küche gegangen. Im blauen Sommeranzug, das gerollte Manuskript in der Hand, stand er nun in der Tür; in hellem weichem Gegenlicht.
Bevor Sie das Haus verließen, schminkte sich Maria die Lippen neu, und auch Lina wollte einen roten Mund haben. Mit einem feinen Strich malte sie die Lippen des Kindes an, das andächtig vor ihr stand, sie anblickend, still.

7

Der Abend brach über den See herein, das Wasser begann sich zu verdunkeln, allenthalben waren die elektrischen Lichter eingeschaltet, aber in seiner Höhe war der Himmel noch hell, das Aufglitzern eines Sterns war nur gelegentlich hier und dort zu beobachten ... und Barbara, die zusammen mit Fred auf dem Balkon stand, sagte, manchmal ahne sie und spüre es fast körperlich, wie unendlich weit der Kosmos sein müsse. Sie wandte sich Fred zu und legte die Hände auf seine Brust.

Ringsum waren die Lichter der Stadt, in die der See eingepaßt lag wie eine schwarze Scherbe... Früher, erinnerte sich Barbara, haben wir, wenn eine Sonnenfinsternis vorausgesagt war, ein Stück Glas über einer Kerze geschwärzt und durch die berußte Scherbe das Himmelsereignis beobachtet.

Man hätte auf dem Balkon ein Buch lesen können, ohne das Licht einzuschalten, und Jo, die am Boden auf einem Kissen saß, las auch in einem schmalen, ledergebundenen Buch, das sie seit einiger Zeit bei sich trug – während Josua und ein Freund sich um den Gartengrill kümmerten; mit einem chemischen Anzündwürfel hatten sie die Holzkohle in Brand gebracht, mit dem Blasebalg nährten sie die fast durchsichtig hellblaue Flamme. Die Dämmerung sei schön, sagte Barbara, noch werde der Tag von der Nacht ferngehalten wie ein Schlafloser von seinen Träumen...

Fred war ein großgewachsener stattlicher Mann, der sportlich aussah in seinem hellen Leinenanzug und dem offenen Hemd; es berührte Jo ganz merkwürdig, den Fremden in so vertrautem Umgang mit der Mutter zu sehen. Er faßte sie an, er streichelte sie, er sprach und flüsterte mir ihr, sie küßten einander, und Jo vertiefte sich fast verdrossen in ihr Buch ... »zuletzt war die Rübe so groß, daß sie allein einen ganzen Wagen auffüllte und zwei Ochsen daran ziehen mußten, und der Bauer wußte nicht, was er damit anfangen sollte und ob's sein Glück oder sein Unglück wäre«. Sogar ein wenig peinlich war es Jo, wie die turtelten.

Barbara war eine andere Frau geworden, eher eine Schwester jetzt als eine Mutter. Wie sie sich kleidete, bewegte, benahm, wie schlank sie geworden war; der Ausdruck des Gesichts. Und auch dies war Jo befremdlich vorgekommen: die Pille; im Bad zwischen Töpfchen mit Nährcreme und Kosmetika hatte sie eine angebrochene Packung liegen sehen. Grimms Märchen lese sie, sagte Jo zu Fred, der sie gefragt hatte, was denn da so spannend sei.

Wir machen ein Balkonfest, hatte Barbara am Telefon gesagt, ich würde mich freuen, wenn du kommst ... und wenn du nicht kommst, hatte Jo aus ihrer Stimme herauszuhören gemeint ... ist es auch nicht schlimm. Fred könntest du kennenlernen, hatte die Mutter gesagt, Josua wird da sein mit einem Freund. Und nun saß Jo auf dem Balkonboden, und das freundliche Gesicht von Fred schaute auf sie herab: steinalt und schwer, abscheulich kam sie sich vor, das Buch in die beutelartige Vertiefung ihres indischen Kleids gelegt, denn sie hockte im Schneidersitz vor dem Mann, der die Hände in die Seiten gestützt und ein Bein etwas vorgestellt hatte. Die straffe Hose bildete sein Geschlecht nach, und durch die Armbeuge sah Jo auf ihre Mutter. Eine weiße, ausgeschnittene Bluse trug sie und eine petrolgrüne taillierte Nappahose, welche die Knöchel freiließ und ein goldenes Fußkettchen zur Geltung brachte; das sah schon gut aus ... während Jo sich häßlich fühlte; es war ihr, als hänge ihr Kleid wie ein Sack an ihrem Körper herab, sie bereute es, keinen Gürtel umgebunden zu haben, fühlte sich unwohl, bärenhaft in den flachen Sandalen, lächerlich mit den kurzen blauen Socken und blaß angesichts der Mutter, die nun wieder mit Fred auf den See und die Stadt hinabblickte, jetzt hatte er die Hand auf Mutters Nacken

gelegt, man sah sie nicht mehr unter dem dichten gewellten Haar ... und im Windfang vor der Tür ins Wohnzimmer alberten Josua und sein Freund herum, sie drückten eine Kassette mit Tangomelodien in den Recorder und ließen die Musik laut aufspielen. Josuas Freund hatte blondes Kraushaar und Sommersprossen, er war fast so groß wie Fred, aber nicht so kräftig gebaut und wohl nur halb so alt. Er trug modische weite Sommerhosen mit gefälteltem Bund und ein kariertes Hemd. Tony hieß er, rauchte ununterbrochen Camel Filter, und da er ein kurzärmliges Hemd trug, sah Jo, wie dicht auch seine Arme mit Sommersprossen übersät waren.
Barbara hatte den Balkon, der um die ganze Wohnung herumführte, in einen Garten verwandelt. Als Jo gekommen war, hatte es von der Straße aus den Anschein gehabt, als umschließe ein grüner Kranz den obersten Stock des Hauses. In Töpfe, Wannen, Geschirre, Behälter hatte Barbara Blumen eingesetzt, Bäumchen gepflanzt, Sträucher, Beeren, es gediehen ihr sogar Lilien; aus dem früheren Garten hatte sie ein Apfelbäumchen mitgenommen, Fred hatte ihr zum Geburtstag einen japanischen Kirschbaum geschenkt, Ahorn und Eiche hatte sie als Setzlinge im Wald ausgegraben; es roch nach Pfefferminz, Kamille, Thymian, in den Töpfen wuchsen Wiesenblumen, selbst Mohn blühte. Man saß in der Balkonoase wie auf dem Land im Freien. Dein Garten, hatte Fred zu Barbara gesagt, ist der Versuch, das Paradies auf Erden einzurichten. Josua legte die Steaks auf den Grill, sie waren größer als die Hand eines Mannes. Tony deckte den Tisch, trug Saucen und Salate auf, brachte eine hölzerne Schüssel mit Chips. Die Tango-Kassette war abscheulich, fand Jo. Hier und dort knallten Feuerwerkskörper, Stadtgeräusche wechselten mit Stille, die ersten Raketen stiegen über die Häuser hinaus, ließen Sternregen herabfallen. Vom nahen Gartenrestaurant hörte Jo plötzlich ein Lachen, dann Stimmen, als komme es zu einer Schlägerei. Fred zündete die Lampions mit

dem Schweizerkreuz an. Tony kam mit den Brötchen, die er eben aus dem Ofen gefischt hatte, heiß, verteilte sie auf dem Tisch, sagte wieder heiß, lachte, heiß, ging mit den Brötchen um wie mit glühender Kohle. Setzt euch, sagte Josua und legte jedem ein Steak auf den Teller. Er nehme nur Fleisch und Salat, sagte Fred, er zähle zwar nicht fortwährend Kalorien, aber auf sein Gewicht achte er schon. Sie habe ihn nach einem Konzert kennengelernt, erzählte Barbara. Er spiele Cello. Als Ausgleich zum Bürostreß, betonte er. Kammermusik. Jo nahm Salat. Und er spielt leidenschaftlich gern Tennis, sagte Barbara. Du bist ja auch in den Club eingetreten, sagte Fred. Tennis bereite ihr einen Mordsspaß, bekannte Barbara, brach ein Brötchen auf. Natürlich spiele Fred stärker. Sie hat Talent, lobte Fred, ihre Rückhand...
Und wann werdet ihr heiraten?
Die beiden schauten einander an, lachten. Jo konnte ihre Laune nicht beeinträchtigen. Fred küßte Barbara sacht auf die Schläfe. Wenn er von seinem Steak ein Stück abschnitt, sah man, welch kräftige Hände er hatte. Er hat einen Tennisarm, sagte Barbara. Sogar beim Cellospiel spüre er manchmal einen stechenden Schmerz im Ellenbogen, erklärte er. Prost, sagte Josua. Er hob das Glas und man stieß an mit Beerliwein. Kling, kling, sagte Tony. Er hatte schon zuviel getrunken. Beim Zubereiten von Fleisch und Saucen, meinte Josua, habe Tony bereits ›ein Fläschchen gehöhlt‹. Tony saß schräg auf dem Stuhl mit wässerig verkniffenen Augen, hatte hellrote Sauce im Mundwinkel und erklärte, er habe ganz echt Lust, nun die Landeshymne zu singen und fiel auch gleich in einen Schleppgesang, als müßte seine Zunge über die Wörter klettern wie über die Steinbrocken in einem Ruinenfeld. Aus seiner Kehle erklangen die Töne fast piepsend kindlich, während auf dem See in der Ferne ein Schiff vorbeiglitt. Ein leuchtender Körper, so sah das aus, auf der schwarzen glatten Fläche, in der sich die hellen Fenster als Zerrbilder spiegelten...

Das ist das Tanzschiff, sagte Barbara. Und Tony war wieder still. Wenn ihr heute abend nicht gekommen wärt, hätte ich mit Fred eine Seerundfahrt auf dem Tanzschiff gemacht. Fred war aufgestanden und holte in der Küche eine Flasche Mineralwasser. Er habe Durst, sagte er, und es sei schade, den herrlichen Wein einfach so hinabzustürzen. Er und Barbara hatten am Nachmittag einen Waldlauf gemacht. Es war toll, auf der Finnenbahn zu joggen, sagte Fred. Barbara pflichtete ihm bei, sagte, sie habe das Laufen auch entdeckt, es bringe Spaß. Sie ist sportlich geworden, spottete Josua. Er tunkte Brötchen in Sauce Tartare und aß mit Genuß, hatte den obersten Knopf der Hose bereits offen. Es war Nacht geworden. Man sah nur noch die Lichter, roch das starke Aroma der Pflanzen, sah am Himmel die Sterne. Die Landschaft schien verschwunden. Da waren der schwarze See, auf dem sich das Tanzschiff entfernte, und leuchtend rot die Lampions, und flackernd die Kerze auf dem Tisch. Jo konnte nicht das ganze Steak essen. Ein so großes Fleischstück war für sie beinah ein Schock. Nur Unmenschen verschlingen derartige Fleischlappen, roh aufs Feuer geworfen, im Verzehr noch blutig. Sie legte das Besteck auf dem Teller nebeneinander hin, spürte plötzlich einen heftigen Druck auf den Magen, stand auf, ging durch das Wohnzimmer ins Bad, beugte sich über die WC-Schüssel, übergab sich, erbrach die zerkauten Fleischstücke ins deoblaue Wasser, spuckte. Sie fühlte sich dann besser, stand vor der Toilette auf dem dunkelrot gewürfelten Steinboden, in dem sich ihre Umrisse als Schemen spiegelten, stand in dem lack- und chromglänzenden geplättelten Bad ihrer Mutter, das so klinisch und sauber war wie ein OP-Saal, und sah sich im, wie es ihr vorkam, sie verhöhnenden Spiegel. Jo wusch das Gesicht, putzte sich die Zähne, nahm einen Schluck Wasser, hätte beinah vergessen, das Erbrochene wegzuspülen. Den säuerlichen Gestank hatte das Deodorant schon geschluckt. Bevor sie auf den Balkon zurückging, setzte sie sich im Wohnzimmer eine Zeitlang hin, hörte durch die offene Tür, wie Tony Witze erzählte. Fred lachte, Barbara, Josua, alle lachten sie, als wäre die Welt in Ordnung und alles aufs beste bestellt, lachten, als hätten sie ausreichend Grund dazu, Anlaß fröhlich zu sein. So blieb Jo sitzen, bis sie sich in ihrem Trotz und Elend dumm vorkam. Dann trat sie wieder auf den Balkon hinaus. Die Teller waren inzwischen zusammengestellt, Tony wollte sie in die Küche tragen, Josua half ihm. Auch Barbara und Fred erhoben sich. Wieder saß Jo allein. Barbara kam mit Dessertschalen zurück, Fred mit einer Flasche Champagner. Er löste die Bleikappe und den Draht, begann mit den Daumen gegen den Pilzkorken zu drücken. Barbara füllte die Schalen mit Sorbet Citron. Mit einem Knall sprang der Zapfen weg. Tony wollte ihn fangen. Und der schäumende Champagner ergoß sich über das Sorbet in die Schalen. Josua saß da im offenen Hawaiihemd, hatte eine Havanna angebrannt, ließ es sich gutgehen. Er hatte etwas wirres, durcheinandergeratenes Haar. Tony habe ihm die Brillantine einfach in den Mülleimer geworfen, hatte er Barbara verraten. Auch ein diskreteres Rasierwasser schien er zu benützen. Die Brille war neu. Josua hatte angefangen, dicke Zigarren zu rauchen, paffte, als sei er angefüllt mit Weltschmerz, den er nun endlich, als ein Mann um die fünfzig, abblasen durfte. Die Schale mit dem Sorbet in den Händen, lehnte Jo an der Balkonbrüstung. Fred kam hinzu. Als sie miteinander redeten, legte er Jo plötzlich den Arm um die Schulter. Er zeigte hinunter in die zahllosen Lichter und machte sie aufmerksam auf eine Stelle, wo ein rötlich schimmerndes, von Flutlicht erhelltes, rechteckiges Feld deutlich zu erkennen war. Dort sei die Anlage ihres Tennisclubs, sagte er und zog den Arm wieder zurück. Wenn der Wind abends von Süden her wehe, könne man gelegentlich den Hall von einem besonders harten Aufschlag hören...

Vor dem Haus wurde ein Vulkan abgebrannt. Hoch

sprühten die Funken auf, das Feuer warf einen Schein auf die Gesichter der Zuschauer, und als Fred sagte, er sei froh, sie nun auch kennengelernt zu haben, versteifte sich etwas in Jo. Aber eigentlich fand sie ihn auch ganz nett, diesen Mann und Freund ihrer Mutter. Doch die Verkrampfung blieb. Der Vulkan brannte nieder, die Leute zündeten bengalische Streichhölzer an und zeichneten farbige Ringe in die Nacht. Er sei zwar kein Patriot, meinte Fred, jedoch lebe er gern hier, in der Schweiz, in Zürich.
In all dem Verkehr, dem Beton?
Die Stadt biete auch Vorteile, sagte Fred. Er sei halt kein Natur- oder Landmensch; natürlich habe er Landschaft auch gern, aber auf dem Dorf oder in Bremgarten möchte er nicht wohnen. Ein Sonnenrad, wohl ungenügend an einem Verkehrsschild befestigt, sauste funkensprühend rundum, holte das Zeichen STOP aus dem Dunkel heraus und rutschte an der Stange nach unten. Sie habe Fred auf eine Freiamt-Wanderung mitgeschleppt, sagte Barbara, die auch an die Brüstung getreten war, aber Fred sei nicht der Typ Wandervogel mit roten Strümpfen. Für das eine Mal habe es ihm Spaß gemacht, lachte er. Es sei ihm jedoch zu wenig sportlich gewesen. Fred laufe lieber eine Stunde auf der Finnenbahn, oder er spiele ein Tennismatch oder schwimme im Bad 1000 m und mehr. Und dann ab unter die Dusche, fügte er hinzu, und anschließend Musik hören. Die Leute vor dem Haus steckten Raketen in eine leere Flasche, schossen sie ab, schauten zu, wie sie über den Häusern und Bäumen explodierten und ihre Funken und Sternschnuppen verzischten. Tony machte sich ein Vergnügen daraus, eine Kette ›Frauenfürze‹ anzuzünden und die knatternden Dinger auf die Straße hinabzuwerfen. Unter keinen Umständen möchte sie zurück ins Freiamt, hatte Barbara, als sie Jo einlud, am Telefon eingestanden. Zurück nach Bremgarten, wo sie doch zeitlebens eine Gefangene gewesen sei, eingeschränkt, verschüchtert und beengt; Tonopan und

Librium habe sie einnehmen müssen, fortwährend, und nie habe sie den Gedanken gehabt, zu revoltieren oder Einspruch zu erheben oder nur den leisesten Vorbehalt anzumelden, gegen die beschränkende Lebensart, und jetzt habe sich sogar die elende Migräne gegeben, und die ›Tablettenfresserei‹ sei erledigt, hatte sie gesagt, und fast etwas verlegen: De Fred hani eifach gern. Den Unterschied zwischen dem Stadtmenschen und dem Landmenschen, versuchte Fred das eingetretene Schweigen aufzubrechen, könne man zuallererst an den Schuhen ablesen.
Er fährt jedes Jahr nach Mailand, sagte Barbara.
Meine Schuhe kaufe ich in Mailand, sagte Fred.
Mir gefällt es in Zürich, sagte Barbara.
Und das Packeis, fragte Jo, Zürich-Grönland?
Auf dem Land ist es nicht weniger kalt als hier, sagte Barbara. Ich würde es nicht aushalten, sagte Jo, es gibt Leute, die verrecken hier, die hassen die Stadt, die Bürokratie, den Beton, die alles fressende Betonspinne, den Verkehr, die tödlichen Gifte, Gase, die brutale Gewalt des Staates, die ihr handlangernde Polizei.
Wer sagt, meinte Fred, man könne in Zürich nicht leben, ist ein Snob.
Wer erklärt, entgegnete Jo, hier sei alles zum besten bestellt, ist ein Zyniker... Das behaupte er gar nicht, sagte Fred. Vor dem Haus war wieder Ruhe eingetreten, die Feuerwerker hatten sich entfernt. Im Schein der über der Straße hängenden Laterne sah Jo die zurückgebliebenen, um das Verkehrsschild herumliegenden Abfälle, ausgebrannte Hülsen, zerfetzter Karton, verkohlte Reste, breiartig erstarrte, Kothaufen ähnelnde Rückstände, schwarz, und die Scherben einer Flasche. Das Flutlicht der Tennisanlage wurde ausgelöscht, und mit einem Schlag waren die roten Felder verschwunden. Wenn doch alles verschwinden würde, dachte Jo, alles, was man sich wegwünscht. Im Gartenrestaurant begann eine Tanzkapelle ihr Spiel mit dem Intonieren der Landeshymne; das klang anfänglich feierlich und ernst, aber

bei jeder sich bietenden Gelegenheit wechselten die Musikanten alsbald über in populäre Ländler, Schlager und Ohrwürmer, die Nationalhymne zum Gaudi des Publikums verhunzend. Das Haus, in dem Barbara wohnte, stand im oberen Drittel einer vom See her ansteigenden Erhebung, und das Gartenrestaurant war noch etwas weiter hinaufgebaut worden, so daß die Terrasse mit dem Tanz- und Gastbetrieb, in der Distanz eines kräftigen Steinwurfs, auf der Höhe ihres Balkons lag und von diesem aus auch einsehbar war, ein von Kastanien gebildetes Geviert, in das, wie ein Netzwerk, bunte Lämpchen geflochten waren, der Herd für Stimmen, Musik, Lärm – Hort für sogenannte Geselligkeit; manchmal doch lästig, wie Barbara betonte. Josua, seine Havanna ausdrückend, sagte, die frühere Landeshymne habe ihm weit besser gefallen, dabei habe man noch aus vollem Herzen mitsingen können, und das HEIL DIR HELVETIA habe statt der Zeile HAST NOCH DER SÖHNE JA als reimenden Anhang ein inbrünstiges BRATWURST UND SERVELA angefügt oder verpaßt bekommen. Jedes Jahr habe der Vater ihm am Ersten August eine Rostbratwurst gekauft, ein Ereignis sei das gewesen, eine ganze Wurst für sich allein zu bekommen. Ihm laufe das Wasser noch im Mund zusammen, wenn er sich erinnere; der Nationalfeiertag sei für ihn darum der Bratwursttag und also ein Lieblingstag gewesen, denn nichts habe er als Bub lieber gegessen, ja richtiggehend verschlungen habe er die Bratwurst, und darum habe er auch das BRATWURST UND SERVELA an Stelle des HAST NOCH DER SÖHNE JA jeweils ohne Ironie und niemals als Witz, sondern im Gegenteil beinah fromm und auf jeden Fall überzeugt gesungen. Und die Knallkörper habe man damals nicht gekauft, er habe sie selbst hergestellt. Auf eine Stiftschraube habe er eine Mutter soweit eingedreht, daß in der Mutteröffnung noch Platz geblieben sei für den Schwefel, den er mit dem Sackmesser von Zündholzköpfen abgeschabt habe. In die Mutter habe er als Verschluß eine zweite Schraube gedreht und den so entstandenen Sprengkörper habe er zu Boden oder gegen eine Hauswand geschleudert, wo die Schwefelladung beim Aufprall mit einem Knall explodiert sei. Josua lachte zwar, aber Jo dachte, er habe nicht nur erinnerungsmütige Augen, er habe traurige Augen, passend zu dem Gesicht, das dem eines altgewordenen Hundes ähnelte. Natürlich, sagte Josua, seien die Schraubenteile und die Mutter lebensgefährlich in der Weltgeschichte herumgeflogen... Er setzte sich auf den Stuhl neben Tony, legte dem Freund, der so betrunken war, daß er nur noch kicherte, die Hand auf den Rücken. Eine behutsam zärtliche Pfote, dachte Jo. Wenn er von früher erzähle, entschuldigte sich Josua, habe das fast immer Tonys Weinen zur Folge. Tony hatte nun in der Tat das Gesicht in die Hände gestützt, und ein Schluchzen schüttelte seinen Körper. Mein Gott, sagte Josua, Tony hatte eine Kindheit, auf dem Land... Fred war das peinlich. Er verdrückte sich in die Küche, sagte, er mache für alle einen starken Kaffee; und Jo stellte die leere Dessertschale auf den Tisch, sagte, sie möchte sich nun verabschieden. Den Vorschlag der Mutter, im Wohnzimmer auf dem Sofa zu schlafen, lehnte sie ab, gab vor, bei einer Freundin zu übernachten. Es wäre unmöglich für sie, dachte Jo, Barbara und Fred im angrenzenden Schlafzimmer zu wissen, in dem ganz in Altrosa gehaltenen Raum mit dem französischen Bett. So töricht ihre Haltung auch sein mochte, sie sah das ein; jedes Geräusch in der Wohnung würde sie mißdeuten, selbst einen tropfenden Wasserhahn. Sie verabschiedete sich und ging, fuhr mit dem Lift nach unten, allein, verließ das Haus, während Fred die Tassen für den Kaffee auf den Tisch stellte und Tony sich allmählich beruhigte unter dem Zuspruch von Josua. Von unten sah sie noch einmal zum Balkon hinauf, wo zwischen teilweise überhängenden Pflanzen die roten Lampions brannten. Eine Katze lief vor ihr davon, verschwand unter einem parkenden Auto ... Gelächter. Vom Gartenrestaurant hörte sie ein schallendes Gelächter, von dem sie sich, der abschüssigen Straße folgend, entfernte, das zurückblieb wie die wieder einsetzende Ländlermusik. Jo war erleichtert, weggegangen zu sein, bog in eine breitere Straße ein, eine Trambahn ratterte vorüber, in dem hellbeleuchteten Wagen saß nur ein älterer Mann, und obwohl die Bahn an der Haltestelle hielt, stieg niemand aus und niemand ein: überhaupt sah man keine Menschen auf der Straße. Jo ging allein, als einzelne ging sie, vorbei an Schaufenstern mit Puppen in Freizeitkleidung, die hatten Lachgesichter und lachten doch so, als hätte man sie während des Lachens erschossen. Gehend hatte Jo den Gedanken, allem entkommen zu sein, und den Einfall, zu Fuß nach Hause zu wandern: durch die Stadt, zur Stadt hinaus, der Kantonsstraße folgend Richtung Bremgarten, durch den Dietikoner Wald, über den Mutschellenpaß zu Fuß und allein in dieser klaren Nacht, deren Stille immer wieder zerstört wurde durch den Knall von Feuerwerkskörpern, die irgendwo abgeschossen oder gezündet wurden, oder nutzte jemand die Stunde für ein Attentat ... oder geschahen die Explosionen in den Köpfen der Leute, explodierten gar Köpfe, roch es nicht nach Blut, ganz entsetzlich nach Blut auf der Straße, nach Menschenblut und nach angesengtem Menschenfleisch an diesem traurigen Nationalfeiertag, machten sich die im Jahrhundertverlauf der Landes- oder Staatsgeschichte gefallenen, getöteten, verletzten, mißbrauchten, vergewaltigten Menschen mit Verwesungs- und Leichengeruch bemerkbar. Die stiegen aus ihren Gräbern heute nacht, während sie zu Fuß ging über den Paß ins Reußtal hinunter. Wenn sie zügig ausschritt, würde sie bei Tagesanbruch zu Hause ankommen, zu Hause – in ihrem Zimmer. Am Ende, dachte sie, war die Vorstellung, zu Fuß nach Hause gehen zu müssen, nur eine fixe Idee, ein Zwang, als gälte es, etwas Ungewohntes/Ungewöhnliches zu wagen, etwas zu tun, von dem sie dachte, sie schaffe es wohl nicht, um dann festzustellen: du bist stark genug gewesen. Gehen und nachdenken und gehen in der Nacht, das Land durchwandern, das kleine enge Land, von dem sie einmal zu ihrem Vater gesagt hatte, es sei so klein (munzig), man könne es einzäunen mit Stacheldraht: EINFRIEDEN mit deinem Stacheldraht könnte man es, hatte sie Vater angeraunzt und er hatte zurückgegeben ... sie beschäftige sich immer nur mit dem, was geschehen könnte, er aber frage, was denn zu tun sei; das ist die Katastrophe, hatte er sie zurechtgewiesen ... deine Schwarzseherei. Wieder explodierten Köpfe, Gedanken regneten als Funken herab oder verzischten bunt unter dem tiefblauen Himmel. Keine MENSCHENSEELE schien sich auf der Straße aufzuhalten, GOTTVERLASSEN kam Jo die Stadt vor. Hatte man die Bewohner evakuiert – herrschte Notstand, war eine Ausgangssperre verhängt von der Polizei, evakuiert die Leute, vertrieben, in die Wüste verschickt. Gehen, dachte Jo, gehen, bis kein Schritt mehr aus Angst, jeder Schritt aus Mut getan wird. Angst, warum sich wehrlos fühlen. Draußen in der Welt sind die Menschen kämpferisch, sagte sie laut in die einsame Straßenschlucht hinein und lauschte auf ein Echo ... sind mutig und wehren sich allerorten. Aber es war kein Echo zu vernehmen. Als könnte sie ausschreitend Anteil an dem Mut (Lebensmut, Mut zum Widerstand) sich verschaffen, ging Jo und sah plötzlich in der Ferne, im Fluchtpunkt der Straße, einen schwarzen Körper. Eine langsam auf sie zuschreitende Gestalt erblickte sie, die größer wurde und jetzt stehenblieb, als wollte sie damit andeuten, Jo solle nur näher kommen. Ruhig wartend stand der massige Körper auf der Straße. Nicht bedrohlich, vielmehr beschirmte er Jo, damit sie ungehindert auf ihn zugehen konnte. Sein Stillstehen schreckte mögliche Verfolger ab, die wohl sonst die Gelegenheit genutzt hätten, Jo in den Rücken zu fallen. Als sie die schwarze Gestalt erreicht hatte, streckte das Mammut den Rüssel aus. Jo setzte den Fuß darauf. Und kaum hatte sie ihn aufgesetzt, hob sie der Rüssel in die

Höhe. Schon saß sie auf dem Rücken des Mammuts, das nun weiterging mit leichten Schritten. Jo saß auf dem behaarten Rücken wie auf einem Gebirge, sie saß freihändig da oben, der sacht wiegende Gang des Tieres entsprach den wiegenden Bewegungen ihres Körpers, und rechts und links verschwanden die Häuser, vor und hinter ihnen verschwand die Straße, die Lichter waren verlöscht, nur der See wuchs weiter in die Stadt hinein, in den See waren Straßen und Häuser und Lichter getaucht, aber das Schwarz der Wasserfläche begann hell und heller zu schimmern, zu gleißen, war Eis, verwandelt, blankes Gletschereis, das vorwärtswuchs und wuchs. Kälter wurde es, eiskalt, aber sie war ja geschützt im Haar des ruhigen Tieres. Land war um sie, weites Land ohne ein Zeichen menschlicher Behausung, Land und Wald und Flüsse, denn sie gingen schneller, als der Gletscher hinter ihnen sich bewegte und vorfraß, sie gingen so schnell wie das Licht sich fortsetzt, überschritten Täler und Berge, gelangten in andere Länder, in ein Land, wo Menschen, freundliche Menschen sie begrüßten; die lebten in einfachen Häusern, aßen einfache Mahlzeiten, sie waren zutraulich und gelassen ... sie nahmen Jo und das Mammut auf, das Tier trabte davon auf eine Wiese, wo viele Mammuts weideten. Es sah so aus, als würde es heimkehren zu seiner Herde ... und Jo hörte Lärm, ein sie seltsam berührendes, näherkommendes Dröhnen, während sie ging und ging und auch nicht mit Gehen innehielt, als der Lärm neben ihr war als Begleiter, und vom Motorrad herab ein Mann fragte, wohin sie denn wolle, so über Land in der Nacht, er würde sie mitnehmen über den Mutschellenpaß nach Bremgarten, doch Jo schüttelte den Kopf, ging weiter, und das Motorrad zog an, war ein Geräusch, das anschwillt und verebbt, war ein rotes, sich entfernendes Rücklicht.

8

Die im Dunkeln liegenden Abstufungen des Lindenbergs, auf einer Kuppe ein steinernes Kreuz, beim Kreuz zwei Menschen. Im Tal der Bünz zeigten Lichterhaufen, zusammengedrängt wie ruhende Tierherden, die Lage der Siedlungen und Dörfer an. Die finstere Schwärze des Waldes, ein das Freiamt großartig überspannender, dicht mit Sternen besäter Himmel. Man könnte sich einbilden, dachte Katrin, die Milchstraße wäre ein für Menschen möglicher Weg, aber barfuß müßte man ihn gehen...

Ein Pfiff.

Dann wieder Stille.

Und ein schweres Keuchen, das sich näherte, ein Schatten, ein Körper, ein Tier. Der schwarze Hund blieb stehen vor Pablo, Speichel tropfte ins Gras. Würde man mit Schuhen auf der Milchstraße gehen, dachte Katrin, löschte jeder Schritt einen Stern. Sie roch das Fell des Hundes, roch den erdhaften Duft der abgemähten Wiese, sie atmete Nacht ein und vergaß den Tag, sie sah die Lichterkette eines die Talsohle durcheilenden Zuges. Pablo zündete eine Zigarette an; für eine Sekunde beleuchtete die Flamme Katrins Gesicht, stellte den Fuß des steinernen Kreuzes ins Licht und hob auch den Kopf des Hundes aus dem Dunkeln heraus, daß man die rote Zunge sah. Da fiel bestürzend schnell eine Sternschnuppe, und als das Streichholz abgebrannt war, schien die Hulle um Katrin, Pablo, den Hund herum wieder intakt zu sein. Dunkel und Stille. Manchmal nahm die Nacht einen Tag auf wie das Vergessen eine Erinnerung...

Wenn der Hund einmal eine Hasenfährte gewittert hat, sagte Pablo und tätschelte dem Tier den Rücken, ist er nicht mehr zu halten. Dann haut er auf einmal ab und kommt erst nach Stunden wieder, und wir müssen hier oben übernachten.

Das wäre doch schön.
So unter dem Kreuz sitzend, sagte Katrin, glaubt man beinah, der Welt sei eine gute Zukunft beschieden. Trotz all der Füdlibürger, fragte Pablo, die nun im ganzen Land Bratwürste verzehren, sich an die Brust schlagen, vom Vaterland reden und ihre Geschäfte meinen.
Sie hatten auf den Schellenhausplatz gehen wollen, um die Rede zu hören, sich dann aber anders entschieden und waren mit dem Auto losgefahren, während die Leute sich auf dem Festplatz zu sammeln begonnen hatten und die Stadtmusik konzertierte. Den Hund auf dem Rücksitz, so waren sie gefahren; das Tier hatte sich sichtlich gefreut, hatte den Kopf über die Sitzlehne gelegt, zwischen sie gedrängt, hechelnd, daß ihm Pablo einen Klaps gegeben und es zurückgewiesen hatte. Den West hinauf, durch den Wald die langgezogene Straße Richtung Boswil, den Lindenberg hinauf waren sie nach Kallern gelangt, wo sie das Auto vor dem einzigen Restaurant, dem ›Jägerstübli‹, geparkt und ihre Wanderung begonnen hatten. Zuerst eine Schleife um das Dorf herum, dann über die Wiesen dem Waldrand entgegen, ihm folgend gemächlich zum Oberen Niesenberg waren sie gewandert, den Neufundländer im Auge behaltend, der ihnen vorauslief, die Nase auf dem Boden, plötzlich losjagend, als habe sich in seinem Gedächtnis eine beinah vergessene Erinnerung gemeldet, bis ihn der Pfiff Pablos wieder zurück, zur Besinnung auf sein Menschenhund-Dasein brachte und er den beiden in einigem Abstand hinterher trottete. Katrin lachte beim Anblick des mit gesenktem Kopf trabenden Hundes. Der Weg verlief nun steiler. Sie rief das Tier mit lockenden Worten herbei, sagte zu Pablo, der dumme Hund erinnere sie an eine zu Forschungszwecken gehaltene Walfischherde, welcher von Tierschützern das Gehege aufgeschnitten und der Weg ins offene Meer hinaus freigegeben worden sei. Die Walfische hätten zwar der Anziehungskraft des Meeres nicht widerstehen können, seien jedoch auch wieder in ihre

Gefängnisse zurückgekehrt – so wie der Hund immer wieder in Pablos Kontrollbereich zurückkehre... Die Wiesen hatten zu der Zeit noch mattgrün geschimmert, so als ob sie letztes Tageslicht aufsögen, die Dunkelheit war zuerst in den Wald eingedrungen. Es war ein Gehen ohne Schattenwurf, es war ein Gehen in die herabsinkende Nacht hinein gewesen. Sie bilde sich ein, hatte Katrin gesagt, der Tag steige auf aus den Feldern, die Nacht aber senke sich herab auf sie... Pablo hatte ein Geräusch im Waldesinnern gehört und rief den Hund gleich in seine Nähe, fürchtete, ein Rudel Rehe könnte aus dem Gehölz herausbrechen und auf die Wiese laufen und hinab zu einem Maisfeld, das die ganze unter ihnen befindliche Talsenke ausfüllte. Falls der Wildhüter ihn erwischt, sagte er und faßte den Hund am Halsband, knallt er ihn ab. Der ist ganz scharf auf Hunde. Dabei sei es auszuschließen, erklärte Pablo, daß ein so großes Vieh ein Reh stellen könne, vielmehr bestehe Gefahr, daß der Hund sich selbst zu Tode hetzen und jagen würde und ihm das Herz im Brustkorb platze. Sie blieben eine Weile stehen, schauten auf Kallern herab, wo die ersten Lichter aufleuchteten. Die verstreut um die alten Siedlungen herum neugebauten Häuser sprengten das Dorfbild. Ohne jedes Gefühl (Gschpüri), sagte Pablo, habe man da Kaninchenställe (Chüngelistäl) für die Menschen errichtet. Umzäunt. Voneinander abgegrenzt. Rasen. Ein für nachbarliche Beziehungen vermintes Gelände habe man erschaffen, sagte Pablo, als sei jeder Haushalt ein verseuchter Ort. Von einem ansteckenden Pilz befallen. Von Gehirnschimmel, spottete Pablo und sagte, das verzettelte Dorf biete einem einen derart grausamen Anblick – do löschts äim grad ab...

Die in den Hang geduckten Häuser, so hatte es von oben herab den Anschein, zogen mit ihren mächtigen Dächern die Nacht geradezu an sich, und beim Vorbeigehen war Katrin und Pablo ein altes Zweifamilienhaus besonders aufgefallen; die eine Fassadenhälfte war frisch renoviert worden, die andere Hälfte aber sah schäbig aus und verwittert. Sie waren stehengeblieben, obwohl der Hofhund sich wie rasend gebärdete und an seiner Kette zerrte, sich bellend und knurrend aufbäumte angesichts Pablos Neufundländer, aber von der Kette nicht loskam. Die wohlhabenden Bewohner des neu verputzten Hausteils lebten in größter Feindschaft mit den armen Bewohnern des verkommenen Hausteils. Ihre Auseinandersetzungen, es war dabei auch schon zu Handgreiflichkeiten gekommen, waren ständiger Bestandteil des Dorfklatsches. Als auch Pablos Hund zu knurren begonnen hatte und seine Rückenhaare sich sträubten, waren sie weitergegangen. Von nachbarlicher Hilfe im Dorf könne nicht die Rede sein, sagte Pablo. Überhaupt schienen in den kleinen Freiämter Dörfern die Leute alles übereinander zu wissen, ohne in einem näheren Verhältnis zueinander zu stehen. Man mißgönne dem Nachbarn ›de Anke uf em Brot‹, sagte Pablo, man habe sich selbst in den Häusern und Wohnungen in Isolationshaft gesetzt und hielte sich stur an konservativ lebensfeindliche Normen. Man verbreitete Gerüchte, wer ein Trinker sei, welche ›Zugezogene‹ sich mit Männern einlasse und eine ›Föiflibergrite‹ sei ... einer mäste verbotenerweise in einem fensterlosen Verschlag Schweine, hier habe jemand ›en huere Dräck‹ im Stall und liefere unsaubere Milch, dort klaue ein anderer nachts Kirschen von den Bäumen ... ein weiterer halte minderwertiges Vieh und geize auch noch beim Füttern; auf einem Hof plage der Mann die Frau, auf einem anderen tyrannisiere die Großmutter die Schwiegertochter, allenthalben sehe man darum Kinder mit blauen Flecken ... auf dem Töffli sei so eine selbst geschändete und ihre Kinder mißhandelnde Frau nach Boswil zur Beichte gefahren, und dann habe sie sich, anstatt für die Familie das Nachtessen zu kochen, in der Scheune aufgehängt ... aber alle sitzen sie, sagte Pablo zu Katrin, am Abend in der Stube vor dem Fernsehapparat, und alle verfolgen sie zwar getrennt, aber doch gemeinsam dasselbe Fernsehprogramm, daß man an manchem Samstagabend etwa, zur genau gleichen Zeit, aus sämtlichen Stubenfenstern ein Gelächter hören könne. Auch die neu Zugezogenen kämen kaum in Kontakt mit den Alteingesessenen; einer habe ihm einmal im ›Jägerstübli‹ erklärt, sagte Pablo, er wohne jetzt seit zwanzig Jahren hier, aber er sei immer noch kein Kallerer. Es sei hier zwar landschaftlich immer noch wunderschön, meinte Pablo, ein vergessenes Paradies gleichsam, sobald man über Kallern und Hinterbühl hinausgestiegen sei, aber leben, hier wohnen möchte er trotzdem unter keinen Umständen; ja, ein Dorfteil trage am Ende nicht grundlos den Namen »Höll« –

Sie waren nach dem Halt weitergewandert, wollten auf dem Oberen Niesenberg einkehren, durchquerten eine Senke, in der sie kein künstliches Licht wahrnehmen konnten, vollkommen erfüllt war die Senke von der nun dunkleren Nacht, schwarzblau das Gras, eine langgezogene Mulde, über der sich der Himmel wölbte, so daß sie gehend den Eindruck gewannen, sich im Inneren von einem Ei zu befinden, was, wie Katrin bemerkte, eine eigenartige, aber schöne Empfindung sei. So im Dunkeln in der Mulde nahm sie Pablo an der Hand. Der Hund blieb ganz nah. Nachdem sie den nun recht steilen Hang erklommen hatten, über den Muldenrand hinaus wieder die Lichter im Tal und vor allem die Beleuchtungsfelder des Mutschellenpasses gegenüber in den Blick bekommen hatten

während in Bremgarten die Mitglieder des Turnvereins nun wohl auf der Bühne Aufstellung genommen hatten und unter bengalischer Beleuchtung eine Menschenpyramide aufbauten

erreichten sie die Gebäude des Oberen Niesenbergs, hatten von weitem schon das zwischen den Baumkronen als gelber Fleck leuchtende Wirtshausschild (CARDINAL) gesehen, hörten im Herankommen das Scharren der Hühner im Hof und das an den Ketten reißende Vieh, sahen die vor dem Restaurant geparkten Autos, und wurden, als sie die Tür öffneten und in die Gaststube traten, empfangen von lauten Klängen aus der Musikbox. Sie hatten sich an einen der langen Tische gesetzt, der Hund legte sich gleich darunter, berührte mit dem dichten Fell und festen Leib ihre Schenkel und Füße; man mußte dem Vieh, wie Pablo sich ausdrückte, richtiggehend in die Rippen treten (of de Ranze trampe), wenn man die Beine einmal strecken wollte. Die Serviertochter brachte ihnen Apfelwein, geräucherten Speck und Bauernbrot, sie nahmen den Imbiß ein, ohne viel zu reden, hörten die am selben Tisch sitzenden Einheimischen von einem Bauernknecht erzählen, etwas beschränkt sei der gewesen und ein ›ewiger Süffel‹, habe dann in angetrunkenem Zustand (mit Öl am Huet) mit seinem Moped die längsten Rundfahrten gemacht, sei im Dusel auch schon über die Felder gefahren, nachts auf dem Heimweg in der frischen Aussaat steckengeblieben; ja, der habe sein Töffli geliebt, habe im Zusammenhang mit dem Moped auch immer die Worte ›frei‹ und ›Freiheit‹ benutzt. Da er aber noch und noch alkoholisiert gefahren sei, habe der Gemeinderat beschlossen, ihm das Moped wegzunehmen, die Polizei habe es dann konfisziert, und der dumme Bauernknecht habe in seiner Beschränktheit (i sinere Tümmi) nichts Klügeres (Gschiters) gewußt, als sich im Wald bei den Weihern mit einem Karabiner selbst zu richten ... ›Lueged jetz‹, hatte plötzlich einer gerufen und der Wirt riß gleich den Stecker der Musikbox heraus und stellte den Fernseher, den Katrin und Pablo nicht einmal bemerkt hatten, lauter ein: Auf dem Bildschirm war der Bundespräsident (Landesvater) in ERSCHEINUNG getreten und redete dem Schweizervolk in die Stuben hinein. Später, nach der Ansprache, während der es still in der Gaststube gewesen war, sprachen die Männer, Bauern dem Anschein nach, von den ›Tschinggen‹ und Ausländern überhaupt, vom Landverkauf an solche, vor allem ›Schwoben‹ (Deutsche). Sie begrüßten ein Bundesgesetz, das den ›Ausverkauf der Heimat‹, wie einer sich ausdrückte, erschweren und unterbinden sollte. Und obwohl Katrin ihre Hand beschwichtigend auf Pablos Arm legte, mischte er sich ins Gespräch ein ... ihm sei es eigentlich egal, ob die einheimischen Spekulanten das Bauland an die am meisten bietenden Schweizer Bonzen veräußerten oder ob gerade gepolsterte Ausländer zum Handkuß kämen; vertan sei vertan. Er hatte die Stimme etwas lauter erhoben als gewöhnlich und wohl beim Sprechen auch die Füße gerührt, auf jeden Fall begann sich der Hund unter dem Tisch zu regen, kam hervor, überragte mit dem Kopf den Tisch, schaute Pablo an, und keiner der Männer widersprach dem Redenden, alle beobachteten sie nur den großen schwarzen, in aufmerksam gespannter Haltung vor seinem Herrn stehenden Hund ...

Um die asphaltierte Straße zu meiden, die von Boswil über Kallern zum Oberen Niesenberg führte, hatten Pablo und Katrin einen dem Verlauf des Waldrands folgenden Fußweg talwärts eingeschlagen, gingen quer über ein Feld auf eine Neusiedlung zu, deren Licht sie erblickt hatten, als der Weg eine Biegung vom Wald weg in den freien Hang hinaus machte. Dort, erwähnte Katrin, habe früher Hans Villiger gewohnt, als er noch nicht mit Maria zusammen war. Hinter dem Gehöft zog sich ein Pfad hinauf auf die Hangkuppe, auf der das große steinerne Kreuz errichtet worden war, ein abseits gelegener Ort, von dem aus sie einen großen Teil des Bünztals überblickten und über Wagenrain und Mutschellenpaß hinaus Sicht auf den Üetliberg hatten, über dem nun der Widerschein der Stadt Zürich zu erkennen war, eine diffus schimmernde Dunstglocke. Der Weg zum Kreuz hatte sie durch die Dunkelheit geführt, in der Waldesnähe, im Schattenbereich, hatten sie gelegentlich Geräusche, das Sirren von Vogelschwingen gehört, als ein Käuzchen sich näherte, und auch den unberechenbaren und schnellen Flug einer Fledermaus gesehen. Der

Hund hatte sich nicht locken lassen. Er trottete hinter Pablo und Katrin her, überholte sie ein paarmal, zog Kreise um sie, als sei er ihr Hüter. Beim Vorbeigehen an der Siedlung hatten sie den Brunnen rauschen hören, hörten auch die aus dem Haus dringenden Stimmen der Bauernfamilie, die anscheinend auf der Veranda zusammensaß, deren Geländer mit roten Lichtern besetzt war. Auch hing, in der Nacht erst von nahem erkennbar, eine Schweizerfahne ruhig am hohen weißen Mast. Es ging kein Wind, in der Senke vor der Kuppe war keine spürbare Luftbewegung. Wieder die Begegnung zweier Hunde mit dem entsprechenden Gebell... In einem kurzen und leichten Anstieg hatten sie das steinerne Kreuz erreicht, hatten einander lange umarmt gehalten, saßen nun dort

während wohl die Alphornbläser auf dem Schellenhausplatz in Bremgarten ihre wilden und auch wehmütigen Töne in den Abend hinausbliesen und die Jodler und Jodlerinnen in ihren Trachten hinter den Bläsern Aufstellung nahmen –

nachdem Hans Villiger seine Rede beendet haben würde und wohl froh und erleichtert war, vom Podium herabsteigen zu dürfen

oder hatte sich bereits der Zug gebildet, der unter den Klängen der Stadtmusik, begleitet von Fackelträgern und Kindern mit Lampions, durch die Stadt, den Bogen hinunter, über die Reußbrücke zum Casinoplatz marschierte: in Erwartung des Feuerwerks

während in Kallern die Musikanten das Klavier auf den Schulhausplatz schleppten (bereits geschleppt hatten) und zum ersten Tanz aufspielten, zur Unterhaltung der zahlreichen an den Festtischen sitzenden Männer und Frauen

während allenthalben Kinder, die heute lange aufbleiben durften, mit selbstgebastelten Lampions herumzogen oder Feuerwerk abbrannten und ›verchlöpften‹

und ringsum, an verschiedenen Waldsäumen, die Erst-

augustfeuer aufflammten, so daß Katrin und Pablo sich erhoben und hinunterschauten ins Tal... Waldhäusern, ein großartiges Feuer mußte das sein, als hätte jemand einen Öltank in Brand gesteckt. In Boswil und Bünzen schienen die Flammen baumhoch emporzuschlagen, in der Ebene, auf freiem Feld, auf Höckern und Kämmen, am Waldrand ... Erstaugustfeuer ... entfernter, kleiner, an den Hängen des Mutschellen- und Hasenbergs, zwischen dem weißen künstlichen Licht der Besiedlungen ... sogar in der Silhouette des Üetlibergs waren Glutpunkte auszumachen.
Der Hund hatte die Feuer ebenfalls wahrgenommen, stand erregt mit bebenden Flanken neben Katrin, die Schnauze geschlossen und schnuppernd, als nähme er Witterung auf. Pablo und Katrin setzten sich wieder, schwiegen eine Zeitlang, und als sich Katrin ausstreckte und auf dem Bauch im Gras lag, fühlte sie eine feuchte Wärme vom Boden her, nicht unangenehm. Sie stützte das Kinn in die Hände und entdeckte am Fuß des steinernen Kreuzes, in Brennesseln und Gras, viele kleine Glühwürmchen, die hell, hellgrün phosphoreszierend, aufleuchteten und ihre Kolonie abgrenzten mit einem kalten Schein... Pablo redete von der Reise, er hatte seit langem schon eine Reise durch die Vereinigten Staaten geplant, ein halbes Jahr lang wollte er die USA besuchen. Allein. Wenn er so daliege, sagte er, hier liege mit Katrin auf der Kuppe des Hangs am Lindenberg, in dieser vollkommenen Nacht, wenn er den Boden rieche und den Himmel, im Anblick der Feuer, die loderten und glühten in weiter Entfernung ringsumher, könne und wolle er sich die Reise, die USA gar nicht mehr vorstellen. Aber es sei in diesem Plan vielleicht die Summe seiner Sehnsucht enthalten. Pablo schwieg. Wenn er steckenblieb mit der Arbeit, wenn er nachts nicht schlafen konnte, wenn er im Wirtshaus angemotzt wurde von den Spießern, dann sprang alles, was hier fehlte, störte, was ihn behinderte, verletzte, mit hinein in seinen Traum von

der Reise... In seinem Atelier, wenn er über einem Bild saß und ein Blau nicht so mischen konnte, wie er es haben wollte – oder das Blau, das er gemischt hatte, der Farbe in seinem Kopf nicht entsprach, gingen seine Gedanken auf die Reise. Alles, auch das genau entsprechende Blau, würde er auf der Fahrt durch die Staaten entdecken. Alles, was hier fehlte, war die Reise, so wie wohl all das, was er auf der Reise entbehren mochte, das Freiamt sein würde... Katrin setzte sich auf, zog die Beine vor den Körper und umschloß sie mit den Armen, schaute ins Tal hinunter, wo die einzelnen Feuer in verschiedenen Rot- oder Gelbtönen brannten, je nach Distanz und Beschaffenheit des Brennmaterials (Tanne, Buche, Kirschbaum, Stauden). Auch sah sie nun überall in dem nächtlichen Talgrund Raketen aufsteigen und dicht über dem schwarzen Land ihre Funken versprühen, absurd unter der riesigen Milchstraße ... geräuschlos platzte das Feuerwerk und verschleuderte seine Lichtpunkte, schön und sinnlos unter dem zwar noch viel schöneren, aber wohl ebenso sinnlos sich verströmenden Nachthimmel... In einem Monat würde sich Pablo auf die Reise begeben. Jeder soll sein eigenes Leben haben, hatten sie vereinbart, jeder beläßt dem anderen sein Eigenleben. Sie wollten einander bestärken. So würde die Reise wohl eine Trennung bedeuten, nicht aber den Bruch. Katrin würde weiterhin ihrer Töpferei nachgehen. Man dürfe einen Menschen nicht von der Reise abhalten, hatte Maria gesagt, es würde seinen Traum zerstören. Sie saßen jetzt Rücken an Rücken, jeder spürte den Körper und die Wärme des anderen...

So in den Talboden hinabblickend, sagte Pablo, müsse er an das Bruegelsche Bild ›Heimkehr der Herde‹ denken ... er könne sich gut in eine andere (frühere) Zeit einfühlen; er stelle sich vor, Hirten hätten all die Feuer angezündet, um ihr Nachtlager zu schützen vor dem Angriff wilder Tiere, natürlich auch, um Wärme zu finden ... überall im Freiamt, denke er sich aus, lagerten nun

Herden, deren Standort die Feuer verrieten. Er habe DIE HEIMKEHR DER HERDE von Bruegel in ein Nachtbild umzuwandeln versucht. Er sehe jedoch erst jetzt ein, welchem Fehler er verfallen sei. Das Bild habe scheitern müssen, er habe das Bildgeschehen zu sehr in die Nähe rücken wollen, während es ihm jetzt scheinen wolle, gerade ein Nachtbild bedürfe der Distanz. Nacht drängt zusammen, Nacht vereinzelt, Nacht trennt. Nacht läßt die Welt und die Dinge immer kleiner erscheinen, angesichts des Sternenhimmels. Es sei auch paradox: das Weltall, der Kosmos in seiner ganzen (astronomischen) Größe erkläre nämlich jeden Versuch, Distanz zu nehmen und Distanzen zu schaffen, für lächerlich ... der unermeßliche Sternenhimmel entziehe sich bei jedem Versuch, auch nur eine Ahnung von seinen Ausmaßen zu erwecken, unweigerlich der Darstellung. Was eben schlechterdings unvorstellbar sei – sei auch nicht darstellbar. Trotzdem hätte er auf seinem Bild Distanzen herstellen müssen, im kleinen nächtlichen Freiamt hätte er sie durch Feuer markieren sollen, wie jetzt die Feuer Orts- und Raumangaben bedeuten würden... Auf dem Bruegelschen Bild, sagte er, ist es Herbst geworden; die Herden kehren heim. Er selbst spüre ja auch, sagte er, im heftigsten Sommer, wenn die Farben explodieren wollten vor Intensität, jedes Jahr ganz plötzlich den kommenden Herbst. Auf dem Gemälde von Bruegel werde der Betrachter, was ihm, Pablo, zum Verhängnis für die eigene Arbeit geworden sei, näher als bisher an das Bildgeschehen herangezogen. Hirten lenken mit Stecken den Zug wohlgenährter Kühe, die Männer sind vermummt. Kahles Geäst von Bäumen ragt in den noch blauen Himmel, in den sich von rechts her düstere unheilankündende Wolken schieben. Der Bildaufbau lasse sich in halbkreisförmig gekrümmten, parallel verlaufenden Schichten erkennen. Hirten und Tiere. Die lichtbraune Landzunge, sich fortsetzend in den schiefergrauen Bergen. Der eigenwillige Verlauf des Flusses. Die

seltsame Farbigkeit des Bildes, die ihre Leuchtkraft verloren habe, obwohl ein fast blendendes, giftiges Licht auf den Gegenständen liege. Er blicke da hinunter ins Bünztal, sehe aber das Gemälde Bruegels vor sich und daneben seine eigene, mißglückte Arbeit, von der er ihr, Katrin, nur nichts gesagt habe, weil der Versuch gänzlich gescheitert sei. Doch nun, so in den Talgrund hinabschauend, die markierenden, die Augen immer wieder auf sich ziehenden, unterschiedlich gefärbten Feuer, der Himmel darüber – dieser Anblick habe ihm mit einem Mal vor Augen geführt, wie er sein Gemälde zu malen habe: ja, in diesem Augenblick und so den Himmel über sich spürend und Katrins Rücken an seinem Rücken, eine Zigarette rauchend, etwas schwer vom Wein, schwergeworden in dieser schwermütigen Freiämterlandschaft und Nacht, wisse er mit einer in diesem Augenblick unerschütterlichen, und bräche der Himmel über ihnen zusammen und öffnete sich das Land unter ihnen, mit einer unerschütterlichen Sicherheit wisse er, daß dieses nun neu zu malende Bild ihm gelingen werde...
Es waren jetzt mehr als zehn brennende Feuer zu beobachten, einige davon in weiter Ferne, einzelne, in der Ebene, glühten blutrot wie die Wunde im Fell eines schwarzen Tieres, andere waren von Funkengestöber umrahmt, als stocherte jemand in der Glut, eines lag wie eine herabgefallene Sonne kreisrund in einem Schattenfleck...
Sie hörten nun auch das Krachen von Knallkörpern, hörten das Spiel einer Trompete
sahen immer neue Feuerwerkskörper im Himmel auseinanderstreben und farbiges Licht versprühen. Man konnte sich vorstellen, in der Erdoberfläche würden Spalten geöffnet, aus denen sich feuriges flüssiges Erdinneres in zahlreichen und ständig sich vermehrenden und erneuernden Eruptionen ergoß. Und irgendwo wurde die Landeshymne gesungen. Eine leichte Brise, Katrin empfand sie als frisch, wehte den Gesang zu ihnen auf die Kuppe.

Verwischt, sagte Katrin, was allerdings passe, sei doch die Melodie so langfädig und zähflüssig, daß kein einziger Schweizer sie richtig und im Takt zu singen vermöge.
Katrin stand auf, sie fröstelte und machte ein paar Gymnastikbewegungen, um sich aufzuwärmen. Dann hakte sie Pablo unter, und sie schlugen den Weg ein, der vom Kreuz zum Kallerer Schulhaus hinunterführte. Ohne beachtet zu werden, gingen sie am Festplatz vorbei, wo getanzt und gelärmt wurde. Auf dem Rasenplatz spielten noch Kinder. Beim ›Jägerstübli‹ war es still, sie stiegen in ihr Auto, fuhren die Straße hinab nach Boswil, sahen plötzlich eines der Erstaugustfeuer von nahem, ein Feuer, das mit schweren Scheiten und leicht brennbaren Reiswellen genährt wurde. Hoch loderten die Flammen auf, als wüchse aus der Feuerstelle, die sich auf einem von alten Bäumen gesäumten Platz befand, ein riesiger Feuerbusch. Sie fuhren weiter und in den Wald hinein, vom Bünztal ins Reußtal, auf der den Wald teilenden, im Dunkeln einem Tunnel vergleichbaren Straße, an deren Ende wieder Flammenschein eines Feuers sie erwartete. Es war schwefelgelb im Kern, scharlachrot außen, und der Schein der bizarren Flammen verlieh den Menschen, die es umringten, ein seltsames Aussehen. Im Umkreis des Feuers schienen die Leute eine Gruppe zu bilden, die zusammengehörte.
Mit offenem Dach fuhren Pablo und Katrin, der Hund hatte sich auf der Hinterbank niedergelegt, fuhren –
während auf ungezählten Festplätzen in sämtlichen Dörfern getanzt und gesungen wurde, gegessen und getrunken, während Feuerwerk abbrannte, Raketen verzischten, Sonnenräder sprühten, Vulkane Sternregen aufspritzten, allenthalben Lampions und Lichter mit dem Landessignet leuchteten, die ganze Schweiz illuminiert zu sein schien, während man lachte, schrie, einander berührte, Küsse tauschte ... und traditionsgemäß da und dort ein Gehöft in Flammen aufging –
fuhren den West hinab nach Bremgarten, und erst jetzt

fiel es Katrin wieder ein, ihrem Bruder Hans versprochen zu haben, sich seine Rede anzuhören. Als sie auf die Stadt zugefahren waren, als sie das Haus über der Reuß, in dem er wohnte, für ein paar Sekunden gesehen hatte, war ihr das wieder in den Sinn gekommen; alle Fenster seiner Wohnung waren hell erleuchtet.

Vor ein paar Tagen noch hatten sie, im Beisein von Jo, über die Erstaugust-Feier gesprochen, im Garten hatten sie gegessen und eine Flasche Wein getrunken... Dann singen die ihre Landeshymne ab, hatte Jo erklärt, und mir wird gleich schlecht. Den Text finde sie nämlich eine Ungeheuerlichkeit. Da berufe man sich selbstverständlich auf GOTT, tituliere ihn als ›Erhabener‹, singe in dieser pathetischen Weise ein gräßliches ›Deine fromme Seele ahnt‹, und sie müsse sich fast übergeben, wenn sie nur daran denke. ›Trittst im Morgenrot daher‹, sängen die in die Welt hinaus, und den Reim darauf könne man doch in der heutigen Zeit nur noch als Zynismus begreifen:

SEH ICH DICH IM STRAHLENMEER

Niemals brächte sie das über die Lippen, und schon gar nicht gesungen. Nur auf ein Transparent der Friedensbewegung könne so etwas noch geschrieben werden... An so einer Erstaugust-Feier würde sie niemals teilnehmen, überhaupt sei ihr auch unverständlich, warum Hans da eine Rede halte... Da war Pablo schon den Bogen hinaufgefahren und in die Marktgasse eingebogen. Halt an, bat Katrin. Ich habe Lust, Maria und Hans noch einen Besuch zu machen.

Pablo ließ das Auto in der Marktgasse stehen. Durch die enge, unbeleuchtete Engelgasse ('s Ängelgässli) erreichten sie die Antonigasse, die von Straßenlaternen spärlich erhellt wurde. Arm in Arm gingen sie, der schwarze Hund trottete voraus, ein wenig schon roch es nach Herbst, man spürte die Feuchtigkeit der Luft, sah die beschlagenen Scheiben der geparkten Autos; sah dünnen

Bodennebel sich über dem Kopfsteinpflaster bewegen, fast tunkte der schwarze Hund die Pfoten hinein, und im gelben Licht der Beleuchtungen, die im Sommer von Mücken umschwärmt wurden, erkannte man einige sich bewegende, blattförmige Körper, Nachtfalter dem Anschein nach...

Die Haustür stand angelehnt. Als sie eintraten, hörten sie gleich Stimmen, Musik, Lärm und trafen zuerst auf Maria. In der einen Hand hielt sie ein Glas, in der anderen die Zigarette. Es sind noch ein paar Leute da, sagte sie. Kommt doch herein...

In der Stube saßen die Gäste um den Tisch herum oder hockten auf dem Boden, unterhielten sich. Es gab Käse, aufgeschnittene Salami, frisches Brot, auch war ein Fäßchen Bier angezapft worden.

Katrin sah durch die offene Tür ihren Bruder mit ein paar Freunden auf dem Balkon stehen, die Pfeife in der Hand, den Kopf in der gewohnten Art etwas schräg haltend, ein breitschultriger Mann mit einer schon handtellergroßen Glatze – und sie nahm sich vor, ihn in den folgenden Tagen zu bitten, ihr das Manuskript seiner Rede zum Lesen zu geben. Pablo hatte sich zu einer Gruppe jüngerer Nachbarn auf den Boden gesetzt. Der schwarze Hund schien keinen Platz zu finden, der groß genug für ihn war, um sich niederzulegen; und etwas verunsichert schloß er sich Katrin an, die auf den Balkon hinausging zusammen mit Maria.

Die Nacht war dunkler geworden, am Himmel hatten sich vorüberfliehende Wolkenfelder gebildet. Tief und schwärzlich schimmerte die Reuß, ein weißlicher Nebelschleier schien die Gärten zu durchkämmen. Katrin erinnerte sich, ihren Bruder im Gespräch beobachtend, an eine Unterhaltung, die sie vor einiger Zeit mit ihm geführt hatte. Von was er denn meine, hatte sie ihn gefragt, es sei unbedingt notwendig, um in so gefährdeter und gefährlicher Zeit das Leben auch nur einigermaßen zu bestehen, das verrückte, absurde, schöne, einzige

Leben, das einem gegeben wird. Sie schaute auf den Fluß hinunter. Das monotone und vertraute Rauschen machte die Stimmen, das Reden und Lachen, die Musik (eine Platte von Rickie Lee Jones) zu beiläufigen, vorübergehenden Geräuschen. Die Reußbrücke sah sie, sah den Wald, die Gärten, ein Stück Himmel. Und sie dachte, man könne doch immer nur einen Weltausschnitt wahrnehmen, auch in der vertrauten Umgebung nur Teilbilder ... und eingedenk vom Ganzen war jeder einzelne nur ein Teilchen ... selbst das Sonnensystem war nur ein vorbeifliegendes Stäubchen im ewig fliehenden Kosmos, und wenn sie, Katrin, bedachte, was alles schon aufgestiegen, zur Blüte gekommen und wieder zerfallen war, konnte sie ihre eigene Menschennichtigkeit auch als tröstlich empfinden. Was er also meine, es sei am Ende unerläßlich, die Hauptsache, hatte sie Hans gefragt, der seine unvermeidliche Pfeife im Mund gehabt hatte, die ihm wieder ausgegangen war. Er brauche, um sich nicht verlassen und ausgesetzt zu fühlen, hatte er nach einigem Zögern gesagt und die Pfeife aufs neue entzündet, er brauche, um eine Lebenszuversicht immer wieder aufzubringen trotz des beängstigenden Zustands der Welt, von dem man ja auch im Freiamt wisse, den man am Freiamt mit ablesen könne... um nicht in Verzweiflung und Angst zu geraten, sondern sich zu einem Lebensmut geradezu auch durchzuringen, sei er darauf angewiesen, verläßliche Menschen in seiner Nähe zu wissen, Menschen, die ganz zu ihm stünden. Er hatte die Pfeife aus dem Mund genommen. Ja, dies benötige er vor allem ... Rückhalt.

Neue deutsche Literatur in den suhrkamp taschenbüchern

Margrit Baur: Überleben. Eine unsystematische Ermittlung gegen die Not aller Tage. st 1098
Katja Behrens: Die weiße Frau. Erzählungen. st 655
Ulla Berkéwicz: Josef stirbt. Erzählung. st 1125
Silvio Blatter: Kein schöner Land. Roman. st 1250
– Love me Tender. Erzählung. st 883
– Schaltfehler. Erzählungen. st 743
– Die Schneefalle. Roman. st 1170
– Zunehmendes Heimweh. Roman. st 649
Franz Böni: Die Fronfastenkinder. Aufsätze 1966-1985. Mit einem Nachwort von Ulrich Horn. st 1219
– Ein Wanderer im Alpenregen. Erzählungen. st 671
Thomas Brasch: Kargo. 32. Versuch auf einem untergehenden Schiff aus der eigenen Haut zu kommen. st 541
– Der schöne 27. September. Gedichte. st 903
Hans Christoph Buch: Die Hochzeit von Port-au-Prince. Roman. st 1260
– Jammerschoner. Sieben Nacherzählungen. st 815
– Karibische Kaltluft. Berichte und Reportagen. st 1140
Herbert Gall: Deleatur. Notizen aus einem Betrieb. st 639
Herbert Genzmer: Cockroach Hotel. Ängste. st 1243
– Freitagabend. st 1540
– Manhattan Bridge. Geschichte einer Nacht. st 1396
Rainald Goetz: Irre. Roman. st 1224
Wilhelm Hengstler: Die letzte Premiere. Geschichten. st 1389
Ulrich Horstmann: Das Glück von Omb'assa. Phantastischer Roman. st 1088
– Das Untier. Konturen einer Philosophie der Menschenflucht. st 1172
Thomas Hürlimann: Die Tessinerin. Geschichten. st 985
Franz Innerhofer: Die großen Wörter. Roman. st 563
– Schattseite. Roman. st 542
– Schöne Tage. Roman. st 349
Bodo Kirchhoff: Dame und Schwein. Geschichten. st 1549
– Die Einsamkeit der Haut. Prosa. st 919
– Mexikanische Novelle. st 1367
– Ohne Eifer, ohne Zorn. Novelle. st 1301
– Zwiefalten. Roman. st 1225
Ady Henry Kiss: Da wo es schön ist. st 914
Alfred Kolleritsch: Die grüne Seite. Roman. st 323
Wolfgang Komm: Der Idiot des Hauses. Roman. st 728
Marcel Konrad: Stoppelfelder. Roman. st 1348

250/1/5.88

Neue deutsche Literatur in den suhrkamp taschenbüchern

Jürg Laederach: Nach Einfall der Dämmerung. Erzählungen und Erzählungen. st 814
– Laederachs 69 Arten den Blues zu spielen. st 1446
– Sigmund oder Der Herr der Seelen tötet seine. st 1235
Gertrud Leutenegger: Gouverneur. st 1341
– Ninive. Roman. st 685
– Vorabend. Roman. st 642
E. Y. Meyer: Eine entfernte Ähnlichkeit. Erzählungen. st 242
– In Trubschachen. Roman. st 501
– Ein Reisender in Sachen Umsturz. Erzählungen. Neufassung. st 927
– Die Rückfahrt. Roman. st 578
Bodo Morshäuser: Die Berliner Simulation. Erzählung. st 1293
Judith Offenbach: Sonja. Eine Melancholie für Fortgeschrittene. st 688
Erica Pedretti: Harmloses, bitte. st 558
Nikolaus Pietsch: Der Gefangene von Heidelberg. st 1129
Peter Rosei: Reise ohne Ende. Aufzeichnungsbücher. st 875
– Wege. Erzählungen. st 311
Hansjörg Schertenleib: Die Ferienlandschaft. Roman. st 1277
Jochen Schimmang: Das Ende der Berührbarkeit. Eine Erzählung. st 739
– Der schöne Vogel Phönix. Erinnerungen eines Dreißigjährigen. st 527
Einar Schleef: Gertrud. st 942
Peter Sloterdijk: Der Zauberbaum. Die Entstehung der Psychoanalyse im Jahr 1785. Ein epischer Versuch zur Philosophie der Psychologie. st 1445
Angelika Stark: Liebe über Leichen. st 1099
Harald Strätz: Frosch im Hals. Erzählungen. st 938
Karin Struck: Lieben. Roman. st 567
– Die Mutter. Roman. st 489
– Trennung. Erzählung. st 613
Volker Wachenfeld: Keine Lust auf Pizza. Roeders Story. st 1347
Josef Winkler: Der Ackermann aus Kärnten. Roman. st 1043
– Menschenkind. Roman. st 1042
– Muttersprache. Roman. st 1044

250/2/5.88

suhrkamp taschenbücher materialien

Herbert Achternbusch. Herausgegeben von Jörg Drews. st 2015

Apokalypse. Weltuntergangsvisionen in der Literatur des 20. Jahrhunderts. Herausgegeben von Gunter E. Grimm, Werner Faulstich und Peter Kuon. st 2067

Samuel Beckett. Herausgegeben von Hartmut Engelhardt. st 2044

Thomas Bernhard. Werkgeschichte. Herausgegeben von Jens Dittmar. st 2002

Arbeitsbuch Thomas Brasch. Herausgegeben von Margarete Häßel und Richard Weber. st 2076

Brasilianische Literatur. Herausgegeben von Michi Strausfeld. st 2024

Brechts ›Aufhaltsamer Aufstieg des Arturo Ui‹. Herausgegeben von Raimund Gerz. st 2029

Brechts ›Dreigroschenoper‹. Herausgegeben von Werner Hecht. st 2056

Brechts ›Gewehre der Frau Carrar‹. Herausgegeben von Klaus Bohnen. st 2017

Brechts ›Guter Mensch von Sezuan‹. Herausgegeben von Jan Knopf. st 2021

Brechts ›Heilige Johanna der Schlachthöfe‹. Herausgegeben von Jan Knopf. st 2049

Brechts ›Herr Puntila und sein Knecht Matti‹. Herausgegeben von Hans Peter Neureuter. st 2064

Brechts ›Kaukasischer Kreidekreis‹. Herausgegeben von Werner Hecht. st 2054

Brechts ›Leben des Galilei‹. Herausgegeben von Werner Hecht. st 2001

Brechts ›Mann ist Mann‹. Herausgegeben von Carl Wege. st 2023

Brechts ›Mutter Courage und ihre Kinder‹. Herausgegeben von Klaus-Detlef Müller. st 2016

Brechts Romane. Herausgegeben von Wolfgang Jeske. st 2042

Brechts ›Tage der Commune‹. Herausgegeben von Wolf Siegert. st 2031

Brechts Theaterarbeit. Seine Inszenierung des ›Kaukasischen Kreidekreises‹ 1954. Herausgegeben von Werner Hecht. st 2062

Brechts Theorie des Theaters. Herausgegeben von Werner Hecht. st 2074

Hermann Broch. Herausgegeben von Paul Michael Lützeler. st 2065

Brochs theoretisches Werk. Herausgegeben von Paul Michael Lützeler und Michael Kessler. st 2090

Brochs ›Tod des Vergil‹. Herausgegeben von Paul Michael Lützeler. st 2095

Brochs ›Verzauberung‹. Herausgegeben von Paul Michael Lützeler. st 2039

8/1/2.88

suhrkamp taschenbücher materialien

Paul Celan. Herausgegeben von Werner Hamacher und Winfried Menninghaus. st 2083

Die deutsche Kalendergeschichte. Ein Arbeitsbuch von Jan Knopf. st 2030

Deutsche Lyrik nach 1945. Herausgegeben von Dieter Breuer. st 2088

Diskurstheorien und Literaturwissenschaft. Herausgegeben von Jürgen Fohrmann und Harro Müller. st 2091

Dramatik der DDR. Herausgegeben von Ulrich Profitlich. st 2072

Marguerite Duras. Herausgegeben von Ilma Rakusa. st 2096

Hans Magnus Enzensberger. Herausgegeben von Reinhold Grimm. st 2040

Max Frisch. Herausgegeben von Walter Schmitz. st 2059

Frischs ›Andorra‹. Herausgegeben von Walter Schmitz und Ernst Wendt. st 2053

Frischs ›Don Juan oder die Liebe zur Geometrie‹. Herausgegeben von Walter Schmitz. st 2046

Frischs ›Homo faber‹. Herausgegeben von Walter Schmitz. st 2028

Geschichte als Schauspiel. Deutsche Geschichtsdramen. Interpretationen. Herausgegeben von Walter Hinck. st 2006

Geschichte der deutschen Lyrik von der Frühen Neuzeit bis zur Gegenwart. Band 2: Von Goethe bis Heine. Von Gerhard Kaiser. st 2087

Peter Handke. Herausgegeben von Raimund Fellinger. st 2004

Friedrich Hölderlin. Studien von Wolfgang Binder. Herausgegeben von Elisabeth Binder und Klaus Weimar. st 2082

Ludwig Hohl. Herausgegeben von Johannes Beringer. st 2007

Ödön von Horváth. Herausgegeben von Traugott Krischke. st 2005

Horváth-Chronik. Von Traugott Krischke. st 2089

Horváths ›Geschichten aus dem Wiener Wald‹. Herausgegeben von Traugott Krischke. st 2019

Horváths ›Jugend ohne Gott‹. Herausgegeben von Traugott Krischke. st 2027

Horváths ›Lehrerin von Regensburg. Der Fall Elly Maldaque‹. Dargestellt und dokumentiert von Jürgen Schröder. st 2014

Horváths Prosa. Herausgegeben von Traugott Krischke. st 2094

Horváths Stücke. Herausgegeben von Traugott Krischke. st 2092

Peter Huchel. Herausgegeben von Axel Vieregg. st 2048

Uwe Johnson. Herausgegeben von Rainer Gerlach und Matthias Richter. st 2061

Johnsons ›Jahrestage‹. Herausgegeben von Michael Bengel. st 2057

Joyces ›Dubliner‹. Herausgegeben von Klaus Reichert, Fritz Senn und Dieter E. Zimmer. st 2052

8/2/2.88

suhrkamp taschenbücher materialien

Juden in der deutschen Literatur. Ein deutsch-israelisches Symposion. Herausgegeben von Stéphane Moses und Albrecht Schöne. st 2063

Der junge Kafka. Herausgegeben von Gerhard Kurz. st 2035

Kafka. Der Schaffensprozeß. Von Hartmut Binder. st 2026

Marie Luise Kaschnitz. Herausgegeben von Uwe Schweikert. st 2047

Alexander Kluge. Herausgegeben von Thomas Böhm-Christl. st 2033

Wolfgang Koeppen. Herausgegeben von Eckart Oehlenschläger. st 2079

Franz Xaver Kroetz. Herausgegeben von Otto Riewoldt. st 2034

Landschaft. Herausgegeben von Manfred Smuda. st 2069

Lateinamerikanische Literatur. Herausgegeben von Michi Strausfeld. st 2041

Einladung, Hermann Lenz zu lesen. Herausgegeben von Rainer Moritz. st 2099

Literarische Utopie-Entwürfe. Herausgegeben von Hiltrud Gnüg. st 2012

Literarische Klassik. Herausgegeben von Hans-Joachim Simm. st 2084

Friederike Mayröcker. Herausgegeben von Siegfried J. Schmidt. st 2043

Karl May. Herausgegeben von Helmut Schmiedt. st 2025

E. Y. Meyer. Herausgegeben von Beatrice von Matt. st 2022

Moderne chinesische Literatur. Herausgegeben von Wolfgang Kubin. st 2045

Adolf Muschg. Herausgegeben von Manfred Dierks. st 2086

Paul Nizon. Herausgegeben von Martin Kilchmann. st 2058

Die Parabel. Parabolische Formen in der deutschen Dichtung des 20. Jahrhunderts. Herausgegeben von Theo Elm und Hans H. Hiebel. st 2060

Plenzdorfs ›Neue Leiden des jungen W.‹. Herausgegeben von Peter J. Brenner. st 2013

Rilkes ›Aufzeichnungen des Malte Laurids Brigge‹. Herausgegeben von Hartmut Engelhardt. st 2051

Rilkes ›Duineser Elegien‹. Band 1: Selbstzeugnisse. Herausgegeben von Ulrich Fülleborn und Manfred Engel. st 2009

Rilkes ›Duineser Elegien‹. Band 2: Forschungsgeschichte. Herausgegeben von Ulrich Fülleborn und Manfred Engel. st 2010

Rilkes ›Duineser Elegien‹. Band 3: Rezeptionsgeschichte. Herausgegeben von Ulrich Fülleborn und Manfred Engel. st 2011

Rilkes ›Duineser Elegien‹. Drei Bände in Kassette. Herausgegeben von Ulrich Fülleborn und Manfred Engel. st 2009-2011

Schillers ›Briefe über die ästhetische Erziehung‹. Herausgegeben von Jürgen Bolten. st 2037

8/3/2.88

suhrkamp taschenbücher materialien

Die Strindberg-Fehde. Herausgegeben von Klaus von See. st 2008

Karin Struck. Herausgegeben von Hans Adler und Hans Joachim Schrimpf. st 2038

Über das Klassische. Herausgegeben von Rudolf Bockholdt. st 2077

Martin Walser. Herausgegeben von Klaus Siblewski. st 2003

Weimars Ende. Prognosen und Diagnosen in der deutschen Literatur und politischen Publizistik 1930-1933. Herausgegeben von Thomas Koebner. st 2018

Ernst Weiß. Herausgegeben von Peter Engel. st 2020

Peter Weiss. Herausgegeben von Rainer Gerlach. st 2036

Peter Weiss' ›Die Ästhetik des Widerstands‹. Herausgegeben von Alexander Stephan. st 2032

8/4/2.88

suhrkamp taschenbücher
Eine Auswahl

2/1/8.86

2/2/8.86

2/3/8.86

2/4/8.86

2/5/8.86

2/6/8.86

2/7/8.86